M. B. Reese

zwischen Licht und Sternenstaub

Widmung

An alle, die offen durchs Leben gehen.
An alle, die in der Nacht nicht nur die Dunkelheit, sondern die Sterne sehen.
An alle, die mit dem Herzen sehen, anstatt mit den Augen.

»Life isn't about finding yourself. Life is about creating yourself.«
— George Bernard Shaw

Tausend Sterne funkeln, doch nur ein einziger lacht wie du,
er sieht auf dich herab und zwinkert dir zu,
er tröstet dich, wenn du weinst, und wacht,
über dich, jeden Tag und jede Nacht.
Das Lied, mein Kind, weht in weiter Ferne.
Es ist die Zeit, der Raum, das Zelt der tausend Sterne.

Caidan

Nervosität war mir ein Fremdwort. Neugier, ja, das war es. Ehrlich gesagt war ich mehr als gespannt auf diese Prinzessin, von der das ganze Reich sprach. Sie sollte wunderschön und gebildet sein. Das waren allerdings die einzigen positiven Eigenschaften, von denen ich gehört hatte. Naiv, arrogant, herzlos, kalt, eitel. Dies waren nur einige der Charakterzüge, die man ihr nachsagte. Aber was wusste ich schon? Ich hatte noch nie auf das Geschwätz der Leute gehört. Jedoch hatte ich meine Arbeit getan und so viel wie möglich über sie in Erfahrung gebracht. Das tat ich immer. Bei jeder Mission. Und *Leetha Aeterna* war genau das: eine Mission. Eine Aufgabe. Dafür wurde ich ausgewählt, und ich würde niemanden enttäuschen. Immerhin hing eine Menge davon ab. Ich wusste, dass sie schöne Dinge liebte: Schmuck, Kleider, Schuhe und das ganze Zeugs. Nicht unerwartet, immerhin handelte es sich um eine Prinzessin. Außerdem hatte ich erfahren, dass sie gerne feiern und tanzen ging, dass sie viele Freunde besaß und 569 Jahre alt war. Etwas jünger als ich. Sie liebte die Farbe Blau, spielte ein paar Instrumente und war angeblich politisch sehr interessiert. Leetha stand gern im Mittelpunkt, das sagte mir so ziemlich jeder. Nicht gerade mein Beuteschema, was Frauen anging. Normalerweise mochte ich die einfachen Frauen, denen Äußerlichkeiten nicht ganz so wichtig waren. Frauen, die auf ihr Herz hörten, und nicht auf das, was andere erwarteten. Tja, da hatte ich wohl keine Wahl. Ich würde sie wohl oder übel heiraten und mir ein Leben an ihrer Seite aufbauen müssen. *Heiraten. Ich.* Zwei Dinge, die eindeutig nicht zusammenpassten. Etwas, das ich niemals vorhatte zu tun. Und doch stand ich hier und hatte diese Mission. Zum Glück gab es noch ein paar andere Seiten an Leetha, die mich hoffen ließen. Hoffen, dass sie nicht ganz so voreingenommen war, wie alle behaupteten. Ihre Familie stand an erster Stelle. Vater, Mutter, Onkel. Genau in dieser Reihenfolge. Außerdem erfuhr ich, dass sie manchmal etwas verträumt war. Verträumt? Das konnte ich doch nutzen, um sie um den Finger zu wickeln. Sie liebte es, in der Sonne zu sitzen, dabei die Erde zu betrachten und ein Buch zu lesen, meistens Geschichten über besagten Planeten. Am allermeisten jedoch liebte sie ihren Vater. Ja, ich hatte meine Arbeit getan. Ich wusste alles über diese Frau, deren Herz ich erobern sollte. *Ihr Vater*, ging es mir durch den Kopf, während ich hier stand und zum ersten Mal die Hauptstadt betrachtete. Soviel ich wusste, wollte sie stets ihren Vater, den König, stolz machen, und man sagte mir, er sei ein harter Brocken. Wahrscheinlich musste ich ihn genauso von mir überzeugen wie sie. Aber ich wäre nicht der, an den alle glaubten, wenn ich das nicht meistern würde. Immerhin hatte ich schon ganz andere Aufgaben erledigt. *Schwierigere, blutigere* ... Dagegen erschien es mir wie ein Kinderspiel, einer verwöhnten Prinzessin schöne Augen zu machen.

Ein wenig schlenderte ich durch die Stadt, in der ich nie zuvor gewesen war, und betrachtete die Straßen. Ich hielt mich etwas abseits der großen Plätze, denn ich wollte nicht sofort auffallen. Aber irgendjemand hatte mich bemerkt, denn ich wurde seit meiner Ankunft hier beobachtet. Etwas, das ich überhaupt nicht mochte. Ich war derjenige, der beobachtete. Normalerweise enttarnte ich sofort jeden Spion, aber dieser beherrschte seine Sache wirklich gut. Obwohl ich ihn nicht sah, spürte ich ihn. Wer auch immer auf mich angesetzt worden war, wusste genau, was er tat. Ich ließ mir nichts anmerken und ging weiter auf meinem Weg zum Palast, der über der ganzen Stadt aufragte. Dort, wo ich *ihn* treffen würde. *Er* hatte mich erwählt und ich würde nicht unpünktlich kommen. Nicht bei *ihm*. Er hasste das. Und ich wusste, dass man ihn nicht verärgern durfte. Er hatte mir ausrichten lassen, ich solle etwas früher im Palast erscheinen, damit ich mich noch frisch machen konnte. *Der erste*

Eindruck bei der Prinzessin sei entscheidend, betonte er immer wieder.

Obwohl ich mich abseits der Handelsstraßen durch kleine Gassen bewegte, hörte ich das Treiben der Stadt. Ich hasste alles hier. Alles. Diese Stadt war der vollkommene Beweis dafür, dass sich etwas ändern musste. Verschwendung, wo man nur hinsah. Prunk, überall. Ich hasste es so sehr, dass ich die Zähne aufeinanderbiss und mir klarmachte, wofür ich das überhaupt tat. *Genau dafür, Caidan,* sagte ich mir. *Für eine Veränderung*.

Teil 1: Der Erde so nah.

»Das Sehen ist es, was uns blind macht, Leetha.«

Leetha

Die Welt stand still. Oder bildete ich es mir ein? Langsam drehte ich mich um und sah auf die steinernen Mauern des Palastes. Dann auf die Flügeltür, die ich hinter mir verschlossen hatte. Es war nicht nur ein Gefühl, es war mehr als das. Es war ein Wissen, tief in mir. Plötzlich verstummten alle Geräusche um mich herum. Die Laute der Stadt unter mir, das ständige Summen und Surren des Treibens, das ich gerne beobachtete. Mein Herz schlug schneller und ich betrachtete meine zitternden Hände.

Noch immer stand ich auf dem Balkon, meinem Lieblingsort, von dem aus ich die Erde betrachten konnte. Der blaue Planet war in ständiger Bewegung. Die Wolken schoben sich langsam von einem Ort zum anderen und die kleinen Flugwesen umkreisten ihre Bahnen. Normalerweise. Denn in diesem Moment stand alles still. Und mein Herz stockte bei dieser Erkenntnis. *Ruhig, Leetha, du bildest dir alles nur ein*, sagte ich mir und bemühte mich, langsam zu atmen. *Das ist nur die Aufregung*. Ja, das war es mit Sicherheit. Die Anspannung vor dem heutigen Tag. Dem Tag, der alles verändern könnte. Nein. Der alles verändern würde.

Eins, zwei, drei. Ruhig zählte ich jeden Atemzug, ehe ich mich zusammenriss, und schloss dabei die Augen. Als ich sie öffnete, war alles beim Alten, fast so, als hätte ich die Welt aus einem Schlaf geholt, als hätte ich der Zeit den Befehl gegeben, fortzufahren. Die Stadt erwachte wieder zum Leben und wurde in ihr tägliches Surren getaucht, das ich so sehr liebte. Auch die beiden Wachen, die hinter der verschlossenen Flügeltür standen, hörte ich leise miteinander sprechen. Mein Blick fiel sofort zur Erde. Alles schien wie immer. Ich hatte es mir nur eingebildet, eine andere Erklärung gab es nicht. Doch mein Herz raste noch immer und meine Hände hörten nicht auf zu zittern. Der Schreck saß noch zu tief. Noch einmal atmete ich tief aus. Hinter mir hörte ich das Knarren der Tür und leise Schritte folgten.

»Hier bist du, mein Liebes«, flüsterte Mutter, die sich neben mich stellte und ebenfalls den blauen Planeten mit ihren Blicken verschlang.

Ich betrachtete sie. Ihr schien nichts Ungewöhnliches aufgefallen zu sein. Das, was gerade durch meinen Kopf gegangen war, wollte ich ihr nicht erzählen. Sie würde ohnehin nur darüber lachen. Ich hatte tatsächlich geglaubt, die Zeit wäre stillgestanden. *Aber es war nur eine Sinnestäuschung. Mehr nicht. Die Aufregung. Das war alles.*

»Lass uns hineingehen, dein Vater wird ungeduldig«, sagte sie und legte ihre Hand auf meine Schulter.

Ein schwerer Seufzer entfuhr mir. Der heutige Tag würde über meine Zukunft entscheiden und über die meines Reiches. »Noch einen Moment, Mutter«, flüsterte ich und betrachtete die Erde, hörte auf das Treiben der Stadt und genoss Mutters Hände, die zärtlich durch mein offenes Haar fuhren.

»Du solltest etwas anderes anziehen, etwas Feines. Vielleicht das rote Kleid ...?«

Selbstsicher unterbrach ich sie: »Das blaue.« *Ich hasse rot*!

Sie nickte und lächelte: »Ja, das blaue. Es harmoniert so gut mit deinen Augen. Du wirst ihn verzücken.« Sanft strich sie mir das lange, offene Haar zur Seite und betrachtete mich eingehend. »Schau´ nicht so traurig, mein Kind. Du wirst ihm gefallen.«

Ihm gefallen ... Mit einem Schulterzucken signalisierte ich, was ich davon hielt. Sollte ich ihr sagen, dass ich mich nicht sorgte, ob er mich mochte oder ob ich ihm gefiele? Sondern, dass ich um meine Freiheit bangte? Darum, dass ich meine Unabhängigkeit aufgeben musste? Freisein war, was ich am meisten liebte. Selbstständig zu entscheiden. Das machen, was mir gefiel, und nicht das, was ein Mann von mir erwartete. Nein. Ich behielt es für mich. Mutter schien ohnehin zu aufgeregt, um am heutigen Tag mit mir zu diskutieren. Ihre Nervosität war nicht zu übersehen. Ein Lächeln lag auf ihren Lippen, doch ihre Mundwinkel wirkten angespannt. Es war mir bisher nicht aufgefallen, doch nun kam es mir vor, als strebte sie ebenfalls diese Verbindung an. Als wollte sie unbedingt, dass er Gefallen an mir fand.

So schwieg ich und dachte darüber nach, was es bedeuten würde, einen Mann zu heiraten und mein Leben mit jemandem zu verbringen. Eine Zukunft zu erschaffen mit einer Person, die an meiner Seite leben würde. Als Einzelkind musste ich bisher nie etwas teilen. Ich hatte alles. Wirklich alles. Und das Wichtigste war meine Freiheit. Über fünfhundert Jahre lang lebte ich als Prinzessin in dieser Stadt, die einzige Tochter des Königs von Meridem und mir standen alle Türen offen. Bis das Unvermeidliche geschah. Mein Vater und seine Entourage hatten entschieden: Ich, Leetha Aeterna, Tochter des Königs, sollte heiraten. Und obwohl ich mich in der Öffentlichkeit selbstsicher gab und niemals Schwäche zeigte, verkroch ich mich schon den gesamten Vormittag auf diesem Balkon. Die Vorstellung, einen Fremden zu heiraten, ängstigte mich mehr, als ich zugab. Mehr, als ich mir selbst eingestehen wollte. Kein Wunder also, dass die Fantasie mit mir durchging und mir Streiche spielte. In ein paar Stunden würde ich ihn kennenlernen. Ihn das erste Mal sehen und mit ihm sprechen. Und dieser Gedanke ließ alle Alarmglocken in mir aufläuten.

Mir war klar, dass mein Vater nicht völlig mit einer Verlobung einverstanden sein konnte, doch sein innerer Zirkel bestand darauf. *Es ist von Nutzen in dieser Zeit. Ein Lichtblick für das Volk, eine*

Ablenkung, ein Hoffnungsschimmer. Dies waren Vaters Worte, als er versucht hatte, es mir zu erklären, und trotz all seiner Bemühungen erkannte ich es in seinen Augen: Nicht er wollte es. Der Zirkel pochte darauf, mich zu verheiraten. *Das Volk hungert nach Veränderung, nach einer Chance auf ein neues Zeitalter, nach einer Zukunft, die uns den drohenden Krieg überstehen lässt*, hatte er erklärt und ich wusste, dass es nicht seine Worte sein konnten. Ich kannte ihn. Ebenso die Minister des Zirkels. Vater hatte nichts weiter getan, als den Zirkel zu zitieren. *Doch ich werde dich nicht zwingen*, hatte er dann leise hinzugefügt, als könne er mich damit besänftigen. Leider wussten wir beide, dass es unvermeidlich war.

Auch meine Mutter bemerkte nun die Anspannung, die ich so dringend verbergen wollte. »Sieh ihn dir einfach an, lerne ihn kennen. Der Zirkel ist der Meinung ... er wäre die perfekte Partie«, erklärte sie, als würde sie ebenfalls jemanden zitieren.

Ein Schauder lief mir den Rücken hinab. *Die perfekte Partie*. Ich lächelte ungläubig bei diesem Gedanken und schüttelte den Kopf. Für wen? Für den Zirkel? Um die Aufständischen zu besänftigen? Um die Soldaten zu ermutigen? Mit Sicherheit dachten sie bei ihren Plänen weder an mich noch an den armen Kerl, der es mit mir aushalten müsste. Darüber hinaus wusste ich kaum etwas über ihn. Es handelte sich um einen Soldaten, zumindest hatte man ihn mit diesen Worten beschrieben. Der ehrenvollste und mutigste Lichtkrieger, den es seit Jahrhunderten gegeben hatte, nicht von edlem Blut und aus keiner einflussreichen Familie. *Ein Niemand also*. War das alles, was man mir vorsetzte? War es das, was ich dem Zirkel wert war? Ein Nutzen? Eine Besänftigung?

Alles Weitere, was man mir über den Fremden erzählte, war, dass er es zum Offizier geschafft hatte. Allein seine Taten an den Grenzen hatten ihn unter Beweis gestellt. Es musste schon etwas heißen, wenn ein Niedergeborener, der nicht von edlem Blut abstammte, es zum Offizier schaffte. Und ich wusste nicht einmal, wie er aussah. Nicht, wie alt er war und auch nicht, wie er mit richtigem Namen hieß. *Den Schattenjäger von Meridem*, nannten sie ihn. Das niedere Volk betete ihn schon seit einigen Jahrzehnten an und sah zu ihm auf. Die Leute sangen Loblieder und erzählten Legenden darüber, wie er an den Grenzen für das Volk kämpfte. Aber ich war der Meinung, sie verehrten ihn deshalb, weil er in den untersten Reihen des Volkes geboren wurde und einer der wenigen war, der es bis ganz nach oben in die Armee geschafft hatte. Die Leute sahen etwas in ihm, und ich musste den Ministern zustimmen, wenn sie sagten, es wäre *Hoffnung*.

Mutter bemerkte, wie tief ich in Gedanken versank und streichelte mir über die Wange. »Das wird alles schon«, seufzte sie leise. Ein kläglicher Versuch, mich aufzumuntern. Sie zwang sich, breiter zu lächeln und suchte meinen Blick. Ihre hellbraunen Augen strahlten eine Sanftheit aus, die mich tatsächlich meistens beruhigte. Doch ich fürchtete, dass es an diesem Tag nichts gab, dass mich beruhigen konnte. Keine Worte, keine Blicke, keine Versprechen.

Mit einem leichten Nicken gab ich ihr zu verstehen, was sie hören wollte: dass sie recht hatte. *Es wird schon* ... Auch wenn ich mir selbst nicht sicher war.

Kira und Aya, meine liebsten Zofen, flochten mir das weißblonde Haar zu einem langen Zopf, den ich mir schlicht über die rechte Schulter legte. Es sollte nicht aussehen, als hätte ich mir große Mühe gegeben. Und doch wollte ich perfekt sein. Während Aya mich frisierte, sah ich aus dem Fenster. Mein Gemach besaß ebenfalls einen Ausblick auf die Erde, wenn auch nicht so vorteilhaft wie von meinem Lieblingsbalkon aus. Die Türme des Palastes und die der Stadttempel verdeckten einen Teil der Sicht, wenn ich auf dem breiten Sims saß und nach draußen sah. Außerdem spiegelte sich das Sonnenlicht zu stark auf den Dächern der Stadt und blendete mich leicht.

»Was denkst du, wie er aussieht?«, quasselte Kira. »Soldaten haben ja schon ihre Vorzüge, sie sind durchtrainiert und stark, außerdem ...«

Ich hörte ihr schon gar nicht mehr zu. Mein Blick schweifte durch den Raum zu Mutter, die schweigend auf einem der Sessel saß und uns beobachtete. Sie erwiderte meinen Blick mit einem Lächeln und einem kurzen Nicken, doch sie sagte kein Wort. Wenn Kira und Aya bei mir waren, mischte sie sich nie ein. Die beiden waren nicht nur meine Zofen, sondern meine Freundinnen. Aber das war nicht der Grund, warum Mutter so still blieb. Aya und Kira waren Vollwertige, genau wie ich. Mutter nicht. Und doch suchte ich ihren Blick, ihr Lächeln, ihr zufriedenes Nicken. Es gab mir Kraft. Sie gab mir den Mut, den kein Vollwertiger dieser Welt mir geben konnte. *Es wird schon alles*.

»Oder was meinst du, Lee?«, fragte Kira und sah mich abwartend an.

»Wie bitte?« Ich runzelte die Stirn.

»Ich sagte gerade, wenn er hässlich ist, heiratest du ihn doch nicht, oder?« Kira sah mich selbstsicher an und Aya schüttelte den Kopf, während sie mit den Augen rollte. Leise murmelte sie: »Aussehen ist nicht alles.«

Noch immer wartete Kira auf eine Antwort von mir. »Ich weiß es nicht«, gab ich ehrlich zu. Ich befürchtete, dass ich keine Wahl hatte, auch wenn Vater mich in diesem Glauben ließ.

Anschließend halfen die Mädchen mir in das blaue Seidenkleid. Mein Lieblingskleid. Es erinnerte mich an die Farbe des Planeten, aus dem unsere Heimat einst entstand, und immer ein Teil unserer Welt bleiben würde. An den Ort, auf den wir zwar hinabsehen konnten, den wir aber niemals verstehen würden. Die Welt, deren Tore uns für immer verschlossen blieben.

»Möchtest du den Mondstein tragen?«, fragte Kira, als sie meine Lippen in ein Zartrosa gehüllt hatte.

Ich spitzte die Lippen und betrachtete den neuen Farbton. Kira sah mich mit großen Augen an. Sie bewunderte mich, das wusste ich. Das tat sie schon immer. Obwohl sie selbst wunderschön war. Sie war groß und schlank, ihre Beine waren unheimlich lang und ihre vollen, roten Lippen passten wunderbar zu ihrem dunkelblonden, gelockten

Haar, das sie stets halboffen trug. Wenn wir ausgingen, waren es Kira und ich, die all die Aufmerksamkeit der Männer auf uns zogen. Doch im Gegensatz zu ihr wurde ich nur selten angesprochen. Die vollwertigen Männer wussten, wer ich war, und hielten mich auf Abstand. Sie hatten zu großen Respekt vor mir und meiner Macht. Kira dagegen flirtete, wann immer sie konnte. Und nicht selten ging sie mit einem der Männer nach Hause. Aya war zwar ihre Zwillingsschwester, doch komplett anders. Klein, undurchschaubar und ganz normal. Weder besonders hübsch noch hässlich. Sie war einfach anders. Allein das dunkelblonde, gelockte Haar hatten beide gemeinsam. Doch was Kira an Aussehen besaß, machte Aya mit ihrem Verstand wett. Sie war eine starke Persönlichkeit, die sich nicht herumschubsen ließ und mir auch ab und an ihre Meinung geigte. Aber ich liebte sie. Ich liebte beide, als wären sie meine Schwestern.

Kira legte mir die Kette an. Von der rechten Seite des Haares bis zur linken. Und mitten auf meiner Stirn lag der Mondstein. Mein Markenzeichen. Keine Krone, kein Diadem. Ein einfacher, wunderschöner Stein, der an einer goldenen Kette über meiner Stirn hing. Seit ich dieses Accessoire trug, machten es mir die edlen Frauen des Palastes nach.

»Du siehst zauberhaft aus«, rief meine Mutter und klatschte in die Hände. »Benimm dich einfach wie eine Prinzessin und der Schattenjäger wird die Augen nicht von dir lassen können.«

Der Schattenjäger. Alles in mir zog sich zusammen. Wie er mich wohl nannte? Die Prinzessin? Sprach er überhaupt über mich? Fragte er sich ebenfalls, wie ich aussah? Wie ich war? Ich konnte nicht sagen, warum, doch wenn ich an ihn dachte, erschien automatisch ein gruseliger Kerl mit dunklem Haar und ungepflegtem Bart vor meinem geistigen Auge. Schwer bewaffnet und mit Blut an den Händen. Möglicherweise trug er Tätowierungen. Wenn ich sie mir vorstellte, sah ich Totenköpfe und monsterartige Flugwesen. *Der Schattenjäger*, das war nicht einfach ein Name, den man ihm gegeben hatte. Es würde sein Titel sein, ein Abzeichen. Eines, das vom König an diesem Tag höchstpersönlich an ihn vergeben wurde. Eine Ehre, die seit Generationen niemandem mehr verliehen wurde.

Und bei dieser Zeremonie würde ich ihn kennenlernen. Ich würde ihn das erste Mal sehen, mit ihm sprechen und herausfinden, ob ich mich mit ihm verlobte oder nicht. Aber wie ich nur allzu gut wusste, hatte ich nicht wirklich die Wahl, auch wenn mein Vater es mir weiß machen wollte. Es stand zu viel auf dem Spiel.

Aya rückte mir die goldene Mondkette zurecht und küsste mich auf die Wange: »Du bist wunderschön, Prinzessin.« Wenn sie es sagte, wusste ich, dass es stimmte. Aya würde mir sagen, wenn es nicht so wäre. Sie war zu direkt.

Kira stimmte ihr zu und küsste mich auf die andere Wange. Musternd betrachtete ich mich im Spiegel. Kira hatte etwas zu viel Puder aufgetragen, was mich ärgerte, es verdeckte meine Sommersprossen, die ich an mir liebte. Sie zeigten, dass ich eine Meridemerin war und darauf war ich stolz.

»Ich bin nicht komplett unzufrieden«, gab ich leise zu, während ich ein Tuch in die Hand nahm, und etwas von dem Puder abtupfte.

Vor dem großen Spiegel im anderen Teil des Raumes, drehte ich mich hin und her. Das Kleid saß hauteng und meine Kurven kamen gut zur Geltung. Es gefiel mir, wie schlicht ich aussah, und doch so perfekt. Der Schattenjäger sollte nicht merken, wie viel Mühe ich mir für ihn gegeben hatte. Es würde ihm zweifellos die falschen Signale senden.

Die beiden Zofen tuschelten miteinander, als ich vor der Tür schwere Schritte hörte. *Vater*. Seine Schritte könnte ich unter Tausenden erkennen. Sie klangen schwer und schlendernd. Gar nicht, wie man es von einem König erwarten würde. Er kam näher, blieb vor meinem Gemach stehen und klopfte an, höflich wie immer.

»Komm rein, Vater«, rief ich und als mit einem lauten Knarren die Tür aufging, sprühten seine Augen vor Stolz. Nach eingehender Begutachtung schlichen sich jedoch kleine, fast unscheinbare Tränen in seine Augen und ich wusste, dass er nicht bereit war, mich weiterzugeben. Er wusste genau wie ich, dass es sein musste. Der Krieg stand unmittelbar bevor und das Volk hungerte nach Hoffnung und Ablenkung, was eine königliche Hochzeit bewirken könnte. Die Prinzessin, ihre zukünftige Königin, würde sich mit dem beliebtesten Mann des Volkes vereinen. Einem Niemand, aus einer kleinen

Provinz, die nicht einmal einen Namen hatte. Ein Mann aus einer Familie, die niemand kannte. Und doch einer, dessen Ruf ihm vorauseilte und über den Legenden geschrieben wurden. Obwohl ich es nicht zugeben wollte, war ich selbst gespannt auf ihn. Auf diesen Kerl, der Tausende meiner Soldaten gerettet und zahlreiche feindliche Truppen niedergestreckt hatte, die in unser Reich marschiert waren. Wer war dieser Mann?

»Hast du ihn schon gesehen?«, fragte ich Vater. Das musste ich einfach fragen. Ich hatte Mutter gefragt sowie die Angestellten, ob sie den Schattenjäger bereits gesehen hätten. Niemand konnte mir etwas sagen. Ein kleiner Hinweis hätte genügt, denn ich wusste rein gar nichts. Er könnte groß und schlank oder klein und dick sein, dunkles Haar besitzen oder helles, alles war möglich. Immerhin war er ein Niedergeborener. Und wie man sich bei uns sagte, gab es die in allen möglichen Farben und Formen. Ich hasste es, wenn man so über Nichtvollwertige sprach. Immerhin gehörte Mutter auch zu ihnen. Aber es stimmte. Meridemer besaßen stets blondes Haar. Je heller, desto schöner galten sie. Zumeist besaßen sie Sommersprossen und helle Haut. Niedergeborene dagegen waren anders. Ihre ganze Ausstrahlung war anders. Man erkannte sie sofort.

Vater schüttelte den Kopf. »Ich habe ihn noch nicht gesehen. Dein Onkel sagt, er sei gerade erst angekommen.«

Bei diesen Worten zog sich alles in mir zusammen. Es war so weit. Er war hier. Seit Wochen war es nur eine Vorstellung gewesen, doch nun wurde alles real. Er war hier, in diesem Palast. So nah wie niemals zuvor. Und ich musste eine Entscheidung treffen. Über die Zukunft des Reiches. Ob das Volk besänftigt werden würde oder ob alles scheiterte, noch bevor es begonnen hatte. Diese Last wog schwer auf meinen Schultern, auf meinem Herzen, auf meiner Seele. Es fühlte sich an, als würde mir jemand mein bisheriges Leben unter den Füßen wegreißen. Und ich wusste nicht, ob ich jemals wieder Fuß fassen könnte, wenn ich die falsche Wahl traf.

Vater stemmte die Hand in seine Hüfte und signalisierte mir, mich unterzuhaken. Mein Herz begann noch heftiger zu pochen. Mit jeder Sekunde, die näher rückte, wurde ich aufgewühlter, innerlich zerrissen. Doch ich war königlich genug, um es mir nicht anmerken zu lassen. So reckte ich das Kinn, setzte mein gebieterisches Lächeln auf und reichte meinem Vater den Arm.

Mutter lief hinter uns, wie es sich für sie gehörte. Sie war nicht die Königin, sie war *die Frau des Königs*, was einen klaren Unterschied machte. Sie stammte nicht aus einer hochgeborenen Familie, wie man es erwartet hätte. Ihre Eltern galten als reich, was sie ausschließlich ihren Handelsbeziehungen zuzuschreiben hatten. Doch das Blut, welches durch die Adern meiner Mutter floss, war entscheidend. Es war nicht vollwertig, was ihr den Titel Königin verweigerte. Ich dagegen war die Tochter meines Vaters, die zukünftige Regentin und eines Tages würde ich die mächtigste Frau im Reich sein. Da mein Vater edles Blut besaß – das edelste überhaupt –, spielte es keine Rolle, dass Mutter nicht vollwertig war. Ich war eine Vollwertige durch und durch. Die Magister erklärten stets: Vollwertiges Blut dominiert. Was wohl bedeutete, egal wen ich eines Tages heiraten würde, meine Kinder würde in jedem Fall vollwertig sein.

Meine Mutter war gezwungen, sich mir unterzuordnen. Und das, seit ich auf die Welt kam. Die Etikette an unserem Hof war streng und hatte meiner Meinung nach zu viele unlogische und teilweise unwürdige Regeln. Doch ich wurde dazu erzogen, jede einzelne einzuhalten, wie dumm sie auch sein mochten. Diese strenge Rangordnung am Hof verbot es meiner Mutter sogar, am selben Tisch mit uns zu speisen. Es war ihr nicht gestattet, mir etwas zu verbieten, obwohl sie meine Mutter war. Sie durfte mich nicht einmal duzen. Doch das waren Dinge, die mir egal waren. In der Öffentlichkeit lebten wir nach diesen Regeln, aber unter uns, warfen wir alles über Bord. Wir aßen zusammen in den eigenen Gemächern und sogar meine beiden Zofen duzten mich, wenn wir unter uns waren. All die Regeln und Gebote galten nur, wenn der Zirkel und andere Vollwertige anwesend waren. Wir lebten zwei Leben: eines, das nur uns als Familie etwas anging, und eines, welches das Volk sehen sollte.

Während Vater und ich in den Thronsaal eintraten, spielte eine Kapelle die königliche Hymne. Es handelte sich um ein Streichquartett, das hohe, gemächliche Töne anstimmte. Erst langsam, dann etwas schneller und rhythmischer. Obwohl es einen Text gab, den normalerweise ein Chor dazu sang, erklangen heute nur die Instrumente. Die Noten schwebten durch den Raum und streichelten meine Seele. Jedes Mal, wenn es einen solch wichtigen Moment gab, beruhigte mich die Musik meines Hauses, meiner Heimat. Sie signalisierte, wo ich hingehörte, was ich war und wer ich sein musste. Besonders an einem Tag wie diesem hallten die Klänge von den Wänden zurück und trafen tief in mein Herz, wie Pfeile, die mich daran erinnerten, was ich zu tun hatte: dem Volk Frieden und Hoffnung schenken. Eine Wahl treffen. Es wurde Zeit, mich dem zu stellen, was kommen würde.

»Ihre Majestäten König Ary der Siebte aus dem Hause Aeterna und Prinzessin Leetha«, ertönte es laut von einem Podest aus, auf dem der Kapellenmeister stand.

Die Menge verstummte und verbeugte sich, während Vater und ich den langen Flur entlangmarschierten, ohne die Leute anzusehen. Mit erhobenem Kopf und dem Ausdruck zweier Monarchen stolzierten wir am Volk vorbei. Rechts und links von den Gästen hingen lange Banner die Wand entlang, die unser Reichssymbol präsentierten: ein silbernes Einhorn auf hellblauem Grund. Einhörner waren selten geworden in den letzten hundert Jahren, doch sie blieben unser Wappen. Und das mit Stolz.

Vater setzte sich auf den Königsthron und ich auf den kleineren, der neben ihm stand und ursprünglich der Königin gehören sollte. Doch es gab keine Königin. Es gab nichts weiter als die Gemahlin des Königs. Und das nur aus einem Grund: weil sie keine Vollwertige war. Keine Frau von edlem Geblüt. Nur die Tochter eines reichen Händlers, dessen Familie eine hohe Mitgift versprochen hatte, als mein Großvater, König Ary der Sechste, sein ganzes Gold und Silber in einen Krieg investiert hatte, der ihn finanziell vernichtete. Ohne die Aussteuer meiner Mutter wäre unser Haus bankrott gewesen und die Machtverhältnisse im Reich hätten sich so weit verschoben, dass man meinem Großvater den Thron streitig gemacht hätte. Schlimmer noch, wahrscheinlich hätte der Feind uns alle zerstören können. Doch diese Geschichten waren schon über zweitausend Jahre alt und in der Zwischenzeit hatte es eine lange Friedensperiode gegeben, die erst seit fünfzig Jahren wieder zu bröckeln begann. Mit gerecktem Kinn saß ich an der Seite meines Vaters und betrachtete die Gesellschaft, die sich nach und nach wieder aufrichtete.

»... der königliche Reichskanzler Lord Ryal, ... der Oberbefehlshaber Lord ...«, der Kapellenmeister zählte weitere Namen auf, die nach Priorität ihres Standes hineintraten. Zuerst die Männer, die dem Zirkel angehörten, dann mein Onkel Vestas und zum Schluss meine Mutter, auf deren Erwähnung ich bestand, obwohl es sich nicht gehörte. »... Lady Hyra, die Gattin des Königs.« Es brach mir jedes Mal aufs Neue das Herz, wenn ich zusehen musste, wie eine stolze und gutherzige Frau wie meine Mutter, die stets jede Tradition schätzte, als Letzte hineingerufen wurde und sich am Ende, hinter den Vollwertigen einreihen musste. Wie gerne hätte ich sie nur ein einziges Mal auf dem Stuhl gesehen, auf dem ich saß, an der Seite meines Vaters, den sie so sehr liebte.

»Und als heutiger Ehrengast ...«, ertönte das Wort des Kapellenmeisters, während Trommelwirbel das Erscheinen des Gastes begleitete und meine Hände kalt und nass wurden, sodass ich sie kaum stillhalten konnte. Fest krallte ich sie in die Armlehnen des Throns, sodass niemand das Zittern bemerkte. Mein Herz schlug bis zum Hals und ich bekam kaum Luft. Ich wusste, wer als Nächstes den Thronsaal betreten würde. Wer mir zum ersten Mal unter die Augen treten würde. *Der Schattenjäger.* Dieser Moment könnte alles ändern. Alles. Mein ganzes Leben. Wenn ich ihn nicht mochte, würde ab diesem Zeitpunkt meine Zukunft düster werden. Wenn er mir gefiel ... Dieser Gedanke schien mich fast noch mehr zu beängstigen.

»... der erfolgreiche und mutige Soldat sowie Anwärter auf das Abzeichen des Schattenjägers, Caidan Orchon, Sohn des ehemaligen Soldaten und Veteranen Caimar Orchon.«

Caidan. Nun hatte ich wenigstens einen Namen. Nicht bloß *der Schattenjäger*. Die Tür ging auf und er trat herein. Ich bemühte mich, ihn nicht anzustarren und gab mich gleichgültig. Was mir sonst so leicht fiel, fühlte sich in diesem Augenblick schwer an. Meine Maske drohte zu bröckeln, als die Tür aufging. Die Maske, die ich trug, wenn ich auf diesem Stuhl saß. Ich zwang mich, ruhig zu atmen, und bemühte mich, stillzusitzen. Das Licht aus dem Flur ließ sein Haar aufleuchten wie die Sonne. Er marschierte zielsicher den langen Gang entlang, den Vater und ich ebenfalls entlanggelaufen waren. Langsam erkannte ich die Umrisse seiner Gestalt und je näher er kam, musterte ich aufmerksam seine Gesichtszüge.

Er sah gut aus. Viel zu gut für einen einfachen Soldaten. Viel zu gut für einen Niedergeborenen. Sein Haar schimmerte in einem Weißblond, das meinem ähnelte, und ein paar Strähnen fielen ihm über die Stirn, obwohl er es fein zurückgekämmt hatte. Seine Augen funkelten silbern und auch wenn ich ihm ansah, dass er sich gleichgültig geben wollte, strahlten sie Freundlichkeit aus. Von einem Moment auf den anderen wurde ich zunehmend ruhiger. Diese freundlichen Augen waren dafür verantwortlich, dass all die Angst und das Unbehagen nach und nach von mir abfielen. Würde ich es nicht besser wissen, hätte ich ihn für einen Vollwertigen gehalten: Seine Haut war hell und makellos, die Gesichtszüge männlich und kantig, doch auch auf irgendeine Weise weich. Er trug eine Uniform, in hellem Grün mit goldenen Manschetten, die ihn als einen Offizier der Grenzverteidiger auswies. Außer dass er groß und muskulös war, hatte er nichts mit dem Bild gemeinsam, das ich mir ausgemalt hatte. Er gefiel mir auf Anhieb. Wir könnten ein schönes Paar abgeben. Aber Caidan Orchon sah mich nicht an. Nicht mit einem einzigen Blinzeln. Er kniete vor dem Thron meines Vaters nieder, bis dieser aufstand und auf ihn zuging.

»Ihr seid ein ehrenvoller Krieger, ein mutiger Soldat und ein Lebensretter. Ihr habt Tausenden Eurer Kollegen das Leben gerettet und keine Sekunde an Euer eigenes gedacht ...«, sprach mein Vater einstudiert. »Ihr habt sieben Grenzstädte vor dem Untergang gerettet. Für diese Taten ...«, Vater streckte die Hand nach rechts aus, wo mein Onkel Vestas neben ihn trat und ihm das Abzeichen reichte, »... segne ich Euch im Namen des Königs und des Reiches. Hiermit verleihe ich Euch ein seltenes Symbol, welches für Königstreue und Mut stehen soll und für immer meine Dankbarkeit und die meines Volkes bezeugen mag. Nun erhebt Euch, Caidan Orchon, und nehmt das Abzeichen an.«

Caidan stand auf, neigte aber weiterhin den Kopf vor seinem König, der fast einen ganzen Kopf kleiner war als der junge Soldat. Vater steckte Caidan das Abzeichen an das Revers seiner teuren Uniform, die ihm, wie ich vermutete, jemand aus dem Zirkel beschafft haben musste, um ordentlich gekleidet zu sein, wenn er vor den König trat. Wenn er vor mich trat.

»Hiermit ernenne ich Euch zum Schattenjäger«, sprach mein Vater und die Menge murmelte leise. Mit kalter Miene betrachtete ich Caidan Orchon, der bescheiden errötete. Ich wusste nicht genau, was ich davon halten sollte. Ein Krieger, über den Lieder geschrieben wurden, errötet vor dem König? Ich sah ihn angestrengt an und wünschte mir, dass er zu mir sehen würde. Doch er würdigte mich keines Blickes, als gäbe es mich überhaupt nicht. Allein das machte mich noch neugieriger auf ihn. Jetzt wollte ich ihn kennenlernen, mit ihm sprechen, mehr über ihn erfahren. Ich war es nicht gewohnt, dass man mich nicht beachtete. Normalerweise sah man erst mich an, bevor man meinen Vater wahrnahm. Egal wohin wir gemeinsam reisten, welche Städte oder Familien wir besuchten, ich hatte noch nie so wenig Aufmerksamkeit bekommen, wie von diesem Kerl. Der Mann, mit dem ich mich verloben sollte. Wusste er es überhaupt? Hatte man es ihm gesagt, dass man ihn als einen Heiratskandidaten für mich in Erwägung zog? Wenn er davon gehört hatte, dann würde er mir ganz gewiss mehr Beachtung schenken. Ich tröstete mich mit dem Gedanken, dass er unwissend darüber sein musste. Doch auch das stellte mich nicht gänzlich zufrieden.

Caidan hob den Kopf und sah meinem Vater in die Augen: »Ich bin zutiefst dankbar, für dieses Abzeichen und für diese außerordentliche Ehre, Eure Majestät.« Dann verneigte er sich leicht. Zum ersten Mal nahm ich seine Stimme wahr. Sie klang männlich, etwas rau und doch schön. Ich könnte mir durchaus vorstellen, diese

Stimme öfter zu hören. Diesen Mann öfter anzusehen ... *Nein, Leetha! Reiß dich zusammen*.

Ich erkannte meine Chance, endlich die Aufmerksamkeit auf mich zu lenken, die ich so dringend benötigte: »Auch ich möchte mich für Eure heldenhaften Taten bedanken, Lord Caidan.« Ich sprach laut, stand langsam auf und ging auf ihn zu. Als ich neben Vater stehen blieb, streckte ich meine Hand aus. Ich wusste, Caidan musste sie nehmen und küssen, was er zögerlich tat.

»Prinzessin, verzeiht mir ...« begann er zu sprechen und sah mir das erste Mal in die Augen. Silberblaue Augen, so hell wie die Atmosphäre der Erde. Mein Herz klopfte und für einen kurzen Moment befürchtete ich, die Fassung zu verlieren. Doch ich war Leetha Aeterna, zukünftige Königin und Tochter des mächtigsten Mannes. Ich riss mich zusammen und gab mich elegant und graziös wie immer. Ich schenkte ihm ein zuckersüßes Lächeln und wartete auf seine nächsten Worte: »Ich bin kein Lord«, gab er zu, während er seinen Blick von mir abwandte und den Kopf beschämt senkte.

»Ihr seid zu bescheiden, Caidan«, entgegnete ich lächelnd und ging zurück auf meinen Thron. Vater folgte und setzte sich ebenfalls, während Caidan den Kopf neigte, um sich zu entschuldigen. Er ging, hinter die Vollwertigen, wo ebenso meine Mutter stand. Dafür, dass er nur irgendein Soldatensohn war, kannte er die Etikette am Hof zu gut, fiel mir auf. Und ich fragte mich, welcher Berater aus dem Zirkel ihm das alles erklärt und ihn mit solch teurer Kleidung ausgestattet hatte. Mit Sicherheit derjenige, der ihn als meinen Zukünftigen vorgeschlagen hatte. Doch mir wollte nicht einfallen, wer das gewesen sein könnte. Nun schenkte ich dem Zirkel meine Aufmerksamkeit. Ich musterte sie alle. Lord Ryal allen voran. War er es gewesen? Hatte er den Schattenjäger hierhergebracht, um mich mit ihm zu verloben? Oder doch einer der anderen? Etwas nicht zu wissen, machte mich wahnsinnig.

»Dem neuen Schattenjäger zu Ehren wird heute ein Festmahl errichtet. Es wird anschließend einen Ball im Merkursaal geben«, verkündete mein Vater laut.

Ruhig und gelassen saß ich auf dem Stuhl, auf dem ich schon so viele Male gesessen hatte, doch innerlich brannte ich vor Ungeduld.

Es war der erste Tag nach Neumond und es war üblich, dass Kläger aus dem ganzen Reich ihre Sorgen vortragen durften. Selbstverständlich musste ich dabei sein. Doch heute wollte ich nur den jungen Mann kennenlernen, den ich heiraten sollte. Ich wusste, dass es später auf dem Ball genügend Möglichkeiten geben würde, mit ihm zu sprechen, doch bis dahin kam es mir wie eine Ewigkeit vor. Ich konnte mich kaum konzentrieren und sah immer wieder vorsichtig in die Menge, insbesondere an die Stelle, an der sich Caidan niedergelassen hatte und ich bemerkte, dass er mit meiner Mutter tuschelte. Danach schaute er zu mir, so als ob sie über mich gesprochen hatte. *Oh, Mutter,* dachte ich, *bitte nicht*. Ich kannte sie. In diesem Moment pries sie mich bei ihm an und erzählte alle möglichen Geschichten über mich. Ich konnte ihre Stimme und die Wörter schon in Gedanken zusammenreimen, wie sie mich als perfekte Frau darstellte. Meine Wangen wurden warm und ich befürchtete, dass ich errötete. Schnell begann ich, dem nächsten Kläger zuzuhören, um mich abzulenken, doch meine Blicke wanderten unwillkürlich zu Caidan und Mutter, die mich beide ansahen. Er lächelte, was mir mehr Hitze in die Wangen trieb. Er sah so gut aus. So unglaublich gut. Anders, als ich ihn mir vorgestellt hatte. Anders, als die vollwertigen Offiziere, die ich kannte. Er hatte etwas Weiches an sich. Überhaupt nicht wie der unrasierte, ungepflegte Kerl, den ich mir vorgestellt hatte.

Selbst wenn er nichts von den Plänen des Zirkels über unsere Verlobung wusste, würde er es spätestens jetzt wissen. Mutter konnte nichts für sich behalten. Erst recht nicht, wenn es um mich ging. Sie wollte diese Verbindung fast so dringend wie der Zirkel. Mein Vater, so hatte ich jedenfalls das Gefühl, sträubte sich gegen den Gedanken, mich an einen Mann weiterzureichen. Mutter jedoch hoffte auf einen netten Schwiegersohn und auf viele Enkelkinder, die sie von ihren eigenen Sorgen ablenken würden. Immerhin war ich fast sechshundert Jahre alt, ein Alter, in dem meine Mutter längst mit meinem Vater vermählt war. Wie alt Caidan sein mochte? Sicherlich nicht viel älter als ich. Wobei das nichts heißen mochte. Vater war tausend Jahre älter als Mutter und die beiden liebten sich sehr.

Die Erde drehte sich und das Blau der Sichel, die man betrachten konnte, wandelte sich in eine dunkle, fast noch schönere Seite der Erde. Sie war voller kleiner Lichter, die ich mir beim besten Willen nicht erklären konnte. Der Ball hatte längst begonnen, und das Mahl war bereits beendet. Nach einigen Gesprächen mit den Ministern des Zirkels und mit meinen beiden Freundinnen Aya und Kira, hielt ich es nicht länger aus zuzusehen, wie Caidan und meine Mutter am anderen Ende des Saals sitzen mussten. Es ärgerte mich, dass Caidan und Mutter nicht an unserem Tisch speisen durften. Wie gern hätte ich mich mit Caidan unterhalten. Dort mit dem Zirkel und anderen Ministern am Tisch zu sitzen, wurde mir langsam zuwider. Lieber genoss ich Aussicht auf die Erde, die in tausend kleine Lichter eingetaucht wurde.

Dunkelheit gab es bei uns nicht. Es gab keinen Tag und keine Nacht, wie die Erde es kannte. Es war immer hell. Unser Reich, Meridem, lag auf der hellen Seite des Mondes, die stets von den warmen Strahlen der Sonne beschienen wurde. Die Sonne gab uns nicht nur Licht, sondern die Energie, die wir zum Leben brauchten. Sie war es, die uns am Leben hielt. Die andere Seite des Mondes, die dunkle Seite namens Tenebris, wurde von einem König regiert, der uns den Krieg erklärt hatte. Er wurde erst vor fünfzig Jahren gekrönt, nachdem sein Vater verstorben war. Ich kannte ihn, diesen tenebrischen König. Xaver. Allein beim Gedanken an ihn lief mir ein Schauder den Rücken hinunter. Seinem Vater war der Frieden zwischen unseren Reichen wichtig gewesen und er war höchstpersönlich zu Friedensverhandlungen nach Claritas gereist. Seinen Sohn Xaver hatte er oft mitgenommen. Er wollte ihn als Abgesandten erklären, doch Xaver war alles andere als begeistert von unserem Volk. Er verachtete uns. Er hasste uns abgrundtief und ich konnte nicht einmal sagen, weshalb. Als sein Vater vor fünfzig Jahren starb, machte Xaver uns dafür verantwortlich und erklärte den Krieg. Seitdem gab es an den Grenzen zwischen Hell und Dunkel brutale

Auseinandersetzungen. Ich konnte nur erahnen, wie schlimm es um die Grenzstädte stand. Womöglich konnte mir Caidan davon mehr erzählen, immerhin hatte er an vorderster Front gekämpft, sodass man ihn sogar zum Offizier ernannt hatte, obwohl er aufgrund seines Standes nicht dafür vorgesehen war.

Wie immer stand ich auf dem Balkon, die Musik des Balls ertönte laut und dazwischen mischten sich das Gelächter und die Gespräche des Hofstaats. Beim Festmahl saß ich zu weit von Caidan entfernt, der als Nichtvollwertiger keinen Platz an unserem Tisch nehmen durfte, selbst wenn das Mahl ihm zu Ehren gedacht war. Nichtvollwertige gab es nur wenige am Hof. Meine Mutter war eine davon. Mein Onkel Vestas der andere. Ein paar Angestellte, die niedere Arbeiten erledigten, ebenfalls. Doch die meisten, die hier lebten, waren Vollwertige. Es ärgerte mich, dass Caidan es nicht war. Es wäre alles so einfach gewesen, wenn er von edlem Blut wäre. Nicht zuletzt könnte mein Ruf darunter leiden, einen wie ihn zu ehelichen. Mein Vater musste es am eigenen Leib spüren. Wie ich einst mitbekommen hatte, wollte er diese Ehe anfangs nicht. Doch die Schulden meines Großvaters hatten ihn dazu gezwungen. Trotz dieser Geschichten war ich mir sicher, dass sich meine Eltern liebten. Auch wenn mein Vater es in der Öffentlichkeit nicht zeigte.

Ich hörte seine typisch schweren Schritte. Dann roch ich sein Rasierwasser. Vater stand hinter mir: »Willst du nicht hereinkommen und tanzen, anstatt die Erde zu betrachten?« Obwohl ich es nicht sehen konnte, hörte ich ein Lachen in seiner Stimme.

Langsam lehnte ich mich zurück, schmiegte mich an ihn und hauchte: »Ich würde zu gern wissen, wie es dort drüben ist.«

»Es gab eine Zeit, in der konnten wir zur Erde reisen«, sagte er ruhig.

Ich nickte: »Ich kenne die Geschichten, Vater. Als der Mond der Erde noch näher war, konnte man dort hinreisen ...« Ich seufzte.

»Genau. Bei Vollmond.« Wieder das Lachen in seiner Stimme. »Aber nach so vielen Tausenden von Jahren, hat sich dort auch vieles verändert.«

»Warum konnten sie dann vor kurzer Zeit hierherreisen? Wie haben sie das gemacht?« Es ließ mich nicht los. Dieses Mysterium. Diese Wesen dort, die uns so ähnlich waren.

Ich spürte, dass er mit den Schultern zuckte: »Sie haben sich weiterentwickelt, meine Kleine.«

»Aber ... Warum konnten sie uns nicht sehen?« Ich erinnerte mich. Ich war damals tieftraurig gewesen. Diese Menschen von der Erde waren hierhergeflogen, mit ihren riesigen Vögeln aus Metall, und ich konnte den Tag ihrer Ankunft kaum erwarten. Obwohl die Gelehrten mir erklärt hatten, dass sie uns nicht wahrnehmen könnten, hatte ich etwas anderes gehofft. Doch die Magister behielten recht. Die Menschen waren zwischen unserer Welt hindurchgereist, ohne etwas davon zu erkennen, hatten ihre Flagge in unsere Oberfläche geschlagen, ohne unsere Vegetation zu sehen, hatten nichts gehört, obwohl ich ihnen zugerufen hatte. So enttäuscht und niedergeschlagen war ich noch nie in meinem Leben gewesen.

»Sie können nur drei Dimensionen wahrnehmen«, erklärte Vater. »Selbst wenn sie von uns wüssten, könnten sie uns nicht erkennen«, sprach er weiter, obwohl ich diese Frage schon so oft gestellt hatte.

»Aber als die Letzten von uns auf der Erde waren, sahen sie uns doch?«

»Ja, weil wir ihre dreidimensionale Gestalt annehmen konnten. Aber die Letzten, die es versucht hatten, zur Erde zu gelangen, sind nie wieder zurückgekommen. Wir haben vor vielen Jahren Gesandte ausgeschickt, die geschworen haben zurückzukommen. Doch sie kamen nicht mehr. Deshalb müssen wir davon ausgehen, dass es nicht mehr funktioniert.«

»Aber man könnte es versuchen?«, fragte ich und ich wusste, dass mein Vater mir nicht die Wahrheit sagen würde, damit ich es nicht ausprobiere.

»Nein. Es ist eine anstrengende Zeremonie und unser Volk hat vergessen, wie es genau gemacht wird. Du brauchst dir keine Gedanken machen. Du wirst niemanden finden, der es dir erklären kann.« Ich spürte die Sorge in seiner Stimme. Sie versicherte mir, dass es doch jemanden geben musste. Doch Vater kannte meine Liebe zu diesem mysteriösen Planeten und sorgte sich. »Und selbst wenn, mein Kind, du wirst hier gebraucht, du wirst Königin und hast Verpflichtungen.« Er packte mich an den Schultern und drehte mich zu sich um, sodass er mir in die Augen sah: »Und eine dieser Verpflichtungen wartet dort drin auf dich.« Vater grinste und zeigte mit dem Finger auf die Balkontür zum Ballsaal.

»Caidan?«, fragte ich vorsichtig. »Ich weiß nicht, was ich von ihm halten soll. Er hat mich erst überhaupt nicht beachtet.«

»Ich zwinge dich zu nichts. Wenn du ihn nicht magst, dann finden wir einen anderen, der Zirkel hatte mehrere Vorschläge. Darunter ein paar Vollwertige, die du kennst und mit denen du aufgewachsen bist.«

Ich dachte an die Söhne der Hofleute und ich seufzte. Sie waren alle traditionell und streng, was Regeln anging. Und doch hatte ich mir einst geschworen, nie einen Niedergeborenen zu heiraten. Zu oft hatte ich gesehen, wie es meinen Eltern erging. Zu oft hatte ich geweint, als Mutter unfair behandelt wurde.

Vater schien meine Gedanken zu erraten: »Aber einer wie Caidan, ein Nichtvollwertiger, müsste sich dir unterordnen. Er hätte keine Macht über dich und dürfte sich selbst nicht König nennen.« In seinen Augen erkannte ich, dass dies der einzige Trost für ihn war. Ich hatte ihn beobachtet, wie er Caidan angesehen hatte. Hatte gesehen, dass es ihm nicht gefiel, mich an ihn weiterzugeben. Aber ich fragte mich, ob es wirklich an Caidan lag oder ob Vater bei jedem Mann auf diese Weise reagieren würde.

»Was willst du damit sagen? Dass ich ihn so behandeln müsste, wie du Mutter?« Ich konnte meine Abneigung gegen diesen Gedanken nicht verbergen.

»Ich will damit sagen, dass du die einzige Königin wärst und tun und lassen könntest, was du für richtig hältst. Ein Vollwertiger würde gekrönt werden, würde König werden und könnte deine Entscheidungen anzweifeln. Er könnte im Falle deines Todes deinen Kindern Vorschriften machen. Willst du das?« Er sah mich mit großen Augen an.

»Nein!« *Nein*, das wollte ich nicht.

»Dann komm rein und lerne ihn kennen, wenn du ihn nicht willst, finden wir jemand anderes.« Vater lächelte und stupste mich an. Ich nickte.

»Sag mir noch eines, Vater«, bat ich und hielt ihm am Arm fest, kurz bevor wir wieder in den Saal gingen. »Weiß er, dass er ein Heiratskandidat ist?«

Vater lachte laut und nickte: »Natürlich weiß er es. Wie ich gehört habe, hat er seinen vollwertigen Offizierskollegen dieses Arrangement sogar selbst vorgeschlagen und sie gebeten, diese Idee dem Zirkel vorzubringen. Seine Worte seien gewesen: *Das Volk liebt mich, während sie sich gegen die Monarchen mehr und mehr auflehnen. Der König wäre klug, seine Tochter mit mir zu vermählen, um einen Aufstand im Keim zu ersticken.*«

Ich prustete. »Tatsächlich?«

Vater nickte.

»Das ist ganz schön arrogant von ihm, meinst du nicht?«

»Er ist ein zielstrebiger Kerl, das muss man schon sagen«, lächelte mein Vater. »Er weiß eben, was er will.«

»Warum tat er dann so bescheiden und schüchtern, als er mich das erste Mal gesehen hat?«, fragte ich mit einem Unterton, der meine Wut nicht verbarg.

»Der Zirkel war anfangs auch entweder verärgert oder belustigt darüber, doch dein Onkel Vestas reiste dann zu Caidans Heer und wollte ihn kennenlernen. Und er versicherte dem Zirkel, dass es sich um einen wahrhaftigen Krieger handelt, der vom Volk geliebt wird.«

»Und dann hat man einfach beschlossen, mich diesem aufgeblasenen ...« Ich biss die Zähne aufeinander. Was dachte sich dieser Kerl? Eins war sicher, er war von sich überzeugt und spielte ein Spiel, das er nicht gewinnen würde. Nicht mit mir, da wusste jemand nicht, wen er sich ausgesucht hatte.

»Nein, erst als die ersten Aufstände aufkamen. Da hat der Zirkel sich nochmals mit Vestas zusammengesetzt und die ganze Sache besprochen.«

»Also bin ich nur ein Mittel zum Zweck? Wie Vieh?«

Vater lachte und schüttelte den Kopf: »Dein Onkel Vestas versicherte mir, dass Caidan ein guter Kerl sei. Lerne ihn kennen, bevor du ein Urteil bildest.«

»Pff ...« Ich wusste nicht mehr, was ich dazu sagen sollte. Aber eines wusste ich. Mein Onkel liebte mich. Er selbst hatte keine Kinder. *Meine kleine Prinzessin*, nannte er mich stets. Onkel Vestas würde mir keinen Mann aufzwingen, der mich nicht verdient hätte, genauso wenig wie Vater.

Vater lachte lauter: »Na immerhin hat er es geschafft, deine Aufmerksamkeit zu bekommen. Das war sicherlich sein Ziel gewesen.«

Ich nickte. Oh ja, das hatte er geschafft. Dieser Mistkerl! Diese Zurückhaltung und diese Schüchternheit waren nur ein Schauspiel. Caidan legte sich mit der Falschen an. Diese Art von Spielchen konnte ich ebenso spielen ...

Die feine Gesellschaft, wie meine Mutter die Vollwertigen am Hof stets nannte, tanzte die klassischen Standardtänze, die man schon als kleiner Junge oder Mädchen in- und auswendig kennen musste. Manchmal wurde die Musik etwas schneller, doch selbst dann kam es mir vor, als könnte man dabei einschlafen. Die Musik des Hofes bestand eher aus sinnlichen Klängen, die langsamen Noten folgten. Man umschlang sich oft beim Tanzen und kam sich nah genug, um jemanden kennenzulernen. Mir gefielen diese traditionellen Tänze nicht. Unten in der Stadt gab es Tanzcafés für junge Leute, die sich zu schneller Musik, und vor allem frei, bewegen durften. So, wie sie es wollten und nicht, wie es eine Etikette vorschrieb. Ich liebte diese Cafés und ging dort oft mit Aya und Kira hin, um zu feiern und neue Leute kennenzulernen. Mein Vater hatte mir nie verboten, mich frei in Claritas zu bewegen. Zumindest innerhalb der Stadtmauern. Es lebten ohnehin fast nur Vollwertige dort, in den schönsten und prächtigsten Häusern. Einzig das Personal und die Angestellten hatten ebenfalls Zutritt, doch sie waren schlau genug, sich nicht mit mir anzulegen. Zwischen den vollwertigen Gleichaltrigen hatten sich Freundschaften gebildet. Vor allem durch meine Nähe zum Volk. Doch niemals duzten sie mich oder behandelten mich wie eine von ihnen. Sie hielten stets exakt die Etikette ein, wenn ich mich im Raum befand, obwohl ich es mir so oft anders gewünscht hätte. So, wie es mit Aya und Kira war, schlicht und ungezwungen.

Hier im Ballsaal war es anders als in den Tanzcafés. Jede Frau, so mächtig sie auch sein mochte, musste warten, bis sie von einem Gentleman aufgefordert wurde. Niemals hatte eine Frau einen Mann zum Tanz gebeten. Zumindest erinnerte ich mich nicht an solch eine Situation. Ich blickte mich um und erkannte Caidan, der sich angeregt mit Vestas unterhielt. Als mein Onkel mich erblickte, deutete er auf mich, sodass ich die ungeteilte Aufmerksamkeit des Schattenjägers bekam. Es schien fast so, als gäbe mein Onkel ihm einen kleinen Schubs in meine Richtung, doch so genau konnte ich das durch die Menschenmenge nicht erkennen. Langsam ging er auf mich zu. Die Tische, an denen wir zuvor gegessen hatten, standen u-förmig um die Tanzfläche herum, die aus kleinen bunten Mosaiksteinchen bestand, die im Sonnenlicht funkelten.

»Prinzessin«, sagte er freundlich und verneigte sich tief vor mir, während ich ihm die Hand reichte. *Seine Augen* ... Sie funkelten im Sonnenlicht, das durch die großen Fenster des Merkursaals hereinschien. Zögerlich nahm er meine Hand und drückte seine Lippen auf meinen Handrücken. Was für ein Spiel spielte er? Den schüchternen Jungen aus der Provinz? Ich musterte ihn eingehend und versuchte angespannt, schlau aus ihm zu werden.

»Wollt Ihr mich nicht zum Tanz auffordern?«, fragte ich ungeachtet dessen, dass es sich nicht gehörte. Er sah mich mit großen, silbernen Augen an, in denen ich fast so etwas wie echte Scham erkennen konnte.

»Prinzessin, ich komme aus einer Provinz, die kaum mehr als fünf Häuser besitzt. Niemand hat mir je beigebracht, wie man tanzt.«

»Ihr wart niemals mit Euren Soldatenkollegen feiern, in einem Tanzcafé oder in einem Wirtshaus, indem man auf Tischen tanzt?«, fragte ich ihn unbeeindruckt und er grinste. Fast, aber nur fast, hätte ich ihm in diesem Moment den Schüchternen abgenommen.

»Natürlich, Prinzessin. Doch diese Tänze hier sind mir fremd.« Seine Stimme wurde stärker, so als wüsste er genau, dass ich ihn absichtlich in Verlegenheit bringen wollte. Langsam, ja, ganz langsam glaubte ich, unter seine Maske sehen zu können. Er spielte ein Spiel. Definitiv. Er gab den lieben, mutigen und fremden, jungen Mann, der sich schämte, nicht wie wir zu sein. Doch ich wuchs am Hof auf, ich kannte jede Vorführung und jede Maskerade. Ich nahm ihm den bescheidenen Jungen, den er mir aufbinden wollte, nicht ab. So reichte ich ihm erneut eine Hand. »Fordert mich auf, wir tanzen so, wie Ihr mich führt.«

Echte Panik trat in sein Gesicht: »Das wäre nicht angebracht. Euer Onkel sagte mir, dass man strenge Tanzschritte einhalten ...«

»Wessen Worte haben mehr Gewicht, mein guter Soldat, meine oder die meines Onkels?« Streng sah ich ihn an und spürte förmlich seine Verunsicherung.

Er schluckte: »Eure.«

Ich hätte gern gelacht, als ihm die Farbe aus seinem ohnedies schon bleichen Gesicht fiel. Doch meine Miene blieb streng und abwartend. Würde er sich für mich zum Gespött machen? Mir gefiel es, auszutesten, wie weit er gehen würde. Eine mögliche Heirat mit der Prinzessin war die größte Chance auf seiner ohnehin schon steilen Karriereleiter. Würde er sich dafür zum Affen machen?

Etwas blitzte in seinen Augen auf, das mir sagte, er hatte mich durchschaut. Caidan wusste, dass ich ihn absichtlich in eine peinliche Situation brachte, um ihn zu testen. Er nahm meine Hand und zog mich sanft auf die Tanzfläche. Er schaute sich bei den anderen Paaren ab, wie er mich berühren musste, und legte die Hände um meine Hüften, während ich die Arme um seinen Hals schlang. Etwas mehr als eine Handbreit Abstand lag zwischen unseren Gesichtern. Er war nur einen halben Kopf größer als ich und sein helles Haar fiel ihm leicht über die Augen, als er sich bewegte. Wir sollten uns in die Augen sehen, doch er schaute nach links und nach rechts und bemühte sich die Bewegungen der anderen Tanzpaare zu kopieren. Ich achtete nicht auf sie, ich genoss es, wie er sich in dieser Situation, die ihm äußerst unangenehm sein musste, zurechtfand. »Ich hatte Euch gewarnt, ich kann nicht tanzen. Zumindest nicht so«, sagte er nach einer Weile, als er sich an die langsame Musik gewöhnt hatte.

»Dafür macht Ihr es ganz gut«, gab ich zu und meinte es tatsächlich ernst. »Fühlt Ihr Euch unwohl?«

Er schluckte, dann nickte er. »Wir werden von allen Seiten beobachtet.«

Ich grinste: »Stört Euch das auch, wenn Ihr mit dem Schwert umgeht?«

»Nein, aber das ist etwas, das ich gut kann.«

Ich sah mich um und erkannte, dass er recht hatte: Die Paare in unmittelbarer Nähe, beäugten uns neugierig. Dann sah ich Onkel Vestas, der über die Tanzfläche marschierte wie ein Offizier auf dem Schlachtfeld und den interessierten Zuschauern ein Ende bereitete. »Kümmert Euch um Euren eigenen Kram«, rief er zu den anderen Paaren, oder: »Was gibt's da zu glotzen?«

An der Wand auf der anderen Seite erblickte ich meine Zofen, die ebenfalls über mich und Caidan tuschelten. Ich grinste. Onkel Vestas war ein hoher und mächtiger Mann, obwohl er nicht dem Zirkel angehörte. Dennoch genoss er den Status als königlicher Schatzmeister. Er war der Einzige, von dem ich wusste, dass er die Etikette genau so sehr verabscheute wie ich, was daran liegen musste, dass er nicht vollwertig war. Eigentlich hätte er diese Position niemals bekommen dürfen. Doch als Bruder meiner Mutter, der die Hochzeit zwischen meinen Eltern arrangiert hatte, hatte er sich einen hohen Rang erarbeitet, den viele im Zirkel anzweifelten. Sie nahmen ihn nicht ernst, doch es scherte ihn wenig und so kam es nicht selten vor, dass er kein Blatt vor den Mund nahm und aussprach, was ihm durch den Kopf ging.

»Hier ist alles so förmlich, daran muss ich mich noch gewöhnen«, sagte Caidan, um ein Gespräch mit mir zu finden.

»Müsst Ihr das?« Ich zog die Augenbrauen hinauf.

»Ja«, stammelte er und verengte die Augen.

»Es ist nicht schwer, ich bin sicher, Ihr spielt dieses Spiel bereits perfekt.« Ich beobachtete genau, wie er darauf reagierte.

»Was meint Ihr mit Spiel?« Er ließ sich nichts anmerken.

»Es ist alles ein Spiel, eine Maskerade. Diese Leute leben nach allen Regeln, welche die Etikette vorschreibt – Aber hinter verschlossenen Türen ...« Ich seufzte. Er sagte nichts und sah mich nur an. Ich sprach weiter und deutete dabei auf eine mollige Frau, die einen Kelch Wein in der Hand hielt und mit einer anderen Lady tuschelte. »Das ist Lady Richelle, aus dem vollwertigen Hause Erison. Sie ist verheiratet mit Lord Raul, einem angesehenen Kaufmann.« Ich machte eine Pause, Caidan sah mich fragend an. »Sie teilt das Bett mit dem Kammerjäger«, erzählte ich weiter. »Das ...«, ich zeigte auf ein junges Pärchen auf der Tanzfläche. »Das sind Lady Lysa und Lord Erik. Sie sind frisch vermählt, obwohl er keinen Gefallen an Frauen findet. Und sie weiß es.«

Caidan zog die Augenbrauen hoch.

»Diese Dame dort hinten im schwarzen Kleid wurde vor Kurzem zur Witwe. Ich bin mir sicher, dass sie ihren Mann vergiftet hat«, sprach ich weiter. »Und die beiden Älteren dort hinten ...«, ich zeigte auf ein älteres Paar auf der Tanzfläche, das sich nach all den Jahren verliebt anblickte, »... konnten keine eigenen Kinder bekommen, weshalb sie ihren Zofen und Bediensteten für viel Gold deren Kinder abkauften. Sie gaben sie als ihre eigenen aus. Als die Kinder älter wurden, erkannte jedermann, dass sie keine Vollwertigen waren und ihre Eltern schämten sich so sehr, dass sie die Kinder aus dem Haus jagten und nie wieder ein Wort darüber verloren.«

Caidan hörte mir aufmerksam zu.

»Und nun seht meine Mutter an« Ich deutete auf sie, die eingeschüchtert in der letzten Ecke stand und meinen Vater von Weitem betrachten musste, der sich mit einigen Männern aus seinem Zirkel unterhielt. »Sie ist keine Vollwertige, nicht von edlem Blut. Sie hat hier so gut wie keine Rechte. Jeder hier, sogar viele Bedienstete, stehen im Rang über ihr. Und doch ist sie die Einzige im Raum, die es verdient hätte, verehrt zu werden. Die einzige Frau, die ein reines Herz besitzt und keine Spielchen spielt. Die anderen sollten sich vor ihr verneigen und ihr die Füße küssen, anstatt sie mit verachtenden Blicken anzusehen.«

Caidan schwieg noch immer.

»Wie ich sagte, Caidan. Alles hier ist ein Spiel, dessen Regeln irgendwann vor vielen tausend Jahren aufgestellt wurden. Jeder hier trägt eine Maske.« Ich machte eine Pause, bevor ich weitersprach: »Und ich kenne dieses Spiel zu gut, um zu wissen, wer wirklich vor mir steht.«

Er grinste: »Was wollt Ihr damit andeuten?«

»Wie gefällt Euch Eure Maske, Caidan?«

Sein Grinsen wurde breiter. »Ich weiß nicht, wovon Ihr sprecht, Prinzessin.«

»Ach ja? Ein Soldat, der kühnste und mutigste Soldat in unserer Generation, ja, vielleicht in der ganzen Geschichte, der Männern den Kopf abhackt, Frauen und Kinder aus brennenden Häusern rettet und ganze Städte vor dem Untergang bewahrt ... Dieser besagte, mutige Mann, wird auf einmal zum schüchternen Jungen, wenn er einer Prinzessin begegnet? Das kann ich nicht so recht glauben.«

Caidan lächelte mich an. Er leugnete es nicht. Stattdessen fragte er: »Was ist mit Euch? Was für ein Spiel spielt Ihr mit mir?«

»Was meint Ihr?« Ich runzelte die Stirn.

»Eine Prinzessin, die schlau ist und die Etikette genauestens kennt, nennt mich vor versammelter Gesellschaft einen Lord? Ihr wusstet genau, dass ich kein Lord bin.« Ernst betrachtete er mich und ich war mir nicht sicher, ob er unsere Unterhaltung lustig fand oder wütend wurde.

»Reine Höflichkeit. Ich wollte nur nett sein«, wehrte ich mich, doch er fiel mir ins Wort, während seine Stimme lauter und ernster wurde: »Das war keine Höflichkeit. Es war respektlos! Ihr wusstet genau, dass ich weder Titel noch Reichtümer habe. Es war einfach nur herablassend!«

Ich schnaubte und blieb abrupt stehen: »Respektlos? Ihr, gerade Ihr, redet von Respekt?« Auch meine Stimme wurde lauter und ich bemerkte im Augenwinkel, dass wir einige Zuhörer hatten. Doch es war mir egal. »Ihr wagtet es, zu behaupten, Ihr seiet die beste Partie für mich. Ihr hattet die Frechheit, eine Ehe mit mir vorzuschlagen. Ihr! Ein Niemand! Man hätte Euch für diese Worte den Kopf abhacken können!«

»Mein Kopf ist noch da, falls Ihr es nicht bemerkt habt, Prinzessin!« *Prinzessin*, wie er es aussprach. Fast so, als wäre dieses Wort Gift in seinem Mund.

»Jemand, der so dreist ist und damit auch noch durchkommt, sollte nicht damit rechnen, dass ich ihm den schüchternen und bescheidenen Mann abkaufe!«, sagte ich wütend und setzte gerade an, um weiterzusprechen, da ergriff mich jemand am Arm.

»Leetha, Liebes, kommt, beruhigt Euch.« Onkel Vestas ging zwischen uns. »Habt Ihr keine eigenen Probleme?«, schrie er zu den zahlreichen Zuschauern, die sich murmelnd um uns versammelt hatten.

Ich riss mich von Onkel Vestas los und ging schnellen Schrittes zur Tür hinaus.

»Prinzessin Leetha, wartet«, hörte ich nach einigen Metern die Stimme des Schattenjägers hinter mir. Ich drehte mich nicht um, blieb aber stehen. »Ihr habt recht, ich bin weder schüchtern noch bescheiden.«

Ich hörte, wie er näher kam, doch ich rührte mich nicht. Wir standen im Flur und ein Pärchen, das uns neugierig ansah, verschwand sofort, als ich es böse anfunkelte.

»Wenn ich meine Maske abnehme, bekomme ich dann die Chance, mich zu erklären?«

Ich sagte nichts, nickte nicht, ich blieb einfach stehen, mit dem Rücken zu ihm gewandt.

Er sprach weiter: »Ich wollte nicht respektlos sein, ich weiß sehr wohl, dass ich für solche Worte meinen Kopf hätte verlieren können. Es war ein dummer Zufall, dass ich nun hier stehe. Bitte lasst es mich erklären.«

Langsam drehte ich meinen Kopf über die Schulter und sah ihn an: »Ich bin mir nicht sicher, ob ...«

Caidan fiel mir ins Wort, was mich verärgerte. Niemand außer Vater unterbrach mich! Niemand! »Nach einem schrecklich langen Tag an der Grenze besuchte ich mit meinen Soldaten ein Wirtshaus. Wir hatten die Grenzstadt verteidigt, wofür uns die Bewohner so dankbar waren, dass wir essen und trinken durften, was wir wollten. Das Volk feierte mit uns und wir übertrieben es maßlos. Ich war stockbetrunken, als ein vollwertiger Offizierskollege meinte, ich sei beim Volk beliebter als der König selbst. Daraufhin sagte ich, dass sich der König überlegen sollte, seine Tochter mit mir zu vermählen. Und ja, Prinzessin, ich sagte auch, dass ich die beste Partie für Euch wäre und dass ich diese Idee dem Zirkel vortragen sollte. Doch ich war betrunken. Maßlos betrunken. Und der letzte Kampf lag nicht weiter zurück, als ein Wimpernschlag. Ich meinte nichts davon ernst.« Er machte eine Pause, wartete ab, ob ich was dazu sagen würde, doch das tat ich nicht. Caidan sprach weiter: »Ich wusste nicht, dass ein Offizier der Sohn eines Mitglieds des Zirkels war. Es vergingen Monate und ich hatte es schon längst vergessen, da stand auf einmal Euer Onkel Vestas vor mir und sprach mich darauf an. Ich bekam Panik und dachte, ich würde für diese Worte zum Tode verurteilt werden. Doch es kam anders. Und nun, na ja, nun stehe ich hier.«

Ich drehte mich zu ihm um: »Was für eine nette Geschichte, mal sehen, ob ich dank dieses Märchens, besser einschlafen kann. Gute Nacht, Schattenjäger.«

»Alles in Ordnung, Prinzessin Leetha?«, fragte ein Wachmann, der mir gefolgt war. Wie ich es hasste, diese ständige Sorge und Überwachung.

»Es ist alles in Ordnung, danke«, sagte ich scharf und lief die langen Flure entlang in Richtung meiner Gemächer, doch ich war zu aufgewühlt, um schlafen zu können. So drehte ich mich um und trat ins Licht.

Innerhalb einer Sekunde befand ich mich an meinem Lieblingsort, von wo aus ich die Erde sehen konnte. Ich beugte mich vor, stützte die Unterarme auf das Geländer und legte das Kinn in die Hände. Ich könnte stundenlang dort hinstarren. Zusehen, wie sie sich langsam drehte und wie sie von der Sonne beschienen wurde.

Hatte er die Wahrheit gesagt? War er ein junger Mann, der dem Tod knapp entkommen war und nur mit seinen Freunden und Kollegen zu kräftig gefeiert hatte? So wie ich gerne feiern ging? Ich hatte auch schon zu viel getrunken und blöde Dinge gesagt. Das war doch normal in unserem Alter. Erst recht für ihn, der an der Grenze unser Reich beschützte, Tag für Tag sein Leben aufs Spiel setzte.

»Verzeihung, ich wusste nicht, dass Ihr hier seid, ich dachte, Ihr wärt ins Bett gegangen.« Caidan stellte sich neben mich. Ich rührte mich nicht. »Sie ist wunderschön, stimmt's?«, hauchte er und betrachtete die Erde. »Ich kenne keinen Ort, an dem man sie so gut sehen kann.« Er sah mich an, während ich meinen Blick fest auf der Erde hielt. Dann sah er nach unten. »Das ist also Claritas. Ich war nie hier gewesen. Als ich herkam, schlenderte ich eine Weile durch die Stadt, aber viel Zeit hatte ich nicht.«

Ich wusste, worauf er aus war, doch ich blieb still.

»Wollt Ihr mir die Stadt mal zeigen?« Er wollte nicht die Stadt kennenlernen, sondern mich. Er suchte einen Grund, um Zeit mit mir zu verbringen. Doch meine Neugier auf ihn war sicherlich genauso groß wie seine. Also drehte ich mich zu ihm und sah ihn nur an. Schließlich sagte ich: »Wenn ich das mache, dann ohne Spielchen. Ohne Masken. Nur Caidan und Leetha.«

Er nickte: »In Ordnung.« Dann lächelte er zufrieden.

»Gut, zur achten Stunde treffen wir uns am Haupttor.«

»Was ist die achte Stunde?« Er sah mich fragend an.

Ich zog die Augenbrauen hoch: »Wenn die Turmglocken der Stadt acht Mal schlagen.«

Er runzelte die Stirn: »Deswegen erklingen ständig diese Glocken ...« Es war eine Feststellung, keine Frage.

»Ja«, lächelte ich verwundert. »Ist das nicht überall so?«

Er schüttelte den Kopf und lächelte ebenfalls.

»Wie regelt man die Zeit außerhalb der Stadt?« Ich wurde neugierig. Zwar war ich schon einige Male mit Vater in andere Städte gereist, doch auch dort gab es Glocken. Ich hatte mich nie gefragt, wie es in den ärmeren Provinzen war. Aber konnte mir denken, dass sie keine Turmglocken besaßen.

Er lehnte sich neben mich auf das Geländer: »Wir orientieren uns an der Erde. Sie dreht sich ständig. Wir haben einige Punkte festgelegt ...« Er kam näher an mich heran, fast schon zu nah, für mein Empfinden. Stocksteif blieb ich stehen und rührte mich nicht.

Alles in mir verkrampfte sich. Kein anderer Mann, den ich kannte, würde sich trauen, mir so nah zu kommen, ohne mich um Erlaubnis zu fragen. Doch Caidan schon. Dann streckte er die Hand aus und zeigte auf einen dieser Punkte: »Seht Ihr das Land, das aussieht wie ein Stiefel?«

Ich nickte: »Europa!«

Er drehte den Kopf zu mir und ich konnte seinen Atem schmecken. Er roch nach dem süßen Wein, der den ganzen Ball über ausgeschenkt wurde. In den silberblauen Augen standen tausend Fragen. Sein Gesicht war so nah an meinem, dass ich kaum einen klaren Gedanken fassen konnte. Schließlich riss ich mich zusammen. *Sei nicht so dumm, Leetha*, sagte ich mir. *Kein Mann der Welt sollte dich dermaßen aus der Rolle bringen können*. Ich räusperte mich leise. »Das ist Europa«, wiederholte ich.

»Wirklich? Wir nennen es nur den Stiefel.«

Ich lachte: »Lest Ihr keine Geschichtsbücher? Unsere Vorfahren, die vor Tausenden von Jahren auf der Erde waren, haben alles aufgeschrieben.«

Er schüttelte den Kopf.

»Wenn Ihr mögt, könnt Ihr Euch mal in unserer Bibliothek umsehen, es gibt Hunderte Bücher.« Der Gedanke an die Geschichten von der Erde lenkte mich von seiner Nähe ab, die mich nervös machte.

Seine Augen verengten sich. »Ich ...« Er stammelte. Der schüchterne Schattenjäger. Langsam begann ich, ihn zu mögen. »Ich kann nicht lesen.«

»Oh« Ich wusste nicht, was ich sagen sollte. War ich geschockt darüber, dass er nicht lesen konnte oder weil er es zugegeben hatte? Ohne Maske, nur Leetha und Caidan. Vielleicht hatte er es sich zu Herzen genommen.

Er schüttelte den Kopf und lächelte: »Die wenigsten können lesen und schreiben, da wo ich herkomme. Und auch in anderen Provinzen, außerhalb großer Städte, kann das kaum jemand.«

Ich starrte erneut zur Erde und zeigte auf die Halbkugel, die zu sehen war: »Das ist Europa«, erklärte ich nochmals, »und darunter befindet sich Afrika.« Ich hielt kurz inne, dann fragte ich: »Also wenn Ihr eine Zeit ausmacht, dann sagt Ihr ...?«

Caidan grinste und zuckte mit den Schultern: »Wir treffen uns zum Stiefel.«

Ich musste lachen.

»Oder zum Dreieck, zur Insel ... Es gibt einige Punkte ...« Er fuhr sich durch das helle Haar und grinste, als würde er es selbst lustig finden.

»Die Erde dreht sich so langsam, dass man manchmal stundenlang einen bestimmten Punkt sieht. An Vollmondtagen sogar noch länger und wie macht Ihr das an Neumond?«

Er seufzte: »Es kommt schon vor, dass man sich verabredet und lang warten muss. Am Neumond wartet man manchmal eine ganze Ewigkeit.«

Ich lachte. Ja, ich lachte wirklich. Es war selten, dass ich mich von dieser Seite zeigte. Doch bei Caidan war es ganz einfach. Ein Leben, wie er es führte, konnte ich mir nicht vorstellen. Die Turmglocken der Stadt schlugen vierundzwanzig Mal, das entsprach einer Umdrehung der Erde. Danach begannen sie wieder mit eins. An unserem Hof wurde alles streng geregelt. Es gab weder Tag noch Nacht. Wir richteten uns nach den Glocken. Meist wurde zur ersten Stunde gefrühstückt, zur sechzehnten Stunde schlafen gegangen. Und dazwischen arbeitete man. Dass ein Leben außerhalb dieser Stadt so anders geführt wurde, konnte ich mir nicht ausmalen. Ich stieß mich vom Geländer ab und sagte: »Also, zur achten Stunde am Haupttor. Lasst mich nicht warten!«

»Er sieht so gut aus«, schwärmte Kira, während sie mir am Haar zupfte.

»Pass doch auf!« Ich klang schnippisch. Viel zu zickig. Aber ich war aufgeregt. Sehr sogar. Heute würde ich mich mit dem Schattenjäger treffen und ihn näher kennenlernen.

»Wirst du ihn küssen?«, grinste Kira.

Ich schüttelte langsam den Kopf.

»Wird sie!«, kicherte sie und sah zu ihrer Schwester. »Er sieht viel zu gut aus. Also ich würde ihn küssen.«

Ja, das dachte ich mir sofort. Kira ließ keine Gelegenheit aus, sich von Männern umwerben zu lassen. Sie verliebte sich andauernd, in jeden, der ihr schöne Augen machte, und davon gab es zahlreiche Kerle. Aya nicht. Sie hatte eine lange Beziehung mit einem Wachmann hinter sich, aus der sie ein riesiges Geheimnis machte. Er hatte sie einfach verlassen, als er zum Offizier ernannt wurde und mein Onkel ihn an die Grenze schickte, so hatte sie es uns jedenfalls erzählt. Doch diesen mysteriösen Wachmann hatte sie uns nie vorgestellt. Nicht einmal seinen Namen hatte sie verraten. Am Ende hatte sie tagelang geweint. Nicht vor mir, aber ich hatte es an ihren roten, dicken Augen gesehen. Kira und ich bemühten uns, sie bei Laune zu halten, doch nichts konnte ihr Herz heilen. Leider wusste ich nicht, wie sie sich fühlen musste. Noch nie zuvor hatte ich jemanden so sehr geliebt, dass ich seinetwegen geweint hätte. Es gab ein paar Männer, die mir gefielen, doch noch nie hatte ich das Gefühl von Verliebtheit gespürt, von dem die beiden Mädchen stets sprachen. Um ehrlich zu sein, ich wusste nicht einmal, ob ich das wollte. Nicht, nachdem ich Aya nach ihrer Trennung gesehen hatte. Liebe tat anscheinend sehr weh. Ich sah es tagtäglich bei meiner Mutter, die meinen Vater liebte. Und er zeigte ihr in der Öffentlichkeit die kalte Schulter. Auch sie musste Schmerzen aushalten, und das seit beinahe zweieinhalbtausend Jahren.

»Findest du ihn nicht attraktiv?«, fragte mich Kira weiter aus.

»Doch«, gab ich murmelnd zu. *Und wie*!

»Ist er, stimmt's?« Kira sah zu Aya, die leicht mit den Schultern zuckte. »Kann sein«, murmelte sie fast genauso leise wie ich. »Tu nicht so, dir gefällt er auch!«, kicherte Kira und Aya wurde rot.

Ich rollte mit den Augen und betrachtete Aya, die mit den Schultern zuckte: »Ist doch egal, ob er mir gefällt. Es ist wichtig, dass er Lee gefällt.«

Beide sahen mich fragend an.

»Ja, er gefällt mir besser, als ich gedacht hätte«, gab ich genervt zu. Kira beugte sich zu mir herab, während sie die Haarbürste noch in der Hand hielt, und sah mir fest in die Augen: »Also, wenn du ihn nicht willst, ich nehme ihn.« Sie grinste frech.

»Wirklich, du?« Ich runzelte die Stirn.

»Was soll das heißen?«, fragte sie. Ich hatte es sarkastisch gemeint, was sie wohl nicht begriff. Aya dagegen wusste genau, was ich meinte und lachte leise. Kira verliebte sich in jedes hübsche Gesicht. Aber sie hatte recht, Caidan sah gut aus. Besser, als ich es gewünscht hätte.

»Du hast so ein Glück!«, kicherte Kira in einem schrillen Ton und faltete die Hände vor ihrem Gesicht. »Gut aussehend, stark, ein Krieger ...«

Hätte ich nicht gewusst, dass sie beinahe jeden attraktiven Mann anhimmelte, hätte ich fast geglaubt, sie wollte ihn für sich. Ich kniff die Augen zusammen und betrachtete sie. »Er ist eine gute Partie«, sagte ich genervt.

»Oh ja, das ist er!« Sie gluckste. »Ich bin mir sicher, er weiß genau, was Frauen mögen.«

Aya verdrehte die Augen.

»Was meinst du?«, fragte ich Kira.

»Du weißt schon ...«

Ich wusste es nicht. Ich war noch nie mit einem Mann zusammen gewesen. Mehr als einen Flirt hatte es in meinen fünfhundertachtundsechzig Jahren nie gegeben.

»Lass sie in Ruhe!«, fauchte Aya ihre Schwester an und riss ihr die Bürste aus der Hand. »Wenn er der Richtige ist, wird sie es erfahren.«

Der Richtige, das war ein großes Wort. Aya war nicht die Frau, die sich auf Oberflächlichkeiten festlegte. Sie ging nie nach dem Äußeren. Sie war stark und ich bewunderte sie. Sie hätte es gewusst, wenn der Richtige vor ihr stünde. Doch bei mir war ich mir da nicht so sicher. Woher sollte ich das wissen? Woher wusste man, dass der Richtige vor einem stand?

»Wenn er der Richtige ist, wirst du es wissen«, flüsterte Aya mir zu, als ob sie meine Gedanken lesen würde. »Vielleicht weißt du es nicht sofort, aber irgendwann weißt du es einfach.« Sie wendete sich zu Kira: »Lässt du uns kurz allein?«

Kira schnaubte, doch dann ging sie nach nebenan.

Aya setzte sich neben mich.

»Wusstest du, dass du den Richtigen hattest?«, fragte ich sie.

Sie lachte laut auf: »Nein, um Himmels willen! Ich wusste, dass er es nicht war!«

»Warum warst du dann traurig, als du verlassen wurdest?«

Sie schwieg eine Weile. Dann sagte sie: »Ich bin nicht mehr traurig. Meine Mutter hat stets gesagt, dass man immer eine falsche Entscheidung treffen muss, bevor man die richtige trifft.« Ich kannte Ayas Mutter nicht sehr gut. Ihre Eltern hatten die Mädchen früh zu uns an den Hof geschickt, um meine Zofen zu werden. Sie selbst lebten in einer anderen Stadt, die ihr Vater verwaltete.

Ich ergriff Ayas Hand: »Also glaubst du, dass der Richtige noch kommt?«

Sie nickte. »Wenn es ihn gibt, dann werde ich ihn treffen!«

»Und woher weiß ich, dass Caidan der Richtige für mich ist?«

»Irgendwann wirst du es einfach wissen, ich verspreche es dir.« Sie küsste mich auf die Wange. »Heirate ihn nicht, weil es das Beste für dein Reich ist, sondern weil du ohne ihn nicht leben willst.« Ich betrachtete sie eingehend. Das war nicht so leicht, wie sie es sich vorstellte. Im Gegensatz zu ihr hatte ich Verpflichtungen. Manchmal beneidete ich sie und das einfache Leben, das sie führen konnte. Ich musste an mehr denken als an mich. An ein ganzes Volk, das auf mich zählte.

Caidan ließ mich nicht warten. Ich hatte den ganzen Vormittag damit verbracht, mich hübsch zu machen. Es durfte nicht nach zu viel aussehen, und doch gut. Wie immer. Mein silbernes Kleid trug ich unter einem dunkelblauen Mantel, auf dem ein Einhorn, das Symbol unseres Hauses, eingestickt war.

Pünktlich zum Glockenschlag betrat ich den Hof, wo sich die Stallungen und das große Haupttor befanden. Ich sah ihn schon von Weitem, wie er die Tiere betrachtete, an denen mein Onkel Gefallen hatte. Es gab zwei Arten von Reittieren: Einhörner, die äußerst selten waren und außerhalb der Stallungen meines Onkels nicht mehr in freier Wildbahn lebten, seit Niedergeborene sie grausam wilderten wegen ihres wertvollen Horns, und die geflügelten Rösser, die auf kurzen Distanzen fliegen konnten. Mir schien, als hätte Caidan keines von beiden jemals gesehen, so wie er die Tiere erstaunt betrachtete.

»Fasst sie nicht an«, warnte ich ihn. »Mein Onkel ist da sehr streng. Sie sind das Wertvollste, was er besitzt. Sie sind sein ganzer Stolz.«

Caidan drehte sich um und sah mich mit riesigen Augen an: »Können sie ... fliegen?«

»Nur kurze Distanzen. Sie sind eher eine Sammlung für meinen Onkel. Wir brauchen sie nicht, um auf ihnen zu reiten, wie es die Niedergeborenen vor vielen Jahrhunderten noch taten«, erklärte ich.

Er schien zu verstehen. »Wir haben in der Armee Hippogreifen.«

Ich nickte: »Ich weiß. Die einzigen Wesen, die sich schwer zähmen und sich nicht alles gefallen lassen.«

Er grinste: »Genau.«

»Habt Ihr einen eigenen?«, fragte ich. Noch nie hatte ich einen Greif gesehen. Doch ich wusste, dass niedergeborene Soldaten sie zur Fortbewegung benötigten.

Er nickte. »Moondance. Das ist sein Name.«

»Wie sieht er aus?«

Caidan lachte: »Wie ein Greif.«

»Ach wirklich?« Ich lachte ebenfalls. Langsam streichelte ich Sonnenschein, mein Lieblingsross. Es war weiß und besaß silberne, kurze Flügel. Sie waren leicht verkrüppelt. Mein Onkel wollte es töten, da er es nicht mehr für die Zucht gebrauchen konnte, doch ich befahl ihm, es zu unterlassen. Ich liebte dieses Wesen. Auch wenn ich es nicht ritt. »Es ist mein Liebling«, sagte ich leise.

»Es ist wunderschön«, gab Caidan zurück und sah mir dabei in die Augen, als würde er etwas anderes meinen. *Diese Augen*, ich könnte mich darin verlieren. Schnell fasste ich mich und plapperte vor mich her, um wieder Herrin der Situation zu werden. »Sie wurden jahrtausendelang gejagt und ausgenutzt, bis sie fast ausstarben. Mein Onkel besitzt die letzten Wesen, ihrer Art«, erklärte ich Caidan. »An einen Hippogreif würde sich niemand wagen. Sie können sich selbst wehren. Aber diese Geschöpfe ...« Ich strich langsamer über Sonnenscheins Mähne. »... Sie sind viel zu gutmütig. Und deshalb wären sie fast ausgestorben.«

Caidan sah mich eindringlich an. »Reitet Ihr darauf?«

Obwohl ich in der Lage war zu reiten, ließen es Sonnenscheins verkrüppelten Flügel nicht zu. Sie konnte diese nicht zur Seite legen, wie die anderen Reitrösser. Es bereitete ihr Schmerzen, wenn ich sie sattelte. Ich schüttelte den Kopf und wandte mich mit einem Kuss auf Sonnenscheins Stirn von ihr ab. »Lasst uns gehen, ich wollte Euch die Stadt zeigen.«

Er nickte. Ich reichte ihm die Hand, und er wusste nicht genau, was er damit machen sollte. »Ihr müsst mich festhalten, sonst wird das nichts«, lächelte ich.

Irritiert sah er mich an. »Ihr, Ihr wollt ...«

»Anders kommt man nicht durch das Tor. Was denkt Ihr, warum hier fast nur Vollwertige leben? Und warum Ihr durch ein anderes Tor gebracht wurdet?«

Er schluckte und nahm zögerlich meine Hand. Dann atmete ich tief ein, richtete meine Gedanken an den Festplatz vor dem Tempel, an dem sich die meisten Geschäfte und Marktstände befanden, und trat ins Licht. Es war eine Möglichkeit zu reisen, wie es nur Vollwertige konnten. Ein Teilen des Raums, um schnell an andere Orte zu gelangen. Ich hatte es schon als Kind gelernt und war mit den Nebenwirkungen vertraut, doch Caidan schwankte und krallte sich panisch an mir fest, als wir gemeinsam ins Licht traten und die Welt um uns verschwand. Einige Sekunden drehte sich alles. Lichter leuchteten auf und verblassten. Ein fruchtiger Geruch stieg uns in die Nase und ein Wirbel aus unzähligen Farben umhüllte uns in einem Strom, den man beherrschen musste, um an der richtigen Stelle herauszukommen. Dann standen wir auf dem Festplatz. Um uns herum ertönten die Geräusche der Stadt. Kaufleute, die Handel betrieben, Musikanten, die ihre Instrumente spielten, Kinder, die umherrannten. Caidan wankte und hielt sich die Hand vor den Magen. Er wurde kreideweiß und ich befürchtete, er müsste sich übergeben.

»War das Euer erstes Mal?«, fragte ich besorgt.

Er nickte.

»Euch hat noch nie zuvor jemand mitgenommen?«

»Ich kenne nicht viele Vollwertige«, begann er zu sprechen, da hielt ich ihn gerade noch fest, bevor er das Gleichgewicht verlor.

»Der große Krieger, der Schattenjäger, der Liebling des Volkes ... muss sich panisch an der Prinzessin festkrallen ...«, lachte ich laut. Er sah mich wütend an, dann verzog sich sein Mund zu einem Grinsen: »Sehr lustig, nicht wahr?«

»Ihr gewöhnt Euch schon daran, großer Schattenjäger«, neckte ich ihn weiter, während er sich sammelte und sein Gleichgewicht wiederfand.

Wir schlenderten durch die steinernen Straßen von Claritas. Hohe Gebäude mit abgerundeten Dächern erstreckten sich rechts und links von den breiten Straßen, auf denen Händler ihre Waren anpriesen und Künstler ihre Werke zeigten. Maler präsentierten hohe Leinwände, die sie bunt bemalten, andere malten auf dem Weg. Musiker spielten an jeder Ecke ihre Instrumente und vor den kleinen Cafés rechts und links, standen Tische, an denen vornehme Damen Tee tranken und Gebäck aßen. Die ganze Stadt wurde vom Sonnenlicht in einen Goldton getaucht, der sich wie ein feiner Nebel über den Dächern schmiegte. Zwischen den rundlichen Gebäuden ragten lange, spitze Türme empor.

»Sind das Tempel?«, fragte Caidan.

»Habt Ihr nie einen Tempel gesehen?« Ich war erstaunt.

»Doch, ein paar wenige. Aber nicht solch hohe«, gab er zu.

»Diese Tempel gelten als die höchsten in ganz Meridem. Angeblich sind sie so hoch, dass einige behaupten, sie reichen bis in andere Universen.« Ich grinste. »Aber das stimmt nicht«, fügte ich hinzu.

»Woher wisst Ihr das? Nicht bei jedem kann man das Ende sehen.«

»Ich war mal dort oben«, erzählte ich.

»Wirklich?«

Ich nickte.

»Wie das?« Caidan sah mich neugierig an.

»Es ist eine schlechte Geschichte«, erklärte ich. Die Wahrheit war, es waren tragische Erinnerungen.

»Es gibt keine schlechten Geschichten«, lachte Caidan.

Ich seufzte und begann zu erzählen: »Als Kind traf sich mein Vater mit dem Zirkel und König Obrin, den ehemaligen König von Tenebris, in einem dieser Tempel. Mich und den Kronprinz Xaver ließen sie auf den Straßen von Claritas spielen. Xaver war schon immer ein Schlitzohr gewesen und überredete mich, ins Licht zu treten, um auf eines der Dächer zu gelangen. Ich sagte Nein, weil ich wusste, dass mein Vater es verboten hätte. Doch er ärgerte mich und behauptete, ich könnte nicht so gut durch den Raum reisen wie er. Das ließ ich nicht auf mir sitzen und folgte ihm, als er in seinen Schatten verschwand. Oben auf dem Dach des Tempels gab es keinen Halt. Es war eine lange Spitze, die glatt und rutschig war und als ich dort ankam, war Xaver nirgends zu sehen. Ich rutschte ab und hielt mich panisch an dieser Spitze fest. Als ich mich nicht halten konnte und weiter nach unten rutschte, tauchte der verwegene Prinz plötzlich vor mir auf und hielt mich fest. Als wir zusammen in die Tiefe stürzten, hüllte er mich in seine Schatten und brachte uns sicher zu Boden.« Ich seufzte. Niemals würde ich die Panik vergessen, als wir in die Tiefe stürzten. Niemals würde ich vergessen, dass ich Todesangst hatte. Manchmal träumte ich noch von diesem Tag. Obwohl er über vierhundert Jahre zurücklag.

Caidan lächelte: »Ich bin froh, dass Euch nichts geschehen ist.«

»Danke«, sagte ich freundlich. Doch diese Geschichte wühlte mich unterbewusst auf. Ich spürte, dass etwas nicht stimmte. Immer wenn ich an Xaver dachte, kam ein ungutes Bauchgefühl in mir auf. Nicht nur, weil er uns den Krieg erklärt hatte. Wir hatten von Tenebris schon zu lange nichts mehr gehört. So, als plante er etwas. Etwas Großes. Erneut widmete ich mich den Tempeln. »Sie sind wunderschön. Stimmt's?«

Caidan nickte.

Auf den spitzen Dächern der niedrigeren Tempel leuchteten die Strahlen der Sonne und blitzten in allen Farben auf. Von smaragdgrün über lila, Gold bis hin zu saphirblau. Der wichtigste und mächtigste Tempel stand vor dem Festplatz und um seine Spitze herum funkelten Millionen Diamanten im Sonnenlicht, die in drehenden Bewegungen um den Tempel kreisten, wie der Mond um die Erde. Diese Art von Gebäude hatten keine Eingänge. Es gab ein Inneres, das nur Vollwertige betreten konnten, und Niedergeborene erst dann, wenn sie von Vollwertigen durchs Licht mitgenommen wurden. Es war der Tempel, in dem meine Eltern geheiratet hatten und in dem ich heiraten würde. Unbewusst sah ich Caidan bei diesem Gedanken an. In meiner Vorstellung stand er in einer weißen Uniform vor einem Priester, während Vater mich zu ihm führte und mich Caidan übergab. Für immer. Schnell schüttelte ich den Kopf, als dürfte ich noch nicht an etwas in dieser Art denken. Caidan betrachtete sprachlos die bunten Juwelen und Diamanten, die um den Tempel kreisten.

»Mein Vater sagte mir einst, es sei das Herz unserer Welt und sei schon dagewesen, bevor wir überhaupt hier waren«, hauchte ich voller Ehrgefühl und Respekt vor dem Universum, das uns dieses Wunder geschenkt hatte.

»Es ist wunderschön«, gab Caidan leise zurück.

»Gibt es bei Euch keine Tempel?«

»Nicht da, wo ich herkomme. Ich habe in anderen Städten welche gesehen, doch keiner von ihnen war wie dieser«, erklärte er und konnte seine Augen nicht von dem Anblick lassen. So, wie er den Tempel betrachtete, musste ich aussehen, wenn ich zur Erde sah, dachte ich in diesem Moment.

Unsere ganze Stadt lag hoch oben auf einem Felsen, der an seiner tiefsten Stelle, einige Meter über der Mondoberfläche schwebte. Sie war ohne Flugwesen oder ohne Vollwertige, die ins Licht treten konnten, unmöglich zu erreichen. Einige andere Städte, kleinere und unwichtigere, schwebten ebenfalls auf Felsbrocken, doch keiner von ihnen war so groß, wie der, auf dem Claritas erbaut wurde. Auch in diesen Städten lebten vorwiegend Vollwertige. Niedergeborene wohnten auf der rauen Oberfläche des Mondes und um ehrlich zu sein, wusste ich nicht einmal, wie es dort aussah. Ich war viel gereist, doch nur von Stadt zu Stadt. Unser Palast, in dem wir lebten, war in den höchsten Punkt dieses Felsens eingebaut. Mit vielen Fenstern und Balkonen, von denen man die ganze Stadt betrachten konnte, überragte der Palast alles andere. Alles, außer die höchsten Tempel, die schmal und spitz in die Weiten des Universums ragten.

Hier, wo nur Caidan und Leetha waren, kam mir der Schattenjäger ganz anders vor. An einem Stand mit blauen Taurosen, die nur an den Grenzen wuchsen, kaufte er mir einen ganzen Strauß und überreichte ihn mir mit einem Lächeln. Ich wusste, was ein Offizier wie er verdiente. Viel weniger als die anderen Offiziere, die von edlem Blut waren und aus großen Familien stammten. Und doch gab er für diese seltenen Blumen ein kleines Vermögen aus. Ich lächelte und nahm dankbar an. Möglicherweise hatte der Schatzmeister, mein Onkel Vestas, mittlerweile sein Gehalt angepasst. Immerhin hielt mein Onkel große Stücke auf Caidan, wie ich bemerkt hatte. Es hätte mich nicht wundern sollen, dass er Caidan hierhergebracht hatte. Schließlich war er es gewesen, der vor vielen Jahrhunderten meine Eltern zusammengebracht hatte. Manchmal dachte ich, für Onkel Vestas wären alle Kreaturen und Wesen gleich. Und manchmal wünschte ich, ein bisschen wie er zu sein. Ohne Vorurteile, ohne Befangenheit. Nur mit dem Herzen zu sehen. Doch in meiner Position konnte ich mir das nicht erlauben. Mein Freundeskreis bestand fast ausschließlich aus Vollwertigen. Selbst meine Zofen, die Zwillinge Kira und Aya kamen aus einer namhaften Familie. Caidan war der erste Niedergeborene, nach meiner Mutter, mit dem ich wirklich Zeit verbrachte. Es lag weniger daran, dass ich es nicht gewollt hätte. Sondern weil ich nie die Möglichkeit dazu hatte.

Caidan bekam die ganze Stadt zu sehen, die mir so sehr gefiel. Zumindest das, was ich am wichtigsten fand. Wie das Jupitertheater, das größte und luxuriöseste Gebäude der Weststadt, in dem täglich Opernsänger, Schauspieler und andere Künstler auftraten. Danach die große Halle der verstorbenen Könige, in denen die Mumien der letzten Herrscher aufbewahrt wurden und große Statuen von ihnen an den äußeren Mauern entlang über die Dächer ragten. An der Statue meines Großvaters blieb ich stehen und betrachtete sie.

»Was ist?«, fragte Caidan und sah mich an.

»Das ist mein Großvater. Ich kannte ihn nicht.«

Er nickte. »Man erzählt sich, er hätte sich selbst das Leben genommen. Im Alter von gerade einmal viertausend Jahren, stimmt das?«

Ich nickte.

»Warum tat er das?«

Ich überlegte, ob ich ihm die Wahrheit sagen sollte. *Nur Caidan und Leetha, keine Geheimnisse, keine Spielchen*.

»Er hat Meridem in den Krieg gegen Tenebris geführt und unser Haus in den Bankrott getrieben.«

»Mhm«, brummte Caidan und ich sprach weiter: »Mein Vater war gezwungen eine ...«, es fiel mir schwer, es vor Caidan auszusprechen, doch ich sagte es, »... eine Niedergeborene zu heiraten, um die finanzielle Lage des Hauses zu retten.«

Caidan schluckte und senkte beschämt den Kopf.

Mein Großvater war sehr konservativ gewesen und hatte sich nach der Hochzeit meiner Eltern das Leben genommen. Seine letzten Worte sollten gewesen sein: *Ich kann es nicht ertragen, meinen Sohn mit einer Hure aus den untersten Reihen zu vermählen*. Doch dies erzählte ich Caidan nicht. Er könnte sich gekränkt fühlen. Zumal es keine Rolle spielte. Ich dachte nicht so, und das war alles, was Caidan wissen musste. »Lasst uns gehen«, forderte ich ihn auf und reichte ihm erneut die Hand.

Das Museum, in dem alte Artefakte ausgestellt wurden, die angeblich einst von der Erde stammten, war einer der Orte, die mich am meisten faszinierten. Ich zeigte Caidan alte Fossilien von allen möglichen Wesen, die es auf der Erde gab. Von Wesen, die so alt waren, dass selbst die Menschen sie nicht kannten. Das Museum präsentierte Zeichnungen und Skizzen, die unsere Vorfahren von der Erde angefertigt hatten und beschrieben, wie es dort aussah, sowie von wichtigen Völkern und Personen, die längst nicht mehr am Leben waren. Es gab viele Schriften über Kriege auf der Erde, die ich Caidan vorlas. Es störte mich nicht, dass er nicht lesen konnte. Sicherlich hatte er andere Talente. Und es gefiel mir, ihm vorzulesen. Er schien von den Geschichten fast genauso fasziniert zu sein wie ich. Das gefiel mir.

»Sie hielten uns für Götter?«, grinste er breit.

Ich nickte: »Dumm, oder?«

Wir lachten.

»Sie nannten uns so, weil wir vom Himmel kamen«, erklärte ich sehnsüchtig.

Caidan sah mich an: »Du würdest ...« Er stockte und räusperte sich kurz. »Ihr würdet gern einmal zur Erde reisen, stimmt's?«

Ich nickte. Dann lächelte ich ihn an. »Wir können uns gern duzen«, sagte ich verlegen.

»Nein«, widersprach er schnell. »Verzeihung.«

»Doch, bitte.« Für einen Moment sahen wir uns nur in die Augen.

»Das kann ich nicht ... ich ...«

»Caidan. Meine Freunde duzen mich alle.«

»Euer Onkel würde mir den Kopf abhacken, ganz zu schweigen von Eurem Vater«, grinste er und zwinkerte.

»Ich befehle es!«

Er zuckte mit den Achseln und seufzte gespielt: »Na gut, dann habe ich wohl keine andere Wahl, oder?«

»Genau, du bist ein Soldat und befolgst nur die Anweisungen deiner zukünftigen Königin!«

Er lächelte. »In Ordnung.«

Zum Schluss besuchten wir den Park der vergangenen Seelen. Mein Lieblingsort außerhalb des Palastes. Von der Rückseite des Felsens, in dem der Palast eingebaut wurde, floss ein unendlicher Wasserfall hinab, von dem niemand wusste, woher das Wasser kam und wo es mündete.

»Mythen erzählen davon, dass jeder Tropfen dieses Wassers eine verstorbene Seele sei. Seelen aus allen Universen. Sie nähren uns mit ihrem Wasser, denn ohne es könnte in dieser Stadt nichts wachsen«, erzählte ich Caidan. »Andere sagen, jeder Tropfen bestünde aus erloschenen Sonnenstrahlen.«

Er sah mich an und seine Augen funkelten. »Ich finde die erste Geschichte besser.«

Ich lächelte: »Ich auch.«

Um den Wasserfall herum blühten alle möglichen Pflanzen und kleine Tierwesen huschten zwischen den Büschen und Sträuchern entlang.

»Gefällt es dir hier?«, fragte ich, als die Glocken bereits die dreizehnte Stunde schlugen.

Er nickte: »Ich hätte niemals gedacht, dass es einen Ort gibt, der so schön sein kann wie diese Stadt.«

Ich betrachtete ihn. Ihn, Caidan. Nicht den Schattenjäger, nicht den Krieger. Nicht die Maske des bescheidenen Junggesellen. Nur Caidan. Und mir gefiel immer mehr, was ich sah. Erneut streckte ich meine Hand nach ihm aus. Es fühlte sich schon vertraut an. Jedes Mal, wenn wir ins Licht traten, schien er es besser zu verkraften. Doch ich wusste, dass er am liebsten die Stadt zu Fuß abgelaufen wäre. Aber das war unmöglich in dieser kurzen Zeit. Hätten wir die Strecke zu Fuß zurückgelegt, um alles zu sehen, was ich ihm zeigen wollte, konnte die Erde sich schon viermal gedreht haben.

»Einmal noch«, sagte er zögernd und ergriff meine Hand. Ich brachte uns zurück an den Festplatz, an dem die Händler ihre Wagen eingeräumt und die Geschäfte geschlossen hatten. Nur die Cafés waren noch geöffnet und aus jedem von ihnen trat laute Musik hervor. Nicht die Art von Musik, wie sie im Palast gespielt wurde. Schnellere, rhythmische Klänge, zu denen junge Leute munter und aufreizend tanzten. Sexy, aber nicht vulgär. Provokant und lustvoll gaben sie sich der Musik hin. Frauen ließen ihre Hüften kreisen, während sie ihrem Gegenüber verführerische Blicke zuwarfen.

»Lass uns tanzen gehen«, forderte ich ihn auf und zog ihn mit mir in eine Tanzstube, am Ende des Festplatzes. Hier feierte ich oft mit Aya und Kira, bis andere Leute ihren Schlaf beendeten und zum Frühstück antraten. Ich zog Caidan direkt hinein auf die Tanzfläche und rief ihm über die laute Musik zu: »Hier stört es niemanden, wie du dich bewegst.«

Dann lächelte er, packte mich und wirbelte mich herum. Der Caidan, der am Vorabend noch so schüchtern jeden Tanzschritt der anderen Paare beobachtete, war auf einmal ganz selbstbewusst. Hier musste er nicht perfekt sein. Nicht für mich und auch für niemand anderen. Es gefiel mir, dass er sich frei fühlte. Frei, wie ich mich an solch einem Abend fühlte. Weg von den Regeln, von der Etikette und den strengen Augen des Hofes. Nach einer Weile füllte sich die Tanzfläche und Bekannte kamen hinzu.

Während ich noch eine Weile mit den Mädels tanzte, gesellten sich Männer zu Caidan und tranken Wein, Schnaps und Bier mit ihm. Sie alle waren Vollwertige und ich konnte sehen, wie sie ihn ansahen. Ohne Respekt, von oben herab und hochnäsig. Doch sie gingen normal mit ihm um, immerhin war er mein Begleiter. Viele tuschelten und warfen uns fragende Blicke zu. Die meisten von ihnen dürften schon vom Schattenjäger gehört haben. Es störte mich immer weniger, was sie dachten. Es war ein vollkommener Ausklang eines wundervollen Tages. Ich fragte ihn aus über die Grenze, über die Soldaten und über das einfache Volk. Zugegebenermaßen hatte ich davon keine Ahnung, was mich etwas beschämte. Aber ich beschloss, es zu ändern.

Caidan zeigte mir ein paar Trinkspiele, die er aus der Armee kannte. Es war lustig und ich sah amüsiert zu, wie er gegen mich verlor und ein Drink nach dem anderen herabkippen musste. Als die Musik leiser wurde und die ersten Händler ihre Waren auf die Wagen legten, um dem nächsten Tagesgeschäft nachzugehen, schlug die Turmglocke einmal. Ein neuer Tag brach an und die Straßen füllten sich langsam. Ich reichte Caidan meine Hand: »Noch einmal? Von hier aus können wir auch zu Fuß gehen, wenn du magst.« Er grinste, taumelte etwas und nahm meine Hand.

Caidan hatte ein wundervolles Gästezimmer bekommen, dafür hatte Onkel Vestas gesorgt. Er war zu betrunken und zu müde, um sich noch im riesigen Palast zurechtzufinden, also brachte ich ihn direkt vor sein Gemach. Vor der Tür blieb ich stehen: »Hier ist dein Zimmer.«

Er nickte und schwankte, ich war nicht sicher, ob es am Alkohol lag, oder weil wir ins Licht getreten waren. »Danke, Leetha«, flüsterte er und trat von einem Fuß auf den anderen.

»Wofür?«

»Für alles«, sagte er. Ich schmunzelte und wollte soeben umdrehen und mich durchs Licht in mein Zimmer begeben, da murmelte er: »Du hast eine liebe Seele, Leetha.«

Ich drehte mich zu ihm um und starrte ihn an.

»Gar nicht so, wie es alle immer behaupten«, lallte er weiter und ich musste mich bemühen, ihn zu verstehen.

»Was meinst du mit *alle*?«

»Na, das Volk. Außerhalb der Stadt.« Er schwankte so heftig, dass er sich am Türgriff festhalten musste.

»Was sagen sie?« Ich wollte es jetzt hören, in seinem Zustand, würde er vielleicht etwas herausplaudern, was er sonst nicht erzählen würde.

»Sie halten dich für arrogant und hochnäsig. Sie sagen ...« Er hielt inne und wedelte mit der Hand, als wäre ihm klar geworden, dass er so etwas nicht sagen durfte.

Jetzt oder nie. Sag es! Meine Blicke sprachen Bände: »Sag es!«

»Ich hab schon zu viel gesagt.«

»Sag es!«, wiederholte ich lauter und energischer.

»Du bist nicht so wie die anderen hier, du bist besser. Du könntest eine gute Königin werden.« Das war nicht meine Frage gewesen, doch Caidan drückte den Türknopf und stieß die Tür zu seinem Gemach auf. Dann stolperte er hinein, sodass er fast über die eigenen Füße flog. Dieses Gespräch war noch nicht vorbei, so viel wusste ich. Aber nicht heute. Caidan war am Ende. Er legte sich auf den Boden und schaffte es nicht einmal mehr in sein Bett.

»Gute Nacht, Caidan«, sagte ich schließlich und schloss die Tür hinter ihm, da er es offensichtlich vergessen hatte.

Gerade als ich ins Licht treten wollte, erschien ein Schatten vor mir und mein Herz blieb fast stehen. Ich wusste, wer gleich vor mir erscheinen würde, und war schon im Begriff zu schreien, da legte sich der Schatten um mich herum und erstickte meine Laute. Von hinten packte mich eine warme Hand, die mir den Mund zudrückte. Vergeblich begann ich um mich zu schlagen und versuchte ins Licht zu treten, um aus dieser Situation zu entkommen. Er war zu stark, zu mächtig. Er wusste es zu verhindern. Ein fremder und doch vertrauter Geruch stieg mir in die Nase. Nicht der Geruch, den ich von ihm erwartet hätte. Es roch nicht nach Eis und Tod, nicht nach Blut und Krieg. Es roch süß und bitter zugleich, nicht auf eine negative Art, einfach nur fremd.

»Schön still, Prinzesschen, ich will nur reden«, flüsterte eine bekannte und angsteinflößende Stimme in mein Ohr, während sich sein Atem feucht auf meiner Haut anfühlte. Ich spürte, wie sich an meinem Nacken eine Gänsehaut bildete. Dann schluckte ich, nickte, und der Schatten drehte mich zu sich, während er langsam die Hand von meinem Mund nahm.

»Xaver«, stieß ich hervor, als würde sein Name in meinem Mund entsetzlich bitter schmecken.

Xaver grinste, hielt die Hand an meinem Hals, um zu verhindern, dass ich ins Licht trat oder das ich um Hilfe schrie. Dann trat er in den Schatten. Ins Licht zu treten erschien mir schon immer wie ein Leuchten, das tausend Farben und Formen annahm. Doch mit Xaver zu reisen, in den Schatten zu treten, war komplett anders. Schwarze Schleier legten sich um uns und hüllten uns in absolute Dunkelheit. Kein Licht, keine Farben. Sie brachten uns in einen abgelegenen Teil des Palastes. Es erschreckte mich, dass er sich so gut in unserem Palast auskannte. Sein Vater und er waren zwar schon öfter zu Verhandlungen hier gewesen, doch stets unter strenger

Beobachtung von Onkel Vestas. Und es ängstigte mich noch mehr, dass ich seine Macht spüren konnte. Dass seine Schatten mich daran hinderten, ins Licht zu treten. Dass ich seine Aura um mich spürte und sie mir die Luft zum Atmen nahm.

»Was willst du?«, fragte ich wütend, als ich wieder atmen konnte.

Er grinste mich unverschämt an: »Ich habe dich heute ein wenig beobachtet.« Er tat, als würde er einen Fussel von seiner feinen, schwarzen Jacke entfernen. »Und ich finde es wirklich süß, wie du dich in diesen Niedergeborenen verliebst.«

Ich biss die Zähne aufeinander: »Ich verliebe mich nicht in ...«

»Na, na ...« Er legte seinen Zeigefinger auf meine Lippen. Wütend schlug ich seine Hand von mir weg. »Wir wollen doch nicht lügen, Leetha«, sagte er und schnalzte mit der Zunge. »Es gab schon zu viele Lügen zwischen uns, Kleines.«

Ich schnaubte.

Xaver sah mich mit diesem selbstgefälligen Gesichtsausdruck an, den ich seit unserer Kindheit von ihm kannte. »Wer sich verliebt, ist ein Narr, Leetha, Liebes. Weißt du das denn nicht?«

»Musst du so arrogant und kaltherzig sein, damit du es deiner Welt schaffst? Damit du in der Hölle, in der du lebst, zurechtkommst?«, fragte ich.

Er lachte auf.

Ich kniff die Augen zusammen: »Was willst du?«

Sein Lächeln war leicht schief, und seine Augen blitzten gefährlich auf. Dieser Mann machte mir Angst. Er. Nicht die Schleier und die Schatten, die sich um mich tummelten. Nur er. Xaver war das Böse in Person.

»Ich will dir ein Angebot unterbreiten.« Langsam ließ er mich los, und ich war bereits im Begriff ins Licht zu treten, da schnalzte er erneut mit der Zunge: »An deiner Stelle würde ich das nicht tun. Es steht viel auf dem Spiel.«

»Wenn du verhandeln willst, bist du bei mir an der falschen Adresse. Dann solltest du zu meinem Vater gehen, Xaver.«

Mit diesem unverschämten Grinsen schüttelte er den Kopf und setzte sich auf einen Sessel in diesem kleinen, unbenutzten

Gästezimmer, in welches er mich gebracht hatte. Er legte beide Arme auf die Lehnen und machte es sich bequem. Regungslos und voller Angst stand ich wie eingefroren da. Meine Hände wurden schweißnass und ich strich leicht über mein Kleid, um sie zu trocknen. Er durfte nicht bemerken, wie viel Angst ich vor ihm hatte. Mein Herz schlug bis zum Hals, meine Lippen bebten. Xaver war der Feind. Der mächtigste Feind, den ich kannte. Kein aufständischer Niedergeborener, der dachte, er könnte eine Revolution anzetteln, sondern ein mächtiger König. *Das Monster aus Tenebris*. Der, der uns den Krieg erklärt hatte, aufgrund einer Lüge, die er wahrscheinlich selbst inszeniert hatte. Ja, Xaver wäre zu allem fähig.

»Ich würde diesem Schattenjäger nicht allzu sehr vertrauen, wenn ich du wäre, Leetha«, schmunzelte er und betrachtete mich eingehend mit seinen dunklen Augen. »Versteh mich nicht falsch, ich habe den größten Respekt vor diesem Niedergeborenen, der Tausende von meinen Grenzsoldaten getötet hat, aber ...« Er legte den Kopf schräg und das schiefe Grinsen ruhte noch immer auf seinen Wangen.

»Was verstehst du schon von Vertrauen?«

»Mit Sicherheit mehr als du, mein Liebes.«

»Nenn mich nicht dein Liebes!«, fuhr ich ihn an und ging einen großen Schritt auf ihn zu, doch wich schnell zurück, als mir klar wurde, vor wem ich stand.

»Ihr Meridemer seid alle so blind. So voreingenommen«, sagte er gelangweilt. »Das Sehen ist es, was uns blind macht, Leetha.«

Es ärgerte mich, dass ich nichts auf seine närrischen Weisheiten zu sagen wusste.

Xaver schlug ein Bein über das andere und stemmte den rechten Ellbogen in die Lehne. Die Hand ballte er zu einer Faust, auf der er sein Kinn abstützte. »Du hast keine Ahnung, was in deinem Reich vor sich geht. Die Niedergeborenen erheben sich. Sie hassen dich. Es wird unschön, wenn du weiter deine hübschen Augen verschlossen hältst.«

»Was interessiert es dich?« Ich gab mir alle Mühe, nicht daran zu denken, was Caidan mir erzählt hatte. Aber vielleicht hatte Xaver dieses Gespräch belauscht. Möglicherweise wollte er mich damit aus dem Konzept bringen.

»Ich möchte mit dir verhandeln. Sind wir doch mal ehrlich, wenn dein Vater stirbt, wirst du dieses Reich in den Ruin treiben.«

»Und bei dir ist es besser aufgehoben, ja?« Ich reckte das Kinn und trat erneut einen Schritt näher, diesmal wich ich nicht zurück.

Er seufzte und lehnte sich vor: »In deinen eigenen Reihen, vor deinen eigenen Augen, spielen sich Dinge ab, die du nicht einmal ahnst.«

Gespielt lachte ich auf: »Und gerade du willst mich beschützen?«

In seinen Augen funkelten Schatten auf: »Nein, mein Liebes. Du bist mir egal. Nur ein Mittel zum Zweck. Aber ich bin mir sicher, dass du dich und deine verlogene Familie retten willst. Vielleicht gehört dein neuer Liebhaber auch dazu ...«

Ich machte noch einen Schritt auf ihn zu, hob meinen Kopf an, um Haltung zu bewahren. »Willst du mir drohen?«

»Natürlich nicht, Liebes«, schmunzelte er und betrachtete mich von oben bis unten. »Aber ich könnte dir ein paar Dinge erzählen, die dir hilfreich sein könnten.«

»Ich will deine Lügen nicht hören.«

»Es sind keine Lügen.«

»Angenommen es wäre so, was willst du dafür?«

Sein Grinsen wurde breiter und ich fragte mich unwillkürlich, wie jemand so Grausames wie Xaver so unglaublich schön sein konnte. Jemand von dort. Von der dunklen Seite, wo es kein Licht gab, nur Schatten und ewige Dunkelheit. Aber es stimmte. Trotz dieses schiefen Lächelns und der markanten Gesichtszüge sah er mehr als gut aus. Vielleicht genau deshalb. Die großen dunklen Augen harmonierten mit dem schwarzen Haar, das er säuberlich zurückgekämmt hatte. Und in seiner ganzen Gestalt, die er so mächtig demonstrierte, zeigte sich eine Selbstbeherrschung, die mich irgendwie beeindruckte. Schnell schüttelte ich diese Gedanken von mir ab. »Eine reibungslose Übernahme«, sagte er schließlich. »Dafür lasse ich dich und deine Familie am Leben.«

Eine Machtübergabe? Ich lachte innerlich auf. Als ob ich so dumm wäre.

»Deine Familie wird sterben. Denk an deinen geliebten Vater, deine liebliche Mutter.«

Ich schluckte bei dem Gedanken, doch ich durfte diese Bilder nicht in meinen Kopf lassen. »Du bist wahnsinnig. Ich gebe doch mein Reich nicht auf aufgrund einer Drohung.«

»Es ist keine Drohung, mein Liebes, es sind Tatsachen, die ich beweisen kann. Ich bin nicht dein Feind, nicht so lange du kooperierst. Ich lasse dich und deine Mutter am Leben und vielleicht ...« Seine Augen blitzten auf. »... Vielleicht sogar deinen Vater.«

»Ich wusste, dass du größenwahnsinnig bist, aber dass du so dumm bist, damit hätte ich nicht gerechnet.«

»Leetha, Liebes, du machst einen Fehler, mir nicht zu glauben.«

Ich trat einen weiteren Schritt auf ihn zu, jetzt stand ich ganz nah vor ihm. Ich hielt meinen Zeigefinger warnend vor mich und zischte zwischen gepressten Kiefern hervor: »Du machst den Fehler. Du bist nichts als Abschaum in meinen Augen. Du und dein ganzes Volk. Leg dich nicht mit mir oder meiner Familie an. Ich warne dich. Ich werde dich eigenhändig töten, wenn du meiner Mutter oder meinem Vater zu nahe kommst.«

Kleine Schatten in Xavers grauen Augen tobten, die sie fast schwarz wirken ließen, doch seine Miene blieb still. Kein Muskel in seinem Gesicht regte sich. Aber ich wusste, dass er innerlich schäumte. Ich kannte ihn, seit wir klein waren. Seit fast sechshundert Jahren. Meine Drohung machte ihn wütend. Niemand redete auf diese Weise mit ihm. Niemand. Mein Herz raste schneller und ich fragte mich, ob ich heute Abend sterben würde. Doch dann, spürte ich, wie die Schatten hinter mir verschwanden, die meine Kraft, ins Licht zu treten, eingedämmt hatten. Xavers Miene blieb unbeeindruckt, doch in seinen Augen erkannte ich unbändigen Zorn. Erleichtert schnappte ich nach Luft. Ich konnte verschwinden. Doch bevor ich ins Licht trat, wollte ich etwas loswerden: »Und noch etwas, wir haben deinen Vater nicht getötet. Er war ein ekelhafter Kerl, genau wie du, aber er hatte wenigstens den Glauben, dass unsere Völker friedlich nebeneinander leben könnten. Ich bin mir ziemlich sicher, dass du ihn selbst getötet hast, damit du es uns in die Schuhe schieben und diesen Krieg anzetteln kannst.« Ich war nicht zu bremsen, bis Xaver urplötzlich im Schatten verschwand und im selben Moment dicht vor mir wieder auftauchte. Ein Schreck jagte durch jeden meiner Knochen und für eine Sekunde konnte ich es nicht verbergen. Doch ich fasste mich, hob den Kopf und sah ihm tief in die dunklen Augen, in denen ein tosender Sturm aus Schatten tobte. Er kam mit seinem Gesicht ganz nah an meines und flüsterte: »Du machst einen Fehler.« Dann verschwand er in seinen Schatten und ließ mich allein zurück. Erst jetzt wagte ich es, zu zittern und meinen Puls rasen zu lassen. Vor ihm musste ich stark wirken, das erwartete man von einer künftigen Königin. Doch ich war voller Panik, vor allem darüber, dass er ungehindert hier herein- und herausspazieren konnte. Wie hatte er das angestellt? Wo kam er her? Wir besaßen Mauern aus Mondsaphiren, die es verhindern sollten, dass Unbefugte ins Licht oder in den Schatten treten konnten. Wie konnte er sie überlisten? Einen schweren Atemzug später sackte ich zusammen.

Ich stand in meinem Zimmer und roch noch immer seinen Geruch an mir. Bitter, süß und fremd. Irgendwie geheimnisvoll. Wenn ich nicht wüsste, dass es sein Duft war, hätte ich es möglicherweise sogar angenehm gefunden. Stattdessen ekelte es mich. Ich zog mein Kleid aus, warf es in die Ecke und fluchte. Meine Zofen würden es wegschmeißen, am besten verbrennen. Der Ekel blieb. Ich rief nach Aya, die in einem kleinen Zimmer neben meinen Räumen schlief und nur eine Tür entfernt war. Sie kam sofort und fragte, was los sei, doch ich sagte nichts. Stattdessen bat ich sie, mir ein Bad einzulassen, was sie tat. Ich schrubbte mir fast die Haut vom Leib, so dringend wollte ich seinen Geruch und das Gefühl von seiner Hand auf meinem Mund loswerden.

Nach einer gefühlten Ewigkeit lag ich nur da, während das Wasser abkühlte. Aya hatte ich wieder schlafen geschickt, doch sie war gefühlte hundertmal zurückgekommen und hatte gefragt, wie es mir ginge und was geschehen war. Sie sorgte sich, das tat sie immer.

Ununterbrochen fragte ich mich, ob ich sofort zu meinem Vater gehen sollte, um ihm von Xavers plötzlichem Auftauchen zu berichten. Doch etwas in mir hielt mich davon ab. Ob er genau das beabsichtigte? Dass ich zu meinem Vater rennen und ihm davon erzählen würde, damit im gesamten Palast die Alarmglocken läuteten? Es wäre doch möglich, dass er genau das vorhatte. Er wollte uns panisch machen, wie ein Fuchs im Hühnerstall. Ich kannte Xaver. Wir waren nie befreundet gewesen, wir fanden uns schon immer unausstehlich, obwohl ich zugeben musste, dass es in früher Kindheit eine Zeit gab, als wir uns etwas näherstanden. Freundschaft konnte man es kaum nennen, doch wir kannten uns. Und wenn unsere Väter ihre Diskussionen starteten, spielten wir ab und an miteinander. Aber genau deshalb kannte ich ihn. Er spielte schon immer unfair. Und gut. Besser als ich. Das ängstigte mich. Und all zu oft überredete er mich zu Dummheiten, für die ich dann von Vater Ärger bekam. Heute war er nicht mehr dieser Lausebengel, der gegen alle Regeln verstieß. Er war zu einem bösartigen und grausamen Kerl geworden, der über Leichen ging, um an seine Ziele zu kommen, so viel wusste ich.

Später als wir älter wurden, verspürte ich das Gefühl von Angst, wenn Xaver zu Besuch kam. Besuch konnte man das nicht nennen. Es gab weder Kaffeekränzchen noch nette Worte. Es war eher so, dass sein Vater, mit seiner Entourage anreiste, um mit Vater und dem Zirkel zu diskutieren. Meistens ging es um Ländereien an den Grenzen, kleine Gefechte oder Handelsabkommen. Wobei ich nie verstand, was es mit Tenebris zu handeln hätte geben sollen. Nie hatte ich einen Fuß in Tenebris gesetzt, obwohl König Obrin mich mehrmals dazu eingeladen hatte. Er war stets höflich zu mir gewesen, daran erinnerte ich mich. Er hatte diesen bösen Gesichtsausdruck und diese Art, jeden um sich herum einzuschüchtern. Vor allem kleine Mädchen, wie ich es damals eines war. Aber wenn er mit mir sprach, zwang er stets ein Lächeln auf seine Lippen. Jedes Mal lehnte ich ab, wenn er mich einlud, und wusste genau, warum. Ich fürchtete ein Komplott, eine Entführung oder Schlimmeres. Möglicherweise würden sie mich dortbehalten und meine Eltern erpressen. Oder sie würden noch schrecklichere Dinge mit mir anstellen.

Xaver war anders als Obrin. Als dieser starb, brach er jede Verhandlung ab und erklärte uns am selben Tag den Krieg. Aber was man ihm auch alles nachsagte, eines wusste ich genau: Xaver war schlau, gewitzt und durchtrieben. Vielleicht sogar der klügste Mann, den ich kannte. Sein messerscharfer Verstand war gefährlich. Und genau das war es, was mich in dieser Nacht nicht losließ. Egal was er plante, er würde uns immer zwei Schritte voraus sein. Er tat nichts ohne Grund. Er wäre nicht einfach hier hereinspaziert und hätte mich vor etwas gewarnt, weil ihm danach war.

Ich dachte nach und überlegte. Er hatte mich aufgesucht. Nicht den König, nicht den Zirkel. Nein, mich. Was erhoffte er sich? Höchstwahrscheinlich wollte er, dass ich sofort zu Vater rannte. Es war Teil seines Plans. Doch warum? Die logischste Erklärung, die mir in den Sinn kam, war Panik auszulösen. Möglicherweise dachte er, wir ziehen Soldaten aus dem Grenzgebiet ab, um den Palast zu sichern. Oder er dachte, dass sich viele Vollwertige am Palast nicht mehr sicher fühlen, nach Hause in ihre Städte reisen und ihre eigenen Soldaten ebenfalls von der Grenze abziehen würden, um ihre eigenen Familien zu beschützen. Es würde ein Zerwürfnis geben. Oder er erhoffte sich, dass Soldaten zurückgerufen wurden, die gegen die Rebellenarmee kämpften. Diese würden stärker und ihre Attentäter weniger überwacht. Das Reich würde sich von innen heraus selbst zerstören. Und dann, im größten Chaos, würde er zuschlagen. Vielleicht hatte er etwas ganz anderes vor und lenkte mich nur ab. Das würde am ehesten zu ihm passen. Er ließ sich nicht berechnen.

Ich setzte mich auf, das Wasser war schon so kalt, dass sich eine Gänsehaut über meinen ganzen Körper ausbreitete. Doch ich war zu beschäftigt, um darüber nachzudenken. Wie in einem Strategiespiel überlegte ich mir, welchen Zug er machen würde. Und welchen würde ich machen?

Erschrocken fuhr ich hoch: Er hatte meine Fähigkeit, ins Licht zu treten, eingedämmt. Das wurde mir erst jetzt so richtig bewusst. Wie hatte er das gemacht? Noch nie hatte ich jemanden getroffen, der so etwas konnte. Ja, es gab Geschichten und Erzählungen über Vollwertige wie ihn und mich, die besondere Fähigkeiten besitzen sollten. Und der ein oder andere mochte unter uns leben. Jedoch wurden diese Gaben mit der Zeit immer schwächer, bis sie schließlich ganz ausblieben. Als Kind hatte ich oft versucht, eine Gabe hervorzulocken. Doch es hatte nicht funktioniert. Egal wie sehr ich es probiert hatte. Auch Vater hatte keine besondere Fähigkeit. Und auch kein anderer Vollwertiger, der hier in Claritas lebte. Zumindest wusste ich von niemandem. Doch wenn Xaver es schaffte, mich daran zu hindern ins Licht zu treten, dann wäre es doch möglich, dass auch ich eine besondere Kraft besaß. Wenn nicht ich, wer dann? Immerhin stammte ich aus der ältesten Familie des Mondes.

Egal wie sehr ich grübelte. Es gab keine Antworten auf meine Fragen. Keinen richtigen Zug. Ich wusste nur, dass es in dieser Zeit, gefährlicher war, als jemals zuvor in meinem Leben.

Nachdem ich bis zur fünften Stunde geschlafen hatte, ging ich in die Katakomben unter dem Palast, wo die Gelehrten arbeiteten. Hier befand sich die große Bibliothek, die ich Caidan gern gezeigt hätte, was aber nichts brachte, wenn er nicht lesen konnte.

»Prinzessin, was verschafft mir die Ehre«, fragte Lord Lectran, der sich immer wieder freute, mich zu sehen. Er war seit einigen Jahrzehnten der oberste Magister, davor war er mein Lehrer gewesen, der mir nicht nur das Lesen, Schreiben und Rechnen beigebracht hatte, sondern auch all meine brennenden Fragen über die Erde beantwortete, sofern er sie kannte. Zeitweise wurde ich mit Kira und Aya zusammen unterrichtet, da wir dasselbe Alter besaßen und ihre Eltern sie früh in den Palast geschickt hatten, um einmal eine Stelle als Hofdame zu bekommen. Wir waren seit Jahrhunderten befreundet und hatten uns oft über Lord Lectran lustig gemacht. Besonders über seinen langen, weißen Bart, in den er Glöckchen hineinflocht. Wir hatten ihn stets sofort gehört, wenn er hereinkam und dann unsere Gespräche über Schmuck und Kleider und Jungs unterbrochen und so getan, als würden wir lernen. Aber wie sehr wir auch über ihn gelacht hatten, so sehr liebten wir ihn. Er war ein wundervoller Lehrer und ein guter Mann. Noch heute stand er mir zur Seite und war bei all meinen Fragen behilflich.

»Ich vertreibe mir die Zeit, während ich auf meinen Vater warte. Ich muss ihm etwas Wichtiges mitteilen, aber er ist in einer Besprechung mit meinem Onkel, der ich aus unerklärlichen Gründen nicht beiwohnen darf«, erzählte ich enttäuscht. Es kam so selten vor, dass mein Vater mich zu einer Besprechung nicht mitnahm. Und ich musste ihm erzählen, dass Xaver hier gewesen war. Ich hatte lange in meinem Bett gelegen und überlegt, ob ich es ihm überhaupt sagen sollte. Ich hatte mich gefragt, ob es besser wäre, erst einmal herauszufinden, wie er hineingekommen war. Doch nach einem kurzen Schlaf, entschloss ich, dass er es wissen müsse, und zwar so schnell wie möglich.

»Ich habe gehört, dass Ihr Euch verloben werdet? Ist das wahr oder nur ein Gerücht?«, fragte der Magister mit seiner uralten und brüchigen Stimme, während er eines der Bücher abstaubte.

Ich zuckte mit den Schultern. Ob das schon jeder im Palast gehört hatte?

»Mit einem Niedergeborenen, nicht wahr?«, fuhr er fort und lächelte, sodass die Falten um seine Augen zu noch tieferen Kratern wurden.

»Es ist noch keine beschlossene Sache, Lord Lectran. Vater wünscht, dass ich ihn erst einmal kennenlerne.«

»Und, habt Ihr ihn bereits kennengelernt?« In seinen Augen blitzte Neugier auf.

Der Gedanke an Caidan zwang mich zu einem Lächeln und ich dachte unwillkürlich an den schönen Tag, den wir gemeinsam verbrachten.

»Also, ja?« Lectran schmunzelte. Er kannte mich zu gut.

Ich nickte zögerlich.

»Ist er ein guter Kerl?«, fragte der Magister weiter, während er ein anderes Buch aus dem Regal nahm und es ebenfalls sorgfältig abstaubte.

»Er ist ganz nett«, gab ich zurück.

»Ganz nett?« Er musterte mich eingehend.

»Sehr nett«, korrigierte ich.

Der Magister fuchtelte mit seiner rechten Hand in der Luft herum. »Ach ... dieses Gerede von Vollwertigkeit ist ohnehin überbewertet. Zwei Herzen müssen sich lieben, zwei Seelen müssen sich verstehen. Zwei Leben müssen zusammenfinden. Dieses ganze Geschwätz von Etikette und dieses Werk aus Regeln ist so alt, dass selbst ich nicht weiß, wie alt genau. Es wird Zeit, dass sich etwas ändert, Leetha. Und viele hatten die Hoffnung, dass mit der Heirat Eurer Eltern diese Veränderung eintrifft. Euer Vater war der erste König, der eine Niedergeborene heiratete. Doch es ist nichts geschehen, in all den zweieinhalbtausend Ehejahren wurde Eure Mutter unterdrückt und ausgeschlossen.« Er zeigte mit dem zittrigen Zeigefinger auf mich: »Aber Ihr, mein Kind, Ihr könntet ein neues Zeitalter anbrechen. Lasst diese altertümlichen Regeln in der Vergangenheit. Euer Volk wird es Euch danken. Es wartet schon lange auf einen Herrscher, der nicht die Augen verschließt. Auf jemanden, der sich auch um die untersten Ränge schert. Einen, dem es nicht egal ist, wenn Hunderte von Niedergeborenen verhungern oder im Krieg ihr Leben lassen müssen, weil die niedergeborenen Soldaten an der Front verheizt werden.« Er machte eine Pause, während ich über die Bedeutung seiner Worte nachdachte. »Wir unterscheiden uns nicht von den Menschen auf der Erde. In den alten Büchern steht so vieles darüber, wie sie Pyramiden erschufen und andere Werke, die man sogar von uns aus sehen kann. Doch es steht nur in wenigen dieser Schriften, wie sie dies geschaffen haben: mit Sklaven und niederen Menschen ohne Rechte.«

Ich schluckte. »Wir waren seit tausend Jahren nicht auf der Erde. Es hat sich sicher einiges geändert.«

Er nickte eifrig: »Natürlich hat sich vieles dort verändert, aber zum Guten oder zum Schlechten? Die Letzten von uns, die dort waren, berichteten davon, dass die Menschen uns als eine Art Götter gesehen haben. Sie gaben uns Namen und erzählten ihre Geschichten über uns. Sie glaubten, wir seien besser als sie. Doch sind wir es?« Er legte den Kopf schräg.

»Gibt es keinen Weg, doch auf die Erde zu gelangen?«, fragte ich frei heraus.

»Oh, mein liebes Kind, das habt Ihr mich schon so viele Male gefragt«, lächelte er.

Ja, hatte ich. Doch ich sehnte mich nach der Erde. Ich wusste nicht, weshalb. Irgendetwas an ihr zog mich magisch an.

»Aber ...«, begann er und ich hörte genau hin. »Aber ... einer meiner Lehrlinge, hat ein Buch entdeckt, dass beweisen könnte, dass es noch Möglichkeiten gibt. Es gibt eine Art ins Licht treten, die zuvor nur ein Einziger ausprobiert hat, soweit wir wissen. Und diese Art könnte uns zur Erde bringen.«

»Wer hat es getan?«, fragte ich voller Neugier und Hoffnung.

»Ein Mann, der seit vielen Jahrhunderten tot ist. Er war keiner von uns.«

»Kein Vollwertiger?«, fragte ich und konnte mir nicht vorstellen, dass ein Niedergeborener, der nicht in der Lage war, ins Licht zu treten, auf die Erde gelangen könnte.

»Kein Vollwertiger und kein Meridemer. Er war von der anderen Seite. Dieses uralte Buch beweist es«, sagte er und kramte etwas aus seiner Schublade. »Ich bin daran, es zu entschlüsseln, die Schrift darin ist so alt, dass es schwer ist, sie zu lesen.«

»Was wisst Ihr bisher?« Ich schluckte, da ich damit nicht gerechnet hatte.

Der Magister lächelte. »Es ist eine uralte Kunst, die das Reisen durch Licht und Schatten vereinfacht. Wer diese Kunst beherrscht, kann selbst von einfachen Mondsaphiren nicht aufgehalten werden.«

Mein Herz raste. Xaver. Es war mein erster Gedanke. Was, wenn er diese Art zu reisen verstand? Ich atmete schnell und panisch.

»Was ist los mit Euch, Leetha?«, fragte der Magister besorgt.

»Wisst Ihr schon, wie es funktioniert?«, entging ich seiner Frage.

»Ja und nein. Es ist eine Kunst, die jeder erlernen kann. Egal ob vollwertig oder nicht. Ein anderes, interessantes Detail besteht darin, dass dieses Buch der einzige Beleg dafür sein könnte, dass vor vielen Tausenden von Jahren alle Mondbewohner die Gabe hatten, ins Licht zu treten, nicht nur die mit edlem Blut.«

»Was ist geschehen?«

»Das weiß ich noch nicht. Ich bin gerade dabei, herauszufinden, wie man diese beiden Zeichen entschlüsselt. Sie sind wahrscheinlich der Schlüssel für die Reise zur Erde. Wenn unsere Vorfahren, diese Methode benutzten, kamen sie damit hin sowie zurück. Das einfache ins Licht treten, war vielleicht noch nie möglich gewesen.«

»Wollt Ihr sagen, in den anderen Büchern steht es falsch? Warum wissen wir es dann nicht? Immerhin liegt die letzte Reise zur Erde gar nicht so lange zurück?«

»Vielleicht war es einfach ein gut gehütetes Geheimnis, das irgendwann verloren ging. Es besteht die Möglichkeit, dass es dem Zweck diente, die Niedergeborenen davon abzuhalten, zur Erde zu reisen.«

»Warum sollte man sie abhalten?«

»Mein Kind. Die Niedergeborenen werden seit so vielen Jahrhunderten, ja sogar seit Jahrtausenden unterdrückt. Sie würden liebend gern zur Erde fliehen.«

»Ihr meint, für immer? Ohne jemals zurückzukommen? Aber dann wären sie Menschen oder vielleicht Tiere und würden viel schneller altern!«

»Was ist besser: ein grausames, langes Leben ohne Rechte oder ein freies, kurzes Leben?«, fragte der Gelehrte.

»Es gibt keinen Beweis, dass sie auf der Erde frei wären. Ihr sagtet selbst eben, dass die Menschen Sklaven halten.«

Lectran legte den Kopf schräg: »Wenn man keine andere Wahl hat, weil die Kinder verhungern und die Männer in den Krieg ziehen müssen?«

Bei diesen Worten fuhr mir ein Schreck durch die Glieder. »Sie verhungern doch nicht. Es gibt Einrichtungen, in denen sie versorgt werden. Diese Einrichtungen habe ich selbst gegründet!«

»Und wart Ihr dort? Habt Ihr gesehen, dass die Hilfe ankommt?«, fragte er in einem Unterton, der mir nicht gefiel.

Ich dachte zurück an dieses Buch, um das Thema zu wechseln, bevor ich etwas sagte, dass ich später bereuen würde: »Wenn Ihr dieses Buch vollständig übersetzt habt, würdet Ihr es mir als Erstes geben?«

Der Magister sah mich fragend an: »Ihr wollt uns doch nicht verlassen, Leetha?«

»Nein, nein, keine Sorge, ich interessiere mich nur dafür.«

Er nickte: »Ich wüsste nicht, bei wem es besser aufgehoben wäre, falls ich nicht mehr hier bin.«

»Lord Lectran, seit dreihundert Jahren sagt Ihr mir, Ihr werdet bald sterben. Und Ihr seid noch immer da. Ich bin sicher, Ihr werdet mir noch sehr lange zur Seite stehen.« Ich überlegte, ob ich ihm von Xaver erzählen sollte. Schließlich tat ich es. Ich erzählte von seinem Besuch und davon, dass er die Mondsaphire überlistet hatte. Und letztendlich fragte ich ihn, ob es möglich wäre, dass Xaver diese alte Art zu reisen kannte.

Lord Lectran wurde kreideweiß, dann öffnete er den Mund, um etwas zu sagen, schloss ihn aber wieder.

»Was ist?«

»Ich habe durch diese Schrift noch etwas erfahren, jedoch bin ich nicht sicher, ob ich es richtig verstanden habe«, gab er zu.

»Was es auch ist, erzählt es mir.« Ich lauschte seinen Worten, wie damals als kleines Mädchen, wenn er mir alte Geschichten erzählte.

»In dieser Schrift steht, dass der König oder die Königin von Meridem stets nach Tenebris reisen kann, und umgekehrt …«

»Das ist nichts Neues«, unterbrach ich ihn.

»Lasst mich bitte aussprechen.«

Ich nickte und blieb still.

»Aber, was wir nicht wissen, ist, dass es nicht reicht, einen König aus dem benachbarten Reich zu töten, um sein Gebiet zu übernehmen. Es muss aus freien Stücken übergeben werden.«

»Eine Machtübergabe?«, fragte ich.

Er nickte: »Wenn allerdings die Blutlinie des Königshauses ausstirbt, bevor die Machtübergabe stattfand, wird es dem König des anderen Reiches unmöglich sein, jemals wieder einzureisen.«

»Habe ich das richtig verstanden? Wenn mein Vater und ich sterben sollten, kann Xaver nie wieder nach Meridem reisen?«

Der Magister nickte. »Laut diesem Buch, gibt es einen uralten Vertrag, den die damaligen Herrscher der beiden Reiche abschlossen, damit es kein Blutvergießen mehr gibt.«

»Was passiert dann mit dem Volk?«, wollte ich wissen.

»Sie müssen allein zurechtkommen, ohne König. Sie könnten selbst einen neuen König erwählen, jedoch wird das nichts an der Tatsache ändern, dass der König von Tenebris fernbleiben muss. Außer, dieser neue König wäre in irgendeiner Weise mit Euch verwandt und besäße das Blut der Familie Aeterna.«

Ich hob die Augenbrauen. »Weiß mein Vater von diesem uralten Vertrag?«

»Ich glaube nicht, Prinzessin. Aber vielleicht König Xaver. Deshalb wollte er den Handel mit Euch. Möglicherweise weiß er, dass er mit Gewalt allein Meridem nicht regieren kann. Und ohne Euch und Euren Vater am Leben zu lassen, könnte er nicht einmal mehr hierherreisen«, erklärte der Magister besorgt.

Doch ich wurde noch beunruhigter, als mir ein anderer Gedanke durch den Kopf ging: »Wenn jemand anderes davon erfahren hätte, sagen wir, die Aufständischen ...?«

»Dann würden sie Euer gesamtes Haus niederstrecken, bis keiner von Eurem Blut mehr übrig wäre«, sprach der Magister den Satz zu Ende, den ich nicht laut beenden wollte.

»Damit Meridem für immer vor Tenebris geschützt wäre«, fügte ich hinzu und mir wurde übel.

Lectran nickte.

»Könnt Ihr mir erklären, wie die Mondsaphire funktionieren? Ihr sagtet, es wäre mit den neuen Erkenntnissen möglich, einfache Saphire zu überwinden. Gibt es denn unterschiedliche?«, fragte ich ihn und war mir sicher, dass er fast alles wusste.

Doch zu meinem Erstaunen sagte er: »Mondsaphire, mein liebes Kind, sind etwas sehr Kompliziertes. Es bedarf ein langes Studium, um sie zu verstehen. Leider weiß ich darüber nicht viel. Doch Ihr könnt gerne Magister Truewill sprechen. Er hat die Saphire studiert.« Lectran schickte einen jungen Lehrling los, um Truewill zu suchen. Auch er hatte mich eine Zeit lang unterrichtet. Er brachte mir die Fähigkeit, ins Licht zu treten näher, als ich noch sehr klein gewesen war. Und schon damals wollte ich es zu hundert Prozent richtig machen. Stets war ich bemüht eine Musterschülerin zu sein und Stolz in Vaters Augen zu sehen.

Als Truewill endlich zu uns stieß, verneigte er sich vor mir. Ich hatte ihn schon lange nicht mehr gesehen, doch er sah noch genauso aus wie damals. Er war jünger als Lectran, und dennoch steinalt. »Der kleine Lehrbursche berichtete, Ihr wollt etwas über die Saphire wissen?«, fragte er.

»Ja, es wäre schön, wenn Ihr mir ein paar Fragen beantworten könntet.«

Er grinste. »An Euch bin ich damals regelrecht verzweifelt«, schwelgte er in Erinnerungen. Und auch ich erinnerte mich. Er war der einzige Lehrer gewesen, der unzufrieden mit mir war. Ich hatte mir die Jahre über eingeredet, dass er von mir als Prinzessin einfach mehr erwartete als von anderen.

»Das kann ich mir nicht vorstellen«, mischte sich Lectran ein. »Leetha war meine beste Schülerin. Sie wollte stets alles korrekt und fehlerlos machen, was ihr stets einwandfrei gelang.«

Durch sein Lob fühlte ich mich gestärkt.

Truewill schüttelte den Kopf: »Es lag nicht daran, dass sie sich nicht angestrengt hätte ...« Er machte eine Pause und musterte mich. »Verzeihung, Eure Majestät.«

»Schon gut«, sagte ich, doch ich wurde zornig über seine Worte. In jedem Fach, in dem die Zwillinge und ich unterrichtet wurden, war ich die Beste gewesen. Ich wollte immer die Beste und Klügste sein.

»Aber ... Ihr habt Euch zu viel angestrengt. Daran lag es wohl«, sprach Truewill weiter. »Das Reisen durch den Raum ist nichts, was man auswendig lernen muss. Es ist eine Gefühlssache, etwas, das tief in uns liegt. Es ist ein Wissen und zugleich ein Nichtwissen. Ein Können, das darauf beruht, es nicht zu erzwingen ... Ich bin allerdings froh, dass Ihr es doch so gut erlernt habt, trotz der anfänglichen Schwierigkeiten.«

»Nun gut«, ich klang etwas angesäuert. »Erklärt mir nun bitte, wie Mondsaphire funktionieren!«

Truewill verzog das Gesicht. »Das kann ich Euch nicht in ein paar Stunden erklären, Majestät. Auch nicht, wenn wir ein Jahr Zeit hätten.«

»Ich lerne schnell und bin nicht dumm!«, sagte ich mit lauter Stimme. Er kam mir so herablassend vor.

»Ich denke, was der Magister sagen möchte ...«, versuchte Lectran die Situation zu entschärfen, »... ist, dass es ein langes Studium erfordert, um die Saphire zu verstehen. Selbst ich weiß nur wenig darüber.«

Truewill verstand. »Verzeihung, Eure Majestät, ich wollte Euch nicht kränken. Das wäre niemals meine Absicht. Es ist nur so, dass mein Studium an der Universität von Claritas über siebenhundert Jahre dauerte, und das war allein der theoretische Teil. Danach ging ich hier unten in den Katakomben als Lehrling meines Vaters in die Praxis über, wo ich von ihm und meinem Großvater, die ebenfalls siebenhundert Jahre lang studiert hatten, alles Weitere lernte.«

»Erklärt es mir dennoch«, befahl ich und legte meinen Blick fest auf Truewill. Jetzt erst recht!

»In Ordnung.« Er nickte und bat mich zu setzen. Auch er setzte sich gegenüber von Lectrans Pult. Lectran staubte in der Zwischenzeit weitere Bücher ab und stellte sie dann erneut und sortiert in das Regal vor sich. »Die Grundidee ist einfach ...«, begann Truewill. »Wenn man durch den Raum reist, also ins Licht tritt, wie wir es nennen, hinterlässt jedes Wesen eine Art ... sagen wir einmal ... einen persönlichen Fußabdruck.« Er sah mich mit großen Augen an, als wollte er wissen, ob ich bis dahin verstanden habe.

»Ich verstehe!«, sagte ich mürrisch. Hielt er mich für dumm?

»Und bei jedem Vollwertigen, ist dieser ...« Er suchte nach Worten. »Fußabdruck ist vielleicht doch das falsche Wort ...«

»Ich verstehe, was Ihr sagen wollt: Jedes Wesen reist auf eine einzigartige Weise«, fuhr ich ihm ins Wort.

Er nickte. »Und diese Einzigartigkeit besteht selbst bei Zwillingen. Na, wie auch immer. Mondsaphire verhindern das Reisen durch den Raum. Doch es gibt sie nicht einfach so in unserer Umwelt. Sie werden herangezüchtet. Und je nach dem Aufbau eines Mondsaphires kann man verschiedene Faktoren beeinflussen. Stellen wir uns einen Tempel wie den von Claritas vor, der keinen Eingang besitzt. Man muss ins Licht treten, um hineinzugelangen. Wenn man den Tempel nun alle drei Meter mit Mondsaphiren bestückt, kann verhindert werden, dass jemals jemand den Tempel betritt. Versteht Ihr es so weit?«

Ich nickte. Er hielt mich tatsächlich für blöd. Lectran betrachtete mich von seinem Schemel aus, auf dem er stand und grinste. Er kannte mich zu gut. Doch ich atmete tief ein: »Fahrt fort!«

»Wenn wir uns diesen Tempel vorstellen, wäre es nun einfach, eine ganze Gruppe auszuschließen. Zum Beispiel zu sagen, dass niemand hinreisen kann. Oder es wäre auch einfach zu bestimmen, dass niemand aus Tenebris hineinreisen kann. Weil die Tenebrer alle eine ähnliche Art zu Reisen besitzen.«

»Sie treten in den Schatten, nicht ins Licht«, fügte ich hinzu.

»Ja. Ihre Art durch den Raum zu reisen, ist zwar ähnlich wie unsere, aber doch etwas anders. Also ist es einfach Mondsaphire so zu züchten, dass sie allen Tenebrern den Zutritt verweigern«, erklärte er weiter.

»Das sind die Art von Saphiren, die in den Mauern des Palastes eingebaut sind?«, fragte ich und dachte daran, dass Xaver sie überlistet hatte.

Truewill nickte. »Schwieriger wäre es, einzelne Personen aus dem Tempel herauszuhalten. Dafür müsste man genau wissen, wie der Fußabdruck dieser Person aussieht, um den passenden Saphir dafür zu züchten. Und selbst wenn man es wüsste, würde es viele Jahre dauern, bis der Saphir so weit wäre.«

Ich legte den Kopf schief.

Er sprach weiter: »Einfacher wäre es, bestimmte Personen hineinzulassen. Denken wir erneut an den Tempel. Man könnte Saphire konzipieren, die es jedem Wesen verhindern hineinzugelangen, aber einer einzigen Person erlauben. Das ist ebenfalls möglich.«

»Danke für die Erklärung, Magister. Ich habe eine weitere Frage: Wenn der Palast mit Saphiren ausgestattet ist, die es Tenebrern untersagt hineinzureiten, wie könnte es ihnen dennoch gelingen?«

Er schüttelte heftig den Kopf: »Das ist unmöglich!«

»Unmöglich? Seid Ihr sicher?«

Er überlegte. »Theoretisch ...«, murmelte er und schüttelte erneut den Kopf.

Ich sah ihn intensiv und fragend an.

»Ja, theoretisch gäbe es einen Weg, doch ich kenne niemanden, der es jemals geschafft hätte. Nicht einmal ich weiß, wie man diese Theorie in die Praxis umsetzen könnte, und ich habe immerhin siebenhundert Jahre lang studiert.« Er lachte leise.

»Wie lautet diese Theorie?«

Er schüttelte den Kopf erneut: »Das sind lange Berechnungen auf einem Blatt Papier, die Ihr nicht verstehen würdet. Selbst Mathematiker und Biologen könnten die Gleichungen nicht berechnen.«

Ich lehnte mich an die Lehne des Stuhles zurück und faltete die Hände in meinem Schoß.

»Das ist es, was ich Euch sagen kann. Alles andere, wie genau die Saphire aufgebaut sind, wie man sie heranzüchtet und so weiter, würde zu tief in die Biologie, die Physik und in die Mathematik gehen, als dass ich es Euch innerhalb weniger Stunden erklären könnte, Eure Majestät«, sprach er und ich hörte seinen vollsten Respekt aus diesen Worten heraus.

Ich nickte zufrieden: »Das reicht mir auch schon, Lord Truewill. Vielen Dank.«

»Ich werde Euch stets zu Diensten sein, Prinzessin. Ihr findet mich meistens hier unten in den Katakomben. Manchmal an der Universität, wo ich unterrichte.«

»Vielen Dank, Lord Truewill«, wiederholte ich und stand auf, um mich zu verabschieden.

Mein Vater empfing mich schlecht gelaunt, was nicht unüblich war, nach den Gesprächen mit Onkel Vestas. Die beiden bekamen sich stets in die Wolle und ihre Diskussionen wurden jedes Mal laut.

»Was wolltest du mir so Wichtiges mitteilen, Kind?«

Ich konnte es ihm nicht sagen. Nicht nach dem, was ich erfahren hatte. Ich durfte nicht riskieren, dass mein Vater die neuen Erkenntnisse des Magisters als Humbug abtat und es vielleicht sogar vor dem Zirkel ausplauderte. Niemand durfte davon erfahren. Niemand. Es könnte der Untergang meiner Familie und meines Hauses bedeuten. Erst mal wollte ich selbst dahinterkommen, was es mit Xavers Besuch genau auf sich hatte, und wollte erst einmal überprüfen, ob er die Wahrheit gesagt hatte, darüber, dass es in meinen eigenen Reihen Verräter gab. Welchen Grund hätte er, mich nicht zu warnen? Von meinem Tod und dem meiner Familie hätte er rein gar nichts. Es würde ihm den Thron von Meridem auf ewig verweigern, wenn mein Vater und ich sterben sollten. Möglicherweise wusste er doch etwas, das vor sich ging. Vielleicht waren die Rebellen, von denen wir stets hörten, nicht so harmlos, wie wir dachten. Zumindest nicht, wenn es am Hof tatsächlich Verräter gab. »Es ist nichts, Vater«, log ich.

Er sah mich an, schüttelte den Kopf und seufzte laut.

»Warum hast du dich wieder mit Onkel gestritten?«, lenkte ich ab.

»Du weißt schon, er hat seinen eigenen Kopf, genau wie du.«

»Hat er etwas Wichtiges gesagt?« Ich wollte herausfinden, ob es wieder um die Rebellen ging, von denen mein Onkel seit Jahren sprach und die mein Vater belächelte. Er nahm das alles nicht ernst, doch nach allem, was ich eben erfahren hatte, sollten wir es ernst nehmen.

»Wenn du es wissen willst, er will dich so schnell wie möglich mit dem Schattenjäger verheiraten. Er sagte, es sei gut für das Volk, das sich zunehmend auflehnt. Wir sollten unsere Politik lockern und den Niedergeborenen mehr Freiräume und wichtigere Positionen geben. Sein übliches Gerede eben«, erklärte mein Vater in einem abwertenden Tonfall. Er spuckte es regelrecht aus.

»Vielleicht hat er recht«, fuhr ich ihm ins Wort.

Er zog die Augenbrauen hoch: »Wie bitte?«

»Vielleicht wäre es wirklich das Richtige, Vater. Es wäre ein Zeichen dafür, dass wir uns ändern können und die Rebellen würden vielleicht Anhänger verlieren, wenn wir ihnen neue Versprechungen machen.«

»Bist du von allen Sinnen?«, brüllte mein Vater laut.

»Es ist das Beste für unser Reich, Vater.«

»Ich verheirate dich nicht mit einem Niedergeborenen, weil es das Beste für das Reich wäre. Ich habe mir vom Zirkel lang genug alles vorgeben lassen. Aber wenn es um meine Tochter geht ...« Er wurde so laut, dass ich selbst schreien musste, als ich ihm entgegnete: »Deine Tochter bin ich. Und ich kann sehr wohl eigene Entscheidungen treffen.«

»Du glaubst, erwachsen zu sein, aber du bist es nicht.« Seine Stimme klang scharf und wütend.

Ich lachte auf. Er hatte mich doch ausgebildet. Er hatte mich zu der Person gemacht, die ich war. Und nun hielt er mich für ein Kind. Für ein dummes, naives Kind.

»Liebe ist etwas ...« Er suchte nach Worten. »Liebe ist Leidenschaft, Hingabe, Leben. Willst du das nicht? Willst du das aufgeben für dein Volk?« Er sah mich mit großen und traurigen Augen an. »Ich möchte nicht, dass du diese Chance verpasst, Leetha.«

Ich blieb still und fragte mich, ob er das, was er beschrieb, mit Mutter hatte.

Seine Stimme wurde sanfter. »Noch bin ich am Leben, noch musst nicht du dir Gedanken um dieses Reich machen. Gehe mit deinem Herzen durchs Leben, Leetha, nicht mit deinem Verstand.« Er wedelte mit der Hand vor sich herum. »Mache Erfahrungen, mach mal etwas Dummes! Lass dich einfach mal von deinen Gefühlen leiten!« Wer war dieser Mann? Und was hatte er mit meinem Vater gemacht? Wortlos starrte ich ihn einfach nur an. Er trat einen Schritt auf mich zu und packte mich an den Schultern. »Ich will, dass du jemanden findest, der dich wahnsinnig macht, der dich Dinge tun lässt, von denen du nie geglaubt hättest, dass du dazu imstande bist. Jemanden, der dich um den Verstand bringt.« Gerne hätte ich gelacht, doch ich verstand die Welt nicht mehr. Mein Vater, der König, sagte mir, dass ich eine Dummheit begehen sollte? Nur in meiner kühnsten Fantasie konnte ich mir ausmalen, was das sein sollte. »Willst du nicht einen guten, vollwertigen Mann heiraten, der unsere Art zu leben versteht, anstatt einen Soldaten, für den es nur ein weiterer Sprung auf seiner Karriere wäre?« Seine Stimme senkte sich etwas, er brüllte aber noch immer.

Ich schluckte bei dem Gedanken, dass dies Caidans oberstes Ziel sein konnte. Der Ehemann der zukünftigen Königin. Es würde ihm in der Tat einiges erleichtern, zwar nicht hier am Hof, aber sicherlich als Offizier. »Hast du denn aus Liebe geheiratet?«, fragte ich und mein Vater wurde plötzlich ganz still.

Schließlich seufzte er tief und sagte ruhig und ernst: »Nein, habe ich nicht. Aber ich habe deine Mutter lieben gelernt, während der zweieinhalbtausend Jahre, die wir gemeinsam verbrachten.«

»Und genau das könnte ich auch«, begann ich, doch er fiel mir ins Wort: »Genau wegen dieser Liebe habe ich Tag für Tag mit ihr gelitten, wenn sie aus allem ausgeschlossen wurde. Wenn sie an letzter Stelle stand und nicht an meiner Seite gehen, sitzen oder essen durfte. Es hat mir jeden Tag das Herz gebrochen, Leetha, willst du das auch?« Wir hatten nie so offen darüber gesprochen. Noch nie hatte ich ihn derart traurig gesehen. »Und als uns so lange Zeit ein Kind verwehrt wurde ...«, sprach er weiter, »... hörte ich die Gerüchte, als sie es deiner Mutter anhingen. Sie sei nur eine Niedergeborene und würde dem König kein Kind schenken können. Ich hörte die Flüche, die sie aussprachen, wie sie deiner Mutter den Tod wünschten, damit ich eine andere, eine richtige Frau heiraten könnte.« Meinem Vater standen Tränen in den Augen. »Und war es für dich leicht? Deine Mutter so zu sehen? Unterdrückt und gehasst vom ganzen Palast?«

Ich schüttelte den Kopf.

»Willst du das deinem Mann und deinen Kindern antun? Sollen sie ihren Vater so sehen?«

»Nein, Vater, aber ich werde es nicht zulassen ...«

»Nicht zulassen? Wie oft habe ich darum gekämpft, deiner Mutter einen Platz an meinem Tisch zu gewähren. Es gibt einfach Regeln, die seit Jahrtausenden bestehen. Sie sorgen dafür, dass alles so läuft, wie es sollte.«

»Hast du schon mal in Erwägung gezogen, dass es nicht so laufen muss. Dass diese Regeln Blödsinn sind?«, fragte ich und hörte sofort auf weiterzusprechen, als ich meines Vaters Gesichtsausdruck sah.

Er sagte nichts, er schüttelte nur den Kopf.

»Ich werde Caidan heiraten, was es auch bedeutet. Es ist meine Entscheidung, das hast du selbst gesagt, und wenn ich mein Wohl für das von Meridem aufgeben muss, dann ist es so.« Ich drehte mich auf der Stelle um und ging aus dem Raum.

Auf dem Weg in mein Gemach entschied ich, einen kleinen Umweg einzuschlagen, und trat stattdessen ins Licht. Als ich vor Caidans Zimmer stand, klopfte ich leise, weil ich nicht sicher war, ob er noch schlief. Er öffnete und sah verschlafen aus, auf eine süße Weise. Sein Haar war verwuschelt und er rieb sich den Schlaf aus den Augen.

»Hast du noch geschlafen?«, fragte ich und stiefelte ungebeten an ihm vorbei in sein Zimmer.

»Komm ruhig herein«, gähnte er, während ich mich bereits in einen der Sessel des Gästezimmers setzte. Er rieb sich über das Gesicht und ließ sich auf einen der Sessel gegenüber von mir nieder. Mit der anderen Hand deutete er auf den zweiten: »Setz dich doch!« Er grinste.

Ich sah ihn an, hätte gerne gelächelt, doch meine Miene blieb ernst: »Ich wollte dir eigentlich nur sagen, dass ich dich heiraten werde.«

Caidan, der sich gerade die Schläfen massierte, wahrscheinlich vom Alkohol, der ihm noch immer in den Kopf stieg, hielt inne. Er sah mich einfach nur an. Ich konnte weder Überraschung noch Freude noch sonst etwas in seinem Blick erkennen. Schließlich fragte er: »Habe ich eben geträumt oder hast du gesagt, dass du mich heiraten wirst?«

Ich nickte und blieb ernst: »Ja, ich werde dich heiraten. Schnellstmöglich.«

Caidan stand der Mund offen. Er wollte etwas sagen, doch dann ließ er es. Er sah mich von oben bis unten an, dann musste er laut lachen.

»Warum lachst du?«

»Ich habe dir überhaupt keinen Antrag gemacht«, grinste er amüsiert.

Ich lehnte mich in meinem Sessel zurück und faltete die Hände im Schoß. »Deshalb bist du doch an den Hof gekommen, oder nicht?«

Er beugte sich vor, indem er die Ellbogen auf seinen Knien abstützte: »Ich wurde eingeladen, nachdem ich etwas Blödes in einer Kneipe gesagt hatte. Ich wollte nicht unhöflich sein, Leetha.«

»Dann willst du mich überhaupt nicht heiraten?«, entfuhr es mir wütend. »Klasse! Dann hab ich gestern nur meine Zeit mit dir verschwendet?«

Er grinste frech. Seine Augen sprühten vor Belustigung. »Ich sage ja nicht, dass ich dich nicht heiraten will. Ich hätte nur gerne auch ein Wort mitzusprechen. Du kommst hier herein und sagst mir einfach, dass wir bald heiraten sollen. Was soll ich davon halten? Vielleicht sollten wir erst einmal ...«

Ich schüttelte den Kopf: »Dafür ist keine Zeit. Die Rebellen erheben sich. Du hast gestern selbst gesagt, das Volk hasst mich. Entweder du willigst ein, oder ich suche mir einen anderen, der so ist wie du.«

»So ist wie ich? Einen Niedergeborenen, der vom Volk geliebt wird? Weißt du was, ich schlage dir jemanden vor: Erwin Greer.«

Seine Stimme wurde laut und klang sehr wütend. Erwin Greer war der bekannteste Rebell im ganzen Reich. Er war der, den man als König der Rebellen bezeichnete. Doch er war ein Geist. Nur ein Name. Niemand wusste genau, wie er wirklich hieß oder wo er lebte. Manche behaupteten, es gäbe ihn überhaupt nicht. Mir wurde klar, was ihn gerade so wütend gemacht hatte. Unbeabsichtigt hatte ich ihn beleidigt. »Es tut mir leid, so habe ich es nicht gemeint.« Ich legte den Kopf schräg und sah ihn an: »Ich will nur das Beste für mein Reich, für mein Volk.« Er sah mich an. »Und der Tag gestern war sehr schön. Ich glaube, wir beide könnten es miteinander aushalten, es sei denn ...« Ich hielt inne.

»Es sei denn, was?« Er machte große Augen.

»Es sei denn, du hast schon eine Geliebte, die auf dich wartet.«

Er schüttelte den Kopf: »Nein, ich habe niemanden und ich fand den Tag auch sehr schön.«

»Gib mir einfach eine Antwort, ich will nicht meine Zeit an jemanden verschwenden, der nur hier ist, weil er Angst hat, seinen Kopf zu verlieren.«

»Wenn ich ablehne, verliere ich dann meinen Kopf?«

»Ich bin eine gute Herrscherin, Caidan. Ich werde meinen besten Soldaten nicht hinrichten, nur weil er meine Gefühle verletzt hat«, sagte ich und korrigierte schnell: »Nicht, dass ich Gefühle für dich hege ...«

Sein blödes Grinsen wurde größer.

»Na, wenn ich es mir recht überlege, vielleicht doch«, sagte ich und sah in seine Augen. *Diese Augen*. Sie schimmerten silbern und wunderschön. Schnell rüttelte ich mich wach.

Er lachte leise. »Willst du sofort eine Antwort oder darf ich darüber nachdenken?«

Ich stand auf: »Morgen, beim Stiefel.« Dann streckte ich ihm meine Hand hin.

Er grinste und küsste sie zum Abschied.

Caidan

Ich hatte mir Leetha komplett anders vorgestellt. Dass sie wunderschön war, wusste ganz Meridem, und das war auch schon alles, was der Wahrheit entsprach. Sie war nicht nur eine richtige Meridemerin mit hellen Augen und langem, silbernem Haar, nein, es war mehr als das. Ihr ganzes Auftreten, ihre Anmut und die Eleganz, mit der sie sich bewegte, ließ sie nicht nur königlich, sondern auch sexy wirken. Ihre Art zu gehen, war eher ein Gleiten. Ruhig und gelassen setzte sie einen Fuß vor den anderen, und strahlte mit jeder Bewegung ein Selbstbewusstsein aus, dass sie noch reizvoller machte. Schon als ich sie im Thronsaal das erste Mal sah, fiel es mir schwer, sie nicht sofort anzustarren. Aufrecht und mit geraden Schultern, saß sie auf dem Thron neben ihrem Vater, während das Sonnenlicht in ihren Augen funkelte.

Jedoch konnte ich die Kaltherzigkeit und die Arroganz, die man ihr nachsagte, nur zum Teil nachempfinden. Etwas hochnäsig, ja. Aber herzlos? Nein. Das glaubte ich nicht. Verschwenderisch würde es eher treffen, aber das galt für den gesamten Palast und für diese Stadt. Es war nicht zu übersehen, dass Leetha schöne Dinge liebte: Kleider, Schuhe, selbst in ihrem Haar trug sie Schmuck, der wahrscheinlich mehr kostete als mein Jahresgehalt. Aber vielleicht kannte sie es nicht anders. Immerhin hatte sie zugegeben, dass sie nie die Annehmlichkeiten einer großen Stadt oder einer reichen Provinz verlassen hatte. Möglicherweise wusste sie nicht einmal, dass es in ihrem Reich Orte gab, an denen Kinder verhungerten. Nachdem ich sie kennengelernt hatte, schätzte ich sie nicht wie eine Frau ein, der eine solche Erkenntnis egal wäre. Immerhin hielt ich noch nie große Stücke auf das Geschwätz der Leute. Auch wenn ich zugeben musste, dass ich neugierig auf sie war, nicht nur, weil ich als

Heiratskandidat infrage kam, sondern auch darauf, wer diese Prinzessin war, über die jeder herzog.

Dieser Tag mit ihr war so ungezwungen und lustig gewesen. Und ich war froh darüber, mir selbst ein Bild von ihr zu machen, anstatt auf die Gerüchte zu hören. Denn die meisten Leute, die über Leetha Aeterna sprachen, hatten sie nie zuvor gesehen. Ich schon. Und ich wurde positiv überrascht. Es war lange her, dass ich mich so gut mit einer Frau unterhalten konnte und auch, dass ich mit einer Frau so viel Spaß hatte. Es gab durchaus Kriegerinnen in der Armee und auch die Frauen bei den Zivilisten waren nicht abgeneigt von mir. Doch um so weit zu kommen, wie ich es geschafft hatte, durfte ich mich nicht an eine Frau binden. Nicht, wenn ich nie wusste, ob ich von der nächsten Mission nach Hause kam. Mein Vater war Soldat gewesen. Zwar gab es damals keinen Krieg, sondern eine lange Friedensperiode. Doch ich hatte ihn nie gesehen und meine Mutter blieb monatelang allein mit mir. Ich wusste also, was es bedeutete, als Soldat eine Familie zu haben. Geliebte hin oder her, auf eine ernsthafte Beziehung hatte ich mich nur ein einziges Mal eingelassen und auch nicht daran gedacht, es jemals wieder zu versuchen.

Obwohl es schwer war, hinter Leethas Fassade zu blicken, erkannte ich einen Teil von ihr, den anscheinend nicht viele sahen. Sie schien hin- und hergerissen zu sein, zwischen der Person, die sie vorgab zu sein, und der Person, die sie sein wollte. Leetha überraschte mich. Mit allem, was sie sagte, was sie tat. Ihr Verblüffen über mein Geständnis, dass ich nicht lesen konnte, war nicht zu übersehen. Doch sie hatte mich nicht dafür verurteilt. Im Gegenteil, sie hatte mir in der Bibliothek sogar vorgelesen. Sie las aus ihren Lieblingsbüchern, zeigte mir ihre Lieblingsorte und erzählte aus ihrer Vergangenheit. Diese Frau wollte sich mir öffnen, das wusste ich. Und ich wurde zunehmend gespannt darauf, was ich noch über sie erfahren würde.

Möglicherweise hatte Vestas recht, und ich könnte etwas verändern. Vielleicht könnte ich schon etwas erreichen, wenn ich Leetha ändern könnte. Sie war nicht die Frau, die vor allem die Augen verschloss, weil sie es wollte. Sondern weil sie es nicht anders kannte. Noch hatte sie zu große Angst davor, was andere von ihr hielten, was man über sie denken könnte. Es wäre ein hartes Stück

Arbeit, sie auf unsere Seite zu ziehen. Aber das war es wert. Wenn sie und ich etwas bewirken könnten, dann wäre sie es wert.

Ich klopfte an Lord Vestas Gemach, der mich auf ein Gespräch zu sich zitiert hatte.

»Einen Moment noch!«, ertönte seine Stimme.

Ich wartete im Flur und sah mich um. Wie sehr ich diesen Prunk hasste. Diese Verschwendung, egal wohin man sah. Der Palast hatte mehr Luxus als all die Städte und Provinzen, die ich gesehen hatte, zusammen. An den Wänden hingen Teppiche aus den feinsten Stoffen, Gemälde, Fackelhalter aus Gold und Silber. Selbst die Wachen in Claritas waren weitaus besser ausgestattet als jeder Soldat an der Grenze. Ihre Waffen bestanden aus dem besten Stahl, ihre Kleidung aus den robustesten Stoffen. Seit ich in Claritas angekommen war, bemerkte ich diese Verschwendung. Die Händler auf den Straßen zeigten lediglich die schönsten Früchte. Ohne Makel, ohne Schrammen. Und im Palast sah es nicht anders aus. Selbst die Tiere in den Ställen hatten mehr zu essen als Niedergeborene außerhalb der Städte. Beim Festmahl hatte ich eine Frau gesehen, die ihren Wolp vollgestopft hatte. Wolpertinger waren anscheinend beliebt unter den Frauen am Hofe. Kleine fuchsartige Kreaturen mit Flügeln, die sie auf dem Arm herumtrugen. Einige hatten ihnen die Flügel gestutzt, damit sie nicht mehr fliegen konnten. Sie alle waren dick und überernährt, während Niedergeborene verhungerten und starben. Wut stieg in mir auf.

Ein Wachmann kam aus Vestas Gemach. »Du kannst rein, Schattenjäger!«, sagte er trocken.

Noch einmal klopfte ich an, weil es der Anstand so besagte.

»Herein!«, rief Vestas und als ich hineintrat, sah er nicht vom Schreibtisch auf. Zahlreiche Papiere und Briefe lagen ausgebreitet auf seinem Pult, über das er sich nachdenklich lehnte. Ein paar Schritte trat ich näher. Er wusste, dass ich nicht lesen konnte, und versuchte gar nicht erst, seine Korrespondenzen vor mir zu verbergen.

Respektvoll blieb ich vor seinem Pult stehen und wartete auf weitere Anweisungen.

»Und? Wie verlief es?«, fragte er und sah mich noch immer nicht an.

»Sie hat mir die Stadt gezeigt«, entgegnete ich knapp.

Er sah auf, direkt in meine Augen: »War das alles?« Sein Blick wühlte mich wie immer innerlich auf. Etwas lag in seinen Augen, ich konnte nicht genau sagen, was. Vielleicht war es eine Strenge, wie ich es nur aus dem Militär kannte. Aber noch etwas anderes mischte sich darunter. Etwas Unberechenbares, etwas, das einem wie mir, der voll und ganz von ihm abhängig war, einen kalten Schauer über den Rücken laufen ließ.

Ich schüttelte den Kopf: »Sie hat einer Heirat zugestimmt.«

Ein breites Grinsen lag auf seinem Gesicht, und die Kälte in den Augen verflog für einen kurzen Moment: »Du bist besser als ich gedacht hätte, Schattenjäger.«

Ich zuckte mit den Schultern: »Leetha ist ein nettes Mädchen.«

»Das ist sie. Mit ihr und dir wird sich bald schon einiges ändern«, versprach er mir nicht zum ersten Mal.

»Noch ist sie nur die Prinzessin«, sagte ich zögernd und fragte mich, ob ich das Recht hatte, es anzusprechen.

»Noch ... Das kann sich schneller ändern, als du denkst. Und dann, werden wir die Welt verändern!« Was meinte er mit schneller, als ich dachte? »Du musst ihr nur weiterhin schöne Augen machen und sie um den Finger wickeln. Um alles andere kümmere ich mich«, sprach er weiter, während er sich in seinem Sessel zurücklehnte und die Hände vor dem Bauch faltete.

»Darf ich fragen, was Ihr damit meint?«

»Na unsere Pläne, mein Junge! Meridem wird sich verändern. Alles wird sich verändern. Du musst Leetha davon überzeugen, was gut für ihr Volk ist und sie wird es tun, wenn sie dich nur genug liebt. Also sorge dafür, dass du sie in jeder Weise ...«, er machte eine Pause und musterte mich von oben bis unten, »... befriedigst.« Eine Wärme stieg mir ins Gesicht, die verriet, dass ich errötete. Unter den Soldaten war es nicht unüblich, über Frauen auf eine wirklich herablassende Weise zu sprechen, doch vor ihm geriet ich in Verlegenheit. Immerhin handelte es sich um ihren Onkel. »Wenn du verstehst, was ich meine.« Er zwinkerte mir zu. »Ich nehme an, ein hübscher Kerl wie du hat Erfahrung auf diesem Gebiet?«

Ich nickte etwas zurückhaltend.

Vestas klatschte in die Hände: »Und ehe du dich versiehst, wird sie dich zum König machen.«

»Ich bin kein Vollwertiger«, erinnerte ich ihn. Das seltsame Gefühl beschlich mich, mich am heutigen Tag zu weit aus dem Fenster zu lehnen. Ich sollte einfach meinen Mund halten und nur noch nicken.

»Nein?« Gespielt verdrehte er die Augen und hob die Hände in die Luft. Seine Stimme wurde lauter, aber nicht auf eine strenge Art. »Ich auch nicht! Und sieh, was ich erreicht habe! Die Zeit ist da, Caidan. Es wird sich schon bald einiges ändern, sobald ihr beide verheiratet seid und der König … na, sagen wir mal, aus dem Weg geräumt ist.«

Ich erschrak nicht über diese Worte. In meiner tiefsten Seele war ich ein Soldat und das wusste Vestas. Brutalität und Mord waren mir nicht fremd, auch wenn Königsmord etwas riskant werden würde. Intensiv betrachtete ich den Mann vor mir, den ich mehr als alles andere auf der Welt respektierte. Lord Vestas, nannte man ihn hier in der Lichtburg, obwohl er nicht einmal ein richtiger Lord war. Doch ich kannte ihn unter einem anderen Namen. Einen Namen, den ich seit meiner Kindheit verehrte und zu dem ich aufsah: Erwin Greer. Nicht umsonst hatte ich den Namen vor Leetha erwähnt. Ich wollte wissen, wie sie darauf reagierte. Leider hatte auch ich bereits die Gerüchte gehört, dass ich Erwin Greer sein sollte. Aber ich war es nicht. Und ich wollte wissen, ob Leetha diese Gerüchte ebenfalls kannte. Doch so, wie sie reagierte, hatte ich keinen Zweifel daran, dass sie weder mich noch Vestas für diesen Rebellen hielt. Vielleicht glaubte sie nicht einmal, dass es ihn wirklich gab.

Nicht viele wussten, wer Greer wirklich war, welches Gesicht er trug oder wer die Gelder für die Aufstände und die Rebellen stellte. Doch ich wusste es. Ich arbeitete mit ihm zusammen und ich würde sein Geheimnis mit in den Tod nehmen. Vestas war der Einzige, der sich dazu herabließ, die Provinzen außerhalb der Städte zu besuchen, die Jungen und Mädchen zu ermutigen, ihre Stimmen zu erheben und gegen die Etikette und das ungerechte System zu rebellieren. Unter seinem Pseudonym hatte er Tausende von Familien vor dem

Hunger gerettet und Jungen, wie ich einer war, eine Chance in der Armee gegeben. Er hatte mich zu dem gemacht, der ich heute war. Und noch mehr. Vestas wollte mich bis ganz nach oben bringen. Meine Söhne würden eines Tages dieses Reich beherrschen und das System stürzen. Ohne ihn wäre ich nichts, ein Niemand, vielleicht wäre ich nicht mehr am Leben, wenn Erwin Greer mich nicht gerettet hätte. Und ich stand tief in seiner Schuld. Zu tief.

»Von nun an, Schattenjäger, möchte ich jeden Tag einen Bericht von dir bekommen, wie es mit Leetha lief«, befahl er.

»In Ordnung.«

Dann kramte er etwas aus seiner Schublade und übergab mir eine kleine Schachtel.

»Was ist das?«, fragte ich.

»Öffne es.«

Ich öffnete die Schachtel und darin befand sich ein einfacher Ring aus Silber mit einem Stein darin. Ich grinste Vestas an: »Macht Ihr mir einen Antrag, Lord Vestas?«

»Sei nicht albern!« Ich verstummte sofort. »Der ist für Leetha. Gib ihn ihr, damit du nicht dastehst wie ein mittelloser Idiot!« Ein einfacher Ring. Wie sollte ich nicht wie ein mittelloser Idiot dastehen? Immerhin handelte es sich um eine Prinzessin. Um die Thronerbin.

Vestas schien meine Gedanken zu erraten: »Wenn er größer und teurer gewesen wäre, wäre sie schlau genug zu erkennen, dass nicht du ihn bezahlt hast. Sag ihr, du hast ihn auf einem Markt gekauft oder so.«

Ich nickte erneut. Aber eine gute Sache hatte es. Wenn sie diesen einfachen Ring bekäme, könnte ich feststellen, wer sie wirklich war. Zwar konnte ich nicht die Schrift lesen, wohl aber einen Gesichtsausdruck. Als Soldat achtete ich auf jede Gestik und Mimik, wie klein sie auch sein mochten. Wenn sie über diesen Ring enttäuscht wäre, wusste ich, dass ihr materielle Dinge wichtiger waren als andere. Wenn nicht, gab es wirklich Hoffnung.

Zurück in meinem Gemach musste ich lächeln, als ich an ihren Besuch dachte. *Ich werde dich heiraten*! Immerhin war sie für Überraschungen gut. Es würde also nicht langweilig mit ihr werden.

Leetha

Der Stiefel zeigte sich schon seit drei Glockenschlägen und ich saß noch immer auf dem Balkon. Zum Glück hatte ich damit gerechnet und mir ein Buch mitgenommen. Ich saß dort, genoss die Sonnenstrahlen und bemühte mich, meine Anspannung loszuwerden. Mein Herz pochte bei jedem Glockenschlag des Turms. Caidan war etwas Besonderes, damit hatte ich anfangs nicht gerechnet. Wie würde ich reagieren, wenn er mir eine Absage erteilte? Wie sollte ich mich verhalten, wenn er zusagte. Ich wusste es nicht, nur dass ich wie immer beherrscht und ernst bleiben musste. Nur nicht zu viele Gefühle zeigen. Das ziemte sich nicht für eine angehende Königin.

»Leetha ...« Unbemerkt hatte sich Caidan hinter mich geschlichen.

Ich drehte meinen Kopf zu ihm um: »Du hattest recht, manchmal wartet man ziemlich lange.« Er lächelte und ich versuchte, meine unbändige Anspannung und Aufregung zu vertuschen. Er sah so gut aus, er hatte sein silberblondes Haar nach hinten gekämmt und seine hellen Augen funkelten mich aufgeregt an. »Was sagst du?«, platzte es aus mir heraus. Ich riss mich zusammen: »Was sagst du?«, fragte ich etwas weniger euphorisch.

Er nickte: »Ich hatte soeben ein langes Gespräch mit deinem Onkel Vestas und er versicherte mir, dass ich an deiner Seite nicht so enden würde wie deine Mutter.« *Nicht so enden wie meine Mutter*? Das hörte sich an, als wäre sie gestorben. Und das qualvoll. »Könntest du dir vorstellen, mit mir zusammen einiges zu ändern? Die Welt besser zu machen?« Er sah mich nervös und fragend an.

Ich nickte: »Das war mein Plan.«

Er zwang sich, zu lächeln.

»Jedoch wird es noch eine lange Zeit geben, in der mein Vater König ist. So lange müssen wir nach seinen Regeln spielen.«

Er seufzte und fuhr sich durch das säuberlich gekämmte Haar.

»Aber ich werde nicht zulassen, dass man dich wie den letzten Dreck behandelt«, sagte ich schnell und dachte unwillkürlich an meine Mutter. *Nicht so enden wie deine Mutter*, ging es mir durch den Kopf.

Er nickte und schien zu überlegen.

»Und du kannst ja zurück an die Grenze, wenn du es hier nicht aushältst. Du bist ein Offizier und ich werde dich nicht zwingen, rund um die Uhr an meiner Seite zu sein.« Oh Mann, ich plapperte einfach drauf los. Das schien Caidans Fluch zu sein. Bei jedem anderen hatte ich mich im Griff. Vor jedem anderen behielt ich die Fassung. Nur er brachte mich durcheinander. Es schien fast so, als könnte ich einfach ich sein, wenn er sich in der Nähe befand. »Oder wir finden eine andere Aufgabe, je nachdem, was du dir vorgestellt hast.«

Er lächelte mich an und trat näher: »In Ordnung. Für dein Volk und für meins.«

»Was meinst du damit?«

»Ich mache es, damit dieses Reich vielleicht eines Tages besser wird. Damit Leute wie ich und meine Familie nicht nur als Abschaum gesehen werden. Das ist meine Mission«, erklärte er und legte mir die Hand auf meine Wange. Er sah mir tief in die Augen und fragte: »Ist das in Ordnung?«

Ich nickte und mein Herz drohte aus meiner Brust zu springen. Am liebsten hätte ich ihn geküsst oder umarmt. Nicht weil er Ja gesagt hatte, sondern weil er mir so unglaublich nah kam und seine Berührung sich auf meiner Wange so gut anfühlte. Er roch nach Rasierwasser und Badeöl und seine Hand an meiner Haut war weich und warm. Ich spürte förmlich, wie mir das Blut ins Gesicht schoss.

Caidan legte den Kopf schräg. Dabei sah er mir so tief in die Augen, dass ich kaum zu atmen wagte. »Es ist normal, aufgeregt zu sein, das bin ich auch«, sagte er liebevoll und nahm seine Hand von meiner Wange. Noch immer spürte ich die Stelle, die er sanft gestreichelt hatte, und mein Herz hämmerte in der Brust. Ich nickte nur, nicht imstande, etwas zu erwidern.

Er lächelte. Dann kniete er sich vor mir nieder und kramte etwas aus seiner Westentasche. Ein Ring. Schlicht und einfach, aus Silber. »Prinzessin Leetha, ...«

»Ja!«, sprudelte es aus mir heraus, bevor er weitersprechen konnte.

Er lachte: »Lass mich aussprechen.«

Ich verstummte.

»Willst du mich heiraten?«

»Ja!«, sagte ich schnell, so als könnte es mir jemand wegnehmen.

Grinsend schob er mir den Ring auf den Finger und noch bevor er aufstehen konnte, kniete ich mich vor ihn hin, nahm sein Gesicht in beide Hände und küsste ihn. Seine Lippen waren weich und sanft und er schmeckte nach süßen Früchten und Zimt. »Wo hast du den Ring her?«, fragte ich zwischen zwei Küssen und ließ ihm kaum die Möglichkeit, zu antworten. Er schob mich leicht zurück und erklärte: »Ich war nach dem Aufstehen am Festplatz und habe nach einem gesucht. Gefällt er dir?« Ich betrachtete den Ring, der ein wenig zu locker saß. Es war nichts Besonderes, ein normaler Ring aus Silber mit einem kleinen Saphir darin. Ich nickte. »Dir muss klar sein, dass ich mir keinen anderen leisten konnte?« Er versuchte zu lächeln.

»Er ist sehr schön«, sagte ich und meinte es auch so. Wenn ich teuren Schmuck wollte, ging ich selbst los, um ihn mir zu kaufen. Dieser Ring musste, allein wegen des Saphirs, seinen ganzen Lohn für mehrere Monate gekostet haben. Ich stand auf, da wir noch immer auf dem Boden saßen und strich mein Kleid glatt. »Ich werde zu meinem Vater gehen und es ihm mitteilen. Wir werden so schnell wie möglich die Mitteilung über unsere Verlobung preisgeben und dann einen geeigneten Termin vereinbaren.«

»Soll ich mitkommen zu deinem Vater? Ich habe das Gefühl, er mag mich nicht besonders.«

»Nein, ich mach das allein. Ich denke, es ist allgemein nicht leicht für ihn, mich an einen Mann abzugeben«, erklärte ich leise.

»Da verstehe ich ihn«, lächelte Caidan und drückte mir einen langen Kuss auf die Lippen.

An einem meiner Lieblingsplätze, am Wasserfall im Park, dachte ich darüber nach, wie ich es Vater am besten sagen würde. Ich legte mir Worte zurecht, die er einfach verstehen musste. Vielleicht war ich sogar gerade dabei, mich in Caidan zu verlieben, und wir würden sehr glücklich miteinander werden.

Weit und breit war ich kaum jemandem begegnet. Zu dieser Stunde arbeiteten die meisten Stadtbewohner oder lagen noch in ihren Betten. Auf das fließende Wasser starrend, dachte ich an Caidans Augen, in denen ich versinken könnte. Unwillkürlich musste ich lächeln. Ich hatte ihm den Wasserfall bewusst als Letztes gezeigt. Das Schönste sollte schließlich immer zum Schluss kommen. Ich dachte daran, wie ich ihm von den Legenden über diesen Ort erzählt hatte. Mein Lächeln wurde breiter und wollte einfach nicht aus meinem Gesicht verschwinden, als ich an ihn dachte, und ich wünschte mir, er wäre hier. Ich ging so nah wie möglich an den Abgrund und streckte meine Hand aus. Das weiche Wasser floss warm über meine Finger und funkelte golden im Sonnenlicht.

Ein Geruch stieg mir in die Nase, der ein angsterfülltes Herzklopfen in mir auslöste. Ich drehte mich abrupt um und sah dunkle Schatten, die sich vor mir auflösten. Inmitten dieser grausamen Lichtschattierungen stand Xaver. Mein Atem ging schneller und ich ballte die Fäuste. Er durfte nicht merken, wie viel Angst ich vor ihm hatte und ich versuchte, langsam und tief zu atmen. Ärger überkam mich. Ärger darüber, dass ich nie auf Wachen als Begleitung bestand. Ich hatte schon sehr früh mit meinem Vater darüber gestritten und ihm versichert, dass mir in Claritas nichts geschehen könne. Tja, falsch gedacht.

Xaver grinste mich an, dann sah er zum Wasserfall. »Du irrst dich«, sagte er und ich musste kurz überlegen, was er meinte. »Es sind keine Sonnenstrahlen.«

Er meinte die Legende über den Wasserfall. Hatte er mich und Caidan das letzte Mal sprechen gehört? Hatte er uns den ganzen Tag beobachtet? »Was interessiert es dich?«, fragte ich und bemühte mich, gelassen zu wirken. Doch in Wirklichkeit brodelte es in mir. Vor Angst und vor Wut.

Langsam schlich er um mich herum und ging gelassen auf den Wasserfall zu. Ich wich einen Schritt zur Seite, da er zu dicht neben mich trat. Dann hielt er ebenfalls seine Hand unter das Wasser. »Auf meiner Seite des Mondes gibt es genau den gleichen«, erzählte er und zog seine Hand zurück. Er wischte sich das Wasser an der feinen Hose ab und steckte die Hände gelangweilt in die Taschen seines Sakkos. Jedes Mal, wenn ich Xaver gesehen hatte, war er schick und elegant gekleidet. Meist in dunklen Tönen, doch stets in den feinsten Stoffen. Auch sein schwarzes Haar, welches ihm bis zum Kinn reichte, kämmte er sich gepflegt nach hinten. Seine Augen funkelten mich an, während darin die schwarzen Schatten tobten. Unwillkürlich fragte ich mich, wie ein so schöner Mann so grausam sein konnte. Ich sagte keinen Ton und machte auch keinen Versuch, ins Licht zu treten. Was würde es bringen? Es schien so, als wüsste er ohnehin genau, wo er mich finden würde. Und nun wusste ich mehr denn je, dass er mich nicht töten würde. Er brauchte mich für seine Pläne. »Bei uns sagt man sich, es seien die Lichtstrahlen der Sterne«, sprach er weiter, ohne den Blick von mir abzuwenden.

»Es interessiert mich nicht, was die grausamen Wesen in deinem Reich denken«, gab ich zurück und seine Augen funkelten kurz auf, bevor er amüsiert grinste. Dann hob er die Augenbraue und wandte endlich den Blick von mir ab, das Wasser hinauf. »Oh, Prinzessin«, seufzte er gespielt dramatisch. »Du bist so blind, Leetha. Du siehst nur das, was du sehen willst.«

»Und du bist ein arroganter und aufgeblasener ...« Ich fletschte die Zähne wie ein wildes Tier und ging unbedacht einen großen Schritt auf ihn zu.

»Na, na, na!« Er schnalzte mit der Zunge. »So mutig?«

Als ich so dicht vor ihm stand und bemerkte, dass der tiefe Abgrund des Wasserfalls nur ein paar Zentimeter von mir entfernt lag, schauderte es mich und ich wich erneut zurück. Xaver grinste auf seine unverschämte Weise und sah wieder hinauf: »Bei uns sagt man sich aber auch, dass es zwei Wasserfälle gibt. Einen auf der hellen Seite und einen auf der dunklen. Sie sind spiegelverkehrt, doch ansonsten identisch. Alle Wassertropfen, die auf der einen Seite ins ewige Nichts hinabstürzen, seien die Träume, die geträumt werden wollen, die Lieder, welche niemals komponiert wurden und die Worte, die ungesagt blieben.« Er machte eine Pause und sah mich an. Dann sagte er: »Und auf der anderen Seite, seien es die erfüllten Träume, die Lieder, die gesungen werden und die Worte, die gehört wurden.«

Ich schluckte und konnte mir kaum vorstellen, dass so eine schöne Legende auf der anderen Seite entstanden sein soll. Auf der dunklen Seite, Tenebris, dessen Geschichten nichts als Horror bedeuteten und dort die grausamsten Dinge vor sich gingen. »Wahrscheinlich sehnt sich dein Volk so sehr nach Frieden und Gerechtigkeit, dass sie sich nach Meridem sehnen, wo ihre Träume erfüllt werden könnten.« Ich und kniff die Augen zusammen. Wie traurig, dass Tenebris von diesen Monstern und bösen Wesen beherrscht wurde. Ich hatte mir nie Gedanken darüber gemacht, ob es noch anständige Zivilisten dort geben könnte, die sich einfach nach einem erfüllten Leben sehnten.

Xaver runzelte die Stirn und legte den Kopf schief. »Wie kannst du das behaupten, ohne jemals einen Fuß in Tenebris gesetzt zu haben?«

Ich setzte ein gespieltes Lächeln auf: »Nur über meine Leiche!«

Xaver strich sich über das perfekt gekämmte Haar und schmunzelte: »In solchen Kriegszeiten würde ich meine Wortwahl genauer überlegen.«

»Was willst du hier, Xaver?«

Er schlich nun um mich herum wie eine Raubkatze, die bereit war zuzuschlagen, und murmelte: »Ich habe mich gefragt, ob du etwas herausgefunden hast.«

»Was sollte ich herausfinden?«

»Du bist zwar arrogant und hochnäsig, Leetha, aber nicht dumm. Ich war mir sicher, dass du nach unserem letzten Gespräch Nachforschungen anstellen würdest.« Er blieb stehen und sah mich erwartungsvoll an. Was meinte er? »Ich dachte, du bist schlau genug, herauszufinden, was in deinem geliebten Palast vor sich geht. Welches Ungeziefer sich unter deine Familie geschmuggelt hat«, erklärte er, als er mein fragendes Gesicht bemerkte.

»Das einzige Ungeziefer, das ich erkenne, steht genau vor mir.«

Er grinste breit und betrachtete mich.

»Und ja«, gab ich zu. »Ich fand etwas heraus.«

Seine Augenbrauen schossen nach oben. »Ach ja?«

Ich schmunzelte. »Ich weiß, was du vorhast, Xaver. Du legst dich mit der Falschen an!« Eine klare Drohung lag in meinem Tonfall.

»Was ICH vorhabe? Das bezweifle ich.«

Du arroganter Mistkerl, wollte ich sagen, doch hielt mich zurück. *Du arroganter, aufgeblasener, dämlicher Mistkerl!* »Ich weiß von dem uralten Vertrag. Du brauchst mich zur Machtübernahme.« Zum ersten Mal in meinem ganzen Leben erlebte ich so etwas wie Verwunderung in Xavers Augen. Er versuchte, es zu vertuschen, doch ich war mir sicher, dass er damit nicht gerechnet hatte. Er sagte nichts und schlich erneut um mich herum. »Wenn Vater und ich sterben, wirst du Meridem niemals regieren können.« Er kannte den Vertrag, das wusste ich. Er war nicht überrascht, von einem Vertrag zu hören, sondern darüber, dass ich davon Kenntnis hatte. Und auf einmal kam mir ein schrecklicher Gedanke: Mein Vater war zu weich. Ich war seine Schwäche. Xaver musste mich entführen und foltern. Dann würde Vater keinen Moment zögern, und Xaver die Macht übertragen. War das sein Plan?

Xaver öffnete den Mund und wollte etwas sagen, doch ich machte einen Schritt nach vorn, dachte an den Palast und trat ins Licht. Mein Herz pochte wie wild. Suchte er mich deshalb auf? Wollte er durch mich meinen Vater dazu bringen, ihm Meridem zu überlassen? Die Vorstellung war schrecklich. Ich war eine Schwäche. Mehr nicht. In Xavers Augen war ich ein Mittel zum Zweck. Ich durfte nicht zulassen, dass er mich noch einmal allein erwischte, und forderte sofort Leibwachen an, die mich von nun an überall begleiten würden.

Zurück in meinem Gemach taumelte ich wie benommen auf mein Bett zu. Schon wieder überkam mich diese Angst. *Das Monster aus Tenebris.* Erneut hatte er mich aufgesucht und gefunden. Mit aller Kraft zwang ich mich, an etwas anderes zu denken und warf mich aufs Bett. Ewig starrte ich zur Decke und versuchte, meine Gedanken zu ordnen. *Nein, Leetha! Denk nicht an Xaver. Nicht an die Angst, die er dir einjagt!*

Caidan. An ihn sollte ich denken, um alles andere zu vergessen. Ich dachte an den Kuss mit ihm. Wer hätte gedacht, dass eine arrangierte Verlobung sich so gut anfühlen konnte. Ich jedenfalls nicht. All die Ängste über die Zukunft und die Ungewissheit, verschwanden mit seinem Bild, das ich vor meinen Augen hatte. All die Zweifel und Befürchtungen, dass ich mich zwischen Liebe und Verantwortung entscheiden musste, hatten sich mit ihm verflüchtigt.

Als ich mich ins Kissen kuschelte, spürte ich etwas Hartes darunter und erkannte ein braunes Kästchen. Ich nahm es in die Hand, um es näher zu betrachten. Als ich es öffnete, lag das Buch darin, das Magister Lectran mir gezeigt hatte. Anbei lag ein Brief:

»Eure Hoheit, liebste Prinzessin,

wie Ihr es mir aufgetragen hattet, habe ich die letzten Seiten entschlüsselt und Euch die Übersetzung zukommen lassen. Ich bitte Euch eindringlich, dieses Buch niemandem zu zeigen. Bitte sorgt dafür, dass es in Euren Händen bleibt und versteckt es gut.

Euer ergebener Lord Lectran«

Ich blinzelte und las die Zeilen noch einmal. Die Worte waren einfach dahin gekritzelt, es sah gar nicht nach der Schrift des Mannes aus, der mich jahrhundertelang unterrichtet hatte. Stets hatte er darauf bestanden, ordentlich und schön zu schreiben, was ich natürlich hervorragend gemeistert hatte. Ein ungutes Gefühl beschlich mich und ich packte das Kästchen, versteckte es unter meinem Bett und ging hinaus in den Flur, die Treppen hinunter und noch während des Laufes, trat ich ins Licht zu den Katakomben.

»Lord Lectran?«, rief ich laut, als ich bemerkte, dass sich niemand dort unten befand. Die Magister waren verschwunden und die Bücher, die sonst so ordentlich in den Regalen verstaut waren, lagen kreuz und quer auf dem Boden herum. Ich drehte mich, stolperte über das Chaos und rief weiter seinen Namen: »Lord Lectran, Magister, wo seid Ihr?« In einem kleinen Nebenraum hielt ich inne. Ein bittersüßer Geruch lag in der Luft, der mir unwillkürlich einen Schauder über den Rücken laufen ließ. Xaver! Er musste hier gewesen sein. Was hatte er mit den Magistern gemacht? Hatte er sie entführt oder Schlimmeres?

Panik packte mich und ich trat ins Licht, sodass ich respektlos und ohne Anstand direkt vor meinem Vater auftauchte, der mit dem Zirkel im Arbeitszimmer eine Unterredung hielt. Ich erschrak selbst, als mich die Gesichter der Ältesten anstarrten, als hätten sie einen Dämon gesehen. »Vater«, keuchte ich und hielt mir die Hand vor den Magen, weil mir urplötzlich übel wurde. »Vater, ich muss mit dir sprechen.«

»Prinzessin Leetha, es ist unangebracht …«, begann Lord Carol, einer der ältesten zu sprechen, doch ich ignorierte ihn: »Sofort, Vater!« Mein Tonfall glich einem Befehl und die Männer des Zirkels seufzten laut auf. Vater stand auf und ging auf mich zu. Sein Blick war streng und irritiert.

»Leetha, du beschämst mich«, flüsterte Vater, während er mich fest am Arm packte und zur Seite zog.

»Es ist dringend!«, flüsterte ich ebenfalls und bemerkte, dass die alten Männer leise wurden, um genau zu hören, was wir beide tuschelten.

»Kind, das hier ist auch wichtig, bitte, du musst warten.«

Plötzlich fiel mir etwas anderes auf: Bei den Treffen mit dem Zirkel war ich sonst immer anwesend. Etwas, worauf mein Vater stets achtete, da ich *das Geschäft zu regieren*, wie er es nannte, erlernen sollte. Und in den letzten beiden Tagen war es nun schon das zweite Mal, das Vater mich aus Besprechungen ausschloss. Ich straffte die Schultern und sah meinem Vater mit festem Blick in die Augen: »Na gut, wenn ich warten soll, dann warte ich hier.«

Er blinzelte und seine Stimme stotterte leicht: »Nein, mein Kind. Es geht hierbei um eine wichtige Angelegenheit ...«

»So wichtig, dass du mich ausschließt?«

Er seufzte und flüsterte noch leiser: »Schatz, bitte, es gibt Dinge, mit denen du dich im Moment nicht befassen musst.«

Ich ignorierte seine Aussage, auch wenn es mich traf. Es tat weh, dass er mich auf einmal ausschloss, doch ich blieb standhaft und flüsterte ihm zu: »In den Katakomben wurde eingebrochen, die Magister sind verschwunden und auch Lord Lectran ist nirgends zu finden.« Noch nie hatte ich gesehen, dass meinem Vater, dem König, alle Farbe aus dem ohnehin schon hellen Gesicht fiel. Er wurde kreideweiß und starrte mich mit großen Augen an. Seine Hände begannen zu zittern.

»Wie bitte?«, hörte ich die Stimme von Lord Grauwind aufstöhnen. Er hatte mich gehört. Auch die anderen murmelten und begannen zu diskutieren.

Vater drehte sich zum Zirkel um, und sagte: »Es ist schlimmer, als wir vermutet hatten.«

»Die Rebellen, sie sind innerhalb des Palastes«, murrte Lord Grauwind laut und die anderen stimmten ihm zu. Mit seinen neuntausend Jahren war er der älteste und das Oberhaupt des Zirkels. Eigentlich sollte es kein Oberhaupt geben, der Zirkel war eine Art Parlament, in dem jeder seine eigene Meinung äußern durfte. Doch mit der Zeit hatte es sich so etabliert, dass alles, was Lord Grauwind sagte, Bestätigung bei den anderen fand.

»Nicht die Rebellen. Tenebris«, warf ich ein.

Grauwind lachte und schüttelte den Kopf. Die anderen taten es ihm gleich, wer hätte es gedacht ...

»Tenebris ist gerade unser kleinstes Problem, Kind«, sagte mein Vater und setzte sich erneut auf seinen Sessel neben Lord Grauwind und Lord Tiras.

»Nein!« Meine Stimme blieb laut und fest.

Vater schlug beide Handflächen auf den Tisch vor sich: »Leetha Estelle Lunis Aeterna!« Wow! Er war wütend. Doch ich verzog keine Miene: »Vater, ich weiß es. Xaver war hier, hier im Palast!«

Für ein paar kleine Augenblicke wurde es ganz still im Raum und ich nutzte die Gelegenheit, um weiterzusprechen, während mich alle Augen anstarrten: »Xaver hat mich eines Abends in seine Schatten gehüllt und in ein verlassenes Gästezimmer gebracht. Dort hat er ...«

»Was?«, mein Vater tobte: »Wann? Warum hast du es nicht sofort erzählt?«

Ich zuckte mit den Schultern »Ich weiß es nicht.«

Lord Tiras, der jüngste des Zirkels, stand auf und musterte mich von oben bis unten. Zögerlich und sorgenvoll fragte er: »Hat er Euch ... angefasst? Ich meine ... hat er Euch verletzt?«

»Nein«, sagte ich. Es war die Wahrheit. Er hatte mir nur Angst gemacht, mehr nicht, aber das mussten diese Männer ja nicht wissen.

»Prinzessin, ich werde Euch die besten Leibwachen zur Verfügung stellen, die ich ...« Ich unterbrach Tiras: »Ich habe bereits Wachen angeordnet, die mich außerhalb des Palastes begleiten ...«

»Prinzessin, Ihr benötigt auch innerhalb der Mauern Schutz.« Tiras blieb standhaft und ich bemerkte, dass seine Sorge nicht nur gespielt war. Ich verdrehte die Augen und seufzte, was meinen Vater zur Weißglut brachte: »Leetha!«, schrie er.

Ja, ich benahm mich tatsächlich wie ein respektloses, unerzogenes Gör, das würde mir Vater später unter vier Augen vorwerfen.

Ich setzte mich auf den freien Platz, an diesem runden Tisch, an dem ich schon so oft gesessen und mich gelangweilt hatte. Dann erzählte ich dem Zirkel, wie Xaver mich schon zweimal aufgesucht hatte. Ich erzählte ihnen, was er gesagt, wie er sich benommen hatte und dass ich herausfinden wollte, was er vorhatte. Was ich ihnen nicht erzählte, war mein Gespräch mit dem Magister. Mit keiner Silbe erwähnte ich das Buch oder den uralten Vertrag, den es angeblich zwischen Tenebris und Meridem geben sollte. Doch ich beobachtete jeden einzelnen Mann dieses Tisches genau, als ich von Xavers

Besuch erzählte. Ihre Reaktionen könnten Aufschluss darüber geben, ob jemand von ihnen davon wusste. Doch nichts. Sie zeigten keine Regungen und hörten mir einfach zu. Nur Tiras schien sich nicht zu beherrschen und schüttelte andauernd seufzend den Kopf.

»Wenn ich bedenke, was hätte geschehen können, in den Händen dieses … Barbaren«, schnaubte Tiras schließlich, als ich fertig war.

»Ach …« Vater wedelte mit den Händen: »Xaver ist nicht das Problem, er will uns nur verunsichern. Das wahre Problem sind die Rebellen.«

»Mit Verlaub, Eure Majestät, er ist der König von Tenebris und hat uns den Krieg erklärt. Seine Truppen greifen ununterbrochen die Grenzstädte an«, mischte sich Lord Primus ein.

»Ich stimme dem König zu«, versicherte Lord Grauwind und jedermann verstummte. »Solange es nur die Grenzgebiete sind, ist Tenebris unser kleinstes Problem. Dort leben ohnehin meist Niedergeborene. Und unsere Truppen haben die Sache im Griff. Die Rebellen sind im Moment das größere Übel.«

Ich lauschte genau. Wie konnten sie sagen, dass Xaver das kleinere Übel sei, wenn er es bereits gewagt hatte, in den Palast einzudringen? Die Vermutung, dass Vater und Lord Grauwind doch von dem Vertrag wussten, schlich sich mehr und mehr in meine Gedanken. Irgendwoher wussten sie, dass Xaver mir nichts anhaben würde. »Könnte mich jemand aufklären?«, fragte ich endlich.

Der Zirkel verstummte und jeder sah zu Vater. »Hm …«, grummelte er vor sich her. »Ich wollte dich nicht beunruhigen, Kind, aber …« Sein Blick wurde ernster und sorgenvoller, seine Augen verdunkelten sich. »Unsere Spione haben heute Morgen zwei Angestellte des Palastes gefasst, die Mitglieder einer Rebellentruppe sind. Sie werden zu diesem Zeitpunkt verhört.«

Verhört? Seine Wortwahl ließ mich den Kopf schütteln. Sie wurden gefoltert, so viel wusste ich. Und das auf die wahrscheinlich schrecklichste Art, die man sich nur vorstellen konnte. »Welche Bedienstete?«, fragte ich und hoffte, dass ich sie nicht kannte.

»Ein Mann und eine Frau aus der Küche. Doch die Spione sind sich sicher, dass es noch mehr gibt. Vielleicht ist der ganze Palast mit Angestellten übersät, die zu Erwin Greer gehören.«

»Wie sind die Namen der beiden?«, fragte ich, doch es würde mir nichts nützen, da ich mich nie wirklich mit den Angestellten beschäftigt hatte.

Er zuckte mit den Schultern: »Was weiß ich, es sind Niedergeborene. Ich interessiere mich nicht für deren Namen. Frag deinen Onkel oder deine Mutter, sie kennen doch jeden hier.« Obwohl ich genau wusste, dass er es nicht so meinte, zog sich mein Herz zusammen. Wie konnte mein Vater so kaltherzig sein? Klar, ich hatte mich auch nie wirklich mit den niedergeborenen Angestellten auseinandergesetzt, doch bei ihm klang es so, als wäre ihr Schicksal ihm egal.

»Ich wäre dafür, alle Niedergeborenen aus der Stadt zu jagen und Claritas zu einer reinen Stadt zu machen«, schlug Grauwind vor und die anderen nickten.

»Und wer bringt mir dann abends den Wein? Und welche Damen sollen mir dann nachts das Bett wärmen?«, lachte Lord Primus und andere stimmten ihm zu.

»Wie wäre es, wenn Ihr Euch eine vollwertige Ehefrau sucht, Lord Primus?«, fragte Grauwind.

»Welches junge Ding, will schon freiwillig mit ihm ins Bett«, murmelte Tiras. Und betrachtete den fetten Lord Primus von oben bis unten.

Um ehrlich zu sein, wurde mir diese Unterhaltung zuwider. Doch ich behielt die Fassung.

»Es ist eine Lady anwesend, Lord Primus«, mischte sich Vater ein.

Es schüttelte mich bei dem Gedanken, dass niedergeborene Bedienstete den alten Männern zu Willen sein mussten, weil sie keine andere Wahl hatten. Und es beschämte mich noch mehr, dass mir das nie aufgefallen war. Darüber hatte ich mir noch nie Gedanken gemacht. *Blind. Du bist so blind, Leetha*. Waren das nicht Xavers Worte gewesen? *Du siehst nur das, was du sehen willst.* Es gibt Verräter in deinen eigenen Reihen, hatte er gesagt. Meinte er die Angestellten? Ich schüttelte den Kopf. Warum sollte er mich davor warnen? Er wollte mich einfach aus der Fassung bringen, mehr nicht.

»So machen wir es«, sagte Vater und schlug mit dem Weinkelch, der sich vor ihm befand, auf den Tisch.

»Vater!« Entgeistert sprudelten die nächsten Worte nur so aus mir heraus: »Mutter ist auch eine Niedergeborene und Onkel Vestas auch. Willst du sie wegschicken? Und was ist mit Caidan?«

Vater musterte mich. »Ich werde dafür sorgen, dass Vestas und deine Mutter in High Castle untergebracht werden. Für diesen Schattenjäger ist ohnehin kein Platz hier.«

»Vater!«, protestierte ich erneut. »Das kannst du nicht machen.«

»Ich kann! Und ich werde!« Aufs Neue schlug er auf den Tisch. Seine Stimme und seine Miene wurden dunkel und rau, wie ich ihn nie zuvor erlebt hatte. »Die Sicherheit der Vollwertigen hat Vorrang!«

»Ich gebe der Prinzessin recht, wer soll uns bedienen?«, mischte sich Primus ein.

»Vollwertige aus nicht sehr reichen Familien, die stolz darauf wären, für den Palast und Claritas zu arbeiten«, erklärte Grauwind. »In anderen Städten finden sich da sicherlich einige, die für gutes Geld eine gute Arbeit suchen.«

Vor meinen Augen drehte sich alles. Mutter und Vestas sollten nach HighCastle geschickt werden? In eine entfernte Stadt, in der wir ein kleines Schloss besaßen? Ich würde die beiden nicht sehen können, und das in Zeiten des Krieges? Mit aller Kraft hielt ich meine Tränen zurück. Und Caidan? Ich sollte ihn doch heiraten. »Ich habe einen besseren Vorschlag«, platzte es aus mir heraus. Alle Blicke lagen auf mir. »Ich heirate noch heute den Schattenjäger. Das dürfte das Volk und die Niedergeborenen milde stimmen!«

Tiras lachte: »Solch ein Opfer würdet Ihr bringen, liebste Prinzessin?«

Opfer?

»Nein«, sagte Vater laut und deutlich.

»Doch, Vater, es wird Zeit, etwas zu ändern.«

»Ich denke, dass es das Volk für eine Weile milde stimmen wird, doch das wird nicht von Dauer sein«, mischte sich Grauwind ein. »Das dachte man auch, als Eure Eltern heirateten. Und nun ist das Schlamassel größer als jemals zuvor.«

»Weil mein Vater nichts dafür tat. Ich wäre eine andere Königin, eine, die dem Volk nicht nur Versprechungen macht, sondern diese auch einhält!« Mein Protest ging zu weit.

Vaters Gesichtszüge zuckten und er konnte sich nicht länger zurückhalten. Noch nie hatte ich ihn so laut schreien gehört: »Schluss damit! Du heiratest einen Vollwertigen und das niedere Volk wird zurück in die Provinzen geschickt, so wie es vor Tausenden von Jahren schon war. Wir haben ihnen schon zu viel Rechte gegeben, als wir sie in die Städte reisen ließen und ihnen Arbeit gaben. Und wie danken sie es uns? Alles hat einmal ein Ende, Leetha. Und meine Entscheidung steht fest!«

Ich stand auf und mein Vater tat es mir nach, während er die Hände auf dem Tisch abstützte. »Du liebst Mutter doch, wie kannst du ...« Trotz seines Wutausbruches hielt ich an meinen Prinzipien fest.

»Das hat nichts mit deiner Mutter zu tun!«

»Es hat alles mit Mutter zu tun!« Ich schrie. Noch nie hatte ich Vater angeschrien und noch nie hatten wir eine Auseinandersetzung vor anderen Leuten gehabt. Der Zirkel verstummte beschämt. »Ohne Mutter hätte ich nie erfahren, dass auch die Niedergeborenen eine Seele und ein Herz haben, dass auch sie ein Leben voller Respekt und Glück verdienen!«

»Sei still, Leetha!«, zischte Vater zwischen den Zähnen hervor und zeigte auf die Tür: »RAUS!«

Ich zögerte.

»RAUS!«

Mein Herz raste.

»Ich habe dich nie bestraft, für deine eigene Meinung, Kind. Aber wenn du nicht sofort den Raum verlässt, dann schwöre ich dir, wirst du mich erleben wie noch nie zuvor. Hier geht es nicht um dich und deinen hübschen Schattenjäger, es geht um unser Reich, um das Volk.«

Um das Reich und das Volk ging es mir auch, doch ich sagte nichts mehr. Ich wusste, dass ich jede Grenze überschritten hatte. Also trat ich ins Licht und verschwand.

»Mutter!«, rief ich aufgeregt, als ich einfach in ihr Gemach eintrat. »Zieh dir etwas Hübsches an, wir haben etwas vor!«

»Was ist denn, mein Kind?«, fragte sie aufgeregt, doch ich durchstöberte bereits ihren Kleiderschrank. »Hier, zieh das an!« Ich holte ein helles, gelbes Kleid aus ihrem Schrank, das ihr so gut stand. Es betonte ihr dunkles Haar und ihre haselnussbraunen Augen, die im Sonnenlicht golden schimmerten. »Und komm danach an das hintere Tor, das für die Dienstboten.« Fragend sah sie mich an. »Keine Fragen!«

»Liebes, was hast du vor?«

»Ich sagte, keine Fragen!«

Sie nickte. Mehr konnte sie nicht. Immerhin war sie gezwungen, zu tun, was ich sagte.

Am hinteren Tor wartete schon Onkel Vestas, dem ich von dem Gespräch mit dem Zirkel und von meinem Plan erzählt hatte. Dann kam Caidan. Meine Mutter ließ auf sich warten. Wir warteten fast einen halben Glockenschlag, bis sie endlich zu uns stieß. Sie sah so schön aus, mit ihrem braunen Haar, das ihr lockig über die Schultern floss. Ihre Augen funkelten und ich wünschte mir, ich hätte ihre Augen und nicht die meines Vaters. Vielleicht wäre ich dann mein Leben lang nicht so blind gewesen. Auch Caidan hatte sich herausgeputzt, dafür hatte Onkel gesorgt. Er wusste nicht, was auf ihn zukommen würde. Er trug eine hellblaue, fast weiße Uniform mit goldenen Manschetten, die im Sonnenlicht aufleuchteten. Ich trug ein Kleid, das dieselbe Farbe wie seine Uniform besaß.

Obwohl sie alle durch das Tor gehen konnten, nahm ich sie an die Hand und trat mit ihnen ins Licht. Es kostete mich eine Menge Kraft, sie alle dort hinzubringen, doch als ich die große Treppe im Eingangsbereich des Tempels erkannte, seufzte ich erleichtert auf. »Wo sind wir?«, fragte Caidan überrascht und sah sich um. Um uns herum funkelten Diamanten, die in der Luft schwebten und der Geruch von Honig und Kerzenwachs durchzog die Luft.

»Im Tempel«, antwortete Vestas.

Caidan und meine Mutter zogen die Augenbrauen hoch.

»Wir beide heiraten. Heute«, sagte ich und zwang mich zu lächeln.

»Ab... Also ... Aber ...« Caidan fehlten die Worte und Vestas sprach gelassen: »Der Priester weiß Bescheid, er erwartet uns bereits.« Vestas zeigte auf die lange Wendeltreppe, die wir hinaufgehen mussten. In diesem Moment war ich so froh darüber, meinen Onkel an meiner Seite zu wissen. Innerhalb weniger Stunden hatte er diese kleine Zeremonie organisiert. Er hielt immer zu mir. Egal was kommen mochte. Die Dinge, welche ich ihm erzählt hatte, was der Zirkel vorhatte, behielt er für sich. Das hatte er mir versprochen. Und ich wusste, dass ich ihm vertrauen konnte.

Oben angekommen wartete ein Glaubenswächter bereits in einem langen Flur, an dem rechts und links lange Bänke standen. Hinter dem Prediger drehte sich eine riesige Lichtkugel, die an die Sonne erinnerte und den gesamten Raum erhellte. Es gab weder Fenster noch Türen, nur eine lange Treppe und diesen Saal. Um diese Lichtkugel drehten sich weitere, kleinere Kugeln, welche die Planeten darstellten. Sie funkelten in verschiedenen Farben und wurden von noch kleineren Lichtern umkreist. Und diese wiederum von anderen, winzigen Funken, die ebenfalls von noch kleineren Lichtern umkreist wurden. *Die Sterne*. Alles drehte sich in einem Spiel aus Licht und Energie, aus Raum und Zeit, aus Unendlichkeit und Endlichkeit. Es war ein ewiger Kreis. Ein Symbol, für das Vergangene und die Zukunft, für den Anfang und das Ende, für Altes und Neues.

»Das Universum«, hauchte Caidan so leise, dass nur ich es hören konnte. Er stand genau neben mir und konnte die Augen nicht vom

Lichterspiel abwenden. Als ich Caidans Blicke suchte, erkannte ich in ihnen etwas, das mir bisher gefehlt hatte, wenn ich einen der Tempel besuchte: Hochachtung. Voller Respekt verneigte er sich vor dem Prediger und vor der Kugel, die das Universum symbolisierte. Erstaunt betrachtete ich ihn und wusste nicht recht, ob ich dasselbe machen sollte. Aber außer vor meinem Vater hatte ich mich noch niemals verneigt. Lächelnd ging der Priester auf Caidan zu, der noch immer hochachtungsvoll vor der Lichterkugel kniete. Er küsste zwei Finger und legte sie Caidan auf den Kopf. »Ihr seid ein Sohn des Glaubens«, stellte er fest. Caidan antwortete nicht, stand auf, und sah in unsere fragenden Gesichter. Im Augenwinkel erkannte ich, dass Vestas ihm kurz zunickte, woraufhin Caidan sich aufrecht neben mich stellte und mich nach vorn zum Altar führte.

Der Priester trug ein langes, weißes Gewand, das mit goldenen Fäden vernäht wurde. Mein Kleid, Caidans Uniform und das gelbe Kleid meiner Mutter, harmonierten im Licht der Kugel, die sich ununterbrochen drehte. Nur Vestas Uniform stach etwas heraus. Sie war einfach und in blauen Tönen. Vestas hatte sich nie wirklich für Mode interessiert. Doch ich war sicher, dass er eine passende Uniform gehabt hätte, wenn er sie nicht Caidan gegeben hätte. Dafür liebte ich meinen Onkel. In diesem Moment mehr als ohnehin schon.

Lächelnd nickte uns der Glaubenswächter zu. Fragend sah er dann zu Vestas, der ihm einen Beutel entgegenstreckte, der klimperte. *Bestechung*. Der einzige Weg, den hohen Priester dazu zu bewegen, gegen die Anordnung des Königs zu handeln. Ich wollte nicht wissen, wie viel er ihm gab oder was er ihm noch versprach. Ich wusste nur, dass ich Caidan heiraten musste. Nur so konnte ich verhindern, dass Vater uns trennte. Und nur so, konnte ich das Volk daran hindern, weiter gegen uns zu rebellieren. Caidan würde ihnen Hoffnung geben. Genau wie mir. *Hoffnung für die Zukunft des Reiches*.

Der Priester legte uns ein Band über die Hände und sprach seine Worte: »Im Namen des Universums traue ich heute Prinzessin Leetha Lunis Aeterna, Tochter des einzigen und wahren Königs von Meridem Ary der Siebte, sowie Caidan Orchon, den Schattenjäger von Meridem, Sohn von Caimar Orchon. Mögen das Universum und die Unendlichkeit Euch in guten wie in schlechten Zeiten zur Seite stehen.« Ich streckte die Hände aus, so, wie ich es schon auf anderen Hochzeiten gesehen hatte. Der Glaubenswächter legte mir eine zarte, weiße Blüte auf die Handflächen. Silberschatten. Ein Gewächs, das es nur in Meridem gab und als äußerst selten galt. Man sagte ihm heilende Kräfte nach sowie die Erfüllung von Träumen. Jedes einzelne Blütenblatt war so zart, dass es zu Staub zerfiel, wenn man es nicht behutsam hielt. »Die Ehe ist Versprechen, sie ist ein Bund fürs Leben. Geht diesen Weg gemeinsam, als Freunde, als Geliebte und als Familie. Bringt Euch zum Lachen in Zeiten der Unsicherheit und Sorge. Vertraut einander, liebt einander und geht jeden Weg gemeinsam, egal wie viele Steine Euch in den Weg gelegt werden.« Er nickte mir zu und ich schloss vorsichtig beide Hände um die Blüte. Caidan streckte mir seine Handflächen entgegen und ich legte das zerbrechliche Leben, welches die Blüte symbolisierte, behutsam in seine Hände. »Die Ehe, die Liebe und die Seele sind zerbrechlich«, sprach der Glaubenswächter. »Geht auf Eurem gemeinsamen Weg behutsam damit um.«

Normalerweise müssten wir diese Blume behüten und mit in unser neues Leben nehmen. Viele Paare legten sie in eine Glasvase, sodass sie immer daran erinnert wurden. Aber Caidan umfasste die Blüte behutsam mit seinen Fingern, hob seinen Arm und steckte sie mir vorsichtig ins Haar. Ich lächelte. Dieser Brauch war mir neu. Aber gut. Mit ihm würde ich ab jetzt viel Neues erfahren. So hoffte ich zumindest.

Der Priester sah zu Caidan und ich wusste nicht, ob er die Worte kannte, die er sagen musste. Er sah irritiert zu Vestas, der ihm zunickte. »Ich verspreche Euch, meine Prinzessin …« Er suchte nach Worten und ich sah ihm die Aufregung an. Mein Onkel trat einen Schritt näher an ihn heran und flüsterte ihm die Sätze vor. Laut und deutlich sprach Caidan weiter: »Ich verspreche, Euch stets mit dem nötigen Respekt zu behandeln, Euch zum Lachen zu bringen, Euch Trost zu spenden und Euch Freude zu bereiten …Und Euch immer zu beschützen, Prinzessin Leetha.« Den letzten Satz, der mit dem *Beschützen*, hatte er sich ausgedacht und ich musste schmunzeln. Ein wahrer Soldat eben! Ein Schattenjäger. *Mein Schattenjäger*.

Mein Onkel nickte mir zu und ich sagte meine Worte auf: »Ich verspreche Euch, Caidan Orchon, Schattenjäger, Euch eine gute Ehefrau zu sein, Euch in Krankheit und Gesundheit zur Seite zu stehen und Euch zu unterstützen.« Ich machte eine Pause und fügte ebenfalls einen eigenen Satz hinzu: »Und ich verspreche dir, Caidan ...«, ich sah ihm tief in die Augen, »... dich zu respektieren und mit dir unsere Träume zu verwirklichen, die wir für dieses Reich nur zusammen erreichen können.« Er lächelte und ich wurde so nervös, dass meine Hände ganz taub wurden. Vor meinen Augen drehte sich alles. Ich hatte es getan. Ich hatte tatsächlich geheiratet. »Hiermit erkläre ich Euch zu Ehemann und Ehefrau, möget Ihr stets Glück in der Ehe finden«, erklang die Stimme des Priesters.

Das war es. Ich war verheiratet. Caidan sah mich fragend an, dann blickte er zu Vestas, der ihm zunickte. Meiner Mutter standen Tränen in den Augen, als Caidan mich zu sich zog und mich küsste. Es fühlte sich richtig an, auch wenn ich soeben Verrat an meinem Vater, an meinem König, begangen hatte. Es fühlte sich echt an. In meinem Bauch explodierten tausend Sterne und ich musste lächeln. Ich war eine verheiratete Frau!

Draußen auf dem Festplatz stand eine Kutsche für meine Mutter bereit. Ich hatte Vestas beauftragt, seine Schwester in eine sichere Unterkunft zu bringen. Sie sollte aus der Schusslinie sein, wenn wir vor Vater traten. Vestas besaß viele Wohnungen und Häuser in Claritas, in denen er meine Mutter unterbringen konnte. Auch wir bekamen eine Kutsche. Mit meinem Onkel, der sich viel Mühe gegeben hatte, mir die Hochzeit so romantisch wie möglich zu machen, fuhren wir mit den weißen, geflügelten Pferden, die sonst nur zur Zucht gehalten wurden, durch die Stadt. »Danke, Onkel«, lächelte ich und warf ihm einen Handkuss zu. »Ich hab dich lieb!«

Er zwinkerte: »Ist schon gut, meine Süße.«

Caidan und ich saßen auf einer Seite, während Vestas uns gegenübersaß. Mein Ehemann legte seinen Arm um mich und ich kuschelte mich an ihn. Es war egal, dass mein Onkel uns so vertraut sah. Um ehrlich zu sein, bemerkte ich, wie es ihm gefiel. Onkel sah zufrieden aus und ich wünschte, mein Vater wäre hier. Ich wünschte, er könnte sehen wie glücklich ich in diesem Moment war. Doch er war nicht hier. Dennoch fühlte es sich richtig an. Gut. Beinahe perfekt. Auch wenn es das nicht sollte. Ich hatte meinen Vater verraten. Doch ich war glücklich. Für ein paar Stunden war ich wirklich glücklich.

»Ich wünsche mir, dass ihr beide sehr glücklich werdet, Leetha«, sagte Vestas. Und ich war sicher, dass er es so meinte. Er war nie verheiratet gewesen und hatte keine Kinder. Ich war seine kleine Prinzessin und das hatte er mir oft gesagt, als ich klein gewesen war.

»Das sind wir«, bestätigte Caidan und streichelte mir über den Arm.

Vestas lächelte und lehnte sich zufrieden zurück. Er hatte das alles organisiert. Nicht nur die Hochzeit, die er in letzter Minute planen musste. Nein, die ganze Verlobung. Er hatte Caidan besucht und für mich ausgesucht. Er wusste, was mir gefiel. Er wusste, wer mich glücklich machen könnte.

Wir fuhren durch die ganze Stadt, am Wasserfall vorbei, am Theater und an einigen Tempeln. Es war Tradition, sich nach der Vermählung vor jedem Tempel zu verneigen und dem Universum zu danken, dass man die Liebe gefunden hatte. *Liebe*. Das war ein starkes Wort. Ich war nicht sicher, ob es Liebe sein mochte, doch es war definitiv etwas Ähnliches. Es kribbelte in meinem Bauch, wenn ich daran dachte, mit Caidan später allein zu sein. Ihn erneut zu küssen, seine Berührungen zu spüren. Doch es machte mir auch Angst. Nicht zuletzt, weil ich zuvor mit Vater sprechen musste. Das bereitete mir die meisten Sorgen.

Vor jedem Tempel, an dem wir vorbeifuhren verneigte Caidan sich. »Bist du gläubig?«, fragte ich ihn etwas später in der Kutsche.

Er schüttelte leicht den Kopf. »Nein. Nicht mehr.«

Ich wollte nicht weiter fragen, da ich in seinen Augen etwas erkannte, das ihm offensichtlich Schmerz bereitete. Vielleicht hatte er im Krieg seinen Glauben verloren. Möglicherweise, als er das erste Mal jemanden töten musste. Aber das waren nur Mutmaßungen. Es gab eine Zeit, in ferner Kindheit, als ich in diesen Glaubensdingen belehrt wurde. Doch einen Zugang dazu hatte ich nie wirklich gefunden.

Müde und erschöpft kamen wir den Palast näher. Es war ein Platz, auf dem sich das Volk versammelte, wenn mein Vater eine Rede hielt. Dann stand er auf der Empore, von der aus man den ganzen Platz sehen konnte. Ich hatte mir vorgestellt, auf dieser Empore meine Verlobung bekannt zu geben, doch dazu kam es nie. Jetzt war ich eine verheiratete Frau. Und es war Zeit, dies zu verkünden. Nicht zuletzt, um das Volk zu besänftigen. Rechts und links von der Empore standen zwei große Statuen, Einhörner aus Marmor, die im Sonnenlicht golden funkelten. Es war traumhaft, fast schon zu schön, um wahr zu sein. Wir kamen dem Palast immer näher und der Gedanke daran, es meinem Vater zu sagen, bereitete mir Übelkeit. Noch immer hörte ich das Schreien, als er so wütend auf mich gewesen war. Wie würde er reagieren? Ich musste feststellen, dass es mir weniger Angst machte, von ihm angeschrien zu werden, als die Tatsache, dass er enttäuscht von mir sein würde. Ich würde ihm das Herz brechen. Und das hatte ich von Anfang an gewusst. Es war das erste Mal, dass ich etwas getan hatte, obwohl er es verboten hatte. Je näher wir dem Palast kamen, desto unruhiger wurde ich. Echte Panik stieg in mir auf und ich legte mir die Worte, die ich ihm sagen würde, bereits in Gedanken zurecht.

Vor der Mauer stieg ich aus der Kutsche aus. Es handelte sich um das Haupttor und es besaß keinen Eingang. Also nahm ich Caidan und meinen Onkel an die Hand und brachte sie durchs Licht in den Palast. Schnell bemerkte ich, dass man bereits nach mir suchte. Tiras und

Grauwind, die sonst nie die Annehmlichkeiten ihrer Gemächer oder des Ratssaals verließen, standen im Hof und sahen mich erschrocken an. Sie sahen aus, als wären sie einem Monster begegnet. Ich trug ein fast weißes Kleid, doch nichts anderes deutete darauf hin, dass ich mich soeben vermählt hatte. Woher also wussten sie es? Hat mein Vater auch auf mich Spione angesetzt? Würden sie Caidan wegsperren und mich zu Vater bringen?

»Eure Majestät«, sagte Grauwind, und seine faltigen Gesichtszüge verzerrten sich. Sie beachteten Caidan und Vestas überhaupt nicht, sondern blickten nur zu mir.

Ich nickte ihnen zu und wartete ab.

»Wir müssen Euch etwas Schreckliches mitteilen, Prinzessin«, sprach Grauwind weiter. Eine fürchterliche Vorahnung überkam mich. »Euer Vater brach nach Eurem Streit zusammen.«

Mein Magen drehte sich um. *Vater!* Schnellen Schrittes rannte ich auf den Eingang des Haupthauses zu und rief im Rennen: »Wo ist er?«

Tiras, der als Einziger Schritt halten konnte, sagte: »In seinem Gemach, Prinzessin.«

Sofort trat ich ins Licht und tauchte bei Vater auf, der kreideweiß und zitternd auf seinem Bett lag. Neben ihm am Bett saß ein Medicus, der irgendwelche Medizin in einem Gläschen zusammenmischte. »Vater!« Die Tränen rannen über meine Wangen und ich stürzte mich weinend auf ihn.

»Lee, Kleines«, presste er zitternd hervor.

Ich ergriff seine Hand und küsste sie, bevor ich sie fest an mein Herz drückte. »Es tut mir leid, es tut mir leid«, schluchzte ich wieder und wieder.

»Es ist nicht deine Schuld, Liebes.«

»Doch, ich habe dich zu sehr aufgewühlt.« Ich schluchzte und wimmerte.

Er schüttelte den Kopf und schloss die Augen: »Die Rebellen, Lee. Die Rebellen. Sie haben mich vergiftet. Halte dich von dem Schattenjäger fern, versprich es mir.«

Wie konnte ich ihm das versprechen? Ich hatte ihn gerade geheiratet. Doch das durfte er in diesem Zustand nicht erfahren. Alles, was ich immer wollte, war, seine kleine perfekte Prinzessin zu sein.

»Versprich es mir, Schatz«, bat er und ich nickte, während ich genau wusste, dass es eine Lüge war. Vor mir sah ich nur einen Schleier aus Tränen, alles verschwamm und ich weinte so laut, dass ich befürchtete, der ganze Palast würde es hören. »Wo ist Hyra?«, fragte er und jede Kraft verließ ihn. Ich konnte es spüren, denn seine Hand fiel leblos herab, als ich sie losließ.

»Mutter ist auf dem Weg zu dir, Vater«, log ich.

Er lächelte ein letztes Mal, bevor er für immer die Augen schloss.

Ich hatte keine Ahnung, wie lange ich an seinem Bett saß und weinte. Leicht über ihn gebeugt, ließ ich ihn nicht los. Nicht, als jeder aus dem Zirkel hereintrat und sich mit irgendwelchen Floskeln von ihm verabschiedete. Nicht, als ein Priester seine Worte sprach. Nicht, als mein Onkel kam, um mich von dem Toten wegzuzerren. Ich schlug um mich, schrie und weinte. »Bring Mutter her!«, befahl ich. »Lass mich los«, schrie ich. »Hau ab!«, weinte ich.

Der Streit, den Vater und ich hatten, würde für immer meine letzte Erinnerung an ihn sein. Das Versprechen, Caidan aus dem Weg zu gehen, würde für immer mein Gewissen zerreißen. Der Gedanke, dass die Rebellen ihn vergiftet hatten, würde meinen Glauben an das Volk für immer beeinträchtigen. Ich hatte ihn hintergangen, ihn betrogen, ihn verraten. Und nun war er fort. Ohne dass ich mich erklären oder entschuldigen konnte.

Mein Vater sagte mir einmal, dass wahre Stärke darin bestand, in den schlimmsten Momenten nicht zu zerbrechen. Am Tag seines Todes lernte ich etwas über mich: Ich war nicht stark. Sondern zerbrechlich wie die Blüte, die Caidan mir ins Haar gesteckt hatte. Ich zerfiel von einem Moment auf den anderen zu Staub.

Tagelang blieb ich in meinem Zimmer und wollte niemanden sehen. Nicht meine Zofen, nicht meinen Onkel, nicht Caidan, nicht einmal meine Mutter, die Vestas zurück an den Palast geholt hatte. Ich aß nichts, und das, was ich trank, kam sofort wieder heraus. Das Einzige, was ich tat, war, aus dem Fenster zu sehen, das einen Teil der Erde zum Vorschein brachte. Kira und Aya schrie ich jedes Mal an, wenn sie hereinkamen, sodass Kira sich überhaupt nicht mehr zu mir traute. Aya dagegen ließ sich nicht abschrecken. Sie kam jeden Tag mehrmals herein, brachte mir Wasser und Gebäck, das ich nicht anrührte, wechselte meine Bettwäsche und leerte meinen Nachttopf. »Es tut mir so leid«, hatte sie am Anfang jedes Mal gesagt, bis ich sie zum Teufel jagte. Danach sah sie mich nicht einmal mehr an. Doch sie kam trotzdem. Sie ließ mich nicht im Stich und tief in meinem Inneren, dankte ich ihr dafür. All meine Schreie, die Beleidigungen und bösen Blicke prallten von ihr ab wie Pfeile an einem Fels. Das war sie. Mein Fels. Meine beste Freundin. *Meine Schwester.*

Am fünften Tag begann ich in dem Buch zu lesen, das Lectran mir in das Kästchen gelegt hatte. Ich las es einmal. Dann ein weiteres Mal. Und ein drittes Mal. Zu jeder Seite hatte er eine Übersetzung beigefügt. Es beinhaltete den Vertrag mit Tenebris. Und das Verfahren, zur Erde zu reisen. Der Vertrag war nicht nur eine Förmlichkeit, sondern ein übernatürlicher Pakt. Es war unmöglich, ihn nicht einzuhalten. Die Macht, welche dieses Abkommen besaß, war größer als eine Unterschrift auf Pergament. Eine magische Übereinkunft zweier Monarchen, die vor langer Zeit regiert hatten. Dieser Vertrag schwebte seit Jahrtausenden über unseren Reichen wie ein Schleier aus gespenstigen Wesen. Die Geister der verstorbenen Könige, die das Abkommen unterzeichneten. *Unumkehrbar*, las ich, und grübelte. Diese beiden Männer hatten vor über sechzigtausend Jahren ein Bündnis geschlossen, das für immer und in alle Zeit existieren würde. Ich fragte mich, was sie dazu angetrieben hatte. Waren sie das ewige Streiten leid? Die Kämpfe um beide Reiche? Oder wollten sie den Frieden wahren? Hatte einer von ihnen Hintergedanken bei diesem Bündnis? Zu den Königen stand keine Geschichte in diesem Buch. Lediglich ihre Namen. König Edoan Aeterna der Erste, König von Meridem. Mein Vorfahre. Und König Mearr Noblis, Herrscher von Tenebris. Xavers Vorfahre.

Ein Schauder lief mir über den Rücken, als ich mir diesen Mearr bildlich vorstellte. In meiner Vorstellung standen sich die beiden Könige an den Grenzen gegenüber. Mearr funkelte mit seinen Schattenaugen wütend meinen Vorfahren an, während auf seinem schönen Gesicht ein schiefes Grinsen lag. Edoan stellte ich mir in königsblauer Uniform vor. Sein silbernes Haar wurde von der meridemischen Sonne beleuchtet und seine Augen strahlten Güte aus. Aber es war nur eine Vorstellung. Möglicherweise interpretierte ich zu viel hinein und verband die beiden Könige zu stark mit meinen eigenen Erfahrungen und Ängsten. Immerhin könnte es auch sein, dass sie Freunde waren und dieses Bündnis deshalb schlossen. Nein. Keine Freunde. Sicherlich war Mearr ein böser, durchtriebener König und zwang Edoan zu diesem Vertrag.

Aber noch mehr interessierte mich etwas anderes, das in diesem Buch stand. Die Reise zur Erde. Es war kein Spruch und kein magischer Zauber, wie ich es als Kind gedacht hatte. Es musste von innen heraus kommen. Ein Wille. Ein ins Licht treten, nur eben auf eine weite Entfernung. Dazu musste man sich in eine Gestalt verwandeln, die den Menschen oder Tieren ähnelte. Ich konnte alles sein. Ein Vogel, ein Fisch, ein Mensch. Ich konnte neu geboren werden und ein Leben voller Abenteuer erleben, wenn ich dieses Reisen nur richtig beherrschen würde. Und es musste Vollmond sein. Am liebsten wäre ich gereist, hätte alles ausprobiert, was in diesem Buch stand. Doch ich konnte nicht. Ich durfte nicht. Vielleicht irgendwann, wenn Meridem zu dem Ort geworden war, den ich mir wünschte, den ich so lange ersehnte. Möglicherweise in ein paar Tausend Jahren, wenn Caidan und ich das Reich reformiert hätten, wenn wir eine glückliche Ehe geführt hätten und unser Erstgeborener meine Pflichten übernehmen könnte.

Ich starrte aus dem Fenster. Nein. Ich konnte nicht. Ich durfte nicht. Es wurde Zeit. Zeit, aus meinem Zimmer zu gehen und mich Meridem zu stellen. Meinem Volk von der Heirat zu erzählen und endlich die Ehe mit Caidan vollziehen. Doch ich konnte einfach nicht. Ich war am Ende.

Aya kam mit einem neuen Krug Wasser herein und stellte ihn auf den kleinen Tisch vor mir. Ich starrte aus dem Fenster und würdigte sie keines Blickes. Doch sie setzte sich neben mich, schlang ihre Arme um mich und drückte mich. *Fest. Geborgen. Meine beste Freundin.* Ich ließ es zu und begann weitere Tränen zu unterdrücken, von denen ich nicht wusste, dass es noch welche gab. »Du kannst ruhig vor mir weinen«, sagte sie leise. Noch nie in meinem Leben hatte mich jemand weinen sehen, abgesehen von dem Tag an Vaters Sterbebett, als mich tausend Emotionen überkamen. »Ich bin es doch«, flüsterte sie. »Lass es raus, du bist nicht allein. Niemals.« Nein. Ich musste wenigstens stark wirken, wenn ich es schon nicht war. »Du musst loslassen, Lee«, flüsterte Aya sanft. »Das Universum nimmt und gibt.« Ich wusste, dass sie nicht gläubig war. Aber im Gegensatz zu mir ging sie wenigstens ab und an in die Tempel. »In einem Moment pustet es dich davon und im nächsten fängt es dich auf.« Es waren nicht ihre Worte, die mich berührten, sondern die Art, wie sie es sagte. Endlich sah ich ihr in die Augen, sagte aber nichts. »Lass ihn los. Wenn du deinen Vater festhältst, kann er nicht in Frieden gehen.«

Und dann brach es aus mir heraus. Ich drehte mich zu ihr, vergrub mein Gesicht an ihrer Schulter und weinte, während sie mir über den Kopf streichelte. »Es tut mir alles so leid«, flüsterte sie und ich hörte, dass auch sie weinte. Wir weinten zusammen, vielleicht ein paar Minuten, vielleicht ein paar Stunden, ich wusste es nicht. Doch Aya gab mir Kraft. Sie war meine beste Freundin. Für immer. Ihre Stärke war es, die mich in diesem Augenblick hielt. Sie gab nie auf, und würde auch mich nicht aufgeben. In diesem Moment schwor ich mir, sie nicht mehr so herablassend zu behandeln, wie ich es manchmal getan hatte. Ich schwor mir, sie genau so zu halten und zu trösten, wenn sie es jemals bräuchte. Nur ihretwegen konnte ich am nächsten Tag aufstehen. Sie hatte sich zu mir aufs Bett gelegt und mich die ganze Nacht im Arm gehalten. Nur ihretwegen war ich in der Lage, überhaupt aus meinem Zimmer zu gehen. Es wurde Zeit, mich allem zu stellen, vor dem ich so große Angst hatte. Doch egal was geschehen mochte, ich würde immer eine Freundin an meiner Seite haben, die mich auffing.

Der sechste Tag war der Schlimmste. Die Bestattung. Es war Tradition, den einbalsamierten Körper am sechsten Tag zu verbrennen. Mit einem dicken Glas und Sonnenlicht erzeugte man dafür Hitze, die genau an der Stelle zu brennen begann, wo das Herz des toten Königs einst schlug. *Sein Herz*. Das Herz, das mich immer geliebt hatte.

Wir trugen kein Schwarz. Diese Farbe war dem anderen Reich zugetan. Weiß, Gelb, Blau, Grün. Alles, was hell und munter wirkte. Der ganze Hofstaat war bei der Zeremonie anwesend. Und sie alle trugen die herrlichsten Kleider und Farben. Ich trug einen großen, weißen Hut, den ich bis tief in mein Gesicht hinabzog, um meine Augen zu verschleiern. Nicht ein Mal sah ich die anderen an. Nicht Mutter, nicht Onkel, nicht Caidan. Nur Aya stellte sich neben mich und hielt meine Hand, während ich drohte, erneut zu Staub zu zerfallen. Sie wehrte die Menge an Leuten von mir ab, die nicht aufhörten mich zu bedrängen. »Mein Beileid«, sagten sie im einen Moment. »Wann ist denn Eure Krönung?«, fragten sie im anderen. Ich sah keinem Einzigen in die Augen. Doch ich hörte sie tuscheln. »Der König fehlt uns allen«, hörte ich ihre Stimmen in diesem Augenblick. »Sind die Gerüchte über die Prinzessin und den Schattenjäger wahr?«, hörte ich im nächsten. »Ich liebte den König so sehr, ich habe nächtelang geweint«, logen sie in der ersten Sekunde. »Ich hörte, die Prinzessin sei vor dem gesamten Zirkel und den Wachen zusammengebrochen«, erzählten sie in der zweiten.

Schon als kleines Mädchen hatte ich gewusst, wie falsch und heuchlerisch der Hof war. Doch während es damals von mir abprallte, stach es an diesem Tag wie Messerstiche in mein Herz. Ich war nichts als Staub, den sie langsam zwischen ihren Fingern durchrieseln ließen. Eine Prinzessin, über die sie Gesprächsstoff sammelten. Nicht eine Tochter, die um ihren Vater trauerte. Das

Thema, über das sie sich am Abend amüsieren konnten. Keine Seele, die aufrichtig litt.

Der Prediger hielt eine rührende Rede, und Aya drückte meine Hand fester. Einen kurzen Moment sah ich auf. Sie trug ebenfalls einen tiefen Hut, der ihr Gesicht verdeckte. Kira stand etwas abseits, und auch Mutter und mein Onkel hielten Abstand vor mir. Ob aus Respekt, oder weil ich sie tagelang nicht sehen wollte, wusste ich nicht. Unerwartet trat Caidan neben mich. Er sagte nichts, er stand einfach neben mir. Gern hätte ich auch seine Hand genommen, doch ich konnte nicht. Nicht, wegen dem, was man sich erzählen würde. Sondern weil ich meinem Vater ein Versprechen gab. Das Versprechen, mich vom Schattenjäger fernzuhalten. Und an seiner Bestattung konnte ich nicht Hand in Hand mit meinem Ehemann vor ihm stehen. Wenn sein Körper verbrannt war, würde seine Seele zur Sonne wandern, und möglicherweise würde er auf mich hinabblicken.

»Ich bring dich in dein Gemach«, sagte Caidan, als die Zeremonie zu Ende ging und das Tuscheln und Tratschen der Hofleute unerträglich wurde.

Ich schüttelte den Kopf und trat ins Licht. Allein in meinem Zimmer, würde ich aus dem Fenster sehen und hoffen, dass Vaters Seele meine letzten Worte hörte, die ich ihm sagen wollte.

Die nächsten Tage fühlten sich leichter an. Nicht schmerzfrei, aber einfacher. Vor dem Gemach meiner Mutter hielt ich inne. Sie hatte mir ausrichten lassen, dass sie mich dringend sprechen müsse.

Ich wollte klopfen, wollte eintreten, sie in dem Arm nehmen. Etwas in mir hielt mich davon ab, also ging ich einen Schritt näher an die Tür und hörte Stimmen. Mit wem sprach sie? Wer war bei ihr? Sie unterhielt sich mit jemandem, so viel wusste ich, auch wenn ich keines der Worte verstehen konnte. Also klopfte ich doch an und trat ein, ohne abzuwarten. Sie und mein Onkel saßen an einem der Tische und tranken Wein. Keine Schattierungen lagen unter ihren Augen, wie es bei mir der Fall war. Kein Anzeichen davon, dass auch sie nächtelang nicht schlafen konnte und sich die Augen aus dem Kopf geheult hatte. Sie sah schön aus. Fröhlich. Glücklich. Anders als ich. Ich hätte schwören können, eine andere Frau zu sehen, als ich heute Morgen in den Spiegel sah. Nichts erinnerte an die selbstbewusste, stets gut gekleidete Prinzessin, die sich bemühte, an jedem Morgen gut aussehend das Zimmer zu verlassen. Dicke, geschwollene Augen hatten mich angestarrt. Rote und dunkle Flecken tummelten sich um die Augenpartie herum. Ich erkannte mich selbst nicht.

Als Mutter mich sah, stand sie auf und drückte mich lächelnd an sich. »Warst du schon bei deinem Ehemann? Er sagte, du willst ihn nicht sehen«, fragte sie. Kein: »*Es tut mir leid.*« Kein: »*Ich vermisse deinen Vater auch.*« Kein: »*Ich bin auch so traurig wie du, mein Kind.*«

»Nein« Benommen schüttelte ich den Kopf.

»Nein? Dann wird es aber Zeit. Die Ehe muss vollzogen werden, bevor wir die Neuigkeit dem Zirkel mitteilen können.«

»Mutter?« Ich sah sie mit Tränen in den Augen an. »Bist du nicht traurig?« In diesem Moment fühlte ich mich wie ein kleines Kind, das sich im Schoß seiner Mutter ausweinen wollte. Das den Schmerz mit jemandem teilen wollte und das von ihr getröstet werden wollte. Aya hatte mir mehr Kraft gegeben als meine eigene Mutter.

Sie erschrak: »Natürlich bin ich traurig, Lee.« Ich glaubte ihr nicht. Sie sah nicht bekümmert aus. »Du siehst unmöglich aus, sieh dich an«, sagte sie mit einem leichten Lächeln. Sie hatte recht. »Aya soll dich schminken und deine Haare machen, bevor du zu Caidan gehst.« Sie rümpfte die Nase. »Und, oh mein Kind, wann hast du das letzte Mal gebadet?«

Wie lang war ich in meinem Zimmer gewesen? Ich erkannte Mutter kaum wieder. Als stünde eine fremde Frau vor mir. Was hatte ich erhofft? Dass sie mit mir zusammen weinen würde? Dass sie mich in ihren Armen hielt? Dass sie mich tröstete, wie es nur eine Mutter konnte? Meine Füße gaben nach. Alles drehte sich und mein knurrender Magen verursachte mir Schmerzen. Ich sackte zu Boden und weinte. Weinte und weinte. Keine Ahnung wie lang, aber Mutter und Onkel standen nur so da. »Reiß dich zusammen«, mahnte sie. »So kannst du nicht vor Caidan treten. Was soll er denken?«

War das alles? Ich blickte auf und suchte die Augen meines Onkels. Würde er auch so kaltherzig mit mir sprechen wie sie? Er sah weg. Würdigte mich keines Blickes. »Onkel?«, weinte ich. »Sag etwas!«

Er schloss kurz die Augen, atmete durch und kniete sich vor mich. Mit liebevoller Stimme sagte er schließlich: »Ich weiß, dass du traurig bist, aber du hast Verpflichtungen. Du bist jetzt die Königin. Also steh auf, mach dich frisch und beiß die Zähne zusammen!«

Ich stand nicht auf. Ich weinte weiter und kauerte auf dem Boden wie ein Sack Mehl. Die Welt hätte in diesem Moment stillstehen können, es wäre mir egal gewesen. Alles war egal, unwichtig. Mutter, Onkel, Caidan. Ich wollte nur weinen. Irgendwann rief Mutter einen Wachmann, der mich hochhob und mich in mein Gemach zurücktrug. Dann schlief ich.

Es musste Abend sein, als Aya und Kira mich weckten: »Deine Mutter sagte, wir sollen dich baden und schön machen.« Kira stand unsicher vor mir, während Aya sich neben mich setzte und ihren Arm um mich legte. »Kannst du aufstehen?«, fragte sie besorgt. Ich nickte. Beide sahen mich fragend an, als ob sie auf meinen Befehl warteten. Ich nickte erneut, stand auf und ließ sie machen. Ich ließ alles über mich ergehen. Sie wuschen mein Haar, trockneten es, wuschen mich mit Seifen und Ölen, feilten meine Nägel und polierten sie, steckten mir das Haar hoch, zogen mir feine Unterwäsche aus roter Seide an, welche meine Mutter besorgt hatte, ein rotes Kleid darüber, schminkten mich und stellten mich vor den Spiegel. »Und?«, fragten sie zeitgleich und sahen mich aufgeregt an.

Ich hasse rot! Es stand mir nicht. Es machte mich noch blasser, als ich ohnehin schon war. Mir hätte blau gefallen. Oder weiß. »Schön«, sagte ich leise.

Kira kicherte: »Wir sollen dir noch ein paar Tipps geben.«

»Tipps?«

»Ja, du weißt schon«, kicherte sie weiter. »Wegen deiner Hochzeitsnacht.«

Ach ja. Mir war bewusst, dass die Zwillinge jede Menge Erfahrungen aufweisen konnten, wenn es um Männer ging. Nicht so ich. Außer küssen hatte ich keine Ahnung. Nicht einmal theoretisch. Kira plapperte drauf los, während Aya stumm zuhörte. Ab und an wechselten wir Blicke, doch Kira war voll in ihrem Element: Kerle. Sie erzählte von ihren Liebschaften, ihren Flirts, ihren Erfahrungen. Dann erzählte sie, was Caidan mit mir machen würde, was ich zu tun hatte, was von mir verlangt wurde. Bei jedem zweiten Satz stieg mir Hitze ins Gesicht, vor Aufregung, nicht vor Scham.

Als sie fertig war, mir alles bis ins kleinste Detail zu erläutern, schluckte ich. Doch bevor ich weitere Fragen stellen konnte, klopfte schon Mutter an der Tür und drängte mich, endlich zu Caidan zu gehen, er würde schon sehnsüchtig warten. Ich bat darum, noch einen Moment allein zu sein, sie nickte: »Mach aber schnell.«

Aufregung. Ja, unumgängliche Aufregung überkam mich. Mein Herz hämmerte in meiner Brust und meine Hände zitterten. Ich wollte es doch, ich musste es wollen. Nach all dem, was geschehen war, musste ich ein Zeichen setzen. Und die Ehe mit Caidan, mit dem Schattenjäger, schien das einzige Zeichen zu sein, dass die Rebellen besänftigen konnte. Wollte ich das? Ich meine, wollte ich das denn wirklich? Tausend Fragen tobten wie ein Sturm in meinen Gedanken. Sollten die Rebellen ernsthaft für den Tod meines Vaters verantwortlich sein, würde ich dann nicht einen Fehler machen? Könnten sie es als Schwäche sehen? Würden sie denken, ich hätte Caidan geheiratet, weil ich dazu gezwungen wurde? Gezwungen durch ihre Taten?

Ich ging in meinem Zimmer auf und ab, wohl wissend, dass meine Mutter nebenan im Flur auf mich wartete. Ein Blick aus dem Fenster, zur Erde, gab mir Sicherheit. Irgendwas an diesem Planeten flüsterte mir zu. Irgendetwas wollte sie mir mitteilen. Oder bildete ich es mir nur ein? Rief sie mich? Sagte sie mir, dass ich die Schriften des Buches ausprobieren sollte? Dass ich zu ihr reisen sollte? Etwas dort in diesem unendlichen Blau, rief mich zu sich. Zog mich an. So, als ob ich alle Fragen dort beantworten könnte. Als ob *sie* mir diese Fragen beantworten könnte. Als ob ich alles, was ich wollte und brauchte, nur dort finden würde.

Mutter hämmerte an meine Tür. »Komm, Leetha! Dein Ehemann wartet bereits!« Die Erde war so fern, voller Leben und doch erschien sie mir einsam. Traurig. Hilflos. Allein. »Leetha!« Mutter öffnete die Tür. »Komm!« Sie betrachtete mich. »Kein Grund aufgeregt zu sein.«

»Das ist es nicht, Mutter.«

Fragend sah sie mich an.

»Es fühlt sich auf einmal falsch an. Vielleicht habe ich einen Fehler begangen.«

»Was für einen Fehler?«

»Ihn zu heiraten!«, platze es aus mir heraus.

»So ein Unsinn, du bist einfach aufgeregt, das ist verständlich. Als ich zum ersten Mal ...«

»Mutter, es ist so ein Gefühl.«

Die Adern in ihrem Gesicht traten hervor, wie immer, wenn sie wütend wurde. Doch sie hatte kein Recht, mich anzuschreien oder mit mir zu schimpfen, wie es anderen Müttern gestattet wurde. »Liebes«, sagte sie schließlich geduldig, nachdem sie einmal tief ausgeatmet hatte. »Sei vernünftig.«

»Was, wenn ... Was, wenn die Rebellen Vater tatsächlich umgebracht haben und nur darauf warten, dass sie auch mich töten und Caidan als König einsetzen, um ...«

»So ein Unsinn. Wer hat dir diesen Blödsinn eingeredet?« Ihre Stimme wurde lauter, doch sie behielt die Fassung. Wie immer.

»Niemand weiß, was mit deinem Vater geschehen ist. Der Zirkel vermutet, es war ein Attentat aus Tenebris. Was du gewusst hättest, wenn du dir die Mühe gemacht hättest, in den letzten Tagen dein Zimmer zu verlassen.«

»Ich war in tiefer Trauer«, rechtfertigte ich mich.

»Du bist eine Königin. Du bist DIE Königin, Leetha. Es ist nicht die richtige Zeit, dich trauernd in deinem Zimmer einzusperren wie ein kleines Kind!«

Ihre Worte trafen mich wie ein Schlag ins Gesicht. Nicht, weil sie es so herzlos sagte, sondern weil es wahre Worte waren. Für jede andere Tochter hätte man Verständnis. Würde sie behüten und sie weinen lassen. Nicht mich. Ich hatte Schwäche gezeigt. Schwäche, die ich mir nicht erlauben durfte. Wütend, doch mit erhobenem Kopf stapfte ich an ihr vorbei: »Ich werde herausfinden, wer Vater ermordet hat.«

Oh ja, das würde ich. Ob Tenebris oder die Rebellen. Ich würde es herausfinden und den Feind bestrafen. Trauer wurde zur Wut. Zur unbändigen Wut. Wer auch immer dafür verantwortlich sein mochte, wollte mich unterkriegen, doch ich würde es nicht zulassen. Ich war größer als sie, stärker, schlauer. Ich würde ein Feuer zum Brennen bringen. Es würde sie zerstören und alles, was sie liebten. Es würde heller und heißer glühen als die Sonne. Mein Herz würde brennen, doch nicht aus Schmerz, nicht vor Leidenschaft, aus purer Rache.

»Sag Caidan, ich komme in einer Stunde, ich habe zuvor noch etwas zu erledigen«, sagte ich und ging aus dem Zimmer. Mutter rief mir noch etwas hinterher, doch ich ignorierte sie. Ich war ihr keine Rechenschaft schuldig. Ich war Leetha. Leetha Aeterna. Königin von Meridem. Ich konnte tun und lassen, was mir beliebte.

Caidan

»Sie wird gleich kommen«, beruhigte mich Vestas, der in meinen Räumen auf und ab ging. Wen wollte er mehr beruhigen, sich oder mich? Ich hatte ihm gesagt, dass er nicht hier warten müsse. Um ehrlich zu sein, war ich selbst kein bisschen aufgeregt, im Gegensatz zu ihm. »Es ist wichtig, dass die Ehe vollzogen wird«, sagte er nicht zum ersten Mal.

Seit Tagen hörte ich nichts anderes. Also nickte ich nur. Einerseits verstand ich ihn, doch ich wollte Leetha genügend Zeit geben, um zu trauern. Obwohl mich das Leben des Königs nicht interessierte und sein Tod mich kaltließ, tat Leetha mir leid. Mehr als das. Meine Eltern waren ebenfalls gestorben, ich wusste, wie es sich anfühlte. In den letzten Tagen, waren auch bei mir Erinnerungen aufgekommen, die ich schon lange unterdrückt hatte. Gefühle, die ich tief in mir verbergen wollte. Bilder, die ich in die hinterste Schublade meines Gedächtnisses verbannt hatte.

»Nur dann können wir die Verbindung offiziell machen.« Seine Nervosität versteckte er gut unter einem Grinsen. Aber ich erkannte es dennoch. »Das Gesicht des Zirkels würde ich nur allzu gern sehen, wenn Leetha dich als ihren Gatten vorstellt. Und noch besser: wenn sie dich zum König ernennt.« Er rieb die Hände aneinander.

»Eins nach dem anderen.« Ich blieb gelassen und lehnte mich auf dem Stuhl zurück. Die Glocke schlug und ich konnte nicht sagen, wie oft sie an diesem Tag schon geschlagen hatte. Leetha sollte schon vor einer Ewigkeit zu mir kommen. *Frauen eben.* Warten war ich gewohnt. Vor allem auf Frauen. Ich betrachtete den Lord eingehend und stellte nach langem Überlegen die Frage, die mir schon viel zu lange auf der Zunge gelegen hatte: »Habt Ihr den König vergiftet?«

Er hielt inne und schwieg für einen Moment. »Nein.«

Ich glaubte ihm nicht. Manchmal dachte ich, er wäre zu allem fähig.

»Doch es muss dich auch nicht interessieren, Junge. Du bist nur aus einem Grund so weit gekommen, weil ich mich um dich gekümmert habe, erinnerst du dich?« Seine Stimme wurde streng, doch ich wusste, dass er einfach nur aufgeregt war. »Ich habe dich gerettet, als du niemanden hattest. Vergiss das nicht.«

Ich nickte einfach.

»Vergiss nicht, was sie dir angetan haben. Deiner Mutter, deiner Schwester! Willst du das? Willst du das vergessen?«

Ich ballte die Fäuste. Ja, am liebsten würde ich vergessen, aber wie, wenn ich ständig daran erinnert wurde? *Einfach den Kopf schütteln, Caidan!* Einen tiefen Atemzug später lockerte ich meine Hände.

»Du stehst in meiner Schuld. Denk daran, wenn du König wirst und wir das ungerechte System stürzen.«

»Ich weiß, mein Lord.« Wie immer gab ich ihm recht. Es sollte mir egal sein, wer den König getötet hatte. Wichtig war nur die Mission. Der Glaube an die Gerechtigkeit. An das, für das ich seit vielen Jahrhunderten kämpfte. Und wir standen kurz davor.

Leetha

»Medicus«, sagte ich leise und klopfte leicht an die Tür zum Gemach des königlichen Arztes.

»Prinzess... Verzeihung, meine Königin.« Der alte Mann verneigte sich respektvoll.

Er schien sich zu freuen, mich zu sehen. Er lächelte, obwohl sich ein Hauch Trauer in seinen Blicken verbarg. »Es tut mir leid, was mit Eurem Vater geschehen ist.«

Ich nickte. »Danke, Medicus.«

»Ich habe auf Euch gewartet, Eure Majestät.«

»Ach ja?«

Er nickte und kramte etwas aus seiner Tasche. Einen Fetzen Papier. »Ich dachte mir, dass Ihr wissen wollt, welches Gift Euren Vater tötete?« Er ließ mich nicht antworten und sprach weiter: »Ich habe es hier aufgeschrieben, für den Fall, dass auch mir etwas zustoßen wird.«

»Warum sollte Euch etwas geschehen?« Aus welchem Grund glaubte er das?

»Nun, weil ich herausfand, dass es sich um Dunkelschatten handelte. Ein Gewächs, dass nur in Tenebris wächst.«

»Dunkelschatten«, murmelte ich. »Also war es Xaver. Er tötete meinen Vater.«

Der Medicus kniff die Augen zusammen. Dann ging er langsam um mich herum und schloss hinter mir die Tür. »Eure Majestät, ich möchte keine falschen Aussagen machen, doch innerhalb dieser Mauern gibt es nur einen einzigen Mann, der Dunkelschatten besitzt.«

»Wer?«

Der Medicus zögerte einen Moment. Dann schluckte er und sagte schließlich: »Euer Onkel Vestas.«

Ich sah den Medicus ungläubig an.

»Er kam vor vielen Jahren zu mir, und befragte mich nach diesem Gift. Wie es wirkt und wo es genau wächst. Als ich es ihm sagte, brachte er eines Tages welches mit. Ihr wisst sicherlich noch, dass er öfter nach Tenebris gereist war, um mit König Obrin über den Frieden zu sprechen?«

»Ja, Medicus, aber Ihr seht das falsch, Xaver war es, ich bin mir sicher.«

Er ließ nicht locker: »Kurz nach seiner letzten Reise nach Tenebris starb König Obrin an einer Vergiftung durch Dunkelschatten und König Xaver hat Meridem dafür verantwortlich gemacht.« Er sah mich an, um sich zu vergewissern, was ich davon hielt, doch ich ließ aus meiner Miene nichts herauslesen. Innerlich kochte ich fast über. Fragen über Fragen schossen durch meine Gedanken. Doch ich schüttelte den Kopf, als könnte ich diese Bilder vor meinem geistigen Auge abschütteln.

»Danke für Eure Meinung, Medicus. Auch wenn sie falsch ist. Ich beherzige es, dass Ihr mir gegenüber Eure ehrliche Meinung sagt.« Ich drehte mich um und ging. Das konnte nicht sein. Nicht Onkel Vestas. Niemals. Außerdem war er nicht einmal anwesend gewesen, als mein Vater vergiftet wurde. Er war bei mir, auf meiner heimlichen Hochzeit. Der Gedanke an diese Eheschließung ließ noch immer einen Stich in meinem Herzen zurück, wenn ich daran dachte, meinen Vater kurz vor seinem Tod hintergangen zu haben.

Man erzählte sich, wenn ein meridemischer König starb, reiste seine Seele zur Sonne, um von dort aus für alle Zeit über das Reich zu wachen und dafür zu sorgen, dass die Sonnenstrahlen, die uns nährten, niemals verglühten. Wenn das wahr war, würde Vater mich sehen, über mich wachen, mich beobachten und wissen, was ich getan hatte. Ich schämte mich. Doch in den letzten Tagen, in denen ich am Fenster gesessen hatte, sprach ich zu ihm, unwissend, ob er mich hören könnte, und entschuldigte mich. Ich hatte ihm alles gesagt, was mir auf dem Herzen lag und ihn gebeten, mir zu vergeben. Und auch wenn es absurd klang, ich hatte seine Antworten gespürt. Wahrscheinlich war es nur Einbildung, aber ich hörte seine Stimme in meinen Gedanken. *Alles wird gut, mein Kind. Vertrau auf dein Herz. Immer.*

»Onkel«, sagte ich trocken, als ich in Caidans Gemächer eintrat. Vestas verneigte sich tief, tiefer als jemals zuvor: »Eure Majestät.« Er grinste und ich erkannte Stolz in seinen Augen.

»Caidan« Auch ihm nickte ich zu. Meine Aufregung verbarg ich hinter einem leichten Lächeln. Auch er verneigte sich, trat auf mich zu und küsste meine Hand.

»Dann lasse ich Euch beide mal allein«, schmunzelte Onkel und verließ den Raum.

»Setz dich«, bat Caidan und zeigte auf einen Sessel neben einem kleinen Tisch, auf dem Wein und Gebäck standen. Seine Augen funkelten und er betrachtete mich, während er langsam zur Tür ging und sie verschloss. Ob er wusste, wie unwohl ich mich in diesem roten Kleid fühlte? Sah er es mir an?

Ich blickte aus dem Fenster, das meinem so ähnlich war. Auch er konnte auf die Erde sehen. Sie erstreckte sich groß vor uns. Es könnte so romantisch sein. Unter den richtigen Umständen. In einem anderen Leben. Es war Vollmond, die schönste und romantischste Zeit. Es gab keinen besseren Zeitpunkt als jetzt, um meine Ehe mit ihm zu festigen. Und dennoch schlichen sich die Unsicherheit und die Ängste in mein Herz, die ich seit Tagen verspürte. Vielleicht bildete ich es mir nur ein, vielleicht aber war dieses Gefühl ein Zeichen. Der blaue Planet gab mir ein Gefühl von Sicherheit, als würde er mir sagen, dass alles gut werden würde.

Als ich mich setzte, schenkte Caidan mir Wein ein und schob den zweiten Sessel nah an meinen. Der Wein wurde mit Honig und Zimt gesüßt. Er wärmte meinen Bauch, sodass ich mich für einige Sekunden nicht ganz so angespannt fühlte. Als ich den Kelch wieder abstellte, nahm Caidan meine Hand in seine und drückte sie leicht.

Er lächelte und es schien mir fast so, als wäre er überhaupt nicht aufgeregt. Sicherlich hatte er schon viele Frauen gehabt. Dieser Gedanke sollte mich trösten, mir Sicherheit geben, dass er im Gegensatz zu mir wusste, was auf uns zukommen würde. Doch es erschreckte mich nur noch mehr. Ich bekam Angst, nicht gut genug zu sein. Ich, die Königin von Meridem hatte von Liebe keine Ahnung. Eines der wenigen Dinge, in denen ich nicht ausgebildet wurde. All die Worte und Begriffe, die Kira benutzt hatte, traten in meine Gedanken und machten mich nur noch nervöser. Ich lenkte mich ab, indem ich über die Stadt sprach und über die Erde, die mich faszinierte.

Nach einem kurzen und sinnlosen Gespräch über unwichtige Dinge ließ er endlich meine Hand los und ich stand auf. Er lächelte mich noch immer an. Eine Aufforderung. Jetzt war es so weit. Mein Herz hämmerte. Ich musste mit ihm zu seinem Bett gehen und all diese Dinge mit ihm machen, von denen Kira mir versprochen hatte, dass es mir gefallen würde. Dann führte er mich zu seinem Bett. Mein Herz klopfte wie verrückt und meine Hände wurden schweißnass. Doch Caidan blieb gelassen. Er drückte mich sanft auf sein Bett und küsste mich zärtlich. Er wollte es langsam angehen, doch ich wollte es einfach schnell durchziehen. Es abhaken. Es machen. Endlich.

»Du bist wunderschön«, sagte er liebevoll und sah mir in die Augen. Ich hatte keine Ahnung, was ich erwidern sollte. Er sah gut aus. Mehr als gut. Frisch rasiert und das Haar nach hinten gekämmt. Und er duftete wundervoll. Nach Wein und Honig und Zimt, nach Badeöl und Rasierwasser. Ich bekam kein einziges Wort heraus, mein ganzer Körper zitterte unter seinen Berührungen. Aber zu meinem Erstaunen auf eine angenehme Weise. Caidan begann, ganz langsam meinen Hals zu küssen, und mein Bauch kribbelte. Je zärtlicher er mich berührte, desto mehr verflog meine Aufregung. Seine Hand fuhr leicht über meine Taille und suchte sich den Weg meinen Rücken hinauf. Ich konnte kaum atmen, zwang mich aber, mich daran zu erinnern, was ich zu tun hatte. »Geht es dir gut?«, fragte er und sah mir in die Augen.

Ich nickte und er lächelte.

»Ist das ... hast du jemals ...« Nervös seufzte er.

»Ja. Nein. Ich meine, ich habe nie …«, begann ich. Dann lachten wir beide. All die Aufregung verflog mit diesem Lachen und er legte sich neben mich. Langsam kreisten seine Finger über meinen Bauch, was mich wahnsinnig machte. Ich richtete mich leicht auf und beugte mich über ihn, um ihn zu küssen. Er zog mich auf sich und wie von selbst musste ich nicht weiter darüber nachdenken, was zu tun war. Mit einem Ruck setzte er sich aufrecht, packte mich an den Hüften und drückte mich auf seinen Schoß. Unsere Küsse wurden intensiver und meine Hände berührten seine Wange, seinen Hals und schoben sich langsam unter sein Hemd. Ich wollte ihn berühren, ihn fühlen, ihn schmecken.

Seine Hände berührten mich überall gleichzeitig. Sie bewegten sich meinen Rücken hinauf, fuhren wild durch mein Haar und glitten langsam wieder hinab an meine Hüften und zu meinen Schenkeln. Sanft schob er den Stoff meines Kleides beiseite und ich spürte seine Hände auf meiner nackten Haut. Caidan knurrte hörbar, als meine Lippen über seinen Hals streiften, während mir ein leises Stöhnen entfuhr, als er mit den Fingern sanft die Innenseite meiner Schenkel berührte. Jede seiner Berührungen raubte mir den Verstand, bis ich an nichts anderes mehr denken konnte als an seine Hände auf meiner Haut. Um uns herum stand die Welt still, es gab nur uns beide. Hände und Lippen. Berührungen und Küsse. Zärtlichkeiten, Hingabe und vielleicht etwas, das man mit Liebe verwechseln könnte.

Gerade als Caidan den Verschluss meines Kleides ertastete, hörte ich ein lautes Schreien und das Klirren von Schwertern auf dem Flur. Erschrocken fuhren wir beide hoch. Ein lauter Tumult musste sich auf den Fluren abspielen und etwas krachte gegen die Tür. »Was geschieht hier?«, fragte ich hastig und Caidan sprang auf. Er rannte zu einer Truhe, holte ein langes Schwert heraus und horchte an der Tür. Die Schreie wurden lauter.

Im selben Moment, als Caidan die Tür öffnen wollte, tat sich vor ihm ein Schleier aus schwarzen Schatten auf. »Na, na, Prinzessin …« Xaver stand vor uns und grinste frech. »An eurer Stelle würde ich nicht den Raum verlassen.«

Caidan hob das Schwert, doch die Überraschung über den uneingeladenen Gast gab Xaver einen Vorteil und in nur einem Schlag, schlug er Caidan die Waffe aus den Händen. Er trat einen Schritt zurück und drängte mich hinter sich.

Xaver schlich im Halbkreis um uns herum und musterte Caidan. Wie ein Löwe, der um seine Beute schlenderte. Xavers Augen versprühten Belustigung. »Du bist also der sagenumwobene Schattenjäger«, grinste er und legte den Kopf schräg. »Ich gebe zu, ich habe ... na ja ... mehr erwartet.« Dann schnalzte er mit der Zunge und betrachtete mich. »Ach, Leetha, mir hätte klar sein müssen, dass ein hübsches Gesicht dich noch blinder macht, für das Offensichtliche.« Ihm gefiel es, mich zu demütigen.

Es hätte mich nicht überraschen sollen, dass er genau in diesem Moment auftauchte. Zu seinem Vergnügen wusste er genau, bei was er uns eben gestört hatte. Und es ärgerte mich über alle Maßen. Diese Dreistigkeit hätte ich selbst von ihm nicht erwartet. »Was hast du vor, Xaver?«, stieß ich hervor und wollte gerade einen Schritt auf ihn zu machen, als mich Caidan grob zurück hinter seinen Rücken schob. Mein Herz hämmerte. Panik. Wieder diese Panik. *Das Monster aus Tenebris*.

Xaver lachte amüsiert: »Niedlich, ein richtiger Held. Denkst du wirklich, du könntest sie beschützen?«

»Wenn du sie anfasst, bring ich dich um«, zischte Caidan.

Belustigt und gespielt hob Xaver die Hände vor sich und sagte: »Oh nein, jetzt bekomme ich aber Angst.«

Ich spürte Caidans Anspannung und die unbändige Wut, die in ihm brodelte. Genau wie in mir. Seine Waffe lag auf dem Boden, hinter Xaver, der sich nicht die Mühe machte, sie aufzuheben. Als er Caidans Blicke bemerkte, der das Schwert betrachtete, sah er kurz nach hinten. »Ach, ohne ein Schwert bist du nichts weiter als ein kleiner Wurm?«, schmunzelte Xaver und ich spürte, wie Caidan die Schultern spannte.

»Lass dich nicht provozieren«, flüsterte ich.

»Aber keine Angst, ich habe nicht vor, Leetha irgendetwas anzuhaben.« Xaver sah von mir zu Caidan und erneut zurück. »Das gilt nicht für dich, Schattenjäger, ich habe noch eine Rechnung mit dir offen.« Innerhalb weniger Sekunden trat Xaver in den Schatten und tauchte einen Meter weiter hinten, neben Caidans Schwert wieder auf. Er hob es auf und mein Puls beschleunigte sich. Dann warf er es unerwartet Caidan zu: »Hier!« Irritiert fing Caidan es mit der rechten Hand. Ohne zu zögern, rannte er brüllend auf Xaver zu, der wie aus Zauberhand ebenfalls ein Langschwert aus dem Schatten erscheinen ließ.

Es klirrte laut, als sie sich duellierten. Das Geräusch von Stahl auf Stahl übertönte die Schreie von draußen und bei jedem Schlag keuchte ich leise auf. Zitternd hielt ich mir die Hand vor den Mund. Ich hatte Caidan nie kämpfen sehen, doch ich wusste, dass er gegen Xaver keine Chance haben würde. Xaver war viel zu schlau, um Caidan einfach so eine Waffe in die Hand zu geben, ohne zu wissen, dass er gewann. Ein winziger Schimmer Hoffnung überkam mich dennoch.

Eben als Caidan den Arm hob, um zum Hieb anzusetzen, trat Xaver in den Schatten. Er tauchte hinter Caidan auf. Sein Langschwert war verschwunden und ein spitzer und scharfer Dolch tauchte in seiner Hand auf, den er Caidan an den Hals hielt. »Lass deine Waffe fallen, Schattenjäger.« Xaver drehte sich und Caidan in nur einer Bewegung zu mir um, sodass ich beiden in die Augen sehen konnte. »Sieh zu, wie dein Liebhaber stirbt, Leetha, Liebes.« Der Dolch schnitt sich langsam in Caidans Haut am Hals, sodass ein klein wenig Blut heraustropfte.

»Nein!«, entfuhr es mir ängstlicher, als ich mich zeigen sollte. Mir wurde übel. »Nein, Xaver, bitte.« Caidan sagte kein einziges Wort, er sah mir nur in die Augen und ließ den Blick nicht von mir. Ich konnte nicht lesen, was in Caidans Augen stand. Hilflosigkeit? Wut? Enttäuschung über sein Versagen?

»Nein?« Amüsiert grinste Xaver mich an. Die Schatten in seinen Augen schlichen langsam um seine Iris herum. Er schnitt etwas tiefer und ich kam nicht umhin, vor Schreck einen Schritt nach vorn zu machen. Ein Schrei entfuhr mir dabei.

»Bleib, wo du bist, Leetha.« Im Gegensatz zu Caidan konnte ich in Xavers Augen so einiges erkennen. Hass. Selbstbeherrschung.

Konzentration. Ich zitterte. Ich zitterte mehr als jemals zuvor. Hätte man mich in die Tiefen des Alls geworfen, hätte ich nicht mehr gezittert als in diesem Moment.

»Du weißt, was ich will, Liebes«, sagte Xaver und ja, ich wusste es. Die Machtübergabe. Doch er kannte mich nicht gut genug. Caidans Leben, gegen mein Reich? Dachte er wirklich, darauf würde ich mich einlassen? Wäre er schlauer gewesen, hätte er meine Mutter an Caidans Stelle bedroht. Oder meinen Vater, wenn er ihn nicht vergiftet hätte. »Entscheide dich, Liebes«, begann Xaver, »... da draußen sterben deine Wachen, deine Angestellten und wenn du länger wartest, dein ganzer Palast. Meine Schatten sind bereits auf deinem Territorium und je länger du zögerst, desto mehr deiner Untertanen werden sterben.«

»Ich lasse mich nicht bedrohen.« Meine Stimme zitterte, doch ich versuchte, so fest und erhaben zu klingen, wie es eben ging.

»Ach, ich vergaß, dass dir deine Untertanen egal sind.« Xaver kniff die Augen zu einem schmalen Schlitz. Das saß. Genau so sah man mich. Jeder. Alle anderen waren mir egal. Ich dachte nur an mich selbst.

Caidan blieb ruhig. Mit seinen Augen rollte er nach rechts und ich fragte mich, was er mir damit sagen wollte. Ich sah auf die Stelle. Dort hing ein kurzes Schwert an der Wand. Ohne zu zögern, trat ich ins Licht und erschien an der Wand. Ich begann an dem Schwert zu ziehen, während ich auf einer Truhe stand, um daran zu kommen. Doch dieses verdammte Schwert wollte sich nicht aus der Halterung lösen lassen. Hinter mir erklang Xavers lautes Gelächter. Ich hasste es, ausgelacht zu werden. Erst recht von ihm. Einen Herzschlag später trat ich ins Licht, erschien hinter Xaver und schlug mit beiden Fäusten auf seinen Rücken ein. Es hatte lediglich zur Folge, dass Xaver noch lauter lachte.

Dann betrachtete ich Caidans Schwert auf dem Boden, genau vor Xavers Schuhen. Ich bückte mich, um danach zu greifen, da schubste Xaver Caidan weit von sich und hielt mein Handgelenk fest. Für einen winzigen Moment sah er mir tief in die Augen. So tief, dass mir die Luft wegblieb. *Das Schwert*, dachte ich und riss mich von Xaver los. Noch bevor ich es berührte, lag es in Xavers Hand.

Caidan taumelte kurz, dann rannte er auf eine weitere Truhe zu, rechts, unterhalb des Schwertes an der Wand und öffnete sie. Darin befanden sich weitere Waffen. Waffen, die er mir gezeigt hatte, doch ich hatte geglaubt, er meinte das Schwert an der Wand. Ich war so dumm.

Xaver blieb gelassen und betrachtete Caidan, wie er die Truhe öffnete. Es würde nichts bringen. Alles würde nichts bringen. Die Schreie auf dem Flur wurden lauter und das Stöhnen von sterbenden Männern war zu hören. Mein Palast wurde übersät von Xavers Armee und sie alle mussten leiden. So oder so, Xaver würde diesen Kampf gewinnen, mit oder ohne Machtübergabe. Der Zirkel hatte oft genug davor gewarnt, dass seine Armee aus Schattenkriegern unserer Armee weit überlegen wäre. Selbst wenn sich die meisten unserer Streitkräfte nicht an den Grenzen befinden würden, hätte Claritas keine Chance, sich diesem Angriff zu widersetzen.

Es gab nur eine Möglichkeit, Xaver von meinem Reich, von meinem Volk fernzuhalten. Und ich ergriff sie. Egal was es bedeuten würde, egal was aus mir und Caidan werden würde. Ich trat ins Licht, stellte mich neben Caidan, drückte ihn an mich und dachte, so fest ich konnte, an die Erde. An meine Sehnsucht nach ihr, nach dem Gefühl, von ihr gerufen zu werden. Wenn ich nicht mehr auf dem Mond war, wären für Xaver die Grenzen verschlossen. Auf alle Ewigkeit. Dies war nicht nur ein Vertrag, der einst von Vorfahren unterzeichnet wurde. Es war ein magischer Pakt. Ohne mich war Meridem vor diesem Monster sicher! Leider wusste ich nicht, wie genau es funktionierte. Würden wir tatsächlich auf die Erde gelangen? Würden wir Menschen werden? Was würde mit uns geschehen? Ich wusste nur eines: Ich wurde dazu erzogen, mein Volk zu beschützen.

Wir traten gemeinsam ins Licht. Caidan und ich. Nicht in irgendein Licht, das uns auf den Festplatz bringen würde. Nicht in ein Licht, das uns auf dem Mond behalten würde. Es war ein anderes Licht. Ein Licht aus tausend funkelnden blauen Lichtstrahlen. Ich hielt Caidan so fest ich konnte und spürte, wie die Erde ihre Arme nach mir ausstreckte. *Komm, Leetha. Komm zu mir*. Sie rief mich. Genau, wie ich es immer gespürt hatte. Sie flüsterte mir zu. Und das Flüstern wurde zu einem Rufen.

Wir wirbelten herum und selbst mir wurde dabei übel. Doch ein Gefühl von Freiheit überkam mich, als ich den Geruch von Salz und etwas anderem, das ich nicht erkannte, wahrnahm. Wärme überzog uns, die wir so nicht kannten und unsere Körper fühlten sich auf einmal ganz anders an. So einfach. So warm. So … ja, vielleicht war es menschlich. Oder auch nicht. Es wurde dunkel und Milliarden von Sternen wollten mich zurückrufen. *Bleib. Bleib hier, du gehörst dort nicht hin,* flüsterten die Sterne. *Komm zu mir,* rief die Erde. Ich sah Vaters Gesicht vor mir, als würde er direkt vor mir stehen. Dann das Gesicht von Mutter. Und schließlich Xaver, als ob ich ihn sehen könnte, wie verblüfft und geschockt er reglos in Caidans Gemach stand und nicht damit gerechnet hatte, dass Caidan und ich verschwinden würden, genau vor seinen Augen. Ich sah ihn fluchen und um sich schlagen. Es versetzte mir eine Genugtuung, eine Erleichterung.

Komm, Leetha. Komm zu mir. Die Erde summte. Ich schloss die Augen und begab mich in ihre Arme. In ihre Wärme. In ihre Liebe. Dann wurde es hell und laut. Laut wie das Leben. Es summte und surrte von allen Seiten. Und schließlich, ich wagte nicht, Caidan loszulassen, wurde alles dunkel.

Teil 2: Dem Himmel so fern

»Wer sich verliebt, ist ein Narr.«

Lia

»Lia!«, rief meine Pflegemutter erneut. »Die Schule hat schon wieder angerufen.« Ihr Tonfall klang wütend und gleichzeitig lag etwas Gelangweiltes darin. Sie ärgerte sich nicht, weil ich in der Schule Schwierigkeiten hatte, sondern weil die Lehrer ihr damit auf die Nerven gingen. »Lia, verdammt noch mal, komm aus deinem Zimmer!«, schrie sie und ich stellte die Musik noch lauter, sodass ich sie nicht mehr hören konnte.

Karla war eine vierundfünfzigjährige Witwe, die in einer Bruchbude lebte. Sie kümmerte sich weder gern um den Haushalt noch um uns. Mit *uns* meinte ich mich und meine derzeit drei Pflegegeschwister. Das Amt zahlte ihr genug, um das Haus zu behalten, ohne dass sie etwas dafür tun musste. Außerhalb ihrer Joggingklamotten hatte ich sie nie gesehen. Meist saß sie auf dem Sofa und sah fern. Sie interessierte sich nicht wirklich für Kinder, weshalb sie nur Jugendliche bei sich aufnahm.

Nach ungefähr zwei Minuten hörte ich ihre Rufe nicht mehr, weshalb ich davon ausging, dass sie verschwunden war. Es war ohnehin schon anstrengend genug für sie, vom Sofa aufzustehen und die Treppe hinaufzugehen. Dazu musste sie sich bewegen, was sie überhaupt nicht gerne tat.

Auf dem Bett liegend, hörte ich verschiedene Songs, die gerade in den Charts waren, so, wie fast jeden Nachmittag. Manchmal las ich ein Buch oder eine Zeitschrift, aber meistens schlief ich nach der Schule. Ich hatte wenig Freunde, um genau zu sein, gar keine. Ich war das, was jeder als Einzelgänger bezeichnete. Keine Freunde, keine Partys, kein richtiges Leben. Ich machte weder Hausaufgaben noch lernte ich fleißig. Warum auch? Karla war es egal und mir auch. Eine Zeit lang wurde ich von den Sozialbetreuern zu einer Psychotherapie verdonnert, doch auch die Seelenklempner wussten mir nicht zu helfen. Sie schoben all meine Probleme auf ein tiefes und schweres Trauma, das ich wohl in der Kindheit erlebt haben musste. Weder sie noch ich konnten sagen, ob es gut oder schlecht war, dass ich mich daran nicht erinnern konnte. Alles, was ich wusste, war, dass ich aus einem Waisenhaus stammte, in das ich wohl vor einigen Jahren gelangte. Wie ich dort hinkam oder von wem ich gebracht wurde, wusste ich nicht. Wer meine Eltern waren oder was davor geschah, ebenso wenig. Ich besaß keinerlei Erinnerungen an meine Vergangenheit.

Nun war ich sechzehn Jahre alt und würde diesen Sommer, nach einigen Wiederholungen, die Hauptschule abschließen. Ich besaß weder einen Ausbildungsplatz noch hatte ich eine Idee, was ich danach überhaupt machen wollte. Wahrscheinlich würde mir die Sozialhelferin auf den letzten Drücker einen schlechten Ausbildungsplatz besorgen, den sonst keiner wollte, und für diese drei Jahre müsste ich hier bei Karla bleiben und zusehen, wie meine Pflegegeschwister wechselten wie Karlas Unterhosen. Bis auf Caleb, der genauso lang hier war wie ich, seit vier Jahren. Er war der Einzige, mit dem ich klarkam hier im Haus, vielleicht sogar auf der ganzen Welt. Genau wie ich stammte er aus dem St. Martins Waisenhaus. Und genau wie ich hatte er jegliche Erinnerungen an das verloren, was davor geschah. Er hatte hellblondes Haar und blaue Augen wie ich auch und jeder war sich sicher, dass wir Geschwister seien, wahrscheinlich Zwillinge, da wir im selben Alter waren.

Caleb kam einige Wochen nach mir ins Waisenhaus und aufgrund der Ähnlichkeit zwischen uns machte man einen Gentest. Zu jedermanns Erstaunen waren wir nicht einmal ansatzweise miteinander verwandt. Dann machten sie noch einen, nur um sicherzugehen. Dasselbe Ergebnis. Keine Verwandtschaft. Und dennoch verband uns etwas. Ich wusste es, und er ebenso. Er war der Einzige, mit dem ich morgens am Frühstückstisch ein Wort wechselte und manchmal auch abends. Tagsüber gingen wir uns aus dem Weg, da er seine Freunde hatte und ich, na ja ... mein Bett. Dennoch freute ich mich jeden Abend, wenn er nach Hause kam, nur um ihm, natürlich rein zufällig, auf dem Flur zu begegnen.

Caleb war der einzige Mensch, der nett zu mir war, auch wenn er manchmal so tat, als kenne er mich nicht, wenn seine Freunde zu Besuch waren oder wir uns zufällig in der Nähe der Schule begegneten. Er war auf einem Gymnasium, das unweit von meiner Schule lag. Caleb galt als der Beste seiner Stufe und wollte studieren. Er war das genaue Gegenteil von mir: zielstrebig, wusste, was er wollte, hatte viele Freunde. Jeder mochte ihn, und ich fragte mich, warum für ihn alles so einfach war, und für mich so schwer. Immerhin hatten wir eine ähnliche Vergangenheit. Wir kamen beide aus einem Waisenhaus, wurden von einem Seelenklempner zum anderen geschleppt und litten anscheinend beide unter einem schweren Trauma. Keiner von uns wusste, woher er kam und niemand kannte seine Eltern. Die Polizei hatte lange versucht, einen Zusammenhang zu finden, und es hieß einmal, sie vermuteten eine Gang oder Mafia dahinter, die uns aus Osteuropa eingeschleust hatte. Doch die Ermittlungen verliefen allmählich im Sand. Man suchte weiter und es kursierten eine Zeit lang die lustigsten Gerüchte. Mittlerweile waren wir fast volljährig, in zwei Jahren könnten wir tun und lassen, was wir wollten, deshalb wurde das Interesse an uns weniger. Die Ermittlungen wurden eingestellt, vorübergehend, doch wir wussten beide, was es bedeutete.

Noch vor zwei Jahren saßen wir oft abends zusammen und redeten darüber, was hätte sein können. Wir beide erfanden die tollsten Geschichten: Wir kamen aus einem geheimen Labor, das Menschen züchtete, unsere Eltern waren bei der CIA, wir kamen von einem anderen Planeten. Es waren schöne Abende. Abende, an denen ich jemanden zum Reden hatte. Nicht, dass ich mich danach sehnte, mit jemand anderem zu sprechen als mit Caleb. Doch er verlor das Interesse daran, ging abends lieber zum Fußball oder zog mit seinen Kumpels um die Häuser. Karla interessierte es ohnehin wenig, was wir taten oder wann wir nach Hause kamen. Für einen sechzehnjährigen Jungen bedeutete dies alle Freiheiten der Welt. Und doch war er so zielstrebig, dass er jeden Abend um zehn nach Hause kam, wenn er am nächsten Tag Schule hatte.

Nach einer Weile drehte ich die Musik leiser, es wurde dunkel draußen. Ich ging in die Küche und betrachtete eingehend den fast leeren Kühlschrank. Mein Magen knurrte laut und erbarmungslos. Ich schmierte mir Butter auf ein altes Toastbrot, das in normalen Familien sicherlich schon längst im Mülleimer gelegen hätte, und kratzte das letzte bisschen Marmelade aus einem Glas. Dann ertönten Schritte. Damien, ein anderes Pflegekind, das seit einem Jahr hier lebte, schlenderte hinein. Er war siebzehn, gehörte zu einer Rapper-Gang und er nannte sich selbst Dragon. Ohne dass er volljährig war, wurde seine Haut bereits unter zahlreichen Tattoos versteckt. Ich hatte nicht wirklich was zu tun mit ihm, doch Caleb kam gut mit ihm aus. Wie mit jedem eben. Nachdem ich mein Brot herabgewürgt hatte, ging ich schnell in den Flur, um Karla aus dem Weg zu gehen, die vielleicht noch wütend war, weil mein Lehrer angerufen hatte.

»Lia.« Caleb stand unmittelbar hinter mir im Flur, ich hatte überhaupt nicht mitbekommen, wie die Haustür aufgegangen war. *Mein Herz.* Er zog seine Winterjacke aus und hängte sie fein säuberlich an den dafür vorgesehenen Haken, was sonst keiner von uns tat. Wir alle schmissen unsere Jacken und Schuhe auf einen Haufen neben der Tür. Es herrschte das reinste Chaos hier.

»Hast du heute nicht Fußballtraining?«, murmelte ich, nur um ein paar Worte mit ihm zu wechseln.

»Nein …« Er schüttelte den Kopf und Schneeflocken fielen auf den schmutzigen Boden. »Die Halle ist heute besetzt und der Schneesturm ist zu stark, um draußen zu kicken.« Er sah mich an. Blut schoss mir in mein Gesicht. Jedes Mal, wenn er mir in die Augen sah, kribbelte etwas in meinem Bauch. Seit wir eines Sommers vor über zwei Jahren unter dem Vollmond im Garten gesessen und wieder einmal eines unserer Spielchen gespielt hatten, in dem wir nur Quatsch redeten und uns vorstellten, woher wir wohl kamen. Ich vermisste solche Abende. Ich vermisste ihn. Es war komisch, doch in seiner Nähe fühlte ich mich anders. Besser. So, als ob wir in einem anderen Leben mehr als nur Mitbewohner hätten sein können.

»Ich mag den Schnee«, sagte ich, um etwas gesagt zu haben.

»Ja, das weiß ich«, grinste Caleb und zwinkerte mir zu. *Wie gut er mich kennt …* Mein Herz schlug höher, als er mir zuzwinkerte. »Wenn es nach dir ginge, würdest du im Garten ein Iglu bauen und darin leben.« Er kannte mich so gut. Mein Herz klopfte bis zum Hals. Aber er hatte recht. Der Schnee war etwas Besonderes. Darin lag etwas Neues. Etwas Stilles. Etwas Geduldiges. Während jeder den Winter als Ende betrachtete, sah ich ihn als eine Art Neuanfang. Der Winter legte die Weichen für das, was im Frühjahr neu geboren wurde.

Caleb ging ins Wohnzimmer und begrüßte Karla. Er war der Einzige, der das tat. Wir anderen sagten entweder nichts oder einfach nur »Hi!«. Er war Karlas Liebling, weil sie sich bei ihm um rein gar nichts kümmern musste. Sie gab ihm Geld, damit er einkaufen ging, um wenigstens etwas zu essen im Kühlschrank zu haben, wenn mal wieder unangemeldet die Sozialarbeiterin hereinschneite. Er war auch der Einzige, der ab und an staubsaugte. Ich wusste nicht einmal, wo ich die Putzsachen finden würde. Und vor allem mochte sie ihn, weil sie ihn als Beispiel nennen konnte, wie gut sie ihre Arbeit machte. Wenn wieder das Jugendamt vor der Tür stand, zeigte sie ihnen stolz Calebs Noten, die überdurchschnittlich gut waren und gab regelrecht mit ihm an. Die anderen nannten ihn *ihr Vorzeigepüppchen*. Caleb störte das nicht. Er wusste genau, was er wollte. Er wollte mehr als das hier. Ein besseres Leben. Eine perfekte Zukunft, mit einem guten Job und einem großen, sauberen Haus. Er wollte Arzt werden oder in die Politik gehen, Karriere machen und dieses Leben hinter sich lassen. Wenn ich Glück hatte, würde ich eine Ausbildung in einem Discounter bekommen und wenn ich sehr viel Glück hatte, würde ich diesen Job auch behalten.

Es konnte nur besser werden, denn die Schule war der Horror. Hätten mich die Mitschüler einfach ignoriert, wäre ich damit klargekommen, doch sie hatten mich seit der fünften Klasse nicht in Ruhe gelassen. Sie nannten mich Waisenkind und ritten darauf herum, dass meine Eltern mich nicht wollten. Sie warfen Essensreste und andere Dinge nach mir, lauerten mir auf dem Schulhof auf, um mir Angst zu machen, und einmal schlugen sie mich zusammen. Nun, in der neunten Klasse, nachdem ich zweimal nicht versetzt worden und in einer anderen Klasse war, wurde es etwas besser. Dennoch wollte ich so wenig Kontakt zu anderen wie nur möglich.

Ich sah Caleb zu, wie er vom Wohnzimmer in die Küche ging und wollte etwas sagen, einfach nur, damit wir mal wieder miteinander redeten. So wie damals, als wir im Waisenhaus lebten. Doch mir fiel nichts ein. Als er sich auf den Weg nach oben machte, wo sein Zimmer genau neben meinem lag, fragte er mich: »Karla ist wütend, weil dein Lehrer angerufen hat?« Seine Fragen hörten sich meistens an, wie Aussagen.

Ich zuckte mit den Schultern.

»Du hast ihn beleidigt?«, grinste er.

»Ist das was Neues?«, gab ich zurück.

Er schüttelte den Kopf: »Nein, aber dass er damit droht, das Jugendamt zu informieren, ist neu.«

»Soll er doch.«

»Willst du, dass sie dich hier wegholen?«, fragte er und drehte sich zu mir.

Ich zuckte erneut mit den Schultern: »Ist mir egal!«

»Aber mir nicht.« Sein Ton wurde ernster und er betrachtete mich.

Mein Herz schlug noch schneller, wenn das überhaupt möglich war. Er wollte nicht, dass ich ging. Ein Grinsen lag auf meinen Lippen, dass ich nicht verbergen konnte. Schnell sagte ich: »Was interessiert's dich?« Ich unterdrückte die Nervosität, die seine Blicke in mir verursachten.

»Ich will nicht, dass sie dich in eine andere Familie stecken«, erklärte er sanft und ging einen Schritt auf mich zu.

Oh, Caleb. »Warum?« Je näher er kam, desto wärmer wurde mir.

»Wir sind zusammen hier angekommen, du bist mir wichtig, braucht es noch mehr Gründe?«

Ich war ihm wichtig? Ihm? Er hatte so viele Freunde und ich gehörte wohl schon seit einer Weile nicht mehr dazu. Dennoch spürte ich, wie meine Wangen sich aufheizten. »Ich hatte das Gefühl, dass deine Freunde dir in letzter Zeit wichtiger sind als ich«, plapperte ich heraus und überlegte, ob ich das Recht dazu hatte, so etwas zu sagen. Ich hörte mich an wie eine meckernde Ehefrau.

Aber Caleb grinste breit: »Dann wird es Zeit, dass wir mal wieder etwas unternehmen.« Mein Herz machte einen so heftigen Satz, dass ich keine Worte fand. »Es hat ein neues Bowlingcenter aufgemacht. Hast du am Wochenende Lust, mit mir dort hinzugehen?«, fragte er und wartete auf eine Antwort, während ich noch damit beschäftigt war, herauszufinden, was auf einmal mit ihm los war.

»Nur wir beide? Oder kommen deine Freunde mit?«

»Nur wir beide!«

Anscheinend hatten nicht sehr viele mitbekommen, dass es ein neues Bowlingcenter in unserer Kleinstadt gab, denn es waren kaum Leute hier. Wir hatten sofort eine Bahn bekommen und Caleb zahlte die Schuhe, die Bahn und unsere Getränke. Ich wusste, dass er einmal die Woche nebenher arbeiten ging, doch konnte mir beim besten Willen nicht vorstellen, woher er so viel Geld hatte. Fünfzig Euro hatte er ausgegeben. Ich bekam von Karla ein Taschengeld von zehn Euro im Monat und hatte selbst schon in einem Café, einer Zoohandlung und in einer Eisdiele nach einem Job gefragt, doch keinen bekommen. Ich gestehe, mir nicht viel Mühe gegeben zu haben, als ich mich vorgestellt hatte. Ich trug eine alte Jeans und meinen Lieblingspulli, den ich fast immer trug. Vielmehr zum Anziehen hatte ich überhaupt nicht. Die Mädchen, mit denen Caleb und seine Freunde für gewöhnlich rumhingen, achteten auf ihr

Make-up, ihre Frisur und auf alles, was sie trugen. Vom Schmuck bis hin zu den Schuhen sahen sie aus, wie aus dem Ei gepellt. Ich dagegen trug, was ich hatte und was bequem war. Mein weißblondes Haar hatte ich bis zu den Schultern abgeschnitten. Die vorderen Strähnchen steckte ich meist mit einer einfachen Spange nach hinten. Make-up hatte ich nicht einmal heute aufgetragen. In meinem Badezimmer lagen einzig ein Mascara und ein Eyeliner und das auch nur, weil ich vor einem Jahr so eine Phase hatte.

Jede Kugel, die ich warf, rollte in die Rillen am Rand unserer Bahn, während Caleb, der anscheinend in wirklich allem ein Überflieger war, jedes Mal einen Strike hinlegte. Das Bowlen machte mir überhaupt keinen Spaß mehr, doch ich genoss es, Zeit mit ihm zu verbringen. Mit ihm allein zu sein. Seine Blicke auf mir zu spüren, wenn er mich anlächelte. Alles, was er sagte und was er tat, nur für mich allein zu haben.

»Schau mal, Lia«, sagte er und stellte sich plötzlich hinter mich, während er meine Position verbesserte. Ich spürte seine Brust an meinem Rücken, sein Atem auf meinem Nacken. Er umfasste mich mit beiden Armen, in denen ich mein ganzes Leben verbringen könnte. »Stell dich so hin« Er drehte mich etwas gerade. »Und versuche dort hinzuzielen. Sieh nicht auf die Kegel, sieh auf diesen Punkt.« Er streckte seinen Arm an meiner Taille vorbei und zeigte auf die Mitte der Bahn. Er kam mir so nah, dass ich drohte in Ohnmacht zu fallen. Er roch nach dem Duschgel, das ich immer morgens im Bad roch, nachdem er darin gewesen war. Meine Hand zitterte und die Tatsache, dass ich darin eine schwere Kugel hielt, machte es noch schwerer, diese nicht auf den Boden fallen zu lassen. Dann umfasste er meine Hand und demonstrierte mir, wie ich zu werfen hatte. Ich glaubte, keine Luft mehr zu bekommen. Er war mir so nah wie noch nie zuvor. Es fühlte sich so gut an. Am liebsten hätte ich mich umgedreht und meine Arme um ihn geschlungen. Ein Teil von mir schrie danach, es einfach zu tun. Ein anderer Teil ermahnte mich, es sein zu lassen, weil ich mich blamieren würde. Dann ließ er von mir ab: »Versuche es!«

Ich spürte sofort, dass mir etwas fehlte. Er. Seine Nähe. Doch ich wollte mich beherrschen, zusammenreißen und warf die blöde Kugel so, wie er es gesagt hatte. Er lachte auf. Wow! Ich hatte einen Kegel getroffen. Den ganz rechts außen. Immerhin.

Caleb hatte gemerkt, dass mir das Verlieren wenig Spaß machte und so saßen wir noch lange einfach am Tisch, nippten an unseren Getränken und redeten. Über die Schule, seine Freunde, seine Pläne, sein Sport. Ich kam mir so dumm vor, dass ich ihm kaum etwas anderes erzählen konnte als das, was ich im Fernsehen gesehen oder was ich zum Frühstück gegessen hatte. Es störte ihn kaum, ich glaubte, er liebte es, von sich selbst zu erzählen, und ich hörte ihm einfach zu.

»Hast du ne Freundin?«, fragte ich schließlich, weil es mich brennend interessierte und ich schon seit einer halben Stunde hin und her überlegte, ob ich das fragen sollte. Mein Herz pochte und ich versuchte meine Ungeduld über das lange Herauszögern seiner Antwort, beiseitezuschieben, indem ich mein Glas hin und her drehte.

»Nein, ich habe keine Freundin«, murmelte er.

»Hattest du schon eine?«, fragte ich weiter und spürte eine aufflammende Eifersucht bei diesem Gedanken.

Er schüttelte den Kopf, dann nickte er: »Nichts Ernstes. Ich hab viel zu tun mit der Schule und dem Sport.«

»Aha!« Erleichterung machte sich breit und ich musste unwillkürlich schmunzeln. Ich fragte mich, warum er mich nicht fragte, ob ich einen Freund hatte. Allein das hätte mir zeigen sollen, dass er kein Interesse an mir hatte.

»Sollen wir gehen?«, fragte er und ich hätte am liebsten laut *Nein* geschrien.

»Ja gut«, murmelte ich und schob weiter mein Glas hin und her.

Wir fuhren mit dem Bus nach Hause und ich rutschte ungeduldig auf dem Sitz umher. Vor uns saß ein junges Pärchen, vielleicht ein oder zwei Jahre älter als wir. Der Kerl hatte seinen Arm um seine Freundin gelegt und sie küssten sich ununterbrochen. Ich sehnte mich danach, so vertraut auch mit Caleb sein zu können. Wie gern würde ich seinen Arm über meinen Schultern spüren, seine Lippen auf meinen. Wie er wohl schmeckte? Wie er sich anfühlte? Langsam rutschte ich etwas näher an ihn heran, doch er ignorierte meine Annäherungsversuche. Seine Abneigung versetzte mir einen Stich in die Brust. Die Nähe, die ich so dringend wollte, schien ihm unangenehm zu sein.

Schweigend liefen wir von der Bushaltestelle zu unserem Haus. War ich zu weit gegangen? Mir fiel nichts ein, was ich hätte sagen können, um die Peinlichkeit, die ich im Bus begangen hatte, zu übergehen. »Wollen wir das mal wiederholen?«, fragte ich ihn, als wir vor unseren Zimmertüren standen.

»Ich hatte das Gefühl, Bowling ist nicht so dein Ding«, sagte er, aber es hörte sich an wie eine Frage.

»Es war ganz okay«, erwiderte ich. »Aber wir könnten nächstes Mal etwas anderes machen.«

»Und was?«

»Ich weiß nicht ...« Angestrengt dachte ich nach. »Kino?«

»Am Donnerstag kommt ein Film, den ich sehen wollte«, gab er zurück.

»Also gut.«

»Aber nicht zu spät. Ich schreibe am Freitag eine Arbeit«, erzählte er.

Kino? Warum hatte ich das vorgeschlagen? Ins Kino zu gehen war heutzutage genauso teuer, wie sich eine neue Hose aus dem Discounter zu kaufen. Und eine neue Hose konnte ich gut gebrauchen, seit eine meiner beiden Jeans langsam an den Nähten aufging. Egal, mit Caleb Zeit zu verbringen, war mir mein gesamtes Taschengeld wert, dass ich sonst ohnehin nur für das Pausenbrot oder für Eistee ausgeben hätte.

In dieser Nacht träumte ich von ihm. Von Caleb, der auf einem geflügelten Pferd über eine trostlose Landschaft ritt und komische Menschen ihm zujubelten. Als ich aufwachte, schlug ich mir die

Handfläche auf die Stirn. Was für ein sinnloser Traum! Das musste ich für mich behalten, er würde mich auslachen, wenn ich ihm das erzählen würde. Doch irgendein Gefühl, das ich aus dem Traum kannte, wühlte mich den ganzen Tag lang auf. Es war Sonntag und ich lag auf meinem Bett, hörte Musik und kritzelte Bildfetzen aus diesem Traum auf ein kariertes Blatt Papier. Es sah nicht einmal schlecht aus, ich wusste nicht, dass ich so gut zeichnen konnte. *Das Pferd konnte noch verbessert werden,* dachte ich und zeichnete auf ein neues Blatt. Als es draußen dunkel wurde, betrachtete ich mein Bild und schmunzelte zufrieden. Dann versteckte ich es unter meinem Bett, sodass es niemals irgendjemand finden würde.

Es handelte sich um einen Actionfilm. Schlimmer hätte nur noch eine Romanze sein können. Der Film bestand zu neunzig Prozent aus Schießereien und ich musste mich beherrschen, nicht einzuschlafen. Das Einzige, was mich munter hielt, war die Tatsache, dass Caleb neben mir saß und ich bei jeder Gelegenheit hoffte, er würde den Arm um mich legen, wie es in den Romanzen vorkam, die ich so sehr hasste. Doch das tat er nicht. Diesmal würde ich nicht näher an ihn heranrutschen. Die Peinlichkeit im Bus und das Gefühl, das aufkam, als er mich ignoriert hatte, saßen noch zu tief in meinem Gedächtnis. Die ganze Woche war ich ihm aus dem Weg gegangen.

Gespannt und vollkommen beeindruckt sah Caleb auf die Leinwand. Ich beobachtete ihn, wie ihm das Gemetzel und Kriegsgeschehen des Filmes in seinen Bann zogen. Was fand er nur an diesem Film? Ich hätte mir lieber eine Komödie ausgesucht oder einen Fantasyfilm. Aber kein Abschlachten und Töten von Menschen. Ich seufzte. Er schien überhaupt nicht zu bemerken, wie sehr mich dieser Blockbuster langweilte.

Als es endlich vorbei war, fragte ich ihn, ob wir noch etwas trinken gehen sollten. Er sah auf seine Uhr und meinte, es sei schon zu spät dafür. Erneut eine Abfuhr. Schlechter konnte ich mich an diesem

Abend nicht fühlen. Wir waren Freunde, mehr nicht. Das hatte er mir deutlich signalisiert.

Zu Hause wälzte ich mich im Bett hin und her. Ich dachte darüber nach, dass er rein gar kein Interesse an mir gezeigt hatte. Warum war er dann mit mir ins Kino gegangen? War es kein Date gewesen? Ich hatte sogar Wimperntusche aufgetragen, was für mich schon einiges hieß.

Ich stöpselte mein altes Smartphone aus, dass ich zum Aufladen angehängt hatte, und ging im Internet die nächsten Vorstellungen des Kinos durch. Das Display war komplett zerschmettert, doch man konnte noch alles lesen. Ich hatte das Handy einem Mitschüler abgekauft, nachdem er es aus Versehen auf den Boden geworfen hatte und sofort von seinen Eltern ein neues bekam. Zehn Euro hatte ich ihm dafür gegeben, mehr hatte ich nicht. Und da niemand sonst es haben wollte, weil ja jeder außer mir bereits eines besaß, verkaufte er es an mich. Eine billige Sim-Karte später war ich mit sechzehn Jahren das erste Mal im Besitz eines Geräts, das bereits jeder Grundschüler besaß.

Am Freitag lief eine Komödie und ich fragte mich, ob ich Caleb dazu einladen sollte. Immerhin hatte er den letzten Kinobesuch gezahlt und ich hatte noch etwas von meinem Taschengeld übrig.

Am nächsten Nachmittag fragte ich ihn, doch er hatte bereits was vor. Seine Kumpels und er gingen aus. »Und am Samstag?«, fragte ich noch mal und hoffte, es klang nicht zu sehr nach betteln oder nach Verzweiflung.

»Ich weiß noch nicht, Lia«, murmelte er.

»Es ist nur ein Film, wir können auch am Nachmittag gehen.« Doch, es hörte sich an wie ein verzweifelter Versuch, etwas mit ihm zu unternehmen.

»Na gut«, gab er genervt nach. Ich hätte ihn nicht fragen sollen. Sicherlich kam ich ihm mehr als verzweifelt vor. Vielleicht hatte er einfach nur Mitleid. Das wäre noch schlimmer als eine Absage.

Wie versprochen ging er mit mir in die Nachmittagsvorstellung und bezahlte sogar, obwohl ich darauf bestand, meinen Teil selbst zu übernehmen. »Ach, es ist kein Problem«, sagte er. »Karla hat mir das Geld gegeben.«

»Karla?« Hatte ich mich eben verhört?

»Ja, sie wollte, dass ich ab und an was mit dir unternehme, damit … du weißt schon.«

Ich blieb auf dem Weg zum Kino Vier stehen, in dem unser Film laufen würde: »Damit was?«

»Damit du mal rauskommst und uns allen keine Schwierigkeiten machst, wenn das Jugendamt deinetwegen vor der Tür steht.« *Bitte nicht.* Mir stand der Mund offen. Ich wollte etwas sagen, doch mir fehlten die Worte. »Was ist los?«, fragte er und schien überhaupt nicht zu bemerken, wie kränkend das für mich war.

Oh, Caleb, wenn du wüsstest, wie sehr deine Worte mich verletzen. »Was los ist?« Meine Stimme wurde lauter, um den Schmerz darin zu verstecken. »Ich dachte … ich dachte, das sei ein Date«, plapperte ich, ohne nachzudenken, was ich gesagt hatte.

Caleb fing laut an zu lachen: »Du dachtest …« Er hielt inne und sein Gesichtsausdruck wurde ernst. »Im Ernst?« *Ja, im Ernst, du Idiot*! Ich zuckte nur mit den Schultern und atmete tief aus, um die Tränen zurückzuhalten, die ich in meinen Augen spürte. »Lia, das tut mir leid.« Er trat einen Schritt näher, hob die Arme, als wollte er mich umarmen, doch dann entschied er sich um und steckte die Hände in die Taschen seiner Jacke.

»Weißt du was, vergiss es! Vergiss alles!«, sagte ich und drehte mich weg, weil ich das Gefühl hatte, die Tränen nicht zurückhalten zu können. Schnellen Schrittes ging ich den Flur zurück, doch ich hörte seine Schritte hinter mir. Schnurstracks bog ich in die Damentoilette ein, sodass er gezwungen war, draußen zu bleiben. Mit einem Papierhandtuch tupfte ich meine Augen ab und sah in den Spiegel. Wie dumm ich doch war! So was von dumm und naiv. Caleb war der schönste und schlaueste Junge, den ich kannte, was sollte er an mir mögen?

Die Tür ging auf und eine Frau kam hinein. Caleb hielt die Tür auf, sodass sie nicht mehr zuschwenkte, und sah mich an: »Lia, lass uns mal reden, bitte.« Ich schüttelte den Kopf und als die nächste Frau hineinkam und Caleb irritiert ansah, sagte er: »Ich komm rein, es ist mir egal.« *Mach doch*, wollte ich sagen, doch die Frau öffnete bereits ihren Mund, um Caleb hinauszuscheuchen.

Als ich endlich trockene Augen hatte, ging ich in der Hoffnung hinaus, dass er nicht mehr dastehen würde. Doch er wartete noch immer. »Ist schon gut, alles in Ordnung«, sprach ich mit einer starken Stimme, die so gar nicht zu meinem Gefühlschaos passte.

»Ich mag dich, Lia, ich würde dir niemals wehtun wollen.« Er klang so zärtlich und hielt mich am Arm fest, um mich davon abzuhalten, einfach an ihm vorbeizugehen. »Lass uns in den Film gehen. Er ist schon bezahlt und hat sicher schon angefangen.« Schnell fügte er hinzu: »Als Freunde.«

Wenn ich jetzt weglaufen würde, wäre das ein Eingeständnis dafür, dass es mich härter getroffen hatte, als ich zugab. Also nickte ich und hielt neunzig Minuten neben ihm durch, während ich keine Sekunde davon dem Film widmen konnte.

»Wie geht's dir?«, fragte Caleb, als ich ihn aus Versehen in der Küche antraf. Ein paar Wochen waren vergangen und ich hatte mich erfolgreich davor gedrückt, ihm zu begegnen, was nicht schwer war, anscheinend war er mir ebenfalls aus dem Weg gegangen.

»Gut!«, sagte ich. *Besser*. Ich hatte letzte Woche in einem Tierheim angefragt, ob ich dort arbeiten könnte. Nachdem sie mir gesagt hatten, dass die Bezahlung miserabel war, nahm ich dennoch an. Ich wollte einfach raus. Raus aus meinem Zimmer, aus diesem Haus, weg von Calebs Nähe, die ich überall im Haus spürte. Heute war der zweite Tag dort und ich freute mich wirklich darauf. Doch ich erzählte es ihm nicht, sondern ging einfach aus der Küche.

»Ein paar Freunde und ich gehen heute Abend bowlen«, erzählte er, als ich fast aus der Tür war.

»Schön«, gab ich zurück und wollte gerade weiter gehen.

»Komm doch mit.« Er räusperte sich kurz. »Ich weiß, es macht dir keinen Spaß, aber wir wollen dann noch etwas trinken und ...«

»Nein, danke«, lehnte ich ab. Sein Mitleid konnte er sich sparen.

»Ich würde mich freuen«, sagte er und folgte mir in den Flur.

»Warum? Hast du Angst, dass ich das Jugendamt hierherlocke?« Mein Ton wurde unbeabsichtigt zickig.

Er lächelte: »Nein. Ich würde dich einfach gern dabeihaben.«

»Und wie viel bezahlt sie diesmal dafür?« Er wusste, dass ich Karla meinte.

»Nichts!« Auch seine Stimme wurde lauter. »Weißt du was, vergiss es einfach!«

»Ich überlege es mir«, sagte ich und ging in mein Zimmer, um mich für das Tierheim umzuziehen. Eine alte Jogginghose und ein T-Shirt mit Flecken, die nicht mehr rausgingen, würden es tun, dachte ich. Es war schmutzige Arbeit. Ich musste die Zwinger der Hunde säubern, in denen sie ihr Geschäft verrichteten. Doch danach, wenn ich längst nicht mehr bezahlt wurde, weil meine Schicht zu Ende war, schmuste ich noch mit den Kätzchen oder ging mit einem der Hunde spazieren. Es tat gut, mal draußen zu sein und nicht immer in meinem Zimmer. Und die Gesellschaft der Tiere genoss ich weitaus mehr, als die der meisten Menschen. Eigentlich, als alle Menschen. Sie waren so falsch. Falsch und verlogen. Alles drehte sich um das Aussehen, um ihr Ansehen bei anderen, um Oberflächlichkeiten. Nicht bei den Tieren. Sie waren einfach da. Es interessierte sie nicht, was ich anhatte, wie ich mich schminkte, ob ich beliebt war.

Ich wurde wütend. Hatte Caleb mich aus Mitleid eingeladen? Mitleid bekam ich von den Tieren nicht. Entweder sie mochten mich oder nicht. So wie die eine Rottweilerdame, die der erfahrene Pfleger erst aus ihrem Zwinger holen musste, bevor ich ihn säuberte. Paula. Was für ein Name für einen solch zornigen Hund. Sie wütete jedes Mal in ihrem Zwinger herum, wenn man nur vorbeilief, und fletschte die Zähne. Man wusste nicht, was sie durchgemacht hatte. Sie war einfach an einer Leine vor dem Tierheim angebunden worden und galt seit dem ersten Tag hier als schwer vermittelbar. Welche Ironie. Ihr Schicksal erinnerte mich an mein Leben und ich fragte mich, ob ich auch so giftig und bösartig rüberkam wie Paula. Ob ich ebenfalls auf diese Weise enden würde? Einsam und verbittert.

Als ich den jungen spanischen Wasserhund zurückbrachte, entschied ich, Calebs Angebot anzunehmen. Ich wollte nicht so enden wie Paula. Allein und hinter Gittern. Ich sollte dem Leben endlich eine Chance geben. Anfangen, etwas zu ändern.

Die Bowlingkugeln mochten mich genauso wenig wie beim ersten Mal. Mit einem fast schon lächerlichen Abstand zu den anderen verlor ich jede Runde. Selbst die Mädels spielten besser als ich. Sandra war die Freundin von Chris, Calebs Freund aus dem Fußball, und Hanna war seine kleine Schwester, die er, wie ich mitbekommen hatte, überallhin mitnehmen musste. Dann war da noch Ben, ein anderer Freund von Caleb, der offensichtlich ledig war, was mir deshalb auffiel, weil er ununterbrochen mit mir flirtete. Ja, mit mir! Es war mein Debüt. Nie zuvor hatte sich ein Junge für mich interessiert. Möglicherweise lag das an dem Augen-Make-up, für das ich mir heute zum ersten Mal wirklich Mühe gegeben hatte. Mein kurzes Haar hatte ich glatt gebürstet und ohne die Spangen fiel es mir leicht ins Gesicht. Ben saß neben mir und strich mit seiner Hand die Strähnen hinter mein Ohr. »Deine Schwester ist hübsch, Caleb«, sagte Ben laut, sodass es alle hören konnten. Wir saßen an einem der Tische und sahen zu, wie Sandra die letzte Kugel warf.

»Sie ist nicht meine Schwester!«, fauchte Caleb wütend. Ich wusste nicht so recht, was ich davon halten sollte. Er war offensichtlich wütend, doch weshalb, wusste ich nicht. Ein kleiner Teil von mir wünschte sich, dass er eifersüchtig war, weil Ben mir so viel

Aufmerksamkeit schenkte. Doch es war bestimmt nur Wunschdenken.

»Ihr seht euch aber ähnlich«, bemerkte Hanna.

»Aber sie ist nicht meine Schwester!« Calebs Stimme wurde lauter.

»Okay … schon gut, Alter!« Ben machte eine Geste, die Caleb besänftigen sollte.

Als wir nicht mehr spielten, saßen wir einfach da und tranken, redeten und lachten. So musste es sich also anfühlen, wenn man Freunde hatte. Ich schlürfte an meinem Strohhalm und begann die Situation ein wenig interessanter zu gestalten, indem ich auf der Bank näher an Ben heranrutschte. Ben schien es zu genießen. Im Gegensatz zu Caleb, der mich im Bus ignoriert hatte, freute sich Ben über meine Nähe. So fühlte es sich an, wenn jemand Interesse hatte. Interesse an mir! Ein kleiner Teil von mir, wahrscheinlich der, der in der Schule gehänselt wurde, fragte sich, ob sich Ben nur lustig machte. Aber diesen Teil unterdrückte ich gekonnt.

Ein wenig plauderte ich mit ihm und rückte dabei immer näher an ihn heran. Er ging voll und ganz auf mich ein und sorgte dafür, dass ich mich in seiner Gegenwart wichtig fühlte. Als er seinen Arm hinter mich auf die Lehne legte, hörte ich aus Calebs Richtung ein lautes Schnauben. Schließlich legte ich meine Hand auf Bens Knie, und sein Arm wanderte von der Lehne über meine Schultern. Was mich bei Caleb große Überwindung gekostet hätte, fiel mir bei ihm leicht. Zu leicht. Höchstwahrscheinlich aus dem Grund, weil er mir nichts bedeutete. Ich ließ meine Blicke nicht von seinen grünen Augen und lachte bei allem, was er sagte. Irgendwann stand Caleb urplötzlich auf: »Lia, wir gehen.«

»Warum?«, fragte ich, ohne meine Augen von Ben zu lassen, dessen Lippen mir beim Sprechen etwas zu nah kamen. Beinahe hätte er mich geküsst, wenn Caleb nicht aufgesprungen wäre.

»Es ist spät«, sagte Caleb knapp.

Eifersucht. Dann wandte ich mich von Ben ab, der mir ohnehin schon zu nahegekommen war, und sah Caleb an: »Geh doch schon vor, ich bin sicher, Ben bringt mich später nach Hause.« Ein Grinsen, das ich nicht verbergen konnte, lag auf meinen Lippen.

»Sehr gerne«, raunte Ben in mein Ohr, während seine Lippen meine Ohrläppchen streiften. Noch nie in meinem Leben war ich einem Kerl so nahgekommen. Es fühlte sich einerseits gut an, andererseits war es mir unangenehm, da ich ihn kaum kannte. Er sah nicht schlecht aus, war aber auch keine Schönheit. Nicht wie Caleb. Etwas zu aufdringlich für meinen Geschmack, was mir in dieser Situation aber gelegen kam.

»Komm sofort mit!«, befahl Caleb in einem Ton, den ich überhaupt nicht von ihm kannte.

»Ich bring dein Schwesterchen schon heil nach Hause, mach dir keine Sorgen«, grinste Ben ruhig, während er mir in die Augen sah.

»Sie ist nicht meine Schwester!«, rief Caleb und zerrte mich am Arm. »Komm jetzt mit!« *Rasende Eifersucht*. Ich wusste es. Ich konnte nicht sagen, woher es auf einmal kam, aber ich konnte mit Gewissheit sagen, dass Caleb eifersüchtig war. Es konnte sein, dass ihn die vergangenen Wochen, in denen ich ihm aus dem Weg gegangen war, zum Nachdenken gebracht hatten, möglicherweise kam es aber auch erst aus dieser Situation hervor, weil er selbst mich niemals mit solchen Augen gesehen hatte, wie es sein Kumpel tat.

»Sorry, Ben«, sagte ich, als ich mich von Caleb losriss und selbst aufstand.

»Bekomm ich deine Nummer?«, fragte Ben. »Ich ruf dich an, dann können wir uns mal ohne deinen Bodyguard treffen.«

Ich überlegte, was ich sagen sollte. Immerhin hatte ich an Ben null Interesse. Er war lediglich Mittel zum Zweck, der sich offensichtlich erfüllte. »Ja«, sagte ich, weil bei einer Abfuhr nach einem so heftigen Flirt mein kleines Spiel auffliegen könnte. »Caleb soll sie dir geben, wenn ihr euch das nächste Mal seht, ich kann sie leider nicht auswendig.« Ich lobte mich selbst, für diesen genialen Schachzug. Caleb würde ihm niemals die Nummer geben und ich war fein raus.

Ben stand auf und ich drückte ihm ein Küsschen auf die Wange, wobei ich Calebs Finger spürte, die sich erneut in meinen Arm bohrten und mich wegzogen. »Komm endlich, es ist spät«, presste er hervor.

Den ganzen Weg im Bus und auf dem Weg zum Haus sprach Caleb kein Wort. Und auch die Verabschiedung ging fast tonlos vonstatten. »Gute Nacht«, sagte er knapp und ging in sein Zimmer, wobei er die Tür hinter sich zuknallte.

Ich legte mich auf mein Bett und dachte darüber nach, was geschehen war. Er war eifersüchtig, ich spürte es. Nein, ich wusste es. Doch er würde es niemals zugeben und die nächsten Wochen damit verbringen, den Vorfall zu vergessen. Er würde mich nie wieder dazu einladen, mit seinen Freunden wegzugehen und erst recht würde er Ben meine Nummer nicht geben. Es würde nichts bringen. Caleb würde mir aus dem Weg gehen und die Sache verdrängen. Ich kannte ihn. Das durfte nicht sein. Ich wollte, dass er sich seinen Gefühlen stellte, und nicht, dass er sie unterdrückte. Sollte ich mit ihm reden? Er würde alles abstreiten. Ich beschloss, die Sache selbst in die Hand zu nehmen. Ich klopfte an seine Tür und hörte ein Brummen, das so etwas wie ein »Herein« gewesen sein konnte. Dann öffnete ich dir Tür. Caleb hatte einen Fernseher in seinem Zimmer, der lief. Er arbeitete nebenher in einem Elektrogeschäft und bekam dort Rabatte.

Caleb saß auf seinem Bett und hielt die Fernbedienung in der Hand. Das Licht war ausgeschaltet, doch das Flimmern des TVs erhellte den Raum. Er sah mich an. »Was ist?«, fragte er. Nicht unverschämt. Eine einfache Frage. Ich sagte nichts, trat ein und setzte mich neben ihn. Fragend runzelte er die Stirn. Dann nahm ich die Fernbedienung aus seiner Hand und legte sie beiseite. Caleb sagte nichts, er sah mich nur irritiert an. Ich rutschte näher zu ihm und sah ihm in die Augen. Mein Herz pochte wie wild. Ich hatte noch nie einen Jungen geküsst. Doch heute Abend würde ich es tun. Bevor er vergessen konnte, dass er eifersüchtig gewesen war. Bevor er vergessen konnte, dass er doch etwas empfand.

Meine Lippen kamen langsam näher an sein Gesicht, und meine Finger krochen langsam seinen Arm hinab, bis sie seine Hand berührten. Zärtlich streichelten sie über seine Handoberfläche. Alles in mir kribbelte, doch ich hielt die Augen offen und sah ihm in die Augen. Caleb wich einige Zentimeter zurück und er starrte mich an: »Was machst du?«

Ganz leicht schüttelte ich den Kopf und legte meinen linken Zeigefinger auf seine Lippen. Dann flüsterte ich: »Psst ... Sag einfach nichts.« Er gehorchte und ich spürte, dass mein Herz fast aus der Brust hüpfte. Bevor ich es mir anders überlegen konnte oder bevor er mich wegdrücken konnte, presste ich meine Lippen auf seine. Caleb erschrak kurz, ich spürte es, doch dann bewegte er seine Lippen im Rhythmus meiner Lippen.

Ganz sanft und zärtlich küssten wir uns. Einmal, zweimal, dreimal. Dann öffnete er seine Lippen und ich spürte seine Zunge. Liebevoll spielte sie mit meiner und mir wurde fast schwindlig. Meine Hand glitt an seine Wange und strich sanft über seine weiche Haut, während er mich um die Hüfte fasste und mich näher an sich zog. Es kam mir richtig vor. Seine Arme, die er um mich schlang, fühlten sich wie ein Schutzschild an, das mich vor allem beschützen könnte. Vor der Welt da draußen.

Stunden vergingen wie im Flug. Wir lagen im Bett und küssten uns ununterbrochen. Ich hatte keine Ahnung, ob er jemals ein Mädchen geküsst oder noch mehr gemacht hatte als das. Aber so zurückhaltend und angespannt wie er war, vermutete ich, dass es auch für ihn das erste Mal war. Er passte genau auf, wo er mich berührte, bloß keine zu intimen Stellen. Er streichelte über mein Haar, meine Wangen und küsste mich manchmal an meinem Hals. Doch niemals weiter. Er war der perfekte Gentleman. Irgendwann, als wir immer müder wurden, schliefen wir Arm in Arm ein.

Ich wachte auf und Caleb war fort. Ein Blick auf den Wecker verriet mir, dass es bereits zwölf Uhr mittags war. Sonntags hatte Caleb meistens ein Fußballspiel und da der Frühling eingekehrt war, spielten sie wieder öfter. Ich seufzte und fragte mich, was er wohl gedacht hatte, als er neben mir aufgewacht war. War er glücklich? Wie ich, wenn ich in der Nacht aufgewacht war, weil er sich gedreht hatte und mir wieder eingefallen war, dass er neben mir lag? Oder bereute er es? Ich konnte weder das eine noch das andere mit Sicherheit sagen. Ich wusste nur, dass ich überglücklich war und dass es mir das Herz brechen würde, wenn er es nicht war. Ich ging ins

Bad, dann in mein Zimmer und wartete, doch Caleb kam nicht nach Hause. Ein erdrückendes Gefühl überkam mich und ich wurde zunehmend davon überzeugt, dass er alles bereute und sich schämte, mir unter die Augen zu treten. Vielleicht hatte er auch Angst, dass ich in seinem Zimmer auf ihn warten würde. Ich saß in meinem Zimmer, hörte leise Musik und hatte die Tür nur angelehnt, damit ich mitbekam, wenn er nach Hause kam.

Es war mittlerweile halb elf abends. So spät kam er nie heim, wenn am nächsten Tag Schule war. Ich wusste, dass es an mir lag, und wurde traurig. Es war ein Versuch. Er war es wert gewesen, es zu versuchen. Aber ich konnte ihn nicht zwingen. Ich würde ihn ab jetzt in Ruhe lassen.

Gerade als ich eingeschlafen war, spürte ich, wie jemand meine Decke beiseiteschob. Ich öffnete die Augen und Calebs Gesicht tauchte über mir auf. Irritiert sah ich auf meinen Wecker. Elf Uhr. Er grinste mich an und sein Atem roch nach Bier. Dann legte er sich wortlos neben mich und machte da weiter, wo wir am Abend zuvor eingeschlafen waren. Niemand von uns sagte auch nur ein einziges Wort. Wir küssten uns nur, kuschelten und schliefen ein.

So ging es Tag für Tag. Jeden Abend schlich sich einer von uns zum anderen ins Zimmer. Wir kamen uns näher, jeden Tag ein bisschen mehr. Noch nie hatte ich ihn gefragt, ob er jemals intim mit einem Mädchen war. Ich redete überhaupt nicht mit ihm. Wir sprachen keine Worte, sondern küssten uns nur und probierten aus, wie weit wir gehen konnten. Eines wusste ich definitiv: dass ich bis über beide Ohren verliebt war. Doch da wir nicht redeten, konnte ich es ihm weder sagen noch fragen, wie es um ihn stand.

Zwei Wochen später fragte er mich, ob ich mit ihm etwas unternehmen würde. »Ein Date?«, fragte ich und mein Herz pochte. Wir lagen im Bett, es war gerade einmal zwanzig Uhr und unter der

Woche. Er nickte. »Ein richtiges Date?«, erkundigte ich mich noch mal.

»Ja!«, sagte er lachend.

»Warum auf einmal?«

Er schluckte und obwohl es duster im Raum war, erkannte ich, dass er ein wenig rot wurde: »Ich … ich will dich richtig ausführen, bevor wir … du weißt schon, was ich meine.«

»Nein, weiß ich nicht«, log ich. Natürlich wusste ich es.

»Bevor wir den nächsten Schritt machen«, erklärte er zurückhaltend.

»Na gut. Ein Date. Wo und wann?«

»So schnell wie möglich.«

Es war Freitagabend und er hatte mir nicht gesagt, wohin wir gehen würden. Ich hatte von meinem Hungerlohn im Tierheim ein Kleid gekauft, doch es war März und noch so kalt, dass ich eine Jacke darüber ziehen musste. Vollbepackt, mit einem großen Rucksack kam er die Treppe hinunter und strahlte mich an. Er blickte auf meine nackten Beine, die unter dem Mantel herausschauten und sagte: »So kannst du nicht gehen, du musst dir etwas Wärmeres anziehen.«

Irgendwie war ich enttäuscht, ich hatte das Kleid extra am Vortag gekauft. »Es geht schon, ich friere nicht so schnell.«

»Na gut, ich hab's dir aber gesagt.« Er gab mir einen weiteren Rucksack: »Hier, der ist leichter.« Was hatte er vor? Auswandern?

Er führte mich in den kleinen Wald, der hinter unserem Haus lag. Ich hatte gedacht, wir gingen essen, ins Kino oder etwas in der Art. Doch mit einer nächtlichen Wanderung hatte ich nun wirklich nicht gerechnet. Eine halbe Stunde und zwei Eisklötze an meinen Beinen später kamen wir zu einer Ruine, die auf einer freien Lichtung stand. Ich war noch nie hier gewesen, doch Caleb schien sich auszukennen. Den ganzen Weg über hatte ich ihn gefragt, ob es auch sicher keine Füchse oder Wildschweine gab. Er hatte gelacht und gesagt, es gebe hier nur Wölfe. Wölfe? Mitten in Deutschland? Auf den Arm nehmen konnte ich mich selbst.

Ich fühlte mich sicher bei ihm, obwohl mir schon etwas mulmig war. Er legte den Rucksack ab und ich tat das Gleiche. »In deinem sind die Decken.«

»Aha« Jetzt wurde mir auch klar, warum mein Rucksack aussah wie vollgestopft, aber leicht wie eine Feder war. Ich legte ihn ab und er öffnete ihn. Dann breitete er eine Decke aus und holte einige Tupperdosen aus seinem Rucksack. Danach eine Flasche Wein und zwei Pappbecher.

»Romantisch«, murmelte ich.

Verblüfft sah er mich an: »Sarkasmus?«

»Nein!« Nein, wirklich nicht. Es war romantisch. Der Himmel war sternenklar und der Mond schien fast voll und riesengroß über uns. Ich setzte mich auf die ausgebreitete Decke und Caleb legte die zweite Decke über meine eiskalten, nackten Beine. Er grinste. »Ich weiß, du hast es gesagt«, sagte ich. Er nickte leicht und öffnete die Dosen, in denen sich ein Haufen kleiner Köstlichkeiten befanden. Danach schenkte er uns Wein ein.

»Früher sind wir oft in den Garten gegangen und haben die Sterne angeschaut, weißt du das noch?«, fragte er.

»Ja«, hauchte ich und küsste ihn. »Damals habe ich mich in dich verliebt«, gab ich schließlich zu.

»Ernsthaft?« Er sah überrascht aus. »Das war vor … ein, zwei Jahren?« Ich nickte leicht und lächelte ihn an. »Das wusste ich nicht, aber ich hoffe, das macht mein Picknick im Mondschein noch romantischer.«

»Ja«, gab ich zu und nippte an meinem Pappbecher. Ich sah in den Himmel, dann in den umliegenden Wald. Ich hatte gelernt, die Natur zu lieben. Ich liebte es, mich draußen frei zu fühlen, anstatt ständig nur in meinem Zimmer zu hocken. Allein die Spaziergänge mit den Hunden taten mir so gut, dass ich fast täglich nach der Schule ins Tierheim ging, um mit ihnen zu laufen, und das, obwohl ich nicht dafür bezahlt wurde. Heute Abend kam es mir vor, als würde es Caleb auch so gehen.

»Ich liebe den Mond«, sagte er schließlich, als wir gegessen hatten und Arm in Arm unter der Decke lagen.

»Ich finde ihn auch wundervoll«, hauchte ich.

»Ich mache niemals die Jalousien runter, weil ich besser schlafen kann, wenn der Himmel klar ist und ich ihn vom Bett aus sehen kann.«

»Hast du deshalb dein Bett ans Fenster gestellt?« Ich hob den Kopf, um ihn anzusehen.

»Ja.«

»Ich dachte schon, du willst den Porsche des Nachbarn nicht aus den Augen lassen, den du so anhimmelst.« In einem perfekten und kitschigen Moment hätte er gesagt, dass ich das Einzige sei, das er anhimmelt. Doch er sagte es nicht. Vielleicht war es besser so. Eigentlich stand ich nicht auf Kitsch.

Er lächelte nur. »Es klingt verrückt, aber ich träume so oft vom Mond, dass ich morgens manchmal denke, ich wäre dort.«

Ich sah ihn sprachlos an. Das ging mir eine Weile auch so, als ich jünger war. Diese Träume hatten sich aber verflüchtigt, als ich anfing, von ihm zu träumen. »Natürlich träumst du vom Mond, wenn du ihn jeden Abend anstarrst«, war meine einzige Erklärung.

Er küsste mich. Dann sagte er: »Manchmal bist du auch in diesen Träumen.« Ich kniff die Augen zusammen und fragte mich, ob er das ernst meinte oder ob es nur eine Schmeichelei war. »Aber du siehst anders aus«, fügte er leise hinzu, so, als könnte uns jemand hören.

»Anders? Also sehe ich in deiner Fantasie besser aus? Wie? Mit größeren Brüsten?« Ich lachte.

»Bleib mal ernst, ich versuche dir etwas zu sagen.« Genervt rollte er mit den Augen.

»Okay, erzähl mal.«

»Es ist meistens derselbe Traum: Du stehst auf einem Balkon und trägst ein blaues Kleid. Dein Haar ist lang und noch heller als jetzt, fast weiß. Du blickst den Balkon hinab auf die leuchtende Erde, die sich vor dir erstreckt. Sie scheint so unendlich weit weg und ich spüre, wie es dir weh tut, dass du nicht dorthin kannst.« Ich lauschte seinen Worten und irgendetwas daran kam mir so bekannt vor, als durchlebte ich gerade ein Déjà-vu. »Dann stelle ich mich neben dich und auf einmal hören wir Schreie und Rufe und Klirren, wie das von

Messern oder Schwertern. Dann ist da überall Blut. Und dann taucht ein fremdes Gesicht auf. Ein Mann, ich kenne ihn nicht. Doch er hat etwas Böses an sich. Er grinst, du schreist, und dann wache ich jedes Mal auf.«

»Und wie oft hast du diesen Traum?«, fragte ich und streichelte ihm über seine Wange.

»Viel zu oft.«

»Ich denke, wir haben uns früher zu viel zusammengereimt, zu viel fantasiert. Das wird der Grund für diese Träume sein«, versuchte ich ihn zu beruhigen. Er lächelte, dann packte er mich an den Hüften, drehte mich auf den Rücken und küsste mich.

Die Luft war kalt, doch unsere Körper glühten. Ich schob die Decke weg, die ich zuvor über uns gezogen hatte, weil ich dachte, ich verbrenne. Dann öffnete ich den Mantel. Caleb fuhr mit einer Hand unter mein Kleid, während er mit seinen Lippen über meinen Hals fuhr. Ich spürte seine Hitze und öffnete seine Jacke. Dann das Hemd darunter. Als seine Hand ziemlich weit oben an meinem Oberschenkel angekommen war, hielt er inne: »Gehe ich zu weit?«

Oh, mein Herz! »Nein«, raunte ich und schlang mich fester um ihn. Es war die perfekte Nacht, das perfekte Date, das perfekte erste Mal.

Lia - 3 Jahre später

Drei Jahre vergingen, und unsere Beziehung blieb auf Calebs Wunsch hin geheim. Nachts schlich er in mein Zimmer, wenn er vom Training oder von den Treffen mit seinen Freunden nach Hause kam.

Ich hatte eine Ausbildung bei einem Friseur gefunden, nachdem ich ein Jahr als arbeitslos gegolten hatte, weil mich niemand einstellen wollte. Es war eher Zufall gewesen. Ich war einfach eines Tages an dem Salon vorbeigelaufen und habe ein Schild an der Tür gesehen, dass sie schnellstmöglich noch eine Auszubildende suchten. Als ich hineinging und nachfragte, erklärte die Chefin Sofia, dass sie bereits eine Auszubildende hatten, die aber am zweiten Tag nicht mehr erschienen war. Kurzerhand stellten sie mich ein, ohne dass ich mein Zeugnis vorlegen musste. Ich bekam eine Probewoche und stellte mich so gut an, wie es nur ging. Zu meiner eigenen Überraschung stellte ich mich sogar mehr als gut an. Ich hatte nie viel von Frisur und Make-up gehalten, doch wie sich herausstellte, besaß ich ein Händchen dafür. Als ob ich es in einem früheren Leben schon einmal gemacht hätte, wurde schon in der ersten Woche meine allererste Hochsteckfrisur, die ich bei einer Kollegin ausprobieren sollte, ein Erfolg.

Nun war ich bereits im zweiten Lehrjahr und fiel abends nur noch müde ins Bett, wenn meine Füße vom vielen Stehen bei der Arbeit schmerzten. Irgendwann kroch dann Caleb unter die Decke und wir schliefen bis zum Morgen. Wir waren neunzehn und er machte dieses Jahr das Abitur, weshalb er kaum Zeit für mich hatte. Aber mehr als das schmerzte mich die Tatsache, dass er mich vor seinen Freunden geheim hielt. Ich hatte ihn schon oft gefragt, ob es ihm unangenehm wäre. Ob ich ihm peinlich war. Er verneinte es und wechselte stets das Thema.

Caleb verbrachte viel Zeit mit Lernen, doch auch seine Freunde kamen nicht zu kurz. Jedes Wochenende ging er mit ihnen feiern und ich versuchte nicht einmal mehr, darum zu bitten, mitgehen zu dürfen. Einmal hatte ich mitbekommen, wie sein Kumpel zu Besuch war. Caleb hatte mich nicht einmal angesehen. Er hatte mich einfach ignoriert.

Ich fiel in das alte Muster zurück. Die Spaziergänge mit den Hunden wurden weniger, ich ging nur noch sonntags ins Tierheim, um ein wenig nebenher zu verdienen. Die meiste Zeit verbrachte ich im Salon. Danach ging ich schlafen. Ich war wieder zum altbekannten Stubenhocker geworden, der ich schon immer war. Caleb störte es nicht, im Gegenteil, wenn ich ungeplant in der Stadt war, fragte er mich abends aus, wo ich war und was ich getan hatte. Als wollte er, dass ich nur zu Hause war und mit niemandem sonst Kontakt hatte. Mit meinen Kolleginnen und meiner Chefin kam ich wunderbar aus, wenn es um die Arbeit ging, doch außerhalb vom Salon hatten wir nichts gemeinsam. Sie dagegen trafen sich öfter nach Feierabend, um etwas zu trinken. Einmal ging ich mit, doch ihre Unterhaltungsthemen galten nur Make-up, Klamotten und Männern, sodass ich mir fehl am Platz vorkam. »Der Typ vom Fitnessstudio nebenan ist so süß« oder »Ach, wo hast du dieses niedliche Oberteil denn her?«, waren die häufigsten Sätze, die ich von ihnen hörte. Ich kam dann nicht umhin, an mir herabzusehen und mich zu fragen, ob sie mich durch die Blume darauf hinweisen wollten, dass ich mich besser anziehen sollte. »Das Oberteil ist aus dem Discounter. Hat nur fünf Euro gekostet«, hatte ich einmal gesagt, wobei die Kinnlade meiner Kollegin herunterklappte.

»Wo geht ihr hin?«, fragte ich Caleb, als ich mich gerade anzog und mein Haar zu einem Dutt zusammenknotete, da ich wie jeden Morgen spät dran war. Es war Samstag und nicht ungewöhnlich für mich, samstags zu arbeiten.

Er drehte sich noch einmal und zog die Decke bis zu seinem Kinn: »In den neuen Club, denke ich.«

Wie gern hätte ich gefragt, ob ich mitdürfte. Wie gern wäre ich tanzen gegangen. Ich war noch nie in einem Club gewesen. Er wusste das. Wir hatten das Thema schon allzu oft gehabt, und ich war es leid, erneut darüber zu streiten. Ich schluckte und murmelte: »Vielleicht gehe ich heute Abend auch mit meinen Kolleginnen dorthin.« Es war eine Lüge. Sie gingen oft nach Feierabend etwas trinken, doch nur in Bars. Aber mein Plan ging auf. Caleb horchte auf: »W... Wann? Wirklich?«

Ich zuckte mit den Schultern: »Vielleicht.«

»Das passt überhaupt nicht zu dir«, sagte er spöttisch. Ja, genau. Diesen Satz kannte ich nur genug. »Das macht dir sicherlich keinen Spaß« oder »Du würdest dich nur langweilen.«

Mittlerweile war mir klar, dass ich ihm unangenehm war. Warum auch immer. Vielleicht lag es daran, dass Dragon, unser Mitbewohner, und Melinda, die neue Pflegetochter von Karla, uns einmal zusammen erwischt hatten und uns seitdem aufzogen. Sie wussten von uns und machten keinen Hehl daraus, über uns zu lachen. Mir war das egal. Es interessierte mich nicht, was andere dachten, doch Caleb war das Urteil anderer immer schon wichtig gewesen. »Warum sollte es nicht zu mir passen?«, gab ich müde zurück.

»Außerdem wollte ich heute Abend etwas mit dir besprechen.« Er fasste sich an die Stirn, als ob es ihm jetzt erst eingefallen wäre.

»Ich dachte, du wolltest mit deinen Freunden ...«

Er schnitt mir das Wort ab: »Ich hatte es vergessen, aber es ist wichtig.«

Ich setzte mich zu ihm auf das Bett: »Was denn?«

»Du bist spät dran. Ich warte auf dich, wir sprechen heute Abend«, sagte er und drehte sich im Bett um.

Als ich nach Hause kam, war Caleb nicht da. Es war siebzehn Uhr und ich hatte es mir schon gedacht. Ich schrieb ihm eine Nachricht, wo er sei und dass wir doch reden wollten. Er tröstete mich mit den Worten, er sei unterwegs und käme so schnell wie möglich nach Hause. Um elf Uhr abends wartete ich nicht länger und ging ins Bett. Irgendwann, es musste schon am nächsten Morgen sein, schlich er sich zu mir unter die Decke. Angetrunken und nach Alkohol und

Rauch riechend, schmiegte er sich an mich und streifte mein Shirt hoch. Ich tat so, als ob ich schlafen wollte und wimmelte ihn ab, woraufhin er sich schnaubend umdrehte und einschlief.

Als ich aufwachte, weckte ich ihn. Morgens konnte man es kaum nennen, es war schon halb eins mittags. »Was wolltest du mit mir besprechen?« Er rieb sich die Augen und zog mich an sich. Sex war das Einzige, bei dem ich ihn noch ganz für mich hatte und manchmal fragte ich mich, ob es der einzige Grund war, warum er nachts in mein Bett kam. Ich drückte seine aufdringlichen Hände von meinem Körper weg und fragte noch einmal: »Was war so wichtig?«

»Lia«, stöhnte er an meinem Hals, den er mit Küssen überhäufte.

»Sag schon«, gab ich nicht nach.

Seufzend warf er sich auf den Rücken und erzählte mir, was er wohl schon eine ganze Weile lang wusste: »Ich werde zum Bund gehen.«

»Was?« Ich dachte, er will mich auf den Arm nehmen.

»Wirklich«, sagte er, als wüsste er, dass ich es nicht glauben konnte. »Sie werden mein Studium bezahlen und ...«

»Das kannst du nicht tun«, sprudelte es aus mir heraus. »Du müsstest dich verpflichten und im schlimmsten Fall ...«

»Lia. Ich habe mich entschieden!« All meine Zukunftspläne zerbröselten mit diesen Worten. Ich hatte es mir so schön überlegt: Ich würde meine Ausbildung fertig machen und er würde in eine andere Stadt ziehen, wo er studieren könnte. Dort würden wir uns eine eigene Wohnung mieten und ich könnte ihn bei seinem Studium unterstützen. Wenn es sein musste, würde ich eben noch einen Nebenjob suchen, damit er in Ruhe lernen könnte. »Lia«, sagte er noch einmal, als er meinen Gesichtsausdruck musterte, und streichelte mir über die Wange.

»Was wird aus uns?«, fragte ich. Er zuckte mit den Schultern. »Was wird aus uns?«, fragte ich erneut. Lauter.

Fast unmerklich schüttelte er den Kopf: »Ich weiß es nicht. Ich muss für eine Weile weg. Meine Zukunft ist mir wichtig.«

»Und ich gehöre nicht zu deiner Zukunft?« Meine Augen brannten und ich spürte die Tränen, die ich zu unterdrücken versuchte.

»Doch, aber meine Karriere ... ist mir wichtig.«

»Wichtiger, meinst du?« *Oh, Caleb, bitte nicht. Gib das nicht auf, was wir beide haben.* Er zuckte nur mit den Schultern. Ich musste raus hier. Einfach raus. Dieser Raum schien mir die Luft abzuschnüren. Ein Gefühl wie ein Stein in meinem Magen verursachte Übelkeit in mir und ich dachte, ich müsste mich übergeben. Schnell und im Pyjama rannte ich aus meinem Zimmer, die Treppen hinunter und vor die Haustür, wo ich einfach weiterrannte. Weiter und weiter bis in den Wald hinein, der hinter unserem Haus lag. Irgendwann fiel ich auf die Knie, in das feuchte Moos und schlug die Hände vor die Augen, um so laut wie ich nur konnte zu weinen. Es musste doch eine Möglichkeit geben. Einen anderen Weg. Es musste nicht bedeuten, dass wir uns trennen würden. Und das war es auch nicht, was mir so weh tat, sondern die Tatsache, dass es ihm anscheinend egal wäre. Ich musste nochmals mit ihm sprechen, alles klären und ihm sagen, dass ich mitkommen würde, egal wohin er ginge. Nachdem ich stundenlang geweint hatte, dämmerte es bereits. Es war Anfang März und so kalt, dass ich meine Finger kaum mehr spürte.

Zu Hause angekommen, kam auch Caleb gerade nach Hause. Er trug seine Sporttasche und ich wusste, dass er ein Fußballspiel gehabt hatte. Die Worte, die ich ihm sagen wollte, hatte ich mir schön zurechtgelegt, doch er ging an mir vorbei ins Bad. »Caleb!«, rief ich ihm die Stufen hinauf hinterher. Er drehte sich um. »Ich muss dir was sagen.«

»Was?«, fragte er und hörte sich genervt an.

Ich sah mich um, ob uns niemand von den anderen hören konnte und sagte schließlich: »Egal ob du zum Bund gehst oder nicht, wir beide schaffen das.« *Wir müssen es einfach schaffen.* Er blieb auf dem Absatz stehen und sah mich nur an. Dann nickte er leicht und stapfte die Stufen weiter hinauf.

Als er nach dem Duschen nicht in mein Zimmer kam, ging ich in seines. »Kommst du nicht heute?«, fragte ich und ein schreckliches Gefühl überkam mich. Es gab in den letzten drei Jahren kaum eine Nacht, in der wir getrennt gewesen waren. Nicht einmal in denen, in denen wir Streit hatten. Er saß auf seinem Bett und rieb sich die

Schläfen. »Soll ich dich massieren?«, fragte ich. Das konnte ich gut, behauptete er zumindest immer, wenn ich ihn nach seinem Training abends stundenlang massiert hatte.

»Hör zu, Lia. Du bist mir wichtig, aber ...«

Das Blut rauschte in meinen Ohren. Mir wurde heiß und kalt zugleich und ich wollte überhaupt nicht, dass er diesen Satz beendete. »Wir schaffen das!«, ging ich dazwischen und setzte mich neben ihn. Ich nahm seine Hand und drückte sie an mich. »Wir können alles schaffen, Caleb.«

Er zog seine Hand weg. »Es tut mir leid, Lia.«

»Warum?«, fragte ich und spürte, wie mir neue Tränen die Wangen herabkullerten. Ich hatte fast nicht mehr daran glauben können, dass ich noch welche übrig hatte.

Er schüttelte den Kopf und rang nach Worten. »Es ... es ist besser so.«

»Aber warum?«, wurde ich lauter.

»Es geht nicht mehr«, sagte er und Wut stieg in mir auf. Was ging nicht mehr? Ich hatte alles getan für ihn. Alles. Jeden Abend auf ihn gewartet, alles hingenommen und ihm alles verziehen. Was konnte so schlimm sein, dass es für ihn unerträglich wurde? Ich sah ihn einfach nur an und fand keine weiteren Worte. Er seufzte. »Ich brauche etwas Freiraum.«

Die Tränen rannen wie in einem Wasserfall meine Wangen hinab. Freiraum? War das sein Ernst? »Aber ...« Meine Stimme brach und war so leise, dass ich meine eigenen Worte kaum hörte. »Aber ...« Ich wusste selbst nicht, was ich sagen sollte. Meine Brust schnürte sich zu und mein Magen schmerzte entsetzlich.

»Glaub mir doch, du bist mir wichtig ...«

Neben der Trauer stieg noch etwas anderes in mir auf: Wut. Zornig stand ich auf, lief aus seinem Zimmer und schlug laut die Tür hinter mir zu.

In meinem Zimmer weinte ich die ganze Nacht und nachdem meine Chefin mich am nächsten Tag angesehen hatte mit den aufgequollenen Augen und den Tränen in den Augen, die nicht ausgingen, schickte sie mich wieder heim. Aber was sollte ich dort? Zu Hause, wo mich alles an ihn erinnerte? Ich ging in den Wald spazieren und dankte dem Wetter, dass es nicht regnete. Ich fühlte mich, als könnte mich nie wieder etwas zum Lachen bringen. Als könnte ich niemals mehr atmen ohne diesen Schmerz in der Brust. Als könnte ich nicht mehr weiterleben. Das Schlimmste war nicht, ihn zu verlieren, sondern die Tatsache, dass ich den einzigen Menschen verlor, der mir etwas bedeutete. Den einzigen Freund, den ich hatte. Die einzige Familie, die ich kannte. Ich sehnte mich nach einer Familie, zu der ich gehen könnte, nach einer Mutter, die mich zu Hause empfangen und trösten würde, nach einem Vater, der mir sagen würde, dass alles gut werden würde. *Das wird schon alles ...*, hörte ich diese imaginäre Mutter, die es nicht gab, in meinen Gedanken sagen. *Das wird schon alles, mein Liebes.*

Wochen vergingen und Sofia, meine Chefin, war die Einzige, der ich alles erzählt hatte. Sie war der einzige Mensch, mit dem ich darüber sprach. Sie versuchte, mich zu trösten, und half mir bei der Suche nach einer eigenen Wohnung. Mit dem Hungerlohn, den ich in der Ausbildung verdiente, könnte ich allerdings keine eigene Wohnung bezahlen. Außerdem war der Wohnungsmarkt zu dieser Zeit sehr schlecht und oft verbrachte ich stundenlang nach Feierabend im Salon am Computer, um nach Wohnungen zu suchen. Sofia hatte mir einen Schlüssel gegeben, damit ich noch im Internet surfen konnte, wenn der Salon längst geschlossen war und damit ich nicht so früh nach Hause musste. Immer öfter lud sie mich ein, mit ihr und den Kolleginnen abends auszugehen, doch ich sagte jedes Mal ab.

Eines Abends kam ich heim und Caleb war nicht da. Ich bemerkte immer häufiger, dass er abends nicht nach Hause kam, und würde er nicht tagsüber ab und an nach Hause kommen, um zu duschen, hätte ich mich gesorgt. Das wusste ich von Damien und Melinda, denen ich ansonsten auch aus dem Weg ging. Doch weil mich die Unwissenheit über Caleb fast umbrachte, musste ich sie fragen. Melinda zuckte mit den Schultern und sagte: »Wahrscheinlich hat er eine Neue!« Am liebsten wäre ich auf sie losgegangen, hätte an ihren langen, braunen Haaren gezogen und sie verprügelt, doch ich atmete tief ein und drehte mich auf dem Absatz um.

Leider hatte sie recht. Eines Samstagmorgens, es war schon Mai, saß eine fremde Schönheit an unserem Esstisch in der Küche. Sie hatte langes, dunkles Haar und haselnussbraune Augen. Sie trug roten Lippenstift und duftete übertrieben stark nach teurem Parfüm. Gerade als ich hereinkam, stand Caleb auf und sah mich erschrocken an: »Ich dachte, du arbeitest.« Er sah verlegen aus und das Mädchen starrte mich von oben bis unten an, wie ich in meiner Jogginghose einfach so dastand und am liebsten im Erdboden versunken wäre. Ich drehte mich um und ging aus der Tür. Im Flur stand ich für einen Moment wie angewurzelt nur so da, mein Atem und mein Herz rasten. Ich hatte gehofft, dass Caleb den Anstand besaß, in den Flur zu kommen und mir alles zu erklären. Ich hoffte, dass ich mich täuschen würde und sie nicht seine neue Freundin wäre, doch er kam nicht. Stattdessen hörte ich die beiden durch die Tür tuscheln und kichern. Ich ballte die Fäuste und beschloss, mich nicht unterkriegen zu lassen. Ich durfte es mir nicht anmerken lassen, wie sehr es mich verletzt hatte. Ich atmete einmal ein, öffnete die Tür und spazierte an den beiden vorbei in die Küche, um mir dort ein Sandwich zu machen. Die beiden verstummten. Ich fragte mich, ob sie von mir wusste, doch ich vermutete, eher nicht.

Als ich auf dem Rückweg erneut an ihnen vorbeiging, stand sie auf und schaute mich an: »Du musst Calebs Schwester sein. Verzeihung, Stiefschwester!« Sie lächelte so falsch, dass in mir unbändiger Zorn aufblitzte. Doch ich schluckte und nickte nur. *Du blödes Miststück*!

Caleb sagte nichts. Auch nicht, als sie sich vor meinen Augen auf seinen Schoß setzte und mich anlächelte. *So ein Mistkerl*! Dann drückte sie ihm einen langen Kuss auf die Lippen. Ich sah Caleb an, dass es ihm unangenehm war vor mir und er sie wegschieben wollte, doch sie klammerte sich so stark an ihm fest, dass er keine Chance hatte, sie von sich zu stoßen, ohne sie zu verletzten.

Du Flittchen, dachte ich mir. *Du aufgetakeltes Miststück!* Am liebsten hätte ich ihr die Augen ausgekratzt. Sie wusste es. Sie wusste, dass zwischen Caleb und mir etwas war, ansonsten hätte sie sich nicht so aufgeführt. Ich gab mir große Mühe, so zu tun, als kümmerte es mich nicht, und ging in mein Zimmer, wo ich meine Sachen packte. Hier würde ich nicht bleiben! Niemals!

Als ich mit der großen Tasche gerade aus der Haustür wollte, stand Caleb vor mir. »Lia, es tut mir leid, ich wusste nicht, dass du da bist. Ich dachte, du arbeitest samstags.«

»Wir sind nicht mehr zusammen, du kannst tun und lassen, was du willst und mit wem du willst.« Ich sagte es in einem Ton, der absolutes Desinteresse an ihm verkünden sollte. Doch er legte den Kopf schief und sah mich eindringlich an. »Es ist mir egal«, sagte ich noch einmal.

»Warum packst du dann?« Er deutete auf die Tasche.

»Ach das? Das ist ... eine Spende, für das Tierheim. Dort sind Decken drin, damit die Hunde nachts nicht frieren.«

»Im Mai?«

Ich biss mir auf die Unterlippe. Was sollte ich sagen? »Hör zu, Caleb. Du bist mir egal! Mach was du willst, auch wenn es so ein Püppchen ist wie die!« Wo war sie eigentlich? Er war allein. Wartete sie in seinem Zimmer, oder hatte er sie fortgeschickt?

»Sie bedeutet mir nichts, ich will gerade nichts Ernstes ...«, begann er, doch ich ging durch die Tür an ihm vorbei und sagte im Gehen: »Mach was du willst. Ich bin über dich hinweg!«

Ich spürte, dass er mir noch lange nachsah, bis ich es nicht mehr ertragen konnte und in eine andere Straße einbog. Irgendetwas erschien mir nicht mehr ganz so schlimm, als er gesagt hatte, sie bedeute ihm nichts. Er hatte gesagt, er wolle nichts Ernstes und das half mir ein klein wenig über den Schmerz hinweg.

Im Salon stellte ich meine Tasche ab und Sophia sah mich fragend an: »Was tust du hier, Lia? Heute ist dein freier Samstag.«

»Bitte lass mich arbeiten«, flehte ich in einem Ton, der mehr als verzweifelt klang. »Unbezahlt«, fügte ich schnell hinzu.

»Was ist geschehen?«, fragte sie und nahm mich in den Arm, als ich in Tränen ausbrach. Ich erzählte es ihr und Camille übernahm Sophias Arbeit, während diese mir einen Tee machte.

»Manche Männer sind so. Er war bisher nur mit dir zusammen, und ihr seid beide noch so jung«, sagte sie, während sie mir eine Strähne aus dem Gesicht strich. »Sicherlich hat er Angst, etwas zu verpassen, wenn er sein ganzes Leben mit nur einer Person verbringt.«

»Warum sagt er das nicht einfach?« Ich schniefte.

Sie lächelte: »Weil er ein Mann ist. Kerle sind ... bescheuert!« Sophia, die wunderschöne Frau mittleren Alters mit den langen Beinen und wundervollen, blonden Haaren, war schon zweimal geschieden. Sie kannte sich aus, in der Männerwelt, da sie andauernd Dates hatte. Meistens Männer aus dem Internet. Doch niemand war ihr gut genug.

»Meinst du, wenn er eine andere ausprobiert hat, kommt er zu mir zurück?«, fragte ich und hoffte auf eine Antwort, die mich beruhigen würde.

»Oh, mein süßes Kind«, lächelte Sophia liebevoll. »Würdest du denn so einen Idioten wiederhaben wollen?«

»JA«, schniefte ich. »Und, er ist kein Idiot.«

Sie lachte: »Wenn er dich gehen lässt, ist er ein Idiot! Außerdem, nach allem, was du mir erzählt hast, ist er ziemlich egoistisch, oder nicht?« Ich schüttelte mit dem Kopf, obwohl sie wahrscheinlich recht hatte. »Und du bist so ein hübsches Mädchen, wenn du dir mal ein wenig Mühe geben würdest ...«, sie deutete auf meinen Körper und mein Haar, »... würden die jungen Kerle Schlange stehen!«

»Aber so bin ich nicht«, platzte es aus mir heraus. »So, mit Schminke und so.« *So, wie das aufgetakelte Miststück heute Morgen am Esstisch,* dachte ich, sprach es aber nicht aus, da Sophia ebenfalls sehr auf ihr Äußeres achtete, und ich sie nicht beleidigen wollte.

»Es wird ein anderer kommen, der dich so liebt, wie du bist.«

»Ich will keinen anderen«, schniefte ich und überlegte, wie viele Frauen mit Herzschmerz das wohl schon gesagt hatten.

»Die Liebe ist ein Mysterium, Lia. Meistens erscheint sie gerade dort, wo man sie nicht erwartet«, tröstete mich Sophia und umarmte mich lang und zärtlich.

Mit einem kleinen Hoffnungsschimmer machte ich weiter wie immer. Einige Wochen lang hoffte ich, dass Sophia recht hatte und Caleb sich nur austoben wollte. Doch eines Abends klopfte es an meine Zimmertür: »Lia, bist du da?« Calebs Stimme erklang und ich sprang sofort auf, um ihm die Tür zu öffnen. Ein einfaches »Herein« hätte vermutlich gereicht, doch so weit dachte ich in diesem Moment nicht. Er stand direkt vor mir, groß und stark, wie er schon immer war, lehnte er gegen die Zarge der Tür. Sein Blick sah bedrückt aus und ein warnender Schmerz in meiner Brust verriet, dass er nicht kam, um mich zurückzugewinnen. »Darf ich hereinkommen?«, fragte er und seine Tonlage bestätigte seinen Blick. Ich begann zu zittern, ließ ihn dennoch herein. »Lia, ich muss mit dir sprechen«, sagte er geradeheraus, während er sich ungefragt auf meinen Schreibtischstuhl setzte. Mein Herz pochte. »Ich ... ich ...« Er zögerte und sah zu Boden.

»Sag es einfach!«, hielt ich es nicht mehr aus und lehnte mich an den Schreibtisch, um nicht zusammenzubrechen.

»Ich habe eine neue Freundin«, platzte er heraus und ich spürte, wie all die Farbe aus meinem Gesicht weichen musste. Mir wurde unglaublich übel. Ich nickte nur. »Lia, es tut mir leid, ich wollte, dass du es von mir erfährst ...«

»Was ist mit deiner Karriere und dem Bund und der Tatsache, dass du dich im Moment nicht fest binden willst?«, sprudelte es aus mir heraus und er kam nicht zum Antworten, da ich weiterfragte: »Ist es dieses aufgetakelte Püppchen? Stehst du auf so was? Hast du dich für mich geschämt, weil ich nicht so bin?«

Er schüttelte heftig mit dem Kopf: »Nein, Lia! Sie ist es nicht und es ist einfach so geschehen. Ich habe mich einfach verliebt. Man kann es nicht planen!«

Ich schnaubte und ballte die Fäuste: »Na dann, viel Spaß, ich hoffe du bringst sie nicht hierher!« Er öffnete den Mund, um etwas zu sagen, doch er behielt es für sich. »Was?« Ich starrte ihn an. »Ist sie etwa hier?« Meine Stimme wurde ungewollt laut und ich riss die Augen auf.

»Karla will sie kennenlernen und ich habe sie für heute Abend eingeladen. Du bist ja eh nie da beim Essen und ...«

»Karla wusste vor mir Bescheid?«

Er nickte: »Durch Zufall ...«

»Wie kann das Zufall sein?« Nun war meine Stimme am Anschlag. Lauter konnte sie nicht werden.

»Lia ...«

»Raus!« Ich zeigte auf die Tür. »Raus!«

Ich sah das Mädchen nicht, da ich das Abendessen mied. Aber ich bekam mit, dass sie bei ihm übernachtete. War Caleb schon immer so gewesen? Oder hatte ich es durch die rosarote Brille einfach nicht gemerkt? Ich konnte nicht genau sagen, ob ich enttäuscht, wütend oder einfach nur verletzt war.

Bei dieser einen Nacht blieb es nicht. Caleb brachte dieses Mädchen fast jeden Tag mit nach Hause, sodass ich nicht umhin kam, ihr auf dem Flur zu begegnen. Ich ging den beiden aus dem Weg und drehte nachts die Musik bis zum Anschlag auf, um nichts mitzubekommen, von dem, was sie taten. Doch eines Tages traf ich ihn und sie gemeinsam auf dem Flur, als ich gerade ins Bad wollte. Sie war nichts Besonderes. Schlank und etwas klein, dunkelblond mit grünen Augen und ihre Kleidung ließ darauf schließen, dass sie keine Geldprobleme haben konnte. Was die Frage aufwarf, warum sie sich nicht in ihrer Wohnung trafen. Sie war vielleicht achtzehn oder neunzehn. Und möglicherweise hätte ich sie sogar nett gefunden, wenn sie nicht Calebs Freundin wäre. »Kann ich dich kurz sprechen?«, fragte ich Caleb, ohne mich dem Mädchen vorzustellen. Er nickte und ich fuhr fort: »Ohne sie!«

»Oh, okay ...«, murmelte sie und ging in sein Zimmer.

Caleb sah mich fragend an.

»Warum bringst du sie jeden Tag mit? Könnt ihr nicht zu ihr gehen?« Es tat einerseits gut, ihm das mal zu sagen, andererseits war es komisch, ihm zu zeigen, dass es mir etwas ausmachte.

Er sah mich mit einem Blick an, der Mitleid aussagte. Das machte mich noch wütender. Was ich als Letztes brauchte, war sein Mitleid! »Sie wohnt bei ihren Eltern und ... da ist es schwierig«, erklärte er und musterte mich eingehend. Ich zuckte mit den Schultern und bevor ich etwas sagen konnte, sprach er weiter: »Es ist nicht mehr lang, dann bin ich fertig mit der Schule und du siehst mich nie wieder.«

Nie wieder. Dieser letzte Satz verpasste mir einen Stich ins Herz, der so schmerzte, dass ich kaum mehr atmen konnte. Doch ich sagte nichts und Caleb ging geradewegs in sein Zimmer, wo seine kleine Freundin auf ihn wartete.

In dieser Nacht weinte ich wieder. Zu wissen, dass er im Zimmer nebenan war, mit ihr, kam mir auf einmal nicht mehr so schlimm vor, wie der Gedanke, ihn nie wiederzusehen. Wo wollte er hin? Wirklich zum Bund? Und dann? Was machte er mit ihr? Ging sie mit? Ich wusste es nicht und es war ein so schreckliches Gefühl, dass ich mich für den nächsten Tag krankmelden musste.

Ich fühlte mich wirklich krank. Mir war übel und meine Brust schmerzte so sehr, dass ich überlegte zum Arzt zu gehen. Stattdessen ging ich ins Tierheim, um mit einem der Hunde einfach in den Wald zu gehen und stundenlang zu laufen, laufen, laufen. Ich wollte nicht mehr diese vier Wände um mich haben, die mich einengten und mir die Luft abschnürten, nicht mehr im Zimmer nebenan Caleb und seine Freundin vermuten, nicht mehr die Musik laut machen, um ihr Gelächter nicht zu hören.

Rex würde der perfekte Partner für diesen Mittag sein. Ein Mischling mit enormer Ausdauer, wahrscheinlich ein Huskymix. Ich trug meine Jogginghose, um heute so lang und so viel zu rennen und zu laufen, wie es mir und Rex nur möglich war. Auf dem Weg zu dem Zwinger von Rex und Billy, einem Königspudel, ging ich an Paula vorbei. Die Rottweilerhündin knurrte mich jedes Mal böse an, wenn ich vorbeiging. Doch am heutigen Tag blieb ich vor ihren Gittern stehen und betrachtete sie. Sie war ein so schönes Tier. Groß und voller unkontrollierbarer Gefühle.

Tränen, die ich seit der Nacht versucht hatte zurückzuhalten, rannen nun meine Wangen hinab, als ich daran dachte, dass Paula ebenso einsam war wie ich. Sie saß Tag für Tag hinter diesen Gittern und sie war der einzige Hund, der allein im Zwinger lebte. Niemand, nicht einmal die Pfleger, gingen mit ihr spazieren. Ich kniete mich zu dem bellenden Hund hinab und streckte meine Hand aus, zwischen die Gitterstäbe. Oli, der älteste Pfleger, hätte mir den Kopf abgerissen, wenn er das gesehen hätte. Zum Glück war er nicht hier. Das Tierheim hatte Mittwochvormittag geschlossen. Es war nur Tanja, die Verwaltungshilfe, da, die mir den Schlüssel für die Zwinger gegeben hatte. Sie kannte mich und wusste, dass ich oft außerhalb der Öffnungszeiten kam.

Ich erwartete schon fast, dass Paula mir die Hand abreißen würde. Sie zog die Lefzen hoch und knurrte, sodass ich ihre riesigen Reißzähne sehen konnte. *Was ist dir zugestoßen, dass du so bist*? Meine Hand war noch immer ausgestreckt und ragte in den Höllenzwinger hinein. Paula knurrte wie ein wildes Tier, doch ich schloss die Augen. »Ist schon gut«, sagte ich leise. »Ich weiß, wie du dich fühlst.« Die Hündin machte keine Anstalten, meine Hand in Stücke zu reißen, sie blieb einen Meter von mir weg und zog die Lefzen hoch. Ohne nachzudenken, nahm ich den Schlüssel für die Zwinger, schloss die Tür auf und ging langsam hinein. Anstatt mich anzugreifen, wie es jeder erwartete, wich Paula einen Satz zurück, hörte jedoch nicht auf, mich warnend anzuknurren. Ich setzte mich in eine Ecke ihres Zwingers und weinte.

Meinen Kopf zwischen den Knien weinte und weinte ich, und es kam mir vor wie Stunden, die vergingen. Dann, einfach so, spürte ich etwas Weiches und Feuchtes an meinem Arm. Als ich aufblickte, stand Paula ganz nah neben mir und stupste mich mit ihrer Schnauze an. *Oh, mein Mädchen*! Paula knurrte nicht mehr, legte aber ihre Ohren an. Wachsam und vorsichtig blieb sie auf dem kalten Boden liegen. Sie ließ mich weiterweinen und zum ersten Mal seit Langem fühlte ich mich, als hätte ich einen Freund gefunden.

Xay

Da saß sie nun, Leetha. Nach jahrelanger Suche hatte ich sie endlich gefunden, doch zu meinem Erstaunen musste ich mehrmals hinsehen, damit ich sie erkannte. Die Prinzessin des Mondes, die mächtigste Frau in Meridem, die ihre Nase stets zu hoch trug und ihre Arroganz alles und jeden überschattete.

Doch dieses Mädchen sah ganz und gar nicht nach der Frau aus, die ich so abgrundtief hasste. Eher normal, fast sogar unscheinbar. Ihr Haar war noch immer sehr hell, wie es sich für eine Aeterna gehörte, doch um einiges kürzer als das lange, silberne Haar, das sie auf dem Mond sonst so prunkvoll mit Diamanten schmückte. Ihre ganze Gestalt war zierlicher und zerbrechlicher, so, als bekäme sie nicht genügend zu essen.

Sie bemerkte mich nicht, ich hielt mich weit abseits in diesem stinkenden Flur dieses abscheulichen Tierasyls und beobachtete sie. Was tat sie dort? Sie saß auf dem Boden, in einem Zwinger neben einem verlausten, herrenlosen Hund und weinte. Warum weinte sie? Ich musste schmunzeln. Niemals zuvor hatte ich Leetha so verzweifelt gesehen, nicht einmal bei unserem letzten Treffen, als sie mit ihrem Schattenjäger das Weite suchte.

Ich hatte mich geärgert wie noch nie zuvor in meinem Leben. Sie war mir entwischt, und das, obwohl ich alles perfekt geplant hatte. Immerhin konnte nicht einmal ich damit rechnen, dass sie die Fähigkeit, zur Erde zu reisen, entdeckt hatte. Es war eine schwere Aufgabe, sich auf eine solch elegante Weise auf die Erde zu begeben, wie ich es schon als kleiner Junge gelernt hatte. Jahrelanges Training, vervollständigte in fünf Jahrhunderten meine Fähigkeit. Das Haus Noblis, aus dem meine Familie geboren wurde, kannte diese Art zu reisen schon seit Jahrtausenden. Im Gegensatz zu Meridem vergaßen wir solche wichtigen Eigenschaften nicht, die in uns steckten. Das machte sie schwach. Umso mehr reizte mich die Frage, wie Leetha es in solch kurzer Zeit gelernt hatte, sich und ihren Liebsten auf die Erde zu bringen? Und das, ohne zu einem Regenwurm zu werden, der an seinem ersten Tag dort gleich von einem Vogel gefressen wurde. Nein, sie wurde zu einem Menschenmädchen. Und die Tatsache, dass ich schon seit fast zwanzig Jahren nach ihr suchte, warf den Verdacht auf, dass sie zum Kind wurde, als sie dort ankam.

Dumme, kleine Prinzessin, dachte ich mir. Wenn ich bei Neumond zur Erde und zurückreisen konnte, ohne mich in irgendeiner Weise zu verändern, war ich immerhin noch besser dran als sie. Natürlich musste ich meistens eine Gestalt annehmen, die von den Menschen auch erkannt wurde, zumindest dann, wenn ich ihre Hilfe benötigte. Aber selbst diese Gestalt kam meinem wahren Aussehen sehr nahe. Warum auch nicht, ich sah fantastisch aus!

Aber warum weinte sie? Hatte sie Heimweh und wusste nicht, wie sie zurückkam? Oder wollte sie nicht zurück, weil sie Angst hatte, ich würde sie besiegen?

Seit Leetha und Caidan zur Erde aufgebrochen waren, hatte ich keinen Zutritt mehr nach Meridem. Daher hatte ich auch keinen Schimmer, was dort vor sich ging. Wahrscheinlich bekämpften sich die Vollwertigen gegenseitig und stritten darum, wer auf dem Thron sitzen durfte. Oder die Rebellen hatten das Zepter übernommen. Und sie dachte tatsächlich, das wäre besser, als es mir zu überlassen? Eingebildete Prinzessin!

Noch eine ganze Weile stand ich an die Wand gelehnt und beobachtete sie. Fragen über Fragen drängten sich in meine Gedanken. Nun, da ich sie hatte, was sollte ich mit ihr machen? Wie bekäme ich sie dazu, auf den Mond zurückzugehen? Sie musste es freiwillig machen, so viel wusste ich. Und es ging nur in den drei Tagen um den Vollmond herum, was ein großes Problem darstellte, da ich nur zu Neumond reisen konnte. Wie sollte ich sie also dazu bewegen mitzukommen? Sie würde niemals freiwillig einer Machtübernahme zustimmen. Außer ich erzählte ihr, dass sich das Volk von Meridem gegenseitig zerfleische, dann würde sie es sich vielleicht überlegen. Doch würde sie mir diese Lüge glauben? Würde sie wissen, dass ich keine Ahnung haben konnte, was dort vor sich ging?

Als Erstes musste ich einen Plan erstellen. Als ich jahrelang nach ihr gesucht hatte, geriet die Frage danach, wie ich sie zurückbrachte, in den Hintergrund. Im Vordergrund stand, sie überhaupt ausfindig zu machen. Ich würde mir schon etwas einfallen lassen. Neumond war vorüber und ich musste auf den nächsten warten, was über drei weitere Wochen auf diesem Planeten bedeutete. In dieser Zeit, so nahm ich mir vor, würde ich sie beobachten, und wenn ich Glück hatte, würde ich den Schattenjäger finden und ihn so lange foltern, bis sie meinen Forderungen nachgab.

Ich wollte soeben in den Schatten treten, da fiel mir ein, dass dies auf diesem Planeten nicht ging, also schlich ich mich, wie ein dummer Mensch, aus dem Flur. Der Hund bellte, der bei ihr im Zwinger war und sah in meine Richtung. Ich drückte mich dicht an die Wand, zum Glück gab es in diesem Flur kaum Licht. Leetha stand auf und sah ebenfalls in meine Richtung. Vielleicht lag es daran, dass ich zu weit weg war und es nicht besonders hell war, dass sie mich nicht erkannte. Oder sie tat so als ob. Jedenfalls schloss sie die Tür auf, klopfte sich Staub von der hässlichen Hose, die nur ein Mensch tragen konnte, und ging den Flur entlang, in die andere Richtung. Ich hatte sie nur kurz gesehen, als sie in meine Richtung geblickt hatte. Sie sah ... anders aus. Ihre silbernen Augen und das Haar waren gleich, auch ihre Gesichtszüge hatten sich nicht verändert und doch ... wirkte sie jünger als die Leetha, die ich zuletzt auf dem Mond getroffen hatte. Jünger und ... menschlicher. In ihren Augen funkelte nicht diese unerbittliche Arroganz einer Aeterna. Sie wirkten traurig und glanzlos.

Warum hatte sie mich nicht erkannt? In Meridem spürte sie mich schon, bevor sie mich sah. Das lag wahrscheinlich daran, dass wir beide vom edelsten Blut abstammten, das es in der Geschichte des Mondes gab. Die Aeternas und die Noblis, zwei Familien, die einst gemeinsam den Mond regierten, bis sie sich zerstritten und die Hälften aufteilten.

In den letzten Jahrtausenden, als sich auf der Erde die neue Rasse, *der Mensch,* entwickelt hatte, war unsere Art öfter hinabgereist. Die Menschen hatten etwas an sich, das uns gefiel. Sie verehrten uns, ernannten uns zu Göttern. Nicht wenige unserer Gefolgsleute paarten sich mit ihnen und zeugten Nachkommen, die sie mit auf den Mond brachten. Da diese Kinder halb Mensch waren, galten sie als nicht ebenbürtig und die meisten unserer Art wollten sie nicht in ihrer Nähe. Vor allem in Meridem. Man nannte sie *niedergeboren* oder *vom neuen Blut*. Es gab noch schlimmere Ausdrücke, doch die hatten sich über Jahrtausende hinweg verflüchtigt. Meist paarten sich Niedergeborene mit Gleichgesinnten, was zur Folge hatte, dass bald der ganze Mond vom *neuen Blut* übersät wurde. *Neues Blut. Menschliches Blut*. Ich grübelte. Auch Leethas Mutter war eine Niedergeborene. Wahrscheinlich fiel es Leetha deshalb so leicht, sich auf die Erde zu begeben.

Ich dachte daran, nun da ich sie gefunden hatte und ohnehin eine Weile bleiben musste, ein Hotelzimmer zu suchen oder eine Wohnung. Die Edelsteine aus der Heimat waren hier bei den Menschen so viel mehr wert als zu Hause und brachten viele Vorzüge, wenn man in dieser unterentwickelten Welt Urlaub machte.

Ich wartete noch eine Weile, dann ging ich zu der Zelle, in der sie geweint hatte. Warum hatte sie geweint? Ich legte den Kopf schräg und überlegte für einen Moment, ob Caidan eventuell zu einem Hund geworden sein könnte. Unsinn! Dann würde er nicht im Asyl landen, sondern bei ihr leben. Ich betrachtete das Tier. Es war groß und schwarz und seine Augen sprühten vor Wut und Zorn. Ich konnte ihm direkt in die Seele blicken, und er schien es zu merken, denn augenblicklich beendete er das lästige Gebelle. »Paula«, las ich auf dem Schild neben der Zelle. Dank meiner vielen Besuche, die sich über mehrere Jahrhunderte erstreckte, kannte ich beinahe jede Sprache und viele Schriften.

Erneut betrachtete ich das Tier. Es lagen so viel Schmerz und Einsamkeit in diesen Augen, dass ich fast schon Mitleid empfand. »Unvermittelbar« stand darunter. Ja, vielleicht war es Mitleid, möglicherweise aber auch die Tatsache, dass Leetha irgendetwas mit diesem Tier zu schaffen hatte. Jedenfalls nahm ich mir einige Minuten und studierte das Verhalten dieses Wesens genauer. Es hatte Angst vor mir. Es drängte sich in die letzte Ecke seiner Zelle und zog den Schwanz ein. Was hatte ich nur an mir, dass alles und jeder Angst in meiner Gegenwart bekam? Nicht, dass es mich störte, nur manchmal brachte es nicht den gewünschten Effekt mit sich. Zum Beispiel, wenn man sich auf der Erde eine Wohnung mieten wollte und der Mensch sich unwohl fühlte in meiner Nähe. Oder wenn man einfach eine hübsche Menschenfrau ansprechen wollte, die im besten Fall die Nacht mit einem verbringen würde. Deshalb hasste ich diesen Planeten.

Nicht, dass ich zu Hause so viele Freunde hatte, nein, eher wenige. Ein paar Frauen hier, ein paar Weiber dort, viele Kollegen in der Armee, in der ich ausgebildet worden war, als mein Vater noch lebte und mit denen ich Jahrzehnte nach dessen Tod an der Grenze kämpfte, aber keine richtigen Freunde. Nicht seit Cyrians Tod. Der Krieg mit Meridem hatte eben auch seine Schattenseiten. Mein bester Freund und treuster Begleiter wurde getötet. Und es war meine Schuld. Ich hatte ihn dazu gedrängt, in den Palast einzudringen, weil ich den Zeitpunkt für richtig hielt. Er hatte mich gewarnt, gesagt, dass es zu früh sei, doch ich hörte nicht. Und als Leetha verschwand und wir alle zurück nach Tenebris geschleudert wurden, war Cyrian nicht dabei gewesen. Er musste tot sein. Seitdem verzichtete ich auf Freunde. Zu schmerzhaft war der Verlust gewesen. Ich ließ niemanden mehr an mich heran. Nicht einmal meine Mutter.

Lia

Als ich nach Hause kam, roch ich den Geruch der Tiere an mir, und wollte als Erstes duschen. Doch es war stockdunkel im Haus, nur ein paar Kerzen flackerten im Wohnzimmer. »Was ist los?«, fragte ich Karla, die gelangweilt ohne Fernseher auf dem Sofa saß und ein Glas billigen Dornfelder trank.

»Stromausfall!«, krächzte sie.

Stromausfall, von wegen. Sie hatte mal wieder die Stromrechnung nicht bezahlt. Wortlos warf ich meine Sachen in die Ecke und ging in mein Zimmer. Unter Calebs Türspalt durch, der zwischen Tür und Boden erkennbar war, erkannte ich das leichte Flackern von Kerzen. *Oh nein, bitte nicht*.

Oh doch, da war es: das Lachen und Gackern seiner Freundin. Ich ging in mein Zimmer, knallte die Tür hinter mir zu und … *oh nein*. Wie sollte ich ohne Strom meine Anlage aufdrehen? Caleb und sein Gast kicherten und alberten so laut, dass ich wütend gegen die Wand schlug. Es half. Zwei Minuten lang. Zwar wurde es etwas leiser, doch ich hörte es noch immer.

Aus dem Schrank holte ich ein etwas besseres Shirt und eine frische Jeans, dazu zog ich mir ein Paar Schuhe an, welches keine Löcher hatte, und verließ das Haus. In einer Umhängetasche befanden sich noch zwanzig Euro. Von meinem Konto wollte ich so wenig wie möglich ausgeben, da ich für eine eigene Wohnung sparte.

Ohne weiter darüber nachzudenken, stieg ich in den Bus, der in die Stadtmitte fuhr und stieg am Busbahnhof aus. In unmittelbarer Nähe befanden sich ein paar Bars und Kneipen. Eine davon sah ganz nett aus und ich ging hinein. Am Tresen saßen ein alter Mann mit einer Frau, die mich nett anlächelte. Auf der anderen Seite saßen ein paar Kerle, vielleicht ein oder zwei Jahre jünger als ich. Sie sahen aus, als wollten sie ein Bier trinken, nachdem sie im Training gewesen waren. Sie trugen Sportsachen bei sich und erinnerten mich an Caleb.

Ich hielt Ausschau nach der Möglichkeit, irgendwo zu übernachten, doch bis auf den Barkeeper gefiel mir nicht wirklich jemand. Es war mir egal, dass ich mich von jemand Fremden abschleppen lassen wollte. Ich wollte nur nicht wieder in dieses Haus, in dieses Zimmer. Im Nachhinein bereute ich es, nicht in Paulas Zwinger geschlafen zu haben. Oder in einem der Katzenzimmer, in denen neben den Kratzbäumen alte, gespendete Sofas standen. Sie waren besser eingerichtet als das Wohnzimmer bei uns zu Hause. Zumindest sauberer, was nicht schwer sein sollte.

Nachdem ich ein paar Stunden lang an einem Bier herumgenippt hatte und der gut aussehende Bartender mich bat, nach Hause zu gehen, weil er unter der Woche nicht so lange offen hatte, stieg ich in den Bus und fuhr zurück nach Hause. Vielleicht hätte ich einen der Männer aufreißen können, die später noch an ihrem Stammtisch Poker gespielt hatten, doch so tief wollte ich dann doch nicht sinken. Und meine vergeblichen Versuche, den Barkeeper anzubaggern, waren so peinlich gewesen, dass ich mich dort nie wieder blicken lassen konnte. Zu meinem Glück schliefen im Haus alle und ich musste die Geräusche aus dem Nachbarzimmer nicht länger ertragen.

Seit Wochen schlief ich auf dem Boden auf einer Decke. Es wurde jedes Mal, wenn ich mich ins Bett legte, fast unerträglich. Diese Leere neben mir machte mich wahnsinnig. Drei Jahre lang schlief Caleb neben mir. Drei lange Jahre. Und nun schien es so, als gehörte die andere Hälfte des Bettes noch immer ihm. Es fühlte sich darin an, als wäre ich versunken. Als wäre ich am falschen Ort und könnte von dort nicht entkommen.

Ich dachte daran, dass er in seinem Bett schlief, als hätte es mich nie gegeben. Er war mir so fremd geworden. Als hätten ich oder das, was wir hatten, überhaupt keine Bedeutung mehr. Als hätte es die drei Jahre nie gegeben. Meine Gedanken flogen kreuz und quer durch den Raum, ohne dass ich einschlafen konnte. Was war geschehen, dass es so weit kommen musste? Mit ihm konnte ich für einige Zeit Licht am Horizont erkennen. An meinem einsamen und verkümmerten Horizont, der sich seit dem Kinderheim düster und schwarz über mir ausbreitete. An das Heim hatte ich kaum Erinnerungen. Und an das, was davor war, gar keine. Doch Caleb hatte mir immer schon einen Sinn gegeben, erst als Freund, und schließlich als ... was auch immer wir hatten. Mit ihm hatte ich einen Plan, eine Zukunft. Und nun stand ich erneut am Anfang.

Jemand wird kommen, jemand, der dich so liebt, wie du bist, hörte ich noch immer Sofias Stimme in meinen Gedanken. Ich wollte niemanden. Zumindest niemanden, der mich liebte. Am heutigen Abend war ich im Begriff gewesen, einen Fremden abzuschleppen, nur um aus diesem Haus zu entkommen. Das war es, was ich brauchte, eine Ablenkung, nicht mehr. Auf die Liebe konnte ich in Zukunft verzichten. *Wer sich verliebt, ist ein Narr ...*, rauschte eine bekannte Stimme durch mein Gedächtnis, die ich nicht zuordnen konnte.

Ich musste an mich denken, vielleicht an meine Arbeit und die Ausbildung. Wahrscheinlich war es genau das gewesen, was Caleb an mir gestört hatte, dass ich nicht wusste, was ich mit meinem Leben anfangen wollte. Dass ich nicht so zielstrebig und karrierebesessen war, wie er. Ob sie es war? Würde er mit ihr glücklich werden? Nein, ich musste aufhören an die beiden zu denken und mein eigenes Leben führen. Noch ein Jahr Ausbildung, noch ein Jahr Hungerlohn. Und danach könnte ich von hier fortgehen und ganz neu anfangen.

Am folgenden Sonntag ging ich ins Tierheim. Als Erstes wollte ich Paula besuchen, da sie mir irgendwie ans Herz gewachsen war. Vielleicht deshalb, weil ich in ihr meinen eigenen Schmerz erkennen konnte. Ich sah sie als so was wie mein Leidensgenosse und hätte ich nicht solch einen Respekt vor ihr, würde ich ernsthaft überlegen, sie zu adoptieren.

Als ich in ihren Zwinger hineinging, machte Oli riesige Augen und wollte mich schon davon abhalten, doch Paula ließ sich nach einer Weile sogar von mir hinter den Ohren kraulen. Ich konnte es selbst kaum fassen. Oli bellte sie jedoch an und fletschte ihre Zähne. Von da an kam ich wieder öfter, besuchte Paula und ging sogar das erste Mal mit ihr in den Wald spazieren. Oli verbot es mir am Anfang, doch ich überredete ihn und versprach, ihr einen Maulkorb anzulegen. Es entstand so etwas wie eine Freundschaft. Eine von diesen, mit denen man niemals gerechnet hätte.

Abends ging ich öfter mit meinen Kolleginnen aus, in diese kleinen, süßen Bars, in denen sie versuchten, Männer aufzureißen. Sie liehen mir Klamotten, vielleicht schämten sie sich für meine Art, mich anzuziehen, und sie machten mir die Haare und das Make-up. Ich fühlte mich besser, wenn ich später heimkam und wusste, dass ich sofort müde auf der Decke auf dem Boden einschlafen würde, anstatt ewig über Caleb nachzudenken.

An den Abenden, an denen meine Kolleginnen nicht ausgingen, blieb ich dennoch in der Stadt und gesellte mich zu fremden Leuten in eine Kneipe oder eine Bar. Ich hatte meine Kolleginnen Camille und Ariana genauestens studiert und wusste nun, wie ich mich zu verhalten hatte, damit ich keinen Cent für Getränke ausgeben musste. Meine Ansprüche mussten herabgeschraubt werden, so viel stand fest. Also flirtete ich mit den Kerlen, die optisch nicht so perfekt waren, doch diese Art von Männern, fraßen mir dann aus der Hand. Mit keinem ging ich nach Hause. Ich wollte es, ich dachte, es würde den Schmerz betäuben, der noch immer auf meiner Seele lag. Doch diese Jungs waren alle so nett, dass ich irgendwie Mitleid bei dem Gedanken empfand, sie auszunutzen. Es reichte schon, dass sie mir Getränke zahlten und mich von allem ablenkten, was in mir wütete.

Mit ein paar Männern traf ich mich tatsächlich öfter, weil sie mich zum Essen einluden, mit mir Darts oder Billard spielen gingen oder einfach nur ein nettes Gespräch führen wollten. Nach diesen Treffen wollte ich ehrlich sein und sagte ihnen, dass ich kein Interesse hätte.

An einem Sonntagnachmittag, ich kam gerade im Tierheim an, fing mich Oli schon am Eingang ab und sah mich ganz aufgeregt an: »Lia, Lia«, sagte er atemlos, als wäre er einen Marathon gelaufen.

»Was ist denn?«

Er sah erstaunt aus, auf eine positive Weise, sodass ich nicht erst auf die Idee kam, es könnte einem der Tiere schlecht gehen. »Paula ... Sie ... Sie wurde adoptiert!«

»Was?« Wie erstarrt blieb ich stehen. Ich wusste in diesem Moment nicht genau, ob das gut oder schlecht war. Natürlich freute ich mich für sie, doch ich würde sie vermissen, und was noch schlimmer war, würde sie in einem Zuhause klarkommen? »Aber, ich dachte, sie ist nicht vermittelbar?«

Oli nickte aufgeregt: »Der Mann bestand darauf! Er wollte sie unbedingt haben.«

»Hast du ihm gesagt, dass sie gefährlich sein kann, wenn sie nicht den richtigen Umgang bekommt?« Ich machte mir Sorgen und hoffte, es Oli ausreden zu können.

»Er hat einen eingezäunten Garten und Erfahrung mit traumatisierten Hunden. Sie hat ihn nicht einmal angebellt, kannst du das glauben?«

Konnte ich. Mich hatte sie in letzter Zeit auch nicht mehr angebellt. »Oli, das ist keine gute Idee. Sag die Besichtigung ab, ruf den Mann an. Sie ist nicht so weit ...« Er schnitt mir das Wort ab: »Die Besichtigung war schon, sie ist weg.«

»Weg?« Normalerweise dauerte das einige Tage.

»Ja, er hat sie bereits mitgenommen!«

»Oli! Wenn Paula jemanden beißt, wird sie eingeschläfert! Wie kannst du so unverantwortlich sein.«

Er zuckte mit den Schultern und winkte die Sache ab. »Ich dachte, du freust dich«, murmelte er im Gehen.

Nach ein paar Wochen wollte ich duschen gehen, da kamen Caleb und Rita, deren Namen ich nun endlich kannte, aus dem Bad. Sie trug nur ein Handtuch, das knapp ihre Brüste und ihren perfekten Hintern verdeckte, und die beiden alberten herum, bevor sie mich sahen. *Bitte nicht. Das darf nicht wahr sein*. Ich tat, als interessierte es mich nicht, sprang unter die Dusche und fuhr sofort mit dem Bus in die Stadt. Heute Nacht würde ich nicht nach Hause kommen, so viel stand fest! Es war nicht zum Aushalten! Es war Juni und ich wartete nur darauf, dass Caleb bald ausziehen würde. Es fühlte sich an, als würde meine Seele bluten. Warum gab es keine Pflaster für die Seele? Sollte ich meinen Kummer etwa mit Alkohol betäuben? Sollte ich so enden, wie Karla, die sich jeden Abend einen Cocktail aus Wein und Bier und noch härterem Zeug gönnte? Konnte es sein, dass auch sie so unglaublich verzweifelt und unglücklich war wie ich?

Ich stieg wie immer am Busbahnhof aus und konnte mich selbst nicht mehr ertragen. Mein eigenes Rumgeheule kam selbst mir nervig und abturnend vor, dass ich schon dachte, es würde keinen Mann geben, der heute Abend mit mir flirten wollte. Um ehrlich zu sein, fühlte ich mich wie ein Flittchen, doch es war mir egal.

An diesem Abend flirtete ich, was das Zeug hielt. Den einen tätschelte ich, dem anderen machte ich Komplimente, einen anderen küsste ich auf die Wange und so weiter. Ich lachte, betrank mich und machte mich dermaßen zum Affen, dass ich mich selbst gehasst hätte, wäre mir der Alkohol nicht zu Kopf gestiegen.

Ich war in der Erwartung gekommen, mit jemanden nach Hause zu gehen, meinen Schmerz zu vergessen, doch als es spät wurde, waren nur noch ein paar Typen in der Bar, mit denen ich mich ungern eingelassen hätte. Einer hieß Klaus und war steinalt. Der andere war ein Rocker, der vielleicht unter der ganzen Mähne ganz anständig ausgesehen hätte, doch er war, genau wie ich, total dicht. Der letzte war ein großer, dicker Kerl, den ich hier schon öfter gesehen, aber nie ein Wort mit ihm gesprochen hatte.

Am Busbahnhof fiel mir ein anderer Mann ins Auge, er lehnte sich an eine Säule, sein Gesicht wurde von einem Schatten verdeckt, doch ich könnte schwören, dass er mich nicht zum ersten Mal beobachtete. Sonst ignorierte ich ihn, doch nicht heute. Ich ging direkt auf ihn zu, und erkannte, dass er sich leicht wegdrehte. »Hast du ne Kippe?«, fragte ich. Langsam drehte er sein Gesicht zu mir um, und musterte mich. So, als hätte er auf eine Reaktion gewartet. »Ja oder nein?« Ich rauchte nur, wenn ich betrunken war. Selbst kaufte ich nie Zigaretten. Die netten Jungs in den Bars teilten ihre Schachteln mit mir, wie ihre Getränke. Alles in der Hoffnung auf etwas, was ich ihnen nie gab.

»Nein«, sagte der Kerl. Im schwachen Licht des Busbahnhofes erkannte ich seine markanten Gesichtszüge. Er sah umwerfend aus. Unfassbar gut. Sein dunkles Haar war kinnlang und säuberlich nach hinten gekämmt, seine Kleidung sah teuer und fein aus. Und seine Augen, *seine Augen* raubten mir fast den Atem: Dunkelgrau, fast schwarz flackerten sie im Licht, wie kleine Schatten, die darin tanzten. Für einen Moment stockte mein Atem und ich kam mir unglaublich dämlich vor, als ich ihn anstarrte. Also blinzelte ich zwei Mal und riss mich zusammen.

»Wie heißt du?«, fragte ich ihn und spürte, dass meine Wangen ganz heiß wurden.

Er zögerte und hielt für einen Moment inne, dann sah er mir in die Augen und sagte: »Xay.« Leicht kniff er die Augen zusammen und musterte mich in Zeitlupe.

Wieder dieses Abwarten, als ob ich mich an ihn erinnern sollte. »Kennen wir uns?«, fragte ich, als ich bemerkte, dass es ziemlich peinlich wäre, wenn ich ihn nicht erkennen würde. Vielleicht war er ein Kunde im Salon, schoss es mir durch den Kopf. Er sah mich fragend an. »Sind Sie ein Kunde von uns? Der Friseursalon in der Heugasse?« Ich wurde nun etwas förmlicher, da es sehr wohl sein konnte, dass er einer von Sophias Stammkunden war. Sie hatte einige wie ihn. Diese Art Männer, die sich fein kleideten und stets auf ihr Äußeres achteten. Die Art von Männern, die nach viel Geld aussahen. Dass es sich um einen aus der Bar handelte, den ich peinlich angemacht hatte, konnte ich mir weniger vorstellen.

Er grinste: »Nein.«

»Tut mir leid«, sagte ich leise und noch mehr Hitze schoss mir ins Gesicht. *Dieses Grinsen*. Leicht schief und etwas süffisant. So frech und ... irgendwie echt süß. Aber auch auf eine angenehme Weise furchteinflößend. Ganz leicht. So, als sollte ich mich vor ihm hüten, als warne mich ein unterdrückter Instinkt vor ihm. Obwohl ich wirklich angetrunken war, beschloss ich, auf diesen Instinkt zu hören, und begab mich zurück zu Steig B, von wo aus gleich mein Bus fahren würde. Er ging mir nach. »Wie heißt du?«

»Lia!«

Er wurde gesprächiger und plötzlich stand er neben mir. Mit jedem Wort, das er sprach, klang er verführerisch und mysteriös: »Lia, was für ein schlichter und schöner Name. Woher stammt der?« Ich zuckte mit den Schultern. Das hatte mich noch niemals jemand gefragt. »Wo wohnst du, Lia?« Er schmunzelte auf eine Weise, die mich zum Schmelzen brachte.

Verdammt, war ich so betrunken? Oder war er tatsächlich so heiß? »Ich wohne in dem Wohngebiet, hinter dem Krankenhaus, und du?«

Wieder dieses Schmunzeln. Wieder dieses seltsame Gefühl, das etwas zwischen Kribbeln im Bauch, sowie Angst sein könnte. Es gefiel mir irgendwie. »Kreuzviertel«, sagte er knapp.

Kreuzviertel, das war doch dort, wo die schicken Häuser waren. Etwas anderes hätte ich auch nicht erwartet, als ich ihn nochmal genauer unter die Lupe nahm. Seine Kleidung sah teuer aus. Makellos und faltenfrei. Nicht diese zerrissenen alten Sachen, die ich stets trug. Ich nickte: »Dann fährst du mit Linie A?«

Er schaute etwas irritiert, dann nickte er leicht. Seine Blicke ließ er nicht von mir, so, als suche er etwas. Sie ließen mich leicht erschaudern, aber auf eine angenehme Weise. Es gefiel mir, wie er mich ansah, so, als gäbe es nur mich. Und so war es ja auch. Hier gab es keine andere Frau weit und breit. Die blieben alle weit weg, in Sicherheit, zuhause. Wie es aussah, war ich nun völlig bekloppt. Denn ich wusste genau, dass diese Situation gefährlich werden könnte, wenn ich an den falschen Kerl geriet. Und es wurde noch schräger. Als mein Bus kam, ging er mir nach, und setzte sich ungefragt neben mich. Wir beide waren die Einzigen in diesem Bus, bis auf den Busfahrer. »Ich dachte, du wohnst im Kreuzviertel?«, fragte ich. Hier im Licht des Busses sah ich ihn noch deutlicher. Meine Güte, war er schön! So unglaublich schön ... Seine Augen, das Kinn, diese Lippen ... breite Schultern, starke Arme ... mir wurde ganz warm. Nein, heiß.

Als mein Blick erneut auf sein Gesicht fiel, schmunzelte er zufrieden und ein Funkeln trat in seine Augen. »Dieser Bus fährt auch dort hin.« Er klang verführerisch.

»Ja«, gab ich zu. »Aber mit Linie A wärst du schneller zu Hause.«

Er zuckte mit den Schultern, und blickte aus dem Fenster in die Dunkelheit, wobei seine Augen aufleuchteten. Ich sah ebenfalls hinaus. Außer ein paar Straßenlaternen, die schwach glimmerten, sah ich nur noch den Mond, der fast voll erschien. Das Mondlicht schimmerte auf seinem schwarzen Haar und tanzte auf seinem schönen Gesicht. »Zu Hause wartet niemand auf mich. Wartet jemand auf dich, Lia?« Meinen Namen sagte er auf eine Weise, die einen Schauer über meinen Rücken fahren ließ. Ich konnte nicht sagen, ob ich es verführerisch fand oder angsteinflößend. Aber ich musste erneut in seine Augen sehen, als er mir erneut den Kopf zuwandte.

Ich setzte mein verführerischstes Lächeln auf: »Nein, auf mich wartet niemand.«

Er grinste frech. Das gefiel mir. Was mir nicht gefiel, war die Vorstellung, gleich aus diesem Bus auszusteigen und nach Hause zu gehen. Dorthin, wo Caleb sein würde. Mit *ihr*. Diese ganze Busfahrt über, hatte ich nicht einmal an ihn gedacht. Doch nun schob sich Caleb wieder in meine Gedanken, in mein Herz.

»Die nächste Haltestelle muss ich aussteigen«, sagte ich und fügte gleich noch das nächste Wort hinzu: »Theoretisch.«

Er neigte den Kopf: »Theoretisch? Hm?«

Ich grinste und legte meine Hand auf sein Knie. Er ließ es zu. Anschließend kam ich mit dem Oberkörper etwas näher an ihn heran. Er roch so gut, dass es mir alle Sinne benebelte, die noch einigermaßen zu gebrauchen waren. Ich flüsterte ihm ins Ohr: »Außer du möchtest, dass ich heute Abend mit dir nach Hause fahre.«

Blitzschnell drehte er den Kopf zu mir herum, sodass sich unsere Lippen fast berührten. Große Verwunderung stand in seinem Gesicht geschrieben.

Xay

Diese kleine, verdorbene Prinzessin, dachte ich mir, als mir Leetha dieses Angebot machte. Mit zu mir? Ich erkannte sie kaum wieder. Die hochnäsige Prinzessin, die mich jahrhundertelang von oben herab angesehen hatte, fragte mich, ob ich mit ihr die Nacht verbringen würde?

Einen Moment reagierte ich mit Zurückhaltung. Erkannte sie mich wirklich nicht? Oder war es eine Falle? Ich musste es herausfinden. »Du willst mit zu mir kommen?«, fragte ich, während ich meinen Arm um sie legte, als sei es selbstverständlich.

»Ja«, sagte sie und biss sich auf die Unterlippe, was sexy aussah. Sie sah so anders aus, und doch ... Aber ihre Augen erinnerten mich nicht mehr an die stolze Königin, die sie eigentlich war. Sie sahen traurig aus. Ich erkannte es, obwohl sie es zu verbergen versuchte. Etwas in ihrem Blick strahlte Verzweiflung aus. Wie ein Hilferuf.

Ich riss mich zusammen und fragte mich, warum diese Prinzessin glaubte, dass ich das wollte? Dass ich sie wollte? Sie dachte wohl noch immer, dass sich alles nur um sie drehte. Sie hatte sich doch nicht so stark verändert, wie ich gedacht hatte. Als ich noch überlegte, fuhr ihre Hand auf meinem Knie höher und brachte mich damit restlos um den Verstand. Schließlich hauchte sie: »Du wohnst im Kreuzviertel, und doch bist du lieber mit diesem Bus gefahren, mit dem du viel länger brauchst, warum?« Sie wartete auf keine Antwort und sprach weiter, während ich ihren warmen Atem auf meinem Hals spürte. Sie war auf einmal so nah ... zu nah! »Und dann hast du dich neben mich gesetzt. Also wenn du nicht willst, dass ich eins und eins zusammenzähle, dann sag es einfach.«

Ich war hin- und hergerissen. Dieses kleine, feine Prinzesschen, erkannte mich tatsächlich nicht. Kurz atmete ich, so ruhig ich eben konnte, und riss mich zusammen. »Ja, komm mit zu mir.« Wenn sie sich eines Tages erinnern würde, dann wäre das ein Triumph für mich, den sie niemals vergessen könnte, schoss es mir durch den Kopf. Ich würde sie verführen, wie sie noch nie verführt worden war und wenn ihre Erinnerungen zurückkämen, würde sie im Erdboden versinken vor Scham. Diese Vorstellung ließ mich unweigerlich grinsen. Ich musste nicht einmal viel machen, sie küsste bereits meinen Hals, noch bevor wir die Haltestelle erreicht hatten. Ihre Lippen streiften hauchzart meine Haut entlang und ließen mich erschaudern. Ich schloss die Augen, neigte den Kopf etwas, und unterdrückte ein Stöhnen.

Ruckartig bewegte sie sich, und ehe ich die Augen aufreißen konnte, weil alle Alarmglocken in mir aufläuteten, schwang sie sich auf meinen Schoß. Sie presste ihren ganzen Körper an mich und sah mir tief in die Augen. Meine Hände fuhren ihre Schenkel entlang, die rechts und links neben mir auf dem engen Sitz lagen. Ich schluckte schwer, als sie mit ihren Lippen näher kam, ließ jedoch alles zu. Nicht sanft, nicht zurückhaltend. Sie küsste mich auf eine Weise, wie ich es nie von Leetha gedacht hätte. Leidenschaftlich, heißblütig, wild. Voller Verlangen. Doch ich konnte an nichts anderes denken als daran, wie ich es ihr eines Tages unter ihr feines Näschen reiben würde.

Dann hielt der Bus an. Wir mussten aussteigen. Keuchend schob ich sie von mir herab. »Wir sind da«, stellte ich fest, fast heißer.

»Mhm«, machte sie und stand auf.

Von der Bushaltestelle bis zu meinem Haus ging sie still neben mir her, und ich fragte mich, ob sie es sich anders überlegen würde. Es handelte sich um ein kleines Häuschen, das ich erst vor Kurzem angemietet hatte. Niemals hätte ich geglaubt, dass ich die Prinzessin einmal mit nach Hause nehmen würde, und schon gar nicht, dass sie freiwillig mit mir käme. Innerlich grinste ich, doch äußerlich gab ich den perfekten Gentleman. Ich hielt ihr die Tür auf und ließ sie vorausgehen, während ich noch einmal ihre Rückenansicht begutachtete. Leetha trug eine knallenge Jeans, ein leichtes Top und ein Jäckchen darüber. Sie war definitiv zierlicher als früher, fast schon zerbrechlich. Leetha besaß stets diese heißen Kurven und diesen aufreizenden Gang. Doch jetzt war sie fast abgemagert und ging eher geduckt und schüchtern voraus. Für einen Moment tat sie mir leid. Immerhin war ich der böse Wolf, der das kleine Schaf in seine Höhle lockte. Doch dieses Gefühl unterdrückte ich schnell, als ich daran dachte, wer sie eigentlich war. Sie war ebenfalls eine Wölfin. Eine Löwin. Auch wenn sie sich derzeit nicht daran erinnerte.

Ich bat sie, die Schuhe auszuziehen. Das Haus war nicht sehr groß, aber schick eingerichtet, weshalb ich es sofort genommen hatte. Ich erkannte das Staunen in ihren silbernen Augen, die groß wurden und vor Funken nur so sprühten. Sie legte den Kopf in den Nacken und lachte: »Hier wohnst du?« Ich zuckte mit den Schultern und nahm ihr das Jäckchen ab, das ihr über die Schultern hing. »Das ist eine Villa!«, rief sie und sah sich erstaunt um.

Eine Villa? Ach ja, ich vergaß, dass sie keinerlei Erinnerungen an ihren Palast hatte, in dem ihre Gemächer größer waren als dieses Haus. Wie süß sie doch war.

»Eine Frage habe ich«, sagte sie, während sie umherstreifte und die Möbel anschaute, die der Vormieter mir überlassen hatte. Ihre Finger glitten über das Holz einer Kommode und sie betrachtete die teure Dekoration, die umherstand. »Jemand, der in so einem Haus lebt, hat doch bestimmt ein Auto. Warum fährst du mit dem Bus?«

Schlaues Ding, dachte ich mir. Doch ich konnte ihr kaum sagen, dass ich sie seit Wochen beobachtete, und sehr wohl mitbekommen hatte, dass sie fast jeden Abend in den Bars bis zum Umfallen Alkohol trank, um sich dann schwankend auf den Weg zum Bus zu machen. Weiter war ich ihr niemals gefolgt. Ich wusste ja, wo ich sie finden würde. In irgendeiner Absteige hielt sie sich fast jeden Abend auf und benahm sich absolut peinlich. »Ich war mit Kumpels verabredet«, log ich. »Und hatte vor, etwas zu trinken. Ich möchte den Führerschein nicht verlieren.« Sie schlang ihre Arme um mich und küsste mich leidenschaftlich, was ich von ihr überhaupt nicht erwartet hätte. So stocksteif, wie ich Leetha in Erinnerung hatte, wäre ich nie auf die Idee gekommen, dass sie so verführerisch sein konnte. Ihre Hände vergruben sich in meinem Haar und zogen meinen Kopf näher an sich.

Zwischen den Küssen fragte sie: »Und jemand wie du kann sich doch sicherlich ein Taxi leisten, oder nicht?« Ich drückte meine Lippen erneut auf ihre, um mich nicht herausreden zu müssen. Sie gab anscheinend auf, denn sie stöhne leicht. Ihre Hände fuhren meine Unterarme entlang, bis zu meinen Schultern hinauf, und meine Brust wieder hinab. Ehe ich mich versah, hatte sie mein Hemd geöffnet und fuhr mit den Handflächen über meine Brust. »Machst du Sport?«, fragte sie nebenbei. Hauchend, flüsternd. Sexy.

Sport? Wenn man lebenslanges Kampftraining und eine Ausbildung zum Soldaten in der Armee des Vaters, als Sport bezeichnen konnte. »Ja.«

Ihre Hand fuhr weiter hinab, über meinen Bauch, sodass meine Muskeln unter ihren Berührungen zuckten. Am Gürtel hielt sie inne. Sie entzog mir ihre weichen Lippen und sah mich lange und intensiv an, als suchte sie etwas in meinen Augen. Für einen Moment hatte ich Angst, sie könnte sich erinnern, doch dann legte sie den Kopf schräg und fragte: »Weshalb bist du Single?«

Ich senkte den Kopf bis zu ihrem Hals und küsste ihn sanft. »Ich arbeite viel.«

»Aha«, sagte sie und vergaß alles, was ihr sonst noch auf dem Herzen lag, als ich sie packte, hochnahm und zum Sofa trug.

Lia

Konnte das wahr sein? Oder war ich einfach zu betrunken? Hatte ich mir diesen Mann schön getrunken? Er packte mich unter meinem Hintern, hob mich hoch, als wäre ich federleicht, und trug mich in einen anderen Raum. Die Welt um mich herum verschwamm, doch ich glaubte, mich nun in seinem Wohnzimmer zu befinden. Rücklings legte er mich auf die breite Fläche des riesigen Sofas und stützte seine Hände rechts und links neben meinem Kopf ab, während er meinen Hals mit Küssen bedeckte. Seine weichen Lippen fuhren zu meinem Dekolletee. Als er seinen Kopf hob und mich ansah, erkannte ich ein wildes Funkeln in seinen Blicken. Ich sah das Verlangen darin.

Ich setzte mich auf, schob ihn von mir herab und drückte ihn rücklings neben mich. Seine Hände fuhren meine Schenkel entlang, während ich mich auf ihn setzte. Die linke Hand ließ er auf meiner Jeans, die ich am liebsten sofort ausziehen würde, während seine rechte Hand unter mein Top glitt. Hauchzart strichen seine Finger über meine Taille, und hinterließen eine Gänsehaut. Sein Blick brannte sich in meinen, und ehe ich mich versah, stülpte er mein Oberteil über meinen Kopf. Dann setzte er sich mit dem Oberkörper auf und suchte erneut meine Lippen, ohne die Augen zu schließen. Seine Augen sahen mich so intensiv an, dass ich alles um uns herum vergaß. In mir brodelte etwas, das an die Oberfläche wollte. Es ging um mich. Und ihm war das bewusst. Seine Berührungen, seine Blicke, seine Küsse ... egal was er tat, er war darauf bedacht, dass es mir gefiel. So anders, als mit Caleb, dem ich stets alles recht machen wollte. Diesmal ging es nur um mich! Keine Liebe. Nur Lust und Verlangen. Das war es, was ich gerade brauchte. *Ihn.*

Zum ersten Mal seit Wochen hatte ich wieder in einem Bett geschlafen. Nicht in meinem, nicht in Calebs. Aber es war ein sagenhaft weiches Bett und ich konnte mich nicht erinnern, wann ich das letzte Mal so tief geschlafen hatte, wenn auch nur kurz. Ich sollte mich schmutzig fühlen, doch ich fühlte mich, auf eine fremde Weise, befreit.

Es war eine wundervolle Nacht gewesen. Anders als mit Caleb, nicht schlechter, einfach nur anders. Eher besser. *Wow! Ja, sie war definitiv besser*, dachte ich und biss mir auf die Unterlippe. Der Gedanke daran, wie der fremde Kerl mich angefasst hatte, wie er mich um den Verstand gebracht hatte ... Noch immer spürte ich die Stellen auf meiner Haut, die er berührt hatte. Und noch immer zitterte ich bei dem Gedanken, was er alles mit mir gemacht hatte. Es war kein negatives Zittern. Es war eher ein Verlangen. Nach mehr. Mehr davon. Mehr von ihm.

Wo war er eigentlich? Es war früh am Morgen, und Xay lag nicht mehr neben mir. So hieß er doch, oder? Immerhin war ich ziemlich betrunken gewesen. Ich huschte aus dem Bett, zog meine Sachen an und rannte die Stufen zum Eingang hinab. Er war nirgends zu sehen und ich atmete erleichtert auf. Er war perfekt gewesen, für dieses kleine Abenteuer. Xay hatte kein Interesse an einer Beziehung, und es würde ihn nicht stören, wenn ich einfach ging, ohne mich zu verabschieden. Er stand nicht auf kuscheln und schmusen und das war es auch nicht, was ich von ihm gebraucht hatte. Er würde es verstehen, wenn ich einfach aus der Haustür gehen, und mich nicht umdrehen würde, vielleicht würde er es nicht nur verstehen, sondern gutheißen. Ganz sicher sogar.

Doch als ich gerade mein Jäckchen überzog und die Haustür öffnete, stand er vor mir, frisch frisiert und rasiert, elegant angezogen und den Haustürschlüssel in der Hand. In der anderen Hand hielt er eine Tüte vom Bäcker. *So ein Mist*, ging es mir durch den Kopf. *Verdammt!*

»Frühstück?«, fragte er und hielt die Tüte hoch. Nein. Ich hatte ihn mir nicht schön getrunken! Er sah umwerfend aus! Sogar noch besser, als letzte Nacht. Die Sonne tanzte auf seinem schwarzen Haar und ließ seine Augen intensiv aufleuchten. Das Grinsen war leicht schief, was irgendwie, wie eine Mischung aus süß und sexy wirkte. So süß und sexy, dass ich ihn am liebsten nochmal küssen würde. Doch nein. Das war ein Abenteuer gewesen. Mehr nicht. Für mich, wie für ihn. Als ob jemand wie er, mehr Interesse an mir haben würde, als eine Nacht.

Ich zwang mich, zu lächeln. »Nein, danke, ich muss los«, sagte ich knapp, weil mir die Situation peinlich war. Er sah aus, wie aus einem Magazin. Perfekt. Und ich? Verwuschelte Haare, Klamotten von gestern Abend, und nicht einmal geduscht.

Seine Augen wurden groß: »Ja, klar.« Er kramte etwas aus der Bäckertüte und hielt mir eine Butterbrezel hin: »Hier, nimm es mit. Du kannst sie auf dem Weg essen.«

Kann der Mann, noch perfekter werden? Irgendwie gerührt und doch genervt von seiner perfekten Art, nahm ich sie zaghaft entgegen und murmelte ein Dankeschön. Ich wollte gehen, einfach dieses Haus verlassen und nie wieder herkommen. Ich spürte, wie er mir hinterhersah, doch ich drehte mich nicht um und lief mit geducktem Kopf den kleinen Weg von der Haustür bis zum Bordstein entlang. *Weg hier*. Es war eine tolle Nacht, ich hätte mir keinen besseren für dieses Abenteuer aussuchen können. Er wusste genau, was eine Frau wollte, das hatte er letzte Nacht mehr als einmal bewiesen. Doch das war es: ein Abenteuer, nicht mehr.

Gerade als ich die kleine Gartentür, die seinen Garten vom Bordstein abgrenzte, öffnete, hörte ich ein leises Wimmern. Ich drehte meinen Kopf leicht nach rechts und sah nach hinten. Dort stand eine kleine Hütte, die mir gar nicht großartig aufgefallen war, weder gestern Abend noch heute Morgen. Es war ein alter Schuppen, an dem eine Leine befestigt war, an der ein Hund wie verrückt in meine Richtung zog und winselte. Er bellte nicht, doch er winselte, als kannte er mich. Ich musste zweimal hinsehen. »Paula«, sagte ich leise. Dann zog der Hund fester an der Leine und biss hinein. *Mein Mädchen*! Neben mich trat plötzlich Xay, wie aus dem Nichts, der ein abgebissenes Croissant in der Hand hielt. Kauend erklärte er: »Das ist Shadow, mein Hund.«

»Das ist Paula«, hauchte ich und ging langsam über das frisch gemähte Gras auf sie zu. Sie sprang an mir hoch, schleckte an meiner Hand und schnupperte mich von oben bis unten ab. *Oh, meine Süße*. »Wo war sie letzte Nacht?«, fragte ich und gleichzeitig wurde mir mulmig. Er hatte sie aus dem Tierheim geholt, gerade aus dem, indem ich arbeitete? Dieser Zufall kam mir zu groß vor und noch im selben Moment fiel mir ein, dass ich am Busbahnhof gedachte hatte, Xay schon öfter dort herumlungern gesehen zu haben. Was war das für ein Kerl? Ein Stalker? Ein Psychopath? Mein Herz raste, doch ich wollte mir nichts anmerken lassen. »Sie war in dem Tierheim, in dem ich arbeite.«

»Ich weiß«, sagte er geradeheraus. Na, wenigstens log er nicht. »Ich habe dich dort gesehen.«

Wenn er ein Stalker wäre, würde er dann zugeben, dass er mich verfolgte? Wahrscheinlich schon. Ich musste dort weg. Mir fiel ein, dass mich einmal jemand beobachtet hatte, als ich bei Paula im Zwinger geweint hatte. War er das gewesen? Wegen des wenigen Lichts hatte ich ihn nicht erkennen können. Warum machte er das? Ich bekam noch mehr Angst und stand abrupt auf: »Ich muss los, mach's gut.«

Nichts wie weg hier.

Als ich nach Hause kam, war schon wieder eine Dame vom Jugendamt zu Besuch und Karla gab sich nett und freundlich, wie sie es nur in diesen Situationen tat. Der Fernseher war ausgeschaltet und sie machte tatsächlich freiwillig einen Kaffee für den unangemeldeten Gast.

»Es tut mir leid, dass es hier so chaotisch aussieht«, hörte ich Karla reden. »Normalerweise ist es sauber, ich hatte in den letzten Tagen viel zu tun mit den Unibewerbungen für Caleb.« *Ja, normalerweise kann man vom Boden essen*. Ich verdrehte die Augen bei ihrer Lüge, doch die junge Dame, die anscheinend neu in ihrem Amt war, schien ihr zu glauben. *Als ob Karla sich jemals für jemanden von uns interessiert hätte.*

»Caleb geht also auf eine Universität?«, fragte die Dame mit einem Lächeln, während sie sich das lange, blonde Haar hinter die Schultern strich. Nun wurde ich hellhörig. Sie war fein angezogen, mit einem Blazer und schwarzen Pumps und schien sich fast schon zu ekeln, aus unseren Tassen zu trinken. Sie pustete einmal hinein, bevor sie sich den Kaffee aus der Kanne einschenkte, und eine große Staubwolke bildete sich dabei vor ihrem Gesicht. Karla hatte extra für sie das gute Geschirr aufgetischt, das wir nicht anfassen durften und welches seit Jahren in einem der Schränke verstaubte.

Ich schlich mich in die Küche, um mir etwas zu trinken zu holen.

»Lia«, hörte ich Karlas Stimme und ich drehte mich langsam um. »Stell dich unserem Gast bitte vor.«

Ich nickte kurz und reichte der Dame meine Hand. Sie betrachtete mich von oben bis unten und kniff die Augen zusammen.

»Bist du gerade erst aufgestanden?«, fragte Karla zuckersüß. Anscheinend hatte sie nicht einmal bemerkt, dass ich eben erst nach Hause gekommen war.

»Ich habe bei meinem neuen Liebhaber übernachtet«, sagte ich und funkelte Karla wütend an.

Karla lachte laut, als hätte ich einen Scherz gemacht. Die Dame vom Jugendamt musterte mich und lachte verhalten mit. Sie schien irritiert zu sein. Karla wedelte mit der Hand: »Dieses Mädchen hat einen seltsamen Humor.«

Die junge Frau nickte und musterte mich noch einmal.

»Zurück zu Caleb«, hörte ich Karla sprechen, als ich in die Küche stapfte. Jedes Mal, wenn jemand vom Jugendamt zu Besuch war, verlagerte sie das Gespräch auf ihn. Den Einzigen von uns, den sie vorzeigen konnte, der ein Beweis für ihren Erfolg als Pflegemutter sein konnte. Und diese neue, junge Dame, schien sie tatsächlich um den kleinen Finger zu wickeln. »... Seine Noten sind super und er hat endlich das Abitur hinter sich. Nun konzentriert er sich auf die Bewerbungen. Aber es ist fast schon beschlossen, auf welche Uni er gehen wird.«

»Ach ja? Die Antworten von den Unis sind schon da?«

»Nein, nein, das nicht. Aber er hat ein Mädchen kennengelernt, dessen Vater ein hohes Tier an der Universität in Heidelberg ist. Er wird schon dafür sorgen, dass Caleb dorthin kommt. Immerhin geht seine Tochter auch auf diese Uni und ihr Vater ist absolut begeistert von meinem Caleb. Er ist ein wahrer Gentleman.«

Ich lauschte so intensiv, dass ich mir wie versteinert vorkam. Er ging nicht zum Bund? Er würde mit Rita nach Heidelberg gehen? Das war seine absolute Wunschuni und er hatte niemals geglaubt, dort angenommen zu werden. War er deshalb mit ihr zusammen, um an seiner Wunschuni aufgenommen zu werden? So eiskalt würde Caleb doch nicht sein, die Gefühle dieses Mädchens und auch meine auszunutzen, um seinen Traum zu verwirklichen, oder doch?

Wie es der Zufall wollte, kam er mir auf dem Weg in mein Zimmer entgegen. Frisch geduscht und herausgeputzt. Anscheinend hatte Karla ihn gebeten, bei der Besprechung mit der neuen Aufsichtsperson dabei zu sein und gut Wetter zu machen. *Wow, Caleb. Gratulation! Wie immer der perfekte Vorzeigesohn*.

Er nickte kurz als Gruß und rannte die Stufen hinab an mir vorbei.

»Warte!«, rief ich ihm hinterher und er blieb stehen. »Bist du nur mit Rita zusammen, um deine Träume zu verfolgen?« Es brach einfach aus mir heraus. Ich konnte nichts dafür. Wenn ich nicht gefragt hätte, hätte es mich den ganzen Tag verfolgt.

»Was?« Verlegen rieb er sich den Nacken.

»Du weißt schon, weil ihr Vater ...« Ich hatte vergessen, was genau Karla gesagt hatte. »An der Uni in ... Heidelberg ...«

Caleb stieg zwei Stufen zu mir hinauf und sah mir in die Augen: »Sie ist nett, und dass ihr Vater mir diese Chance ermöglichen kann, ist ein Bonus.«

»Hast du gewusst, was er ist, bevor du mit Rita zusammenkamst?«

Er nickte.

»Das ist etwas kurios, findest du nicht?« Ich dachte daran, dass er gesagt hatte, er wollte gerade keine Freundin.

»Das geht dich nichts an!«, sagte er eiskalt.

Ich legte den Kopf schräg. »Du hast recht, es geht mich nichts an. Aber wenigstens weiß ich jetzt, dass du mich für deine Karriere in den Wind geschossen hast.«

Caleb biss die Zähne aufeinander, bevor er sagte: »Du hättest mir nicht gutgetan, Lia. Mit Rita habe ich wenigstens eine Zukunft. Du hast ja keine Ahnung, was aus deinem Leben werden soll. Du willst, dass ich ehrlich bin?« Er trat eine Stufe höher, auf mich zu, »Deine Ausbildung bringt rein gar nix. Als Friseurin wirst du nichts verdienen, du wirst immer in einem Loch wie diesem hier leben!« Er breitete die Arme aus, um zu demonstrieren, was er meinte. »Aber ich habe mehr mit meinem Leben vor, ich will Erfolg haben, will Geld verdienen und ein Leben führen, dass ich mit dir niemals haben könnte. Ich will einfach weiterkommen!«

Ich spürte, wie meine Augen sich mit Tränen füllten. Ob aus Schock, Enttäuschung oder Wut, konnte ich nicht sagen. »Habe ich die ganzen drei Jahre nicht alles für dich getan, Caleb?«, kam es zusammen mit den Tränen aus mir heraus.

Er schüttelte den Kopf. »DU hast rein gar nichts getan! Alles, was ich erreicht habe, habe ich mir selbst zu verdanken!«

Oh, Caleb, warst du schon immer so? Ich atmete tief ein und stapfte ohne ein weiteres Wort die Treppe hinauf. Das musste ich mir nicht geben!

Als ich einige Tage später meine neue Stamm-Bar verließ, da ich wusste, dass der letzte Bus in fünfzehn Minuten fahren würde, lief dieser Kerl mir hinterher, der mich jeden Abend von der Bar aus beobachtete.

»Hey, Süße!«, rief er mir hinterher, ich drehte mich nicht um und lief schneller. »Warte mal!«, keuchte er. Ich sah schon die Lichter des Busbahnhofes, da packte er mich von hinten am Arm und zog mich zurück.

»Lass mich los! ... Sonst ...«, presste ich durch die Zähne und versuchte, mich loszureißen.

»Sonst was?« Er stank. Nicht nach Alkohol, sondern nach Schweiß und Rauch.

»Ich schreie!«, versicherte ich.

»Oh, denkst du, das interessiert jemanden? Siehst du hier irgendwen?« Er hatte recht. Es war niemand weit und breit auf den Straßen zu sehen, selbst die Straßenbeleuchtung war bereits ausgegangen. Wie spät war es? Wie lange war ich dort in der Bar gewesen? Ich wollte mich losreißen und schrie so laut ich konnte, doch er zog mich in eine dunkle, enge Gasse hinein und drückte mich an die Wand, während er versuchte, an meinem Shirt herumzufummeln. »Ich bin dir wohl nicht gut genug, hä?«, sagte er und ich schmeckte seinen ekligen Atem auf meinen Lippen. »Du kleine Schlampe! Machst doch mit jedem rum!«

Plötzlich schrie er auf und etwas knallte so hart von rechts auf seinen Kiefer, dass er von mir wegtaumelte. Dort stand er, Xay! Er schüttelte seine Hand, die gerade zugeschlagen hatte, die andere reichte er mir. Irritiert sah ich zu ihm. Vor wem sollte ich mehr Angst haben? Vor dem Typ, der mich gerade angegriffen hatte, oder vor dem, der mich offensichtlich stalkte?

Ohne weiter nachzudenken, nahm ich Xays Hand und sah nicht zurück. Ich hörte das Fluchen des perversen Typs hinter mir, doch Xay zog mich schnell aus der Gasse heraus. »Verfolgst du mich?«, fragte ich keuchend.

»Verfolgst *du* mich?«, fragte er lachend.

»Was? Ich? Nein! Du tauchst doch immer dort auf, wo ich gerade bin!«

»Hör zu, Lia, wenn du so verrückt nach mir bist, sag es doch einfach«, grinste er unverschämt.

Mein Schritt wurde schneller, doch er hielt mit. »Du denkst wohl, jede Frau ist verrückt nach dir.«

»Kann man es ihnen verübeln?«

Ich blieb stehen und fuhr mit finsterem Blick herum.

Er blieb ebenfalls stehen und lächelte: »Ich habe jemanden schreien gehört, das ist alles.«

»Und zufällig warst du in der Nähe dieser Bar«, merkte ich an. Er nickte. »Das ist ein merkwürdiger Zufall«, sagte ich und riss meine Hand aus seiner.

Er schüttelte den Kopf und grinste: »Eigentlich nicht, liebe Lia.« Er zeigte auf ein Gebäude in der Nähe der Bar: »Dort oben ist mein Büro und ich arbeite oft lange in die Nacht hinein.«

Ich war mir nicht sicher, ob ich das glauben sollte, doch es würde Sinn ergeben. »Und das Tierheim?«

Er zuckte mit den Schultern: »Das war wirklich ein blöder Zufall!«

»Ja, sehr mysteriös.«

»Komm, Lia, ich fahre dich nach Hause, es ist Freitagnacht und es geistern gefährliche Typen auf den Straßen herum.«

»Typen wie du?«

Er lachte.

»Du hast also ein Auto?«

Er nickte und zeigte in die Richtung des Parkplatzes. Um ehrlich zu sein, hatte ich keine andere Wahl, als mit ihm zu fahren, meinen Bus hatte ich verpasst und ich war ohnehin voller Ekel und Angst wegen dem, was mir eben fast passiert wäre. »Alles in Ordnung?« Er neigte den Kopf und sah mir tief in die Augen. Ich zuckte mit den Schultern. Sollte ich zur Polizei gehen? Nein, das wollte ich nicht. »Hast du Angst vor mir?«, fragte Xay mit seinem verführerischen Grinsen, das einem tatsächlich Angst machen konnte. Ich sagte nichts. *Ein wenig vielleicht*. Aber da war dieses seltsame Gefühl, wenn ich ihn ansah ... »Wenn ich dir etwas antun wollte, hätte ich schon die Chance dazu gehabt, meinst du nicht? Du warst bei mir zu Hause!«

»Also fährst du mich nach Hause?«

Er nickte.

»Gut.«

Es war einer dieser Geländewagen, die sich nur Reiche leisten konnten. Xay hielt mir die Tür auf, und ich zögerte zunächst. »Hast du noch immer Angst, ich könnte ein Stalker sein?« Er grinste auf diese Art, die einerseits frech, andererseits verführerisch war. *Ja*, diese Vermutung wollte nicht aus meinem Kopf verschwinden. Doch ich war wahnsinnig genug, es drauf ankommen zu lassen, und stieg ein. Er stieg auf der Fahrerseite ein und fuhr los, dann schaute er zu mir und fragte: »Und?«

»Und was?«

»Denkst du noch immer, ich verfolge dich?« Das breite Grinsen verriet mir, dass es ihm Spaß machte, mich damit aufzuziehen.

»Tust du?«

Er schüttelte den Kopf. »Es wundert mich, dass du trotz deiner Bedenken zu mir ins Auto steigst.« Er fuhr die Strecke entlang, die der Bus immer nahm, obwohl ich wusste, dass es auch einen kürzeren Weg gab. Ich hatte ihm bereits am ersten Abend gesagt, wo ich wohnte, ansonsten hätte es mir tatsächlich Angst eingejagt.

»Du hältst mich also für verrückt?«, fragte ich und sah ihn an.

»Bist du es?«

»Wahrscheinlich schon!«

Er musste lachen. *Ein schönes Lachen.*

»Ich sollte wohl nachts nicht draußen herumspazieren«, gab ich zu.

»Oh doch, das solltest du. Aber nicht allein.« Fragend sah ich ihn an. »Die Nacht ist etwas Wunderschönes, Lia.« Ja, da hatte er wohl recht. »Nur in absoluter Dunkelheit kann man auch die schwächsten Sterne sehen.« *Wie poetisch. Und das von einem Kerl wie ihm.* Andererseits war er ja *so perfekt*. So perfekt, dass ich mich wirklich fragen sollte, was er ausgerechnet von mir wollte.

In der Nähe des Krankenhauses hielt er an. »Ab hier musst du mir sagen, wo genau du wohnst«, sagte er und wartete ab.

»Lass mich einfach hier heraus«, bat ich.

»Auf keinen Fall. Das ist ein wirklich mieses Viertel. Da hätte ich dich gleich bei diesem abscheulichen Kerl lassen können.«

Es machte mir weniger aus, dass er wissen würde, *wo* ich wohnte, als die Tatsache, dass er sehen würde, *wie* ich lebte. Dass er dieses heruntergekommene Haus sehen würde, den dreckigen Garten mit den Mülltüten davor und die kaputten Fenster. Es beschämte mich auf eine Weise, die ich nicht kannte. Ich hatte nie Freunde bei mir zu Hause gehabt. Und nie zuvor hatte ich mich von jemanden vor die Haustür fahren lassen. Einmal hatte Sofia mich nach Hause gebracht und ich war fünf Häuser weiter ausgestiegen, damit sie mein Zuhause nicht sah.

Erwartungsvoll sah er mich an. »Hast du Angst, ich könnte dir zu Hause auflauern?«

»Nein!«, protestierte ich.

»Also?«

Na gut, ich würde ihn ohnehin nie wiedersehen. »Die nächste Straße links, dann gleich rechts. Das graue Haus mit der großen Tanne davor.«

Langsam bog er in unsere Straße ein und schaute jedes Haus genauer an. Doch er behielt seine Kommentare für sich, die ich bereits in seinem Gesichtsausdruck erkennen konnte.

Etwas anderes lenkte mich ab: Caleb. Er war wohl noch unterwegs gewesen und ging die Straße entlang nach Hause. Neben ihm Rita, die seine Hand hielt. Caleb schwankte etwas, was bedeutete, er hatte getrunken. »Stopp!«, rief ich schnell und viel zu laut. Xay trat in die Bremsen und wir kamen ruckartig zum Stehen.

Ich schluckte. Er hatte sie mitgenommen. Zum Feiern. Das durfte ich, all die drei Jahre lang, nicht. Niemals hatte er mich dabeihaben wollen, wenn er mit seinen Freunden unterwegs gewesen war. Doch Rita war anders, sie war ihm nicht peinlich. Mein Herz und mein Magen schmerzten so sehr, dass ich mich hätte übergeben können. Ein Stein drehte sich in meiner Brust hin und her und ich hoffte, die beiden würden durch die Haustür gehen und schnell verschwinden. Doch das taten sie nicht, sie blieben vor unserem Haus stehen und diskutierten. Xays Wagen stand einige Häuser weiter, sodass wir ihre Worte nicht hören konnten.

Ich sah zu Xay und bemerkte, dass er Caleb intensiv musterte. Er kniff die Augen zusammen, um etwas zu erkennen. Er hatte den Motor ausgeschaltet, sodass das Licht ausging. Xay lehnte sich etwas vor und musterte Caleb, fast so, als kenne er ihn. Doch als er meine Blicke bemerkte, wandte er sich mir zu und legte den Kopf schräg. »Deine Freunde?«

Ein gespieltes Lachen entfuhr mir. »Ganz sicher ... NICHT!« Er sah mich fragend an. »Er ist mein Mitbewohner und sie ist seine Freundin.« *Seine Freundin* ... Es hörte sich falsch an und tat höllisch weh, es laut auszusprechen. Seine Freundin, die ihm anscheinend mehr bedeutete, als ich es in drei Jahren getan hatte. Die er mit zu seinen Kumpels nahm, die ihm nicht peinlich war.

»Ahhhh ... ich verstehe«, murmelte er mit diesem Grinsen.

»Du verstehst rein gar nichts«, fauchte ich ihn an.

»Oh ich glaube schon. Du bist in ihn verliebt.«

»Was? Nein?«

»War das eine Frage?« Er kniff die Augen zusammen und runzelte die Stirn.

»Das war eine eindeutige Aussage! Ich liebe ihn nicht.« *Nicht mehr*. Doch selbst das war gelogen und Xay schien mich zu durchschauen. Es war schon schlimm genug, die beiden vor dem Haus streiten zu sehen, doch es kam schlimmer. Plötzlich umarmten sie sich und fingen wild an zu knutschen. Ich seufzte und schloss die Augen. *Warum muss ich immer zum falschen Zeitpunkt am falschen Ort sein*?

Plötzlich startete Xay den Motor wieder und raste in Windeseile an ihnen vorbei, die Straße entlang. »Das solltest du dir nicht ansehen müssen.«

»Was? Ich sagte doch, da ist nichts ...«, wollte ich mich selbst belügen, doch Xay unterbrach mich: »Erzähle das, wem du willst, aber nicht mir.«

»Wo fährst du hin? Ich möchte nicht zu dir nach Hause.« Ich stemmte meinen Ellbogen auf den Türgriff.

»Wir fahren nicht zu mir.«

»Wohin dann?«

Er sagte nichts, doch als ich von Weitem die Lichter vom Burger King erkannte und er in den Drive Inn fuhr, musste ich lächeln. »Wir bestellen dir ein Eis. Ein schönes, kalorienreiches Schokoladeneis.«

Er ist süß. Gut aussehend und verführerisch hat wohl nicht gereicht. Ich hob die Augenbrauen: »Willst du mich dick machen?«

»Man sagt, es hilft gegen Liebeskummer«, lachte er.

»Ich habe keinen ...« Ich zögerte. »*Wer sich verliebt, ist ein Narr ...*«, säuselte ich vor mir her.

Xay sah mich erschrocken an. »Was?«, fragte er leise.

»Ach nichts.« Ich schüttelte heftig den Kopf.

»Ihre Bestellung bitte ...«, erklang die freundliche Dame am Schalter und Xay bestellte für mich ein Eis mit extra viel Schokosoße und für sich einen Erdbeermilchshake. »Ist das alles?«, fragte die Damenstimme.

Er drehte sich zu mir: »Noch etwas?« Ich schüttelte den Kopf. »Du bist viel zu dünn, iss doch was.«

»Nein, danke«, lehnte ich ab, doch er ließ nicht locker.

»Ich zahle auch! Hau rein, Lia!«

»Nein, danke, habe ich gesagt«, mein Ton wurde schärfer und er hielt die Hände vor sich, als hätte ich eine Waffe in der Hand.

Er reichte mir das Eis und fuhr auf einen leeren, dunklen Parkplatz im Industriegebiet, wo er den Motor abstellte. Dann schaltete er eines der schwachen Lichter im Inneren des Wagens ein. Dieses Auto war so sauber. Kein einziges Staubkörnchen war zu sehen, was ich von ihm auch nicht erwartet hätte, nachdem ich sein Haus gesehen hatte. Ich wagte es kaum, mein Eis zu essen, da ich befürchtete, ich könnte kleckern. Das wäre so typisch für mich. Xay lehnte sich in seinen Sitz zurück, den er etwas nach hinten gleiten ließ, und nippte an seinem Strohhalm herum. Eine Weile lang schwiegen wir. »Danke«, sagte ich schließlich. »Danke für ... das hier.«

»Ist schon gut.« Er sah mich nicht an, sondern schien über etwas nachzudenken.

Dann stellte ich eine Frage, die mir auf der Seele lag, seit wir uns heute Abend begegnet waren: »Wie geht es Paula?«

»Paula?«

»Shadow!«

»Oh, dem Hund ... jaja, es geht ihm gut.«

»Sie!«, korrigierte ich.

»Ach echt?« Er grinste. »Es ist ein Hund. Egal ob sie oder er.«

»Nein« Darauf bestand ich. »Es ist nicht nur ein Hund.«

Er musterte mich intensiv.

»Als es letztens so stark geregnet hat, durfte sie zu dir ins Haus?«, fragte ich vorsichtig, in der Hoffnung er hätte Mitleid mit ihr gehabt.

»SIE ...«, betonte er übertrieben und richtete sich auf, »... ist ein Hund und hat im Haus nichts verloren. SIE hat den ganzen Garten für sich und den großen Schuppen. Zweimal am Tag bringe ich ihr Futter und jeden Tag mache ich einen Spaziergang. IHR geht es bei mir besser als in diesem Tierheim.«

Ich nickte, etwas erleichtert, doch es reichte mir nicht: »Die meisten Hunde haben Angst vor Gewittern. Holst du sie wenigstens rein, wenn es donnert?«

»Oh Süße, nein ...«

»Bitte«, flehte ich. Es tat mir im Herzen weh, daran zu denken, dass Paula bei Gewitter und Sturm zitternd in ihrem Schuppen saß, ganz allein, ohne jemand, der sie tröstete. »Warum wolltest du sie überhaupt, wenn du sie nicht magst?«

»Ich mag sie«, sagte er und es klang überzeugend. »Ich wollte einfach einen Wachhund für meinen Garten. Und dieser schien mir genau der Richtige zu sein. Ich hörte, wie er bellte und sein Reich verteidigte. Er passt zu mir.«

»Ich verstehe, du musst dein Königreich beschützen!«, scherzte ich.

Er sah mich verwundert an, als warte er auf etwas. »Ja«, antwortete er schließlich. Er machte eine kurze Pause. »Was hat es mit diesem Hund auf sich?«

»Was meinst du?«, fragte ich.

»Dass du dich so sehr um ihn sorgst?«

Ich atmete schwer aus: »Ich weiß nicht genau. Sie war immer so allein im Tierheim und hatte in der Vergangenheit schlimme Dinge erleben müssen. Menschen hatten ihr Schlimmes angetan. Sie ist einfach einsam, das bricht mir das Herz.« *Einsam und allein. Wie ich.*

»Einsam, so wie du?« Er sah mich intensiv an und ich erschrak. Genau das Gleiche hatte ich eben erst gedacht.

»Was? Nein, ich bin nicht einsam. Es ist nur, sie tut mir leid, wegen der Narben aus ihrem kurzen Leben.«

»Wie deine Narben?« Seine Augen durchbohrten mich fast.

»Bist du jetzt ein Psychologe, oder was?«

Er lachte: »Ich bin gut in diesen Dingen.«

»Ach, und jetzt willst du mein gebrochenes Herz heilen?« Ich klang zynischer, als ich es beabsichtigte.

»Also doch ein gebrochenes Herz?« Er grinste.

Ich schnaubte, kratzte den ohnehin schon leeren Becher Eis aus, und öffnete die Tür, um den Becher in einen der Mülleimer zu entsorgen, die um den Parkplatz herumstanden. An der frischen Luft atmete ich einmal tief ein und bemühte mich, das Bild von Caleb und Rita aus meinem Kopf zu verbannen, wie sie sich leidenschaftlich gestritten und anschließend noch leidenschaftlicher vertragen hatten.

»Alles in Ordnung, Süße?«, fragte Xay, als ich wieder ins Auto einstieg. Er sah mich mit großen Augen an. Das Licht im Auto war schwach und gedämpft, doch in seinen grauen Augen tanzten kleine, fast unscheinbare Schatten. Ich hatte solche Augen noch nie zuvor gesehen. Langsam, wie ein Walzer, bewegten sich diese Schattierungen und musterten mich, als sahen sie direkt in meine Seele, in mein Innerstes. Ein Schauer lief mir den Rücken hinab. Er grinste, als ich mich fast in seinen Augen verlor.

»Was ist?«, fauchte ich, als ich die Fassung wiedererlangte. Vorsichtig kniff er die Augen zusammen und öffnete den Mund, um etwas zu sagen, doch er bleib still. Er sah mich einfach weiter an, *mit diesen Augen*. »Deine Augen sind ... wundervoll«, sagte ich schließlich leise und zurückhaltend und erschrak selbst über diese Worte. *Hab ich das eben gesagt? Scheiße, er denkt sicherlich, ich mache ihn an, oder so.*

Plötzlich sah er weg, lehnte sich zurück in den Sitz und nippte an seinem Shake. Seine Miene verfinsterte sich, wie ich es an ihm nie zuvor gesehen hatte. Normalerweise grinste er stets frech durch die Welt, als gehöre sie ihm. Es schien, als hätte ich einen wunden Punkt getroffen.

»Was ist?«, fragte ich leise und wusste nicht genau, was ich von seiner Reaktion halten sollte. »Hat dir das noch niemand gesagt?« Ein Schulterzucken war alles, was ich als Antwort bekam, und er kaute weiterhin auf seinem Strohhalm herum. Ich gab nicht nach: »Xay?«

Dann sah er mich an. Ein Seufzen entfuhr ihm. »Du findest meine Augen schön?« Er hob die Augenbrauen und ich sah, wie die Schatten in seiner Iris wilder wurden und von einem Ende zum nächsten huschten.

»Wunderschön«, sagte ich zärtlich und bemerkte selbst, wie mädchenhaft ich mich anhören musste. Ich wollte auf keinen Fall, dass er dachte, ich stünde auf ihn, also fügte ich schnell hinzu: »Das hat dir aber sicher schon oft jemand gesagt!«

»Nein«, gab er zu und sah aus dem Fenster. Draußen war es dunkel und nichts zu sehen, doch er sah hinaus, als ob es dort etwas gab, nach dem er greifen könnte, das ihn halten würde. »Es gab einmal ein Mädchen ...«, begann er zu erzählen, ohne den Blick vom Fenster zu entfernen. »Sie hatte die schönsten Augen, die ich jemals gesehen hatte.« *Oh Xay ...* Er machte eine Pause. Dann erzählte er weiter. »Ich war jung, sehr jung. Und verliebt in dieses wunderschöne Mädchen, das ich nur selten sah. Doch ich nahm mir fest vor, ihr zu sagen, dass sie das wundervollste und schönste Mädchen sei und ich jeden Tag an sie denken musste. Ich legte mir die Worte zurecht und zog meine beste Kleidung an. Ich hatte diese Unterhaltung tausendmal in meinem Kopf durchgespielt, und ihr die schönsten Blumen mitgebracht. Doch als sie vor mir stand, fehlten mir die Worte, die ich sagen wollte. Sie sah mich einfach an, und ich stotterte, als ich ihr sagte, dass sie wunderschöne Augen hatte. Eigentlich wollte ich ihr viel mehr sagen, doch es war das Einzige, was herauskam.«

»Und dann?« Es war süß, anzusehen, wie nervös er wurde, als er mir davon erzählte.

Er schluckte. »Ich sagte ihr also, dass sie wunderschöne Augen habe, und sie lachte. Dann sagte sie: `Deine Augen sind unheimlich, Xay´.«

Ich musste lachen. Keine Ahnung, warum, er hatte mir sein Herz geöffnet, doch ich lachte. Dann legte ich meine Hand auf seine. »Komm schon, wie alt warst du?«

»Ei ...« Er zögerte, als könnte er etwas Falsches sagen. »Ich weiß nicht ... jung eben.«

»Und sie auch! Sie war jung und dumm. Komm drüber weg!« Ich lachte noch immer leise, und bekam das Gefühl, dass er sehr ernst wurde.

»Bist du jetzt der Psychologe?«, fragte er angesäuert.

»Ich bin gut in diesen Dingen«, grinste ich.

»Schön, dass du es lustig findest!«

»Ach komm schon, Xay, sag bitte nicht, dass diese dumme Aussage, eines dummen Mädchens, ein Trauma bei dir hinterlassen konnte?«

Er zuckte mit den Schultern und fasste sich wieder: »Natürlich nicht.«

»Du findest eine. Eine, die dich wirklich liebt. Eine, die dich verdient hat. Du wirst jemanden finden, der dich wahnsinnig macht, der dich Dinge tun lässt, von denen du nie geglaubt hättest, dass du dazu imstande bist. Jemanden, der dich um den Verstand bringt«, sagte ich leise. Und ich war mir sicher, diese Worte schon einmal gehört zu haben.

Er grinste, hielt die Augen aber geschlossen. »Von wem hast du denn das, Frau Psychologin?«, scherzte er. Ich zuckte mit den Schultern, was er nicht sehen konnte, doch dann öffnete er ein Auge und schielte mich an. »Ich brauche niemanden, ich komme gut allein klar.«

Nein. Niemand kommt allein klar. Ich habe es versucht. Als er seinen Kopf gegen die Kopflehne lehnte und kurz die Augen schloss, nahm ich seinen Becher aus der Hand und stellte ihn behutsam in den Getränkehalter. Dann drehte ich meinen Körper weiter zu ihm, und lehnte mich nach vorn. Er sah mich irritiert an, während ich nach etwas in seinen Augen suchte. »Ich finde deine Augen atemberaubend, irgendwie magisch, als wären sie nicht von dieser Welt«, flüsterte ich und küsste ihn ganz zart auf seine Lippen, während er sich nicht rührte. Einen Moment zögerte er, dann griff er mit beiden Händen meinen Hinterkopf und küsste mich. Langsam, doch intensiv und leidenschaftlich.

Irgendwann zog ich mich etwas zurück und sah ihn an. Ein paar schwarze Strähnen waren ihm ins Gesicht gefallen, die ich sanft zurück schob. Dabei packte er mein Handgelenk und sah mich erstarrt an. Erst drückte er etwas fest zu, doch dann ließ er locker und führte meine Hand an seinen Mund. Er küsste meine Fingerknöchel, dann drehte er meine Hand und küsste die Handflächen. Dabei hörte er nicht auf, mir in die Augen zu sehen. Ich erschauderte unter seinen Blicken, die so intensiv und gleichzeitig warm erschienen. Ich legte meine Hand an seine Wange und schenkte ihm ein kurzes Lächeln. Dann zog er mich wieder zu sich und fuhr sanft mit seinen Lippen über meine.

Ich konnte nicht sagen, ob es Minuten oder Stunden waren, doch wir küssten uns ununterbrochen, bis er endlich etwas flüsterte: »Komm mit zu mir.«

Ich nickte.

Es war anders als beim letzten Mal, als er mich einfach gepackt, und mich um den Verstand gebracht hatte. Diesmal drückte er mich so sanft aufs Sofa, als bestünde ich aus Glas. Oder aus etwas noch Zerbrechlicherem. Als könnte jede seiner Berührungen mich verletzten. Er streichelte mir beim Küssen über mein Haar und meine Arme. Langsam und zärtlich berührte er mich, als ob ich unter seinen Händen zersplittern könnte, die das letzte Mal noch so fest und männlich mit mir umgegangen waren. Diesmal schloss er beim Küssen die Augen, und er ließ sich mit allem, was er tat, Zeit.

Als seine Hand unter mein Shirt glitt, stieß ich sie automatisch weg. Ich setzte mich auf und keuchte. »Es tut mir leid.« Auf einmal krochen die Bilder des ekligen Kerls in mein Gedächtnis zurück, der mir vor der Bar aufgelauert hatte. So sehr ich mich mit Xay ablenken wollte, so sehr konnte ich mich auf einmal nicht mehr konzentrieren. »Es tut mir leid«, wiederholte ich langsam. »Ich sollte gehen.«

»Nein«, sagte er schnell und wandte sich von mir ab.

»Es liegt nicht an dir, nur ...« Ich suchte die richtigen Worte.

»Es ist in Ordnung«, flüsterte er, als verstünde er genau, was in meinem Kopf vor sich ging. Er legte sich neben mich und berührte mich nicht mehr. »Bleib hier, du bekommst das Gästezimmer.«

»Wirklich?« Ich sah ihn irritiert an.

»Wirklich!«

An diesem Morgen wollte ich nicht einfach verschwinden wie beim ersten Mal. Ich ging hinab in die offene Wohnküche, wo Xay bereits Frühstück gemacht hatte und lächelte ihn an: »Danke, Xay. Du bist ein guter Mann.«

Xay war wieder ganz der Alte. Das freche, leicht schiefe Grinsen auf seinen Lippen verriet ihn. Es war nichts mehr zu sehen, von dem emotionalen, liebevollen Mann, der mich gestern Abend so behutsam behandelt hatte. »Magst du Spiegelei mit Speck?«, zwinkerte er mir zu.

»Ich habe keinen Hunger«, sagte ich und überlegte, wie ich mich am besten verabschieden sollte. »Ich esse nie etwas morgens«, fügte ich schnell hinzu, um ihn nicht zu kränken.

Sein Blick wanderte über meinen Körper: »Deshalb bist du so dünn!«

»Danke«, lächelte ich verlegen.

»Das war kein Kompliment!«, warf er ein. »Du siehst scheiße aus! So kränklich!«

Da ist er wieder. Der Xay, den ich kennengelernt hatte. »Nochmals ... Danke«, sagte ich etwas gereizt.

»Jetzt komm schon. Zwei, drei Happen. Ich fahr dich auch nach Hause ...«, bat er und holte bereits zwei Teller aus einem der Schränke und legte etwas vom Spiegelei und vom Speck darauf.

»Oh, bitte keinen Speck.«

»Du musst ein wenig zulegen, du bist zu dünn ...«, begann er, doch ich unterbrach ihn. »Das ist es nicht, ich esse kein Fleisch.«

Irritiert sah er mich an. Seine Augen wurden groß und wieder kleiner. »Warum?«

»Ich bin Vegetarierin.«

»Schon mal daran gedacht, dass du deshalb so krank aussiehst?« Er grinste und legte den Speck, den er eben auf meinen Teller gelegt hatte, auf seinen eigenen.

Ich zuckte mit den Schultern. »Du weißt wirklich, wie man einer Frau Komplimente macht«, scherzte ich, doch in Wahrheit hatte er mich gekränkt. Noch nie hatte jemand gesagt, ich sehe krank aus.

»Hat dir das noch nie jemand gesagt?«, fragte er, während er kaute.

»Dass ich krank aussehe? Nein«, hauchte ich und brach eines der Brötchen auseinander, während ich mich zu ihm setzte.

»Macht sich niemand Sorgen um dich?«

»Wer sollte sich Sorgen machen?«

»Ich weiß nicht«, murmelte er.

»Nein, es gibt niemanden, der sich um mich sorgt.« Ich klang genervt und etwas bissig.

»Jetzt hast du ja mich«, sagte er völlig von sich überzeugt.

»Du denkst, ich will mich noch mal mit dir treffen?«, lächelte ich scherzhaft.

»Komm schon«, grinste er und zeigte mit seinen Händen auf seinen Körper von oben bis unten.

»Hast du jemals daran gedacht, dass nicht jede Frau auf dich steht?«

»Nein, warum auch?«

Ich lachte: »Du hältst dich für unwiderstehlich, oder?«

»Kannst du es mir verübeln?« Er grinste und in Gedanken dankte ich dafür, dass er mich zum Lachen brachte. »Ich kann nichts dafür, dass ich aussehe wie ein Gott.«

»Ohhhh ... jetzt übertreib es mal nicht«, sagte ich laut. Er hatte recht. Er sah umwerfend aus. Vielleicht war er der schönste Mann, den ich jemals gesehen hatte. Doch das musste ich ihm nicht auf die Nase binden.

Er lehnte sich mit diesem unwiderstehlichen Lächeln über den Tisch und sah mich an: »Komm schon, Lia, ich sehe doch, wie du mich anhimmelst!« *Dieser arrogante Kerl!* Am meisten störte es mich jedoch, dass mir kein passender Kommentar einfiel. »Ich verüble es dir nicht, Lia«, sagte er arrogant. Dann lachte er und nippte an seinem Kaffee.

Ich verdrehte die Augen: »Wenn du meinst ...«

»Warum isst du kein Fleisch?«, fragte er schließlich.

Das hatte mich einmal eine Kollegin gefragt und mich dann ausgelacht. Ansonsten fragte mich niemand danach. Möglicherweise, weil es keinem anderem auffiel. Es gab niemanden, der sich für meine Essgewohnheiten interessierte. »Weil dafür Tiere sterben?« Es war eine Aussage, doch ich ließ es klingen wie eine Frage. Ich stellte mich bereits mental auf sein spöttisches Lachen ein.

»Ach so.«

Er hatte nicht gelacht. Er wurde ernster: »Eine Frage ...« Er rieb sich über den Nacken und ich bemerkte, dass er sich unsicher war, ob er mir diese Frage stellen sollte.

»Ja?«

»Ich muss für vier Wochen weg. Und ich wollte fragen, ob du dich in der Zeit um Shadow kümmern könntest?«

»Ja! Klar!«, sprudelte es aus mir heraus.

Er blinzelte.

»Wo musst du hin?«, fragte ich neugierig.

»Es ist etwas Geschäftliches.«

»Wo?« Für einen Moment fragte ich mich, ob ich zu aufdringlich war.

»London.«

»Was machst du dort?«

»Lia ...« Er seufzte. »Es ist eine Art Geschäftsreise ... nichts Aufregendes. Kümmerst du dich um den Hund oder soll ich eine Pension suchen?«

»Ich nehme sie mit zu mir. Wann geht's los?«

»Übermorgen.«

»Übermorgen? Und du machst dir erst jetzt Gedanken um Shadow?«

»Es war spontan«, versicherte er. »Ich bezahle dir auch etwas dafür.«

»Nein, nein. Ich möchte kein Geld«, sagte ich, obwohl es mir nicht schaden könnte.

»Kannst du den Hund gleich mitnehmen, dann bereite ich mich auf die Reise vor.«

»Geht klar«, sagte ich, ohne darüber nachzudenken, wie ich das bewerkstelligen sollte mit meiner Ausbildung und meinen idiotischen Mitbewohnern. Doch der Gedanke, einen Freund bei mir zu haben, auch wenn es sich um einen Hund handelte, gefiel mir.

Xay

Morgen würde Neumond sein und nie zuvor war ich zwei Mondperioden lang von zu Hause weg gewesen. Ich musste einfach nach Hause. Meine Mutter regierte in meiner Abwesenheit, und ich wusste, dass sie es gut machte. Doch die Zeit auf der Erde hinterließ jedes Mal Spuren. Man alterte anders, schneller. Ich hatte Angst davor, irgendwann als alter Mann zurückzukommen, würde ich auf der Erde die Zeit vergessen.

Und dann war da noch die Sache von gestern Abend. *Mit ihr. Lia.* Ich hatte zu viel von mir preisgegeben. Das sollte nicht noch einmal vorkommen! Dieses Mädchen durfte ich nicht an mich heranlassen, und ich durfte sie schon gar nicht mögen. Ich wusste, wer sie war und vor allem, wie sie wirklich war. Doch wie konnte es sein, dass sie sich derart verändert hatte? Sie aß nicht einmal Fleisch, weil dafür Tiere sterben mussten. Leetha hatte sich ja nicht einmal um das Leben von Gleichgesinnten geschert. Doch dieses Mädchen, *Lia* ...

Du findest eine. Eine, die dich wirklich liebt. Eine, die dich verdient hat. Du wirst jemanden finden, der dich wahnsinnig macht, der dich Dinge tun lässt, von denen du nie geglaubt hättest, dass du dazu imstande bist. Jemanden, der dich um den Verstand bringt.

Ihre Worte hallten nach. Würde ich jemals so eine Frau finden, würde ich sie niemals gehen lassen, sagte ich mir. Schnell schüttelte ich den Kopf. Nein. Keine Zeit, für solche Gedanken.

War alles ein Spiel? Veräppelte sie mich? Nein. Das hätte ich durchschaut. Diesem Mädchen konnte ich direkt in die Seele blicken. Trauer und Einsamkeit überhäuften sie. Es tat mir leid. Sehr sogar. Doch immer wieder musste ich mir einhämmern, dass es sich um Leetha handelte. Schnell schüttelte ich den Kopf. Ich musste weg hier. Nach Hause. Mich daran erinnern, wer ich war und was meine Ziele waren.

Lia

»Wem gehört dieses verdammte Viech?«, schimpfte Karla, als ich von der Arbeit nach Hause kam. »Es hat die ganze Zeit in deinem Zimmer gebellt, als du nicht hier warst!«

»Einem Freund«, sagte ich knapp.

»Es kommt weg! Sofort! Ich habe Angst vor ihm!«

»Nein!«, brüllte ich.

»Das ist mein Haus und ich sage dir, es kommt weg!« Ihre Stimme wurde lauter als der Fernseher, der im Hintergrund lief.

»Ich bekomme hundert Euro die Woche dafür, dass ich auf sie aufpasse, ich teile es mit dir, wenn du willst«, log ich. Ich hatte Xays Angebot abgelehnt, Geld anzunehmen, doch Geld war das Einzige, was Karla besänftigte.

Sie grübelte. »Wie lange soll das Vieh hier sein?«

»Vier Wochen.«

»Vierhundert Euro?«

Ich nickte. Ein Wunder, Karla konnte rechnen!

»Gib mir zweihundertfünfzig Euro und ich erlaube es dir, wenn er in deinem Zimmer bleibt!«

»In Ordnung«, seufzte ich und wusste genau, dass sie niemals einen Cent von mir sehen würde. Doch fürs Erste hatte ich Ruhe.

Ich hatte ohnehin nicht vor, meine Freizeit in dem Zimmer zu verbringen, wo nebenan Caleb seine Sommerferien mit Rita verbrachte. Also holte ich jeden Tag, nach der Arbeit, Shadow ab und wir verbrachten den ganzen restlichen Tag bis in den Abend hinein draußen auf Feldern oder im Wald. Wenn es regnete, saßen wir in den Ruinen unweit von unserem Haus im Wald und ich las ein Buch oder hörte Musik mit meinem Handy. Wenn die Sonne schien, liefen wir stundenlang über die Landschaften und setzten uns ins Gras, auf eine Wiese. Ich schnitt Würstchen klein, die ich extra für Shadow kaufte und nahm sie mit, sodass ich mit Shadow Übungen machen konnte, wie Sitz, Platz oder Peng! Es machte Spaß und ich liebte es zuzusehen, wie dieser Hund aufging. Wie Shadow ihre Narben der Vergangenheit hinter sich ließ und jeden Tag mit mir genoss, als ob ich das Beste war, was ihr geschehen konnte. Nachts schlief sie in meinem Bett und seit sie da war, schlief auch ich wieder dort.

Sie blühte auf, spielte, rannte, kuschelte. Sie war nicht mehr der Hund, der hinter Gittern saß und die Zähne fletschte, wenn jemand vorbeilief. *Unvermittelbar* hatte auf dem Zettel an ihrem Zwinger gestanden. Von wegen. Sie brauchte nur jemanden, der ihr half, über die Schatten ihrer Vergangenheit hinwegzukommen und neues Licht zu entdecken, in einer Welt, die Wesen wie ihr keine Chancen gab. In einer Welt, in der es jedem schwerfiel, ein Licht zu entdecken, weil sie so dunkel und finster war wie die Nacht.

Ich konnte nicht sagen, wer besser für den anderen war. Shadow für mich oder ich für sie. Vielleicht heilten wir uns gegenseitig unsere gebrochenen Herzen und die Verletzungen, die wir auf der Seele trugen. *Unvermittelbar.* So hatte ich mich mein Leben lang gefühlt. *Nicht gewollt. Abgegeben*. Einen Freund zu haben wie sie war alles, was ich mir immer gewünscht hatte. Eine Heimat, eine Art Familie. Es hörte sich komisch an, wenn ich so über einen Hund nachdachte, doch sie war so viel mehr für mich. Sie war mein Anker und zugleich eine Welle, die mich mit sich riss, auf eine Weise, wie ich es nicht kannte.

Die Tage vergingen wie im Flug und in der letzten Woche regnete es kaum. Es war Anfang August und heiß.

Caleb kam mir im Flur entgegen, als ich Shadow nach meiner Arbeit abholte. Ich hatte ihn gemieden und penibel darauf geachtet, ihm nicht über den Weg zu laufen. Doch auf einmal stand er vor mir. Shadow knurrte ihn an, da sie ihn nie zuvor gesehen hatte. „Der Hund bellt jeden Vormittag, wenn du arbeitest«, beschwerte er sich. »Woher hast du ihn überhaupt?« Seine Stimme klang eiskalt, als wären wir nicht einst dieses verliebte Paar gewesen, das keine Nacht ohne einander ausgehalten hatte. Als wären all diese Gefühle nie da gewesen. Als hätte es nie eine Liebe gegeben.

»Das ist Shadow.« *Shadow*. Dieser Name passte so viel besser zu ihr. Als hätte Xay sie gesehen und erkannt, dass sie nur ein Schatten ihrer Vergangenheit war. Es gab keinen passenderen Namen für dieses Tier, das täglich mit seinen Dämonen zu kämpfen hatte. »Und sie gehört ... meinem Freund!«, log ich und betrachtete, wie seine Mundwinkel nach unten gingen und seine Augen sich verfinsterten.

»Deinem Freund?«

Ich nickte.

»Wie ... *Fester Freund*«

»Ja, mein fester Freund.« Ich war nicht stolz darauf, ihn zu belügen, doch etwas in ihm regte sich. Er wurde nervös, leicht aufgewühlt.

»Ah«, sagte er und kniff die Augen zusammen. »Und was ist das für ein Kerl?« Seine Stimme klang rau und neugierig zugleich, als bemühte er sich, die Fassung zu behalten. Ich spürte, wie er versuchte, seine Gefühle zu verstecken. *Gefühle?* Bildete ich es mir nur ein?

»Was geht es dich an?«, fragte ich gelassen und zog an Shadows Leine, um sie die Stufen hinabzuführen.

»Ich will sichergehen, dass er auch gut genug für dich ist.«

Eifersucht. Es konnte Eifersucht sein. Vielleicht war es aber auch nur Wunschdenken. Ich zuckte mit den Schultern: »Durfte ich mein Einverständnis geben, als du dir Rita angelacht hast?«

»Das ist etwas anderes!«, wurde er zornig und ungeduldig.

»Warum?«

»Weil du eine Frau bist. Es gibt so viele gefährliche Kerle da draußen.«

»Caleb«, sagte ich in einem gelassenen Ton und schmunzelte. »Ich kann auf mich selbst aufpassen.«

»Ich würde mich besser fühlen, wenn du keinen Kerl hättest, der einen Kampfhund besitzt.« Er zeigte auf Shadow, die erneut knurrte. Fast so, als hätte sie seine Worte verstanden. Aber wahrscheinlich spürte sie meinen Zorn, der aufkam.

»Es interessiert mich nicht, wie du dich fühlst, Caleb. Hat es dich interessiert, wie ich mich gefühlt habe? All die Wochen?«

»Ich meine ja nur ...«

Ich schnitt ihm die Worte ab: »Halte dich aus meinem Leben heraus!«

Hatte er gedacht, ich säße Tag für Tag in meinem Zimmer und trauerte ihm nach? Hatte er geglaubt, er könnte über mein Leben bestimmen, nach dem er mich einfach weggeworfen hatte? Meine Wut trieb mich weiter und weiter und irgendwann wurde es bereits dunkel.

Als ich nach Hause kam, war es mitten in der Nacht und in allen Fenstern des Hauses herrschte Dunkelheit. Bis auf eines. In Calebs Zimmer war noch das Licht an und ich musste mich überwinden, die Haustür aufzuschließen. Als ich es tat, wollte ich nicht hinein. Ich nahm Shadows Leine und drehte mich um.

Durch die Dunkelheit liefen wir durch den Wald hinter dem Haus. Mit ihr musste ich mich nicht fürchten, sie würde mich beschützen. Egal vor wem oder was. An unserer Ruine, in der wir die Regentage verbracht hatten, lehnte ich mich an eine Felswand. Ich sah mich um. Es war klein und felsig, doch einige der alten Räume hatten noch den Charme der ehemaligen Burg. Ich stellte mir vor, wie hier einst edle Leute gelebt haben mussten, wie es ausgesehen haben mochte. Und wie es aussehen könnte, wenn man es herrichten würde.

Ich starrte in den Himmel, der sternenklar über uns lag. Die Sterne funkelten und der Mond war bereits wieder am Abnehmen. Bald würde es Neumond sein und ein seltsames Gefühl überkam mich. Irgendwann schlief ich angelehnt an die Ruinenwände ein.

Die Tage und Nächte vergingen und die Ruine wurde zu meinem neuen Zuhause. Lediglich zum Duschen kam ich noch nach Hause. Nach Feierabend holte ich Shadow und wir gingen in den Wald.

Man musste mich schon für absolut verrückt halten, weshalb ich niemandem davon erzählte. Eine Frau, die im Wald lebte, ich fand es ja selbst wahnsinnig. Irgendetwas stimmte wirklich nicht mit mir, stellte ich fest, als es am letzten Abend in Strömen regnete und ich auf einer selbstgebastelten Matratze unter einem Vorsprung in der Ruine lag und Musik mit meinem Handy hörte, das ich bei der Arbeit aufgeladen hatte.

Nächste Woche würde ich für zwei Wochen Urlaub haben, und ich beschloss, mit Shadow einfach wegzufahren. Von meinen zweihundertdreißig Euro, die ich monatlich bekam, hatte ich genau dreihundert angespart, die eigentlich für meine erste Wohnung herhalten sollten, die ich niemals gefunden hatte. Dieses Geld würde ich nehmen, um etwas anderes von der Welt zu sehen – na ja zumindest von Deutschland. Weit würde ich damit nicht kommen. Vielleicht schaffte ich es, einmal das Meer zu sehen. Ostsee oder Nordsee würden schon reichen. Gegebenenfalls kaufte ich ein Zelt, und nahm Mitfahrgelegenheiten an. Mal sehen. Aber die Vorstellung machte mich glücklich. Und mit einem Hund wie Shadow würde mir nichts geschehen, sie würde mich beschützen.

Es war so weit. Heute Abend musste ich Xay seinen Hund zurückbringen. Den ganzen Tag bei der Arbeit begleitete mich ein komisches Gefühl. Die Vorstellung, nach Hause zu kommen, ohne dass Shadow schwanzwedelnd an meiner Zimmertür stand, brach mir das Herz. Ich wollte Xay fragen, ob ich mir Shadow ausleihen konnte für die zwei Wochen, die ich Urlaub hatte. Ich konnte mir schon vorstellen, wie er mich dabei ansehen würde. Wahrscheinlich würde er mich dann erst recht für verrückt halten, wenn er das noch nicht tat.

Heute war einer der heißesten Tage, und das musste schon etwas heißen, denn die letzten Wochen hatte es oft bis zu fünfunddreißig Grad gehabt. Als ich das kleine Gartentor zu Xays Zuhause öffnete, stand er bereits in der Tür, angelehnt am Türrahmen, und lutschte an einem Eis. Er grinste, als er mich sah. Und ich lachte, als Shadow ihn anbellte, als kenne sie ihn nicht einmal. Doch ein strenger Blick und das Tier zog den Schwanz ein und setzte sich. Wie machte er das? Ich hatte sie gut im Griff, doch er musste nicht einmal laut werden oder etwas sagen. »Wie war's?«, fragte er zur Begrüßung. Dann wurden seine Augen groß, als er mein Strahlen bemerkte.

»Großartig«, gab ich zurück.

»Hast du mich vermisst?«, grinste er.

»Ja und wie!«, sagte ich übertrieben gespielt.

»Es muss schwer für dich gewesen sein, nicht an mich zu denken, nehme ich an.«

Sein bescheuertes Grinsen, dachte ich. »Du mich auch.«

»Du ... du siehst verändert aus«, stellte er fest und musterte mich, als ob er herausfinden wollte, was es war oder woran es lag. »Etwas gebräunt und ... anders eben.«

»Nicht mehr krank?«, scherzte ich.

Er lachte: »Nein. Du siehst gut aus. Glücklich.« Dann kniff er die Augen zusammen und sein Blick verfinsterte sich. Aber er sagte nichts weiter.

»Also ...« Ich suchte Worte und trat von einem Fuß auf den anderen. »Ich wollte dich etwas fragen ...«

»Oh nein ...«, sagte er grinsend. »Du willst mich heiraten, stimmt's?«

»Du Arsch!«

»Ich wusste doch, dass du dich in mich verliebt hast.« Er zwinkerte mir zu.

»Du bist ein Idiot!«

»Die vier Wochen ohne mich, müssen schrecklich gewesen sein ...«

Ich zog ernst die Augenbrauen zusammen: »Es geht um Shadow.«

Fragend sah er mich an. »Ja?«

»Also, ich habe mir gedacht, da ich nächste Woche Urlaub habe ... wollte ich fragen, ob ich sie dann noch ein bisschen nehmen könnte ...?«

Er kniff die Augen zusammen: »Ist das ein Vorwand, um mit mir in Kontakt zu bleiben?«

»Du bist so ein Arsch!«, fauchte ich. Auf dem Absatz drehte ich mich um und ging zurück zum Gartentor. Dabei rief ich Shadow noch zu, dass ich sie vermissen würde. Sie sah mir wehleidig hinterher, doch wagte es nicht, sich zu bewegen, bevor Xay sein Einverständnis dazu gegeben hatte. Sollte ich sie wirklich bei ihm lassen? Er schüchterte sie komplett ein.

»Warte!«, hörte ich Xays Stimme nachrufen, und ein Lachen war herauszuhören. »Ich hab nur Spaß gemacht!«

Ich schloss das Tor hinter mir, sah ihn an und zeigte ihm den mittleren Finger.

Als ich zu Hause ankam, war es ruhig. Kein Bellen, kein Jaulen, kein Schlecken über mein Gesicht. Lautlos. Einsam. Traurig. Mein Herz blutete bei dem Gedanken, heute Nacht in diesem Bett zu liegen, allein und ohne Shadows weiches Fell neben mir. Vielleicht sollte ich mir eine Katze zulegen, überlegte ich. Für einen Hund hatte ich zu wenig Zeit, wenn ich arbeitete, und Karla würde ihn ohnehin zum Teufel jagen.

Wenn ich die Ruhe fürchtete, hasste ich das, was dann geschah, wie die Pest. Caleb und Rita waren nach Hause gekommen und kicherten und lachten ununterbrochen, selbst die Musik, die ich lauter und lauter drehte, konnte das nicht mehr übertönen. Mir reichte es. Ich packte meine Sachen und machte mich auf den Weg zur Ruine. Es war Abend, doch noch hell genug, um mich nicht zu fürchten. Ich hatte zwei große Küchenmesser eingepackt, falls ich mich verteidigen musste, die ich fest in der Hand hielt. Was sollte schon geschehen, ich brauchte Shadow nicht, um auf mich aufzupassen. Und doch schlich sich die Angst bis ins Mark meiner Knochen, als es urplötzlich stockdunkel wurde. *Blöde Idee. Dumme Lia! Du Idiotin!*

Es war zu dunkel, und um den Weg durch den Wald nicht allein zu meistern, musste ich wohl oder übel hier übernachten. Doch ich konnte nicht schlafen. Ich achtete auf jedes noch so kleine Geräusch um mich herum, nur um sicherzugehen, dass sich kein Wildschwein oder Fuchs in meine Richtung bewegte. Aber irgendwann mussten mir die Augen zugefallen sein.

»Lia«, hörte ich eine bekannte Stimme und fragte mich in der ersten Sekunde, ob ich träumte. »Lia!«

Etwas Feuchtes schleckte über mein Gesicht und ich schlug die Augen auf. Dort standen sie: Xay und Shadow, die schwanzwedelnd um mich herumhopste. Ich rieb mir die Augen, dann erschrak ich. »Was machst du hier?«, fragte ich nervös. »Verfolgst du mich?«

»Hör mal auf mit deinem Verfolgungswahn!«, schrie er wütend. »Der Hund hat die Hecke im Garten übersprungen und ist weggerannt. Ich bin ihm bis hierher gefolgt.« Ich hatte ihn nie schreien gehört und wusste nicht einmal, dass ein so feiner Kerl wie er schreien konnte. Doch seine Stimme war laut und klang mehr als wütend. Irgendwie mächtig. Was er sagte, ergab Sinn. Shadow kannte diesen Platz und er keuchte und schien außer Puste zu sein, so, als wäre er gerannt. »Was um alles in der Welt machst du mitten im Wald? Haben sie dich rausgeschmissen?« Er klang so wütend, dass ich mich für einen Moment fühlte, als hätte ich einen Mord begangen. Und doch lag ein Hauch Sorge in seiner Stimme.

»Nein ... ich ... ich will nicht heim.«

»Warum?«

»Weil, weil ... ich will einfach nicht.«

Besorgt betrachtete er mich: »Weißt du eigentlich, was dir hätte geschehen können, allein im Wald? Außerdem soll es heute Nacht gewittern! Sag bloß, du hast schon öfter hier geschlafen!«

Ich zuckte mit den Schultern.

»Steh auf!«, sagte er in einem befehlsmäßigen Ton, den ich nie zuvor an ihm gehört hatte. »Sofort!«

»Ist ja gut«, murmelte ich, stand auf und rieb mir die Augen.

»Du kommst mit zu mir.«

»Xay ...«

»Keine Widerrede. Und morgen suchen wir eine Unterkunft für dich.«

»Das bringt nichts, ich suche schon lang eine Wohnung. Ich kann es mir nicht leisten«, gab ich leise zu.

»Schon mal an eine WG gedacht?«

»Nein.«

Er verdrehte die Augen und schnaubte verächtlich. »Dann suchen wir dir so etwas.« *Wir.* Er sagte es, als wäre es seine Aufgabe, sich um mich zu kümmern. Doch in der Realität hatte er keine Ahnung. Ich brauchte niemanden, der mich auffing, der mir half, der mich bemitleidete. »Komm jetzt!«, schnaubte er und ging voraus. Ich folgte ihm.

Der Wald, in dem ich so gern war, lag auf einer kleinen Anhöhe, inmitten der Kleinstadt. Xay ging genau in die andere Richtung, als die, aus der ich gekommen war. Das Viertel, in dem er wohnte, lag genau auf der anderen Seite des Hügels. Es dauerte genauso lang von ihm wie von mir zu Hause, um hierherzugelangen. Wie er gesagt hatte, begann es zu regnen und von Weitem war der Donner eines Gewitters zu hören. »Komm«, sagte ich zu Shadow, als er mir die Haustür aufhielt.

»Na, na, na.« Er schnalzte mit der Zunge. »Der Hund bleibt schön draußen.«

»Xay ...« Ich sah ihn mit flehendem Blick an. »Sie hat Angst vor dem Donner.«

Ich war auf eine Diskussion gefasst, die mir ein schlechtes Gewissen bereiten würde, weil er so gastfreundlich war und ich es überstrapazierte, doch er gab sofort nach: »Gut. Aber der Hund bleibt unten. Er kommt nicht in die Schlafzimmer.«

»Was? Ja! Natürlich.« Ich musste grinsen wie ein Honigkuchenpferd.

»Hast du etwas gegessen?«, fragte er und ich sah auf die Uhr auf seiner Küchentheke. Es war nach Mitternacht und er fragte mich, ob ich etwas essen wollte?

»Nein«, sagte ich ehrlich. »Aber ich habe keinen Hunger.« Der letzte Satz war gelogen. In Wirklichkeit war der Kühlschrank zu Hause leer gewesen, wie fast immer.

Er öffnete einen Schrank, holte etwas Brot heraus und schmierte mir Butter darauf. »Wie lange schläfst du schon im Wald?«, fragte er mit dem Rücken zu mir gewandt, während er eine Scheibe Käse auf die Brotscheibe legte. Seine Stimme klang noch immer verärgert.

»Ein paar Mal.«

»Ist es so schlimm zu Hause?«

»Ja.«

»Seinetwegen?« Endlich drehte er sich um, reichte mir mein Essen und sah mich eingehend an.

Ich zuckte mit den Schultern.

»Also seinetwegen«, stellte er fest.

»Nicht nur«, murmelte ich und verschlang mein Brot.

»Warum hast du nichts gesagt? Ich hätte dir meinen Schlüssel gegeben.«

»Was? Warum?« Irritiert sah ich ihn an.

Er rieb sich über das schwarze Haar: »Ich war ohnehin nicht zu Hause. Du hättest in den vier Wochen hier wohnen und dir in Ruhe etwas anderes suchen können. Ich habe einen Computer und Internet.«

Ich spürte, wie meine Augen brannten. Aus welchem Grund tat er das? Warum sagte er so etwas? Noch nie hatte jemand etwas ohne Hintergedanken für mich gemacht. Was wollte er? Misstrauen stieg in mir auf. »Warum?«, fragte ich zögernd. »Weil du Mitleid hast?«

Er öffnete den Mund, schloss ihn aber wieder. Also doch. Mitleid. Ich wusste nicht, was ich davon halten sollte. Immerhin besser als andere Hintergedanken.

Ich atmete den kurzen Zorn weg und seufzte: »Du bist ein guter Kerl, Xay.«

Er lächelte und gähnte. »Ich geh schlafen. Du weißt ja, wo alles ist.«

Ich nickte und dachte an das kleine Gästezimmer. Dann dankte ich ihm nochmals und sah ihm hinterher, wie er die Stufen in sein Schlafzimmer hinaufging. An der obersten Stufe blieb er stehen, drehte sich um und fragte: »Wann hast du morgen Feierabend?«

»Sechzehn Uhr.« Dienstag war einer der kurzen Tage.

»Ich hole dich ab.« Er ging, bevor ich etwas erwidern konnte.

Am nächsten Morgen sah ich Xay nicht. Ich fragte mich, ob er noch schlief, nahm den frühesten Bus nach Hause und zog mir frische Sachen an, um zur Arbeit zu gehen.

Und Punkt sechzehn Uhr stand Xay in der Tür des Salons und grinste mich an. »Uhh ... wer ist der hübsche Kerl«, flüsterte Camille mir zu.

Ja, er ist hübsch. »Ein Freund«, sagte ich leise und räumte meinen Kram auf, wie Sofia es stets verlangte. Sie achtete penibel auf Sauberkeit und Ordnung und mir fiel auf, dass sie gut zu Xay passen würde. Dass er um einiges jünger war als sie, würde sie nicht stören, ich kannte ihren Geschmack.

Herausgeputzt wie immer, stand er im Eingangsbereich des Salons und sah sich um. »Hier arbeitest du also?«

»Jap!«

»Schick«, sagte er und verzog die Mundwinkel.

Ich spürte, wie meine Wangen warm wurden und blickte in den Spiegel, wo ich erkannte, dass ich rot geworden war. Ich war stolz darauf, hier meine Ausbildung zu machen, auch wenn Caleb eine Friseurausbildung als nichts Wichtiges erachtete. »Ich arbeite gerne hier«, erklärte ich, um die Anspannung zu lösen, die nicht besser wurde, als Camille und Ariana auf ihn starrten. Sofia hatte dienstags frei und war zum Glück nicht hier, ansonsten hätte sie mit ihm ein Gespräch angefangen und nicht lockergelassen, bis sie alles über ihn erfahren hätte. »Ich hau ab, ciao!«, rief ich und packte Xay am Arm, um ihn aus dem Salon zu schleifen und ihn vor den Blicken meiner Kolleginnen zu retten.

Draußen vor dem Salon saß Shadow, lieb und ruhig, wie der bravste Hund, den es auf der Welt gab. Ich traute meinen Augen kaum. »Du hast Shadow dabei?«

»Ich dachte, es freut dich«, lächelte er verlegen.

Wie süß er doch sein kann. »Und wie!«, gab ich zu und wir bummelten noch eine Weile durch die Straßen der Stadt, aßen eine

Kleinigkeit auf einer Parkbank und ich fütterte die Tauben, sodass er nur den Kopf schüttelte.

»Wohin fährst du?«, fragte ich, als ich bemerkte, dass er nicht die Richtung einschlug, die zu ihm nach Hause führte.

»Wir holen deine Sachen.«

»Was?«, erschrocken sah ich ihn an.

»Wir fahren zu dir und holen deine wichtigsten Dinge. Du hast doch Sachen? Klamotten und so?«

»Ähm, ja.« *Wenn auch nicht viele*. Mir grauste davor, zum ersten Mal jemanden mit nach Hause zu bringen, jemanden, der sehen würde, wie wir lebten. Wie ich all die Jahre gelebt hatte. Und dann auch noch einer wie er, der das schönste und sauberste Haus hatte, das ich mir nur vorstellen konnte und dessen Auto selbst nach einem Hurrikan noch blitzeblank aussehen musste. Es wunderte mich ohnehin, dass er Shadow ins Auto gelassen hatte. Na gut, in einer Transportbox hinten im Kofferraum, doch schon das verwirrte mich.

Wir standen vor der Haustür und ich suchte den Schlüssel in meiner chaotischen Handtasche. Mir wurde leicht übel bei dem Gedanken, Xay diese Welt zu zeigen. Meine Welt. Die Seite von mir, die niemand kannte. Es kam mir vor, als würde ich mich vor ihm entblößen. Und ein klein wenig spürte ich die Angst, er könnte sich deshalb von mir abwenden. Als wir hereintraten, seufzte Xay tief. »Ohhh«, gab er von sich und schaute sich ungläubig um. In der Ecke rechts von uns lag ein Berg aus gefühlten hundert Schuhen und Jacken. Der Boden war dreckig und die Regale staubig und vollgestopft mit Ansammlungen aus sicherlich fünfzig Jahren. Er hob eine Augenbraue und drehte sich zu mir, während er mit dem Finger auf all das zeigte: »Nur damit es klar ist, wenn du bei mir wohnst, räumst du dein Zeug auf!«

Bei ihm wohnen? Hatte er das gesagt? Mein Herz hüpfte kurz auf. »Versprochen«, sagte ich beschämt. Ich wusste, dass ich dieses Versprechen halten würde und konnte. Bei Sofia im Salon achtete ich auch penibel darauf, es ihr recht zu machen.

»Sicher? Ich hab eben deine Handtasche gesehen«, stachelte er mich an.

»Ich kann mich schon benehmen, wenn ich zu Besuch bin«, versprach ich. Das alles war mir so unangenehm. Wenn jetzt auch noch Karla auftauchen würde, könnte ich gleich im Erdboden versinken.

Schadow, die nicht an der Leine war, wollte eben die Stufen hinauf, wahrscheinlich aus Gewohnheit, da ertönten Schritte aus dem Wohnzimmer. »Wer ist da?«, hörte ich Karlas krächzende Stimme. *Oh, Shit*! Konnte die Situation noch peinlicher werden? Karla stellte sich mit verschränkten Armen vor uns und lehnte sich an den Türrahmen zum Wohnzimmer, aus dem uns ein abscheulicher Geruch entgegenkam. Eine Mischung aus Schweiß, Alkohol und irgendetwas undefinierbarem. Ihre Jogginghose wies tausend Flecken und Löcher auf, und sie war hackedicht. Leicht schwankte sie, doch als sie Xay sah, erschrak sie kurz und riss sich zusammen. »Oh, ich wusste nicht, dass wir Besuch bekommen ...«

»Kein Grund zu schleimen, Karla, er ist nicht vom Jugendamt«, erklärte ich und rollte mit den Augen.

Sie atmete erleichtert aus: »Oh, wie gut.« Sie richtete einen strengen Blick auf Xay: »Wer sind Sie dann?« Karla verschränkte erneut ihre Arme vor der Brust. »Ein Lehrer?«

Ich betrachtete Xay, der rein gar nichts mit einem Lehrer gemeinsam hatte. Gut, er könnte in dem Alter eines jungen Referendars sein. Jedoch war er es nicht. Oder? Mir fiel auf, dass ich ihn nie nach seinem Beruf gefragt hatte.

»Ich bin ein Freund Ihrer Pflegetochter und möchte Ihnen mitteilen, dass sie ab sofort nicht mehr hier wohnt«, sagte Xay gefasst und ernst, dennoch charmant. Er strahlte etwas Mächtiges aus. Etwas, das jedem, um ihn herum, den Atem rauben konnte.

»Was soll das heißen?«, ertönte Calebs Stimme von der Treppe oben. Ich wusste, dass es Zeit war zu gehen. Diese Diskussion wollte ich nicht jetzt, nicht hier führen. Weder mit Karla noch mit Caleb.

»Du ziehst aus?«, fragte Karla verwirrt, dann erst bemerkte sie Shadow, die knurrte, als Caleb die Stufen hinabkam. »Das ist also Ihr Hund!«

»Ja«, sagte Xay ruhig und warf Shadow einen Blick zu, der sie sofort verstummen ließ.

»Dann schulden Sie mir zweihundertfünfzig Euro!« Karlas Stimme erhob sich wie immer, wenn es um Geld ging.

»Wie bitte?« Xay zog die Augenbrauen hoch.

»Vergiss es, Xay, ich regle das. Lass uns gehen«, flüsterte ich und zog an seinem Hemd als Aufforderung.

»Und deine Sachen?«, fragte er und stieß sanft meine Hand weg.

»Wir holen sie ein andermal«, versicherte ich, doch Karla ließ nicht locker. »Weil wir auf den Köter aufgepasst haben. Lia sagte, wir bekommen Geld dafür. Außerdem können Sie sie nicht einfach mitnehmen, was sage ich dem Amt?«

Xay schnaubte und wollte gerade etwas erwidern, da stand Caleb vor uns, der sich ganz langsam, aus Angst vor Shadow, die Treppen hinabgeschlichen hatte. »Lia, du gehst?«, fragte er verwirrt. Vielleicht sorgend? Sorgte er sich um mich? Dann sah er Xay an und riss die Augen auf. »Kennen wir uns?«

Xay schüttelte den Kopf. »Ich glaube nicht.«

»Doch ganz sicher, ich kenne Sie.«

»Ich wüsste nicht, woher«, sagte Xay und Karla drängte sich erneut dazwischen: »Was ist nun mit meinem Geld?«

»Lia, geh in dein Zimmer und hole deine wichtigsten Sachen!«, sprach Xay laut und bestimmt. Ich öffnete den Mund, um zu widersprechen, doch er fuhr mich düster an: »Sofort!«

»Wie reden Sie mit ihr?«, hörte ich Caleb schnauben, doch ich sprang die Stufen hoch und bemerkte, wie Caleb mir folgte: »Lia, warte.«

»Wir haben uns nichts mehr zu sagen, Caleb«, sagte ich oben angekommen.

»Ich habe ein ganz ungutes Gefühl bei diesem Typ. Ich kenne ihn irgendwoher, weiß aber nicht woher.«

»Lass mich in Ruhe, Caleb!«

Er beobachtete mich, wie ich eine große Tasche mit Klamotten, Zahnbürste und anderen Badartikeln füllte. »Sag mir wenigstens, wo du dann wohnst«, bat er.

»Geht dich nix an!«

»Lia ...«

Als ich fertig war, rannte ich die Stufen wieder hinab und sah in Karlas freudiges Gesicht. Sie hielt einen fünfhundert Euroschein in der Hand und lächelte liebevoll. »Viel Spaß, Kleines.«

Ich packte Xay am Arm und pfiff Shadow zu mir, dann zerrte ich Xay aus der Tür. »Du hast ihr Geld gegeben?«

Er zuckte mit den Schultern: »Sagen wir so, sie lässt dich ab jetzt in Ruhe.«

»Die fünfhundert Euro sind im nu weg und sie kommt wieder zu dir, glaube mir.«

»Sie weiß nicht, wo ich wohne oder wo sie uns findet«, grinste er.

Ich hörte, wie sich hinter uns die Haustür erneut öffnete und Caleb herauskam. Er lief an uns vorbei und stellte sich uns in den Weg. Er sah Xay wütend an und ging noch einen Schritt dichter auf ihn zu. Er flüsterte, doch ich konnte jedes Wort hören. Shadow knurrte. »Lass deine Finger von ihr«, knurrte Caleb leise durch gepresste Zähne.

Xay blieb cool und sagte ganz ruhig: »Wenn du wüsstest, wo meine Finger schon überall an ihr waren ...«

So schnell, wie Calebs Hand zuschlug, konnte ich nicht einmal blinzeln. Seine Faust zielte direkt auf Xays Gesicht, doch der reagierte schneller als ein Blitz und fing die Faust ab. Er hielt Calebs Handgelenk fest und drehte es herum, sodass Caleb aufschrie. Caleb nahm all seine Kraft, um sich loszureißen und riss Xay zu Boden. Genau in diesem Moment hörte ich ein lautes Knurren, einen Aufschrei und dann sah ich Blut. Shadow hatte sich in Calebs Arm festgebissen, mit dem er auf Xay eingeschlagen hatte.

»Shadow, nein!«, schrie ich und zog sie von Caleb weg. Doch sie ließ nicht los und Caleb schrie wie verrückt. Ein Blick von Xay, der sich losgerissen hatte, reichte aus, um Shadow zur Besinnung zu bringen.

Karla kam aus der Tür und kreischte laut los.

»Dieses Mistvieh!«, schrie Caleb. »Der Köter gehört eingeschläfert!«

Oh, Caleb, was hast du getan? Ein Schrei entfuhr mir bei diesen Worten, doch Xay drückte mich an sich, er umschlang mich mit seinem Arm, während er die andere Hand Caleb reichte, um ihm aufzuhelfen. Karla rief einen Krankenwagen und ich brach in Tränen aus. Ich ging auf Caleb zu und begutachtete die tiefe Bissverletzung.

»Dieses Drecksvieh ... Ich sorge dafür, dass es eingeschläfert wird«, murmelte er und hielt sich den Arm.

»Caleb, sie hat ihren Besitzer beschützt«, sagte ich leise und betrachtete sie, wie sie neben Xay stand und ihre Zähne fletschte. *Mein Mädchen*.

Von hinten stieß mich Karla weg. »Aus dem Weg, du hast genug angerichtet«, schimpfte sie und wandte sich zu Caleb: »Der Notarzt kommt gleich.«

Caleb funkelte Xay böse an: »Ich sorge dafür, dass dies ein Nachspiel haben wird.«

Ich drehte mich zu Xay um, der Shadow an die Leine genommen hatte: »Bitte geh!«

»Was? Lia ...«

»Ich weiß«, flüsterte ich. »Bitte, Xay, geh! Bitte!«

Er sah mich finster an, dann nickte er schließlich und ging.

»Bleiben Sie hier! Ich rufe die Polizei!«, rief Karla ihm hinterher.

»Geh!«, rief ich laut und Xay verschwand mit Shadow im Wald.

Ich fuhr mit Caleb im Krankenwagen in die Klinik, die ohnehin nicht weit von zu Hause entfernt lag und versuchte, so gut ich konnte, ihm zuzureden. »Caleb ...«, begann ich, als er erneut über Shadow schimpfte. »Bitte, sie ist ein gutes Tier ... Sie hat ihn beschützt, wie sie auch mich beschützen würde.«

Er schnaubte genervt, sah mir aber fest in die Augen.

»Bitte, bitte Caleb, ich tu alles, was du willst ...«, flehte ich.

»Lia«, sagte er genervt. Dann wurde mein Flehen zu einer Drohung: »Wenn du Shadow an die Polizei verrätst, dann werde ich nie wieder etwas mit dir zu tun haben wollen! Du wirst mich nie wiedersehen und ich gehe weg mit Xay und sage dir nicht, wohin.«

»Ist das eine Drohung?«, fragte er mit schmerzverzerrtem Gesichtsausdruck.

»Ja, ich meine es todernst«, sagte ich und fragte mich zugleich, ob es ihn überhaupt interessieren würde. Andererseits hatte ich die Eifersucht in seinem Blick gesehen, den er Xay zugeworfen hatte. So gleichgültig, wie er tat, konnte ich ihm nicht sein.

Zu meinem Erstaunen hielt er mit seiner gesunden Hand meine, und ließ mich die ganze Fahrt über nicht los. Als wir in der Notaufnahme ankamen, wollte ich ihn loslassen, doch er drückte meine Hand so fest, als ob er mich nie wieder gehen lassen würde. Ich spürte, wie ein ganzer Schwarm Schmetterlinge in meinem Bauch emporstieg. Es fühlte sich so gut an, zu wissen, dass er mich in diesem Moment brauchte. Auch ohne Worte spürte ich es. Er wollte mich bei sich haben, entgegen allem, was zwischen uns geschehen war. Entgegen den hässlichen Worten, die wir uns an den Kopf geworfen hatten, den bösen Blicken, die wir uns zugeworfen hatten. Es fühlte sich an, als gäbe es nur uns, *ihn und mich*, und niemanden sonst. Die Ärzte und Pfleger waren nur Nebenfiguren in unserer eigenen, kleinen Geschichte. Caleb sah mich die ganze Zeit über an, während der Arzt sich seinen Arm ansah und die Wunde säuberte. Wenn die Ärzte etwas fragten, antwortete Caleb nur knapp, ohne den Blick von mir zu lassen. Wenn er Schmerz empfand während der Behandlung, verzerrte er nur kurz das Gesicht oder biss sich auf die Zähne. Nicht ein einziges Mal verschwand sein Blick von meinem und nicht eine Sekunde wollte er meine Hand loslassen.

»Es tut mir alles so leid«, sagte er, nachdem er vom Arzt Schmerzmittel bekommen hatte und in einen separaten Raum gebracht wurde.

»Was tut dir leid?«, hauchte ich überrascht. Mein Herz hatte einen riesigen Satz gemacht.

»Alles, Lia. Einfach alles.« Er sah so verletzlich aus, so anders, so hilflos. Einerseits trug er diesen gequälten Gesichtsausdruck, andererseits spürte ich den inneren Konflikt, den er auszufechten schien. Er öffnete den Mund, wollte etwas sagen und schloss ihn wieder. Ich öffnete meine Lippen, weil ich ihm genau so vieles zu sagen hatte, doch die Worte lösten sich vor meinen Augen in Luft auf, also blieb ich still. »Ich weiß, dass ich dir weh getan habe«, sagte er schließlich, ohne seine Blicke von mir loszureißen.

Ich schluckte und schüttelte den Kopf: »Nein, es war nicht so schlimm.« Was für eine Lüge. Ich war ein Wrack gewesen, ein Überrest meiner selbst. Ich hatte mich im Wald verschanzt, und noch schlimmer: in zahlreichen Bars, wo ich mich mit Bacardi und Männern ablenken wollte. Von dem unüberwindbaren Schmerz, den er mir zugefügt hatte, von dem trostlosen Leben, das es ohne ihn gewesen war.

»Lia?«, fragte er leise, und seine Augen fielen fast zu.

»Ja?«

»Ich ... ich ...«

»Ja?« Mein Herz schlug bis zum Hals und ich hörte das Blut in meinen Ohren rauschen. Was wollte er sagen? Dass er mich noch liebte?

Er schluckte und schloss die Augen. Ich strich ihm sanft über die Stirn, als es an der Tür klopfte und ohne ein Bitten plötzlich Karla und Rita hereinstapften. Als ich Ritas aufgeregten Blick sah, trat ich einen Schritt von Caleb weg und er schlug die Augen wieder auf. »Mein Schatz«, kreischte sie entsetzt, als sie ihn dort liegen sah. Ich verdrehte heimlich die Augen, als sie sich aufführte, als läge er im Sterben. »Karla hat mir alles erzählt und mich abgeholt. Dieser Hund gehört eingeschläfert.«

»Rita«, stöhnte Caleb müde. »Lass es.«

»Was?«, fragte sie überrascht und umarmte ihn innig, während sie ihn auf die Stirn küsste. Sie musste ihn lieben, das sah ich ihr an. Sie liebte ihn wirklich. Doch liebte er auch sie? Ich hasste sie, ich könnte ihr die Augen auskratzen, doch es bestand kein Zweifel, dass sie ihn liebte. Warum auch nicht? Ich verstand es besser als jeder andere. Mein Herz wurde schwer, als ich sie bei ihm sah, wie sie ihn anhimmelte und ihr die Tränen in den Augen standen, als sie seinen Arm begutachtete, als könnte sie durch den Verband hindurchsehen.

Es schnürte mir die Kehle zu, als er mich ansah, und nicht sie, während sie sich um ihn sorgte. »Was meinst du?«, fragte sie nochmals.

Ich ging mit langsamen Schritten in Richtung der Tür, da ich mir überflüssig vorkam. Und weil mir der Anblick der beiden das Herz zerriss. Gerade als ich die Türklinke in der Hand hielt und mich umdrehte, um mich möglichst unauffällig und kurz zu verabschieden, sagte er laut: »Ich meinte: Lass es, über diesen Hund zu sprechen. Ich werde keine Anzeige erstatten.«

Schwungvoll drehte ich mich um, und erkannte, dass er mir traurig in die Augen sah. Rita plapperte irgendetwas und Karla redete auf ihn ein, doch um mich herum verschwamm alles. Ich sah nur seinen Blick, der auf mir lag und wusste, dass auch er ihnen nicht zuhörte. Ich nickte knapp, als Dank. Caleb nickte zurück: *Gern geschehen*.

»Ich muss los. Es tut mir leid«, flüsterte ich und drückte die Türklinke.

»Lia, warte«, hörte ich Caleb rufen, doch mir saß ein Kloß im Hals und meine Augen füllten sich mit Tränen, sodass ich nicht in der Lage war, mich umzudrehen. Ich ging einfach hinaus.

»Lia! ... Warte!«, hörte ich seine Stimme lauter rufen, doch die Tür fiel hinter mir zu und ich brach in Tränen aus. Es war vorbei. Vorbei. Ihn mit Rita zu sehen ... Vielleicht war es besser, nicht zu wissen, was er mir noch sagen wollte. Es wäre das Beste, es niemals zu wissen, dann könnte ich mich an die Vorstellung klammern, es wäre das gewesen, was ich erhofft hatte. Was ich nicht zu träumen gewagt hatte. Was ich hören wollte. Aber es gab kein Zurück. Zu viel war geschehen und er hatte recht: Er hatte mich verletzt. Mehr als er wusste. Vielleicht mehr, als ich selbst wusste. Und ich war mir sicher, dass ich es niemals vergessen könnte.

Nachdem ich eine Weile auf einer der Parkbänke im Klinikgarten geweint hatte, sammelte ich mich und stieg in den Bus. Es dämmerte bereits und ich wusste, was ich zu tun hatte. Jetzt wusste ich es. Endlich.

Vollgepackt mit all meinen wenigen Habseligkeiten stand ich vor Xays Tür und klingelte. Zu meinem Erstaunen bellte Shadow, jedoch hinter der Tür. Sie befand sich drinnen. Ich lächelte.

Xay öffnete die Tür und Shadow besprang mich vor Freude. Verblüfft hob er die Augenbrauen und die Kinnlade klappte runter: »Was machst DU hier?«

»Ich wohne hier, schon vergessen«, lächelte ich ihn an und er lächelte zurück.

Er grummelte etwas.

Nervös sah ich ihn an.

»Ich dachte, du willst nichts mehr mit mir zu tun haben, nach heute.«

»Wie kommst du darauf?«, fragte ich und er stand noch immer in der Tür und versperrte mir den Weg. »Darf ich nicht hereinkommen?«

»Doch, klar!«, sagte er und wich zur Seite. Dann nahm er mir die schwere Sporttasche ab, in die ich alles einfach hineingestopft hatte.

»Würde ich es nicht besser wissen, könnte man denken, du freust dich über mich«, scherzte ich und trat ein.

Er fuhr sich durchs Haar und es kam mir fast so vor, als wäre er verlegen. »Ich muss zugeben, ich bin verwundert«, gab er zu. »Ich habe nicht mehr mit dir gerechnet.«

Ich drehte mich zu ihm: »Weshalb?«

Er zuckte mit den Schultern und strich sich die Haare zurecht: »Ich dachte, du ... bleibst bei ihm ...«

»Nein«, flüsterte ich. »Dieses Kapitel ist vorbei.«

»Wirklich?« Er schien sich zu freuen, zwang sich aber, es zu unterdrücken. Dann räusperte er sich. »Wirklich?«, fragte er noch einmal in einer tieferen Tonlage.

Ich nickte. »Ja.« Es war ein Flüstern, ein leises Eingeständnis, das ich ihm und mir zugleich machte. »Es ist vorbei.«

Nun war es wirklich an der Zeit, nach vorn zu sehen.

Caleb

»Ich rufe die Polizei und ich erzähle ihnen, was dieses Tier getan hat«, schimpfte Karla.

»Genau, wir holen die Polizei. Du stehst unter Schmerzmitteln und kannst nicht klar denken!«, stimmte Rita ihr zu.

Ich hatte die Schnauze voll. Wer waren die beiden, dass sie meine Entscheidung nicht respektierten? Ich schloss die Augen und tat, als würde ich einschlafen. Die unglaubliche Müdigkeit war nicht gespielt, doch was meinem Körper an Kraft fehlte, schien mein Kopf nicht zu spüren. Mein Geist blieb hellwach. Und die Gedanken drehten sich um die Geschehnisse des Tages.

Verdammt! Ich kannte diesen Kerl. Irgendwoher kannte ich ihn, doch ich konnte nicht sagen, woher. Was ich wusste, war, dass mein Gefühl mich vor ihm warnte. Es warnte mich nicht nur, es schlugen alle Alarmglocken bei dem Gedanken, dass Lia bei ihm sein könnte. Es war keine Eifersucht, na ja, vielleicht ein bisschen. Es war Angst. Pure Angst, wie ich sie nie zuvor gespürt hatte. Als gäbe es in meinem Unterbewusstsein einen Schalter, der sich bei seinem Anblick umgelegt hatte. Diese Panik wich keinen Zentimeter aus meinem Körper und je mehr ich herausfinden wollte, woher ich ihn kannte, desto mehr blockierte ich mich selbst. Ich grübelte und grübelte, zwang mich, konzentriert zu bleiben, doch nichts. Es gelang mir nicht, ein Bild oder eine Erinnerung an ihn hervorzurufen, die mir weiterhelfen könnte. Vielleicht sollte ich wirklich etwas schlafen.

Lia. Ich dachte an sie. Unwillkürlich schlich sie sich in meinen Kopf, in meine Gedanken. Das Bild, wie sie meine Hand gehalten hatte und wir uns in die Augen gesehen hatten, wollte nicht vor meinem geistigen Auge verschwinden, egal wie sehr ich mich bemühte. Das Gefühl, sie zu beschützen, sie zu halten, überkam mich mehr und mehr. Am liebsten wäre ich aufgesprungen, aus der Klinik gerannt und hätte sie gesucht. Doch mein schwacher Körper wehrte sich. Antibiotika, Schmerzmittel und Erschlaffung raubten mir jede Kraft. Ich sollte schlafen, sagte ich mir. Schlafen. Einfach schlafen ...

Xay

Wir saßen auf dem Sofa und sahen uns einen dieser bekloppten Filme an, welche den Menschen gefielen. Aliens. Ich konnte nicht glauben, wie hirnverbrannt diese Wesen waren. Glaubten sie wirklich, das All bestünde aus Maschinen, die sich in menschenähnliche Gestalten verwandeln und die Erde übernehmen könnten? Ich kannte auch nicht jede Wahrheit. So vieles lag in den Tiefen des Universums verborgen, doch diese Vorstellung ließ mich nur den Kopf schütteln.

Es war schon eigenartig, wie viel sie auf ihren Planeten setzten, dass sie glaubten, er sei der Mittelpunkt des Universums, und jede andere intelligente Zivilisation hätte es nur auf sie abgesehen. Welch Heuchelei, wenn man bedachte, dass sie nichts taten, um diesen Planeten mit all seinen Schönheiten zu schützen. Zugegeben, es war ganz nett auf diesem Planeten. Er besaß wundervolle Orte, Wesen und Wunder. Alles erschaffen aus Milliarden altem Sternenstaub.

Das Reisen zur Erde hatten wir Tenebrer nie verlernt. Ich war schon früh zur Erde gereist. Mal für drei Tage, mal für vier Wochen. Im Gegensatz zu Meridem, dem Lichtvolk, hatten wir unsere Lehren und Erfahrungen bewahrt und sie verbessert. Zu jedem Neumond konnte ich drei Tage reisen und mein Vater wollte schon früh, dass ich meinen Horizont erweiterte. Mit der Zeit gefiel es mir besser, zuzusehen, wie sich die Menschen in den letzten zweihundert Jahren entwickelt hatten. Doch irgendwann nervten sie mich, sodass ich die Erde fünfzig Jahre lang gemieden hatte. Ich konzentrierte mich auf andere Dinge, vor allem, als mein Vater vergiftet wurde. Erst als Leetha und Caidan vor meinen Augen verschwanden, begann ich, sie zu suchen und die Erde wieder zu betreten.

Ich betrachtete Lia, wie sie aufmerksam dem Film folgte. Ihre silbernen Augen waren geweitet und sie schien wirklich fasziniert zu sein. Sie hielt ein Kissen vor ihrem Bauch und drückte es an sich. Wie sollte ein Mensch, der noch halbwegs bei Verstand war, Lia ansehen, ohne sie küssen zu wollen? Ich sah sie an, wie sie dasaß und ihre Augen leuchteten. Plötzlich richtete sich meine Aufmerksamkeit auf etwas anderes. »Lia«, sagte ich und verkniff mir ein Grinsen.

»Ja?«, fragte sie, ohne den Blick von dem Film zu wenden.

»Hinter dir sitzt eine dicke, fette Spinne«, lachte ich und machte mich auf lautes Kreischen gefasst.

Langsam wendete sie den Kopf hinter sich an die Wand hinter dem Sofa. »Oh«, sagte sie nur.

»Oh?«

Sie betrachtete das Tier, wie es die Wand hinunterkrabbelte. Es war eine dieser Spinnen, die dicke, haarige Beinchen besaßen.

»Soll ich sie für dich töten?«, fragte ich und hob beschützend meine Brust an.

Einen danksagenden Blick, vielleicht einen ängstlichen, hätte ich erwartet, doch nicht diesen wütenden, den sie mir auf Anhieb zuwarf. Ihre Augen funkelten mich böse an: »Nein!« Ihr Ton wurde lauter. »Du kannst doch nicht einfach ein kleines Wesen umbringen, nur weil du Angst davor hast.«

»Angst?« Ich musste ein Lachen unterdrücken. Ich hatte vor nichts Angst, erst recht nicht vor einer Spinne.

»Jedes Leben ist wertvoll, Xay«, sagte sie in einem sanften Ton, stand auf und nahm das, zugegebenermaßen eklige, Tier in ihre Hände, um es aus der Balkontür in die Freiheit zu entlassen. Ich sah ihr nach. Verblüfft. Geschockt. Fasziniert und auch etwas gerührt. *Lia.* Nein. Ich schüttelte diesen Gedanken von mir ab. Aber ... Nein! Es war nicht Lia, die bei mir saß. Es war Leetha. Leethas Seele. Und doch war mir die Vorstellung unmöglich, dass Leetha dasselbe getan hätte. Leetha Aeterna aus Meridem, aus dem Reich, in dem Leid und Unterdrückung niederer Lebewesen an der Tagesordnung standen. Und Leetha war die Königin dieser Unterdrückung. Die arrogante Aristokratin, die über Leichen gehen würde, um sich und ihre Familie zu schützen und das sinnlose System, das sie die Etikette nannten, am Leben zu erhalten.

Aber Lia. Sie war so anders. Voller Gefühle. Für jedes noch so kleine Wesen. *Das konnte nicht sein,* redete ich mir ein. Das durfte nicht sein. Ich hasste Leetha mehr, als Worte ausdrücken konnten. Ich würde mein Leben geben, um sie zu zerstören, für das, was sie meinem Vater angetan hatte, für das, was sie ihrem eigenen Volk antat. Ich hasste sie für alles, was sie war, und für alles, wofür sie stand. Der Name Aeterna sollte nicht nur ausgelöscht, er sollte vergessen werden, bis in alle Ewigkeit. Sie sollte Leid erfahren und um ihr Leben betteln müssen. Sie, Leetha. *Aber Lia?* Sie verwirrte mich vom ersten Tag an, an dem ich sie getroffen hatte.

»Was ist?«, grinste Lia frech, als sie mich in Gedanken vertieft betrachtete.

»Nichts.« Ich schüttelte den Kopf.

»An was denkst du?«, fragte sie.

An was ich dachte? Das hatte mich noch nie jemand gefragt. »Nichts«, erwiderte ich noch einmal.

»Du siehst traurig aus«, sagte sie mit einem besorgten Blick.

»Es ist nichts, Lia. Sei still und sieh dir den Film an«, antwortete ich etwas genervt.

»Stört es dich, dass ich hier bin?«

Ich schnalzte mit der Zunge. Nun nervte sie aber wirklich. »Nein«, sagte ich gestresst.

»Sicher?«

»Lia, halt die ...« *Klappe,* wollte ich sagen, doch dann musste ich lachen, als ich die zweite Spinne hinter ihr an der Wand entdeckte. »Geh und rette die Tierwelt.« Ich deutete auf das achtbeinige, kleine Monster.

Tollpatschig stieg sie auf mein Sofa und versuchte an die Spinne heranzukommen. »Hilf mir mal«, forderte sie und wankte auf der weichen Ledercouch hin und her. Wie konnte jemand, der so niedlich aussah, so nervig sein?

Als sie das Leben der zweiten Kreatur gerettet hatte, sah sie mich verwundert an. »Wie kann es sein, dass in so einem sauberen Haushalt Spinnen leben?«

»Die musst du angezogen haben«, sagte ich spöttisch.

»Ha! Ha!«

Drei Tage wohnte Lia schon bei mir in meinem Gästezimmer. Das war alles, sie wohnte hier. Sie arbeitete tagsüber und abends sahen wir uns einen Film an. Keine Berührungen, keine Küsse mehr. Mein Verstand war nicht mehr derselbe, weil sie nicht mehr dieselbe war. Ich sollte sie hassen, sie zurückholen, sie töten. Doch der Gedanke schmerzte mich, dass Lia verschwinden, und Leetha, die arrogante und selbstsüchtige Königin erscheinen könnte. Ein Teil von mir mochte es nicht zugeben, doch ich wollte Lia nicht verlieren. Sie gab mir etwas, was mir bisher noch nie jemand geben konnte. Etwas Beständiges. Egal, wie chaotisch sie war. Wenn sie hier war, fühlte ich mich irgendwie ... ganz.

»Xay?«, fragte sie und sah mich mit großen Augen an.

»Ja?«

»Ich habe ab Freitag Urlaub. Darf ich mit Shadow einen Ausflug machen?«

»Einen Ausflug? Wohin?«

Sie zuckte mit den Schultern. »Irgendwohin, vielleicht in den Schwarzwald oder zum Bodensee, viel weiter werde ich nicht kommen«, sagte sie leise.

Ich grinste: »Hast du schon mal das Meer gesehen, Lia?«

»Nein.«

Traurig. »Das Meer ist das Schönste.«

Sie zuckte mit den Schultern.

»Ich kenne ein kleines Örtchen in der Bretagne, in Frankreich«, begann ich zu erzählen und musste lächeln bei den Erinnerungen daran. Es war mindestens hundert Jahre her, als ich das letzte Mal dort gewesen war, aber es bedeutete mir noch immer etwas. Es war der erste Ort, an dem ich einen Fuß auf die Erde gesetzt hatte. Es war der einzige Ort, an dem ich mit meinem Vater gewesen war.

»Es ist ziemlich weit und der Zug dorthin ist teuer«, plapperte sie dazwischen.

»Ich komme mit. Wir fahren mit meinem Auto.«

Ihre Augen wurden noch größer und ich sah die Freude in ihnen. Das gefiel mir mehr, als es sollte. Mehr, als es durfte. »Wirklich? Musst du nicht arbeiten?«

Ach ja, ich hatte ihr erzählt, ich würde als Außendienstmitarbeiter in einer englischen Firma arbeiten, die in Deutschland einen neuen Standort plante. Das erklärte auch, warum ich angeblich vier Wochen in London war. In Wahrheit war ich zu Hause gewesen. Ich war der König und konnte mein Volk nicht monatelang unbeaufsichtigt lassen. Auch wenn es in guten Händen war. Aber diese Mission war wichtiger. Ich wollte Rache, ich wollte Meridem. Und was waren schon ein paar Monate, ein paar Jahre? Immerhin hatte ich noch nicht einmal meinen achthundertsten Geburtstag erreicht. Ich war noch jung und würde noch ein paar tausend Jahre regieren. Entscheidend war, *was* ich regieren würde. »Aber du musst wirklich stark bleiben, Lia«, sagte ich ernst.

»Stark?«, fragte sie, ihre großen, hellen Augen weit aufgerissen.

»Zwei Wochen mit mir?« Ich zwinkerte ihr zu. »Du wirst dich in mich verlieben.«

Sie warf ein Kissen nach mir. »Wenn ich mich nicht in dich verliebe, Blödmann, darf ich dann trotzdem bei dir wohnen?«

Ich zuckte mit den Schultern. »Das werden wir nie herausfinden.« Ein weiteres Kissen schleuderte durch die Luft und traf mich haarscharf. »Pack morgen deine Sachen«, sagte ich. »Wir fahren Samstag früh los!«

Lia

Wir saßen schon zwölf Stunden im Auto und mir tat der Hintern weh. Zwei Stunden lang hatte Xay auf einem Parkplatz geschlafen. Er sah so unglaublich müde aus, und ich schämte mich, dass ich nicht fahren konnte. Ich hätte ihn gerne abgelöst, ihm etwas Ruhe gegönnt. Ein paar kurze Pausen ermöglichten es mir, etwas zu stehen oder zu gehen. Shadow schlief seelenruhig im hinteren Teil des Wagens. Sie schien sich genauso zu freuen, wie ich es tat.

Ich betrachtete ihn, wollte ihn aber nicht mit meinen vielen Fragen nerven, denn er sollte sich auf die Straße konzentrieren. Fragen wie: Woher sprichst du französisch? Und: Woher weißt du so vieles über dieses Land? Oder: Was hast du deinem Arbeitgeber gesagt, dass du so kurzfristig Urlaub bekommen hast? Ich hatte ihn am Telefon gehört, wie er kurzfristig ein Ferienhäuschen angemietet hatte. Er sprach die Sprache perfekt, na ja, soweit ich es beurteilen konnte, immerhin konnte ich kein einziges Wort. Aber er sprach ohne zu stottern, schnell und flüssig. Englisch musste er auch beherrschen, immerhin arbeitete er für eine Londoner Firma. Und deutsch, ja, das sprach er auch perfekt. Gab es etwas, was er nicht konnte? Es schien fast so, als hätte er alles in die Wiege gelegt bekommen. Alles. Und ich? Nichts.

Woher kam er eigentlich? Auch das sollte ich ihn eines Tages fragen. Er sah nicht aus wie ein typischer Deutscher, auch nicht wie ein Engländer. Ich konnte ihn keiner Nationalität zuordnen. Seine Augen und sein Haar waren schwarz wie die eines Südländers, doch seine Haut war hell. Außerdem war Xay groß und besaß breite Schultern, wie man es eher von einem Nordländer vermutete. Vielleicht war er einfach nur ein perfekter Mix aus vielen Nationalitäten. Es ging mich nichts an, doch ich wurde zunehmend neugieriger. Er, machte mich neugierig. Auf sich. Je näher ich ihn kennenlernte, desto mehr faszinierte er mich.

Ich betrachtete Xay, wie er angespannt auf die Straße achtete und dachte an Caleb. Wie ich es hasste, dass er ständig in meinen Gedanken auftauchen musste. Warum konnte ich nicht ausschließlich an Xay denken? Er war wundervoll, nein, er war perfekt. Alles an ihm war einfach perfekt. Er war gebildet, stand auf eigenen Beinen, sah unglaublich gut aus und im Bett ... Ich spürte, wie meine Wangen heiß wurden, als ich daran dachte. Schnell sah ich weg und tat, als ob ich aus dem Fenster blickte. Er war ein wahrer Gentleman. Nicht ein einziges Mal wollte er etwas von mir, seit ich bei ihm eingezogen war. Nicht ein Mal drängte er mich oder verlangte eine Gegenleistung. Er war einfach für mich da gewesen, als ich niemanden sonst hatte. »Xay?«, sagte ich leise, meinen Blick noch immer nach draußen gerichtet.

»Ja, Lia?«

»Danke für alles.«

Ich spürte, wie er mich ansah. »Wir sind gleich da«, versicherte er. »Und, bitteschön«, fügte er hinzu.

Das Häuschen, welches er gebucht hatte, war ein Traum. Es regnete, als wir ankamen, doch es störte mich nicht. Ich betrachtete die Landschaft, wie ich es schon die ganze Fahrt über getan hatte. Er hatte recht, es war der schönste Ort, den ich mir vorstellen konnte.

Es handelte sich um ein Steinhäuschen in einem kleinen Dorf. Vor dem Haus befand sich eine Terrasse, auf die sich ein Huhn verlaufen hatte, das von Shadow erst einmal über das gesamte Anwesen gescheucht wurde, bevor Xay sie zurückpfiff. Hinter dem Haus stand ein Hühnerstall, der wohl den Vermietern gehörte, eine Pferdekoppel und ein weiteres Haus, welches mich an ein uraltes Bauernhaus erinnerte. Eine sehr alte Frau trat heraus und sprach mit Xay. Im Garten blühten viele bunte Blumen und vor dem Eingang standen zwei Fahrräder. Diese altmodischen, mit kleinen Körbchen vorne dran. Unwillkürlich stellte ich mir vor, auf ihnen zum Bäcker zu fahren und lange Baguettes in den Körbchen zu transportieren. Ich musste grinsen, als ich mir Xay auf dem Fahrrad vorstellte.

»Sie sagt, dass sie uns Baguette und Käse vorbereitet hat, weil die Geschäfte bereits geschlossen haben«, erklärte Xay mir und ich nickte der Frau zum Dank zu. Sie lächelte mich liebevoll an und ich fragte mich, ob ich irgendwo auch eine Großmutter haben könnte. Die alte Frau, die sicherlich schon an die achtzig Jahre alt war, stellte sich als Madame Dumont vor und führte uns in das kleine Ferienhaus. Durchweg erklärte sie Xay etwas und zeigte ihm alles.

Ich verstand kein Wort und sagte immer wieder: »Merci ... merci ... merci ...« Es war das einzige Wort, das ich kannte.

Das Häuschen war der Hammer! Es war so klein und niedlich, dass ich mich auf Anhieb wohlfühlte. Romantisch, altmodisch und kitschig zugleich. Viel zu klein, aber unglaublich süß. Im Wohnraum befand sich ein alter Holztisch, mit einer roten Plastiktischdecke auf der die Madame uns Vesper angerichtet hatte. Drumherum standen vier Holzstühle, die knarrten, wenn man sie bewegte, und daneben eine kleine Couch, die aussah, als ob sie schon mehrfach überzogen worden wäre. Zahlreiche Kissen in verschiedenen Farben und Größen lagen darauf. Dicke Stoffgardinen in Rot und Weiß hingen seitlich von den Fenstern herab und wurden mit einem weißen Band zur Seite gebunden. Die Küche bestand lediglich aus einer kleinen Nische, mit einem Spülbecken, einem Herd und einem Backofen. Der Kühlschrank wurde in die andere Ecke des Wohnraumes gedrückt. Das Haus besaß außerdem ein uraltes, winziges Bad mit braunen Fliesen, und zwei Schlafzimmer. Eines mit einem Doppelbett und rot-weißer Flanellbettwäsche und eines mit einem Stockbett. »Merci«, sagte ich noch einmal, als die alte Dame sich verabschiedete.

Sie sprach etwas, das ich nicht verstand und lächelte mich an.

Fragend sah ich zu Xay. Er lächelte und flüsterte: »Sie freut sich, uns hier zu haben. Sie erzählte, es gäbe seit einigen Jahren einen Apartmentkomplex in der Nachbarstadt und seitdem haben sie kaum Gäste.«

»Sag ihr, dass ich dieses Haus liebe!« Das stimmte. Ich liebte es auf Anhieb. Es war nicht modern und nicht perfekt, es war ... *wie ich*.

Er sprach etwas auf Französisch und die Madame nickte mir zu, bevor sie ging. Sie lächelte so warm und liebevoll, dass ich sie am liebsten umarmt hätte. Aber das tat ich nicht.

Mein Magen knurrte und ich setzte mich an den gedeckten Tisch: Baguette, Camembert und Lachs, Tomaten, Paprika und eine Kanne Tee. »Verrückt, oder?« Ich sah mich um. »Wie kann jemand einen Komplex aus Apartments dem hier vorziehen?«

Xay setzte sich und rieb sich das Genick: »Na ja … Ich hatte auch erst dort angefragt, doch sie waren schon ausgebucht. Dieses Haus …«, er sah sich mit gerunzelter Stirn um, »… war das Einzige, das noch frei war.«

»Ich bin so froh, dass wir hier sind, es ist das schönste Haus, in dem ich jemals schlafen durfte«, sagte ich ohne nachzudenken.

»Danke.«

»So meinte ich das nicht, deins ist auch schön. Anders.«

Er lachte: »Wenigstens haben wir hier unsere Ruhe.«

Wir gingen sofort schlafen, er überließ mir das Doppelbett. Am nächsten Morgen schlenderten wir durch die Straßen des Dörfchens und frühstückten in einem kleinen Café. Es war so friedlich, so ruhig. Die Franzosen grüßten uns und die Frauen warfen lange Blicke zu Xay. Zu lange Blicke!

Danach gingen wir an den Strand. Es war das erste Mal, dass ich das Meer sah. Das Wetter hatte sich etwas gebessert, doch ein starker Wind wirbelte mir mein Haar ins Gesicht.

»Keine Sorge, es wird nächste Woche wärmer, dann können wir schwimmen«, versicherte Xay.

»Ich kann nicht schwimmen«, gab ich zu und schämte mich.

»Du kannst nicht schwimmen?« Er starrte mich entsetzt an. »Dann bringe ich es dir bei.«

Wie er vorausgesagt hatte wurde das Wetter besser und wir gingen an einen abgelegenen Strand, den nur die Einheimischen kannten. Ich wusste nicht, woher Xay ihn kannte, doch ich fragte auch nicht.

»Zieh dich aus«, sagte er und grinste.

»Wie bitte?«

»Zieh deine Badesachen an!«, beharrte er. Ich hatte ihm gesagt, dass ich keine Badesachen besaß, daraufhin waren wir in die Stadt zu einem Geschäft gefahren und ich musste mir einen Bikini kaufen. Er bestand darauf, dass ich schwimmen lernte, doch mein Herz rutschte mir in die Hose, bei diesem Gedanken.

»Ich weiß nicht, Xay ...«, zögerte ich.

»Schämst du dich? Ich habe dich schon nackt gesehen!«

»Das ist es nicht, das Meer macht mir Angst, es ist mir fremd.«

»Nur bis du einmal drin warst«, versprach er. »Es ist das schönste Gefühl auf der Welt, vertraue mir.« Ich zog mich um, indem ich ein Handtuch um mich schlang. Er hatte recht, er hatte mich bereits nackt gesehen, doch irgendwie wollte ich mich nicht einfach freizügig umziehen. Xay verdrehte die Augen. »Hier sieht dich niemand. Und selbst wenn ...« Ich warf ihm einen bösen Blick zu und er drehte sich um. »Die Französinnen rennen ohnehin überall oben ohne herum«, sagte er mit einem Lachen in seiner Stimme.

»Ach, jetzt weiß ich ja, warum du dieses Land so sehr magst.« Ein seltsames Gefühl überkam mich. Es war keine Eifersucht, doch der Gedanke, dass er schon einmal hier war, womöglich mit einer anderen ... einer, die nicht so verklemmt war, wie ich ... es ärgerte mich einfach.

»Das ist auch ein Grund«, gab er zu. »Hast du es bald?«

»Einen Moment noch!« Ich sah an mir herab. Er hatte recht. Man könnte mich durchaus als kränklich bezeichnen. Unter meiner Brust zeichneten sich Knochen ab, Rippen, die herausstachen. Ich hätte einen Badeanzug wählen sollen.

»Komm schon, Lia!«, rief er mir zu, während er in die Wellen rannte und selbst Shadow in das tosende Wasser sprang. »Lia! Wovor hast du Angst?«

»Davor, zu ertrinken!« Schamhaft schlang ich die Arme um meinen knochigen Körper. Was war los mit mir? Noch nie hatte es mich interessiert, was andere dachten. Wie ich aussah. Wie ich auf andere wirkte. Und außerdem war hier niemand. Schämte ich mich vor ihm? Er rannte aus den Wellen heraus auf mich zu und packte mich. Ich kreischte, als er mich hochhob. »Nein! Lass mich runter!« Dann trug er mich ins Meer hinein und ich schrie um mein Leben. Die Arme schlang ich fest um ihn. »Bitte lass mich nicht los«, schluchzte ich und vergrub mein Gesicht in seinem Hals.

Xay lachte: »Was denkst du von mir? Vertraust du mir nicht?«

Ich hob meinen Blick und sah ihm fest in die Augen: »Doch, ich vertraue dir.«

Die kleinen Schatten in seinen Augen huschten hin und her und ich bemerkte, wie er bei diesen Worten erschrak. Er zuckte regelrecht zusammen. Manchmal wirkten seine Augen irgendwie gequält, als läge ihm etwas auf der Seele, dass er mir niemals sagen würde. Genau wie in diesem Moment. Langsam ließ er mich hinuntergleiten. »Keine Sorge, du kannst hier stehen, Lia.«

Ich nickte, hielt mich dennoch an ihm fest. Als ich den Boden unter meinen Füßen spürte, atmete ich erleichtert auf. Die Wellen waren fest und stürmisch, sie brachten mich zum Schwanken, sodass ich Xay nicht losließ. Als er sich von mir entfernte, schnappte ich nach seiner Hand und hielt ihn zurück. »Bleib bei mir«, flüsterte ich.

Xay nickte und kam zurück. Er lächelte mich an und ich war nicht sicher, ob er über mich lachte, weil ich mich so dumm anstellte. Dann zeigte er mir ein paar Übungen, wie ich mich über Wasser halten könnte, falls meine Füße keinen Halt mehr fanden. »Es ist schade, dass du solche Angst hast«, begann er. »Ich wollte uns morgen ein kleines Ruderboot mieten.«

»Lieber nicht«, sagte ich, bevor mir eine Welle ins Gesicht peitschte und Xay in Lachen ausbrach. »Du Arsch«, rief ich, doch er lachte nur noch mehr.

Dann verstummte er plötzlich und sah mich intensiv an. Mein Herz begann zu poltern. Was war auf einmal los? Was geschah mit mir? Ich verspürte den Drang, ihn zu küssen, und atmete einmal tief ein. Dann schlang ich meine Arme um seinen Nacken, zog ihn zu mir herab und küsste ihn. Er schien für einen Moment erschrocken zu sein, doch dann begannen seine Lippen ganz zärtlich, die meinen zu liebkosen. Ich presste mich an seinen Körper und konnte nicht sagen, ob es mein eigener Herzschlag war oder seiner, der so heftig zwischen uns schlug. Vielleicht beide. Ich wollte mehr, wollte, dass er mich überall berührte, doch er drückte mich sanft weg und lächelte mich verlegen an.

»Was ist?«, fragte ich und er neigte den Kopf in Richtung Himmel. »Oha!«, sagte ich, als ich die schwarzen Wolken sah, die langsam den Himmel verdunkelten. Gerade eben noch war der Himmel blau gewesen und die Sonne schien. Wie lange hatten wir uns geküsst? Hatten wir die Zeit vergessen? Es kam mir vor wie wenige Sekunden, doch es musste viel länger gewesen sein.

Shadow stand am Strand und bellte uns aufgeregt zu, als wir aus dem Wasser kamen. Noch bevor ich mich richtig angezogen hatte, regnete es leicht. Wir rannten nach Hause und als wir dort ankamen, lachten wir beide so laut wir konnten.

An diesem Abend sehnte ich mich nach seiner Nähe. Wie sehr ich ihn auch dafür schätzte, dass er mich nicht bedrängte, so sehr verunsicherte er mich auch. Ich wünschte mir, dass er einfach zu mir ins Bett kommen würde. Sich neben mich legen und mich berühren würde. Doch er kam nicht. Wollte er mich nicht? Gefiel ich ihm nicht? Es fühlte sich auf einmal leer an, in diesem Bett, in dem ich letzte Nacht so erholsam schlafen konnte.

Am nächsten Tag schien die Sonne wieder, doch die Straßen waren noch immer nass vom Sturm. Ich hatte Xay gebeten, die kleine Burg anzusehen, die unweit auf einem Hügel stand. Also gingen wir dorthin.

Leider waren die Wege zu nass und zu matschig, als dass wir dort sauber ankamen. Mich störte es weniger, doch Xay ärgerte sich über seine feine Hose. Ich lief rückwärts, sodass er mir in die Augen sehen konnte und verdrehte diese dann offensichtlich: »Warum ziehst du dir bei diesen Straßen auch eine solch gute Hose an?«

»Ich habe nur solche«, meckerte er.

»Selbst schuld«, lachte ich. Plötzlich stolperte ich und fiel rückwärts in eine Matschpfütze. Xay lachte so heftig, dass er sich den Bauch halten musste. Ich saß in der Pfütze und grummelte: »Wie lustig!«

Er lachte und lachte und konnte nicht aufhören.

»Hilfst du mir mal?«, fragte ich genervt und er reichte mir die Hand, ohne mit dem Lachen aufzuhören. Ich nahm seine Hand, nutzte es aus, dass er dabei unsicher stand und zog ihn zu mir herab. Er fiel auf mich, direkt in den Schlamm und fluchte. Dann nahm ich eine Handvoll Matsch und schmierte es ihm ins Gesicht. »Jetzt ist es nicht mehr so lustig, was?«

»Na warte!«, rief er und tat es mir nach. Er packte mich und schmierte mich von oben bis unten mit Matsch ein. So eklig es auch war, so sehr genoss ich seine Berührungen. Seine Hände auf meiner Haut. Obwohl es kalt und nass war, wurde mir unglaublich heiß. Shadow sprang durch die Pfützen und bellte, während wir uns lachend im Schlamm wälzten.

Irgendwann lagen wir einfach nur da, nass und dreckig. Wir lagen uns gegenüber und sahen uns in die Augen. »Erzähle mir von ihm«, sagte er und ich zog fragend eine Augenbraue hoch.

»Von wem?«

»Von diesem Kerl, du weißt schon.« Xay sah mir angestrengt in die Augen.

Ich schluckte. »Du meinst Caleb. Was willst du wissen?«

»Alles.«

Warum interessierte es ihn auf einmal? Wollte er hören, dass ich noch oft an Caleb dachte? Wollte er hören, dass ich über ihn hinweg war? Denn das konnte ich nicht mit Sicherheit sagen. Ich seufzte. »Wir waren ein Paar, drei Jahre lang ...«

»Das dachte ich mir schon.« Er sah mich interessiert an. »Was ist geschehen?«

Ich schüttelte leicht den Kopf und überlegte. Was war geschehen? »Er wollte mich nicht mehr.« Xay blieb still und wartete ab. »Ich denke, ich war ihm nicht genug«, gab ich zum ersten Mal laut zu.

Xay setzte sich auf und ich setzte mich ihm gegenüber. Er sah mich mit seinen dunklen Augen an, deren Schatten nun ruhig lauerten.

»Ich habe alles für ihn getan. Einfach alles«, sagte ich leise. »Ich habe jeden Abend gewartet, bis er nach Hause kam und jedes Wochenende zugesehen, wie er mit Freunden ausging. Er hat mich niemals mitgenommen. Ich denke, er hat sich für mich geschämt.«

»Warum sollte er sich für dich schämen?«

Niemals hätte ich gedacht, dass ich all das erzählen kann, ohne in Tränen auszubrechen, doch sie kamen nicht, keine einzige. »Ich war nie sehr beliebt, weißt du? Ich hatte nie Freunde.« Ich seufzte. »Aber er ... Er hat so viele Freunde, mit denen er jedes Wochenende ausging. Feiern, tanzen, all das, was ich mir immer gewünscht habe. Aber ich durfte nie mit ihm gehen. Also wartete ich auf ihn, bis er nach Hause kam. Ich wartete immer. Egal ob unter der Woche oder am Wochenende. Wenn er vom Fußball kam, massierte ich seinen Muskelkater, wenn er viel gelernt hatte, sorgte ich dafür, dass er etwas Anständiges zu essen bekam, wenn er feiern war und betrunken heimkam, wusste ich, dass er Sex wollte. Ich tat alles, um ihn glücklich zu machen. Und obwohl ich ihn hatte, war ich einsam. Weißt du, Xay, man muss nicht allein sein, um sich einsam zu fühlen.« Dann hielt ich inne. Es wurde selbst für mich unerträglich, dieses Jammern. Es schreckte mich selbst ab, wenn ich hörte, was für ein depressiver Mensch ich geworden war. Oder möglicherweise schon immer war. Xay kniff die Augen zusammen und betrachtete mich, doch er sagte kein Wort, er hörte mir einfach zu. »Und dann, na ja, dann wollte er nicht mehr und irgendwann kam Rita.«

»Wer ist Rita?«

»Seine Freundin«, erklärte ich und überlegte. »Ich denke ... Ich habe gehört, dass ihr Vater ihm die Möglichkeit verschaffen könnte, an die Uni zu gehen, an die er immer wollte. Vielleicht ...« Mein Herz wollte diesen Satz nicht beenden.

»Du denkst, dass er deshalb mit ihr zusammen ist?« Xay sah mich fragend an.

Ich nickte.

Dann lachte er leise und schüttelte den Kopf: »Weißt du, was ich glaube?«

»Was?«

»Er nutzt alle Frauen nur aus. Sie, wegen dieser Möglichkeit auf das Studium, und dich, weil ... na ja ..., weil du es eben mit dir hast machen lassen.«

»So ist er nicht«, sagte ich in einem Ton, der gar nicht so bissig klingen sollte, wie es rüberkam.

»Ach ja?« Xay zog eine Augenbraue hoch.

»Du kennst ihn nicht.«

»Aber ich kenne Männer.«

»Dann bist du auch so?«

Sein freches Grinsen umspielte seine Antwort: »Klar. Aber ich gebe es zu.«

Oh Xay. Ich schüttelte den Kopf: »Nein. Du bist nicht so.«

Er erschrak bei diesen Worten, ich konnte es in seinen Augen sehen. Es war fast so, als würde ich diese Augen schon mein Leben lang kennen, als könnte ich in diesen kleinen Schatten, seine Gefühle erkennen. Und in diesem Moment blitzten sie auf und schwebten dann sanft hin und her. »Du bist anders, Xay, ich spüre es. Du hast ein gutes Herz.«

»Lia«, seufzte er. »Alle Männer sind gleich.«

»Du nicht. Ich erkenne es an deinen Augen.«

Unverstanden sah er mich an.

»Du hast diese Schatten in deinen Augen, die dich stets verraten. Sie können wie ein Boot auf ruhiger See treiben, wenn du zufrieden bist, oder wie ein Blatt im Sturm herumwirbeln, wenn du wütend bist. Doch hinter diesen Schatten sehe ich eine tiefe Leere. Eine Traurigkeit. Einsamkeit. Gefühle, die ich nur allzu gut kenne.« Ich sah ihm in die Augen und lächelte.

»Du denkst, du kennst mich?«, fragte er düster.

Ich nickte. Seine Miene blieb starr, als hätte er Angst zu verraten, dass ich recht hatte. »Ich war mein ganzes Leben allein. In der Schule wurde ich gemobbt und zu Hause fand ich keine liebenden Eltern, die mich auffingen. Vielleicht werde ich auch allein sterben, ich weiß es nicht und der Gedanke macht mir Angst. Und ich sehe in deinen Augen, dass du ähnliche Ängste hast.«

Xay schluckte, dann lehnte er sich nach vorn und küsste mich. Ich wusste, weshalb. Er küsste mich nicht, weil ihm danach war, sondern weil ihm meine Worte zu schaffen machten. Mit dem Kuss wollte er mich ablenken. Sanft stieß ich ihn von mir: »Kann es sein, dass ich recht habe?«

Er lachte. Doch das Lachen auf den Lippen, spiegelte nicht das wider, das ich in seinen Augen lesen konnte.

»Woher kommst du?«, fragte ich, weil es mich wirklich brennend interessierte.

Er zuckte mit den Schultern.

»Du weißt es nicht, oder du willst es nicht sagen?«, fragte ich. Ich gab nicht nach. Nicht jetzt. Nicht hier in dieser Pfütze, in der wir wie kleine Kinder saßen, die verbotenerweise ihre Klamotten beschmutzt hatten.

»Von hier und dort. Ich bin viel gereist«, erklärte er.

»Was ist mit deinen Eltern?«

Wütend funkelten seine Augen für einen Moment auf, und die Schattierungen darin explodierten. »Mein Vater ist tot. Und meine Mutter ...« Er seufzte. »Sie ist eine strenge, aber gutherzige Frau.«

»Wo lebt sie?«

»Weit weg von hier.« Kurz und knapp.

»Es tut mir leid.«

»Was? Dass du mich ausfragst?« Er klang etwas bissig.

»Nein. Das mit deinem Vater«, sagte ich sanft.

Er stand auf und drehte das Gesicht von mir weg. »Rede nie, nie wieder über meinen Vater!«

Den ganzen Heimweg über sagte er nichts, er schwieg einfach. Doch als wir im Ferienhaus ankamen, hob er mich zärtlich hoch und trug mich ins Schlafzimmer, ohne darüber nachzudenken, dass wir beide voller Schlamm waren. Er legte mich sanft auf das Bett, so sanft, als wäre ich etwas Wertvolles. Mit funkelnden Augen fuhr er langsam über mein Gesicht, während er sich neben mich legte und sich mit dem Ellbogen abstützte. Seine freie Hand legte er an meine Wange und unwillkürlich schloss ich die Augen. Unter seinen Berührungen könnte ich dahinschmelzen. Ich spürte, wie sein

Daumen unter meiner Augenpartie entlangfuhr, dort, wo meine leichten Sommersprossen lagen. Weder er, noch ich, sagten etwas. Ich genoss einfach seine Haut auf meiner. Seinen Atem, an meinem. Seinen Herzschlag, der mit meinem im Einklang schlug. Kein einziges Wort, nur Berührungen, Küsse und Blicke.

Xay

Lia schlief tief und fest und glücklich. Ich legte meinen Arm um sie und küsste ihren Nacken. Neben ihr spürte ich jeden Herzschlag in meiner Brust, erkannte meine Gedanken, die frei von Zorn und Wut waren, ich fühlte mich angekommen, neben ihr fühlte ich mich wie zu Hause.

Meine Gedanken kreisten um das, was sie mir erzählt hatte. Dieses Mädchen wurde zu oft verletzt, vielleicht versteckte sie sich deshalb im Wald oder in ihrem Zimmer. Doch das sollte sie nicht, sie sollte in die Welt hinausgehen, jeder sollte sie sehen. Die Welt musste sie kennen.

Ich schloss die Augen und holte tief Luft. Dann betrachtete ich sie, wie sie schlief. Abgesehen davon, dass sie bildhübsch aussah, war sie das süßeste Wesen, das ich kannte, das ich kennenlernen durfte. Wenn sie neben mir lag, vermittelte das ein Gefühl, das ich nicht im Ansatz beschreiben konnte. Es war verrückt, was sie mit mir machte. *Sie*, Lia. Nicht Leetha. Im Grunde war ich dankbar, sie getroffen zu haben. Doch ein anderer Teil, ein größerer Teil, verfluchte mich, verfluchte sie, *uns*. Es durfte kein *uns* geben.

Wenn ich an Caidan dachte, oder Caleb, wie er sich nun nannte, wurde mir klar, dass er noch immer der Gleiche war. Er tat alles, um an seine Ziele zu gelangen. Und Leetha war zu blind gewesen, um es zu erkennen. Caidan hatte sie ausgenutzt, um an Macht und Reichtum zu gelangen. So wie Caleb nun dieses andere Mädchen ausnutzte, um an seine Ziele zu gelangen. Egal ob er sich daran erinnerte, wer er eigentlich war, er besaß noch immer denselben Charakter. Nein! Stopp! Das durfte nicht sein. Wenn ich davon ausging, dass Caleb und Caidan denselben Charakter besaßen, musste ich auch eingestehen, dass Lia und Leetha dieselben waren.

Doch das waren sie nicht. Leetha war eine arrogante, eitle und selbstsüchtige Prinzessin, die vor allem, was ihr unangenehm erschien, die Augen verschloss. Lia hingegen besaß eine liebevolle und hilfsbereite Seele, die immer nur das Richtige tun wollte, die mit offenen Augen durchs Leben ging und alles und jeden in ihren Bann zog. Sie sehnte sich nur nach Liebe und Geborgenheit und in dieser Nacht konnte ich ihr genau das geben. In dieser Nacht ...

Meine Gedankengänge brachten mich fast um den Verstand. Meine Pläne lösten sich in Luft auf. Ich hatte vorgehabt, Lia ihre Erinnerungen zurückzugeben und sie anschließend zu töten, wenn ich das bekam, was ich wollte. Wie konnte ich Lia töten? Das liebste und süßeste Wesen auf der Erde? Auf der Welt!

Ich schlang meinen Arm fester um sie und zog sie näher an mich. Sie seufzte leicht im Schlaf. Niemals durfte sie es erfahren. Sie durfte nicht zu der Frau werden, die ich so sehr hasste. Sie musste Lia sein. Und ich wollte bei ihr bleiben. Denn sie hatte recht, wenn sie sagte, dass ich die Einsamkeit kannte. Dass ich Angst davor hatte, allein zu sterben.

Sie war das Schönste, das auf Erden existierte. Sie brachte mich fast um den Verstand. Wenn sie neben mir lag, funkelte sie wie der hellste Stern am Nachthimmel über Tenebris.

Wie lange war ich blind und distanziert gewesen? Sie schenkte mir mehr, als ich mir jemals erträumt hätte. Vielleicht sogar mehr, als ich jemals zurückgeben könnte. Doch ich würde es versuchen, würde mein Bestes geben, um sie glücklich zu machen, um die Schatten in ihrem Herzen zu vertreiben, wie sie meine vertrieb.

Ich war nicht wirklich allein. Lia hatte Unrecht. Ich hatte mein Volk und es respektierte mich. Vielleicht liebte es mich sogar. Ich hatte Frauen um mich, die mir Vergnügen bereiteten. Und ich besaß ein paar Freunde. Richtige Freunde. Aber ... Cyrian war tot. Das war das Schlimmste. Seit er vor zwanzig Jahren starb, als ich Leethas Hochzeitsnacht ruinieren wollte, fehlte etwas. Er fehlte. Meine bessere Hälfte. Und insgeheim gab ich Leetha die Schuld daran. Obwohl es meine war. *Meine verdammte Schuld*! Er hatte gesagt, es sei nicht der richtige Zeitpunkt. Er hatte mich gewarnt. Doch ich wollte nicht hören. Ich wollte nicht, dass Leetha und der Schattenjäger ihre Ehe vollziehen ...

Meine Mutter regelte meine Geschäfte in Tenebris während meiner Abwesenheit, und ich vertraute ihr, dass sie ihre Arbeit gut machte. Doch auch sie hatte mir nie wirklich nahegestanden. Sie und mein Vater hatten mich schon früh auf die Erde geschickt oder an die Grenze von Tenebris und Meridem, wo ich zum Soldaten ausgebildet wurde. In den ganzen siebenhundertachtundsiebzig Jahren, die ich zählte, hatte ich meinen Vater nur selten gesehen, meistens dann, wenn wir gemeinsam nach Meridem reisten. Und meine Mutter nur dann, wenn es ein Fest zu feiern gab. Und in all der Zeit waren Cyrian, Lamar und Leaf meine Begleiter gewesen. Meine Freunde, meine Brüder. Jetzt war Cyrian tot. Und ich fühlte mich allein. Nur die Tatsache, eine Aufgabe zu haben, Leetha zu finden und eine Mission zu erfüllen, hatte mir Halt gegeben. Ich wollte mich rächen. Das war es.

Ja, Lia hatte recht, ich kannte die Einsamkeit allzu gut.

Lia

Xay weckte mich mit Küssen, die meinen Hals hinab- und wieder hinaufwanderten. Als ich die Augen öffnete, lächelte er mich liebevoll an. »Willst du ein Rendezvous mit mir?«

»Ein was?« Verschlafen rieb ich mir die Augen.

»Ein Date?«

»Sag das doch gleich«, stammelte ich müde. »Ich dachte, ich soll mich nicht in dich verlieben.«

»Das habe ich nie gesagt«, protestierte er.

»Doch, du sagtest, ich müsse stark bleiben.«

Er lachte leise und küsste weiter meinen Hals. »Ich hielt es für gefährlich«, raunte er.

»Für mich oder für dich?«

Unerwartet packte er mich und zog mich an sich heran. »Für mich, eindeutig.«

Ich sah ihm tief in die Augen und zog die Decke über mich, um mich dann auf die Seite zu drehen und weiterzuschlafen. Leise hörte ich ihn noch lachen, dann schlief ich wieder ein. Doch im Schlaf spürte ich, wie er sich an mich drückte und mich festhielt. Mein Rücken schmiegte sich an seine harte Brust und ich spürte seinen Herzschlag. Es fühlte sich geborgen an, so, als wäre ich genau dort, wo ich sein sollte.

Als ich erwachte, schlief er. Es war elf Uhr vormittags. Ich musste grinsen, als ich daran dachte, wie lange wir beide wach gewesen waren. Ich stand auf und duschte erst einmal den ganzen Schlamm von mir, dann zog ich mich an. Ich nahm Shadow und schlenderte mit ihr durch das kleine Dorf, wo ich in einen Bus einstieg, um in die nahe gelegene Stadt zu fahren. Xay hatte ich einen Zettel hinterlassen, damit er sich keine Sorgen machte. Unwillkürlich grinste ich bei der Vorstellung, dass es jemanden gab, der sich sorgen könnte. Es gab mir ein gutes Gefühl.

Mit dem schlimmsten Englisch, das jemals ein Mensch gehört haben durfte, schlug ich mich auf den französischen Straßen durch, bis ich zu einer kleinen Boutique kam, die einigermaßen erschwingliche Kleider im Angebot hatte. Eines, das im Schaufenster stand, sprang mir förmlich ins Auge. Es war hellblau und bodenlang. Mit einem tiefen Rückenausschnitt. Doch es kostete fast einhundert Euro. Mehr, als ich jemals für irgendwas ausgegeben hatte. Aber es war für einen wichtigen Anlass. Für ein Rendezvous. Ich musste lachen. Welcher Kerl sagte heutzutage noch Rendezvous? Ich schüttelte schmunzelnd den Kopf und betrat die Boutique.

»Non, non«, schimpfte die Französin am Tresen und lief hastig auf mich zu, während sie irgendetwas erklärte, dass ich nicht verstand.

»Was?« Ich schüttelte den Kopf und sie zeigte nach draußen, als ob sie mich rausschmeißen wollte. Ich sah an mir herab. War ich nicht fein genug gekleidet für dieses Geschäft? Ich trug eine kurze Hotpants und Flipflops.

Dann sagte sie noch etwas und zeigte auf Shadow.

»Oh, ach so, sorry. English?«, fragte ich. »Dog out?« Oh Mann. Ich hätte in der Schule besser aufpassen müssen. Out hieß doch draußen, oder nicht?

Sie nickte und ich band Shadow draußen an eine Laterne. Zurück im Laden zeigte ich auf das blaue Kleid. Die Miene der hübschen Verkäuferin änderte sich zu einem freundlichen Lächeln und sie brachte mich zu einer Stange, an der ähnliche Kleider hingen. Ich betrachtete ein paar, doch das Blaue ließ mich nicht los.

Die Französin sagte etwas, das ich nicht verstand, dann brachte sie mir das Kleid aus dem Schaufenster. Als ich es anprobierte, bemerkte ich, dass das ohnehin schon enge Kleid, meine Luft abschnüren würde. Ich war so dünn, doch dieses Kleid war zu eng? Wenn ich die Französinnen betrachtete, die alle klein und zierlich waren, wunderte es mich nicht. Dennoch zwang ich mich hinein und mir stockte der Atem. Vor dem Vorhang stand ein großer Spiegel und ich sah aus ... *wie eine Prinzessin*. Es war genau das Kleid, das ich brauchte. Das eine. Das, nach welchem sich jedes Mädchen sehnen würde.

Die Dame sprach etwas und zeigte auf meine Hüften, an denen das Kleid spannte. Es war zu eng. Viel zu eng. »Haben Sie das in einer anderen Größe?«, fragte ich auf Deutsch, da mir dieser Satz in Englisch zu kompliziert wurde.

Sie schien mich zu verstehen und seufzte. Kopfschüttelnd sagte sie etwas, das wohl heißen sollte, dass es das Letzte sei. Immerhin hatte ich es an den Stangen nicht gesehen.

»Schade«, seufzte ich.

Dann hob sie den Finger, als ob sie mich zum Warten aufforderte und verschwand in einem Hinterzimmer. Als sie zurückkam, hielt sie ein Kleid in den Händen, das die gleiche Farbe besaß, hellblau, wie mein Traumkleid. Es war kürzer und der Schnitt jugendlicher. Ich probierte es an und als ich das Preisschild sah, war die Entscheidung gefallen. Dreißig Euro. *Der Wahnsinn!* Ich betrachtete mich noch einmal im Spiegel. Es würde Xay gefallen. Hoffentlich. Mir gefiel es. Ab der Taille fiel es leicht und flatterhaft bis kurz über die Knie und am Rücken hatte es einen tiefen Ausschnitt. Noch nie in meinem Leben hatte ich mich so gefühlt. Wie ein richtiges Mädchen. Eines, das sich über ein schönes Kleid freute. Sie packte es mir ein und ich verabschiedete mich. Auf Deutsch.

Wieder im Ferienhaus angekommen beäugte Xay mich und die Papiertasche, die ich in den Händen hielt. »Du hast mir ein Geschenk gekauft?«, schmunzelte er.

»Ja«, grinste ich und dachte an die Unterwäsche, die ich auf dem Heimweg in einem anderen Geschäft mitgenommen hatte.

»Zeig her!« Er griff nach der Tasche, doch ich hielt sie hinter meinen Rücken.

»Noch nicht.« Ich zwinkerte.

Er grinste, als wüsste er, was sich darin befand. »Du hast hoffentlich nicht dein ganzes Geld ausgegeben. Denn wenn du keines mehr für eine Wohnung übrig hast, muss ich dich noch länger in meinem Haus ertragen«, sagte er und lachte leise.

»Den Satz hättest du dir auch sparen können.« Ich wusste, dass er Spaß machte, doch seine Worte schmerzten unerwartet.

Er kam näher und küsste mich. »Hey, ich mach nur Spaß.« Ich sah ihm in die Augen, die vor Freude funkelten wie tausend Sterne. Er war aufgeregt. Wie ich. Ein Date. Nein, ein Rendezvous.

Wer sich verliebt, ist ein Narr ... hörte ich eine leise Stimme in meinem Hinterkopf. Ja, das mochte stimmen. Doch es war zu spät. Mein Herz klopfte bereits. Auf eine Weise, wie es lange nicht mehr geklopft hatte. *Vielleicht noch nie*.

»Was ist los?« Er sah mich liebevoll und fragend an, während er mir ein paar Strähnen hinters Ohr strich. Ich genoss jede einzelne Berührung von ihm. Er war so anders als Caleb. So aufmerksam. Als gäbe es nur mich allein. Alles in mir begann zu kribbeln, als er nun lächelte. Es war so schön ... *dieses Lächeln*. Es ließ mein Herz schmelzen, als ich daran dachte, dass ich für dieses Lächeln verantwortlich war. Noch nie hatte mich jemand auf diese Weise angesehen. Noch nie.

»Nichts. Was machen wir heute?«, lenkte ich mich von den Gedanken ab und spürte, dass meine Wangen erröteten.

»Na ja ... heute Abend ...«, begann er und fuhr sich durchs Haar. Oh ja, er war nervös. Und wie. Das kannte ich überhaupt nicht von ihm. Er rieb sich den Nacken. »... Lass dich überraschen.« Er zwinkerte mir zu.

Ich ließ die Tasche fallen und öffnete die Knöpfe seines Hemdes: »Und bis dahin?« Ich wollte ihn. Jetzt. Voll und ganz.

»Da fällt uns sicher etwas ein ...«, schmunzelte er.

Er hatte noch immer nicht gesagt, wo wir hingingen. Ich stand im Badezimmer und wusste, dass er bereits auf mich wartete. Im Spiegelbild betrachtete ich mich. Etwas zu viel Mascara und roter Lipgloss verfeinerten meinen Aufzug. Es war mehr, als ich sonst trug. Das Haar trug ich offen und leichte Wellen, die ich nicht glatt bekam, fielen fast bis auf meine Schultern. Gerne hätte ich etwas Puder gehabt, um die Sommersprossen, die herausstachen, zu verbergen, doch ich besaß keines. Von wem ich diese Sommersprossen wohl hatte? Von meinem Vater, von meiner Mutter? *Nein, Lia!*, ermahnte ich mich. *Nein. Nicht jetzt.* Diese Gedanken hatte ich schon vor vielen Jahren aus meinem Kopf verbannt. Ich wollte nicht an sie denken. An diese Eltern, die mich abgegeben hatten. Die mich nicht wollten. Und auch Caleb musste aus diesem Kopf raus. Immer weniger schlich er sich in meine Gedanken. Doch ich wollte, dass es ganz aufhörte. Mit den Fingern strich ich über die Sommersprossen und musste wie ein Idiot grinsen, als ich daran dachte, dass Xay das ebenfalls letzte Nacht getan hatte.

Als ich aus dem Badezimmer kam, saß Xay auf dem Sofa, und als er zu mir sah, fehlten ihm die Worte. Er hatte mich noch nie in einem Kleid gesehen, und soweit ich mich erinnern konnte, auch nicht geschminkt. Zumindest nicht so sehr. »Wow«, sagte er schließlich. Nach langer Begutachtung stand er auf. »Du siehst … anders aus.«

Ich legte den Kopf schräg und hob die Augenbrauen »Anders?« Er wusste ja schon immer, wie man einer Frau Komplimente machte.

Xay schlang die Arme um meine Hüften und zog mich an sich. »Du siehst süß aus.«

»Danke.« *Süß*. Das war alles, was ich bekam. Nun gut. Damit gab ich mich zufrieden. Besser als *kränklich*.

Wir stiegen ins Auto, wie immer hielt er zuerst mir die Tür auf, bevor er sich auf den Fahrersitz setzte. Er trug ein dunkelblaues Hemd und eine schwarze Hose. *Schick*. Eigentlich sah er immer schick aus. Wir fuhren eine Weile, dann parkten wir in der Nähe eines Hafens. »Nein!«, sagte ich. »Bitte nicht, Xay.«

Er grinste mich frech an. »Oh doch.«

»Auf ein Boot? Echt jetzt?«

»Ja!«

Es war nicht irgendein Boot. Es war riesig und es besaß diese Lichterketten, die überall ringsherum leuchteten, wie man es nur aus Urlaubsprospekten kannte. »Ist das nicht romantisch?«, fragte er.

»Doch«, hauchte ich. *Du bist romantisch. Du bist so perfekt*!

Ein Mann in einem schicken Anzug führte uns an einen kleinen Tisch an Deck, der genau an einer Reling stand. Xay nahm mich an die Hand, während wir ihm nachgingen. Es fühlte sich gut an, diese starken, großen Finger, fest um meine zu spüren. Es gab mir einen Halt, den ich nicht kannte. Eine Sicherheit. Meine Hand, fest in seiner. Wie zwei Puzzleteile, die zusammengehörten und nicht getrennt werden sollten. Als wir an den Tisch geführt wurden, kam es mir vor, wie in einem Märchen. Als wäre ich eine Prinzessin und er der Prinz. Über uns kreischten Möwen und die Lichterketten leuchteten schwach im Licht der untergehenden Sonne. Xay rückte mir den Stuhl zurecht, wie der Gentleman, der er war. Ich setzte mich, und er setzte sich gegenüber. In seinen Augen tanzten die letzten Sonnenstrahlen des Tages und in mir kribbelte alles, allein weil ich ihn ansah. Nein, das stimmte nicht. Es war die Art, wie *er* mich ansah. Als gäbe es nur mich allein. Er griff nach meiner Hand und ich drehte seine herum, um das Tattoo auf der Unterseite seines Handgelenks zu betrachten. Ein funkelnder Stern zeichnete sich fast unscheinbar auf seiner Haut ab. »Ich habe dich nie gefragt, was es zu bedeuten hat.« Eine Feststellung, doch eigentlich eine Frage.

Er fuhr sich mit dem Zeigefinger der anderen Hand darüber. »Es ...«, er zögerte. »Es bedeutet Heimat«, sagte er leise.

»Heimat?«

»Dort, wo ich herkomme, gibt es den schönsten Sternenhimmel.« Bei diesen Worten funkelten seine Augen wie Sterne. Weit und breit war nichts von den Schatten zu sehen, die sonst in ihnen tobten.

»Das würde ich gern mal sehen.« Ich überlegte. Hatte er mir nicht gesagt, er habe kein richtiges Zuhause?

»Das wäre schön«, sagte er nachdenklich, irgendwie bekümmert.

Das Schiff fuhr los und all die Angst vor dem Wasser verschwand. Die Sonne ging unter und wir schlürften leckere Cocktails, bevor uns ein Menü aufgetischt wurde. Das hier, dieses Kleid, diese Aussicht, das Essen, das alles gab mir das Gefühl, eine Prinzessin zu sein. *Er*. Er gab mir dieses Gefühl. Und zu meinem Erstaunen gefiel es mir.

Je dunkler es wurde, desto heller flackerten die Lampen über uns sowie die Kerzen auf dem Tisch, die Xays Augen zum Leuchten brachten. Er strahlte. Er war glücklich. Ich wusste es und er wusste es auch. Ein wenig machte es mir Angst. Weil ich erkannte, dass es etwas zu verlieren gab. Das hier. *Ihn*.

Wir saßen uns gegenüber und aßen eine Köstlichkeit nach der anderen, sodass ich froh darüber war, nicht das engere Kleid gekauft zu haben.

»War das mein Geschenk?«, fragte er und zeigte auf das Kleid. »Dass du ein Kleid trägst?«

»Gefällt es dir?«

»Ja.« Seine Augen schweiften in Zeitlupe über mich und blitzten auf.

»Dein Geschenk befindet sich aber darunter.«

Xay hob eine Augenbraue und ich lächelte. »Na, dann freue ich mich umso mehr, wenn ich dir endlich das Kleid vom Leib reißen darf.«

Wenn er wüsste, wie sehr ich mich ebenfalls darauf freute. *Auf ihn*. Meine Blicke blieben an seinem engen Hemd haften, das sich über seine Muskeln spannte. Und schon wieder wurde mir ganz warm.

Als ob er meine Gedanken kannte, legte er den Kopf schräg. »Alles in Ordnung?«

Nein. Nichts ist in Ordnung. Ich bin verdammt nochmal dabei, mich zu verlieben. Schnell nickte ich und schluckte heftig, als ich endlich den Blick von ihm lösen konnte. *Warum, Lia? Warum verliebst du dich ständig in Männer, die jede andere haben könnten? Schönere, intelligentere Frauen ...*

»Bist du satt?«, unterbrach er meine Gedanken und ich bemerkte, dass ich nur noch mit der Gabel auf dem Teller herumschabte.

Vorsichtig legte ich sie zur Seite und nickte. Als ich ihn erneut ansah, fragte ich mich, ob ich jemals wieder satt sein würde.

Der Abend hatte eben erst begonnen. Um uns herum saßen andere Paare, deren Tische an der Reling entlang standen. Ich blendete sie jedoch komplett aus. Ich sah nur *ihn. Ihn und mich*. Als gäbe es nichts anderes auf dieser Welt. Obwohl wir uns kaum kannten, kam es mir vertraut vor. Fast so, als kannte ich ihn seit einer Ewigkeit.

Auf die freie Stelle, mitten auf dem Deck, traten plötzlich Musiker, die ihre Instrumente spielten. Xay stand auf und hielt mir die Hand hin.

»Was? Jetzt?«

»Jetzt. Tanzen. Du und ich.« Er lächelte.

»Ich weiß nicht.« Verlegen sah ich mich um und bemerkte, dass ein paar alte Leute ebenfalls aufstanden und tanzten. »Ich kann nicht tanzen«, flüsterte ich.

»Aber ich dachte, das wolltest du?« Was meinte er? Er sprach weiter: »Du sagtest, du wolltest immer ausgehen, tanzen und Spaß haben.«

Ja, das hatte ich ihm erzählt. Und auch, dass Caleb mich nie mitgenommen hatte, wenn er ausging. Hatte Xay deshalb diesen Abend organisiert? Mit allem drum und dran? »In Ordnung«, lachte ich und ergriff seine Hand. »Sei aber nicht böse, wenn ich dir auf die Füße trete.«

»Etwas anderes habe ich von dir nicht erwartet«, spottete er. »Mal im Ernst, ich kenne niemanden, der so tollpatschig ist wie du.«

Vorsichtig legte er seine Hände um mich. Wie immer bedacht, aber mit einer gewissen Stärke. Es war eine Macht, die er über mich hatte. Eine, die mich zum Erliegen brachte. Doch es störte mich nicht. Es gefiel mir, mich von ihm leiten zu lassen. Denn es gab mir Sicherheit. Meine Hände fuhren in seinen Nacken und streichelten sanft über seine Haut. Ich spürte, wie er unter meinen Berührungen erschauderte. Ich sah zu ihm auf. Er war einen halben Kopf größer als ich. Vielleicht sogar etwas mehr. Seine Augen suchten die meinen, und als er sie fand, sagte er: »Du bist so schön, Lia.«

Ich? Schön? Hatte er sich selbst mal gesehen?

Ohne, dass ich etwas erwiderte, neigte er den Kopf und vergrub ihn in meinem Nacken zwischen meinem Haar. Ich drückte ihn fest an mich, und meine tanzenden Bewegungen kamen ganz von allein. So, als hätte ich das schon tausend Mal gemacht. Meine Arme legte ich fest um ihn. Ganz fest. Ich hielt ihn so, wie er mich hielt. Denn ich spürte, dass er es genauso sehr brauchte, wie ich.

Es war der perfekte Ausklang eines perfekten Abends.

Und es wurde zu einer perfekten Woche. Mit ihm könnte ich überall hingehen, egal wohin, und ich wäre glücklich. Mein Herz schmerzte, als ich daran dachte, wieder nach Hause zu müssen. Es würde mir fehlen. Dieser Ort, dieses Leben. Es waren nur zwei Wochen. Doch zwei Wochen voller neuer Erfahrungen. Ich fühlte mich wie ein anderer Mensch. Wie ein glücklicher Mensch. Etwas, das ich bisher nicht kannte.

»Lia, wach auf«, sagte Xay und stupste mich an. Ich war während der Fahrt eingeschlafen. »Wir sind zu Hause.«

Ich betrachtete die kleine Gartentür, die zu seinem Haus führte und Traurigkeit überkam mich. Heimweh nach dem kleinen Häuschen, in dem ich mich so wohlgefühlt hatte und das ich am liebsten niemals verlassen hätte, stieg in mir auf. Die beiden Wochen waren viel zu schnell vergangen und ich hatte geweint, als wir dem Ferienhaus Lebewohl sagen mussten. Es kam mir so vor, als wären die Erinnerungen daran die schönsten in meinem ganzen Leben gewesen. Wir waren glücklich und frei und ich spürte zum ersten Mal eine Zufriedenheit, die mir nur Xay geben konnte.

Er hatte mich in kleine Restaurants ausgeführt, hatte Ausflüge mit mir unternommen und war einmal so richtig mit mir feiern gegangen. In einen echten Club. Er hatte alles mit mir unternommen, was mir in meiner Jugend entglitten war, was mir Caleb nicht gegönnt hatte. Ich war Xay so dankbar für alles und mein Herz schmerzte, wenn ich daran dachte, am Montag wieder zur Arbeit zu müssen und ihn nicht mehr vierundzwanzig Stunden am Tag um mich zu haben. Ich wollte ihn nicht mehr loslassen, ihn jede Sekunde um mich haben. Er brachte mich zum Lachen und er hatte es geschafft, mein Herz höherschlagen zu lassen. Auch wenn ich es ihm nie gesagt hatte, musste ich mir selbst eingestehen, dass ich dabei war, mich in ihn zu verlieben. Nicht wie damals bei Caleb, in den ich mich verliebt hatte, weil ich mich einfach einsam fühlte und Nähe suchte und er der Einzige war, dem ich vertraut hatte. Bei Xay war es anders, es geschah auf eine Weise, die keinen Sinn ergab. Ohne Sinn und Verstand. Es war keine jahrelange Sehnsucht. Es geschah von einer Minute auf die andere. Und plötzlich war es da, das Gefühl, zu jemandem zu gehören, zu jemandem, von dem man es nicht gedacht hätte. Er engte mich nicht ein und verbot mir nichts. Er ließ mich ich selbst sein, Lia. Und doch kümmerte er sich um mich. Er machte mich glücklich, und sorgte dafür, dass ich mich selbst finden konnte.

Es war Samstagabend, als wir zu Hause ankamen, und ich schaltete zum ersten Mal seit zwei Wochen mein Handy wieder ein. »Was? Siebzehn Nachrichten?«, stammelte ich müde vor mich her.

»Hoffentlich nicht von anderen Männern«, grinste Xay und küsste mich auf die Stirn.

»Von Karla«, erklärte ich verwirrt und hörte die Mailbox ab.

»Was ist los? Dein Gesicht ist kreideweiß?«, fragte Xay, als ich die Nachrichten abgehört und die SMS gelesen hatte.

»Caleb«, stotterte ich. »Er ... er ...«

Xay hob eine Augenbraue und ich sah die Schatten in seinen Augen wie wild herumwirbeln. Im Augenwinkel erkannte ich, dass er die Fäuste ballte.

»Er ist in einer Anstalt. Sie sagt, er sei durchgedreht.« Mein Herz wurde schwer. Caleb, der starke und selbstbewusste Mann, sollte einen Nervenzusammenbruch gehabt haben? Meine Hände zitterten, als ich das Handy zur Seite legte.

»Lia?« Xay nahm mich in den Arm.

»Ich muss zu ihm«, sagte ich geistesabwesend und zog meine Jacke an. Als ich zur Tür rannte, hielt Xay mich auf: »Warte, ich fahre dich.«

»Was? Nein, das brauchst du nicht ...«

»Doch, das mache ich. Weißt du, wohin?«

Ich nickte. Karla hatte mir die Adresse geschrieben.

Es war schon spät, aber ich log den jungen Pfleger am Nachtschalter an, indem ich ihm sagte, ich sei Calebs Schwester und müsse ihn sehen. Es handelte sich um eine Psychiatrie, um den wohl schrecklichsten Ort, den ich jemals betreten musste. Schreie erklangen aus einigen Zimmern und auf dem Flur geisterte eine alte Frau barfuß und verwirrt herum. »Warte bitte hier«, bat ich Xay vor Calebs Zimmer. Es roch widerlich. Nicht wie in einem Krankenhaus, anders. Falsch. Hier gehörte Caleb nicht hin, das wusste ich. Nicht er.

»Leetha!«, rief Caleb, als ich hereinkam und mich vorsichtig auf sein Bett setzte. »Du bist hier!« Er umarmte mich. Ich war völlig verwirrt. *Leetha*? Hatte er meinen Namen vergessen? »Ich erinnere mich, Lee. An alles!«, stammelte er aufgeregt und seine Worte überschlugen sich. »Wo warst du? Wir müssen hier weg.« Er stand von dem Bett auf und holte eine große Tasche aus dem Schrank, die er schon gepackt haben musste. »Los, nichts wie weg hier.«

»Caleb?«, fragte ich vorsichtig? »Geht es dir gut?«

Er packte mich an den Schultern und schüttelte mich: »Caidan! Mein Name ist Caidan!«

Oh mein Gott, er war tatsächlich verrückt geworden. Oder doch nicht? Ich kniff die Augen zusammen: »An was erinnerst du dich?«

»Lee, hör zu. Ich erkläre dir alles unterwegs, aber wir müssen weg hier, sofort.«

Ich sträubte mich und setzte mich protestartig wieder auf sein Bett: »Caleb, setz dich und sprich mit mir.«

»Caidan! Ich heiße Caidan! Und du bist Leetha, die Königin von Meridem. Wir beide sind verheiratet.« Oh ja, er war definitiv verrückt. »Lee, bitte. Wir müssen zurück nach Hause!«

»Und wo ist das?« Ich gab mir Mühe, ruhig und gelassen zu bleiben und ihn nicht zu verärgern oder zu offensichtlich als verrückt zu erklären, so, wie es mir der Pfleger am Nachtschalter erklärt hatte.

»Auf dem Mond!«

Ich rieb mir die Augen und versuchte, ruhig zu atmen. Leicht schüttelte ich den Kopf. »Caleb, bitte setz dich zu mir, lass uns in Ruhe reden«, bat ich und klopfte auf die Stelle neben mir.

»Caidan!«, schrie er mich an.

»Setz dich jetzt!«, sagte ich strenger und lauter und hoffte, meine Geduld nicht zu verlieren. Er sah mich finster an, doch er gehorchte mir. »Noch mal langsam, okay?« Ich hielt seine Hand fest.

»Dieser Kerl ...«, begann er langsam und sah mir tief in die Augen. »Mit dem du bei uns zu Hause warst ...«

»Xay«, korrigierte ich.

Calebs Blick verfinsterte sich noch mehr und er ballte die Fäuste: »Ja. Ich sagte doch, ich kenne ihn.«

Ich nickte.

»Er war es, der mir in meinen Träumen erschienen ist. Er ist gefährlich, hörst du? Gehe ihm aus dem Weg. Er hat uns alles genommen, was wir hatten. Alles. Er hat deinen Vater getötet, Leetha.«

Mein Herz zerbrach in tausend Stücke, als ich Caleb so sah. Es tat mir unglaublich leid, was er durchmachen musste. Wie konnte jemandem wie ihm, so etwas geschehen? »Nimmst du Medikamente?«, fragte ich.

»Leetha, Lia. Bitte, vertrau mir!«

Ich schüttelte den Kopf: »Hör zu, du bist gestresst, du hattest einen Nervenzusammenbruch, man sagt, es läge am Stress mit dem Abitur und den Unibewerbungen ...«

Caleb sprang auf und schrie: »Nein! Leetha! Bitte, ich sorge dafür, dass auch du dich erinnerst. Du musst mir vertrauen!« Er schrie so laut, dass ich befürchtete, die ganze Klinik würde ihn hören.

Xay und ein Mann im weißen Kittel stürmten hinein. Caleb rastete aus, als er Xay sah. »Das ist er! Mörder! Mörder!«, schrie er immer wieder, während Verstärkung anrückte und Caleb an sein Bett fesselte, der wild um sich schlug. »Ich weiß, was du vorhast«, sagte er zu Xay, der ruhig dastand und die Situation gelassener meisterte als ich. »Er will dich töten, Lee! Vertrau ihm nicht! Bitte!«

»Sie sollten gehen«, bat einer der Ärzte und ich nickte.

»Komm«, sagte Xay und legte seine Hand auf meinen Rücken, um mich hinauszuführen.

»Lee! Bitte! Er wird dich töten!«

Calebs verzweifelte Worte hallten mir die ganze Nacht nach. Und die ganze Woche. Ich konnte mich kaum konzentrieren und sprach auch mit Xay nicht darüber. Es tat mir so unglaublich leid, was er durchmachen musste. Doch ich konnte ihm nicht helfen. Die Ärzte mussten ihm helfen. Ich besuchte ihn nicht mehr und konzentrierte mich voll und ganz auf mein letztes Lehrjahr. Vielleicht hatte ihn die Tatsache, dass ich einen neuen Mann kennengelernt hatte, derart aus der Bahn geworfen, dass er nicht damit umgehen konnte. Oder das Abitur und die Bewerbungen an den Unis hatten ihm zu sehr zugesetzt. Ich wusste es nicht und so hart es klang, ich wollte nichts damit zu tun haben. Endlich war ich glücklich. Mit Xay. Ich hatte endlich eine Zukunft gesehen, die nicht düster und einsam aussah. Mit einem Mann, der mir alle Freiheiten gab und mich so mochte, wie ich war. Bei Caleb hatte ich mich niemals so geborgen gefühlt und niemals hatte ich mit ihm dieses Gefühl gehabt, am richtigen Ort zu sein, in einem Zuhause.

Xay

Wir hatten uns gestritten. Zum ersten Mal. Seit ein paar Wochen befand dieser kleine Bastard in der Irrenanstalt und es schien alles gut zu sein. Doch vor ein paar Stunden rief diese Kala an, und wollte Lia überreden, *ihren Caleb* zu besuchen. Und sie hatte tatsächlich darüber nachgedacht. Noch nie im Leben war ich eifersüchtig gewesen, glaubte ich zumindest. Redete ich mir ein. Oder? Doch. Das war ich schon. Aber diesmal war es schlimmer. Noch schlimmer als damals. Denn jetzt ging es um mehr.

Noch ehe ich begreifen konnte, was das alles zu bedeuten hatte, schlich sich ein Unwohlsein in meine Magengegend. *Lia!* Erst nach und nach wurde mir das gesamte Ausmaß dessen bewusst, was geschehen war: Der verdammte Schattenjäger erinnerte sich. An alles. An die Heimat, an Leetha, an mich. Und er war im Begriff, auch ihre Erinnerungen zurückzuholen. War es nicht genau das, was ich wollte? Wollte ich nicht, dass Leetha sich erinnerte, zurück nach Hause kam, damit ich endlich meine Rache an ihr und ihrer restlichen Familie ausüben konnte? Doch irgendetwas in mir lehnte sich gegen diesen Gedanken auf. Etwas in mir zerbrach in tausend Scherben, wenn ich daran dachte, dass Lia zu Leetha würde. Ich könnte sie verlieren. Ich würde sie verlieren.

War es nur Eifersucht? Oder Angst? Ich konnte es nicht genau deuten. Nie zuvor in meinem Leben, hatte ich wirkliche Furcht empfunden. Und was war eigentlich der Unterschied? Ich bemühte mich, mir einzureden, es läge daran, dass meine Pläne bislang nicht ausgereift waren. Dass ich bisher keine genauen Vorstellungen hatte, wie ich Leetha zu einer Machtübergabe zwingen wollte. Mein erster Anlauf, ihr mit Caidans Leben zu drohen, war nach hinten losgegangen, sodass ich mir eingestehen musste, einen Fehler gemacht zu haben. Ich hatte sie unterschätzt und geglaubt, sie liebte Caidan genug, dass sie seinen Tod nicht hinnehmen würde. Doch sie hatte ihn nicht geliebt. Wie auch? Leetha liebte nur sich selbst. Anders als Lia. Lia hing an Caleb. Wäre Leetha nur genauso leicht zu manipulieren wie Lia. Nein! Lia hätte ich nicht hassen können. Niemals. Und Lia hätte mir nie angetan, was Leetha mir angetan hatte.

Meine Gedanken drehten sich. Wieder und wieder schlich sich der Wunsch in meinen Kopf, die Sachen zu packen und mit Lia zu verschwinden, noch bevor Caidan sie überzeugte. Doch was hatte ich für eine Wahl? Ein Leben aufgeben, das womöglich einige tausend Jahre überdauern würde, und es eintauschen, gegen ein kurzes, menschliches Leben mit ihr? Wenn ich auf mein Herz hören könnte, wäre diese Entscheidung längst getroffen, doch mein Kopf protestierte. Ich wusste nicht einmal, was mit mir geschah, wenn ich für eine solch lange Zeit auf der Erde bleiben würde. Hier verging die Zeit anders. Würden Lia und ich am Ende unseres gemeinsamen Lebens, mit grauen Haaren und ohne Zähne sterben, oder könnten wir nach Hause zurück und von vorn anfangen? Und selbst wenn es so wäre, stünden wir vor derselben Entscheidung wie nun auch. Sie müsste sich erinnern, um mit mir nach Hause zu gelangen. Und sie würde wieder zu Leetha werden. Zu der Frau, die mich hasste.

Ich saß an diesem einfachen Holztisch in dem kleinen Haus und stützte meinen Kopf in beide Hände. Das Grübeln fraß mich innerlich auf. Mehr und mehr spürte ich, was ich zu verlieren schien. *Lia*. Sie war alles, woran ich denken konnte. Dieses unschuldige und liebe Wesen, das nicht wusste, welches Monster sie ursprünglich war. Das sich nicht ausmalen konnte, was ich bereit wäre, zu tun. Sie zu töten. Das nicht einmal wusste, wie sehr ich sie liebte.

Ein Versuch wäre es wert. Ich musste sie von hier wegschaffen und mit ihr ein neues Leben beginnen. Nein. Was sollte mein Volk ohne mich machen? Es war in Sicherheit. In Sicherheit vor Meridem und in den Händen meiner Mutter, die in meiner Abwesenheit regierte. Und auch Meridem war in Sicherheit, zumindest musste es ohne Leetha und mich keine Angriffe aus Tenebris fürchten. Es wäre das Beste, redete ich mir ein. Es musste das Beste sein. Für die beiden

Reiche und für ... mich. Für mein Leben, das jetzt gerade erst begonnen hatte. Das nach über sechshundert Jahren endlich einen Sinn fand. Eine Person, die es lebenswert machte. Egal wie kurz es sein mochte. All die Jahre war ich einsam gewesen, ohne es zu wissen. Umgeben von zahlreichen Leuten, meiner Mutter, meinen Angestellten, meinen Ministern, den Kollegen aus der Armee, in der ich aufwuchs, Frauen. Umringt von solch vielen Frauen, dass ich sie nicht zählen konnte. Umgeben von so vielen Seelen, und doch einsam. Mir kamen Lias Worte in den Sinn und ich flüsterte sie vor mir her »Man muss nicht allein sein, um sich einsam zu fühlen.«

Und mit ihr war ich nie einsam. Jede Sekunde, in der Lia an meiner Seite war, konnte ich atmen, mich frei bewegen. Sie war der Grund, weshalb ich so lange gezögert hatte. Warum ich meine Mission unterbrochen hatte, und ich sollte sie dafür hassen, doch das tat nicht. Ich liebte sie. Mehr als mein eigenes Leben. Ich musste sie mit mir nehmen, irgendwohin, möglicherweise in die Bretagne, wo wir so glücklich gewesen waren. Sie schützen, vor Caidan und diesem heuchlerischen Volk auf der hellen Seite des Mondes, die sie mir wegnehmen und sie in Leetha verwandeln würden. Fort von allem, was Lia zerstören würde.

Ein anderer Gedanke kam auf, der mir fast die Luft abschnürte. Was, wenn sie sich irgendwann erinnerte, wie Caidan es getan hatte? Wenn er sich erinnerte, warum nicht auch sie? Ich musste es verhindern. Ich besaß die Fähigkeit, ihr die Erinnerungen zu nehmen. Dies war eine Methode, die ich während meiner Zeit in Vaters Armee gelernt hatte. Flüchtlinge aus Meridem, meist Niedergeborene, die nach Tenebris kamen und zu viel gesehen hatten, wurden auf diese Weise ruhiggestellt, damit sie einen Neuanfang in Tenebris starten konnten.

Es wäre eine Möglichkeit. Doch dann würde sie sich an rein gar nichts mehr erinnern, auch nicht an mich und, was noch grauenhafter war, nicht mehr an das, was Lia ausmachte.

Lia

Bislang hatte ich Xay nie so gesehen. Blass und unsicher. Er saß am Küchentisch und stützte die Ellbogen darauf ab, während er den Kopf in den Händen hielt und sich die Haare raufte. Er bemerkte nicht einmal, dass ich aus der Dusche kam und direkt hinter ihm stand. Ich wollte etwas sagen, doch fand keine Worte. Daraufhin legte ich meine Hand auf seine Schulter, sodass er zusammenzuckte und sich umdrehte.

Mit müdem Blick starrte er mich wortlos an, dann zog er mich langsam zu sich und vergrub das Gesicht in meinem Pulli. *Oh mein Herz. Mach dir keine Sorgen*. »Es ist nicht, wie du denkst«, erklärte ich vorsichtig. Er sagte nichts. »Ich habe mir nur Sorgen gemacht um Caleb, das ist alles.«

Kein Wort.

»Ich …« Ich suchte nach Worten, die mein Verlangen, Caleb zu sehen, entschuldigen würden, doch ich fand sie nicht. Kaum hatte ich erfahren, dass es ihm schlecht ging, war ich schon aus der Tür gerannt. Was sollte Xay denken? Dass ich Caleb irgendwie noch liebte? Tat ich das? Ich war mir selbst nicht sicher. Ein Bauchgefühl beschlich mich, seit dem Besuch in der Psychiatrie, der schon einige Wochen zurücklag. Doch ich verdrängte es.

Xay und ich hatten nicht darüber gesprochen, bis vor wenigen Stunden, als Karla anrief und mich bat, Caleb zu besuchen. Daraufhin hatten wir beide unseren ersten Streit. Und er verlief nicht schön. Nicht, dass das ein Streit jemals sein konnte. Etwas in mir wollte, dass Caleb recht hatte. Etwas in mir tobte, um zu ihm zu gelangen. Etwas in mir wollte, dass alles wahr sei. Wahr und einfach. Wie problemlos wäre es, endlich zu wissen, woher wir kamen, wie wir in dieses Waisenhaus gelangt waren, und wie wäre es, wenn wir zusammengehören würden? Heftig schüttelte ich den Kopf in der Hoffnung, die Gedanken dadurch loszuwerden. Xay blickte auf. In seinen Augen stand etwas, das ich nicht von ihm kannte. Ich hätte schwören können, es sei Furcht. Vielleicht davor, mich an Caleb zu verlieren? »Ich liebe ihn nicht mehr«, sagte ich leise und wusste selbst nicht, ob ich log. Er lächelte und für einen Moment spürte ich, dass es wahr sein könnte. Dass ich ihn liebte. Xay. Es wäre so einfach, ihn zu lieben.

»Lass uns nach Frankreich ziehen.« Er musterte mich. Ich spürte, dass er meine Reaktion beobachtete und ich tat, als wäre ich weniger überrascht, als ich es in Wirklichkeit war.

»Nach Frankreich?«, fragte ich und konnte mein Erstaunen kaum verbergen.

Er nickte.

»Und deine Arbeit? Meine Ausbildung?«

Er schüttelte leicht den Kopf. »Ich kann von überall aus arbeiten. Und du kannst deine Ausbildung dort fortsetzen. Es ist doch ohnehin nur noch ein Jahr.«

Ich unterbrach ihn: »Ich spreche kein Wort Französisch.«

»Ich bringe es dir bei, du bist doch ein schlaues Mädchen.«

Schlau? Ich? Noch nie hatte mich jemand so genannt. »Dummes Kind«, hatte Karla stets gesagt, ebenso die Erzieherinnen im Waisenhaus. Auch die Lehrer machten keinen Hehl daraus, mir meine Dummheit vorzuwerfen. Und selbst Caleb nannte mich naiv. Naiv war das schönere Wort für dumm.

»Es hat dir doch so gut dort gefallen«, flehte er fast und ich fragte mich, wie verzweifelt er sein musste.

»Wenn es wegen Caleb ist ...«

»Ist es nicht!«, sagte er schnell und laut. »Ich will einfach wieder mit dir dort hin.«

»Na gut«, gab ich nach. »Nach meiner Ausbildung können wir es uns überlegen.« *Sofern wir dann noch zusammen sind,* dachte ich, sagte es aber nicht. In einem Jahr konnte viel geschehen. Er könnte mich satthaben, oder sich von mir gelangweilt fühlen wie Caleb. Er könnte herausfinden, wie trostlos und gleichgültig mein Leben war, und ich malte mir bereits in Gedanken aus, wie er spätestens nach ein paar Monaten mit mir die Koffer packte und das Weite suchte. Mir wurde übel bei diesem Gedanken und die Übelkeit verriet mir, dass ich gerne bei ihm bleiben würde. Dass ich nicht wollte, dass er mich verließ.

Noch immer stand ich vor ihm, und schlang meine Arme fester um ihn. Ich wollte, dass es klappte mit uns. Ich wollte, dass er mich mochte und mich nie wieder losließ. Egal wie oft mir Caleb in die Gedanken kam, bei Xay fühlte ich mich gewollt. Möglicherweise zum ersten Mal in meinem Leben. Und dieses Gefühl gab mir Sicherheit, Sicherheit, die ich so sehr brauchte.

Ich schwor mir, Caleb nicht mehr zu besuchen, und hielt mich daran. Nicht nur für Xay, sondern wegen mir. Er tat mir einfach nicht gut. Nicht so, wie Xay mir gut tat. Die nächsten Wochen verbrachte ich fast ausschließlich damit, Xay von seinen Auswanderungsplänen abzuhalten. Ununterbrochen zeigte er mir Fotos von Frankreich, den USA oder Kanada. Von Stränden in Thailand und anderen fabelhaften Orten. Meine Sehnsucht wuchs und wenn mein Arbeitstag zu stressig war, malte ich mir aus, die Koffer zu packen und mit ihm abzuhauen. Doch die Realität holte mich schneller ein, als es mir lieb war.

Wenn ich abends nach Hause kam, warteten er und Shadow bereits auf den allabendlichen Spaziergang, den wir gemeinsam machten. Danach kochten wir, gingen Essen oder bestellten uns etwas. Es war genau das, was ich immer wollte. Ein einfaches, glückliches Leben, mit jemandem, der nicht mehr brauchte als mich. Kein Mann, der jeden Abend unterwegs war mit Kollegen, in Vereinen oder anderweitig beschäftigt. *Nur Xay und ich. Wir.* Und es war schön. Nein. Es war mehr als das. Es war fast schon wie eine Familie. Wir waren nicht lang zusammen, doch es fühlte sich danach an. Er fragte mich, wie mein Tag war, und ich konnte ihm alles erzählen. Wir lachten gemeinsam, ärgerten uns, wenn ich einen blöden Kunden hatte, und wir schliefen zusammen ein. Es war mehr, als ich immer gewollt hatte. Es war vollkommen. Möglicherweise reichte das anderen Paaren nicht. Vielleicht war es nicht perfekt für andere. Aber perfekt für mich. Und für ihn.

Sieben Wochen später rief Karla mich an, um mir zu erzählen, dass Caleb entlassen wurde. Sie erzählte mir, dass er den Unieinstieg verpasst und Rita sich von ihm getrennt habe. Nach allem, was Caleb über mich gesagt hatte, ich sei eine Prinzessin und wir seien verheiratet, wunderte es mich nicht, dass Rita das Weite gesucht hatte. Wenn er diesen Unsinn ebenso ihr erzählt hatte, verstand ich sie sogar.

Die Neuigkeit, dass er entlassen worden war, bescherte mir Bauchschmerzen. Ich hoffte, dass er mich nicht aufsuchen würde und dass seine Wahnvorstellungen aufgehört hatten. Um ehrlich zu sein, wollte ich nicht einmal eine Entschuldigung von ihm. Ich wollte rein gar nichts von ihm hören und das sagte ich Karla. Außerdem bat ich sie, mich nicht mehr anzurufen. Mein Leben war endlich geordnet, schön, perfekt. Und obwohl es mich interessiert hätte, ob es ihm besser ginge, fragte ich nicht danach.

Xay kam nach Hause und strahlte mich an. Es war Herbst und eiskalt, obwohl es das noch nicht sein sollte. »Lia!«, rief er und kam schnell auf mich zu. »Es schneit!« Seine Augen standen weit offen und funkelten mich an.

»Ich liebe den Schnee«, gab ich zu und suchte meine Jacke, um mit Shadow unseren ersten Schneespaziergang zu machen.

»Ich liebe den Schnee auch«, flüsterte Xay und betrachtete mich, während ich meine Jacke anzog. »Er hat etwas Friedliches.«

»Ein Neuanfang«, sagte ich und sah ihm in die Augen.

»Genau«, hauchte er und legte seine Hände an meine Wange. »Ein Neuanfang!« Obwohl er aus der kalten Herbstluft kam, waren seine Hände warm und durchfluteten mich mit Glücksgefühlen. Das war es. Ein Neubeginn. Wir beide. Nur wir. Er und ich. Ich wusste, dass da noch mehr auf uns wartete. Mehr, als all das hier. Es war ein Wissen, tief in mir. Und ich spürte, dass auch er es wusste. Er öffnete den

Mund, um etwas zu sagen, doch ich legte meine Finger auf seine Lippen. »Ich weiß«, hauchte ich und er lächelte. »Ich weiß.«

Langsam zog er mich an sich und schweifte die Jacke von mir herab, die ich eben erst angezogen hatte. Sein Atmen war warm, seine Hände, seine Haut. Alles. Und seine Berührungen waren alles, was ich brauchte. Wenn er bei mir war, gab es nichts, was mir fehlte. Egal, was er eben sagen wollte, ich wusste es bereits. Ich spürte es. Sein Herz hämmerte wie wild in seiner Brust, an die ich mich presste. Meine Hände fuhren durch sein Haar, über sein Gesicht, über seine Arme. All das, gehörte nun mir. Und ich würde es bewahren, so lange er mir diese Möglichkeit gab. So lange er mich behalten wollte. Und ich hoffte, dass es eine Ewigkeit sein würde.

In dieser Nacht träumte ich. Nicht irgendein Traum, der sich am nächsten Tag langsam verflüchtigte. Ich träumte so intensiv, dass ich aufwachte und für einen Moment dachte, es könnte wahr sein. Doch ich schüttelte mich und wollte den Traum abwerfen. Und als ich endlich wieder einschlief, träumte ich an der Stelle weiter, wo der erste aufgehört hatte:

Caleb und ich standen vor einem geflügelten Pferd und ich teleportierte uns an einen fremden Ort. Obwohl diese Stadt eher einer Science-Fiction-Serie glich, fühlte ich mich wohl dort, zu Hause. Ich hätte nach dem Aufwachen schwören können, schon einmal dort gewesen zu sein. Es war so real. Alles. Meine Gedanken in diesem Traum, meine Gefühle, ich konnte diese Stadt riechen. Schweißgebadet wachte ich auf. Xay erzählte ich nichts.

In der nächsten Nacht wurde es schlimmer. Ich träumte, dass Xay mich entführen und bedrohen würde. Diesen Traum erzählte ich ihm erst recht nicht.

Nacht für Nacht erlebte ich Träume, die zusammengefügt wie eine Geschichte erschienen, eine bereits erlebte Geschichte, die aufgefrischt werden wollte. Es fühlte sich so echt an, dass ich mich bei der Arbeit nicht konzentrieren konnte. Ich dachte jede Sekunde daran und meine Gefühle wurden so intensiv, dass ich in Xays Anwesenheit, wie von selbst zu zittern begann.

Wenn ich aufwachte, fühlte ich mich fehl am Platz, als wäre ich im falschen Körper. Selbst die ersten Schritte aus dem Bett fielen mir so schwer, als könnte ich die Gravitation der Erde nicht aushalten.

Xay bemerkte, dass etwas nicht stimmte, und fragte mich danach. Aber ich log. Ich sagte, es sei nichts und er war so liebevoll, dass er mich nicht bedrängte. Dennoch spürte ich, dass es ihm Sorgen bereitete. Deshalb plante er einen weiteren Urlaub, den wir in ein paar Wochen machen würden. Er hatte sogar mit Sofia gesprochen und sie gebeten, mir eine Woche frei zu geben. Unter seinen verführerischen Blicken war sie fast dahingeschmolzen und konnte nicht *nein* sagen. Mir war nicht nach Urlaub. Nicht jetzt. Aber das konnte und wollte ich ihm nicht sagen. Vielleicht war es ja gut so. Möglicherweise würde es mir danach tatsächlich besser gehen.

Nach fünf Nächten voller Geschichten beschloss ich, nicht mehr zu schlafen, doch es gelang mir nicht. Die Müdigkeit zog mich in ihren Bann und obwohl ich mich fest an Xay kuschelte, träumte ich davon, dass er meinen Vater, den König, ermordete. Als ich schweißgebadet und in Trance hochfuhr, wachte auch er auf. »Was ist los, Liebes?«, fragte er und legte den Arm um mich. Ich stieß ihn schreiend weg.

Liebes?, ging es mir durch den Kopf und ich dachte an die Szene aus meinem Traum, in der er mich genauso genannt hatte. Ein Schauder lief mir den Rücken hinab. *»Leetha, Liebes«,* hatte er mich im Traum genannt. Ich keuchte und dachte, ich würde ersticken. Ich schnappte nach Luft, doch meine Lungen waren wie zugeschnürt.

Xay sprang erschrocken auf: »Lia! Was ist los?« Er schrie mich an, rüttelte mich und hob mich in seine Arme. Er trug mich die Treppen hinab, in den Wohnraum. Ich roch sein Aftershave, spürte seine Panik, sein Herz schlug heftig. Viel heftiger als meines. Doch an mehr erinnerte ich mich nicht. Alles wurde schwarz um mich herum.

Als ich erwachte, erkannte ich, dass ich in einem Krankenhaus sein musste. Es war mitten in der Nacht und ich war an sämtliche Geräte angeschlossen. Xay saß neben mir auf einem Stuhl, doch sein Kopf lag auf meinem Bett und seine Hand hielt meine. Er schlief, und doch hielt er mich fest. Ich betrachtete ihn: Den Kopf seitlich neben meiner Brust, atmete er leicht und gleichmäßig.

Ich erinnerte mich, wie er mich hochnahm und mich in seinen Armen trug. Schließlich weckte ich andere Erinnerungen an den Traum, nein, an das, was war. Langsam zog ich meine Hand weg. Etwas in mir sträubte sich, *ihn* anzufassen. Alle Alarmglocken in mir läuteten. Meine Brust zog sich zu. »Leetha«, stöhnte ich leise, nachdem ich sicherging, dass Xay fest schlief. Ich durfte ihn nicht wecken.

Mein Name war Leetha. Caleb war nicht verrückt. Er hatte recht gehabt. Mit allem. Nein, nicht Caleb. Caidan. *Mein Caidan*, den ich heimlich geheiratet hatte. Mir wurde übel und ich drehte den Kopf, um mich auf der anderen Seite des Bettes zu übergeben.

Xay wachte auf und strich mir die Haare aus dem Gesicht. Ich zuckte zusammen bei seiner Berührung. Dann streichelte er mir langsam über den Hinterkopf. Ich konnte ihn nicht ansehen. Ich wollte nicht. Xaver. König Xaver saß an meinem Bett und hielt mir das Haar zurück, während ich mich übergab. Es gab keine Bezeichnung für das, was ich in diesem Moment empfand. Abscheu und das Gefühl, gedemütigt zu werden, kamen dem am nächsten.

Ich spürte jeden seiner Finger, die mir den Nacken entlangkrochen und mich zärtlich berührten. Es schauderte mich. Doch ich hielt inne, wollte mich nicht drehen, wollte ihn nicht ansehen. Auf keinen Fall durfte ich mir etwas anmerken lassen. Nicht jetzt. Es war ein Spiel, und ich musste mitspielen, musste mich heimlich zu Caidan begeben, ohne dass Xaver Verdacht schöpfte.

»Alles in Ordnung, Süße?«, fragte er mit einer so zärtlichen Stimme, die mir fast schon bekannt vorkam. Ich hielt den Handrücken vor meinen Mund und nickte.

Oh mein Gott! Ich hatte die letzten Wochen mit ihm geschlafen, mich ins Bett des Feindes begeben. Wie ein Schaf, das nicht wusste, dass es sich inmitten eines Wolfsrudels befand. Wie sehr er sich darüber amüsieren musste. Er hatte es geschafft, mich, Leetha Aeterna, zu demütigen. War das sein Plan gewesen, mich zu verführen, mich zum Gespött zu machen und mich dann zu töten? Eines wusste ich, Xaver machte niemals irgendetwas ohne Plan. Und diesmal hatte er mich in die Falle gelockt. In sein Bett. Ich schämte mich zutiefst und verabscheute mich dafür, dass ich es auch noch genossen hatte, dass ich ihn für einen exzellenten Liebhaber gehalten hatte, dass ich mich in ihn verliebt hatte. Ekel überkam mich und ich erbrach mich erneut. *Verliebt*, schoss es durch meinen Kopf. Ja, ich hatte ihn geliebt.

Seine Hände streichelten sanft über meinen Rücken und ich hätte sie ihm am liebsten herausgerissen. Ich biss die Zähne zusammen, um meine Wut zu bändigen. Am liebsten hätte ich mich umgedreht und ihm die Nase gebrochen. Doch nein. Nicht jetzt. Noch nicht. Er würde dafür büßen. Er würde leiden. Ich würde ihn töten!

»Sieh mich an, Lia«, bat er, doch ich konnte nicht. Ich drehte mich zur Seite, um ihn nicht ansehen zu müssen. Jeder Blick von mir hätte mich verraten. Jeder Blick von mir hätte meinen unbändigen Hass auf ihn ausgedrückt. Leicht schüttelte ich den Kopf und tat so, als ob ich schliefe. Doch in Wahrheit wartete ich nur darauf, dass er wieder einschlief.

Anstatt zu schlafen, streichelte er mir über den Kopf und über den Rücken. Ungewollt fragte ich mich, ob ich diese Berührungen lieben würde, wenn ich meine Erinnerungen nicht wiedererlangt hätte. Ich presste die Augen fest zusammen. Fester noch als meine Kiefer. »Ich habe mit dem Arzt gesprochen«, sagte er so sanft, dass ich einfach den Kopf schüttelte. Er durfte nichts sagen. Nicht jetzt. »Ist schon gut«, flüsterte er und streichelte weiter über meinen Nacken. »Alles wird gut.«

Ich bewegte mich nicht mehr. Er sollte denken, dass ich schlief. Innerlich lachte ich über mich selbst. Ich hätte mir an den Kopf schlagen können. Fast zwanzig Jahre lang lebte ich auf der Erde und war unglücklicher als jemals zuvor. Hier, auf der Erde, nach der ich mich mein Leben lang gesehnt hatte. Und ausgerechnet hier erfuhr ich, wie tieftraurig und unglücklich ich sein konnte. *Welch Ironie*, dachte ich. Und welch Ironie, dass die schönste Zeit auf der Erde, die Zeit mit *ihm* war. *Mit ihm!* Mit einer Lüge, mit einem Mann, der mich benutzt hatte. Nein, nicht mich. Ein unschuldiges Mädchen, dass ein abscheuliches Leben hinter sich hatte und in ihm die Chance auf

Liebe gesucht hatte: *Lia*. Ich verabscheute diesen Namen. Und dieses Mädchen. Sie war schwach, wertlos und dumm.

Weinen war alles, was ich wollte. Doch ich durfte nicht. Wie peinlich dieses Mädchen, ich, gewesen war. Wie naiv. Wie blauäugig. Ich fragte mich, ob irgendetwas von Lia noch in mir weilte. Und ja, die Tränen in meinen Augen, die ich so zwanghaft zurückhalten wollte, verrieten es mir. Sie war ein Teil von mir. Ein kleiner Teil aus einem viel zu langem Leben. Und in all den fünfhundertachtundachtzig Jahren hatte Lia in neunzehn davon mehr Emotionen gespürt, als Leetha es jemals hätte spüren können. Ich wusste nicht, was die Tränen hervorrief. War es die Tatsache, dass ich verarscht wurde? Dass ich von Xaver missbraucht wurde für seine perfiden Zwecke? Oder war es, weil ein kleiner Teil von mir, ein winziger Teil, der Lia ausmachte, ihn liebte und sich betrogen fühlte?

Je mehr ich darüber nachdachte, desto mehr verschwamm alles. Lia war nicht nur ein Name, sie war kein fremdes Mädchen. Sie war eine Erfahrung, ein anderer Teil meiner selbst, meiner Seele. Möglicherweise war sie schon immer da gewesen. Obwohl ich Lia verabscheute, konnte ich diesen Gedanken nicht leugnen. Sie war ich und ich war sie. Und für einen winzigen Augenblick vergaß ich meine Wut und meinen Hass, und genoss Xays Hand auf meinem Rücken, bevor ich mich erneut dazu entschied, sie ihm am liebsten abzuhacken.

Ich schlich mich fort und als ich aus dem Krankenhaus draußen war, überkam mich ein Gefühl von Freiheit. Freiheit, die er mir geraubt hatte. Freiheit, die ich nie zuvor auf diese Weise gespürt hatte. Lia war fort. Ich war Leetha. Leetha Aeterna. Königin von Meridem. Kein junges Mädchen, das nicht wusste, wohin sie gehörte und wie ihr Leben aussehen würde. Ich wusste genau, wo mein Zuhause war. Was ich zu tun hatte. Was ich tun musste und tun würde. Ich kannte meinen rechtmäßigen Platz und all die Angst darüber, keinen Platz im Leben zu haben, fiel von mir ab. Ein Gefühl von Sicherheit überkam mich. Sicherheit, die ich als Mensch, als Lia, nie gekannt hatte.

Caleb, dachte ich. Nein, Caidan. *Mein Caidan. Mein Ehemann*. Ich hätte ihm glauben müssen. Ihm Vertrauen sollen. Das Schicksal hatte uns auf die Erde geführt, und uns einen gemeinsamen, neuen Lebensabschnitt geschenkt. Wir wurden zu Kindern, ja, zu Kindern auf der Erde, ohne Erinnerung und ohne Familie. Uns wurde ein Stein nach dem anderen in den Weg gelegt, und doch gingen wir diesen Weg gemeinsam, ohne zu wissen, dass es so sein musste. Selbst ohne Erinnerung und ohne Plan hatten wir uns wiedergefunden. Das konnte etwas bedeuten. Es musste etwas bedeuten.

Zwei Herzen müssen sich lieben, zwei Seelen müssen sich verstehen. Zwei Leben müssen zusammenfinden. Die Worte des Magisters beruhigten mich. Caidan und ich gehörten zusammen. Das wusste ich nun. Mehr als jemals zuvor.

Er war entlassen worden und befand sich zu Hause. In dem Zuhause, das einst unser gemeinsames gewesen war. Noch immer besaß ich einen Schlüssel für das alte Haus, in dem ich nach unserer Trennung so unglücklich gewesen war.

Ich schlich mich die Treppen hinauf in Caidans Zimmer. An der Tür hing ein Schild, auf dem *Caleb* stand. Ich schmunzelte. Es war schon lustig, dass unsere menschlichen Namen den richtigen ähnelten. *Lia und Caleb. Leetha und Caidan*. Dieser Gedanke bestärkte mich umso mehr, dass alles zu einem größeren Plan gehören musste.

Ohne anzuklopfen, ging ich hinein. Sicherlich überlegte er, wie er mich aus Xavers Fängen befreien konnte. Als ich eintrat, drehte er sich um. Er saß am Fenster und starrte in den Nachthimmel. Draußen hingen Wolken vor den Sternen und die kleine Mondsichel war nur selten zu sehen. Ich selbst hatte andauernd hinaufgesehen, als ich, so schnell ich konnte, hierhergerannt war. Draußen war es kalt, und ich trug meinen Schlafanzug, doch nichts hätte mich davon abhalten können, zu Caidan zu gelangen. Und das, so schnell wie möglich. Wortlos stand er auf, ging auf mich zu und drückte mich an sich. »Ich erinnere mich«, flüsterte ich und spürte, wie Tränen meine Augen füllten. Meine Hände krallten sich in sein Shirt und ich wünschte, ihn niemals loslassen zu müssen. »Ich erinnere mich!«

Caidan sagte nichts, er drückte mich fest an seine Brust und hielt mich einfach fest.

Ich spürte ihn, ganz nah an mir und genoss seinen Geruch, der mir so vertraut war. Drei Jahre waren Lia und Caleb ein Paar gewesen. Drei Jahre, in denen Lia gelitten und sich trotz der Beziehung einsam gefühlt hatte. Drei Jahre, in denen wir nicht wussten, dass es so sein musste. Caleb hatte sich verhalten wie ein Mistkerl, doch nun würde alles anders werden. Wir waren wieder wir und das konnte uns niemand nehmen.

Nach einer Weile stieß ich mich von seiner Brust ab und sah ihm in die Augen. Ich musste lächeln. So viele Worte lagen auf meiner Zunge, und doch fand ich nicht die richtigen. *Wir*. Es gab endlich wieder ein *Wir*.

In meiner Magengegend fühlte ich ein leichtes Kribbeln. Aber auch ein Unwohlsein. Er kam mit seinen Lippen näher und drückte sie auf meine. Es fühlte sich anders an, als ich es mir auf dem Weg hierher vorgestellt hatte. Anders, als ich es gewünscht hatte. Das Kribbeln in meinem Bauch verschwand und das Unwohlsein dehnte sich aus. Es fühlte sich fremd an. Es sollte doch vertraut wirken und ich sollte glücklich sein. Ich schob ihn langsam weg.

»Endlich«, hauchte er. »Endlich sind wir die, die wir immer waren.«

Ich nickte nur.

»Lass uns abhauen, bevor er merkt, dass du weg bist. Oder hast du …« Er zögerte.

»Ihn umgebracht?«, stieß ich hervor und schüttelte den Kopf. »Ich bin weggerannt.«

Caidan griff nach einer dicken Tasche, die bereitstand. »Ich wollte morgen zu dir und dich überreden mit mir zu kommen«, sagte er. »Es ist alles gepackt. Lass uns gehen.«

»Wohin?«

»Untertauchen, bis es Vollmond ist.«

Vollmond, ja, wir konnten erst in drei Wochen nach Hause. »Wohin?«, fragte ich, und er griff nach meiner Hand und führte mich die Stufen hinab.

»Egal wohin. So weit weg wie möglich.«

Wir liefen zum Bahnhof und warteten auf den ersten Zug, der am frühen Morgen fuhr. Er fuhr in Richtung Norden. Ein paar Stunden später stiegen wir um. Weiter Richtung Norden. So weit weg wie möglich, hatte er gesagt. Irgendwann kamen wir in einem verschlafenen Örtchen heraus, in dem es am Bahnhof ein heruntergekommenes Hotel gab. Wir entschieden uns, ein Zimmer zu nehmen und etwas zu schlafen. Im Zug konnten wir nicht schlafen, zu aufgeregt waren wir. Es war fast schon Abend, den ganzen Tag waren wir mit dem Zug gefahren und waren andauernd umgestiegen, um unsere Spuren zu verwischen.

Es handelte sich um ein kleines Gasthaus, in dem wir etwas aßen und dann aufs Zimmer gingen. Ein Doppelbett und ein Schrank standen darin, mehr nicht. Das Bad befand sich auf der Etage und wurde von allen Gästen des Hotels benutzt. Aber es war billig und würde uns zum Schlafen reichen.

Nachdem ich geduscht hatte, legte ich mich neben Caidan auf die Matratze. Er drehte sich zu mir um, und zog mich an sich. Dann begann er, mich zu küssen. Obwohl ich wusste, dass es richtig war, fühlte es sich nicht richtig an. Vertraut, aber nicht richtig. Dennoch gab ich nach und küsste ihn erst langsam, dann intensiver. Er fuhr mit seinen Lippen meinen Hals hinab und zog mir langsam das Shirt aus, das er mir zum Anziehen gegeben hatte. Es roch alles nach ihm. Vertraut. Es musste sich gut anfühlen. Echt. Ich schloss die Augen und ließ alles zu, was er wollte. Es musste einfach richtig sein.

Als ich erwachte, lag ich nackt in seinen Armen, die er fest um mich geschlungen hatte. »Guten Morgen, meine Königin«, grinste er.

Meine Königin. Ich schmunzelte. Ich war eine Königin. *Seine* Königin. Aber für einen Moment, nur für einen kurzen, wünschte ich mir jemand anderen an seine Stelle. Es war nur ein Herzschlag lang, ehe sich mein Verstand wieder einstellte.

Wir gingen frühstücken und machten uns auf den Weg. Weiter in Richtung Norden. Egal wohin, einfach weg. Weg von Xaver, der uns nicht finden durfte, und auch weg von all dem, was die letzten neunzehn Jahre geschehen war. Weg von den Menschen, die uns auseinanderbringen wollten, weg von dem Leben, das nicht unseres sein sollte. Weg von dem Zuhause, das niemals unseres war.

An der Nordsee ließen wir uns nieder, wechselten allerdings unsere Hotels jede Nacht. Zu groß war die Angst, dass er uns finden würde. Allein der Gedanke daran, Xaver in die Augen zu sehen, bereitete mir Unwohlsein. Möglicherweise war es Angst. Vielleicht aber auch etwas anderes. Etwas, das sich wie ein gebrochenes Herz anfühlte.

Er hatte mich benutzt. Benutzt für seine Zwecke. Nein, nicht mich, *Lia*. Ich wäre nicht so dumm gewesen und hätte mich in ihn verliebt. Er hatte *Lia* alles gegeben, was sie sich immer gewünscht hatte. Ein Zuhause, Liebe, eine Zukunft. Er hatte sie so leicht um den Finger gewickelt, dass ich mich dafür schämen sollte. Doch ich musste mich nicht schämen, das war nicht ich gewesen. Immer und immer wieder brannte ich es mir ins Gedächtnis. *Das warst nicht du, Leetha*! *Er hat dich benutzt! Er hat dich nicht geliebt*!

Es war, als kämpften zwei Stimmen in mir. Die des jungen Mädchens, das einfach lieben wollte, und die der Königin, die gewissenhaft ihr Königreich beschützen wollte. Verstand gegen Herz. Leetha gegen Lia.

Caidan fragte ab und an, was Xaver mir alles versprochen hatte, warum ich auf ihn hereingefallen war, ob ich ihn geliebt hatte. Ich log ihn an. »Nein. Ich liebte ihn nicht. Und außerdem, war nicht ich es gewesen, die auf ihn hereingefallen ist, sondern Lia.«

»Lia und du, ihr seid eine Person. Sie ist ein Teil von dir«, sagte Caidan dann.

»Nein. Ist sie nicht!« Wenn ich ihn mit wütenden Blicken ansah, beendete er die Diskussion. Doch weil er stets wieder damit anfing, wusste ich, dass es ihm zu schaffen machte. Der Gedanke, dass er mich nicht beschützt hatte, musste ihn verletzen. Caidan war mein Ehemann und ein Krieger, ein Soldat. Und er hatte mich nicht beschützen können. Ich wusste, dass es ihn quälte. Ich sah es ihm an. Und ich spürte es, wenn er diese Fragen stellte. Umso mehr zeigte ich ihm, dass nun alles gut werden würde. Ich umgarnte ihn und ließ mich von ihm umgarnen. Ich wollte ihm das Gefühl geben, dass uns nichts mehr auseinanderbringen könnte. Und mein Bauchgefühl, mein Unwohlsein, das ich jedes Mal bekam, wenn wir uns küssten, ignorierte ich mit jedem Tag ein bisschen besser.

Nach einer Woche saßen wir am Strand und sahen, wie die Sonne unterging. Es war Neumondnacht und kalt. Eiskalt wie Xay. Oder nicht? Meine Gedanken wirbelten nur so herum. War es komisch, dass er sich so oft in meine Gedanken schlich? Nicht Xaver, der König, das Monster von Tenebris. Sondern Xay. Der Mann, der sich im Krankenhaus so sehr um mich gesorgt hatte. Ich fragte mich, ob Xaver heute zurück auf den Mond reisen würde. Ob er in Tenebris einen Schlachtplan ausarbeiten würde, weil er wusste, dass auch ich zurückkam. Sobald wir beide auch nur einen Fuß auf die Mondoberfläche setzten, bedeutete dies, dass die Grenzen zwischen Meridem und Tenebris wieder offen standen. Es bedeutete Krieg. Krieg und Tod. Blut und Leid.

Ich schloss für einen Moment die Augen. Die Vorstellung, dass Xay mich töten wollte, tat weh. Aber mein Verstand sagte mir, dass es so sein musste. Dass er mich nur benutzt hatte. Auch wenn sich mein Herz etwas anderes wünschte.

Der Vertrag besagte, dass die Blutlinien unserer beider Häuser anwesend sein mussten. Wir beide. Ich grübelte. Wäre es für mein Volk nicht besser, wenn ich hierbleiben würde? Um sie alle vor Tenebris zu schützen? Caidan wollte ich diese Gedankengänge nicht verraten. Er war ein Soldat, ein Krieger. Er würde kämpfen. Bis zum bitteren Ende. Und das sollte ich auch. Ich war die Königin von Meridem. Was wäre ich für eine Monarchin, wenn ich nicht mit allem kämpfte, was ich hatte? Was wäre ich in den Augen meines Volkes, wenn mein Herz mich zu Fehlentscheidungen zwingen konnte? Ich musste meine Gefühle begraben. Lia begraben. Ihre Liebe zu Xay durfte keine Fehlentscheidung riskieren.

Zwei Wochen später war es so weit. Sobald die Sonne über der Nordsee untergehen würde, wäre es der perfekte Zeitpunkt, um ins Licht zu treten und die Erde hinter uns zu lassen. Ich dachte an meinen Balkon, von dem aus ich die Erde von nun an mit anderen Augen sehen würde. Ich würde sie nicht vermissen. Nicht nach allem, was ich wusste. Die Natur war wundervoll und vielleicht würde ich mich nach dem Meer und nach dem Sommerregen sehnen. Und nach dem Schnee. Definitiv nach dem Schnee. Aber vor allem nach Shadow. Aber nicht nach den Menschen. Es gab niemanden, den ich vermissen würde.

Als ich an Shadow dachte, wurde mir erneut übel. Wenn Xaver bei Neumond ebenfalls zurückkommen würde, was würde aus ihr werden? Mit Sicherheit käme sie wieder ins Tierheim, wo sie bis ans Ende ihrer Tage hinter Gittern verbringen müsste. Der Gedanke tat weh. Aber ich konnte sie nicht mitnehmen. Sie war ein Erdenwesen, und würde die Reise nicht überstehen.

Langsam versank die Sonne über dem Horizont und ich dankte dem Universum, dass es nicht allzu stark bewölkt war. Je klarer man den Vollmond sehen konnte, umso einfacher würde die Heimreise werden.

Wir standen an einem abgelegenen Strand. Es war ohnehin zu kalt, als dass sich viele Menschen hier aufhalten würden. Doch an den öffentlichen Stränden traf man ab und an auf Sportler oder auf Leute, die mit ihren Hunden spazieren gingen. Nicht an diesem. Er lag auf einem privaten Grundstück, das nur im Sommer von reichen Menschen bewohnt wurde. Wir hatten es uns ausgesucht, um von hier aus nach Hause zu reisen.

Ich sah bereits den Mond am Himmel, doch die Sonne musste vollkommen verschwunden sein. Keine Ahnung, woher ich das wusste. Aber ich fühlte es. Je heller der Mond wurde, desto mehr Macht entfaltete sich in mir. »Es ist so weit!«, sagte ich leise zu Caidan, als ich die Macht des Mondes durch meinen Körper strömen fühlte. Als bestünde das Blut in meinen Adern aus Mondlicht, konnte ich die Heimat ganz nah spüren. »Jetzt«, sagte ich, nahm Caidan an die Hand und hob mein Bein, um ins Licht zu treten. Die dunkle Nachtluft flimmerte bereits vor uns, und in Sekundenschnelle konnte man das Flackern des offenen Raumes sehen, das genau vor uns lag. Ich kam nach vorn, um hineinzutreten, da packte mich etwas am Arm und riss mich nach hinten. Caidan stand bereits mit einem Bein im flimmernden Licht, das unser Weg nach Hause sein würde. Auch er hielt mich fest an der Hand und zog mich zu sich. Doch die andere Hand ließ mich nicht los.

»Lia! Warte!« Xavers Stimme hallte an meinem Ohr. »Geh nicht!«

Er riss mich an sich und ich drehte den Kopf zu ihm um. »Lass mich los!«, schrie ich. Plötzlich stieg Panik in mir auf, als ich spürte, wie Caidan meine Hand losließ. Er ließ sie einfach los! Und ich fuhr zu ihm herum und sah, wie er im Lichtportal, das ich geöffnet hatte, verschwand. Hinter ihm schloss es sich. Er war weg. Caidan war einfach weg. Mein Herz raste wie verrückt und ich zerrte und zerrte, um Xays Griff zu entkommen, doch er hielt mich viel zu fest.

»Lia!«, sagte er erneut.

»Lass mich los!«, schrie ich und schlug mit der freien Hand auf ihn ein! Ich stapfte in den Sand und versuchte, erneut ins Licht zu treten, doch es gelang mir nicht.

»Solange ich dich festhalte, kannst du nicht gehen.« Xay blieb gelassen, als er bemerkte, was ich versuchte.

»Dann lass mich los!« Ich schrie und schlug um mich. Direkt auf seine stahlharte Brust. Schließlich zerrte ich an meiner Hand, die er fest umklammerte.

»Nein. Das kann ich nicht zulassen.« Er sagte es, als täte es ihm leid. Als bereute er, mich so zu quälen.

Für eine Sekunde entkam ich seinem Griff, doch ehe ich es realisierte, packte er mich erneut. Plötzlich spürte ich etwas Metallisches an meinem Arm. Er hatte mir ein Metallarmband angelegt, das er mit einem lauten Klicken schloss. Es lag eng an meinem Handgelenk und ich sah kleine Mondsaphire in dem Eisen funkeln. Dann ließ er mich los.

Ich trat einen Schritt nach vorn. *Nichts*. Noch einen. *Wieder nichts*. Dann versuchte ich, das Armband abzunehmen, doch egal wie oft ich meine Hand herumdrehte, ich erkannte nicht einmal wo sich der Verschluss befand. Xaver stand aufrecht vor mir und sah gelassen zu, wie ich ins Licht treten wollte, wie ich das Armband wegreißen wollte, wie verzweifelt ich fluchte.

Nach einer Weile stellte ich mich vor ihn und sah ihm in die Augen. Ich musste mich regelrecht dazu zwingen. Das, was ich die letzten Minuten gemieden hatte. Das, wovor ich am meisten Angst hatte. Seine Blicke. Mein Verstand schärfte mir ein, dass er mich töten würde. Doch es lag keine Wut in seinen Augen. Etwas anderes, das möglicherweise Mitleid sein könnte. Aber ich war Leetha Aeterna. Die Königin des verfluchten Mondes! Ich brauchte kein Mitleid! Und schon gar nicht von ihm. Ich ballte meine Fäuste und hämmerte damit auf seine Brust ein. Er blieb wie ein Berg fest auf seinen Beinen und rührte sich nicht. Ich schlug nicht nur aus Wut zu, sondern auch aus Schmerz.

Als ich kraftlos zu Boden sank, kniete er sich vor mir hin und sagte leise: »Es tut mir leid.«

»Was tut dir leid?«, fragte ich.

»Alles.«

Ich wusste nicht, was schlimmer war. Dass er mich daran hinderte nach Hause zu gelangen, oder dass ich in seiner Gegenwart kaum atmen konnte. War es Wut oder Enttäuschung? Ich konnte es nicht sagen. Nur, dass es mich überwältigte.

Er blinzelte und fuhr mit der Hand über sein Gesicht, dann stand er auf: »Ich kann dich nicht gehen lassen. Nicht so.«

Ich sagte nichts und stand ebenfalls auf. Niemals durfte ich vor ihm knien. Doch nach allem, wie er mich bereits gedemütigt hatte, sollte das auch nichts mehr ausmachen. Nach allem, was er mit mir anstellen durfte. Ich fühlte mich entblößt und zutiefst erniedrigt.

»Wenn wir beide jetzt zurückgehen, bedeutet das Krieg.«

Ich musste kurz auflachen. *Er redet von Krieg*? Ich zeigte mit dem Finger auf ihn: »Du warst es doch, der den Krieg begonnen hat!«

»Ja.« Er nickte. »Doch es ist nicht zu spät, ihn zu beenden.«

Mir fiel keine Antwort ein. In mir kämpfte ich mit meinen Gefühlen. Meinte er es ernst, oder war es eine List? Auf was ich wartete, wusste ich nicht. Dazu war ich zu aufgebracht. Vielleicht auf Worte, die mich besänftigen könnten. Aber die sagte er nicht. Er sagte rein gar nichts. Stattdessen musterte er mich von oben bis unten, mit einer Miene, die rein gar nichts verriet. Das war das Gefährlichste an ihm. Wenn ich seine Augen nicht deuten konnte, war ich verloren. Panik stieg in mir auf.

Sag es, Xay. Sag es jetzt. Gib mir nur einen Grund, dir zu vertrauen. Ich gab ihm genau drei Sekunden, bevor ich Lias Herz für alle Zeit verschließen und begraben würde. Eins. *Bitte sag etwas*. Zwei. *Jetzt oder nie*. Drei. *Nur einen Grund*.

Noch immer ruhte seine undurchsichtige Miene auf mir und ich zog eine so dicke Mauer um mein Herz, dass es ihm nie wieder gelingen würde, hineinzugelangen. »Nein, Xaver. Jetzt erst recht. Ich werde dich vernichten, dich töten, egal was es bedeutet.«

Die kleinen Schatten in seinen Augen fuhren kurz auf, dann wiegten sie langsam hin und her. »Wir können das beenden«, wiederholte er.

»Niemals. Es spielt keine Rolle, ob ich dieses Armband nicht abmachen kann und ob ich für immer auf der Erde bleiben muss, ich werde dich töten.«

Er schmunzelte leicht. Nahm er mich nicht ernst? »Lia ...«

»Ich heiße Leetha!«, rief ich laut. »Leetha Aeterna!« Ich kniff die Augen zusammen. »Lia, ist tot!«

Erschrocken riss er die Augen auf, nur für eine Sekunde. Dann machte er einen Schritt nach vorn, auf mich zu. »Schau mich an, noch ein einziges Mal, und sage mir, was du siehst. Bin ich wirklich dieses Monster, für das du mich hältst?«

Ich sagte nichts, ich konnte nicht. Etwas in mir zögerte. Aber ich dachte an die Mauer, die um meinem Herzen lag und zog sie noch höher. »Ja!«, kam es plötzlich heraus. »Ja!« Ein lautes, sicheres Ja!

Für eine Weile schwiegen wir.

»Hättest du mich doch lieber getötet ... als mich ...«, hauchte ich leise. *Als mich erniedrigt*.

»Das war mein Plan gewesen.«

Ich starrte ihn an. *Ja. Das war dein Plan gewesen.* »Warum hast du es nicht einfach getan? Es hätte dir nichts gebracht, mich auf der Erde zu töten, stimmt's? Da dachtest du dir, ich nutze es einfach aus, dass die kleine Prinzessin sich nicht erinnert und locke sie in mein Bett. Ich habe noch ein wenig Spaß mit ihr, bevor ich sie vernichte!«

»Du hast mich angemacht, schon vergessen?« Er schmunzelte.

Am liebsten hätte ich ihn geohrfeigt. Vor allem für dieses dreckige Schmunzeln. Aber er hatte recht. Ich dachte an die Situation im Bus. Ich hatte ihn angemacht. »Das hat dich sicherlich amüsiert ...«

»Ja ...« Sein Schmunzeln wurde zu einem breiten Grinsen.

Ich schämte mich so sehr. Am liebsten hätte ich ihm gesagt, dass es nicht ich gewesen war. Sondern Lia. Aber es würde nichts nützen. »Lass mich gehen, und wir klären das wie zwei zivilisierte Könige«, sagte ich ruhig, und straffte meine Schultern, während ich das Kinn reckte.

»Solange wir hier auf der Erde sind, sind unsere Völker sicher. Sicher vor einem Krieg. Und wir beide können eine Friedensverhandlung führen.«

»Warum willst du auf einmal Frieden? So plötzlich? Das gehört doch nur zu einem Plan ...«

Er unterbrach mich: »Nein! Ich habe es mir anders überlegt. Dieser Krieg bringt keinem von uns etwas.«

»Aber du hasst uns! Du hasst mich!«

Er zögerte für einen Moment. Dann sagte er: »Ich habe dich gehasst.«

»Ach, und nun auf einmal nicht mehr?« Ich nahm ihm seine plötzliche Wandlung nicht ab und sagte in lächerlichem Ton: »Sag nur, du hast dich so sehr in Lia verliebt, dass du dich um hundertachtzig Grad gedreht hast ...«

»Nein. Das ist es nicht!«

»Warum Xaver? Warum? Und warum hasst du mich so sehr?«

Er sah mir in die Augen und schwieg.

»Ich habe deinen dämlichen Vater nicht getötet! Aber ich wünschte, ich hätte es getan!«, schrie ich. Ich wollte ihn provozieren, ihn aus seiner lügenden Reserve locken, doch er blieb gelassen und sah mich eingehend an.

»Erinnerst du dich daran, wie mein Vater und ich früher an euren Palast gereist sind?«, fragte er ruhig.

Ich nickte und kniff die Augen zusammen.

»Wir beide waren Kinder. Es war vielleicht vor fünfhundert Jahren oder so ...«

»Worauf willst du hinaus?«, zischte ich genervt.

»Ich habe mich immer gefreut, wenn wir zu euch kamen und unsere Väter sich ihren Geschäften widmeten. Ab und zu durften wir beide zusammen spielen.«

»Willst du sagen, dass es eine Zeit gab, in der wir so was wie Freunde waren? Das waren wir nie!«, fauchte ich und riss erneut an meinem Armband herum.

»Ja, das weiß ich nun auch. Nur damals wusste ich es nicht. Ich freute mich immer, wenn wir zu euch kamen und als wir älter wurden, brachte ich dir Blumen mit. Ich war den ganzen Tag, nein, den ganzen Monat aufgeregt. Und als ich sie dir gab, hast du sie nur zögerlich entgegengenommen und mich mit diesem arroganten Blick, den nur Leetha haben kann, angesehen.«

Bilder und Erinnerungen an diesen Tag kamen mir ins Gedächtnis. Und plötzlich wusste ich, worauf er hinauswollte. *Zieh die Mauer noch ein bisschen höher, Leetha*!

Er sprach weiter: »Dann habe ich dir gesagt, dass du wunderschöne Augen hast. Erinnerst du dich?«

Ja, ich erinnere mich. Ich schüttelte den Kopf. »Nein.«

»Du sagtest: ´Deine Augen sind unheimlich´« Er musterte mich, als wolle er herausfinden, ob ich mich wirklich nicht erinnerte.

Ich erinnerte mich nur zu gut. Ich war das Mädchen gewesen, von dem er damals im Auto erzählt hatte. »Wir waren Kinder! Kinder, Xaver! Sag nicht, dass du deshalb wütend auf mich bist!«

Er lächelte leicht, doch es war kein echtes Lächeln. Die Schatten in seinen Augen tobten: »Nein. Wütend, wütend bin ich wegen dem, was du danach sagtest.«

Mir schwante nichts Gutes, doch ich zuckte mit den Schultern, als interessierte es mich nicht.

»*Ihr alle von der dunklen Seite habt unheimliche Augen. Weil ihr unheimlich seid*«, zitierte er meine eigenen Worte. »*Ihr seid alle Abschaum und ihr verdient es nicht, zu leben! Ich hasse euch!*«

Meine Worte. Die ich gesagt hatte. Vor einigen hundert Jahren. Als Kind. Und er wusste sie noch. Er kannte noch den genauen Wortlaut. »Xay«, flüsterte ich. »Ich war ein Kind!«

»Ich auch. Aber ich hätte so etwas niemals zu dir gesagt. Nicht zu dir, und wahrscheinlich auch zu niemand anderem.«

»Es kann doch nicht sein, dass du wegen ein paar unüberlegter Worte eines Kindes, einen blutigen Krieg begonnen hast?«

Er schüttelte den Kopf: »Nein, Leetha, es waren nicht nur Worte. Du meintest es so. Und nicht nur, als Kind. Du hast diese Meinung noch immer.«

Ja, hatte ich. Aber dies zuzugeben, würde mir im Moment nichts bringen. »Willst du mir sagen, es ist meine Schuld, dass du Meridem den Krieg erklärt hast?«

»Nein. Aber es bedeutet, dass ich sehr wohl glaube, dass einer von euch meinen Vater getötet hat. Auch wenn du es wahrscheinlich nicht warst.«

»Und deshalb hast du meinen Vater getötet? Weil du glaubst, es sei unsere Schuld gewesen? Aber das war es nicht!« Meine Stimme wurde lauter.

»Ich habe deinen Vater nicht getötet«, rechtfertigte er sich. »Und vielleicht sollten wir beide zusammen herausfinden, was unseren Vätern geschehen ist.«

Hoffnungsvoll betrachtete er mich. Aber ich wusste nicht mehr, was ich glauben konnte. *Hör auf deinen Verstand, Leetha. Schließ dieses verdammte Herz noch fester weg*! »Ich werde mit dir keine gemeinsame Sache machen. Du lockst mich nur in einen Hinterhalt. Das gehört doch alles zu deinem Plan. Ihr Tenebrer seid alle gleich!«

»Und du fragst dich, warum ich dich hasse ...« Seine Stimme klang ruhig, und noch immer lag dieser hoffnungsvolle Blick in seinen Augen.

Da war es. Das Geständnis. Er hasste mich. Noch immer. Einen Moment lang war es still. Niemand sagte etwas.

Es kam mir vor, als würde der Mond heller werden, und ich spürte seine Macht deutlicher. Seine Anwesenheit, sein Licht, seine Stärke, flossen durch meinen Körper. Ich betrachtete das Armband, dessen Mondsaphire langsam ihr Funkeln verloren. Und mir ging ein Licht auf. Dieses Armband hatte keine unbegrenzte Macht über mich. Nicht hier, nicht auf der Erde, und schon gar nicht, bei Vollmond.

Auch Xaver starrte nervös auf mein Handgelenk, und ehe ich ins Licht treten konnte, hatte er mich bereits festgehalten. Seine Hand umfasste fest mein Handgelenk und er zog mich an sich. »Es tut mir leid«, flüsterte er leise in mein Ohr. »Es tut mir wirklich leid.«

Dann wurde alles schwarz um mich herum. Sterne leuchteten auf und erloschen. Ein Geruch, den ich nicht kannte, umhüllte mich und eine Wärme, die so angenehm war, dass ich darin versinken konnte, legte sich wie eine Decke um mich.

Xay - 70 Jahre zuvor

Wenn man so richtig feiern konnte, dann in diesem Establishment, das Valerius im Untergrund von Umbra. In Zeiten des Krieges mit Meridem wurden in der gesamten Hauptstadt Tunnel errichtet, die es den Bewohnern von Umbra einfach machten, sich zu verstecken oder zu fliehen.

Heute, zwei Jahrtausende danach, galt das Tunnelsystem als Anlaufstelle für illegale Wettbüros, Waffenhandel, Handel mit exotischen Wesen aus Meridem und der Partyszene mit bewusstseinserweiternden Substanzen. Für mich bedeutete dies nur eines: The Show must go on! Feiern, Drogen, Frauen. Ein Leben, das mein Vater nicht gutheißen würde. Er würde es hassen, verabscheuen, und doch konnte ich dem nicht entfliehen. Nach einer jahrhundertelangen Ausbildung zum Soldaten wollte ich nur noch eines: die Zeit als Kronprinz genießen und mir von nichts und niemandem etwas sagen lassen. Ich war in den besten Jahren, ein junger, gut aussehender Junggeselle und seit einiger Zeit verspürte ich das Verlangen, allen Regeln zu trotzen.

Vater war stets bemüht, den Frieden mit Meridem zu wahren, Umbra zu einer aufblühenden Stadt zu machen und Tenebris mit Meridem durch Handel zu verbinden. Und er hatte so viel geschafft: Die Stadt erstrahlte in neuem Glanz, und die Bewohner wurden zu dem, was er aus ihnen machen wollte: einfache Leute. Doch wir waren nicht einfach, nicht langweilig. Etwas in uns schrie regelrecht nach außen, was im Inneren schlummerte. Man verbot uns, das zu sein, was wir waren: temperamentvoll, leidenschaftlich, furchtlos.

So auch an diesem Tag. Er hatte mich vom Militärstützpunkt abgezogen, um mich bei einem Gast aus Meridem von meiner besten

Seite zu zeigen. Wie immer tat ich es nicht. Lord Vestas, dieser heuchlerische Untertan des anderen Volkes, besuchte meinen Vater, um über Friedensverhandlungen zu diskutieren. Welche genau, interessierte mich nicht weiter, ich erschien erst gar nicht. Mein Vater musste mehr als wütend sein, wahrscheinlich enttäuscht. Immerhin hatte er mir mehrmals versichert, dass meine Anwesenheit von größter Bedeutung sein würde. Leider kam mir etwas Wichtigeres dazwischen, was so ziemlich alles hätte sein können. Diesmal war es etwas wirklich Heißes. Eine scharfe Dame, die mich zu einer kleinen Wette verführt hatte.

Die Neumondnacht war etwas Besonderes, etwas Magisches packte uns in dieser Zeit und ließ uns nicht mehr los, bis wir alles um uns herum vergaßen. All die Sorgen und Ängste um eine Zukunft, in die uns der König, mein Vater, hineinzwang. Dieses Volk wollte nicht gezähmt werden. Es wollte leben. Und an Neumond schienen sich unsere inneren Dämonen aufzulehnen gegen die Fesseln, die uns angelegt wurden. Gegen den goldenen Käfig, in den wir gesperrt wurden.

Mir gefiel die Szene, in die ich allmählich geriet. Es war so authentisch, natürlich, jeder konnte sein, wie er es wollte, nicht, wie Vater es diktierte. Die Schreckensherrschaft meines Großvaters war seit vielen Jahrhunderten vorüber und Vater hatte es geschafft, Tenebris in ein neues Zeitalter zu führen. Und doch konnte man dieses Volk nicht zähmen. Warum auch? Warum sollten wir werden wie diese Meridemer? Ich hatte nie verstanden, was Vater an der anderen Seite des Mondes so sehr vergötterte, dass er sein eigenes Volk ändern wollte. Wir waren eben, wie wir waren. Echt. Natürlich. So, wie wir geschaffen wurden. Nicht böse, nicht grausam, wie man es uns in Meridem nachsagte. Nur eben ... anders.

Die Musik wurde lauter und eine hübsche Bardame brachte mir einen der Tränke, die mir heute das Hirn wegblasen würden. Ich legte meinen Arm um ihre Hüften und zog sie auf meinen Schoß. Eine echte Schönheit. Eine richtige Tenebrerin: helle Haut, schimmernde, dunkle Augen und dunkles, langes Haar. In ihren Augen lag dasselbe wie in all unseren Augen: Leidenschaft. Ob es die Leidenschaft zum Kämpfen, zum Lieben oder zu etwas anderem war, war nicht von

Bedeutung. Sie lächelte und strich mir über mein Haar. Dann flüsterte sie mir dreckige Dinge ins Ohr, die mich wahnsinnig machten.

Ich hatte soeben eine Wette gewonnen, an deren Gewinn ich selbst nicht im Traum gedacht hätte. Allein aus Spaß hatte ich auf den augenscheinlichen Verlierer gesetzt. Die Wetten im Untergrund verliefen brutal. Ein Massaker. Mann gegen Mann oder Frau gegen Frau. Niemand wurde zu irgendetwas gezwungen. Die Krieger wurden für ihre Teilnahme gut entlohnt und die Gewinner erwartete Ruhm und Anerkennung. Zwang gab es nicht. Nur freier Wille. Und wir Tenebrer waren nun mal ein draufgängerisches Volk. Heißes Blut schoss durch unsere Adern, gespickt mit Leidenschaft und Temperament. Man konnte uns nicht zügeln. Wir brauchten diese Art von Leben, so wurden wir geboren und auch mein Vater konnte das nicht ändern. Und diese Kämpfe ließen uns daran festhalten, was wir waren.

»Xay!« Jemand schlug mir heftig auf die Schulter, als ich gerade mit meiner Zunge über den Nacken des Mädchens fuhr.

Verdammt, Cyrian.

Er grinste mich frech an und setzte sich, ohne zu fragen, neben mich. Er wusste, dass er mich gestört hatte. Es interessierte ihn nicht. »Schick das hübsche Ding weg, lass uns trinken!«

Ich warf ihm einen bösen Blick zu, dann wog ich die Möglichkeiten ab. In letzter Zeit sah ich Cyrian zu selten, als dass ich die Neumondnacht nicht mit ihm verbringen wollte. Aber verdammt, die Bardame war so scharf! »Na gut Schätzchen«, sagte ich und biss ihr leicht in den Nacken. »Verschwinde!« Sie warf mir einen bedauernden Blick zu und schob sich leicht von meinem Schoß.

Cyrian klatschte ihr auf den Hintern, bevor sie ging: »Bring mir auch so einen!« Er zeigte auf meinen Trank. Dann beugte er sich nach vorn zu mir: »Diese Nacht wird legendär. Morgen Abend muss ich zurück an die Grenze.« Ein verächtliches Schmunzeln glitt über seine Lippen und er griff nach meinem Kelch, um daraus zu trinken. Nach einem kräftigen Schluck verzog er das Gesicht. »Als ob ich noch eine Aufgabe hätte, nachdem dein Vater Tenebris in ein Puppenhaus verwandelt hat.«

Ich musste lachen. Die Hübsche brachte den zweiten Trank und ging mit einem Zwinkern davon. »Auf die Neumondnacht!«, sagte ich und hob den Kelch. »Was führt dich in die Hauptstadt?«, fragte ich ihn.

»Meine Tochter«, grummelte er. »Ihre Mutter braucht wieder Geld.«

Ich grinste. »Schon wieder? Was macht sie damit?«

Er zuckte mit den Schultern: »Ich denke, sie verspielt es. Oder dröhnt sich damit zu. Das arme Kind ...« Er seufzte.

»Ach, hör auf, an das Balg zu denken. Heute Abend feiern wir! Es ist Neumond«, rief ich und hob den Kelch.

Ich erwachte, nicht zum ersten Mal, in einem fremden Hinterzimmer. Neben mir lagen vier Frauen, nackt, und ich schlug mir die Hand an die Stirn. Verdammt, vier Frauen, und ich erinnerte mich an nichts. Das lag sicher an diesem Trank. Vielleicht hatte ich zu viel davon getrunken. Eine der Frauen rekelte sich langsam und ich verspürte das Verlangen, dort weiterzumachen, wo ich vermutlich aufgehört hatte. Zwei, drei Frauen, waren nichts besonders, doch mit vier hatte ich es bisher nicht aufgenommen. Ich zuckte mit den Schultern und begann sie an mich zu ziehen. Ein Schlag ertönte und die Tür knallte auf. »Xay!« Cyrian stand in der Tür.

Ich verdrehte die Augen: »Schon wieder? Willst du, dass ich noch vernünftig werde?«

Er stand da wie der Soldat, der er war. Wie der Meister, der mich ausgebildet hatte. In seiner Uniform, die keine einzige Falte aufwies, sein dunkles Haar frisch gewaschen und nach hinten gekämmt. Er sah überhaupt nicht aus, wie ich nach solch einer Nacht vermutet hätte. Nicht, wie ich aussehen musste. Mit breiten Schultern stand er mächtig in der Tür, die Hand um den Knauf seines Schwertes gelegt und ich erkannte etwas in seinen Augen, das ich bisher selten gesehen hatte: Sorge. »Es ist etwas geschehen, deine Mutter will dich sehen.«

Ich war mir nicht ganz sicher, wie ernst die Lage sein musste, damit er diesen Gesichtsausdruck auflegte. Doch ich überspielte mein drückendes Bauchgefühl, das ich plötzlich bekam, mit einem Grinsen: »Wenn meine Mutter mich so sehen würde ...«

»Keine Zeit für dumme Kommentare, Xay. Los, zieh dich an!« Seine Miene wurde ernster und mein Bauch begann zu schmerzen. Es musste etwas geschehen sein.

Ich setzte mich auf: »Geht es Mutter gut?«

Cyrian schluckte und nickte schließlich. »Zieh dich an!«, befahl er in einem Ton, den ich nur allzu gut von ihm kannte. Sein Militärton. Mit diesem hatte er mich viele Jahrzehnte lang ausgebildet. Er hatte mich regelrecht gefoltert, doch ich dankte es ihm jedes Mal, wenn ich in der Lage war, mich zu behaupten. Er war es gewesen, der mich zu einem Krieger gemacht hatte, zu dem, was ich heute war. Nicht meine Eltern, nicht dieses Land. Nein, er. Er war wie ein Onkel für mich oder ein großer Bruder. Etwas, das ich nicht hatte, nicht kannte. Cyrian war mein bester Freund und mein schlimmster Feind zugleich. Mein Gewissen und mein schlechter Einfluss. Und ich kannte ihn gut genug, um zu wissen, dass etwas Schlimmes geschehen sein musste, wenn er diesen Ausdruck in den Augen hatte.

Als ich mich angezogen hatte und aus der Tür ging, erkannte ich, wo ich mich befand. In einem Hinterzimmer des Clubs, in dem wir gefeiert hatten. Cyrian wartete angespannt und leitete mich durch das Tunnelsystem. Ich schwankte noch etwas von den ganzen Drogen, die ich mit jedem Schritt in meinem Kopf spürte. Er dagegen schien überhaupt nicht geschwächt zu wirken und ich versuchte vergeblich, geradeaus zu gehen. Das erdrückende Gefühl, dass etwas Schlimmes geschehen sein musste, ließ mich nicht los. Doch Cyrian sagte kein Wort und eilte voraus. Ich war damit beschäftigt, ihm zu folgen. Er schlich durch die langen Gassen des dunklen Tunnelsystems, das einst sein Zuhause gewesen war.

Am Ausgang wartete Ozara, Cyrians Tochter, auf uns. Sie war ein kleines Mädchen, ein paar Jahrzehnte alt. Ich hatte nicht viel zu tun mit ihr, da sie bei ihrer Mutter lebte. Eine Affäre, die Cyrian gehabt und beendet hatte, bevor er erfuhr, dass diese Frau schwanger war. Ozara weinte, als sie mich sah.

»Was ist geschehen?«, schrie ich und packte Cyrian am Arm, damit er nicht weiter voranschreiten konnte.

Er blieb stehen und drehte sich langsam um. Seine sonst so strengen Augen weiteten sich und sahen mich mit einem Ausdruck an, den ich nicht kannte. »Es tut mir leid, Xay.«

»Was tut dir leid?« Ich bemerkte, dass ich schrie. Laut und unbeherrscht, doch es war mir egal. Ich krallte meine Finger in Cyrians Uniform. »WAS?«

»Dein Vater ...« Er rang nach Worten, was so gar nicht zu ihm passte. »Er ...«

»WAS?«

»Er ist tot.«

»Nein«, sagte ich leise. »Nein.« Dann lauter. Ich schüttelte den Kopf und lachte leise. »Das kann nicht sein. Was habe ich letzte Nacht gemacht?«

»Wie bitte?« Cyrian zog eine Augenbraue hoch.

»Hab ich dir die Weiber ausgespannt? Habe ich dich irgendwie ...«

Cyrian packte mich an beiden Schultern und schüttelte mich. Er sah mir tief in die Augen: »Das ist kein böser Scherz, Xay. Dein Vater, der König, ist tot.«

Ich lachte: »Ich kenne euch Soldaten. Schon vergessen? Ich bin mit euch aufgewachsen. Also, was hab ich verbrochen?«

Er sah mich traurig an und mein Blick fiel auf Ozara, die bitterlich weinte. »Xay ...«, sagte er noch ernster und ein Schauder lief mir den Rücken hinunter. »Bring uns in den Palast.«

Ich nickte und blickte auf das kleine Mädchen neben ihm: »Muss sie mit?«

»Ja.« Sein Tonfall verriet mir, dass er sich wieder mit Ozaras Mutter gestritten haben musste. Mit dieser Hure! Ich hasste sie. Sie hatte ihn ausgenutzt und ihm ein Balg angehängt, um das er sich nun kümmern musste. »Gut.«

Ich nahm beide an die Hand und trat in den Schatten. Cyrian war vom neuen Blut, weshalb er selbst nicht in den Schatten treten konnte, doch er hätte es ohnehin nicht ohne mich hineingeschafft. Der Palast war so gut abgeschottet und geschützt, dass man ohne Erlaubnis nicht hinein- oder hinauskam. Ich, als Kronprinz und zukünftiger König war neben meinen Eltern der Einzige, der ein- und aus gehen konnte, wie und wann er wollte.

»Mutter?« Sie stand am großen Fenster des Jupitersaals, von dem aus man in die Weite des Universums sehen konnte. In dieser Zeit, um den Neumond herum, konnte man sogar auf die Erde blicken. Mutter hasste die Erde und vermied normalerweise den Ausblick. Doch sie stand mit dem Rücken zu uns, als die Schatten um uns verschwanden. Langsam drehte sie sich um, und ein Blick genügte, um die Wahrheit zu erkennen: Sie hatte geweint. Um ihre Augen lagen rote Schatten. Sie waren aufgequollen und dick. Für einen Moment musterte sie mich von oben bis unten, bis sie schließlich auf mich zukam und mir eine Ohrfeige verpasste: »Wo warst du? Ich habe dich die ganze Nacht gesucht!« *Königlich und charmant wie immer.*

»Was ist geschehen?«, fragte ich und betrachtete sie. Nervös kaute sie auf ihrer Unterlippe, dann fielen ihre Blicke auf meine beiden Begleiter. »Schick sie weg«, sagte sie leise und beherrscht. »Das ist eine Familienangelegenheit.«

»Cyrian gehört zu meiner Familie«, sagte ich ernst. Die Wahrheit war, dass ich stärker war, wenn er hier war. Er gab mir Selbstbeherrschung. Er war mein Freund, mein Bruder.

Mutter schnaubte und ging an mir vorbei: »Komm mit!« Ihr Ton und ihre Schritte glichen der einer echten Königin. Sie behielt die Fassung, obwohl ich erkannt hatte, dass sie geweint hatte. Sie schenkte Cyrian und Ozara keinen Blick und führte mich den langen Flur entlang. Ich warf Cyrian einen Blick zu, der bedeutete, er solle mitkommen.

Sie stieß die Tür zu Vaters Gemach auf. Meine Knie wurden weich, während sich mir der Magen drehte. Ich musste heftig schlucken. Vater lag auf dem Rücken, über ihm ein schwarzes Tuch, über welches weiße Nachtrosen verteilt waren. Langsam ging ich auf ihn zu, und schob das Tuch von seinem Gesicht. Seine Augen waren offen und starrten leer an die Decke. Keine Schatten mehr in seinen Augen. Kein Zeichen von Leben. Vor Vaters Körper kniete ich auf den Boden, nahm die leblose Hand, die schlaff hinabfiel, und küsste sie ein letztes Mal. »Was ist geschehen?«, fragte ich, ohne mich umzudrehen.

»Der Medicus vermutet Gift, wahrscheinlich Dunkelschatten«, sagte Mutter gefestigt. Sie sah überhaupt nicht gefestigt aus, doch ihre Worte zitterten nicht. Nicht, wie die meinen.

»Meridem«, hauchte ich. Es musste etwas mit diesem Besuch zu tun gehabt haben.

»Das dachte ich auch«, stimmte Mutter mir zu.

Dann biss ich mir auf die Zähne und schrie: »Raus! Alle.« Da ich mich nicht umgedreht hatte, sah ich es nicht, doch die Schritte, die ich hörte, verrieten mir, dass Mutter und meine beiden Gäste aus dem Raum eilten.

»Es tut mir leid, Vater«, sagte ich leise, als ich aufstand und ihn lange betrachtete. Wir hatten viele Kontroversen gehabt, viele Meinungsverschiedenheiten, viele Streitigkeiten. Doch er war mein Vater. Mein Blut.

Ich ballte die Fäuste. Dann schlug ich zu. Erst neben meinen Vater auf das Kissen. »Verdammt, Vater. Du warst so dumm, ihnen zu vertrauen.« Ich wusste, dass mich der gesamte Palast hören musste, und es kümmerte mich nicht. Dann schlug ich gegen eine Wand, sodass meine Faust blutete. Als Nächstes musste eine Kommode herhalten, die ich hochwuchtete und zur Seite schmetterte.

Als ich nach Stunden fertig war, fiel ich auf die Knie und unterdrückte Tränen. Tränen aus Wut oder Trauer, konnte ich nicht sagen. Sie waren einfach da. Über meinen Handrücken lief Blut und auch auf meiner Kleidung waren rote Flecken. Schließlich stand ich auf, ging auf den Balkon und trat ins Nachtlicht. Zur Neumondzeit war Tenebris dunkel und düster. Das Licht der Milliarden von Sternen, das uns sonst den Weg leuchtete, fehlte. Ich sollte trauern und weinen, doch was ich fühlte, war Hass. Unbändiger Hass. Das Gefühl, selbst vergiftet zu sein, erklomm mich. Nicht vergiftet mit Dunkelschatten oder einem anderen Gewächs. Vergiftet mit Worten.

Worte, die ich mein Leben lang gehört hatte. Worte wie *Frieden* oder *Harmonie*. Alles, was sie uns weismachen wollten. Alles, was sie uns aufgetischt hatten, um dann zuzuschlagen. *Verräter, Eidbrecher, Feinde.* Das waren sie, und sie waren es schon immer gewesen. Diese Lügner mit ihren Masken und falschen Spielchen. Und Vater war genau in ihre Falle getappt. Doch nicht mit mir. Niemals.

Auch ohne Licht sah ich gut genug. Immerhin war ich ein Tenebrer. Ich griff nach den Metallstäben des Balkons, umklammerte sie und schrie in die Nacht hinein: »Ich werde Meridem zerstören! Jeden einzelnen Aeterna bluten lassen!« Und wenn es das Letzte wäre, was ich tat.

Etwas starb in dieser Nacht. Etwas, das nichts mit Vater zu tun hatte. Etwas in mir, was mich bisher ausgemacht hatte. Ja, der junge Kronprinz, der lüsterne, freche und aufständische Sohn, starb. Der, der seinem Vater trotzte und stets das tat, was gerade nicht von ihm erwartet wurde. In dieser Nacht wurde ich zum König.

Teil 3: Dem Mond so fremd

»Der Schnee legt sich wie eine Decke über die Erde, damit sie sich ausruhen und Platz für Neues schaffen kann.«

Xay

Ich dachte an die letzte Nacht, an das, was geschehen war. An meinen Streit mit Leetha, daran, dass der Schattenjäger einfach ohne sie zum Mond zurückgekehrt war. *Elender Bastard! Wie konnte er das nur machen*? Es war, wie ich es immer vermutete: Er liebte sie nicht. Er hatte sie nie geliebt. Bei dem Gedanken an ihn ballte ich automatisch die Fäuste und biss die Zähne aufeinander.

Es war nur ein Blick gewesen, der mir sagte, dass Lia noch da war, dass sie nicht unter Leethas Antlitz verschwunden war. Nicht ganz. Irgendwo in ihren Augen hatte ich sie erkannt, egal wie verbittert Leetha mich angesehen hatte. Nur ein einziger Blick, der wie Feuer durch meine Adern schoss, und ich hatte sie gesehen. *Lia*. Das Mädchen, das meine Albträume verjagt hatte, das meine Seele erkannte und mich so liebte, wie ich nun einmal war. Das Mädchen, dem es egal war, wie kalt und verbittert ich gewesen war, egal dass mein Herz wie eingefroren nur auf einen Funken Feuer gewartet hatte. Sie war dieser Funken. Das Mädchen, das mich niemals getäuscht hatte. Das echt war. Sie war echt. Und ich durfte sie nicht verlieren. Niemals.

Sie erwachte in einem Krankenhaus, in das ich sie gebracht hatte. Ihre Augen öffneten sich langsam, ich sah ihr die unbeschreibliche Schwere an, die diese Prozedur mit sich zog. Ich griff mir ins Haar und trat von einem Fuß auf den anderen. Meine Nervosität stieg mit jedem Atemzug. Hatte es funktioniert? Konnte ich diese Macht ebenso gut auf der Erde einsetzen, wie ich es auf dem Mond konnte? Und wenn es so war, wäre Leetha dagegen immun? Immerhin war sie eine Aeterna, und ich hatte es niemals bei Vollwertigen versucht. Es waren meist die Niedergeborenen, die über die Grenzen in mein Reich geflohen waren und denen ich das Erinnerungsvermögen nehmen musste. Gefolterte, gequälte oder einfach nur hungernde Frauen und Männer, die in Meridem keinen Ausweg sahen und nach Tenebris flohen, um dort auf ein besseres Leben zu hoffen. Und die meisten von ihnen wussten, worauf sie sich einließen. Doch Leetha nicht. Ich hatte entschieden. Es wäre das Beste für *uns*.

Langsam begannen ihre Lippen ein Wort zu formen. Und ihre Stimme kratzte noch etwas von der langen Bewusstlosigkeit. »Wo bin ich?«, fragte sie leise, dann sah sie mich an, während sie die Augen wieder etwas zusammenkniff. »Wer sind Sie?«

Ein Stein fiel mir vom Herzen, während etwas anderes meine Brust zusammenschnürte. Ich konnte nicht sagen, was ich mir erhofft hatte. Es hatte funktioniert. Sie erinnerte sich nicht. Ich sollte mich freuen. Doch dass Lia, *meine Lia*, mich nicht erkannte, tat so viel mehr weh, als ich geglaubt hatte. Ich trat einen Schritt näher an sie heran: »Ich bin Xay«, sagte ich leise und wartete ab, ob sich etwas in ihrem Gedächtnis auftat. Aber sie starrte mich nur verwundert an. Selbst in dieser Situation, die Haare zerzaust, die Haut blass und ihre Augen gequält, sah Lia wunderschön aus. Am liebsten hätte ich mich zu ihr aufs Bett gesetzt, sie in den Arm genommen und sie an mich gedrückt, ganz fest. Wie gern hätte ich sie geküsst und ihr gesagt, wie sehr ich sie liebte. Doch diese Frau, die dort auf dem Krankenbett lag, erinnerte sich an nichts, auch nicht an mich.

»Kenne ich Sie?« Ihre Stimme festigte sich etwas und sie begann den Versuch, sich aufzurichten.

Ich schüttelte den Kopf und mein Herz wurde schwer. »Nein.« *Nein*, diese vier Buchstaben gingen mir schwer über die Lippen. »Ich hole einen Arzt«, sagte ich, da ich mir sicher war, mich nicht im Griff zu haben, wenn ich noch länger mit ihr allein sein musste. Der Drang, sie in den Arm zu nehmen, war zu stark.

»Sind sie ein Pfleger?«, fragte sie, als ich mich gerade umgedreht hatte. Ich blieb stehen, atmete einmal tief ein. Wie konnte man jemanden so sehr vermissen, den man genau vor seinen Augen hatte? »Ich erinnere mich ... an rein gar nichts. Was ist geschehen?« In Lias Stimme blitzte ein Hauch Panik auf.

Ich drehte mich erneut zu ihr und zuckte mit den Schultern. Dann begann ich die Lüge zu erzählen, die ich mir in den letzten Stunden zurechtgelegt hatte: »Ich war mit meinem Hund im Wald spazieren ...«, begann ich und bemerkte, dass auch meine Stimme zitterte. Ich räusperte mich, um fester zu klingen. »Da habe ich Sie bewusstlos auf dem Waldboden gefunden.«

Lia riss die Augen weit auf. »Was?« Panisch drehte sie den Kopf von einer, dann zur anderen Seite. »Wie? Ich meine ...« Verwirrt und voller Angst begann sie sich mit zitternden Händen auf dem Bett abzustützen, um sich endlich ganz aufrecht hinzusetzen.

»Bleib ... Bleiben Sie liegen, ich hole den Arzt«, sagte ich besorgt. Diese Förmlichkeit, dieses Siezen, es war mir fremd. Fremd mit ihr. Meine Augen brannten bereits und ich wollte nur noch raus aus diesem Raum. Ich riss die Tür auf, und hielt eine Krankenschwester auf, die gerade den Flur entlanglief: »Wir brauchen einen Arzt«, sagte ich, ehe ich die Tür hinter mir schloss. Ein langer Atemzug sollte mich beruhigen, doch mein schlechtes Gewissen Lia gegenüber verursachte mir Bauchschmerzen. Ich hatte sie verraten, ihr etwas angetan, sie belogen. Dabei wollte ich sie nur beschützen. Sie retten vor dem, was Lia zerstören würde. Doch das war nicht alles. Ich musste zugeben, dass ich nicht nur Lia beschützen wollte, sondern auch Leetha und ...

»Ist sie wach?«, rief der Arzt mir zu, als er mit schnellen Schritten auf mich zukam. Ich nickte unbeholfen. »Ich habe bereits die Polizei verständigt. Sie können ein Verbrechen nicht ausschließen und müssen die junge Frau befragen.«

»Sie erinnert sich an nichts«, sagte ich, als ich dem Arzt die Tür aufhielt.

»Guten Morgen«, begrüßte der Arzt Lia freundlich. Er war jung für einen Arzt, wie mir auffiel. Anfang dreißig. Doch er war nett. Ich hatte Lia in die Notaufnahme gebracht, nachdem ich ihr das Gedächtnis genommen hatte. In Tenebris war es ein sehr langes Ritual, doch ich hatte an diesem Strand wenig Zeit gehabt. Lia war danach in meine Arme gesunken und lange Zeit nicht aufgewacht, was mich beunruhigte. In der Notaufnahme hatte Dr. Link sie dann untersucht und die Polizei verständigt, die mich befragte. Nach einigen Stunden waren die Beamten gegangen und wollten wiederkommen, sobald sie aufwachte. »Ich bin Dr. Link. Letzte Nacht hatte ich Notdienst in der Notaufnahme, als dieser Mann sie zu uns gebracht hat«, stellte der Doktor sich vor und zeigte auf mich. Ich blieb etwas abseits bei der Tür stehen, von wo aus nun auch eine Krankenpflegerin hereinkam. »Wie ist Ihr Name?«

Lia zuckte mit den Schultern. Ihre Augen füllten sich mit Tränen. »Ich weiß es nicht.«

Ich musste schlucken. Ihre Tränen brachten mich fast um. Ich sah die Panik in ihren Augen, die Angst. Und es tat mir unglaublich weh, sie so zu sehen. Und noch mehr schmerzte es, dass ich es war, der ihr das angetan hatte. Und am schlimmsten war, dass ich ihr nicht helfen konnte, ja, sie nicht einmal trösten durfte. Der Drang, sie einfach in den Arm zu nehmen, wurde zunehmend stärker und fraß mich innerlich auf.

»Was ist das Letzte, an das sie sich erinnern?«, fragte Dr. Link.

Sie schüttelte den Kopf und die Tränen strömten ihre Wangen hinab. »Ich weiß es nicht.«

Der junge Arzt legte seine Hand auf ihre Schulter, und ich hätte ihm dafür am liebsten den Arm gebrochen. Ich ballte die Fäuste und ein schlimmer Gedanke überkam mich. Sie erinnerte sich nicht. Was, wenn sie sich nicht noch mal in mich verlieben würde? Sondern in einen anderen? Ein Stich in meiner Brust ließ mich kurz aufkeuchen.

In einen dummen Menschen? Sanft sagte der Arzt: »Das ist nicht schlimm, meistens kommt die Erinnerung zurück.«

Sie nickte und wischte sich die Tränen aus dem Gesicht.

Mit beruhigender Stimme erklärte der Doktor: »In ein paar Minuten werden zwei sehr nette Beamte von der Polizei vorbeikommen, und sie zu letzter Nacht befragen. Wenn es ihnen zu viel wird, sagen sie es einfach.«

Lia nickte, dann schluckte sie und fragte, was ihr wohl schon die ganze Zeit auf dem Herzen liegen musste: »Ist mir etwas Schlimmes widerfahren?«

Der Arzt schüttelte leicht den Kopf: »Das kann ich nicht genau sagen, wir haben Sie untersucht, als sie zu uns kamen. Sie haben keine Anzeichen an ihrem Körper, die auf Gewalt hinweisen.«

Etwas erleichtert seufzte Lia auf. Dann brach sie erneut in Tränen aus. Und schlang ihre Arme um den jungen Arzt, der unsicher ihre Schulter tätschelte. Am liebsten hätte ich ihn gepackt und gegen die Wand geschmettert. »Ich weiß nicht einmal, wie ich heiße«, schluchzte sie.

»Lia«, mischte ich mich ein, noch bevor ich darüber nachdachte. Doch ihr Anblick, so verloren und verängstigt, trieb auch mir Tränen in die Augen. Erschrocken sah sie mich an. *Endlich* sah sie mich an, nicht diesen Arzt. Er befreite sich vorsichtig aus ihren Armen, die ihm äußerst unangenehm waren. »Als ich Sie fand, sagten Sie, Sie heißen Lia«, log ich. *Oh Mann, das hätte ich nicht sagen dürfen.*

»Sagten Sie nicht, sie sei die ganze Zeit bewusstlos gewesen?« Der Arzt musterte mich von oben bis unten, als wäre ich der Schwerverbrecher, der ihr das angetan hatte. Und er hatte ja recht. Der Drang, ihm meine Faust in das selbstgefällige Gesicht zu schleudern, wurde zur Herausforderung.

»Sie war für einen Moment aufgewacht, dann wurde sie erneut bewusstlos«, log ich. Lia starrte mich verwirrt an. Der Doktor auch. Er glaubte mir nicht, so viel konnte ich aus seinem Gesicht lesen.

»Lia«, säuselte sie vor sich her. »Der Name sagt mir nichts.«

»Das ist Angelegenheit der Polizei ...«, begann Dr. Link. »Ich für meinen Teil, kann Ihnen nur versichern, dass es Ihnen und dem Embryo gut geht.«

»Embryo?« Erschrocken fuhr Lia auf.

Mein Herz stockte für einen Moment und ich musste mich beherrschen, still stehen zu bleiben.

Dr. Link lächelte. »Sie sind schwanger. Ganz am Anfang, vielleicht zwei oder drei Wochen.«

Lia schluckte. Dann brach sie erneut in Tränen aus.

Dr. Link legte seine Hand auf ihre. »Die Polizei wird ihre Identität sicherlich bald feststellen. Dann wird alles gut.«

Ich öffnete die Tür, trat in den langen Flur und lehnte mich an die Wand, als ich mit den Händen über mein Gesicht fuhr. Mein Herz pochte wie wild in meiner Brust. *Ja, ich habe das Richtige getan*. Auch wenn es sich falsch anfühlte. Es war das einzig Richtige.

Lia

Die Polizei hatte bestätigt, dass mein Name Lia war, neunzehn Jahre alt und ohne Familie. Sie besaßen Unterlagen über mich, die besagten, ich sei ein Waisenkind gewesen, das in einer Pflegefamilie aufwuchs. Doch viel mehr konnten sie mir nicht sagen. Zumal meine Pflegemutter mich am Telefon erst einmal beschimpft hatte, nachdem ich dort anrief. Ich wollte doch nur etwas über mich erfahren. Einen Hinweis darauf, wie ich hierherkam in diese kleine Provinz, wenn doch mein Zuhause mehr als vierhundert Kilometer entfernt lag. Was war in dieser Nacht geschehen? Diese Frage brachte mich fast um den Verstand.

Die Gemeinde des kleinen Dorfes hatte mir eine Sozialwohnung zur Verfügung gestellt. Ich war also ein Sozialfall. *Na super.* Viel mehr wusste ich nicht über mich. Außer diese eine, kleine Sache mit dem Baby. Ich war schwanger. *Ein Baby.* Ich würde ein Baby bekommen. Und ich hatte keine Ahnung, wer der Vater war. Es machte mir Angst. Riesige Angst. Außerdem fürchtete es mich, dass diese Pflegemutter nichts mehr mit mir zu tun haben wollte. »Scher dich zum Teufel«, hatte sie gesagt. »Komm ja nicht zurück.« Was hatte ich verbrochen, dass sie mich so sehr hasste? War ich etwa in etwas Kriminelles verwickelt gewesen? War ich dadurch so weit fort von Zuhause gekommen? Oder war ich einfach ein Ausreißer, der sich von dieser Pflegemutter fortgeschlichen hatte?

Doch wer war der Vater meines Kindes? Diese Frage quälte mich fast genauso, wie die, was in dieser Nacht geschehen war. Es war nun einige Wochen her und außer einer kleinen Wohnung wurde mir zudem eine Therapeutin zur Seite gestellt, mit der ich diese Themen zweimal die Woche besprach.

Der nette junge Mann, der mich im Wald gefunden und in die Klinik gebracht hatte, war jeden Tag vorbeigekommen. Zwei Wochen lang musste ich im Krankenhaus bleiben. Zwei Wochen, in denen er keinen Tag versäumt hatte, zu fragen, wie es mir ging. Er war so nett gewesen. So hilfsbereit und großzügig. Er hatte sogar angeboten, mir beim Einrichten meiner Wohnung zu helfen, was ich allerdings abgelehnt hatte. Nicht, weil ich ihn nicht mochte. Eher, weil es mir peinlich war. Ich schämte mich dafür, so hilflos zu sein. So machtlos. Ich hatte ihm gesagt, dass ich etwas Abstand bräuchte, um herauszufinden, wer ich war. Und das stimmte auch. Doch nun fühlte ich mich einsam.

Xay, so hieß der Mann, war traurig gewesen, als ich ihn vor den Kopf stieß. Jeden Tag hatte er mich besucht und ich hatte ihn einfach gebeten, nicht mehr zu kommen. Ich weiß nicht, warum, aber nun vermisste ich ihn. Doch da war noch etwas anderes. Ein anderes Gefühl. Es war seltsam und ich konnte es nicht beschreiben. Doch es kam immer dann auf, wenn er bei mir war.

Außer meiner Therapeutin hatte ich niemanden zum Reden. Und das Gefühl, völlig allein zu sein, brachte mich fast um den Verstand. Die letzten Wochen hatte ich damit verbracht, im Internet nach gebrauchten Gegenständen zu suchen, die andere Menschen nicht mehr wollten und daher verschenkten. Besteck, Handtücher, Bettwäsche. Alles, was ich nicht besaß. Zwar bekam ich vom Staat finanzielle Unterstützung, doch ich wollte es für mein Kind zurücklegen. Immerhin wusste ich nicht, wie meine Zukunft aussehen würde. Ein Bett, ein Schrank und ein Fernseher, waren alles, was sich in der kleinen Wohnung befand. Eine Einbauküche war zum Glück schon drin. Doch alles andere fehlte mir und ich suchte es eben kostenlos zusammen. Das einzige Geld, das ich bisher ausgegeben hatte, war für etwas zu essen, etwas zum Anziehen und eine Monatskarte für den Nahverkehr.

Es war spät am Abend und ich saß auf einem großen Sitzkissen. Wieder und wieder kreisten meine Gedanken zu dem Tag zurück, als ich dort in diesem Krankenbett aufgewacht war. Meine Therapeutin ermahnte mich zwar, dass ich nicht zwanghaft versuchen sollte, die

Erinnerungen zurückzuholen, doch ich konnte nicht anders. An was sollte ich denn denken? Ich war allein, jeden Tag und jeden Abend. Diese Gedanken kamen, wie sie wollten. Ablenkung. Das war es, was ich benötigte. Doch in diesem Dorf gab es kaum etwas. Ein Restaurant, das ziemlich teuer war und eine Bäckerei. Mehr nicht. Ich stellte meine Suppe auf die Seite, an der ich seit einer Ewigkeit nippte und kramte einen Zettel hervor, den ich immer bei mir trug.

Xay hatte mir seine Adresse aufgeschrieben und eine Telefonnummer. Ich knüllte den Zettel zusammen, dann faltete ich ihn wieder auf. Xay war immer so nett gewesen und seine Besuche im Krankenhaus waren stets lustig und amüsant. Er hatte mich zum Lächeln gebracht und wusste immer genau, was er sagen sollte, um mich abzulenken. Warum also sollte ich ihn nicht besuchen? Er war immerhin der einzige Mensch, den ich hier kannte. Als ich aus dem Krankenhaus entlassen wurde, hatte ich ihn gebeten, mir etwas Freiraum zu lassen. Ich war der Meinung gewesen, etwas Abstand würde mir guttun. Doch die Wahrheit war eine andere: Die Art, wie er mich ansah, beunruhigte mich. Er sah mich an, als wäre ich etwas Besonderes. Es hatte mir Angst gemacht, ohne dass ich sagen konnte, weshalb. Ich war nicht bereit für das, was er wollte. Für diese Art von Blicken. Für diese Art von Gefühlen. Und doch fehlte er mir. Vielleicht, weil ich mich einsam fühlte.

Ich sah aus dem Fenster. Es war früh am Abend, doch schon lange dunkel. Es war Herbst und kalt. Dennoch zog ich meine Jacke an und ging zur Bushaltestelle. Die Adresse auf dem Zettel hielt ich fest in meiner Hand, die ich in der Jackentasche vor der Kälte schützte. Ich zeigte sie dem Busfahrer, der mir den Weg erklärte. Ich war überrascht, dass Xay ganz in der Nähe wohnte. Also ging ich zu Fuß durch das kleine Dorf, bis ich an einem Haus etwas außerhalb stehen blieb. Es war ein kleines, altes Häuschen, dessen Fassade gelb angestrichen war. In einem der Fenster brannte Licht. Er war also wach. Meine Hände zitterten und mein Herzschlag wurde heftiger, ohne dass ich sagen konnte, weshalb. Ich bekam Angst. Panik. Warum sollte ich einfach so abends bei ihm klingeln? Weil er mir seine Adresse aufgeschrieben hatte? Ich hätte auch anrufen können, vorausgesetzt ich hätte ein Telefon gehabt. Also drehte ich mich um und ging.

Am nächsten Tag hatte ich eine Ultraschalluntersuchung. Das Geschlecht konnte man noch nicht sehen, und ich wollte es auch nicht wissen. Ich wollte mich überraschen lassen. Das kleine Wesen in mir war alles, was ich hatte und alles, was mir wichtig war. Es war mein Anker, meine Zuflucht. Ich wusste nicht, ob ich das alles schaffen würde, doch dieses Kleine in mir, gab mir Zuversicht. Manchmal kam es mir so vor, als ob es stärker werden würde, als ich es jemals sein könnte. Ich wusste, dass dieses Kind etwas ganz Besonderes werden würde. Aber wahrscheinlich dachte das jede Mutter. »Es ist alles in Ordnung«, lächelte die Gynäkologin.

Ich drehte den Kopf zur Seite, so, als ob jemand neben mir stünde, der mich anlächeln würde. Doch da war niemand. Ich war allein. Kein Mann, der bei mir saß und meine Hand hielt. Kein Mann, der sich mit mir freute. Unwillkürlich stellte ich mir Xay vor, wie er meine Hand halten würde und lächelte. Schnell schüttelte ich den Kopf. *Nein!* So was durfte ich jetzt nicht denken. Er war immerhin ein Fremder. Ich kannte ihn ja kaum. Doch das Gefühl, jemanden an meiner Seite zu wollen, wurde stärker. Nicht irgendjemand. *Ihn*. Ich schloss für einen Moment die Augen und atmete durch.

Als ich die Praxis verließ, kramte ich erneut den Zettel aus meinem Mantel. Seine Adresse. Ich beschloss einen Spaziergang zu machen und ging ein paar Straßen entlang, die in der Nähe von seinem Zuhause lagen. Doch ich bog nicht in seine Straße ein. Allein in der Nähe zu sein, reichte aus, damit mein Herz höherschlug. Es war fast so, als zöge er mich magisch an. Dann ging ich nach Hause.

Jeden Tag machte ich einen Spaziergang in der Nähe seines Zuhauses. Nicht einmal meiner Therapeutin erzählte ich davon. Sie hielt mich ohnehin schon für verrückt. Was würde sie sagen, wenn ich mich wie ein Stalker aufführte? Aber ich konnte es nicht lassen. Jeden Tag wünschte ich, er würde mir zufällig begegnen, mit seinem Auto an mir vorbeifahren oder mit seinem Hund Gassi gehen, von dem er mir erzählt hatte. Egal was, es sollte nur so aussehen, als träfen wir uns zufällig. *Du bist bescheuert, Lia!*, sagte ich mir selbst. *Du bist schwanger, pleite und ein Fall für den Seelenklempner. Glaubst du, dass einer wie er wirklich Interesse hat? An einer schwangeren Irren*?

Es waren drei Monate vergangen und ich ging noch immer jeden Tag spazieren. Obwohl ich genügend Zeit hatte, darüber nachzudenken, was ich aus meiner Zukunft machen wollte, kreisten die Gedanken jeden verdammten Tag um ihn. Egal wie sehr ich sie unterdrücken wollte, er wollte nicht aus meinem Kopf raus. Es machte mir Angst. Mit Sicherheit hatte er bereits eine andere. Dieser Gedanke tat weh. Aber es würde wenigstens einen Abschluss bedeuten. Einen, den ich vielleicht brauchte.

Jeden Abend ärgerte ich mich, dass ich nicht einfach zu ihm ging. Doch etwas hielt mich ab. Ich wusste nicht, was, aber es sorgte dafür, dass ich nie in seine Straße einbog.

Es war Februar und ich genoss die leichten Schneeflocken, die sich auf meinem Gesicht absetzten. Ich liebte den Schnee. Mein langer Mantel verdeckte den immer runder werdenden Babybauch, aber darunter begann das Kleine auf einmal wie wild zu treten. *Wow, Baby. Was ist denn los mit dir*?

Und dann spürte ich ihn. *Xay*. Er musste da sein. Er war da. Obwohl ich ihn nicht sehen konnte, wusste ich es: Er stand genau hinter mir. »Lia!«, hörte ich seine Stimme. Mein Herz pochte, noch ehe ich mich umdrehte. Seine Stimme. Seine Gegenwart. Ich hatte ihn gespürt, bevor ich ihn gehört hatte. Als ich mich umdrehte, stand er mitten auf dem Gehweg. Hinter ihm schoss sein Hund hervor, von dem er mir schon erzählt hatte. Ich erschrak kurz, doch die Hündin sprang an mir hinauf, als kenne sie mich. Obwohl ich sie noch nie gesehen hatte, freute sie sich über mich, als wären wir alte Freunde. »Ich wollte soeben Gassi gehen.« Verlegen lächelte er.

Mein Herz pochte bis zu meinem Hals, als ich ihn sah. Er lächelte mich an und ich hätte schwören können, darin eine Sehnsucht zu erkennen, die mir galt. Eine Sehnsucht, die ich nur allzu gut kannte.

»Was machst du hier?« Er betrachtete mich, als hätte er nie zuvor eine andere Frau angesehen.

Was tat ich hier? Warum suchte ich seine Nähe? Und warum hörte mein Herz nicht auf, so heftig zu schlagen? Ich wusste es nicht. Ich wusste nur eines: dass es so sein musste. Vorsichtig beugte ich mich herab, sodass mir der Hund übers Gesicht schleckte, und sah zu Xay, der mit einem Lächeln auf mich zukam. Ich stand auf. Er sah erleichtert aus. Als hätte er sich dieses Treffen genau so sehr gewünscht wie ich. *Mein Herz*. Es schlug fester und höher als ich es mir erlauben durfte. Das Kleine in mir tobte wie wild, und ich umfasste instinktiv und schützend meinen Bauch.

»Ist alles in Ordnung?«, fragte er und sein Lächeln ging in einen besorgten Gesichtsausdruck über, als er ebenfalls auf meinen Bauch sah.

»Ja. Alles in Ordnung.« *Alles bestens. Denn du bist jetzt da*.

Schüchtern fuhr er sich durch sein dunkles Haar. *Süß. Er ist so unheimlich süß*.

Für einen Moment sahen wir uns nur an, bis es mir merkwürdig vorkam. »Es schneit«, sagte ich, weil es das Beste war, das mir einfiel.

»Ja, es schneit«, wiederholte er leise und trat einen Schritt näher, bis er ganz dicht vor mir stand.

Er ist mir so nah, und doch nicht nah genug. Nervös fuhr ich mit beiden Händen über meinen Bauch, und versuchte, ein Gespräch zu finden: »Die meisten Menschen mögen den Schnee nicht, aber ...«

»Ich mag ihn«, fiel er mir ins Wort.

Ich musste lächeln. »Ich auch.«

Er sah mir tief in die Augen. Unsere Blicke verankerten sich, als würden sie sich niemals wieder loslassen.

»Der Schnee legt sich wie eine Decke über die Erde, damit sie sich ausruhen und Platz für Neues schaffen kann«, flüsterte ich.

»Ein Neuanfang«, sagte Xay leise und es hörte sich an wie eine Frage.

»Ja. Ein Neuanfang«, antwortete ich.

Lia - 10 Jahre später

»Lucjan!«, schimpfte ich. Mit seinem vollen Namen rief ich ihn nur dann, wenn ich wirklich wütend war. »Komm sofort her!«

Mein Sohn Lucjan trottete die Treppe hinunter.

»Los jetzt! Du weißt, dass ich einen Termin habe!« Ich schlug die Hände über meinem Kopf zusammen. Er trug noch immer seinen Schlafanzug. »Dieses Kind ...«, seufzte ich. »Ist das zu glauben?« Ich drehte mich zu meinem Ehemann um, der am Esstisch saß und eine Tasse Kaffee in der Hand hielt.

Er grinste breit und tippte irgendwas in sein Telefon.

»Was ist daran so lustig? Ich habe heute ein Vorstellungsgespräch und möchte nicht zu spät kommen.« Endlich hatte ich einen Salon gefunden, der mich eventuell einstellen würde. »Los! Zieh dich an!«, sagte ich zu meinem Sohn. »Du kommst zu spät!«

Mein Mann lachte in seinen Kaffeebecher hinein.

»Na toll ...«, schimpfte ich und kramte meine Handtasche aus dem Garderobenständer. »Dann fährst du ihn eben zur Schule!« *Jeden Morgen das Gleiche*. Als würden die beiden sich absprechen.

Ich fluchte noch etwas, während ich mir die Schuhe anzog und hörte seine Schritte. Mein Mann blieb hinter mir stehen und schlang seine Arme um mich. Sanft küsste er meinen Nacken: »Du musst nicht arbeiten, Schatz.«

»Ich weiß, aber ich möchte«, erklärte ich und legte den Schal um.

»Na gut, wenn es dich glücklich macht.« Er drückte mir einen dicken Kuss auf den Mund. »Dann geh, ich fahre Luc zur Schule.«

»Seit ich meine Ausbildung schwanger beendet habe, war ich nur noch Mutter und Ehefrau. Luc ist jetzt zehn Jahre alt und ich möchte etwas tun.«

Er zuckte mit den Schultern: »Du musst dich nicht rechtfertigen. Wenn es dich glücklich macht, tu, was du willst.« Er lächelte und zwinkerte mir zu.

»Und außerdem ist es der einzige Salon, der mich zu einem Vorstellungsgespräch eingeladen hat. Und das, obwohl ich noch immer gebrochenes Französisch spreche.«

Er grinste und küsste mich erneut, dabei drückte er mich fest an sich: »Ich finde deinen Akzent süß.«

»Süß?«

»Du bist immer süß.«

»Du auch«, lächelte ich und meine schlechte Laune war verschwunden. »Luc, beeil dich! Dein Vater muss auch zur Arbeit!«, rief ich die Stufen hinauf. »Er hat heute einen Test, also frag ihn während der Fahrt noch ein wenig über Geschichte ab, okay?«

Mein Mann machte eine salutierende Geste. »Ja, Chefin!«

Ich verdrehte die Augen, doch dann musste ich lächeln und drückte Xay einen dicken Kuss auf die Lippen, bevor ich aus der Tür ging.

Enttäuscht kam ich nach Hause. Meine Ausbildung in Deutschland wurde in Frankreich nicht anerkannt, hatte mir die Besitzerin des Salons gesagt. Aber ich war mir sicher, dass es an meinem gebrochenen Französisch lag. Während mein Ehemann und mein Sohn akzentfrei sprachen, tat ich mich wirklich schwer. Obwohl ich immer wieder Kurse belegte und zu Hause übte, wollte mir diese Sprache nicht über die Lippen gehen. Ich warf meine Tasche in die Ecke und machte einen Kaffee, als ich oben in den Schlafzimmern plötzlich Schritte hörte.

»Mama?« Luc trottete die Stufen hinab.

»Warum bist du schon zu Hause?« Erschrocken bemerkte ich, dass sein Gesicht noch blasser war als sonst. Sein hellblondes Haar war zerzaust und seine silberblauen Augen starrten mich weit geöffnet an.

»Ich bin wieder nach Hause gegangen«, gab er zu.

»Geht es dir nicht gut, mein Schatz?« Ich beugte mich zu ihm herab und fühlte seine Stirn. Sie war nicht warm, also kein Fieber. »Ist es der Test?«, fragte ich.

Er schüttelte den Kopf.

»Du hast zu wenig geschlafen, stimmt's?«, fragte ich besorgt. Es war der erste Tag des Vollmonds und ich wusste, dass Lucjan nie schlafen konnte, wenn es Vollmond war.

Luc packte mich am Arm und zog mich näher zu sich herab. Er flüsterte: »Mama, ich muss dir etwas sagen.«

»Was mein Liebling? Du weißt, du kannst mir alles sagen.«

»Aber versprich mir, dass du es nicht Xay sagst.«

Xay? Warum nannte er ihn auf einmal Xay? Luc wusste nicht, dass Xay nicht sein leiblicher Vater war. Er nannte ihn Papa. Meine Hände begannen zu zittern und mein Herz klopfte wie verrückt. Hatte er es herausgefunden? Ich nickte.

»Mama, versprich es mir!« Lucjan drückte seine Finger fest in meinen Arm, in seinen silbernen Augen, die er von mir hatte, lag Panik.

»Ich verspreche es, Liebling. Sag es mir. Was auch immer es ist, wir können darüber reden.«

Luc ließ meinen Arm los und setzte sich auf die erste Stufe der Treppe: »Xay ist nicht mein Vater!«

Oh, mein Liebling. Ich atmete schwer aus. Da war es. Das, vor dem ich mich am meisten gefürchtet hatte. Xay und ich hatten ausgemacht, dass wir es ihm zusammen erklären würden, falls Luc es jemals herausfinden würde. Die Wahrheit war, dass ich es Lucjan immer sagen wollte, doch Xay war strikt dagegen. Er wollte nie, dass Lucjan es erfuhr, wahrscheinlich hatte er Angst davor, ihn zu verlieren. Ich wusste, dass er ihn liebte. Er liebte ihn über alles. Genau wie ich.

Lucjan sah mich mit großen Augen an: »Du wusstest es!«

»Natürlich wusste ich es«, gab ich leise zu. »Aber es ist nicht, wie du jetzt denkst, Schatz.«

»Ich weiß alles, Mama.«

Er sah mich mit festem Blick an. »Alles? Woher?«

Luc stockte für einen Moment, dann begann er zu erzählen: »Mein Vater hat mich kontaktiert.«

Ich ließ mich auf die Knie sinken. So saß ich für eine Weile auf dem Boden und sah meinen Sohn einfach nur an. Er sagte nichts und ich ebenfalls nicht. Meine Hände schwitzten und zitterten. Ich hatte doch selbst keine Ahnung, wer dieser Mann war. Ich wurde von Xay im Wald gefunden, ohne Erinnerungen. Und egal wie oft mir die Ärzte versicherten, dass sie wiederkommen könnten, kamen sie niemals zurück. Und ich wollte sie nicht zurück. Ich hatte das perfekte Leben. Mit meiner Familie. Ich wollte nicht wissen, was davor war. Egal was es war, es könnte niemals so schön sein, wie das, was ich jetzt hatte. »Ich weiß nicht, wer dein Vater ist, Liebling«, seufzte ich leise.

»Ja, weil Xay deine Erinnerungen ausgelöscht hat.«

»Was?« Erschrocken sah ich mein Kind an. Wovon sprach er da nur?

»Mein Vater kontaktiert mich bei Vollmond. In meinen Träumen, Mama.«

Jetzt wurde es schräg. Ich sah Luc verdutzt an. »Wie bitte?«

»Mama, hör zu, was ich dir erzähle, darf Xay niemals erfahren. Okay?«. Ich erkannte einen besorgten Gesichtsausdruck, den ein Kind in seinem Alter niemals haben sollte. Daraufhin drückte ich ihn fest an mich. »Schatz, wenn du Albträume hast ...«

»Nein!«, rief er dazwischen. »Es ist alles wahr. Mein Vater lebt auf dem Mond. Er ist König dort. Und Xay verhindert, dass wir zu ihm gelangen können!«

Ich hielt die Hand vor meinem Mund und hielt die Tränen zurück, die meine Augen füllten. Langsam schüttelte ich den Kopf. »Schatz, das war ein Traum«, versicherte ich erneut. Doch diese Art, wie Luc es mir sagte, zeigte mir, dass dies über jede kindliche Fantasie hinausging. Er glaubte daran.

Luc stand auf und schrie mich an: »Es ist wahr! Es ist alles wahr! Xay ist gefährlich!« Von irgendwoher musste Lucjan erfahren haben, dass Xay nicht sein leiblicher Vater war. Und wie es aussah, hatte er es unterdrückt, bis er nicht mehr damit zurechtkam. Mein erster

Gedanke war, ihn zu einer Therapie zu schicken. Ich würde mich sofort darum kümmern. »Du glaubst mir nicht, stimmt's?« Seine Stimme zitterte, und auch seine Hände. Er wurde blass und Tränen stiegen in seine Augen.

»Hör mir zu …« Ich zog ihn in meine Arme, doch er wehrte sich und schüttelte den Kopf: »Sag es nicht Xay!« Erschrocken sah ich ihn an. »Du hast es versprochen!«, schrie er. Mein Sohn hatte mich noch nie angeschrien. Es musste ihm wirklich schlecht gehen. »Du hast es versprochen!«

Ich nickte. »Ich sage Papa nichts, versprochen ist versprochen.«

Am Abend saß ich an Lucjans Bett und streichelte ihm übers Haar. Er sollte in diesen Nächten nicht allein sein. Schon als Baby hatte er bei Vollmond oder Neumond andauernd geschrien. Und das wurde kaum besser. Noch in der ersten Klasse machte er in diesen Nächten ins Bett. Aber wir wussten, dass es nur in diesen Tagen war und ließen ihn dann meistens bei uns schlafen. Erst seit einem Jahr schlief er jede Nacht allein in seinem Zimmer. Er wollte es so. Er selbst. Selbst in den Nächten, in denen er von Albträumen verfolgt wurde. Jetzt wusste ich, warum. Er dachte, er könne in diesen Nächten mit Menschen auf dem Mond kommunizieren. Mit seinem Vater. Eine Fantasie, die er sich einredete. Mein armer Junge. Ich begann zu singen, um ihn abzulenken. Am liebsten hätte ich die ganze Nacht bei ihm gelegen und ihn in den Arm genommen:

»Tausend Sterne funkeln, doch nur ein einziger lacht wie du,
er sieht auf dich herab und zwinkert dir zu,
er tröstet dich, wenn du weinst, und wacht
über dich, jeden Tag und jede Nacht.
Das Lied, mein Kind, weht in weiter Ferne.
Es ist die Zeit, der Raum, das Zelt der tausend Sterne.«

Während ich sang, streichelte ich über Lucjans Haar und sah zu, wie seine Augen sich schlossen, da bemerkte ich, wie Xay in der Tür stand und sich an die Zarge lehnte. »Das war ein schönes Lied. Woher kennst du es?«, fragte er mit einem besorgten Ausdruck im Gesicht.

Ich zuckte mit den Schultern. »Es ist mir einfach so eingefallen.« Das war die Wahrheit. Viele Lieder oder Sprüche fielen mir einfach so ein. Ich schob es auf *die Zeit davor*, die Zeit, an die ich mich nicht erinnern konnte. Nicht erinnern wollte.

Xay wollte sich neben mich setzen, doch ich hielt es für keine gute Idee. Nicht nach allem, was Lucjan über ihn gesagt hatte. Er könnte aufwachen und sich vor ihm fürchten. Obwohl es rein gar nichts zu fürchten gab. Tränen füllten meine Augen, aber ich kniff sie gekonnt weg und setzte ein verführerisches Lächeln auf. »Geh doch schon mal ins Bett«, sagte ich. »Ich komme gleich nach.«

Er grinste und zwinkerte mir zu, bevor er ging. Erleichterung machte sich breit. Es wäre wirklich keine gute Idee gewesen, wenn er hierbliebe.

Gleich am nächsten Tag suchte ich eine Kinderpsychologin auf. Meine Freundin Isabelle hatte mir die Adresse gegeben. Aber ich hatte ihr nicht erzählt, worum es ging. Niemandem durfte ich es erzählen, das hatte ich Luc versprochen. Isabelle war eine meiner Nachbarinnen und hatte eine Tochter in Lucjans Alter. Xay und ich trafen uns öfter mit den Nachbarn und anderen Eltern, gingen aus oder grillten im Sommer zusammen. Sie waren unsere Freunde, und es war ihnen egal, dass mir die Sprache schwerfiel. Einige unserer Nachbarn waren sogar Deutsche, was es mir leichter machte, Freundschaften zu schließen.

Die Therapeutin wollte mir einen Termin in drei Wochen anbieten, doch ich machte so lange Druck, bis sie Lucjan sofort aufnahm. Xay erzählte ich nichts davon, ich hatte es meinem Sohn versprochen. Und auch die Therapeutin hatte mir geraten, in dieser Situation Lucjans Vertrauen nicht zu brechen.

Dreimal die Woche fuhr ich Luc nachmittags zur Therapie. Er redete kaum ein Wort mit mir. Aber als schlimmer empfand ich, dass er auch nicht mit Xay sprach. Er war immer der perfekte Vater gewesen und er liebte unser Kind. Das hatte er nicht verdient. Fast jeden Abend fragte Xay mich, was mit Lucjan los sei, und ich konnte es ihm nicht sagen. Er machte sich große Sorgen und schon mehrmals war ich kurz davor, es ihm zu erzählen. Aber etwas hielt mich ab. Nicht nur das Versprechen, es war auch noch etwas anderes, ein Bauchgefühl.

Als Lucjan nach zwei Wochen von der Therapie kam, war er noch aufgewühlter als zuvor. Er hatte sich in der Schule mit einem Jungen geprügelt und ich bekam Angst, er könnte auf die schiefe Bahn geraten. Das hatte er nie zuvor gemacht. Er hatte viele Freunde, aber keine Feinde, was für einen Zehnjährigen auch ziemlich schräg wäre.

Obwohl ich mich in letzter Zeit zusammengerissen hatte, und ihm ziemlich viel durchgehen ließ, musste ich mit ihm schimpfen. Eine Schlägerei anzetteln gehörte nicht zu den Eigenschaften, die ich für meinen Sohn wollte. Als ich das Gespräch mit ihm suchte, blockte er ab. Ich wurde lauter und strenger. Luc wurde daraufhin wütend und schrie mich an: »Du glaubst mir nicht!«

»Ist es das, weshalb du böse auf mich bist?«, fragte ich.

»Nein. Sondern weil du *ihm* mehr glaubst als mir!«

Mit *ihm*, meinte er Xay. Den Mann, der ihm sein Leben lang ein guter Vater gewesen war. Der uns ein schönes Leben ermöglicht hatte. Doch in Lucjans Wut erkannte ich etwas anderes. Etwas, das mir zuvor nie aufgefallen war. Seine Augen veränderten sich, als er mich anschrie. Zwischen dem Silberblau schlichen sich kleine Schatten hin und her, die in einen Wirbelsturm übergingen. Ich hatte solche Augen bisher nur bei einem Menschen gesehen: bei Xay. Es erschreckte mich. Die ganze Art, wie mein Sohn wirkte, war Xay so ähnlich, das war mir schon oft aufgefallen. Ich schob es darauf, dass er ihn aufgezogen hatte, doch als ich die Schatten in seinen Augen sah, bekam ich Bauchschmerzen. Das konnte unmöglich sein. Es war nicht sein Sohn. Wie also hätte er ihm das vererben können?

Und da war es wieder, dieses Bauchgefühl. Ich lag die ganze Nacht wach und dachte darüber nach. Es gab so viel mehr Ähnlichkeiten zwischen den beiden, als ich jemals zugeben wollte. Ein schrecklicher Gedanke überkam mich: Was, wenn Xay doch Lucjans Vater war? Das würde bedeuten, er hatte mich all die Jahre angelogen. Er hatte mich nicht in dem Wald gefunden. Er hatte mich vielleicht dort hingebracht?

Nein! Das konnte nicht sein. Das durfte nicht sein. Aber tief in meinem Herzen, verspürte ich eine Wahrheit, die mein Verstand leugnen wollte. Eine, die schon immer da gewesen war, vor der ich aber die Augen verschlossen hielt. Eine Wahrheit, die mein ganzes Leben auf den Kopf stellen würde. Ich presste die Augen zusammen, dachte an alles Mögliche, nur um diesen Gedanken aus dem Kopf zu bekommen. Doch es half nichts. Und es ließ mich auch die nächsten Tage nicht los. Es packte mich zu jeder Tageszeit und wirbelte meine Gedanken umher, wie in einem Hurrikan, bis ich nicht mehr wusste, was ich glauben sollte. Also forschte ich im Internet nach einem Vaterschaftstest und wurde fündig. Man konnte diesen Test nach Hause bestellen, ein Haar oder Wangenabstrich aller beteiligten Personen beifügen und zurückschicken. Ich fühlte mich elend bei dem Gedanken, Xay so zu hintergehen. Doch ich machte diesen Test. Heimlich.

Zwei Wochen später kam das Ergebnis. Das Ergebnis, das alles verändern würde. Das, vor dem ich mich zwei Wochen gefürchtet hatte. Ich war allein zu Hause, als ich den Umschlag öffnete. Als ich den Brief darin gelesen hatte, sackte ich erst einmal zusammen. Das konnte unmöglich wahr sein. Doch mein Bauchgefühl, welches ich seit zwei Wochen mit mir herumtrug, wurde bestätigt. Xay war der leibliche Vater meines Sohnes. Mein Atem ging schnell, viel zu schnell. Ich fühlte mich, als müsste ich mich übergeben. Meine Hände wurden taub und kribbelten, genau wie meine Füße. Er hatte mich tatsächlich belogen. Der Mann, dem ich mein Leben anvertraut hatte. Dem ich immer treu war und den ich nie angelogen hatte. Aber er hatte mir etwas vorgemacht. Die ganzen zehn Jahre, und vielleicht schon davor.

Das letzte Jahrzehnt ging an mir vorbei, wie auf einer Leinwand: unsere Treffen im Krankenhaus, als er mich täglich besucht hatte, mit mir in der Cafeteria Kaffee trinken ging. Als er sich täglich nach meinem ungeborenen Kind erkundigte, und nach mir. Meine Spaziergänge, in der Hoffnung ihn zu treffen, und dann unsere Spaziergänge, die wir jeden Abend mit Shadow gemacht hatten, und uns dabei näherkamen. Ich erinnerte mich daran, wie er mit mir meine kleine Wohnung gestrichen und eingerichtet hatte, wie wir zusammen das Kinderzimmer hergerichtet hatten, wie er jeden Abend vorbeikam, um nach mir zu sehen. Und auch daran, wie Lucjan auf die Welt kam und Xay der Erste und Einzige war, den ich sofort aus dem Krankenhaus anrief. Wie wir zusammen den Namen für ihn ausgesucht hatten und wie er mir zur Seite stand, als ich dachte, ich schaffe es nicht allein mit einem Säugling. Er war immer da gewesen. Immer. Und er hatte alles getan für mich und Lucjan.

Ich weinte. Und ich fragte mich, ob er das alles nur getan hatte, weil er wusste, dass er Lucjans Vater war. Ob er mir deshalb immer geholfen hatte und nicht, weil wir uns verliebt hatten. Nicht meinetwegen. Sondern aus Verantwortung. Oder aus Schuldgefühlen. Was war in dieser Nacht geschehen, als er mich angeblich im Wald fand? Hatte er mir das angetan? Zum ersten Mal seit vielen Jahren dachte ich wieder über diese Unwissenheit nach. Es hatte mich nicht mehr interessiert, weil ich glücklich war. Glücklich mit dem, was ich hatte. Nicht nur zufrieden, sondern wirklich glücklich. Und das alles geriet nun aus den Fugen. Was hatte Xay mir angetan?

Ich taumelte an den Esstisch und setzte mich. Dann vergrub ich das Gesicht in meine Hände und weinte. Ich weinte nicht, weil ich enttäuscht war. Nicht, weil ich im tiefsten Inneren ein anderes Ergebnis erhofft hatte. Sondern wegen dem, was ich verlieren würde. Es gab keinen Zweifel daran, dass Xay mehr wusste, als er zugab. Wir hatten uns schon vorher gekannt, und er hatte mich belogen. Wie sollte ich mit solch einem Verrat umgehen? Wie sollte ich ihn ansprechen? Ich könnte es ihm niemals verzeihen. Allein aus dem Grund, weil ich ihm keine Geschichte glauben würde, die er dazu auftischen würde. Egal was er mir erzählen würde, ich könnte es ohnehin nicht mehr glauben.

Er hat mich verraten. Und ich war so blöd, mir zwei Wochen lang Vorwürfe zu machen wegen dieses heimlichen Tests. Ich hatte vierzehn Tage lang ein solch schlechtes Gewissen gehabt, dass ich ihm jeden Wunsch von den Augen abgelesen hatte. Ich kam mir so mies vor, und nun war er es, der sich schämen müsste. Tat er das? Schämte er sich dafür, mich all die Jahre angelogen zu haben? Oder war er so eiskalt, dass es ihm nichts ausmachte. Hätte er mich unser restliches Leben in dem Glauben gelassen, wir wären uns vorher niemals über den Weg gelaufen?

Ich weinte so sehr, dass ich die Zeit vergaß. Und plötzlich stand Xay in der Tür zur Küche. »Was ist los?«, rief er erschrocken und ich drehte mich entsetzt um. Dann sah ich zur Uhr. Wie lange hatte ich dort gesessen und geweint? Er ließ seine Jacke auf den Boden fallen, die er eben aufgemacht hatte und setzte sich sofort neben mich. Er nahm mich in den Arm und drückte mich an sich. Ich sollte ihn wegstoßen, ich wollte auf ihn einschlagen, ihm tausend Dinge an den Kopf werfen, doch ich konnte nicht. Meine Hände krallten sich an seinem Hemd fest und ich vergrub mein Gesicht darin. Dann weinte ich noch mehr.

Xay ließ mich nicht los und fragte immer wieder, was los sei, doch nach einer Weile gab er auf und tröstete mich einfach. Er roch so gut. Süß und bitter zugleich, wie immer. Ich schlang meine Arme fester um seinen Hals und drückte ihn an mich. Vielleicht wäre es das letzte Mal. Ich würde ihm nicht verzeihen können. Egal wie sehr ich ihn liebte. Egal was er dazu sagen würde. Für das, was er getan hatte, gab es keine Entschuldigung. Und ich wollte diese letzten Berührungen noch einmal auskosten. Insgeheim wünschte ich mir, diesen Test niemals gemacht zu haben. Ich hätte es niemals herausfinden dürfen. Und ich verfluchte mich selbst.

Xay packte mich an den Schultern und schob mich etwas von sich zurück, um mir in die Augen zu sehen: »Willst du mir sagen, was los ist? Ist etwas mit Luc?« Ich schüttelte den Kopf, dann nickte ich und begann erneut zu weinen. »Geht es ihm gut?«, fragte er besorgt.

»Ja.« Obwohl auch das nicht stimmte. Dann presste ich die Augen zusammen und zog ihn ein letztes Mal an mich. Bevor ich ihn darauf ansprechen konnte, wollte ich mich noch einmal in seinen Armen zu Hause fühlen. Seinen Duft riechen und seine Sicherheit spüren, die er mir an jedem Tag gegeben hatte.

»Lia, sprich mit mir«, bat er sanft.

Ich blickte ihm fest in die Augen und atmete tief ein. Dann stand ich auf und kramte den Brief aus meiner Hosentasche, den ich dort hineingeschoben hatte. Zögernd nahm er ihn entgegen. Als er ihn las, wandte ich meine Augen nicht von seinem Gesichtsausdruck ab. Xay wurde zunehmend bleicher und schließlich zerknüllte er das Schreiben und knallte es auf den Tisch. Er sagte nichts, stützte die Ellbogen auf den Tisch und fuhr sich mit den Händen übers Gesicht.

»Willst du nichts dazu sagen?«, fragte ich leise.

Er sah mich an und schüttelte leicht den Kopf. Seine Augen versprühten Reue, doch er blieb ruhig.

»Was ist wirklich in dieser Nacht geschehen?« Ich stellte die Frage, die ich mir selbst so oft gestellt hatte. Endlich gab es jemanden, der es mir erzählen konnte. Jemand, der es wusste. Und zugleich fragte ich mich, ob ich es überhaupt wissen wollte.

Xay seufzte.

»Willst du nichts dazu sagen? Was ist geschehen?« Meine Stimme wurde lauter. »Waren wir ein Paar?«

Er nickte und wendete den Blick von mir ab und starrte den zerknüllten Brief an.

»Und warum belügst du mich jahrelang?«

»Ich kann es dir nicht sagen, Lia«, sagte er endlich.

Ich lachte auf, warum, wusste ich selbst nicht. »Du kannst es mir nicht sagen?«

Er schüttelte den Kopf.

»Wollte ich mich trennen und dann hast du mich k. o. geschlagen?«

»Was? Nein!«, stieß er hervor.

»Hast du mich vergewaltigt? Bist du ein Stalker? Was hast du getan?« Ich schrie.

»Nein! Natürlich nicht!«, wehrte er sich.

Ich stand auf und schlug mit beiden Handflächen auf den Tisch: »Ich will sofort wissen, was in dieser Nacht geschehen ist!«

Er atmete tief aus. »Ich wollte dich nur beschützen, Lia!«

»Vor wem?«

»Vor dir selbst!«

Ich zögerte, bevor ich seine Worte begriff. Beschützen? Vor mir selbst? »Was heißt das? Wollte ich mich umbringen? War ich in Schwierigkeiten?«

»Du warst im Begriff, einen großen Fehler zu machen«, sagte er und meine Wut wuchs mit jedem seiner Worte, seiner Lügen. Egal was er sagen würde, ich könnte es ohnehin nicht mehr glauben.

Er sah mir fest in die Augen und meine füllten sich erneut mit Tränen. Tränen aus Wut.

»Wie kommst du überhaupt dazu, einen Test zu machen?«, fragte er schließlich.

Ich schäumte vor Wut. »Willst du von deinen Lügen ablenken?«

»Nein, ich frage mich nur, wie du darauf gekommen bist.«

Ich seufzte und dachte an Lucjans Worte: *Vertrau ihm nicht!* Er hatte auf seine ganz eigene Art recht gehabt. Auch wenn er fantasierte und es falsch interpretiert hatte, lag er doch richtig. *Lucjan*? Ich erschrak kurz. »Wo ist Lucjan?«, fragte ich.

»Was meinst du? Ist er nicht zu Hause?«

»Du solltest ihm vom Fußballtraining abholen«, schrie ich ihn an.

Xay schüttelte den Kopf: »Der Trainer sagte, er sei nicht erschienen. Ich dachte, er sei hier.«

Plötzlich überkam mich ein unangenehmes Gefühl in der Magengegend. Irgendetwas passte nicht. Ich packte Xay an den Schultern und rüttelte ihn: »Was hast du mit unserem Sohn gemacht? Wo ist er?«

Xay stand auf und schlug meine Hände weg: »Lia! Denkst du, ich könnte ihm etwas antun?«

Nein. Das würde er niemals. Egal wie wütend ich war und wie sehr ich ihn in diesem Moment hasste, ich wusste, dass er Luc kein Haar krümmen könnte. Ich sah nach draußen, es war bereits dunkel und Luc müsste eigentlich demnächst ins Bett. Ich ergriff das Telefon und rief den Trainer an, um mich zu erkundigen, ob Xays Geschichte stimmte. Er bestätigte es. Dann rief ich alle Freunde von Lucjan an. Niemand hatte ihn seit der Mittagsschule gesehen. Panik überkam mich. Xay zog die Jacke an und riss die Haustür auf: »Ich suche ihn.«

Nachdem ich die Therapeutin, alle Nachbarn, Lehrer und andere Eltern angerufen hatte, kam Xay nach Hause.

»Und?«

Er schüttelte den Kopf und warf den Autoschlüssel auf den Tisch. »Ich rufe die Polizei an.«

Mein Herz klopfte. Ich spürte, dass etwas nicht stimmte. Irgendetwas Schlimmes musste geschehen sein. Meine Knie zitterten, während wir auf die Beamten warteten. Xay lief ungeduldig im Wohnzimmer hin und her, checkte ununterbrochen sein Handy, rief mehrmals unsere Freunde und Bekannten an und murmelte etwas vor sich her. Auch er wusste, dass etwas nicht stimmte, auch er hatte große Angst, genau wie ich. Ich spürte es jedes Mal, wenn er mich ansah, doch ich wich seinen Blicken aus.

»Er war komisch in der letzten Zeit. Das hast du doch auch gemerkt?«, fragte er und sah mich eindringlich an.

Ich nickte leicht.

»Was war los mit ihm?«

Nur eine einzige Sekunde länger, und ich hätte es ihm erzählt, doch da klingelte es an der Tür und ich sprang auf. Es war nicht Luc, sondern die Polizei. Als sie eintraten, redete ich panisch drauf los. Meine schlechte Aussprache ließ die beiden Ermittler immer wieder nachhaken und Xay übersetzte es für sie. Ich verstand alles. Nur das Sprechen machte mir Probleme. Wir sagten ihnen alles, was wir wussten, gaben ihnen alle Adressen und Nummern von Lucjans Freunden und unseren Bekannten. Und ich weinte und weinte. Die Polizistin tröstete mich und erklärte, dass die meisten Kinder sofort wiederauftauchen würden. Dann fragte sie, ob in letzter Zeit etwas Ungewöhnliches geschehen war.

»Nein, das nicht. Aber er hat sich ungewöhnlich verhalten. Er war zurückgezogen und ... ich weiß nicht genau ... schlecht gelaunt«, erklärte Xay.

Der männliche Polizist fragte, ob das alles sei und Xay bejahte. Ich dagegen seufzte laut und brach zum ersten Mal ein Versprechen, das ich meinem Sohn gegeben hatte. »Da war noch etwas«, sagte ich in gebrochenem Französisch.

Ich saß auf dem Stuhl, verheult, und meine Knie zitterten, genau wie meine Hände. Alle Augen richteten sich auf mich, besonders Xays Augen: »Was, Lia?«

Ich holte Luft: »Er muss eine Therapie machen, bei einer Kinderpsychologin.«

»Was?« Xay stand die Überraschung ins Gesicht geschrieben.

»Wie lange schon?«, fragte die Polizistin.

»Seit einigen Wochen.«

»Und das sagst du mir nicht?«, fragte Xay und ich warf ihm einen bösen Blick zu: »Bin ich die Einzige mit Geheimnissen?« Er schluckte hörbar und wurde bleich. Seine Hände fuhren über sein Gesicht und durch sein Haar.

»Hören Sie ...«, begann die Polizistin. »... Wir müssen alles wissen. Haben sie bei der Psychologin angerufen?«

Ich nickte. »Ja, sie hat ihn nicht gesehen, seit der Therapiestunde gestern.«

»In Ordnung, wir schicken eine Suchmeldung heraus und melden uns bei Ihnen. Wenn Sie irgendetwas hören, rufen sie sofort an«, sagte der Polizist.

Wir nickten.

Dann drehte sich die Frau noch einmal um: »Ach ja, warum muss der Junge eine Therapie machen?«

Ich sah zu Xay, dann zu den Beamten. »Er fantasiert sehr stark. Und glaubt, diese Fantasien seien wahr.«

Xay warf mir einen erschrockenen Blick zu, sagte aber nichts. Seine Lippen bebten, und ich merkte, dass er panische Angst bekam.

»Sind diese Fantasien gefährlich?«, fragte die Polizistin.

Ich weinte erneut und zuckte mit den Schultern: »Ich weiß es nicht.«

»Kann es etwas mit seinem Verschwinden zu tun haben?«, fragte der Mann.

In meinem Kopf drehte sich alles. Es war zu viel für einen Tag. Erst die Sache mit der Vaterschaft, dann das.

Die Frau legte erneut ihre Hand auf meine Schulter und fragte: »Hat er Verfolgungswahn?«

Ich schüttelte den Kopf: »Er glaubt, sein leiblicher Vater lebe auf dem Mond und rufe ihn bei Vollmond zu sich.«

»Was?« Xay trat unruhig von einem Fuß auf den anderen.

Die Polizistin seufzte und der Mann zeigte aus dem Fenster: »Es ist Vollmond.«

Ich lehnte mich zurück und sah ebenfalls nach draußen. Er hatte recht. Es war eine sternklare Nacht und Vollmond.

»Ich suche ihn«, sagte Xay, zog sich die Jacke an und verschwand erneut.

Auch die Polizisten gingen und ich blieb allein zurück. Ich trat hinaus in den Garten und sah zum Vollmond. Ohne Jacke oder Mantel stand ich in der Eiseskälte und starrte einfach zum Mond. Irgendetwas an ihm faszinierte mich und zugleich überkam mich ein drückendes Gefühl. Ich spürte, dass Lucjan in Gefahr sein musste, doch weder wusste ich wo noch weswegen.

Nach einiger Zeit fuhr Xay im Wagen vor unser Haus und winkte mich zu sich. Ich rannte auf das Auto zu: »Hast du ihn gefunden?«

»Nein. Steig ein!«

»Aber sollte nicht jemand zu Hause bleiben, falls er kommt?«

»Lia! Steig ein! Sofort!« Sein Ton wurde lauter. »Jetzt!«

Wir fuhren auf eine Ebene, von der aus wir in der Neumondnacht oft zusammen die Sterne beobachtet hatten. Es war einer dieser Orte, an denen wir gerne einfach nur dasaßen, und in den Nachthimmel starrten. Ich erinnerte mich an schöne Momente. Momente mit *ihm*. Der Mann, der mich jahrelang belogen hatte. Unser erster Ausflug hierher fiel mir ein. »Lausche den Sternen, hörst du sie? Die Sterne spielen ihr eigenes Spiel«, hatte er gesagt. Ja, er hatte so viele, wunderbare Dinge gesagt, er hatte meinem Leben einen Sinn gegeben, doch mit nur einer einzigen Lüge, hatte er alles zunichtegemacht. Heute konnte man den vollen, weißen Mond riesig am klaren Himmel sehen. Xay machte den Motor aus und drehte sich zu mir: »Lia, hör zu ...«

Ich sah ihn fragend an. Was hatte er getan? Seine Augen verrieten Schuldgefühle. Ich sah ihn einfach nur an. Den Mann, der mich jahrelang belogen hatte. Der mir mein ganzes Leben vorgeheuchelt hatte. Und der sich nun ebenso viele Sorgen machte wie ich. Ich fragte mich, wie man jemanden so sehr lieben und gleichzeitig so wütend auf ihn sein konnte. »Es ist nicht der richtige Zeitpunkt, um unser Gespräch fortzuführen, Xay. Wir müssen unseren Sohn finden«, unterbrach ich ihn.

Er nickte: »Ich weiß, wo er ist.«

»Was? Wo?«

Er sah zum Mond.

Ich lachte unbeholfen: »Hast du auch Wahnvorstellungen?«

»Ich werde etwas machen, was ich nie vorhatte.« Er seufzte. »Du musst mir jetzt vertrauen. In Ordnung?«

Ich schüttelte den Kopf: »Ich vertraue dir nie wieder.«

»Auch nicht, wenn es um Lucjan geht?« Mit großen Augen sah er mich an.

»Was hast du vor?«

»Ich gebe dir die Erinnerungen zurück«, sagte er bestimmt.

Wie bitte? Oh mein Gott. Mein Mann hatte dieselben Wahnvorstellungen wie mein Kind. Er hat sie vererbt. Warum habe ich das nicht früher bemerkt? Vielleicht hatte ich es und wollte mich deshalb trennen. Daraufhin, hat er mich k. o. geschlagen. So musste es gewesen sein. Mit der rechten Hand griff ich nach dem Türgriff. Ich musste raus hier. Xay war verrückt.

»Lia, geh nicht. Es dauert fünf Minuten. Wenn du danach gehen willst, stehe ich dir nicht mehr im Weg«, sagte er mit feuchten Augen.

Was hatte ich zu verlieren? Ich rieb mir die Augen und wusste nicht, ob ich lachen oder weinen sollte. Dann nickte ich in dem Wissen, dass er ebenso wenig für diese krankhaften Wahnvorstellungen konnte wie mein Sohn. Wenn es so wäre, dann würden wir eine Lösung finden. Zusammen könnten wir alles überstehen. Immer.

Xay nahm meine Hand und bat mich, die Augen zu schließen. Ich tat es. Dann strömte eine Wärme von seiner Hand in meine, durch mich hindurch, eine Wärme, die mich erzittern ließ. Ich sah Bilder vor mir. Bilder von einer Stadt, die so real schien, als wäre ich schon einmal dort gewesen. Von einem Mann, einem König. Nein, nicht irgendein Mann. *Mein Vater*. Dann sah ich meine Mutter und meinen Onkel. Claritas, den Palast, die Tempel. Schließlich Xay, als wir Kinder waren. Und dann sah ich Caidan, unsere Hochzeit, Vaters Tod. Xays Überfall und die Reise zur Erde. Dann sah ich Lia und Caleb, im Waisenhaus, in der Pflegefamilie und schließlich sah ich, wie sich Lia in Xay verliebte.

Ich hielt meine Augen geschossen, doch spürte, wie meine Wangen nass wurden. Ich erinnerte mich daran, wie ich zu Caleb geflohen war, der wieder zu Caidan wurde. Wie wir uns wiedergefunden hatten und er allein nach Meridem zurückmusste, weil Xay mich aufgehalten hatte. Mein Magen wollte sich umdrehen, doch dann sah ich die letzten zehn Jahre an mir vorbeiziehen. Die wohl schönsten in den gesamten fünfhundertsechsundneunzig Jahren. Schmerz und Liebe verwoben sich ineinander und ich konnte kaum atmen, so schwer fiel es mir, alle Emotionen zusammen zu setzen. Glück, Hass, Liebe, und Wut wurden zu einem chaotischen Knäuel, das man erst einmal fein säuberlich entwirren musste. Noch mehr Tränen flossen über meine Wangen und als ich die Augen öffnete, zog ich die Hand aus Xays und verpasste ihm eine Ohrfeige. »Du Mistkerl!« Noch im selben Moment tat es mir leid, wollte ich ihn küssen, und nochmals ohrfeigen. Alle Gefühle in mir kamen hoch, tauchten ab, und ertranken in einem Meer aus Hilflosigkeit.

»Ich hatte keine andere Wahl, Lia!«

»Doch! Die hattest du wohl!«, schrie ich.

Er schüttelte den Kopf: »Du wärst mit Caidan zurück nach Meridem gegangen und ...«

»Ach, und dann hätte ich den Krieg wieder entfacht?«, unterbrach ich ihn. Meine Fäuste ballten sich, entspannten sich wieder und suchten nach etwas, das sie halten konnten. Etwas, das ihnen nicht entgleiten würde.

»Und du hattest nicht gewusst, dass du schwanger warst!«, erklärte er lauter.

Ich lehnte mich im Sitz zurück. »Und du wusstest das?« Ein gespieltes Lächeln und ein Augenrollen unterstrichen meine Frage.

»Ja«, sagte er selbstsicher.

Ich spürte, wie mein Herz einen Moment aussetzte. »Und woher?«

»Weißt du noch die eine Nacht, als ich dich ins Krankenhaus bringen musste? Als du schweißgebadet aufgewacht und in Ohnmacht gefallen bist?«

Ich erinnerte mich. Es war die Nacht gewesen, in der ich meine Erinnerungen zurückbekommen hatte. Darüber, wer ich war. Und die Nacht, als ich beschloss, Caidan aufzusuchen und mit ihm nach Hause zu gehen. Ich nickte.

»Du warst bewusstlos und die Ärzte nahmen dir Blut ab.«

»Und warum hast du mir das nicht gesagt?« Meine Stimme brach, ich räusperte mich, aber es half nicht.

»Wann? Als du herausgefunden hattest, dass du eigentlich Leetha bist und dass du mich hasst?«

Ich zuckte mit den Schultern, schloss kurz die Augen und ließ meine Wut aufkommen. »Besser, als mir all meine Erinnerungen zu nehmen. Und sag nicht, du wolltest mich beschützen!«

Er schüttelte den Kopf: »Ich wollte unser Kind beschützen.«

»Vor mir?«

»Vor Caidan, vor Meridem. Was hätten sie mit ihm gemacht? Mit einem Kind, das von mir gezeugt wurde?« Er ließ diese Frage einen Moment sacken und sprach weiter: »Lucjan ist eine Bedrohung für sie. Für den Thron. Er ist unser Kind, Lia. Deins und meins. Was denkst du, hätten sie getan? In ihm fließt das Blut der Aeterna und Noblis. Denk doch bitte an den Vertrag.«

Ich sah die Schlucht hinab, vor der Xay den Wagen angehalten hatte. Wie oft wir beide doch hier draußen gewesen waren, um die Sterne zu betrachten. Verliebt und glücklich. Zur Neumondnacht hatte er mich hierhergebracht und mir die liebsten und süßesten Worte ins Ohr geflüstert. Das alles schien so weit weg. Und heute würde ich mich am liebsten diese Schlucht hinabstürzen. Es war alles zu viel. Dies musste der schrecklichste Tag in meinem Leben sein. Die Angst um mein Kind übertönte alles. Alles. Selbst die Wut auf ihn. Selbst den Schmerz einer verlorenen Liebe. Des Verrats. Der Lüge.

»Caidan hat es irgendwie geschafft, mit Luc im Traum Kontakt aufzunehmen und ihn dazu zu bringen, auf den Mond zu reisen«, sprach Xay weiter. »Mit Luc können sie die Grenzen überschreiten. Dazu brauchen sie uns nicht mehr.«

»Wen meinst du mit *sie*?«

»Caidan und dein Onkel. Alle, die diesen Krieg angezettelt haben!«, fuhr Xay mich an.

»Du warst es! Du hast Meridem den Krieg erklärt!«

Wir schrien uns nur noch an. Nicht nur ich, sondern auch er wurde von den Gefühlen überrumpelt. Die Angst um unser Kind, die Trauer um ein Leben, das wir nie wieder haben würden, das Wissen, dass sich zwischen uns alles ändern würde.

»Weil jemand aus deinem Reich meinen Vater vergiftet hat!«, schrie er.

»Du bist in unseren Palast eingedrungen und wolltest mich zur Machtübergabe zwingen ...«, fuhr ich fort, doch Xay atmete einmal tief ein und unterbrach mich: »Lia! Darum geht es jetzt nicht. Es geht um unseren Sohn! Sie werden ihn als Druckmittel gegen mich einsetzen. Verstehst du das nicht? Caidan hat ihn unter falschen Tatsachen zu sich geholt. Er wusste, dass Luc mein Sohn ist und hat ihm vorgespielt, er sei sein Vater. Was denkst du, zu was er noch imstande ist?«

»Caidan würde meinem Sohn nichts anhaben«, sagte ich, doch sicher war ich mir nicht.

»Bist du sicher? Ihr habt euch zehn Jahre nicht gesehen. Denkst du, er liebt dich noch?«

Ich schwieg. *Liebe*. Ein Wort, das ich schon lange nicht mehr mit Caidan verband.

»Hat er dich jemals geliebt?« Xays Stimme wurde ruhiger.

Ich presste die Zähne aufeinander: »Hast *du*?«

»Ja, das habe ich. Und du weißt das. Auch wenn du es verleugnest.«

»Ich will deine Lügen nicht hören.«

Er lehnte sich zu mir herüber: »Aber es geht jetzt nicht um dich oder um mich. Es geht um Lucjan. Und du musst ihm folgen. Es ist Vollmond. Nur du kannst ihm nach und ihn beschützen. Ich kann erst bei Neumond reisen und das sind noch ganze zwei Wochen.«

Ich stieß die Autotür auf: »Nichts lieber als das. Ich kann mir keinen besseren Ort vorstellen, an dem ich weit genug von dir entfernt bin!« Ich stieg aus und atmete tief ein. Endlich würde ich nach Hause gelangen. Nach so langer Zeit. Doch war es noch mein Zuhause? Es fühlte sich an, als wäre ich eine Ewigkeit nicht mehr dort gewesen. Ich betrachtete den Mond, und versuchte mich daran zu erinnern, wie man ins Licht trat.

»Lia!«, rief Xay mir nach, der ebenfalls ausgestiegen war und auf mich zukam.

Ich drehte mich nicht zu ihm um.

»Ich wollte dir noch etwas sagen ...«

»Spar es dir.«

»Wir beide waren lange nicht mehr dort gewesen und du weißt nicht, was dich erwartet.«

»Alles ist besser, als in Unwissenheit an deiner Seite zu leben«, sagte ich. Ja, ich wollte ihn verletzen. So, wie er mich verletzt hatte. Doch meine Worte kamen mir falsch vor.

»Wie auch immer ... Wenn du in Schwierigkeiten kommen solltest, geh mit Luc nach Tenebris.«

»Niemals«, lachte ich gespielt, obwohl mir alles andere zumute war, als zu lachen.

»Dort seid ihr sicher. Ich verspreche es. Und bei Neumond komme ich nach.«

Was waren seine Versprechen noch wert? Ich drehte mich zu ihm um: »Lieber sterbe ich, als jemals einen Fuß in dieses Reich zu setzen! Leb wohl, Xaver!«

Er rieb sich die Augen.

»Ich hoffe, wir sehen uns nie wieder.« Das waren meine letzten Worte, bevor ich ins Licht trat. Die Worte, die ich eines Tages so sehr bereuen würde.

Alles drehte sich, wurde hell und wieder dunkel, erneut hell und dann war es, als küssten mich tausend Sterne und Sonnenstrahlen, als ich auf die Knie fiel und inmitten von Claritas auf den steinernen Boden vor dem großen Tempel landete. Ich stand auf, es fühlte sich leicht an. Viel leichter als auf der Erde. Ich betrachtete meine Hände, die silbern funkelten. Dann fasste ich mir ins Gesicht. Es war ich. Ich. Ich war zurück. Und mein Körper fühlte sich anders an. Alles fühlte sich anders an. Man sollte meinen, vertraut. Doch es kam mir fremd vor. Anders. Falsch?

Das war meine Heimat. Der Ort, an den ich gehörte. Doch alles hatte sich verändert. Ich hatte keine Ahnung, welche Stunde in Claritas geschlagen haben musste, doch es war voller und lebhafter als ich es in Erinnerung hatte. Wo waren die kleinen Marktstände hingekommen? Es konnte nicht Schlafenszeit sein. Dafür war zu viel los auf den Straßen der Hauptstadt. Fremde tummelten sich herum. Nicht, dass ich jeden in Claritas gekannt hätte, doch es waren tatsächlich Fremde. Niedergeborene. Ich erkannte sie, ich roch sie, ich schmeckte ihre Anwesenheit in der Luft. Sie waren anders als wir. Sie sahen anders aus und bewegten sich anders. Und nirgends erkannte ich einen Vollwertigen.

Die Niedergeborenen tummelten sich auf den Straßen herum, grölten, waren betrunken und ihre Frauen tanzten unbekleidet auf dem Marktplatz, wo es sonst so zivilisiert zuging. Es musste wohl doch schon Schlafenszeit sein, ansonsten wären nicht so viele betrunken und in Feierlaune. Doch was gab es zu feiern? Und wo kamen diese Niedergeborenen alle her?

Ich schlich mich durch die Menge. Ich trug noch immer diese Menschenkleidung, die meinen Körper in unserer Form kaum bedeckte. Ich wollte nicht auffallen, doch ich tat es mit jeder Faser meines Körpers. Sie erkannten mich als Vollwertige. So, wie ich sie als niederes Volk erkannte. Und in meinem Aufzug mussten sie mich für eine Prostituierte halten. Die enge Jeans war an den Seiten aufgeplatzt und mein Shirt reichte mir nur bis zum Bauchnabel. Meine ganze Gestalt hatte sich zurückverwandelt, sobald ich hier angekommen war. Nach und nach drehten sich die Niederen um und begutachteten mich. Andere rochen an mir. Frauen sahen mich abwertend an und andere spuckten vor meine Füße. »Scheiß Vollwertige!«, und »Hau bloß ab!«, hörte ich sie rufen. »Schau dir die an«, sagte eine andere. Ein Mann riss mich an sich und ich roch seinen Weinatem, als er mir einen Kuss geben wollte: »Na, wer hat denn die hübsche Vollwertige zu seiner persönlichen Nutte gemacht?«

Was in aller Welt ging hier vor sich?

»Hey, wenn die niemandem gehört, nehme ich sie mit!«, rief der Kerl in die Runde.

»Lass deine dreckigen Finger von mir!«, zischte ich und trat mit meinem Knie in seine unteren Regionen. Auf der Erde hatte ich vor wenigen Jahren einen Selbstverteidigungskurs für Frauen gemacht, nachdem ich angeblich hilflos im Wald aufgefunden wurde. Doch diese kleinen Tricks, die mir der Trainer beigebracht hatte, würden nichts bringen bei übermenschlichen Gestalten wie diesen. Und wie ich. Ich war wie sie. Na ja, fast. Immerhin gehörte ich zu denen mit reinem Blut. Doch an diesem Ort und an diesem Tag, schien mir das eher ein Nachteil zu sein. Der Mann sah mich als seine persönliche Ware an und riss mich erneut an sich. Ich wehrte mich, so gut ich konnte, doch es half nichts. Er begrabschte mich überall und niemanden schien es zu interessieren, dass ich um Hilfe schrie. Um uns herum lachte man nur und jubelte ihm zu. »Lass mich los, du dreckiger Mistkerl!«, schrie ich und wehrte mich umso mehr. »Weißt du nicht, wer ich bin?«

»Ach, wer denn?«, lachte er.

»Eine hochgeborene Hure!«, lachte ein anderer.

»Abschaum!«, schrie ein weiterer.

Eure Königin, hätte ich sagen können. Hatte ich sagen wollen. Doch ich tat es nicht. Ich wusste nicht einmal, ob es stimmte. Was war die dreißig Jahre dort oben geschehen, in denen ich weg war? Und selbst wenn sie mir glaubten, wäre es zu meinem Vorteil oder zum Nachteil? Dann kam es mir. Es fiel wie Schuppen von den Augen und ich könnte mir an den Kopf schlagen, dass ich nicht eher draufgekommen war. Ich war sehr wohl im Vorteil: Im Gegensatz zu ihnen, konnte ich ins Licht treten. Auch wenn ich von der Reise von der Erde hierher etwas geschwächt sein musste.

Gerade als seine Hand auf meinen Hintern wanderte, trat ich ins Licht und kam hinter ihm zum Vorschein. Als er begriff, was geschehen war, drehte er sich um und ich schlug ihm meine Faust in sein Gesicht. Noch bevor er reagieren konnte, war ich verschwunden.

Wie vermutet hatten meine Kräfte nachgelassen nach dem kräftezehrenden Reisen. Doch Stück für Stück arbeitete ich mich in Richtung des Palastes vor. Ich ging hauptsächlich zu Fuß, doch wenn mir zu viele Leute auf einem Fleck waren, umging ich sie, indem ich ins Licht trat.

Überall, wo ich vorbeikam, fand ich nur Niedergeborene vor. So, als wäre mein Blut ausgestorben. Wo waren all die Vollwertigen? Genau wie ich gingen sie in Richtung des Palastes. Wie eine Herde Huftiere marschierten sie in Feierlaune auf den großen Platz zu, von dem aus mein Vater damals öffentliche Worte an das Volk richtete. Es war der einzige Platz, von dem aus ein hoher Balkon auf den Palastmauern lag und von wo aus man gut eine Rede halten konnte.

Wie viel ich auch darüber nachdachte, was hier vor sich ging, nichts konnte meine Gedanken an Lucjan vertreiben. Er war alles, was mir bei jedem Schritt in den Kopf kam. Wo war mein Junge? Wenn Caidan ihn zu sich gerufen hatte und ihm tatsächlich eine Falle gestellt haben sollte, dann würde er sich im Palast befinden, oder nicht? Und wie hatte Caidan das überhaupt geschafft? Nicht einmal ich wusste, wie man in die Träume von Menschen eindrang. Warum hatte er Lucjan im Traum besucht und nicht mich? Fragen über Fragen gingen mir durch den Kopf und ich betete, dass meinem Kind nichts geschehen würde. Ich betete zu meinem Vater, der irgendwo da draußen im Universum über uns wachte. Ich betete zu all meinen Vorfahren und zu allen Galaxien dieser Welt. Zu allem, was noch höher und mächtiger war als ich. Ich betete, dass Xay unrecht hatte. Dass Caidan meinem Sohn nichts antun würde. Dass es ihm gut ginge.

Nach und nach kam ich dem Platz näher. Doch eine solch dichte Menschenmasse drängte sich vor den Mauern, dass ich nicht zu Fuß hindurchkommen würde. Von Weitem sah ich, dass einer der Türme unbesetzt blieb. Es war einer der alten Mauer, die nicht mehr gebraucht wurde. Alle anderen Türme wurden von Soldaten besetzt. Ich trat ins Licht und fand mich auf dem unbemannten Turm wieder, von wo aus ich alles und jeden betrachten konnte. Auch die zahlreichen Soldaten. Sie sollten die blauen Uniformen meines Hauses tragen, stattdessen trugen sie Rüstungen aus Leder oder Metall, mit roten Umhängen und Gürteln, an denen lange Schwerter hingen. Niedergeborene.

Noch bevor ich begreifen konnte, dass ich auch hier keinen einzigen Vollwertigen vorfand, jubelte die Menge unter mir auf und ich blickte auf den Balkon. Einst stand mein Vater dort und schwang Reden über Gesetze und Ordnung, über Etikette und Vorschriften, die einzuhalten waren. Doch nun stand dort jemand anderes: Caidan. Ebenfalls in einer bräunlichen Lederkluft, mit rotem Umhang, schwer bewaffnet und mit fünf Soldaten an jeder Seite. Er war etwas weit weg, doch ich erkannte ihn. Er sah noch immer so gut aus, wie ich ihn in Erinnerung hatte. Sein silbernes Haar funkelte im andauernden Sonnenlicht und selbst seine Augen konnte ich auf diese Entfernung aufleuchten sehen. Dann erst erkannte ich den ersten Soldaten neben ihm. Es handelte sich um keinen Soldaten. Es war mein Onkel Vestas. Was hatte all das zu bedeuten?

Caidan hob beide Hände und die Menge wurde allmählich leiser. »Meine Freunde ...«, begann er. »Meine Freunde ...« Er wurde lauter, bis das Volk unter ihm still wurde. Bis auf ein leises Murmeln war nichts mehr zu hören. »Heute ist ein wichtiger Tag für uns. Ein kleiner Sieg in einem großen Kampf.«

Er hörte sich ganz anders an, als ich ihn in Erinnerung hatte. Gefestigt. Sicher. Falsch. Das war nicht der Caidan, in den ich mich verlieben wollte. Und doch hatte er etwas an sich, das mich hoffen ließ. Was er auch vorhatte, er hatte doch ein gutes Herz. Er wollte immer nur eine bessere Welt, genau wie ich. Ich glaubte nicht daran, dass er etwas Böses im Sinn hatte.

»Seit dem heutigen Tag sind die Grenzen wieder geöffnet und Tenebris ist ohne König. Tenebris, unser Feind, ist zum ersten Mal in der Geschichte des Mondes greifbar. Verletzlich.« Die Menge jubelte auf, bis Caidan erneut die Hände hob: »Doch es ist ein harter und langer Weg. Wir müssen uns Stadt für Stadt vorankämpfen, bevor wir die Hauptstadt erreichen. Und wie der Kanzler mir mitteilte ...« Er deutete neben sich auf Vestas. *Kanzler?* Was hatte das zu bedeuten? »... ist Umbra ein Mysterium, voller geheimer Gänge und Katakomben. Voller Feinde und nahezu unantastbar. Doch ein Jahrzehnt ohne König hat sie schwach gemacht. Und sie rechnen nicht damit, dass wir sofort und ohne Umwege angreifen.«

Das Volk, das mit Sicherheit nicht meines war, jauchzte auf.

»Sicherlich haben sie auch schon bemerkt, dass die Grenzen plötzlich geöffnet wurden. Doch im Gegensatz zu uns, sind sie darauf nicht vorbereitet!«, sprach Caidan weiter. »Tenebris wird untergehen!«, rief er in die Menge unter sich. »Tenebris wird untergehen! Tenebris wird untergehen!«, jubelten sie im Chor nach. »Tenebris wird untergehen!«

Ein Teil von mir war erleichtert. Es musste bedeuten, dass Lucjan am Leben war und dass er sich in Caidans Händen befand. Ohne Lucjan wären die Grenzen nicht offen. Doch es machte mich überflüssig. Es brauchte weder mich noch Xay, um den Vertrag einzuhalten. Unser Sohn war von unser beider Blut und Xay hatte recht, wenn er sagte, dass dies für Lucjan Gefahr bedeutete. Jedoch mehr für uns. Wir waren nicht nötig. Nicht mehr von Bedeutung. Lucjan reichte völlig aus, um den Krieg, der seit dreißig Jahren stillstand, wieder in Gang zu bringen. Und er war noch ein Kind. Ein zehn Jahre altes Menschenkind, das bis vor Kurzem nichts über diesen Ort und diese Leute wusste. Und er dachte, Caidan sei sein Vater. Caidan würde ihn manipulieren und ihn so heranziehen, wie er es wollte, um den Krieg voranzutreiben und seine Ziele zu verfolgen. Ziele, die, wie ich feststellen musste, nur für Niedergeborene gedacht waren. Doch was hatte mein Onkel mit dem allem zu tun? Ich würde es herausfinden. Und nun war der richtige Zeitpunkt dafür. Ich kannte den Palast besser als jeder andere. Und ich wusste, dass diese Reden immer mit Vorbereitungen einhergingen. Mein Vater hatte stets den größten Teil der Wachen an die Mauer geschickt, um Krawall zu vermeiden. Vestas hatte dasselbe veranlasst, was bedeutete, dass im Palast zu wenig Wachen waren, die mich aufhalten würden. Ich musste mein Kind suchen. Ich musste ihn finden.

Also trat ich ins Licht. Meine ganze Konzentration lag auf den unteren Teil des Palastes, wo sich die Gelehrten aufhielten. Dort war es am sichersten für mich. Von dort unten würde ich mich nach oben vorarbeiten. Ich hatte keine Ahnung, wo Caidan meinen Sohn hingebracht haben könnte. In ein bewachtes Gästezimmer? In den Thronsaal? In einen Kerker? Der letzte Gedanke verursachte mir Bauchschmerzen. Nicht nur wegen der Vorstellung, dass mein kleiner Junge in einem Verlies saß, sondern eher, weil es das Realistischste war. Mein lieber Junge, der keiner Fliege etwas anhaben konnte, inmitten von fremden Wesen, die zwar den Menschen ähnlich waren, doch viel grausamer und mächtiger.

Aber nicht mächtiger als Xay. Er war viel gelehrter als ich, in allen Belangen. Er wusste viel eher als ich über den Vertrag Bescheid, über die Möglichkeit zur Erde zu reisen. Ja, er konnte sogar das Gedächtnis von jemandem löschen und einfach wieder einpflanzen. Was konnte er noch, von dem ich nichts wusste? Ich ertappte mich dabei, wie ich ihn zum ersten Mal an meine Seite wünschte. Nicht weil ich ihn vermisste, sondern weil er unseren Sohn mit allem, was er hatte beschützen würde, genau wie ich. Egal was zwischen uns gewesen sein mochte: Hass, Liebe, Lügen. Eines hatten wir gemeinsam: Lucjan. Und das würde für immer so sein, egal was kommen mochte.

In den Katakomben flackerten nur wenige Fackeln an den Wänden und vereinzelte Kerzen schienen auf den kleinen Tischen, an denen ich oft mit Lord Lectran gesessen hatte. Alles in allem war es viel dunkler als sonst.

Die Gelehrten sahen mich an, als sähen sie einen Geist. Gelehrte waren schon immer Vollwertige gewesen. Und auch das hatte sich nicht geändert. Aber etwas anderes: Sie trugen Ketten an den Füßen. Dicke, lange Ketten, in deren Metall Mondsaphire eingearbeitet worden waren, was mir erst beim zweiten Blick auffiel. Sie fielen auf die Knie, als sie mich sahen. Meine Kraft war fast am Ende. Ich stolperte nur so daher, als ich aus dem Licht kam. Sie erkannten mich auf Anhieb. »Eure Majestät«, hauchte einer von ihnen.

»Königin Leetha«, lächelte ein anderer, während er sich vor mir auf die Füße warf. Alle anderen taten es ihm nach. Sie fielen auf die Knie und verneigten sich so tief, wie es nur ging.

»Ist Lord Lectran hier?«, fragte ich als Erstes, nachdem ich den Schock über die Ketten überwunden hatte.

Einer der Männer schüttelte den Kopf, traute sich allerdings nicht, mich anzusehen.

»Steht alle auf!«, befahl ich in einem Ton, den ich seit sehr langer Zeit nicht mehr angeschlagen hatte. Nein. Das stimmte nicht. Ich war eine Mutter, ich hatte diesen Ton oft angeschlagen.

Sie taten, was ich ihnen befahl, ließen den Kopf allerdings gesenkt. »Und nun seht mich an!« Alle Augen, die sich auf mich richteten, hatten ihren Glanz verloren und ich fragte mich, wie lange sie wohl schon hier unten eingesperrt waren. »Wo ist er?« Ich sah den Mann an, der mit dem Kopf geschüttelt hatte. Er war mit Abstand der älteste von ihnen. Ich schätzte ihn auf sechstausend Jahre, vielleicht älter.

»Er ist tot, Eure Majestät.«

Nach allem, was ich die letzten zwölf Stunden durchlebt hatte, prallte diese Nachricht an mir ab, wie ein Wassertropfen auf einem Regenschirm. Unter anderen Umständen hätte ich gefragt, woran er gestorben war, was geschehen war oder was diese Ketten zu bedeuten hatten. Vielleicht hätte ich sogar geweint. Oder zumindest getrauert. Doch ich stellte nur noch eine letzte Frage: »Wo ist mein Sohn?« Die Magister sahen sich gegenseitig an. Doch sie schwiegen. »Wo ist mein Sohn? Sagt es mir! Es ist ein Befehl eurer Königin!« Meine Stimme wurde lauter.

»Eure Hoheit, wie Ihr sehen könnt, werden wir hier unten gefangen gehalten. Und das seit einigen Jahrzehnten. Wir wussten nicht einmal, dass Ihr am Leben seid. Durch die Mondsaphire können wir nicht ins Licht treten und die Gemächer hier unten sind stets verschlossen. Wir wussten nicht, dass Ihr einen Sohn habt«, sagte der Älteste leise und zaghaft.

»Nun ...«, begann ich und bemühte mich, entschieden zu wirken. »Ich habe einen Jungen. Und ich befürchte, dass er von Caidan

Orchon gefangen gehalten wird.« Ich schluckte. Meine Stimme zitterte trotz der Anstrengung, königlich zu wirken.

Ein junger Kerl trat einen Schritt auf mich zu: »Eure Majestät.« Er verneigte sich erneut.

Ein anderer hielt ihn zurück. »Verzeihung, der Sprössling hat nichts zu berichten.«

»Weshalb nicht?«, fragte ich.

Entsetzt sahen die Magister sich an. »Na, weil er keine siebenhundert Jahre zählt.«

»Ich ebenso wenig«, sagte ich. »Werde ich deshalb auch nicht angehört?«

Der junge Kerl grinste.

»Natürlich nicht, Eure Gnaden. Aber das ist etwas anderes. Ihr seid unsere Königin.«

»Sag, was du zu sagen hast«, wandte ich mich an den jungen Magister.

Er schluckte kurz, dann fuhr er fort und senkte dabei den Kopf: »Euer Onkel Vestas ...«

»Sieh mich gefälligst an, wenn du mit mir redest«, murmelte ich etwas angesäuert. Ich kannte noch immer die Etikette, doch das Leben mit den Menschen auf der Erde hatte mehr Spuren bei mir hinterlassen, als es gut für mich war.

Er sah mich an und sprach weiter. »Lord Vestas ... Verzeihung, der Begriff *Lord* ist seit einiger Zeit verboten«, erklärte er. »... Hat uns vor einigen Jahren aufgefordert nach einer Methode zu forschen, wie man Unseresgleichen auf der Erde kontaktieren kann.«

»Und wie ich mir denken kann, habt Ihr es herausgefunden?«

Er nickte. »Ihr wart auf der Erde, nicht wahr?«, fragte er und sah mir direkt in die Augen.

»Ja«, seufzte ich. »Das habt ihr nicht gewusst?«

Er schüttelte den Kopf: »Wir sind seit vielen Jahrzehnten hier unten eingesperrt. Vestas versicherte uns, dass er uns mehr Freiraum lassen würde, wenn wir diese Aufgabe bewältigen. Und so suchten wir nach einer Methode und wurden fündig. In den Träumen kann man bei Vollmond Kontakt zu einigen Personen aufnehmen. Doch sie müssen dafür auch zugänglich sein.«

»Was heißt das? Zugänglich?«

»Zum Beispiel Kinder. Sie sind voller Fantasie und für vieles offen.«

Ich nickte. »Könnte ich auch jemandem auf der Erde Träume schicken?«, fragte ich und dachte unwillkürlich an Xay. Wie gern hätte ich mit ihm gesprochen. Wie gern hätte ich ihm erzählt, was in Meridem vor sich ging. Und meine Worte fielen mir ein: *Ich hoffe, wir sehen uns nie wieder*. Diese Erinnerung versetzte mir einen Stich in die Brust. Es waren Worte aus Verzweiflung, Wut und Enttäuschung. Doch egal wie sehr er mich enttäuscht hatte, er war der Einzige, den ich mir in diesem Moment an meiner Seite gewünscht hätte.

»Einem Meridemer, der zugänglich ist, sicherlich, aber keinem Menschen.«

»Einem Tenebrer?« Meine Stimme wurde leise und ich wartete auf ihre Reaktionen.

Verblüfft sahen sie mich an. »Das ... das wissen wir nicht, meine Königin.«

Ich wechselte das Thema, um die Verwunderung in den Augen der Magister zu besänftigen: »Mein Onkel versprach euch also mehr Freiraum. Doch wie ich sehe, hat er sein Versprechen nicht eingelöst?«

Der Älteste schüttelte den Kopf: »Doch, das hat er.« Er zeigte auf die Ketten an ihren Füßen. »Zuvor saßen wir in Zellen, die mit neuen Mondsaphiren ausgestattet waren.«

Ein anderer seufzte laut.

»Warum seufzt ihr?«, fragte ich.

»Diese Zellen haben wir selbst erschaffen. Lord ... Verzeihung ...«

»Hör auf, dich ständig zu entschuldigen! Sprich endlich!« Ich wurde ungeduldig.

»Truewill hat diese Zellen gebaut. Er ist unser Meister der Mondsaphire.«

»Ich weiß, wer das ist ...«

»Sie sind stärker und mächtiger als die, welche der Palast einst hatte. Man sagte uns, dass ein Attentat von Tenebris auf Euch ausgeübt worden wäre und König Xaver in der Lage sei, die Mondsaphire zu überwinden. Daraufhin entwickelte er mit uns eine Methode, die Zellen sicherer zu machen. Kurz darauf, sperrte man uns dort ein. Und wir verstanden die Welt nicht mehr«, erklärte der junge Kerl.

»Was hat es mit diesen Zellen auf sich?«, fragte ich.

Er antwortete: »Niemand. Wirklich niemand kann diese Zellen überwinden.«

Sie würden Lucjan dort hingebracht haben. Ohne Zweifel wussten sie, dass er Xavers Sohn war und auch seine Kräfte besitzen konnte. »Wo ist dieser Kerker?«

»Im neunten Bezirk«, antwortete der jüngere.

Der neunte Bezirk lag ganz unten im Palast. Tief im Berg, selbst unter den Katakomben der Magister. »Und ich kann dort nicht hin?«, fragte ich zögerlich.

»Sicher könnt Ihr das, Majestät. Nur die einzelnen Zellen sind geschützt. In den Vorraum könnt Ihr gelangen, wenn Ihr ins Licht tretet.«

Vielleicht könnte ich meinen Sohn sehen. Möglicherweise sogar mit ihm sprechen. »Danke«, sagte ich, nahm eine Fackel von der Wand und trat noch einmal ins Licht, obwohl meine Kräfte nahezu versagten.

Ich fiel auf hartem Stein auf die Knie und die Fackel ging sofort aus. Es war stockdunkel und eiskalt. Nirgends in Meridem war es kalt. Doch hier herrschte eisiger Winter und Dunkelheit. Ich konnte nicht einmal meine Hand vor den Augen erkennen. Und ebenfalls wusste ich nicht, ob ich am richtigen Ort herausgekommen war. »Luc?«, flüsterte ich. Meine Stimme versank in der Tiefe der Dunkelheit. »Lucjan?«, sagte ich etwas lauter. Ich tastete mich an der Wand entlang. Sie war eiskalt und rau. »Luc?« Mit jedem Mal wurde meine Stimme lauter. Plötzlich hielt ich Metallstäbe in den Händen. *Eine*

Zelle! »Luc?« Ein Ächzen kam aus der Zelle und ich erschrak. »Lucjan?«

»Nein, mein Kind«, sprach die Stimme, die mir einen Schauder über den Rücken laufen ließ.

»Verzeihung«, sagte ich und tastete mich weiter voran. Erneut Gitterstäbe, doch kein Lucjan. Als die Kälte mich fast überwältigte und ich mich in der Finsternis verirrt zu haben schien, antwortete eine süße, wohlbekannte Stimme: »Mama?«

»Lucjan«, rief ich voller Erleichterung. »Luc, mein kleiner Lucjan.«

»Mama, weinst du?«, hörte ich seine Stimme und folgte ihr.

»Nein, mein Schatz, ich weine nicht«, sagte ich und spürte den salzigen Geschmack von Tränen auf meinen Lippen.

»Deine Stimme hört sich an, als würdest du weinen.«

»Mir ist nur kalt, Liebling. Wo bist du?«

»Hier.«

Ich folgte seiner Stimme und ertastete schließlich Eisenstäbe, die so kalt waren, dass meine Finger fast daran kleben blieben. Sie waren ein kleines Stück zu eng, als dass ich meine Hand durchschieben konnte, doch ich spürte, dass eine kleine Kinderhand zwischen den Stäben hindurchgriff und meine Hand umklammerte. Lucjans Hand war mulmig warm.

»Warum frierst du?«, fragte er.

Ich weinte. Vor Freude ihn gefunden zu haben und darüber, dass seine Hand warm war. »Es ist in Ordnung, Luc. So sehr friere ich nicht«, log ich.

»Aber du zitterst. Und du weinst ja sehr wohl.«

»Wie kommst du darauf?«

»Ich sehe doch deine Tränen.«

Ich nahm seine Hand und küsste sie: »Wie kannst du hier etwas sehen, es ist stockdunkel.«

»Ist es nicht.«

Für einen Moment bleib mein Herz stehen. War ich blind? Von der Erschöpfung? Von der Müdigkeit?

»Es ist stockdunkel hier unten«, krächzte die Stimme aus der Zelle, die ich als Erstes berührt hatte.

»Ich sehe alles«, sagte Luc. »Und ich friere nicht.«

Von irgendeiner anderen Zelle meldete sich eine weitere Stimme: »Er ist ein Tenebrer wie ich. Er sieht in der Dunkelheit und friert nicht.«

Ich drehte meinen Kopf in die Richtung, aus welcher die Stimme kam. »Ihr seid aus Tenebris?«

»Hier!«, ertönte die männliche Stimme.

Ich drehte den Kopf noch weiter über meine Schulter.

»Zu weit! Ach, ihr verfluchten Meridemer seht auch rein gar nichts. Ihr seid alle blind!«

»Wie geht es dir, mein Schatz?«, wandte ich mich erneut zu meinem Kind.

»Er ist gar nicht mein Vater, stimmt's?«, hörte ich Lucjans Stimme. »Ich meine, dieser Mann, der mich zu sich gerufen hat. Der, wegen dem ich auf den Mond gekommen bin. Er ist nicht mein Vater.«

»Ja, Baby, er hat dich angelogen.«

Ich hörte, wie mein Sohn schniefte. »Es tut mir so leid. Ich hätte auf dich hören sollen.«

»Es ist nicht deine Schuld«, sagte ich zärtlich und drückte seine Hand an meine Wange.

»Dein Gesicht ist eiskalt, Mama.« Er klang voller Sorge.

»Mir geht es gut, Schatz. Hör mir bitte genau zu. Du musst dich konzentrieren, hörst du?«

»Ja.«

»Du musst dich fest konzentrieren. Denk an mich und an die Stelle, auf der ich stehe, in Ordnung?«

»Ja.«

»Jetzt stell dir vor, du trittst in einen Lichtstrahl und wünschst dich genau an diese Stelle.«

»So funktioniert das nicht, Liebes«, lachte die fremde Stimme.

»Halt dich da raus!«, rief ich in die Finsternis.

»Diese Zellen sind undurchdringbar. Dafür wurden sie geschaffen. Und selbst wenn nicht. Der Junge sieht in der Dunkelheit, er friert nicht. Daraus schließe ich, dass er ein Tenebrer ist. Deshalb muss er in den Schatten treten, nicht ins Licht.«

Ich wandte mich erneut Lucjan zu: »Konzentrier dich und mach, was ich dir gesagt habe.«

»Ich habe es versucht, es klappt nicht.«

»Mädchen, hör auf das, was ich dir sage. Es geht nicht«, sagte die Stimme.

»Schatz, versuch in den Schatten zu treten«, sagte ich zu meinem Kind. Ich wollte das nicht einfach hinnehmen. Ich musste es versuchen. »Denk an einen Schatten oder so.«

Ein amüsiertes Lachen erklang und hallte von den kalten Wänden zurück.

»Halt dich da raus!«, rief ich laut.

Er lachte dennoch.

»Wer bist du überhaupt, dass du, ein Tenebrer, in meinem Palast in der Zelle sitzt?«

»In deinem Palast?« Der Unbekannte lachte. Irgendwie erinnerte er mich an Xay, obwohl ich ihn nicht einmal sehen konnte. Vielleicht waren sie alle gleich, dort in Tenebris. »Bist du etwa diese verdammte Prinzessin?«

»Königin«, korrigierte ich ihn scharf.

»Königin«, säuselte er und dieses Wort hallte von allen Seiten zurück.

»Hör nicht auf ihn«, wandte ich mich Lucjan zu. »Du schaffst das.«

»Er schafft es nicht. Und wie kommt eine Königin zu einem Balg aus Tenebris? Wurdest du bei unserer Invasion vergewaltigt?« Etwas Amüsiertes lag in seiner Stimme.

»Nein«, sagte ich in scharfem Ton. »Und jetzt halt deinen Mund!«

»Mama, wenn er ein Tenebrer ist, kann er mir vielleicht helfen«, sagte Lucjan und rief laut: »Wie kann man in den Schatten treten?«

»Was weiß ich, ich bin keiner von euch«, rief er zurück.

»Wenn du kein Vollwertiger bist, warum steckten sie dich dann in diese Zelle?«, fragte ich verwundert.

Seine Stimme wurde rauer: »Weil sie mir nicht trauen. Obwohl ich nicht in den Schatten treten kann, habe ich Hunderte von deinen beschissenen Wachen getötet. Ich bin ein verdammtes Genie und ein genialer Soldat!«

Das reichte mir. »Hundert Unschuldige«, stammelte ich leise vor mich her, doch er hatte es gehört.

»Hundert verdammte Hurensöhne, meintest du wohl, Prinzesschen!«

Ich griff ganz fest Lucjans Hand, da ich spürte, dass mich jede Kraft verließ. »Hör zu, Schatz, versuche es immer wieder, jeden Tag. Versuche ins Licht und in den Schatten zu treten. Hörst du?«

»Ich versuche es ja, aber es geht nicht.«

»Jeden Tag, in Ordnung?«

»Wirst du gehen?«, fragte er und Besorgnis lag in seiner Stimme.

»Ich bleibe, bis es nicht mehr geht, ja? Aber du musst es jeden Tag versuchen. Denk dran, falls mir etwas geschieht ...« Ich schluckte einen Kloß hinunter. »Dein Vater kommt. Versprochen. Und er holt dich hier heraus. Aber er kann erst in zwei Wochen hier sein, hörst du? So lange musst du es versuchen.«

»Mir geht's gut, Mama. Aber du musst gehen. Du erfrierst sonst noch.«

Jetzt liefen noch mehr Tränen meine Wangen hinab. »Ich bleibe, so lange es geht.«

»Du musst gehen ...«

»Ich bin deine Mutter und ich sage, wann ich gehe.«

»Mama?«, fragte Lucjan leise. »Bist du wach?«

Ich hatte mich an seiner Zelle auf den Boden gesetzt und hielt seine Hand fest in meiner. »Ja«, flüsterte ich, doch die Müdigkeit überkam mich mehr und mehr.

»Du musst mit ihr sprechen, damit sie nicht einschläft«, meldete sich die ächzende, erste Stimme wieder. »Wenn sie einschläft, stirbt sie.«

»Ich sterbe nicht«, sagte ich und war mir selbst nicht sicher.

»Mama?«

»Ja?«

»Xay ist mein Vater, stimmt's? Also, ich meine mein leiblicher Vater.«

»Ja, und er kommt dich retten, ich verspreche es.« Selbst das Sprechen wurde schwerer. *Er liebt dich so sehr, Luc. Und mich liebt er auch.*

»Xay?« Die zweite Stimme des Tenebrer meldete sich zu Wort. »König Xay?« Ich antwortete nicht. »Hey, Prinzesschen! Antworte mir!«

»Ja! Und jetzt lass sie in Ruhe!«, hörte ich meinen Jungen rufen. Ich schmunzelte. *Dieser Beschützerinstinkt. Ganz der Vater.*

»Ist das wahr? Sag es doch gleich, Prinzesschen.« Er lachte laut. »Xay, du alter Hund!«, rief er in die Dunkelheit. »Hast die Prinzessin gefickt!«

Sein Lachen übertönte fast Lucjans Worte: »Halt deine Klappe!«

»Junge, hör zu. Wenn du in den Schatten treten willst, denkst du nicht einfach an einen Schatten. Mach, was ich dir sage«, sagte er nun ernst.

»Warum sollte ich dir glauben, du beleidigst meine Mutter!«, sagte Luc.

»Weil Xay nun mal nicht nur mein König ist, sondern mein bester Freund. Er wird uns beide hier herausholen, da hat das Prinzesschen recht. Und er würde mir den Kopf abhacken, wenn ich zulasse, dass dir etwas geschieht.«

Ich war zu schwach, um mich einzumischen und hörte einfach zu.

»Du sagtest, man kann diesen Zellen nicht entkommen. Warum sollte ich es versuchen?«

Ich nahm all meine Kraft zusammen: »Weil du sein Sohn bist.«

»Das verstehe ich nicht«, sagte Luc.

»Deine Mutter hat recht. Xaver ist sehr mächtig, er hat sogar die Mondsaphire überwunden. Wenn du seine Macht geerbt hast, wer weiß, vielleicht bist du der Einzige, der diesen Mauern entkommen kann.«

»Aber du bist kein … wie heißt das … hochboren … nein …«

»Unwichtig, Junge. Ich habe schon oft gesehen, wie das funktioniert. Denk an das Universum und an Sterne und an Licht und Schatten. An alles, was dich traurig und glücklich macht. Denk an deine Mutter, die dich jetzt braucht. Wirf all deine Gefühle in einen Topf und streng dich nicht an. Lass es einfach geschehen.«

Das hatte er schön gesagt. Und das von einem Niedergeborenen. Niemals hätte ich es meinem Kind besser beschreiben können. Ich empfand schon fast so etwas wie Sympathie für diesen Kerl.

»Es geht nicht«, jammerte Luc.

»Du bist zu ungeduldig. Denk einfach an alles und gleichzeitig an nichts …«, sprach er weiter, als ich aufschreckte. Ich hörte Schritte. Von irgendwoher. Woher konnte ich nicht sagen. Meine Beine versagten beim Versuch aufzustehen, und ich fiel zu Boden. Weit entfernt erschien ein schwaches Licht, ein kleiner Punkt, der immer heller und größer wurde. Eine Fackel.

»Verdammt, Prinzessin, du musst hier weg«, sagte der unbekannte Tenebrer.

Erneut stand ich auf und sackte zu Boden. Das Licht verschwand. Als ich die Augen öffnete, stand Caidan vor mir mit einer Fackel in der Hand, die er direkt auf mich richtete. Sein Gesichtsausdruck war so eiskalt wie die Wände hier unten. Ernst betrachtete er mich. Was war geschehen? War ich bewusstlos gewesen? Schnell drehte ich den Kopf zur Seite und bemerkte, dass ich mich noch immer an Lucjans Zelle befand. Das Licht der drei Fackeln vor mir erlaubte mir einen Blick auf Luc. »Baby«, stammelte ich, als ich ihn dort sah. Er hatte ein kleines Bett, mit einer Decke in seiner Zelle. Zudem einen Topf mit Wasser und einen Nachttopf.

»Es geht mir gut«, versicherte er mir. Er sah aus wie immer. Wie ein zehnjähriger, kleiner Junge. Im Gegensatz zu mir hatte er sich nicht verändert. Er sah aus wie ein Menschenkind.

Caidan kniete sich zu mir nach unten und berührte mich am Arm. »Sie ist eiskalt!«, murmelte er. Besorgt betrachtete er mich. Doch außer Sorge lag noch etwas anderes in seinen Augen. Misstrauen. Er schien nicht recht zu wissen, ob ich noch immer Leetha, seine Ehefrau, war oder der Feind. »Bringt sie in ein warmes Zimmer!«, befahl Caidan zu den beiden Wachen an seiner Seite. »Aber ihr krümmt ihr kein Haar, verstanden?« Er ließ den Blick nicht von mir. Misstrauen und Sorge kämpften in ihm, das konnte ich sehen. Vielleicht auch noch etwas anderes. Etwas, das Hoffnung sein könnte.

Die beiden Wachen nickten und packten mich unter den Armen, um mich auf die Beine zu ziehen. Ich spürte ihre Lederhandschuhe, die sich grob in mein Fleisch bohrten und mich von meinem Kind wegzerrten. *Lucjan. Luc. Es tut mir leid.* »Was machst du mit ihm?«, fragte ich Caidan mit all meiner Kraft.

»Ich stelle ihm lediglich ein paar Fragen«, sagte er und nickte den Wachen zu, die mich vorwärtsschleppten.

Ich erwachte in meinem alten Gemach. Als ich die Augen öffnete, sah ich den Stoff des Himmelbetts, das in einem hellen Blau wie der Himmel der Erde über mir schwebte. Meine Mutter saß auf der Bettkante und strich mir sanft über mein Haar. »Du bist da! Endlich!«, rief sie voller Freude und Tränen liefen über ihre Wangen. »Ich wusste, dass du noch lebst!« Sie schluchzte.

»Mutter?« Ich war mir nicht sicher, ob ich mich freuen sollte oder nicht. Einerseits wollte ich sie in den Arm nehmen, doch andererseits quälte mich nur eine einzige Frage: »Lucjan?«

»Dein Sohn ist in seiner Zelle, er kann dir nichts anhaben, Leetha.«

Leetha. Wie lange hatte mich niemand mehr so genannt? Es kam mir falsch vor. Dann wurde mir erst richtig bewusst, was sie eben gesagt hatte. *Anhaben*? Lucjan, mir? Ich war verwirrt. »Warum sollte er mir etwas anhaben?«, fragte ich und erschrak, als ich im

Augenwinkel eine Person aufstehen sah. Ich drehte den Kopf und erkannte Onkel Vestas, der in einem der Sessel gesessen hatte. »Weil er der Sohn des Feindes ist«, sagte er bestimmt. Er musterte mich mit einem Ausdruck, als wüsste er genau, wovon er sprach, und ich nicht. Als wäre ich ein kleines Rehkitz, das beschützt werden musste vor dem Fuchs. Doch es war genau anders herum. »Aber er ist auch mein Sohn!« Ich verstand die Welt nicht mehr. *Und Xay ist nicht mein Feind. Nicht mehr*.

»Er ist eine Gefahr, verstehst du das nicht, Leetha?«, erklärte meine Mutter sanft und streichelte mein Haar noch immer. Schließlich nahm sie mein Gesicht in beide Hände und küsste mich auf die Stirn, dann auf die Wange.

»Mutter?« Entsetzt stemmte ich die Ellbogen auf die Matratze und setzte mich aufrecht. »Wie kannst du so etwas sagen?«

»Du bist müde, Leetha. Schlaf etwas und iss ein wenig. Ich habe dir Suppe kommen lassen.«

»Mutter? Was soll das heißen, er ist eine Gefahr?« Wie konnte ich an Essen denken? An Trinken? An Schlafen?

»Du bist noch immer mit Caidan verheiratet, vergiss das nicht. Dieser Junge ist nur das Ergebnis von Trug und Lügen.«

Ich sah von ihr zu meinem Onkel. Er nickte: »Caidan hat uns erzählt, dass Xaver dich benutzt hat, Leetha.«

»Xay ist mein Ehemann, nicht Caidan!«, rief ich laut, ohne nachzudenken. Es kam einfach aus mir heraus. Von irgendwoher. Wahrscheinlich aus einem tief verborgenen Teil meines Herzens, von dem ich selbst nichts wusste.

Meine Mutter lachte auf: »Eine menschliche Ehe bedeutet doch nichts.« Sie wedelte mit der Hand, als könnte sie die Ehe damit, wie Nebel, vertreiben. *Für mich bedeutet sie etwas*.

»Keine Angst, Leetha, Caidan wird dich beschützen. Das Volk sieht ihn als König an, seit er zurück ist«, lächelte mein Onkel, als würde mich das beruhigen.

»König?« War es das, was er immer schon wollte? König sein?

»Er hat schon viel für das Reich getan und vieles verändert«, erklärte mein Onkel.

»Ja, das habe ich gesehen«, sagte ich und sie sahen mich verdutzt an. »Wo sind die ganzen Vollwertigen hin?«

»Diese Stadt besteht nur noch aus Niedergeborenen, als Zeichen für die Veränderungen ...« Ich unterbrach meinen Onkel: »Das ist keine Antwort auf meine Frage.«

Meine Mutter seufzte: »Sie hatten die Wahl, Liebes.«

»Wahl? Wovon redet ihr?«

Mein Onkel setzte sich zurück in den Sessel und nippte an einem Weinkelch: »Sie hatten die Wahl zu sterben oder sich unterzuordnen. Rate mal, was fast alle von ihnen gewählt haben?«

»Unterordnung?«, fragte ich entsetzt.

Er lachte laut und schüttelte den Kopf: »Nein. Diese hochnäsigen Idioten wollten sich nicht unterordnen. Sie sind alle mit erhobenem Kopf gestorben.« Er sagte es, als wäre es lustig, doch mir drehte sich der Magen um. Für einen Moment starrte ich meinen Onkel einfach nur an. In der Hoffnung, er würde sagen, es sei nur ein schlechter Scherz gewesen. Dann sah ich zu Mutter. Sie nickte zustimmend.

Aya! Kira! Nein! Mir wurde so übel, dass ich nicht einmal nach ihnen fragen konnte. Meine liebste Aya, meine beste Freundin, meine Schwester. Für einen Moment schloss ich die Augen und sah die Zwillinge vor mir. Tränen rannen meine Wangen hinab. Waren sie tot? Dann kam mir ein anderer Gedanke. »Ich bin auch eine Vollwertige«, sagte ich leise.

Mutter legte ihre Hand unter mein Kinn. »Natürlich, Schatz. Aber wir würden dir doch niemals etwas anhaben.« Sanft strich sie die Tränen von meinen Wangen.

»Warum? Ihr tötet sie alle, doch mich lasst ihr am Leben?«

»Du bist doch mein Kind«, erklärte Mutter mit einem sanften Lächeln. »Du musst dich nur unterordnen.«

»Das ist ein schlechter Scherz, oder? Ich bin Eure Königin!«

Meine Mutter lachte leise und nahm meine Hand. Sie sprach in einem Ton, als wäre ich ein kleines Kind: »Du kannst keine Königin sein, du bist eine Vollwertige.«

»Das würde gegen all unsere neuen Regeln verstoßen«, fügte Onkel Vestas hinzu.

Gegen ihre Regeln. »Und was heißt das?« Ich erschrak. Doch ich spielte mit. Niemals würde ich mich unterordnen. Nicht, weil ich Niedergeborene nicht als würdig empfand. Sondern weil ihre Regeln absoluter Schwachsinn waren. Es war genau das gleiche System wie bisher. Nur eben andersherum. Das System, das Caidan und ich doch ändern wollten. Ich schob die Hand meiner Mutter weg.

»Ihr Vollwertigen sollt Euch genauso fühlen, wie wir es seit Jahrtausenden mussten. Ihr sollt den gleichen Schmerz und dieselbe Scham empfinden«, sprach sie überzeugt. Ihre weichen Blicke wurden hart.

Ich versuchte, die Fassung zu behalten. Immerhin saß ich am kürzeren Hebel. Nicht, dass es mich gestört hätte, ihnen meine Meinung zu sagen und mit Konsequenzen für mich zu rechnen. Doch wenn diese Konsequenzen Lucjan miteinbeziehen sollten, müsste ich genau überlegen, was ich sagte. »Wie muss ich mich unterordnen?«

»Du wirst dich so verhalten, wie ich es all die Jahre musste. Während Caidan König bleibt, musst du ihm treu sein und dich zurückhalten.«

Ich nickte, obwohl ich ihr am liebsten die Augen ausgekratzt hätte. Mir war klar, dass ihr Leben an Vaters Seite nicht das beste gewesen sein mochte, doch dass sie mich dafür bestrafen wollte, ging zu weit.

»Es setzt das richtige Zeichen beim Volk«, fügte mein Onkel hinzu.

»Und mein Kind?«, fragte ich vorsichtig.

Meine Mutter zuckte mit den Schultern.

»Ihm wird nichts geschehen«, ertönte eine vertraute Stimme und ich sah zur Tür, in der Caidan stand. Er sah Vestas in die Augen und fügte schnell hinzu: »Nicht, solange wir ihn benötigen!«

Vestas nickte zufrieden. Ich schluckte einen Kloß hinab. Caidan stand wie ein Soldat, fest und unbarmherzig vor uns und musterte mich mit demselben Gesichtsausdruck wie in der Zelle. Er trat näher und kniff die Augen zusammen. Ohne den Blick von mir zu lassen, sagte er: »Würdet ihr mich und meine Ehefrau allein lassen?« *Bitte nicht.* Ich wollte nicht, dass sie mich mit ihm allein ließen. *Seine Ehefrau.* Ich war nicht seine Frau. Ich war Xays Frau. Ein ungutes Gefühl erdrückte mich, als Caidan mich ansah. Mutter und Onkel hörten auf ihn und verließen den Raum. Caidan setzte sich auf die Bettkante und ich rutschte automatisch ein Stück von ihm weg. »Endlich können wir zusammen sein«, lächelte er nun.

»Ja«, sagte ich und zwang ein Lächeln auf meine Lippen. *Endlich, nachdem du einfach meine Hand losgelassen hast und allein zurückgegangen bist*! Meine Gedanken behielt ich für mich.

Er strich mit seiner Hand über meine Wange und kam mit seinen Lippen näher an mich heran. »Ich habe dich so lange Zeit vermisst, Lee.« *Dann hättest du nicht ohne mich gehen sollen!* Ich nickte und Tränen traten in meine Augen. Meine Gefühle überschlugen sich. Diese Vertrautheit, die er mir gegenüber zeigte, konnte ich nicht zurückgeben. Ich wollte es nicht einmal. Er war mir fremd. Ein fremder Mann der dachte, ich sei sein Eigentum. »Du brauchst nicht zu weinen, jetzt kann uns niemand mehr trennen, versprochen.«

Die Tränen rannen meine Wangen hinab. Caidan lächelte und küsste mich. Es fühlte sich falsch an. Am liebsten hätte ich ihn weggestoßen, doch ich befürchtete, dass Lucjans Leben in seinen Händen lag. Er schmeckte nach Wein und Zimt und Honig. Alles, was ich einst so sehr an ihm gemocht hatte. Er roch nach Rasierwasser und seine Lippen fuhren langsam meinen Hals entlang nach unten. Als er an meinem Schlüsselbein ankam, drückte ich ihn sanft weg: »Ich bin noch sehr müde.« *Verrat*. Es fühlte sich an wie Hochverrat. An Xay.

Caidan kniff die Augen zusammen und musterte mich. »Du hast eben erst elf Stunden geschlafen. Wie kannst du müde sein?«

»Elf Stunden?«, entfuhr es mir.

Er nickte und legte den Kopf schief. »Ist das wirklich der Grund?«, fragte er mich. Der hoffnungslose Ausdruck in seinen Augen wandelte sich erneut in Misstrauen. »Oder liegt es an ... *ihm*!« Dieses *ihm* spuckte er aus wie Gift.

Ich schüttelte den Kopf: »Nein, es war nur alles etwas viel.«

»Wirklich?«

Nein. Nicht wirklich. Ein anderer Mann berührte mich. Ein Mann, der nicht meiner war. Aber das würde Caidan nicht verstehen. In seinen Augen gehörte ich ihm. Nur ihm. Er schien mich zu durchschauen und das machte mir Angst. »Es ist wegen Lucjan«, sagte ich, um abzulenken. Außerdem wollte ich herausfinden, was er eben gemeint hatte.

»Der Junge?« Erneut versprühte er Gift.

Ich nickte. »Was meintest du damit, dass wir ihn brauchen?«

»Darüber musst du dir dein hübsches Köpfchen nicht zerbrechen. Du musst dich um nichts mehr kümmern. Versprochen.«

Natürlich nicht, denn du bist jetzt König ... »Aber er ist mein Sohn.« Ich und ballte die Fäuste.

»Ich weiß. Aber wir beide werden auch Söhne bekommen. Du und ich. Und ...« Er stockte.

»Ich verstehe«, sagte ich und bemühte mich, gefasst zu wirken. »Du willst warten, bis wir beide ein Kind haben, um dann Xay zu einer Machtübergabe auf deine eigenen Kinder zu zwingen?«

Caidan lachte: »Schlaues Mädchen.«

Mir war nie aufgefallen, wie herablassend Caidan sein konnte. War er schon immer so gewesen? War es mir nicht aufgefallen?

»Nur ... Xaver werde ich töten. Er ist zu gefährlich und nach allem, was er dir angetan hat, kann ich ihn nicht am Leben lassen. Er hat mir die Frau gestohlen.« Innerlich kochte ich. Ich war doch nicht sein Eigentum! Außerdem war Caidan es gewesen, der einfach meine Hand losgelassen hatte! Er hatte mich in Xavers Fängen gelassen! »Sein Sohn genügt für eine Machtübergabe.«

Xay töten. Mein Herz setzte aus und unwillkürlich musste ich an die letzten Worte denken, die ich zu ihm gesagt hatte. Aber den Schmerz, den diese Vorstellung mir bereitete, durfte Caidan mir nicht anmerken. »Du lässt Lucjan so lange am Leben, bis wir beide ein Kind haben?«, fragte ich. »Warum erzählst du mir das? Er ist auch mein Sohn und ich werde nicht zulassen, dass du ihn umbringst.«

»Das weiß ich doch. Und weil er auch dein Sohn ist, werde ich ihn nach der Machtübergabe am Leben lassen. Vorausgesetzt, du hilfst mir dabei, ihn zu überzeugen.«

Ein kleiner Hoffnungsschimmer machte sich in mir breit. Doch ich wusste nicht mehr, was ich Caidan glauben konnte und was nicht. »Und du wirst ihm nichts antun?«

»Versprochen.« Liebevoll betrachtete er mich.

Ich glaubte ihm. Und ich glaubte ihm nicht. Er würde ihn töten, wenn er das hatte, was er wollte, oder nicht? Caidan war doch kein Monster. *Du bist blind, Leetha*. Die Ungewissheit brachte mich fast um. Wem konnte ich in diesem Palast glauben? Wem konnte ich vertrauen? »Aber, warum kann er nicht mir die Macht übergeben?«, fragte ich.

Caidan lachte: »Denkst du, ich bin so dumm? Nein. Das mache ich nicht. Unserem erstgeborenen Kind wird die Macht übertragen und dann ...« Er stockte. Und dann würde er mich und Lucjan töten. Er brauchte mich für seinen Plan, genau wie er Lucjan brauchte.

»Und dann was?«, fragte ich dennoch, um seine Reaktion zu sehen.

»Und dann wird unser Kind den ganzen Mond regieren.«

Seine Hand wanderte unter meiner Bettdecke auf meinen Schenkel: »Wollen wir anfangen?«

Ich schluckte. »Du willst jetzt, ich meine ...«

»Ja«, hauchte er in mein Ohr.

Ich drückte ihn von mir: »Ich mache bei deinem Plan mit. Aber, ich möchte eine Sicherheit haben.« Ich musste ihn einfach in diesem Glauben lassen.

»Eine Sicherheit?«

»Ja. Ich möchte, dass du mir einen Beweis lieferst, dass Lucjan und ich nicht ermordet werden, nachdem dein Sohn diese Machtübergabe bekommen hat.«

»Wie soll ich das jetzt schon beweisen. Du musst mir vertrauen.«

Vertrauen? Dir werde ich nie wieder vertrauen. Ich schüttelte leicht den Kopf: »Dann lass dir etwas einfallen. Ohne eine Sicherheit werde ich nicht mit dir schlafen.«

»Du bist nicht in der Position, um zu verhandeln, Leetha«, sagte er wütend, während er mich intensiv musterte.

»Du auch nicht, Caidan.«

Er lächelte. Ein falsches Lächeln, das ich sofort erkannte. Er hatte mich unterschätzt. »Warum sollte ich nicht in der ...«

Ich unterbrach ihn: »Weil auch du mich brauchst. Du weißt genauso gut wie ich, dass die Macht über Tenebris nur mir oder einem meiner Kinder übertragen werden kann. Das Blut der Aeterna. Das Blut der ersten Bewohner von Meridem. Du brauchst dieses Kind von mir. Keine andere Frau könnte dir solch ein wertvolles Kind schenken.«

»Ich brauche dein Einverständnis nicht«, zischte er zwischen gepressten Zähnen hervor.

»Ach ja? Was willst du machen? Mich vergewaltigen? Mein Onkel, dem du deine neue Position zu verdanken hast, würde dich im Nu töten lassen, wenn du mir etwas antun würdest.«

»Bist du dir sicher?«, fragte er und hob eine Augenbraue, doch ich erkannte seine Unsicherheit. Er dachte über meine Worte nach. Dann sagte er: »Vielleicht kennst du deinen Onkel nicht so gut, wie ich ihn kenne.«

»Das spielt keine Rolle. Er liebt mich. Er ist wie ein zweiter Vater für mich«, sagte ich fest und drückte Caidan noch ein Stückchen von mir weg.

Ich merkte, dass er wütend und ungeduldig wurde. »Das alles, war doch seine Idee!«, fauchte Caidan.

»Und wenn schon. Im Gegensatz zu mir bist du ersetzlich, Caidan. Es gibt zahlreiche niedergeborene, junge Männer in dieser Stadt, die gerne eine Weile lang König spielen würden. Heutzutage mehr als jemals zuvor.«

»Du ...« Caidan biss sich auf die Zähne. Er schäumte vor Wut.

»Also, Caidan, mein liebender Ehemann, bring mir eine Sicherheit und ich schenke dir hundert Kinder.« Ich lächelte ihn an.

Er kniff die Augen zusammen und überlegte. »Ich lass mir etwas einfallen.« Er stand auf und marschierte aus meinem Gemach.

»Ach, Caidan!«, rief ich ihm hinterher. Ich stand ebenfalls auf. »Bis dahin bleibe ich nicht hier!«

»Wohin willst du gehen?«

»Das weiß ich noch nicht. Aber ich bleibe keine Sekunde länger als nötig in deiner Gegenwart. In zwei Wochen komme ich wieder und will meinen Beweis. Wenn meinem Sohn bis dahin ein Haar gekrümmt wird, bringe ich dich eigenhändig um.« Ich trat ins Licht.

Meine Mutter musste mich umgezogen haben, als ich schlief, denn ich trug endlich etwas, das mir passte. Ein langes, weißes Nachtgewand. Doch auch dies war zu luftig für den Ort, den ich aufsuchte. Wie schon beim ersten Mal konnte ich rein gar nichts sehen. »Lucjan?«, rief ich in die Dunkelheit. Diesmal waren meine Kräfte aufgetankt und ich kam genau an der Stelle raus, wo ich sein wollte.

»Mama«, sagte er erleichtert. »Geht es dir gut?«

»Ja, geht es *dir* gut?«

»Ja.« Für einen Moment suchte ich zwischen den Gitterstäben seine Hand, dann fand er meine. Sie war warm und weich und ich küsste sie. »Bist du abgehauen, Mama?«

»Ja. Ich kann aber nicht lange bleiben«, sagte ich und das war die Wahrheit. Hier unten würde Caidan mich finden und wenn sie mich in eine dieser Zellen stießen, gäbe es kein Entkommen.

»Dein Junge sagt, mein König ist auf der Erde, Prinzesschen«, hörte ich die raue Stimme des Tenebrer.

Ich schenkte ihm keine Bedeutung. Alles, was ich wissen wollte, war, dass es meinem Kind gut ginge. »Hör zu, Luc. Du musst jeden Tag üben, verstehst du? In zwei Wochen kommt dein Vater und wird dich hier herausholen. Zwei Wochen, die du noch aushalten musst. Ich verspreche dir, Caidan wird dir nichts tun. Niemand wird dir ein Haar krümmen.« Ich sagte es fest und sicher, obwohl ich alles andere als das war. Xay durfte keinen Fuß in diese Mauern setzen. Caidan wollte ihn töten und Lucjan war eine Falle. Ein kleines, hilfloses Kaninchen, das den Fuchs herlocken sollte, damit man ihn töten konnte. Es musste also eine andere Möglichkeit geben. Doch auch diese würde ich finden. Ich würde alles machen, um mein Kind zu retten!

»Ich komm klar, Mama.« Seine Worte trieben mir erneut Tränen in die Augen. »Wo gehst du hin?« Was war das für eine Welt, in der sich Kinder um das Wohl ihrer Mütter sorgen mussten?

»Ich weiß es nicht. Ich finde einen Ort, an dem ich mich verstecken kann«, behauptete ich leise.

»Wie wäre es mit Tenebris?« Ja, diese Worte kamen von meinem Sohn. Nicht von dem komischen Kerl in der anderen Zelle. Von Lucjan.

»Wie kommst du darauf?«

»Cyrian hat mir viel von Tenebris erzählt. Und von meinem Vater. Sie waren viele Jahrhunderte lang Freunde und Soldaten. Ich habe noch nie so viel über Papa erfahren wie von ihm.«

»Cyrian, ist das der Kerl in dieser Zelle?«, flüsterte ich.

»Ja«, flüsterte Luc zurück.

»Wenn du sicher sein willst, bis Xaver zurückkommt, geh nach Tenebris, Prinzesschen. Hör auf deinen Jungen!«

Es war komisch. Er war Tenebrer und saß seit dreißig Jahren hier fest. Warum? Wie ging das? Wenn ich an den Vertrag dachte, schien es mir unmöglich. Ich seufzte. »Er ist ein Tenebrer, denen kann man nicht trauen«, sagte ich leise.

Cyrian lachte lauthals los: »Aber euch Meridemern schon? Du musst vor deinem eigenen Volk fliehen, junge Dame! Wem kann man also trauen?«

»Wie soll ich mich dort zurechtfinden? Ihr mögt im Dunkeln sehen können, doch ich kann es nicht. Soll ich zwei Wochen in dieser Finsternis leben?«, fragte ich.

Die andere Stimme ächzte leise: »Zwei Wochen, Eure Hoheit. Was sind zwei Wochen. Ich sitze hier seit bald dreißig Jahren.«

»Wer seid Ihr überhaupt?«, fragte ich genervt.

»Erkennt Ihr meine Stimme nicht, Leetha?«

»Nein.«

»Ich bin es ...« Er hustete laut und räusperte sich dann. »Ich war Euer Gelehrter. Euer Vertrauter.«

»Er heißt Lord Lectran, Mama«, flüsterte Lucjan. »Von ihm weiß ich so vieles über dich. Wir drei haben die ganze Zeit geredet. Ich habe ihnen von der Erde erzählt ...«

»Lord Lectran?« Meine Stimme überschlug sich. »Man sagte mir, Ihr seiet tot!«

»Ach, liebes Kind. Ich glaube seit vielen Jahrhunderten, dass ich sterbe, doch es geschieht nie«, ächzte er. Die Kälte musste seine Stimmbänder angeschlagen haben. »Selbst in dreißig Jahren Eiseskälte, bin ich noch am Leben. Was sagt Ihr dazu, Eure Hoheit?«

»Ich freue mich, dass Ihr am Leben seid«, sagte ich unbedacht.

Er ächzte ein Lachen hervor: »Freuen? Ich wünsche mir nichts mehr als den Tod. Wenn ich sterbe, dann dürft Ihr Euch für mich freuen.«

»Lord Lectran, wisst Ihr wohin ich gehen könnte?«, fragte ich. »Gibt es einen Tempel in der Stadt, in dem ich sicher bin?«

»Ach, Leetha, ich weiß nichts mehr. Ich bin zu lange hier unten. Woher soll ich wissen, was dort oben vor sich geht. Ich erfreue mich einfach an den Geschichten über die Erde, die der Junge erzählt, und hoffe, dass ich nach dem nächsten Schlaf nicht mehr erwache.«

»Dann wisst Ihr auch nicht, ob meine Freundinnen noch leben?«, fragte ich mit einem Kloß im Hals. Er sagte nichts.

»Mama ...« Lucjan erfasste meine Hand und drückte sie fest. »... Geh nach Tenebris. Bitte. Wenn du nicht zurechtkommst, kannst du ja wieder zurück. Ich spüre es, dort wirst du sicher sein.«

»Du wirst dich wundern, Prinzesschen. Tenebris ist nicht das, für das du es hältst. Du denkst, du bist dort blind? Mach die Augen auf! Man sieht mit dem Herzen, nicht mit den Augen!«, sagte Cyrian. »Die Augen sind es, die uns blind machen.« Diesen Spruch hatte ich schon mal gehört. *Das Sehen ist es, was uns blind macht.*

Schon wieder hörte ich Schritte. Diesmal schneller, als renne jemand. Nein, nicht nur eine Person. Viele. Zu viele. Sie wussten, dass ich hier unten war.

»Los, Mama!«, rief Lucjan. »Geh nach Tenebris. Direkt in den Palast!«

Teil 4: Den Sternen so vertraut

Ich hatte ihm nicht gesagt, dass ich ihn liebte, nicht, dass ich ihm vergeben wollte. Ich hatte so vieles gesagt, doch nichts davon war wichtig.

Leetha

Ich hatte an Umbra gedacht, eine Stadt, die ich nie zuvor gesehen hatte. Lediglich aus Geschichten und Erzählungen kannte ich den Namen der tenebrischen Hauptstadt. Es handelte sich um Schaudergeschichten. Erzählungen über Schattenwesen, die im Dunkeln sehen konnten und Meridemer zu sich lockten, um sie zu quälen und zu foltern. Geschichten über Monster und Geister. Grausamkeiten, Elend und ewige Finsternis. Doch was ich vorfand, war keine Dunkelheit. Es roch nicht nach Tod und Blut, wie ich es mir ausgemalt hatte. Der Himmel erstrahlte über mir in einem Licht, das ich nicht beschreiben konnte. Es handelte sich nicht um die Sonnenstrahlen, die ich gewohnt war. Nicht dieses Licht, das Meridem ununterbrochen in ein sanftes Gold tauchte. Dieser Ort, an dem ich nun stand, erstrahlte in einem blau-violetten Glitzern, das von der Unendlichkeit des Universums auf mich herabstrahlte. Milliarden von Sternen funkelten am Himmel und ließen diesen Ort leuchten. Man konnte so weit in die Ferne sehen, dass ich sogar andere Galaxien erkannte.

Ich atmete einmal tief ein. Dieser ganze Ort roch bittersüß, wie Xay, und einen Herzschlag lang spürte ich ihn. Als stünde er neben mir, als wäre er ein Teil dieser unglaublichen Welt, in die ich nie zuvor eingetaucht war wegen all meiner Vorurteile und Ängste. *Du bist blind, Leetha.*

Ja. Vielleicht.

Als ich es endlich geschafft hatte, den Blick vom Himmel abzuwenden, sah ich mich um. Wo war ich gelandet? Ich hatte an Umbra gedacht, an Xay, von dem ich wusste, dass er nicht hier sein konnte. Doch ich hatte mir einen Palast vorgestellt, einen Ort, an dem er leben könnte, an dem ich möglicherweise Sicherheit finden würde. Und wie es aussah, war ich an die richtige Stelle gereist.

Ich stand auf einem riesigen schwebenden Felsen, der sich wie eine Spirale um sich selbst drehte. Große Vorsprünge wie der, auf dem ich stand, ragten aus dem Felsen hervor, auf dem Häuser, Tempel und andere Gebäude standen. Viele Treppen und Brücken dienten als Wege von einem Felsvorsprung zum anderen. Um den riesigen Stein, der wahrscheinlich die ganze Stadt ausmachte, schwebten kleinere Felsen in verschiedenen Größen und Höhen, die mit Brücken verbunden waren und auf denen ebenfalls Gebäude und Tempel standen. Beinahe jedes Gebäude besaß ein Dach aus weißen Steinen, die das Sternenlicht brachen und in unendlich vielen Farben zurückwarfen. In der Atmosphäre unter dem schwebenden Felsen leuchtete eine Art Nebel in einem violett-blauen Farbton, der aussah, als stünde ich über magischen Wolken. *Sternenstaub.*

Ich blickte am Hauptfelsen hinauf. Ganz oben an der Spitze des Hauptfelsens musste sich der Palast befinden. Er ragte hoch hinaus. Türme und Balkone aus Marmor, die von zahlreichen Mondsaphiren nur so im Sternenlicht funkelten, ließen ihn mächtiger wirken als jedes Gebäude in Meridem. Um das spitze Dach schwebten Kristalle und Diamanten, die an Sterne erinnerten.

Auf dem Vorsprung, auf dem ich gelandet war, schien es ruhiger zu sein als auf all den anderen, die ich unter mir erkannte. Überall tummelte sich das tenebrische Volk. Es war laut. Laut wie in Meridem. Die Geräusche von Wagen, die über Stein rollten, Rufe von

Händlern, die ihre Waren anpriesen, und das Lachen von Kindern, die über die Straßen rannten.

Wo befand ich mich? Irgendwo zwischen dem normalen Volk und dem Eingang zum Palast. Ich spürte die Schutzbarriere der Mondsaphire, die den Palast umgab. Ihre Macht war so stark, dass sie mir einen Schauder über den Rücken laufen ließ. Obwohl ich sie nicht sah, spürte ich sie. Sie dämmte mich ein, lähmte mich. Die Barriere grenzte genau an der Stelle, an welcher ich stand, und ich wusste, dass ich nicht hineinkommen würde. Also ging ich ein paar vorsichtige Schritte auf die Treppe zu, die ich von Weitem sah. Kurz davor blockte mich die Barriere ab. Ich wollte ins Licht treten, doch diese magischen Steine waren einfach zu stark. Ein kurzer elektrischer Schlag durchfuhr mich und meine Hände begannen zu zittern. Das hatte ich noch nie gefühlt, nicht hier auf dem Mond.

»Wer seid Ihr?«, hörte ich plötzlich eine raue Stimme hinter mir. Ich erschrak und drehte mich sofort um. Schreck fuhr durch meinen ganzen Körper, als ich einen Mann in der tenebrischen Rüstung erkannte. »Niemand hat Zutritt zum Palast!«, sagte er laut und hob sein Schwert in einer warnenden Geste.

»Ich weiß«, sagte ich freundlich und trat von der Treppe zurück. Sein Gesicht sah harmlos aus, er war noch recht jung für einen Soldaten, doch die zahlreichen Waffen an seinem Gürtel und die Narben in seinem Gesicht machten ihn gefährlich. Dazu kam, dass er ein Tenebrer war und mich sofort als eine Meridemerin erkennen würde. Allein mein helles Haar und die Augen würden mich verraten. Die Sommersprossen erst recht.

Ich wollte an ihm vorbeigehen, doch er stellte sich mir in den Weg. Was würde er mit einer Feindin anstellen? Würde er mich festnehmen? In einen Kerker werfen? Oder Schlimmeres? Ich versuchte ruhig und gefasst zu wirken, doch innerlich kroch eine Angst in mir hoch. Die Angst, die schon immer da gewesen war, seit meine Ammen mir ihre Geschichten über Tenebris erzählt hatten. In meiner Fantasie sah ich mich schon an Ketten gefesselt in einem dunklen Kerker sitzen und musste zahlreiche Foltermethoden über mich ergehen lassen. Diese Bilder musste ich aus meinem Kopf bekommen, wenn ich keine Angst zeigen wollte.

»Was habt Ihr hier zu suchen?«, fragte er emotionslos und betrachtete mich von oben bis unten. Noch immer trug ich das Nachtgewand, in dem ich geflohen war. Beschämt verschränkte ich die Hände vor meinen Brüsten, obwohl man ohnehin nichts erkennen konnte. Doch ich fühlte mich irgendwie entblößt. Nicht auf eine körperliche Weise. Eine andere. So, als könnte er meine Angst riechen oder sie in meinen Augen erkennen. So, als wäre ich unerlaubt auf fremdes Territorium gereist in dem Wissen, dass man mich dafür qualvoll bestrafen würde.

Ich sagte nichts und bemühte mich, ihn mit meiner königlichen Miene anzusehen. *Zeige keine Angst. Verbirg sie tief in dir, Leetha*. Er pfiff einmal laut und verschränkte das Schwert vor mir, sodass ich nicht weglaufen konnte. Ich könnte ins Licht treten, dachte ich mir. Doch wohin sollte ich gehen? Ich hörte Schritte und ein weiterer Soldat kam auf mich zu.

»Ich habe diese Frau dabei ertappt, wie sie versuchte, in den Palast zu gelangen«, erklärte der junge Soldat dem anderen. Er war etwas älter und trug eine andere Uniform.

»Wer seid Ihr?«, fragte auch dieser.

Ich schluckte. Ich war nicht unerlaubt gekommen. Ich wurde eingeladen. Xay, der König hatte mich höchstpersönlich beauftragt, hierherzukommen, wenn ich in Meridem nicht mehr sicher wäre. Doch das konnte ich unmöglich sagen. Sie würden mir nicht glauben und mich erst recht für eine Spionin halten. »Ich ... ich bin eine Freundin von Cyrian«, log ich und musterte die Gesichter der beiden, ob sie diesen Namen kannten. Immerhin hatte der Unbekannte aus dem Verlies gesagt, er wäre ebenfalls Soldat. Und sich als eine Freundin von ihrem König Xaver auszugeben, der seit einem Jahrzehnt nicht mehr hier gewesen war, würden sie mir ohnehin nicht glauben.

Der Jüngere öffnete den Mund, als wollte er etwas sagen, doch er schloss ihn wieder. Die beiden warfen sich fragende Blicke zu, ehe sie erneut zu mir sahen.

»Ja, er hat mir aufgetragen, dem König etwas auszurichten. Er sitzt in einem Verlies und kann selbst nicht erscheinen«, log ich weiter.

»Cyrian lebt?«, fragte der Ältere und ging einen Schritt auf mich zu. Er kniff die Augen zusammen und legte den Kopf schräg.

Ich nickte.

»Warum sollte er eine Meridemerin schicken, um dem König etwas auszurichten?«, fragte der Ältere argwöhnisch.

Ich zuckte mit den Schultern und überlegte, ob nun der richtige Zeitpunkt sei, ins Licht zu treten.

Er wandte sich zu dem Jüngeren und sagte: »Wir verhören sie. Bring sie ins Verlies und informiere die Königin über diese Geschichte.«

»Königin?«, fragte ich.

»Ja. Die Königin. Sie wird entscheiden, ob wir Eure Geschichte glauben.«

Er musste von Xays Mutter gesprochen haben. Ich wägte meine Möglichkeiten ab. Ins Licht treten und zurück nach Meridem fliehen oder mit Xays Mutter zu sprechen. Ehe ich mich versah, verschwand der Jüngere im Schatten. Er war ein Vollwertiger? Er hatte überhaupt nicht wie einer ausgesehen. Aber ich kannte die Tenebrer ohnehin nicht so gut. Dennoch beunruhigte es mich, dass ich hier nicht einmal Vollwertige von Niedergeborenen unterscheiden konnte. Ich hätte schwören können, dass er keiner von edlem Blut war.

Der andere ging noch einen Schritt auf mich zu, bis er ganz nah vor mir stand. »Geht Ihr freiwillig mit, oder muss ich Euch zwingen?«, fragte er.

Ich blieb ruhig und gelassen stehen und überlegte noch, ob ich einfach ins Licht treten sollte, da packte er mich am Arm und ehe ich mich versah, hörte ich ein Klicken und spürte kaltes Metall an meinen Handgelenken. *Mist!* Er hatte mir einen verschließbaren Eisenring um das rechte Handgelenk gelegt, das mit Mondsaphiren bestückt war. So ein Armband, wie es Xay damals besaß. Doch ich spürte die Macht dieser Fessel. Sie war weitaus stärker. Die Aura der Saphire umschlossen mich wie ein unsichtbarer Nebel. Vielleicht lag es daran, dass ich mich auf dem Mond befand, oder daran, dass es andere Saphire waren. Doch dieses Mal würde ihre Stärke nicht so schnell verblassen. Ich saß in der Falle. Dennoch versuchte ich, ins Licht zu treten, ohne Erfolg. Sie hatten mich.

Wie lange ich in dieser Zelle saß, konnte ich nicht genau sagen, doch es kam mir wie Stunden vor. Irgendwo tief in einem Berg saß ich auf einer kleinen Bank in einem Raum, der von Eisenstäben umgeben war. Fackeln leuchteten an den Wänden, welche der Soldat für mich entzündete. *Ja, für mich*. Sie waren Tenebrer und sahen in der Dunkelheit. Doch für eine Gefangene aus Meridem machten sie Licht. Es kam mir seltsam vor. Möglicherweise glaubten sie meine Lüge, ich sei eine Spionin von Cyrian.

Dann, endlich, hörte ich Schritte und der Soldat stand vor mir. Neben ihm stand ein junges Mädchen mit dunklem, wuschigem Haar und schwarzen Augen. Sie war nicht angezogen wie ein Mädchen. Sie trug ebenfalls eine Soldatenuniform aus Leder, die sich eng an ihre weiblichen Rundungen schmiegte, die sie langsam bekam. Sie war jung, sehr jung. In ihrer Gürtelscheide steckte rechts ein langes Schwert, das fast größer wirkte als sie selbst. Links hingen zwei Dolche. Sie sah mich von oben bis unten an. Ihr abwertender Blick verriet, dass sie mich hasste. Weil ich aus Meridem kam, weil ich eine Feindin war. Ich sagte nichts und musterte sie ebenfalls.

War das diese Königin? Sie war viel zu jung, um Xays Mutter zu sein. Andererseits waren viele Jahre vergangen und ich hatte gesehen, was in Meridem für Veränderungen vor sich gingen. Warum also nicht auch hier? Vielleicht war Xays Mutter gestorben oder gestürzt worden. Doch wer sollte ein kleines Mädchen auf den Thron setzen? Sie sah jedenfalls nicht aus, als würde sie sich viel sagen lassen. Also vielleicht doch eine Königin? Oder eine Prinzessin? Nein. »Du bist Leetha«, grinste sie schief und sah mir fest in die Augen. »Die meridemische Königin ... Was willst du hier?«

Woher wusste sie, wer ich war? Es ärgerte mich, dass sie mehr über mich wusste als ich über sie. In ihren Augen lagen Fragen, aber auch Wut und Zorn, den ich auf mir spürte, als könnte sie mich allein mit ihren Augen töten. Ich reckte das Kinn, blieb aber still.

»Woher kennst du den Namen Cyrian?«, fragte sie.

Ich zuckte mit den Schultern.

Sie packte die Eisenstäbe meiner Zelle und umklammerte sie, während sie durch zusammengepresste Zähne zischte: »Woher kennst du Cyrian?«

Da war es. Sie konnte ihre Wut und Verzweiflung nicht unter einer Maske verbergen, wie ich es einst so gut gekonnt hatte. Sie war keine Monarchin. Und wahrscheinlich nicht einmal eine Vollwertige. Doch nach dem Soldaten war ich diesbezüglich nicht ganz sicher. »Macht mich los und ich erzähle es Euch«, sagte ich. Ich spürte, dass es ihr wichtig war. Wer auch immer Cyrian war, er musste jemand Wichtiges sein.

Sie lachte auf: »Sag es mir und ich verschone dein Leben. Das ist der Deal.«

Langsam spürte ich ihre Anspannung. Je nervöser sie wurde, desto sicherer fühlte ich mich. Maskeraden waren nicht ihre Stärke, sie ließ sich zu sehr von Gefühlen leiten. Ob das gut war, konnte ich noch nicht sagen. Doch es würde helfen, sie besser zu durchschauen. Obwohl sie immer aufgewühlter wurde, erinnerte sie mich ein wenig an Xay. So, wie er damals war. Damals, als wir noch Kinder waren. Auch er war impulsiv gewesen, bevor er sich dazu entschied, unberechenbar zu werden. Als ich nichts sagte, wandte sie sich dem Soldaten zu: »Töte sie!«

Ein Ruck fuhr durch meine Glieder. Gerade als ich etwas sagen wollte, ertönten weitere Schritte. »Niemand wird getötet!«, hörte ich eine weitere, weibliche und königliche Stimme aus dem Gang.

Als sie vor mir stand, erkannte ich sie sofort, obwohl ich sie niemals zuvor gesehen hatte. Schwarzes, gepflegtes Haar, das in langen Wellen über ihre Schultern floss, dunkle Augen, in denen kleine Schatten tanzten und einen rot geschminkten Mund, den sie zu einem falschen Lächeln formte. Sie betrachtete mich. Dann schmunzelte sie: »Ihr seid also Leetha Aeterna ...« Das war keine Frage, sondern eine Feststellung. Ihre ganze Art, diese Ausstrahlung, dieses Auftreten erinnerte mich an mich selbst. Damals, als ich noch im Palast gelebt hatte. Sie war eine wahre Königin. Sie trug ein eng anliegendes, schwarzes Kleid, das ab der Taille mit Spitze verziert war und lang auf den Boden floss. Über ihren Schultern lag ein kurzes

Jäckchen aus schwarzen Federn und ihre großen Ohrringe funkelten golden zwischen dem langen Haar hindurch.

Ich war mir sicher, dass sie in diesem Reich die Mode-Ikone war, dass alle Frauen und Mädchen so sein und so aussehen wollten wie sie. Sie war bildschön. Ich erkannte Xay in jedem ihrer Gesichtszüge. Und auch Lucjan erkannte ich irgendwo in ihr. Ich musste sie nur ansehen, um Heimweh zu bekommen. Heimweh nach der Erde, nach Luc und Xay, nach unserem Leben dort. Ich wünschte, Xay wäre hier. Nicht nur, weil er mich aus dieser Zelle befreien würde. Er würde mich halten, in diesem Moment, als mich Zweifel überkamen. Zweifel darüber, ob ich das alles schaffen könnte. Ob ich in der Lage war, Lucjan zu befreien. Derzeit sah es nicht danach aus.

Sie spitzte die Lippen, dann seufzte sie und sagte: »Jetzt verstehe ich. Mein Sohn hatte schon immer einen ausgezeichneten Geschmack.« Sie seufzte und fügte hinzu: »Zumindest, wenn es um Äußerlichkeiten geht.«

Ich sagte nichts. In einem Moment machte sie mir ein Kompliment, dann beleidigte sie mich im nächsten Satz. Ich erkannte mich selbst, wie ich einmal gewesen war. Wie ich nicht mehr sein wollte.

»Wo ist er?«, fragte sie scharf.

Ich schluckte und sah sie nur an.

»Wo ist er?« Sie wurde lauter. »Noch auf der Erde?«

Leicht nickte ich.

»Und mein Enkel?«

Mein Herz stockte. Woher wusste sie von Lucjan?

»Sie haben ihn, stimmt's? Deshalb seid Ihr hier?«

Sie. Meridem. Nicht ihr. *Sie*. Diese Kreaturen auf der anderen Seite des Mondes. Zu denen auch ich gehörte. Insgeheim fragte ich mich, welche Horrorgeschichten tenebrische Ammen den Kindern hier erzählten. Ich nickte erneut.

Sie seufzte, als wäre sie verzweifelt, doch ihre Augen ließen mich unbändige Wut erkennen.

»Was ist mit Cyrian?«, platzte es aus dem Mädchen heraus, das bisher still neben der Königin stand.

Die Königin warf ihr einen wütenden Blick zu.

»Verzeihung«, sagte das eben noch so vorlaute Mädchen. Sie war vielleicht hundert Jahre alt. Wenn überhaupt. In Menschenjahren wäre sie kaum älter als mein Sohn.

»Macht sie frei«, befahl die Königin den Soldaten. »Die Königin der Blinden muss sehr verzweifelt sein, dass sie hierhergekommen ist. Sie wird nicht fliehen.« Ihre Augen wanderten zu mir: »Nicht wahr?«

Die Königin der Blinden. Das war wohl mein Titel hier in Tenebris. Es störten mich weniger diese Worte als das Gefühl, dass sie recht hatten. Wie sehr mussten diese Tenebrer über mich lachen, wenn sie so über mich sprachen? Die alte Leetha hätte sich furchtbar aufgeregt, doch ich blieb ganz ruhig. Ein bisschen Scham überkam mich, doch eigentlich störte es mich kaum. Es war nicht von Bedeutung. Nicht mehr. Was man über mich dachte, war nebensächlich. Lucjan war alles, was zählte. Er war alles, was wichtig war. Seine Sicherheit und sein Leben.

Noch immer sah sie mich fragend an und wartete auf eine Antwort.

»Xay wird bald zurückkommen«, sagte ich leise. Und ich bemerkte, wie auch ich erleichtert darüber war.

»Das ist gut. Das Volk braucht seinen König. Und ich meinen Sohn.« Der Soldat schloss die Tür auf und ließ mich heraus. Doch den Armreif nahm er mir nicht ab. »Ich bin Königin Araya«, sagte Xays Mutter mit einem Lächeln und reichte mir ihre Hand. Es war ein falsches Lächeln, das ich erwiderte. Höflich verneigte ich mich vor ihr und wollte ihre Hand küssen, wie es sich bei uns am Hofe gehörte. Doch sie lachte laut und schüttelte den Kopf. »Das machen wir hier nicht.«

»Warum habt Ihr dann …?« Ich zögerte, dann verstand ich und ergriff ihre Hand.

Sie trat in den Schatten und ehe ich mich versah, betrat ich einen wunderschönen, großen Saal mit offenen Fenstern, von denen das Licht Tausender Sterne hineinschimmerte. Auf dem langen Tisch in der Mitte standen Kerzen und an der Decke hing ein riesiger Kronleuchter aus Kristallen. Sein Licht funkelte in drehenden Bewegungen, und ließ den Raum aussehen wie eine Galaxie. Eine offene, zweiflüglige Tür führte auf einen großen Balkon, von dem aus man in den Nachthimmel sehen konnte.

Ich betrachtete mein Armband. Wie hatte sie mich trotzdem hierherbringen können? Sie musste eine unglaublich mächtige Frau sein. Ich drehte mich um: »Ihr werdet mich also nicht umbringen?«

Araya zuckte mit den Schultern, schenkte einen Kelch Wein ein und reichte ihn mir: »Todesurteile überlasse ich meinem Sohn.« Sie kniff die Augen zusammen: »Wenn er irgendwann mal heimkommt.«

Ich musterte sie. Sie vermisste ihren Sohn, das konnte ich nachvollziehen. Auch ich vermisste mein Kind. Sie sorgte sich. Genau wie ich. Die Königin schenkte auch sich einen Kelch ein und deutete auf einen Stuhl. Ich setzte mich und sie sich neben mich. »Xaver war schon immer ein Ausreißer«, erklärte sie und nippte am Wein. »Ich wusste nie, wo er sich befand. Er war immer unterwegs.« Sie sah aus der offenen Balkontür, als sie sprach. »Deshalb schickte mein Mann ihn so früh zur Armee.«

»Warum seid Ihr so nett zu mir?«, fragte ich. *Lia*. Das war Lia, nicht Leetha. Leetha hätte ihr zugehört und überlegt, welche Spielchen diese Frau spielte. Doch Lia ging offen auf sie zu und versuchte, ihr näherzukommen. *Dumme Lia.*

Sie lächelte. »Xaver würde es mir nicht verzeihen, Euch zu verletzen«, sagte sie leise. Nein, das würde er nicht. Niemals. Sie kannte ihn und wenn sie über ihn sprach, erkannte ich Ehrfurcht in ihren Augen.

»Ihr vermisst ihn, nicht wahr?«

Sie nickte. Dann wurde ihr Blick düster: »Ihr seid schuld, dass er auf der Erde bleiben wollte. Er hat mir alles erzählt. Alles.«

»Wann?«

»Er war hier gewesen, vor ein paar Jahren.«

Ich erinnerte mich, dass er angeblich eine Geschäftsreise gemacht hatte. Wie dumm ich war. Mein Ehemann war drei Tage, offensichtlich bei Neumond, weg gewesen ohne anzurufen, ohne sich zu melden, und ich hatte mir nichts dabei gedacht. Wie dumm ich war damals. »Er hat mich die ganze Zeit belogen«, murmelte ich.

Sie zuckte mit den Schultern. »Er war verliebt ...«

Ja, und dennoch.

»Es war töricht. Das habe ich ihm auch gesagt. Ich wollte, dass er zurückkommt mit dem Kind. Aber er hat nicht auf mich gehört.«

Sie wollte, dass er mit Luc zurückkam. Mit Luc. Kein Wort von mir. Konnte man es ihr verübeln? Ich war mir nicht sicher. In meinen Gedanken rangen Lia und Leetha miteinander. Zwei Frauen, die doch ein und dieselbe waren. Und doch so unterschiedlich wie Tag und Nacht. Lia hätte gesagt, *nein, man konnte es ihr nicht verübeln*, während Leetha wütend über diese Aussage gewesen wäre. Doch ich war nicht wütend. Vielleicht hatte die Zeit auf der Erde mich mehr geprägt, als ich zugeben wollte. »Jetzt wird er kommen«, sagte ich und legte meine Hand auf ihre. Sie zog diese von mir weg.

»Versteht mich nicht falsch, Leetha. Wir beide sind keine Freundinnen.« Ihre Stimme wurde ernster. »Ich lasse Euch hier wohnen, bis Xaver zurück ist. Mehr nicht.«

Ich nickte.

Dann stand sie auf und ließ mich allein. Ich blickte zu dem offenen Balkon, stand auf und wollte ins Licht treten. Doch es ging nicht. Das Armband, das ich nicht abnehmen konnte, verhinderte selbst die kleinsten Reisen. Also ging ich zu Fuß hinaus. Es war alles so wundervoll hier. Die Sterne funkelten über mir, als tanzten sie. Ich dachte an meinen Balkon, auf dem ich in Meridem so gerne stand. Es war nichts im Vergleich zu diesem.

Ich staunte. Es war alles ganz anders, als ich es mir vorgestellt hatte. Hier war Xay aufgewachsen? Es war wundervoll. Atemberaubend. *Genau wie er*. Alles an Tenebris war genau wie Xay: Halb dunkel, halb hell. Sanft und weich und gleichzeitig rau und leidenschaftlich. Ich konnte nicht sagen, wie sehr ich ihn vermisste. Wie sehr hätte es ihm gefallen, mir diese Aussicht zu zeigen. Er hätte es genossen, es mir unter die Nase zu reiben. *Ich hab's dir doch gesagt*, hörte ich ihn, als stünde er neben mir. Diese Vorstellung brachte mich zum Schmunzeln. *Ja, das hast du*.

Hinter mir schlich sich jemand an, und ich drehte mich um. Das Mädchen in der Lederrüstung stand hinter mir und ich fragte mich, wie sie hier ein und aus gehen konnte. »Lebt Cyrian?«, fragte sie. Ihre Augen funkelten im Licht der Sterne.

Ich nickte.

»Geht es ihm gut?«

»Er sitzt in einem Kerker.«

Ich erkannte Trauer in ihrem Blick. Als sie sich umdrehte und gehen wollte, sagte ich: »Xaver wird ihn befreien.«

Sie drehte sich um, und kam auf mich zu, bis sie dicht vor mir stehen blieb: »Das hat er dreißig Jahre lang nicht getan! Warum sollte er?«

Ich zuckte mit den Schultern und sie stapfte wütend davon.

Tage vergingen und ich konnte nichts weiter tun, als zu warten. Ich fühlte mich gefangen. Gefangen in einem wunderschönen, goldenen Käfig. Aber ich war sicher. Niemand wollte mir etwas anhaben. Im Palast durfte ich mich frei bewegen und ich erkundete ihn von oben bis unten. Ein Zimmer war schöner als das andere und überall gab es diese Balkone, von denen manche einen Blick auf die Erde zuließen.

Nachts weinte ich und dachte an Lucjan. Tagsüber streifte ich durch die Räume oder las etwas in der Bibliothek. Meistens aber bereitete ich mich auf etwas vor. Ich zeichnete Grundrisse des Palastes in Meridem, den ich in- und auswendig kannte. Jeden Geheimgang und Dienstbotenausgang, jedes Schlupfloch, jede Besenkammer, ich zeichnete alles, was mir einfiel, bis hin zu den Kerkern, die ich leider nicht so gut kannte. Die Hoffnung, mit Xay und seinen tenebrischen Soldaten die Festung zu stürmen und meinen Jungen zu retten, hielt mich am Leben. Sie würden nicht in den Schatten treten können, so viel wusste ich. Vestas war ohnehin zu schlau, um das noch einmal zuzulassen.

In den wenigen Pausen, die ich mir gönnte, suchte ich das Gespräch mit den Tenebrern. Die Angestellten waren alle freundlich zu mir. Sie behandelten mich nicht, als wäre ich eine Fremde. Niemand tat das. Sie alle waren offen und nett und beantworteten mir meine Fragen über Tenebris, die ich kaum glauben konnte. Sie lachten mich aus, wenn ich ihnen erzählte, was man in Meridem über Tenebris sagte. Und sie versicherten mir, dass es hier keine Geister oder Monster gebe. Sie erzählten nur Gutes, was ich früher niemals geglaubt hätte.

Angestellte hier waren nicht nur Niedergeborene. Sie kamen aus allen Schichten und sie schworen mir, dass, egal welchen Stand sie besaßen, jeder gerecht entlohnt wurde. Ich schämte mich, zuzugeben, dass es in Meridem, selbst unter Vaters Führung, anders war. Niedergeborene Angestellte gab es wie Sand am Meer und nur manche waren vollwertig. Meist die, die mir als Zofen oder Kammerdiener dienten. Und sie verdienten mehr als das Doppelte von dem, was Niedergeborene bekamen. Sie hatten die schönsten Zimmer in den besten Dienstbotenflügeln bekommen. Kira und Aya bekamen sogar das Zimmer neben meinen Gemächern. Niedergeborene dagegen lebten bestenfalls in kleinen Kammern, in denen es nicht einmal Fenster gab.

Der Gedanke an Kira und Aya zerriss mein Herz. Meine besten Freundinnen, vielleicht sogar meine einzigen. Sie waren tot, da war ich mir sicher. Ich glaubte nicht, dass sie sich untergeordnet hatten. Vielleicht Kira, aber niemals Aya. Tief in meinem Inneren hoffte ich jedoch, dass sie noch lebten und dass es ihnen gut ginge. Es war ein kleiner Funke aus Hoffnung und Wunschdenken, doch er nährte mich an Abenden, in denen ich in Trauer zu versinken drohte. Manchmal wünschte ich, sie wären hier und wir könnten Karten spielen oder uns einfach nur unterhalten. Ich vermisste Kiras Männergeschichten und Ayas Augenrollen zu jedem Typen, den Kira anschmachtete. Ich hatte sie beide so lieb gehabt und bereute, es ihnen niemals gesagt zu haben.

Königin Araya hatte mir Kleidung zukommen lassen. Meist in dunklen Tönen, aber wundervolle Stoffe. Sie war etwas zierlicher als ich und etwas kleiner, doch das, was sie mir bringen ließ, passte wie angegossen. Schon am ersten Abend ließ sie Schneiderinnen zu mir schicken, um meine Maße zu nehmen. Die beiden Schneiderinnen hatten die ganze Zeit geplappert, was mir an diesem Abend zu viel war. Aber ich dankte ihnen, mich etwas abgelenkt zu haben. Tenebrerinnen. Beide mit dunklem Haar und fast schwarzen Augen. Sie waren voller Leidenschaft und Ehrgeiz. Jede von ihnen schwor mir, das schönste Kleid anzufertigen. Mir kam es fast so vor, als stünden sie im Konkurrenzkampf. Ich dachte, sie wollten beide nur Königin Araya begeistern. Doch ein kleines bisschen bemerkte ich, wie sie auch mich begeistern wollten. Sie behandelten mich mit dem größten Respekt und eine von ihnen nannte mich sogar Königin Leetha. Und das, obwohl ich nicht ihre Königin war. Heute war wieder einer dieser Abende, an denen sie ihre Kunstwerke vorbeibrachten. Jede brachte mir ein neues Kleid und ich fragte mich, wie sie es so schnell anfertigen konnten. »Ihr seht wunderschön aus, Eure Majestät.«

Eure Majestät, diese Worte berührten mich und ängstigten mich zugleich. Ich war nicht sicher, ob sie sich lustig machten oder es ernst meinten. »Danke«, sagte ich ausdruckslos.

»Wenn der König zurückkommt, werdet Ihr ihm gefallen«, plapperte die andere gedankenlos und strahlte bis über beide Ohren, als sie ihn erwähnte. Insgeheim fragte ich mich, ob sie sich deshalb so viel Mühe gaben. Ob sie von Xay für ihre Arbeit Anerkennung erhofften. Ob sie ihn persönlich kannten? Etwas in mir regte sich, als ich die bildhübschen Frauen betrachtete. Wunderschön und mit Sicherheit leidenschaftlich. Ob ihm diese Art Frau gefiel? Ob er etwas mit einer von ihnen hatte? Oder mit beiden? Der Gedanke schmerzte in meiner Brust, doch ich musste ihn unterdrücken.

»Verzeihung, das durfte ich nicht sagen, nicht wahr?«, fragte sie schnell.

Ich sagte nichts und musterte sie.

»Ich meinte nur, weil, na ja …« Sie wollte sich rausreden. »Wir hörten, dass Ihr und der König …« Sie wurde nervös und spielte mit den Fingern an ihrer Kette herum.

Ich wusste nicht, was ich erwidern sollte. Ich wusste doch selbst nicht, was mit mir und Xay war.

»Verzeihung«, murmelte sie.

»Kennt ihr den König?«, fragte ich schließlich und hoffte, dass sie Nein sagten.

»Natürlich!«, schoss es aus der anderen heraus. »Jeder hier im Palast kennt ihn.«

Jede Frau, meinte sie wohl. Ich sah sie fragend an. »Ihr lebt im Palast?«

»Ja, wir sind die persönlichen Schneiderinnen der Königin.«

»Ich habe euch nie gesehen«, stellte ich fest.

Die größere der beiden schüttelte heftig den Kopf. »Wir arbeiten Tag und Nacht an Euren Kleidern. Die Königin besitzt einen eigenen Trakt, der nur für uns Schneiderinnen ist. Wir arbeiten mit vierzehn anderen Frauen zusammen.«

»Vierzehn?« Ich hob eine Augenbraue. »Und sie alle kennen den König?«, fragte ich vorsichtig. *Ach, Lia! Musste das sein*?

Sie kicherten beide und wurden rot. »Nicht auf diese Weise, Eure Majestät«, zwinkerte die kleinere mir zu. Wie peinlich. Meine Eifersucht war wohl nicht zu übersehen. Aber ihre letzten Worte beruhigten mich.

Als ich eine Woche hier war, stieß das Mädchen, das mich am ersten Tag hier töten wollte, die Tür zu meinem Gemach auf: »Komm mit!« Sie klang unfreundlich, doch ich folgte ihr. Ihr Ton ließ kein Nein zu, und ich war neugierig, was sie wollte. Ich ging davon aus, dass sie im Auftrag von Araya kam, die mich womöglich sehen wollte. Sie rannte zahlreiche Stufen hinab, ging durch lange Flure und ich bemühte mich, ihr hinterherzurennen. Als sie vor einer großen Tür stehen blieb, keuchte ich bereits. »Wohin gehen wir?«

»In die Stadt.«

»Weiß die Königin davon?«, fragte ich und wusste nicht genau, ob ich in die Stadt wollte. Einerseits war ich mehr als neugierig. Andererseits ängstigte es mich etwas. Doch ich musste raus hier. Raus aus der Einsamkeit, die mich nur an Lucjan denken ließ.

»Nein. Aber sie ist nicht da. Also komm mit!«

»Warum machst du das?«, fragte ich.

Sie sah mich von oben bis unten an. »Weil du hier eingehst. Außerdem habe ich mitbekommen, wie du die Angestellten mit Fragen löcherst.« Ihr Blick wurde düster.

Ich lächelte dennoch. Diese kleine Göre erinnerte mich irgendwie an meinen Sohn. »Wie heißt du eigentlich?«

»Ozara.«

Sie öffnete die Tür und zwei Soldaten ließen uns vorbeigehen, während sie Ozara zuzwinkerten. *Sie hatte die Männerwelt jetzt schon im Griff*, dachte ich und lächelte bei dem Gedanken, wie es wohl werden würde, wenn sie erst älter wäre. Ozara war nicht eines der Mädchen, die sich jemals etwas sagen lassen würde. »Bekommen die Wachen dafür Ärger?«, wollte ich wissen und schaute zurück zu den beiden jungen Wachen, die Ozara und mir hinterherschmachteten.

»Wenn du die Klappe hältst, dann wird niemand etwas merken!«

Ich grinste. Diese kleine freche Göre, dachte ich. Und doch begann ich Sympathien für sie zu hegen, nicht zuletzt weil sie es mir ermöglichte, endlich aus diesen Mauern zu entkommen. Ich folgte ihr.

An einer langen Treppe blieben wir stehen. Ich befürchtete schon, dass wir den ganzen Weg in die Stadt nach unten gehen müssten, denn Ozara war offensichtlich keine Vollwertige, was bedeutete, sie konnte uns nicht durch den Schatten bringen. Und ich trug noch immer dieses Armband, das all meine Kraft eindämmte. Dann hörte ich ein Schnauben. Eines, das mir bekannt vorkam. Ein Schnauben, das ich lange nicht gehört hatte. Ein Schnauben, das unwillkürlich das Bild von Sonnenschein, meinem Lieblingsross, vor Augen hielt. Als ich mich umdrehte, standen ein geflügeltes Pferd hinter uns sowie ein Hippogreif.

»Wow«, hauchte ich. Ich hatte von den Hippogreifen gehört und wusste, dass Meridem sie im Krieg einsetzte, doch ich hatte nie einen gesehen. Eine Mischung aus Pferd und Adler und monströs groß. Dieser hier war viel größer, als ich mir vorgestellt hatte. Von vorn sah er aus, wie ein riesiger Vogel mit einem scharfen Schnabel und zwei riesigen Vorderbeinen mit scharfen Krallen. Doch der hintere Teil sah pferdeartige aus, und die beiden Hufen an den Hinterbeinen stapften ungeduldig auf und ab und schlugen nach hinten aus, als Ozara näher kam. Braune, große Federn zierten den oberen Körper des Wesens, auf dessen Rücken riesige Flügel ausgebreitet waren, die langsam hin- und herfächerten. Dieser eine Greif erzeugte mit den monströsen Flügeln einen Wind, der mir mein offenes Haar ins Gesicht peitschte.

Ozara schwang sich auf den Greif, sodass ihre kleine Gestalt fast unterging. Sie hielt sich mit einer Leichtigkeit auf dem Rücken, als hätte sie nie etwas anderes geritten. Während sie auf das Pferd deutete, rief sie mir zu: »Ich dachte mir, dass eine feine Dame wie du keinen Greifen reitet!«

Ich lächelte und streichelte das Pferd. »Danke.«

»Wofür?«

»Dass ich reiten darf.«

Sie lachte. »Kannst du nicht?«

»Doch. Ich habe es oft heimlich getan. Doch weil sie so selten sind …«

»Selten?«, rief Ozara. »Ach ja, ich vergaß. Du bist aus Meridem.«

»Was meinst du?«, fragte ich sie.

»Ich zeige es dir.«

Sie flog voraus auf ihrem Monster und ich ihr hinterher. Mein Ross war im Gegensatz zu Ozaras Greif winzig, doch seine starken Flügel trugen mich durch den Himmel. Sie schwangen so gleichmäßig und ruhig, dass ich mich auf Anhieb wohlfühlte. Noch nie hatte ich mich so frei gefühlt, wie in diesem Moment. Umbra wurde unter mir immer kleiner.

Ich folgte Ozara, doch sie flog zu weit vorn, als dass ich sie hätte fragen können, warum wir die Stadt verließen. Immer wieder drehte ich mich um und genoss den Ausblick über diese Stadt, die ich mir ganz anders vorgestellt hatte. Alles an ihr glitzerte und funkelte im Sternenlicht und der Palast ragte über allem hoch hinaus. Erst jetzt sah ich die Stadt richtig. Der große Felsen drehte sich langsam um sich selbst und die kleineren Felsen waren alle bewohnt. Es waren zahlreiche Gesteine, die sich mit Umbra drehten. Geflügelte Rösser, Greifen und andere Flugwesen, die ich nie zuvor gesehen hatte, beförderten Personen und Waren zwischen den Gesteinen hin und her.

In weiter Ferne erkannte ich einen weiteren Felsen, der nicht mit Umbra verankert war und einer Festung glich. Große Mauern umgaben diese Stadt, die mit Bannern und Flaggen verziert wurden, auf denen das tenebrische Wappen zu erkennen war: Ein blauer Stern, von dem sich rechts und links zwei Flügel ausbreiteten auf schwarzem Hintergrund. Als wir darüber flogen erkannte ich eine Menge Soldaten, die im Burginnern Schwertübungen machten. Sie alle blickten zum Himmel, als wir darüber kreisten. *Ein Stützpunkt,* dachte ich. Ozara winkte ihnen zu und einige winkten zurück. Ich fragte mich, wie sie das sehen konnten, Ozara versank regelrecht im Gefieder des Greifs.

Dann flogen wir weiter und sahen ewig lange nichts als den violetten Sternenstaub unter uns. Ozara landete schließlich auf einem Felsen, der wie eine verlassene Stadt aussah. Ich landete neben ihr und sie zeigte auf die raue Mondoberfläche unter uns. Der Staub hatte sich in Luft aufgelöst, sodass wir die Krater und Erhebungen der Oberfläche sehen konnten. Mein Atem bleib stehen. Unter uns lief eine Herde Einhörner. Keine kleine Herde, sondern Hunderte von ihnen. Dazwischen mischten sich ein paar geflügelte Pferde, die über den Einhörnern flogen und das Bild aussehen ließen wie eine Leinwand, auf der sich ein fantasievoller Künstler ausgetobt hatte. »Wem gehören sie?«, hauchte ich.

»Niemandem«, sagte Ozara leise. »Sie sind frei!«

»Frei? Ihr habt noch wildlebende Einhörner?« Mein Staunen war nicht zu verbergen.

Sie sah mich intensiv an: »Weil wir sie nicht jagen.« Was sollte ich dazu sagen. Ich fühlte mich, als käme ich aus einem Reich voller Monster. Und möglicherweise war das auch so.

Ozara und ich setzten uns und beobachteten die Herde eine Weile. Sie sprach kein Wort mit mir und ich sagte ebenso wenig. Tausend Gedanken strömten mir durch den Kopf. Doch der Anblick ließ alle Ängste und Sorgen in Luft auflösen, so als hätten diese Wesen eine beruhigende Wirkung auf mich. So, als würden sie mir versichern, dass alles gut werden würde. Doch eines konnten sie nicht heilen:

die Sehnsucht nach meinem Kind. Und je weiter die Wesen zogen, desto mehr überkam mich die Trauer. Wie gern hätte ich diesen Anblick mit Luc geteilt. Oder mit Xay, der sich über mein Staunen amüsieren würde: *Ich hab's dir ja gesagt*.

Ja, hast du.

Ozara bemerkte, dass ich traurig wurde und sprang auf: »Lass und gehen, ich wollte dir eigentlich Umbra zeigen!«

Zurück in Umbra landeten wir auf einem Marktplatz, an dem sich Stände und Händler tummelten. Früchte und Waren, die ich nie zuvor gesehen hatte, lagen auf den kleinen Tischen. Gelbe, blaue, rote und grüne Früchte, viereckig, rund, oval. Nichts davon kannte ich und mir schoss ins Gedächtnis, dass mein Vater einst mit Tenebris Handel treiben wollte. Ich hatte nie verstanden, was es dort zu handeln gab, doch als ich es sah, wurde es mir bewusst. *Diese Welt hat so viel mehr zu bieten, als alles, was ich kannte. Du bist so blind, Leetha*.

Es roch nach Gebäck und Honiggetränken, nach süßer Zuckerwatte und bitterer Schokolade. *Bittersüß*. »Probiert etwas!«, wies mich ein Händler an und reichte mir etwas, das ich nicht kannte.

»Nein, danke!«, mischte sich Ozara ein und riss an meiner Kleidung.

Musiker spielten Lieder und Künstler malten auf die Straßen. Wie in Meridem auf dem Marktplatz. Ich fühlte mich auf Anhieb zu Hause und war schon im Begriff mich umzusehen, da riss mich Ozara mit sich. »Hier ist es langweilig.« Wie konnte es langweilig sein? Sie übergab unsere Flugwesen einem Jungen, der auch andere Pferde für die Besucher des Marktes hütete und drückte ihm etwas in die Hand, das ich nicht sehen konnte. »Komm!«, forderte sie mich auf und ging durch kleine, enge Gassen, die sich zwischen alten Häuschen befanden. An einem Eisentor hielt sie an. »Das ist das wahre Tenebris!«

Ich folgte ihr eine lange Treppe hinab: »Warte!«

»Was ist? Ach ja, ich vergaß, du kannst im Dunkeln nicht sehen«, sagte sie genervt und nahm mich an die Hand. Es wurde dunkler und dunkler, bis ich mich voll und ganz auf sie verlassen musste. Bevor ich Angst bekommen konnte, wurde es heller. In einem langen Flur standen Feuerschalen auf dem Boden und Fackeln hingen an den Wänden. Große, runde Bögen führten in verschiedene Räume, aus denen Gelächter und laute Gespräche zu hören waren. Ozara zog mich an ihnen vorbei, bis wir schließlich durch einen der Bögen gingen.

In diesem Raum standen kleine Tische umher, wo Männer und Frauen saßen, tranken und Karten spielten. Vor ihnen stapelten sich Haufen aus Goldtalern. »Ist das eine Spielhölle?«, fragte ich.

»Das ist der Untergrund.« Ozara wurde von allen Seiten begrüßt, anscheinend kannte sie hier jeden. Dann sah ich zu, wie sie eine Runde Karten spielte und verlor. Als sie merkte, dass ich mich langweilte, zogen wir weiter. Aus dem nächsten Raum kam laute Musik und ich sah interessiert hinein. »Willst du tanzen?«, fragte sie.

Um ehrlich zu sein, war mir nicht danach zu feiern, während ich nicht wusste, wie es meinem Jungen ging, doch Ozara packte mich am Arm und schob mich durch die Menge.

»Trink!«, befahl sie und streckte mir ein Getränk entgegen. *Nichts lieber als das*. Ich trank. Dann ein Zweites. Und noch eins. Bis ich mich nicht mehr unter Kontrolle hatte. Ich torkelte und tanzte, was mit Sicherheit bescheuert aussah. »Hier interessiert es keinen, wie du aussiehst!«, rief sie mir zu, während die laute Musik in meinen Ohren dröhnte. »Wir sind in Umbra!«

Die ganze Welt drehte sich um mich und ich wusste, dass es am Getränk lag. Was auch immer sie mir gegeben hatte, es half gegen allen Schmerz. Ich fühlte mich wie auf Wolken, voller Glücksgefühle. Ich tanzte und tanzte, bis ich völlig außer Atem war, und vergaß die Zeit, den Raum und alles, was ich sonst vergessen wollte. Irgendwann schleppte Ozara mich in einen anderen Raum, wo zwei Kerle gegeneinander in einem Käfig kämpften. Der Anblick schockierte mich erst, doch dann ließ ich mich von dem Jubel der Zuschauer mitreißen. »Was ist das?«, schrie ich, bis ich bemerkte, dass die Musik hier nicht so laut war, wie sie noch immer in meinen Ohren dröhnte.

»Du kannst wetten. Ich setze mein restliches Gold auf den!« Sie zeigte auf einen fetten Typ, der mit bloßen Händen auf den anderen einschlug.

»Ich glaube, du hast richtig gesetzt«, lallte ich betrunken, von was auch immer. Was es auch war, das sie mir zu trinken gab, es half. Gegen alles. Ich fühlte mich befreit. Befreit von den Ängsten und Gedanken, die mich plagten.

Der andere Mann fiel zu Boden, hustete Blut und stand wieder auf. »Das ist schrecklich«, stammelte ich und musste mich abwenden. Nicht wegen der Brutalität, sondern weil mein Kopf anfing zu hämmern.

»Das ist Umbra!«, rief Ozara und jubelte.

Als sie ihren Gewinn abgeholt hatte, bat ich sie, mich nach Hause zu bringen. Alles drehte sich und ich konnte kaum geradeaus gehen. Die Axt, die sich in meinem Schädel befinden musste, drehte sich und ließ keinen klaren Gedanken zu. »Das ist grausam«, sagte ich, als wir uns wieder auf dem Marktplatz befanden. Ich übergab mich mehrmals und Ozara lachte mich aus.

»Was ist grausam?«, fragte sie und musste mir aufs Pferd helfen.

»Der arme Mann, der verprügelt wurde.«

»Er hatte Spaß, glaub mir. Ich mache auch schon bei solchen Kämpfen mit.«

»Was?« Ich erschrak. So ein kleines Mädchen?

»Kämpfen ist unsere Natur. Niemand wird dazu gezwungen. Wir lieben das. Und es stirbt auch niemand dabei, versprochen, Leetha.«

»Lia« lallte ich und fiel vom Pferd.

Ozara packte mich am Arm und half mir hoch.

»Ich heiße Lia.«

»Na gut. Wenn du meinst ...« Sie verdrehte die Augen. »... aber du wirst nicht allein zurückfliegen. Du kommst mit auf meinen Dunkelbringer.«

Ozara brachte mich heil zurück in den Palast und nachdem ich mich mehrmals übergeben hatte, legte ich mich ins Bett. »Bleibst du hier?«, fragte ich Ozara.

Sie sah mich fragend an.

»Nur bis ich einschlafe, bitte.« Die Decke des Raumes drehte sich und wenn ich die Augen schloss, sah ich Sternchen.

Ozara setzte sich zu mir aufs Bett. »Du bist gar nicht so, wie ich dich mir vorgestellt habe, Leetha.«

»Lia! Ich heiße ... Lia«, flüsterte ich. »Was hast du von mir gedacht?«

»Na, zumindest nicht, dass du so gut feiern kannst«, grinste sie. »Xay wäre stolz auf dich.« Sie grübelte. »Zumindest der alte Xay.«

»Was meinst du?«, fragte ich.

»Seit er König wurde, hat er sich verändert. Kein Feiern, keine Partys. Er wurde verantwortungsvoll ...«, murmelte sie.

»Das ist doch gut, oder nicht?«

Sie lachte. »Der alte Xay hat mir besser gefallen.« Eine Weile schwiegen wir. »Cyrian ist mein Vater«, sagte Ozara schließlich. »Ich dachte, er sei tot.«

»Es tut mir leid«, murmelte ich. Dann erst begriff ich, was sie wirklich gesagt hatte. Dieses kleine Mädchen vermisste ihren Vater, der in einem fremden Reich in einem Kerker saß. Ich setzte mich auf und legte meinen Arm um sie. Widerwillig ließ sie es zu. »Wer ist deine Mutter?«, fragte ich.

»Keine, die es wert wäre, über sie zu sprechen.«

Ich drückte sie fest an mich. Sie war auch allein. Genau wie ich. Auch sie vermisste jemanden und sorgte sich. Und sie war noch so jung. Und doch viel stärker als ich. Ich begann zu weinen.

»Warum heulst du denn jetzt?«, fragte sie und riss sich von mir los. Sie verdrehte die Augen.

»Mein Sohn sitzt auch in diesem Kerker.«

»Also stimmt es, dass du einen Sohn mit Xay hast?«, fragte sie erstaunt.

Ich nickte.

»Mir erzählt ja niemand etwas«, murmelte sie angesäuert.

»Redet die Königin nicht viel mit dir?«

»Ich bin nur eine Last für sie«, gab sie mit einem Schulterzucken zu. »Aber mir egal. Irgendwann mache ich mein eigenes Ding.« Sie überlegte. »Wenn sie zusammen in einem Kerker sind, wird mein Vater deinen Sohn beschützen«, versprach sie.

Ich wollte ihr nicht sagen, dass sie durch Wände und Gitterstäbe getrennt waren und dass er ihn nicht beschützen könnte. »Wohnst du auch in diesem Palast?«, lenkte ich ab.

»Ja. Xaver dachte auch, dass mein Vater tot sei und hat mich bei sich aufgenommen, bevor er zur Erde ging, um dich zu suchen.«

Er ist so ein toller Mann. Wie konnte ich das so lange nicht sehen?

»Er wollte dich umbringen«, sagte sie wie selbstverständlich.

»Ich weiß.«

»Was ist geschehen auf der Erde?«

»Was meinst du?«

»Wir waren alle enttäuscht, als er beschloss, dich nicht zu töten. Und erst recht, als wir herausfanden, dass ihr euch vermählt habt und dort leben wollt.« Ozara war, wie ich feststellte, niemand der Worte ausschmückte. Sie sagte genau das, was sie dachte. *Die Welt könnte mehr von ihrer Art gebrauchen*.

Ja, ihre Worte konnte ich verstehen. Ihr König hatte ihnen etwas versprochen und sie dann im Stich gelassen. So wie ich mein Volk im Stich ließ. Damals erschien es mir richtig. Doch nach allem, was ich sah, was aus Meridem geworden war, zweifelte ich. Ich hätte es vielleicht verhindern können. Nicht in dieser Nacht, als ich zur Erde ging. Schon zuvor. Ich hätte nicht so blind sein dürfen. Nicht so viele Vorurteile haben dürfen. Vielleicht hätte ich die Einladung annehmen sollen, einmal nach Tenebris zu reisen. Womöglich hätten Xaver und ich von Anfang an schon einen Krieg verhindern können. Möglicherweise hätten wir sogar Freunde sein und den Frieden, den unsere Väter wollten, wahren können. »Erzähl mir von Xaver«, bat ich, während mir die Augen langsam zufielen. »Wie er als König war.« Mit jedem Tag in Tenebris brannte meine Sehnsucht ein klein wenig mehr. Er fehlte mir einfach so sehr. Vielleicht könnte Ozara mir etwas über ihn erzählen, dass es mir leichter machen würde.

»Er war … er ist ein guter König. Temperamentvoll und ungestüm. Aber gerecht.«

Ja, das hört sich nach ihm an. *Nach meinem Xay*. Nicht der, den Leetha Aeterna kannte. Sondern nach dem, den Lia kannte. Den sie liebte. »Ich habe in Umbra gesehen, dass Vollwertige und Niedergeborene zusammen feiern und zusammen leben«, merkte ich an.

»Ja. Bei uns gibt es keine Klassenunterschiede. Der einzige Unterschied ist, dass die vom alten Blut in den Schatten treten können«, seufzte sie. »Das würde ich auch gerne können.«

»Altes Blut?«

»Ja. Wir sagen nicht niedergeboren. Das ist kein nettes Wort. Du solltest es vermeiden, wenn du in Umbra bist.«

Ich musste lächeln. Wie recht sie hatte. Wie ein solch kleines Mädchen so viel schlauer sein konnte als ich, wenn es um solch einfache Dinge ging. Doch auch ich hatte mich verändert. Ich fühlte mich nicht mehr wie Leetha. Wie die Königin. Es war, als wäre ich zur Hälfte ein Mensch. *Lia*.

Ich dachte zurück an die letzten zehn Jahre. An all die schönen Augenblicke, die vielleicht die schönsten in den letzten sechshundert Jahren gewesen waren. An Lucjans Geburt, an die Verliebtheit, daran, wie wir uns ein Leben aufgebaut hatten, ein Häuschen gekauft, es renoviert und eingerichtet hatten, daran, wie glücklich wir waren. An Xays Antrag, an die kleine und einfache Hochzeit. An jeden einzelnen Spaziergang durch die Normandie. Und ich dachte auch an die nicht so guten Zeiten. An Shadows Tod, wie sehr wir geweint und sie vermisst hatten, an all die kleinen Streitereien, an jede kleine Eifersuchtsattacke, an Meinungsverschiedenheiten und wie wir all das überwunden hatten – zusammen.

Das war es, was einen Menschen ausmachte. Ein so kurzes Leben in vollen Zügen zu genießen. Das Beste aus allem zu machen, was ihnen die paar Jahrzehnte schenkten. Und all die Jahre auf dem Mond kamen mir vor wie eine Verschwendung. Wie ein

Dahinsiechen, ein schleichendes Leben, das gegen ein einziges Jahrzehnt auf der Erde mit Xay nicht standhalten konnte.

Xay hatte mir das Leben gezeigt. Die Liebe. Abenteuer. Er hatte mich zum Lachen gebracht, zum Weinen und manchmal auch zum Verzweifeln. Und doch würde ich diese Zeit niemals missen wollen. Er liebte nicht nur Lia, er liebte mich. Meine Seele, mein Innerstes. Egal wie ich mich nannte, Lia und Leetha waren ein und dieselbe Person. Und er liebte sie beide.

Ich wachte auf und sah Ozara auf einem Sessel neben meinem Bett schlafen. Langsam streckte ich mich, setzte mich auf und betrachtete sie. Sie trug noch immer ihre Lederuniform, und trotz des Schlafens hielt sie den Griff ihres Schwertes fest umklammert. Was war diesem armen Mädchen zugestoßen, dass sie nicht ohne dieses Schwert konnte? Dachte sie, sie musste sich gegen irgendwas oder irgendwen verteidigen?

Ihr schwarzes Haar lag teilweise verstrubbelt über ihrem Gesicht. Sie hatte keine Mutter an ihrer Seite. Niemand, der ihr die Haare flocht oder ihr ein schönes Kleid anzog. Unwillkürlich dachte ich an die Zeit auf der Erde zurück. Xay und ich hatten lange versucht, noch ein Kind zu bekommen, doch es hatte nicht funktioniert. Nach vielen Versuchen und einigen Fehlgeburten, hatten wir uns dann entschieden, es zu lassen. Zu emotional und zu schrecklich war es für uns gewesen. Doch ein Mädchen hatten wir uns gewünscht. Ich lächelte, als ich Ozara schlafen sah und an Xays Worte nach unserer Hochzeit dachte: »Ich hätte gern noch ein kleines Mädchen«, hatte er gesagt. »Eine kleine Prinzessin.«

Dieses Mädchen, das in Lederkluft und mit einem Langschwert in meinem Zimmer übernachtete, als wäre sie mein persönlicher Leibwächter, war alles andere als eine Prinzessin. Sie war kein normales Mädchen. Ozara kämpfte in Arenen gegen andere Kinder und schloss seltsame Wetten ab. Sie spielte Karten wie ein Weltmeister und flog auf einem Greifen. Auf einem Greifen! Jeder in Meridem wusste, dass diese Wesen schwer zu bändigen waren und nur gut ausgebildete Soldaten sie zähmen konnten. Ja, Ozara war eine Kriegerin. Und obwohl ich sie kaum kannte, bewunderte ich sie.

Ich fragte mich, ob Lucjan auch so stark und kämpferisch sein würde, wenn er hier auf dem Mond aufgewachsen wäre und nicht auf der Erde. Wahrscheinlich wäre er das sogar, wenn er bei Xay in Tenebris gelebt hätte.

Die Neumondnacht war in Tenebris etwas besonders. Das hatte mir Ozara erzählt. Es war wie ein Feiertag auf der Erde, den sich Tenebrer drei Tage im Monat gönnten. Feiern, Kämpfen und noch mehr feiern. So waren zumindest Ozaras Worte gewesen. Aber für mich hieß es etwas anderes. Xay würde zurückkommen.

Noch bevor ich ihn sah, spürte ich ihn. Jeder Vollwertige besaß diese Energie, diese Macht, die man sofort spürte. Denn ins Licht treten, erforderte eine Menge Energie. Aber bei Xay war es etwas anderes. Ich spürte ihn schon viel früher, als jeden anderen. Das war schon immer so gewesen. Ob er mich auch früher spürte? Ob er auch immer wusste, wann ich erschien? Ich stand auf einem der Balkone, von denen aus man die Erde betrachten konnte. In jedem Saal des Palastes gab es eine kleine Glocke, die zur vollen Stunde ertönte. Im Gegensatz zu Claritas gab es in Umbra keine Glocken, welche die ganze Stadt mit ihrem Klang beschallten.

Jede einzelne Stunde hatte ich gezählt und gleichzeitig die Erde beobachtet, wie sich die dunkle Neumondnacht über den Planeten hereinschlich. Und genau in dem Moment, als ich den letzten Glockenschlag vernahm, kam ein Gefühl in mir auf. Ein Pochen des Herzens, ein Zittern der Knie. Meine Hände wurden feucht und ich spürte seine Anwesenheit direkt hinter mir. *Er ist da*. Seine Aura erfüllte alles um mich herum und ließ mich für einen Moment frösteln. Ich schloss die Augen, atmete tief durch und drehte mich um. Und da stand er. Xay. Er blickte mir tief in die Augen, sagte aber nichts. Obwohl er sich selbstsicher geben wollte, kannte ich ihn nun viel besser als früher. Besser als damals, als ich dachte, er sei ein Monster, ein blutdürstiger, grausamer König.

Heute war er nicht selbstsicher. Nicht in diesem Moment. Ich betrachtete ihn, und er mich. Auch er hatte sich verändert. Der hübsche Menschenmann wurde wieder zum mächtigen König von Tenebris. Seine Haut schimmerte, genau wie meine. Seine ganze Ausstrahlung glänzte und die Aura, die ihn umgab, knisterte in der Luft zwischen uns. Doch diese Augen, die sonst das Zuhause der vielen kleinen Schatten waren, hatten sich am stärksten verändert. Hier im Licht des tenebrischen Sternenhimmels funkelten kleine Lichter in seinen Augen, wo sonst die dunklen Schatten tanzten. Seine Augen bekamen einen leicht bläulichen Ton, und ich könnte schwören den Nachthimmel in seinen Augen zu erkennen. Er trat einen Schritt auf mich zu und hinter ihm kräuselten sich dunkle Schatten, als würde der Raum Wellen schlagen, wenn er ging.

»Du bist zurück«, sagte ich leise, um die Stille zu brechen. Meine Augen brannten. Mein ganzer Körper schrie nach ihm.

»Ja«, hauchte er und verzog die Mundwinkel zu einer leichten Andeutung eines Lächelns. *Dieses Lächeln, wie sehr ich es doch liebe*.

Ich bemühte mich, emotionslos zu wirken und reckte das Kinn. Aber in mir tobten alle Gefühle, die man aufbringen konnte. Sehnsucht, Liebe, Angst, Trauer, Wut. Am liebsten wäre ich ihm um den Hals gefallen und hätte geweint. Wie gern hätte ich mich in seine Armen fallen lassen, mich an ihn geschmiegt. Doch das tat ich nicht. Ich stand angespannt mit geraden Schultern nur so da. *Mach einen Schritt auf mich zu*.

Einen einzigen Schritt und ich würde meine Arme um ihn schlingen, und ihn nie wieder loslassen. Aber er tat es nicht. Ich wünschte mir, er würde mich packen und an sich heranziehen. Mich behandeln wie Lia. Doch auch er stand nur so da und betrachtete mich. Ich spürte, dass er mich musterte. Dass er sich fragte, was ich in Tenebris tat, dass er mir gern gesagt hätte, dass er sich freue, mich hier zu sehen. Dass er nach Lucjan fragen wollte. Dass er sich entschuldigen wollte. Ich sah ihm an, wie schwer es ihm fiel, mich nicht zu berühren, nicht zu wissen, was er sagen sollte. Er hatte Angst. Angst, dass ich noch wütend wäre. *Aber das bin ich nicht*. Wie konnte ich es ihm verübeln, nach allem, was ich als Letztes zu ihm gesagt hatte? *Ich bin nicht wütend. Komm her und nimm mich in den Arm*. »Caidan hat Lucjan«, sagte ich stattdessen leise, mit einem Kloß im Hals. Nun drückte ich alle Tränen zurück, die meine Augen füllten.

»Das dachte ich mir.« Seine Augen wurden feucht und endlich machte er einen weiteren Schritt auf mich zu, sodass er nun ganz dicht vor mir stand.

Nimm mich in den Arm, küss mich, mach irgendwas. Keine Angst, ich lasse es zu. Ich lasse alles zu. Er öffnete den Mund, um etwas zu sagen. Doch ich breitete meine Arme aus, um ihm um den Hals zu fallen.

»Da bist du endlich!«, rief Königin Araya und erschien im Schatten. Xay drehte sich zu seiner Mutter um. Eine Träne lief über ihre Wange und sie griff nach seiner Hand. Als sie sah, wie ich sie beobachtete, wischte sie sich die Träne ab und bemühte sich, stark zu wirken. »Mein Sohn ist zu Hause«, sagte sie mit zittriger Stimme und legte ihre Hände auf seine Wangen. Er war gut einen Kopf größer als sie, und er war der König. Und doch verneigte er sich vor ihr.

Fragend blickte ich sie an und sie schmunzelte mir zu.

»Ich freue mich, dich zu sehen, Mutter.« Er küsste ihre Hand. Es war Teil der Etikette, die ich aus Meridem kannte und von der ich dachte, dass es hier nicht üblich sei. »Ich danke dir ...«, fügte er hinzu. »Für alles, was du während meiner Abwesenheit getan hast.«

Ich konnte sehen, dass Araya mit ihren Emotionen zu kämpfen hatte. Doch sie nickte und sagte ruhig: »Es wird Zeit, dass du wieder auf dem Thron Platz nimmst, mein Sohn. Ich wollte schon lange nicht mehr regieren.«

»Sobald dieser Krieg zu Ende ist, kannst du tun und lassen, was du möchtest, Mutter. Dich zur Ruhe setzen und reisen, wie du es immer wolltest.«

Araya tätschelte seine Wange. »Du bist ein guter Sohn. Und ein noch besserer König. Das Volk wird dankbar sein, dass du zurück bist.«

»Als Erstes, muss ich meinen Sohn befreien und diesen Krieg gewinnen«, sagte er.

Den Krieg gewinnen? Ging es hierbei noch immer um die Einnahme von Meridem? Ich traute mich nicht zu fragen. Wenn es um Lucjan ging, standen wir auf einer Seite. Und unser Sohn hatte nun einmal höchste Priorität. Doch wenn es um unsere Reiche ging, wusste ich nicht, auf welcher Seite ich stand oder auf welcher er stand. Aber je länger ich darüber nachdachte, desto weniger interessierte es mich. Wir beide würden es schaffen.

»Xaver, du bist zurück«, hörte ich nun Ozara, die hinter Araya zum Vorschein kam. Sie konnte zwar nicht durch den Schatten wandeln, doch sie schlich sich ab und an heran wie eine lautlose Katze.

Bei ihrem Anblick lächelte er. »Ozara, du ... du bist gewachsen.«

Sie nickte.

Er deutete mit dem Kinn auf das Langschwert an ihrem Gürtel: »Kannst du noch alles, was ich dir beigebracht habe?«

Sie nickte: »Ich könnte dir hier und jetzt den Kopf abschlagen.« Ozara trat einen Schritt nach vorn auf Xay zu und sah ihn böse an. Er hob eine Augenbraue und sah sie fragend an. »Mein Vater lebt und sitzt seit dreißig Jahren in einem Verlies. Du hast gesagt, er sei tot!«

»Cyrian lebt?«, entfuhr es Xay und er konnte seine Verblüffung nicht verbergen.

»Wenn man ihr Glauben schenkt.« Sie deutete auf mich.

Er wandte sich an mich: »Cyrian lebt?«

Ich nickte: »Er sitzt mit Luc im Verlies.«

Xay ballte die Fäuste. »Sie haben Luc in einen Kerker gesteckt?«

»Ja.« Nun flossen Tränen meine Wangen hinab und auch Xays Augen füllten sich mit Wasser.

»Wir holen die beiden heraus!«, sagte er und war bereits im Begriff in den Schatten zu treten.

»Das ist nicht so einfach!«, rief ich und hielt ihn am Arm fest. »Es ist kein gewöhnlicher Kerker.«

Xay nahm mein Gesicht in seine Hände und sah mir in die Augen. Er war mir so nah und doch so fern. »Er ist unser Sohn, ich werde ihn befreien.«

»Sie haben die Zellen mit besonderen Mondsaphiren angefertigt. Es gibt keinen Weg hinein oder heraus.«

Sein Gesicht kam noch etwas näher an mich heran, sodass nur noch eine Handbreite Raum zwischen uns lag. »Lia, er ist unser Sohn, wir können nicht einfach aufgeben.«

Lia. Er nannte mich *Lia*. Mein Herz blieb für wenige Sekunden stehen, als er meinen Namen sagte. »Wir müssen vorsichtig sein, und mit einem guten Plan dorthin zurückgehen. Es gibt nur eine Möglichkeit, die Zellen zu öffnen, und zwar auf die herkömmliche Weise: mit einem Schlüssel. Diesen Schlüssel hat ... ich bin mir fast sicher, dass ihn Caidan bei sich hat. Er wäre nicht so dumm und überließe ihn jemand anderem.«

Während wir beide uns in die Augen sahen und uns so vertraut schienen, spürte ich Arayas Blicke auf mir. Sie brannten auf meiner Haut wie Feuer. Als ich zu ihr sah, spürte ich ihren Zorn noch heftiger. Ich legte meine Hände auf Xays Brust und schob ihn vorsichtig von mir weg. Es war nicht der Zeitpunkt, mich mit ihr anzulegen. Nicht jetzt. Was auch immer ihr Problem mit mir sein mochte. »Haben wir noch so viel Zeit, einen Plan auszuarbeiten?«, fragte sie mürrisch.

Ich wandte mich an sie: »Caidan hat im Moment nur ein einziges Ziel, nämlich Xay töten!« Ich sah ihn an: »Es tut mir leid, aber ich denke, du bist der Letzte, der planlos in Claritas ein und aus gehen sollte.«

»Was willst du damit sagen?« Er schüttelte den Kopf. »Ich kann doch nicht hier herumsitzen ...«

»Ich gehe zurück und versuche, an den Schlüssel zu gelangen«, fiel ich ihm ins Wort. »Caidan wird ohnehin wissen, dass du wieder da bist. Er wird alles tun, um dich in diese Falle zu locken. Er wartet nur darauf, dass du deinen Sohn befreien willst.«

»Lia, du willst zurück? Weißt du, wie gefährlich das ist?«

Ich nickte. »Sobald ich den Schlüssel habe, brauche ich dich. Davor bleibst du hier!«

»Lia ...«

»Komm mit!«, sagte ich und er folgte mir in mein Gemach. Auch Araya und Ozara gingen uns hinterher. Als ich an meinem Schreibtisch zahlreiche Papiere und Zeichnungen offenlegte, musterte er mich. »Das habe ich in den beiden Wochen angefertigt, in denen ich auf dich gewartet habe.« Ich zeigte auf einige der Zeichnungen. »Ich habe den gesamten Palast aufgemalt. Grundrisse von jedem Stockwerk und jedem geheimen Gang. Und hier …« Ich kramte noch mehr Zeichnungen hervor. »Selbst von Claritas, wie ich es in Erinnerung habe.«

»Wofür?«, fragte Araya.

Xay antwortete: »Für den Fall, dass Lia den Schlüssel bekommt und wir dort einmarschieren. Ich bin mir sicher, dass sie die Schutzmauern des Palastes gegen Eindringlinge aus Tenebris verbessert haben, nachdem ich das letzte Mal dort eingefallen bin.«

»Sie haben auf dem Gebiet mit den Saphiren große Fortschritte gemacht. Es könnte sein, dass du und deine Soldaten euch innerhalb der Mauern nur zu Fuß bewegen könnt«, fügte ich hinzu. »Hier …« Ich zeigte auf einige Bücher und Schriftrollen, die ich aus der Bibliothek mitgenommen hatte. »Das sind Schriften über die Saphire und ihre Wirkung. Ich habe sie alle gelesen und die wichtigen Stellen markiert.«

Xay blätterte kurz durch eines dieser Bücher und hob eine Augenbraue: »Du willst doch nicht, dass ich hier herumsitze und dieses Zeug lese, während du zu Caidan zurückgehst.« Schnell fügte er hinzu: »… und dich in Gefahr bringst.«

»So sieht mein Plan aus«, sagte ich trocken.

»Aber nicht meiner!« Seine Stimme klang wütend. »Wir müssen uns etwas anderes überlegen.«

»Verzeihung!« Wir hörten ein Räuspern und ein leises Klopfen an der offenen Tür. Ein Bediensteter stand dort. Wir alle drehten uns um und starrten ihn an. »Eure Majestät, Ihr seid zurück«, sagte er verblüfft und verneigte sich vor Xay. Genauso schnell stand er wieder auf und redete weiter: »Es ist ein Notfall, Eure Majestäten.« Er blickte zwischen Xay und Araya hin und her.

»Was ist geschehen?«, rief Araya laut.

»Die Grenze … Eure Majestät, ich muss Euch ausrichten, dass im Salon Offizier Zoran wartet. Er sagte, es sei dringend. Es ginge um die Grenzstädte.«

Xay drehte sich zu seiner Mutter: »Wer ist Offizier Zoran?«

»Ein Mann, der sich behauptet hat. Ich habe ihn zum Offizier ernannt«, erklärte sie und wartete seine Reaktion ab.

Doch er wedelte mit der Hand und ging auf die Tür zu: »Hören wir an, was er zu sagen hat.«

Tenebris Grenzstädte lagen in Schutt und Asche. Caidans Armee wagte sich voran und würde bald auf Umbra stoßen. Tausende arme unschuldige Seelen wurden getötet. Die Grenzen brannten. Offizier Zoran erzählte, dass jede Grenzstadt auf tenebrischer Seite ausgeräuchert wurde.

Araya weinte. Noch nie hatte ich eine Königin weinen sehen. Nicht, dass ich viele kannte. Wenn ich geweint hatte, dann hinter verschlossenen Türen. Doch Araya brach regelrecht zusammen. Ich kannte den Grund. Und Xay auch. Sie gab sich die Schuld daran. Sie hatte einen neuen Offizier eingesetzt, dem sie vertraut hatte, und nun war die Grenze zerstört worden.

»Du kannst nichts dafür, Mutter«, sagte Xay und legte seinen Arm um sie. »Ich habe dich und mein Volk im Stich gelassen. Wenn jemand Schuld hat, dann ich.«

Ich blieb lieber ruhig. Ich sah es wie er. Er hatte Schuld. Er war der Grund, warum dieser Krieg überhaupt erst zustande kam. Während Xay seine Mutter tröstete, bemerkte ich noch etwas anderes. Zorans Blicke. Wie er Araya betrachtete. So, wie ein Mann eine Frau ansah, die er liebte. Genau, wie Xay mich ansah. Ich hätte schwören können, dass Offizier Zoran ein Meridemer war. Er sah weder wie ein Meridemer noch wie ein Tenebrer aus, doch seine ganze Ausstrahlung und seine Art verrieten ihn. Doch was machte er hier? Ich betrachtete Xay, der sich übers Gesicht fuhr und wusste, dass er innerlich einen Kampf führte. »Du solltest gehen«, sagte ich schließlich. Er und Araya warfen mir einen fragenden Blick zu. »An die Grenze, in den Kampf. Dein Volk braucht dich.«

»Lia … Lucjan …?« Er nahm meine Hand.

Ich schüttelte den Kopf: »Es bringt nichts, wenn du nach Claritas kommst und in Caidans Falle tappst. Und es bringt alles nichts, wenn wir Umbra verlieren.« Wenn *wir* Umbra verlieren. Ich dachte über meine Worte nach, nachdem ich sie gesagt hatte, und bemerkte, dass ich mich wie eine Tenebrerin anhören musste. Xay bemerkte es ebenfalls. Er grinste und streichelte mit seinem Daumen über meine Hand. Erneut spürte ich Arayas Blicke auf mir, doch ich sah sie nicht an. Ich sah Xay in die Augen: »Ich gehe zurück nach Claritas und finde heraus, wie wir die drei aus den Zellen bekommen ...«

»Drei?«

»Ja, ein alter Freund von mir sitzt auch dort unten ... Hör zu, du musst deine Soldaten anführen. Ich wurde zu einer Königin erzogen und ich weiß, dass eine Armee besser kämpft, wenn sie ihren König an ihrer Seite wissen.«

Xay schenkte mir ein Lächeln. Seine Augen funkelten. Ich hatte Angst um ihn. Angst, dass ihm etwas geschehen würde. Doch ich wusste auch, dass es sein musste. Im Krieg wäre er immerhin sicherer als mit mir in Meridem. »Hast du mir eben geraten, gegen dein eigenes Volk zu kämpfen?«, grinste er.

Ja, das hatte ich wohl. Doch war es das? War dies mein Volk? »Ich sorge dafür, dass Lucjan nichts geschieht«, versprach ich. Ich würde alles tun, damit Lucjan sicher war. Alles. Und wenn es bedeutete, dass ich mit Caidan schlafen musste und ihn in dem Glauben ließ, mir ein Kind zu machen. Aber ich musste gehen. Ich hatte Caidan gesagt, dass ich in zwei Wochen wiederkomme und einen Beweis verlangte. Wenn ich nicht auftauchte, was würde er machen? Wahrscheinlich Lucjan als Druckmittel einsetzen, damit ich zurückkomme. Das durfte ich nicht riskieren. Und vor allem durfte ich Xay nicht erzählen, wie Caidans Plan aussah. Wenn er erfuhr, dass Caidan einen Erben von mir wollte, würde er mich nicht einfach gehen lassen.

Ich stand in meinem Gemach und das erste Mal seit Langem, waren Xay und ich allein. Es war zwei Stunden her, seit er angekommen war und ich sehnte mich mehr nach ihm als in den letzten zwei Wochen. Ich streckte ihm meine Hand hin, wo sich das Eisenarmband um mein

Handgelenk befand. »Du musst es abmachen, damit ich zurück nach Claritas kann«, sagte ich.

Er nickte und nahm es im Handumdrehen ab. Eine Bewegung, und es fiel zu Boden. Das hatte ich noch nie gesehen. Ich kannte diese Art von Handschellen nicht. Xay legte den Kopf schräg: »Denkst du, ich weiß nicht, was er vorhat?«

»Was meinst du?«, stellte ich mich dumm.

»Ich bin nicht blöd, Lia. Ich weiß, was Caidan von dir will.«

Ich seufzte. »Ich muss gehen. Wegen Lucjan.«

»Ja, das weiß ich ebenfalls.« In seinen Augen stand tiefe Trauer. »Und ich weiß, dass Caidan dir vorerst nichts anhaben kann. Er braucht dich.«

»Ich werde alles machen, was ich machen muss, um unseren Sohn zu beschützen«, sagte ich ehrlich.

Er ballte die Fäuste und mahlte mit seinen Kiefern. Dann schnaubte er einmal laut. »Diesbezüglich habe ich mit meiner Mutter gesprochen. Sie wird dir ein paar Sachen erzählen. Mädchenzeugs.« Er fuhr sich durchs Haar und versuchte zu grinsen, doch seine Augen verrieten, dass er alles andere als amüsiert war. *Oh mein Herz*. Es tat mir weh, ihn so zu sehen. »Ich kenne mich damit nicht so aus.«

Eine Träne floss über meine Wange.

»Wenn du den Schlüssel für den Kerker hast, kommst du als Erstes zu uns, ja?« Er sah mich traurig an und flüsterte: »Nach Hause.«

Nach Hause. Ich wusste, dass wir es ausgemacht hatten. Doch ich wusste nicht, ob ich das tun konnte.

»Dann schicke ich dir Verstärkung, und wir stürmen das Verlies. Allein wirst du nicht gegen die Wachen ankommen!«, sprach er weiter, als kenne er meine Zweifel.

Er hatte recht. Doch was, wenn Caidan bis dahin bemerkte, dass ich den Schlüssel besaß? Ich musste Lucjan doch so schnell wie möglich herausholen. Erst nach Tenebris zu reisen und eine Armee nach Meridem befehligen, würde zu viel Zeit kosten. Zeit, die wir vielleicht nicht hatten.

»Meine Mutter und Ozara werden hier auf dich warten, an jedem Tag. Und sie werden wissen, wo ich bin und mich finden. Wenn nicht, werden sie dir die besten meiner Leute mitgeben.«

Wenn nicht ..., dachte ich. Es bedeutete, wenn ihm etwas geschehen sollte. Ich strich mir die Tränen von den Wangen.

»Es tut mir alles so leid«, sagte er leise und ich konnte nicht anders, als meine Arme um ihn zu schlingen. »Ich weiß, du bist noch wütend, weil ich dich belogen habe und ...«

»Sei still«, flüsterte ich und legte sanft meine Lippen auf seine.

Er erwiderte den Kuss. Erst langsam, dann heftiger. Mein Kleid glitt zu Boden. Sanft drückte er mich auf mein Bett, den Blick auf mich gerichtet. Seine Augen hielten mich gefangen, als gäbe es kein Entkommen. Aber das war in Ordnung. Ich wollte nicht entkommen. Nicht dieses Mal. Ich streichelte durch sein Haar und er senkte den Kopf, bis er mit den Lippen meinen Hals berührte. Es war so schön, wieder bei ihm zu sein. Wir. Zusammen. Diesmal echt, ohne Lügen, ohne Geheimnisse. Kurz sah er zu mir auf. Seine Augen glühten intensiv. Ich zuckte zusammen, als seine Finger federleicht über meinen Bauch schweiften. Schließlich schloss ich die Augen und spürte, wie hauchzarte Küsse mich bedeckten, von meinem Dekolletee bis zum Bauchnabel.

Und für eine Stunde vergaßen wir die Welt um uns herum.

Ich hatte meinen Kopf auf seine Brust gelegt und er hatte den Arm um mich geschlungen. Fest und sicher, so, als wollte er mich nie wieder loslassen. »Das war schön«, flüsterte ich.

»Ja.«

Es war anders. Anders als damals auf der Erde. Impulsiver, emotionaler. Wir waren anders. Und doch waren wir die Gleichen. Nur eben mächtiger. Wir beide. Er schob mich langsam von sich und setzte sich auf die Bettkante. Als er sein Hemd anzog, schlang ich von hinten beide Arme um ihn und küsste seine Schultern. »Ich muss los«, sagte er leise und ich drückte mich so fest an ihn, wie ich nur konnte.

»Ich auch«, flüsterte ich. *Aber ich will nicht. Ich will bei dir bleiben für immer*!

Xay drehte sich noch einmal zu mir und küsste mich leidenschaftlich. So, als gäbe es kein Morgen. Als könnte dies unser letzter Kuss ein. Dann sah er mir tief in die Augen. »Egal was geschieht … Pass auf dich und Lucjan auf.«

Mir steckte ein Kloß im Hals, den ich nicht hinabschlucken konnte. Er würde in den Krieg ziehen. Und ich hatte ihn dazu ermutigt. Er würde sein Reich beschützen, mit allem, was er hatte. Und mir wurde klar, was ich schon seit einigen Stunden wusste: Es könnte sein, dass er nicht zurückkam. Tränen flossen meine Wangen herab. »Egal was geschieht …«, sagte ich. »Ich … ich …« Ich konnte diesen Satz nicht beenden. Ich weinte. *Ich verzeihe dir*, wollte ich sagen. *Ich verzeihe dir alles. Ich liebe dich.* Doch diese Gedanken blieben unausgesprochen. Xay wischte meine Tränen fort und küsste mich.

Dann klopfte es an der Tür. »Das ist meine Mutter«, sagte er. »Hör ihr bitte genau zu, was sie dir sagt!«

»Ja«, sagte ich zwischen dem Schluchzen und den Tränen.

Er stand auf, beugte sich noch einmal zu mir herab und küsste mich. »Ich muss gehen, Lia.« Ich sah ihn fragend an. »Von Mutter habe ich mich bereits verabschiedet.« Er legte den Kopf schräg. »Du bist so schön, Lia.« Dann küsste er mich noch einmal. »Ich liebe dich. Ich werde dich immer lieben.« Ich weinte zu sehr, als dass ich etwas darauf erwidern könnte. Er sammelte seine Sachen zusammen. Seine schwarze Lederrüstung, seinen Gürtel, die Stiefel. Xay zog sich an und streichelte mir sanft über die Wange: »Pass auf dich auf, Liebes.«

Er trat in den Schatten und ich hatte keine Ahnung, wo er hinging. In den Krieg, ja. Doch wohin genau? In eine Grenzstadt, die in Flammen stand? An die Grenze von Umbra, um die Hauptstadt zu verteidigen? Ich wünschte, wir hätten mehr Zeit gehabt.

Es klopfte erneut und ich zog schnell meine Sachen an, die mir Xay heruntergerissen hatte und die im ganzen Zimmer verstreut lagen. »Kommt herein!«, sagte ich schließlich und strich mir das zerzauste Haar glatt.

Araya trat ein, sah sich in meinem Gemach um und verzog die Mundwinkel zu etwas, das die Andeutung eines Lächelns sein konnte. Sie bat mich, mich in einen der Sessel zu setzen und stellte ein paar Fläschchen vor mir auf den Tisch.

»Was ist das?«, fragte ich und nahm von einem den Deckel ab, um dran zu riechen.

»Das, Leetha, ist ein Trank, den man nach einer Nacht mit einem Mann zu sich nehmen muss, um nicht ... Ihr wisst schon. Wenn es sich um einen Mann handelt, von dem man kein Kind erwarten möchte.«

Von solchen Tränken hatte ich gehört. Doch niemals einen gebraucht.

»Wenn die Nacht vorüber ist, nehmt Ihr zwei kleine Tropfen davon und Ihr seid auf der sicheren Seite.«

»Xay wollte, dass Ihr mir das gebt?«

Sie nickte.

»Er weiß, was Caidan vorhat.«

Sie sah mich eindringlich an. »Es ist ihm nicht leichtgefallen, mich darum zu bitten.«

Ja, das konnte ich mir vorstellen. Allein der Gedanke daran, er könnte mit einer anderen Frau ... Ich schüttelte den Kopf, als könnte ich so diese Gedanken aus meinem Kopf bekommen.

»Das hier ...« Sie hielt ein weiteres Fläschchen hoch, »... ist für davor.«

»Davor?«

Sie nickte und atmete tief ein. »Ihr müsst es nicht nehmen. Es ist ... eine Substanz, die man nimmt, wenn man traurig ist, oder wenn man seine Sorgen vergessen möchte.«

Ich sah sie fragend an. Es musste etwas sein, das ich in Umbra getrunken hatte. Doch von meinem kleinen Ausflug wusste sie nichts.

»Es wird helfen, um sich besser zu fühlen.«

»Besser?«

»Das hier«, ein weiteres Fläschchen, »könnt Ihr danach nehmen, wenn Ihr die Nacht vergessen wollt.«

Wow. Diese Frau hatte ein ganzes Drogenlabor in ihrer Handtasche. Auf der Erde hätte ich sie für eine Dealerin gehalten.

»Und zu guter Letzt ...« Sie hielt ein anderes Fläschchen hoch, dass einen roten Deckel besaß. »Dieses hier dürft Ihr auf keinen Fall verwechseln!«

»Was ist es?«

»Dunkelschatten.«

Einen Herzschlag lang setzte mein Atem aus. *Dunkelschatten*. Das Gift, das meinen Vater getötet hatte. Meine Blicke fielen von ihr auf die Flasche. Dann wieder zu ihr. »Hat Xay meinen Vater vergiften lassen?« Ich hatte Angst vor der Wahrheit. Große Angst. Wenn er es war, würde ich nicht wissen, was ich tun sollte, denn ich liebte ihn so sehr.

Sie schüttelte den Kopf. »Nein.«

Ein erleichterter Seufzer entfuhr mir. Es fühlte sich an, als ob ein Stein von meinem Herzen fiel, der schon viel zu lange dort lag. »Wer dann?«

Sie zuckte mit den Schultern: »Ich bin sicher, es war jemand aus Euren eigenen Reihen.«

Jemand aus Meridem also. Hauptsache nicht Xay. »Diese Vermutung hatte ich auch gehabt, nachdem ich gesehen hatte, was aus Claritas geworden ist«, sagte ich leise. Ob es Caidan war oder ein Spion der Rebellen, spielte dabei keine Rolle. Hauptsache nicht Xay. Nicht, nachdem wir uns wiedergefunden hatten. Jetzt, wo ich mich an alles erinnern konnte, stand nichts mehr zwischen uns.

Caidan

Zwei Wochen hatte sie gesagt. Zwei Wochen. Wo blieb sie? Wenn sie nicht auftauchen würde, wie stünde ich dann da vor Vestas? Nein, vor Erwin Greer. Ich hatte nichts. Keinen Beweis, keine Sicherheit, die ich Leetha geben könnte. Einzig einen Wisch Papier, den sie und ich unterschreiben könnten. Einen Vertrag, der besagte, dass ich sie und ihren Sohn am Leben lassen würde. Sie würde darüber lachen, ihn in ihren Händen zerreißen. Leetha würde darauf nicht eingehen - und ich hätte versagt.

Vestas war der wahre König und das wussten wir beide. Ich war nur das nette Gesicht, das dem Volk gezeigt wurde. Der Schattenjäger, an den sie sich zwanzig Jahre lang erinnert hatten. Zwanzig Jahre, in denen ich ohne Gedächtnis auf der Erde herumspazierte. Zwanzig Jahre, in denen das Volk mich nicht vergessen hatte. Er schlug Nutzen aus mir und wusste, dass ich ihm aus der Hand fraß. Vestas spann die Fäden und wob sie so zusammen, dass jeder dachte, ich sei es gewesen. Eine Schachfigur, mehr nicht. Eine, die er beliebig hin und her bewegen konnte, wie es ihm passte. Dies war schon immer so gewesen. Und es war mir sehr wohl bewusst. Jahrhundertelang folgte ich Erwin Greer. Ich wollte sein wie er, sah zu ihm auf, wollte seine Anerkennung. Immerhin hatte er mich aus der Hölle geholt.

Er war es gewesen, der mich einfach aus der Hütte riss und mich auf ein Ross setzte. *Komm mit, Junge. Und schau niemals zurück*! Seine Worte hallten in meinem Gedächtnis, als wäre es gestern gewesen. Ich hörte ihn so laut und deutlich, als hätte ich nicht all die Jahrhunderte versucht, diesen Tag aus meinem Gedächtnis zu streichen. *Schau niemals zurück*!

Ich hatte geschrien. Geweint. Um mich geschlagen. Mich an dem Leichnam meiner Mutter festgekrallt. Seit Tagen war sie tot, seit Tagen lagen sie und meine Geschwister tot in dieser Hütte. Ich war noch so klein gewesen und verstand die Welt nicht mehr. Meine Mutter hatte immer gesagt, dass man nur beten müsse, und das Universum würde einen erhören. Doch sie hatte unrecht. Das Universum war grausam, nicht gütig. Es hatte sie und mich getäuscht. Und alle, die ich jemals geliebt hatte. Diese drei Tage, in denen ich als kleiner Junge neben meiner toten Familie saß, tat ich nichts anderes als beten. Genauso, wie es meine Mutter mir zehn Jahre lang gezeigt hatte. Und immer wieder hatte ich mich gefragt, ob ich falsch betete. Denn sie wachten nicht auf. Hoffnungsvoll und naiv wartete ich auf Erbarmen. Aber das Universum kannte weder Barmherzigkeit noch Güte. Es kannte lediglich die Grausamkeit und den Tod. *Schau niemals zurück*! An diesem Tag schwor ich mir, nie wieder zu beten. Niemals.

Mein Herz raste, da Leetha noch immer nicht hier war, und ich malte mir in Gedanken aus, was ich Vestas sagen würde. Ich würde ihn enttäuschen. Er hatte immer an mich geglaubt, doch dieses Mal würde ich seinen Anforderungen nicht gerecht werden.

»Caidan«, hörte ich Leethas Stimme. Sie war gerade aus dem Licht getreten und stand etwas seitlich von mir. Ihr Tonfall blieb emotionslos, genau wie ihr Gesichtsausdruck. Lia, das junge Menschenmädchen war immer so leicht zu durchschauen gewesen, doch sie, Leetha, die Königin, war alles andere als das. Die trug ihre Maske, die mich nichtssagend musterte.

»Endlich!«, sagte ich und versuchte genervt zu klingen. Doch in Wirklichkeit stieg eine Erleichterung in mir auf. *Sie war gekommen. Sie war hier*. Kein Grund, vor Vestas wie der letzte Idiot dazustehen.

»Hast du den Beweis?« Sie reckte das Kinn und musterte mich angewidert. Wie sollte sie mich auch ansehen, nach allem, was ich zu ihr gesagt hatte?

»Ich habe einen Vertrag aufgesetzt, der ...«

Sie lachte gespielt auf. »Einen Vertrag? Denkst du, das nützt mir etwas?«

»Etwas anderes habe ich nicht«, sagte ich und bemühte mich, laut und wütend zu klingen. Zudem warf ich ihr einen finsteren Blick zu. Durchschaute sie mich? Wusste sie, dass ich sie nicht hassen wollte?

»Vergiss es einfach ...« Sie verdrehte die Augen und wollte ins Licht treten.

»Warte!«

»Was?«, fauchte sie mich an.

»Du hast keine andere Wahl. Entweder du glaubst mir und wir unterzeichnen diesen Vertrag, oder deinem Sohn wird es nicht gut gehen.«

»Du wirst ihm nichts anhaben, solange wir beide kein Kind haben.«

»Ich werde ihn am Leben lassen. Ich sagte nicht, dass ich ihm nichts anhaben würde. Ich könnte seine Lage hier verbessern oder verschlechtern. Es ist allein deine Entscheidung.« Ich schämte mich selbst für diese Worte, doch ich brauchte ihre Unterschrift, um Vestas zu besänftigen. Er war ohnehin nicht erfreut gewesen, als ich ihm mitteilte, dass Leetha verschwunden war. Er war regelrecht ausgerastet.

Sie überlegte. »Was kannst du für ihn tun?«, fragte sie.

»Ich könnte seine Zelle einrichten lassen. Ihm eine Fackel oder Kerzen geben, damit er etwas sieht, oder ihm warme Decken geben.«

Sie musterte mich. »Ich möchte, dass er ein anständiges Zimmer bekommt«, verhandelte sie gekonnt. Was anderes hatte ich nicht erwartet. Um ehrlich zu sein, hatte ich mich bereits darauf vorbereitet.

»Das geht nicht und du weißt das.«

»Mein Sohn kann nicht ins Licht treten, du brauchst dir keine Gedanken machen«, gab sie nicht nach.

»Das glaube ich dir nicht.« Und ich glaubte ihr wirklich nicht. Ihr Sohn, und der Sohn des tenebrischen Königs, sollte mehr können als jedes andere Wesen auf dieser Welt. Um ehrlich zu sein, hatte ich den größten Respekt vor diesem Jungen, der sich dort unten in Eiseskälte und finsterster Nacht so tapfer gab, wie es viele Erwachsene nicht konnten. Er war etwas Besonderes. Das musste ich zugeben. Und er könnte uns allen hier in Meridem gefährlich werden. Dennoch hinterließ es einen üblen Nachgeschmack in meinem Mund, wenn ich darüber sprach, ein Kind zu töten. Ich hatte bereits viele Männer getötet. Selbst einige Frauen. Doch noch nie ein Kind. Und ich wusste nicht, ob ich es könnte. Auch nicht, ob ich es wollte. »Ich kann dir anbieten, seine Zelle so kindgerecht wie möglich einzurichten. Mit Spielzeug und allem, was dazugehört. Aber mehr nicht. Willst du ihn die vielen Jahre, die er möglicherweise noch hat, dort unten leiden lassen?«

Leetha lief unerwartet schnell auf mich zu, riss den Vertrag aus meiner Hand und las ihn durch. Es war nur eine Seite, auf der stand, dass ich sie und ihren Sohn nicht töten durfte. Sie verdrehte die Augen und ich wusste, was sie wusste: dass dieser Vertrag absolut schwachsinnig war. Jedoch unterzeichnete sie ihn, nachdem sie mich um die Feder gebeten hatte. Zu meinem Erstaunen. »Ich gehe jetzt meinen Sohn besuchen. Und ich erwarte, dass seine Zelle morgen gemütlicher aussieht.«

Was ging in ihrem Kopf vor? Das ging mir zu schnell und zu einfach. Ich hatte mich auf eine ewig lange Diskussion vorbereitet. Doch sie hatte lange auf sich warten lassen und es war immerhin die Neumondnacht. Mit Sicherheit hatte sie *ihn* getroffen. Und mit *ihm* irgendein Plan ausgearbeitet. Man konnte viel über Xaver sagen, doch ich glaubte nicht, dass er sein Fleisch und Blut in einem Kerker verrotten ließe.

Ich musste sie im Auge behalten. Xaver konnte nicht mehr hier hereinkommen. Niemand aus Tenebris konnte das. Dafür hatte Vestas gesorgt. Neue Schutzbarrieren und neu ausgebildete Soldaten würden es gekonnt verhindern. Jedoch traute ich ihr nicht. Sie hatte etwas vor, das wusste ich. Und ich würde herausfinden, was, bevor es Vestas herausfand und uns beiden gefährlich werden könnte.

»Hat sie unterschrieben?« Vestas sah wie immer nicht von seinem Schreibtisch auf, wenn er mit mir sprach. Ich kam näher und knallte ihm das Schreiben vor die Nase, sodass er gezwungen war, es anzusehen. Die letzten zehn Jahre hatte ich damit verbracht, mir die meridemische Schrift anzueignen. »Sehr schön. Ist sie mit dir ins Bett gehüpft?« Nun sah er auf und blickte mir in die Augen.

»Noch nicht«, gab ich zu, wenn auch ungern.

»Es hätte mich auch gewundert. Ich kenne meine sture Nichte. Sie kommt nach ihrem Vater.« Er widmete sich erneut seinen Schreibereien. »Auf was wartest du? Mach ihr ein Kind! So schnell wie möglich. Egal wie.«

Ich schluckte. *Egal wie*. Er gab mir die Erlaubnis, alles mit ihr zu machen, was unseren Plänen diente. Vestas hatte mir mehr als einmal gesagt, dass ich ersetzlich sei. Egal was das Volk dachte. Ich war zwar der Liebling des Volkes, doch wenn mir unerwartet etwas zustoßen würde, fände er einen neuen. Und das glaubte ich ihm. Er würde nicht zögern, einen zu finden, der sich nahm, was er wollte. Mit allen Mitteln. Und genau das musste ich vermeiden.

Ich ging und schloss die Tür hinter mir. Da ich wusste, wo ich Leetha finden würde, ging ich nach unten in die Verliese. Dieses Mal fand ich sie nicht halb erfroren vor. Sie saß in einem dicken Mantel und mit zwei flackernden Fackeln vor der Zelle ihres Jungen und hielt seine Hand, die er durch die Stäbe geschoben hatte. Die Liebe, die sie für ihn empfand, konnte ich nur teilweise nachvollziehen. Niemals hatte ich jemanden so sehr geliebt, dass ich alles für diese Person tun würde. Zumindest nicht, nach dem Abschlachten meiner Familie. Doch Leetha liebte ihren Jungen so sehr, dass sie stundenlange Kälte aushielt, nur um bei ihm zu sein. Ich war mir sicher, dass meine Mutter das Gleiche für mich getan hätte, wenn sie am Leben wäre. Doch das war sie nicht. Sie wurde vergewaltigt und anschließend getötet von vollwertigen Soldaten des Königs. Offiziere, die meinen Vater wie Dreck behandelten, obwohl er einer von ihnen war.

Leetha so zu sehen, brachte Erinnerungen ans Tageslicht, die ich mühevoll in den hintersten Ecken meines Gedächtnisses verstaut hatte. An Schreie. An Mutters Blicke, als drei Männer sie töteten und mich allein in der Einöde zurückließen. Lucjan war kaum älter als ich damals. Sollte er seine Mutter leiden sehen? Ich wusste es nicht. *Er kann gefährlich werden, Caidan*!, rief ich mir ins Gedächtnis. *Er könnte alles zerstören, was Vestas und ich aufgebaut haben*.

»Was machst du hier?«, fragte sie wütend, als sie mich bemerkte.

Auch ich besaß eine Fackel und zwei Wachmänner, die mich begleiteten. »Ich brauche dich oben.«

Leetha kniff die Augen zusammen und stand auf. »Wofür?«

»Ich glaube, das weißt du schon.« Mein Ton war eiskalt, wie die Wände in diesem Verlies.

»Nein.«

Ich schnippte mit dem Finger und mein Wachmann warf eine schwere Tasche vor ihr ab.

»Was ist das?«, fragte sie.

Ich deutete auf die Tasche und Leetha öffnete sie vorsichtig. Erstaunt betrachtete sie die Kerzen, die Fackeln und den warmen Mantel, den sie auspackte. »Das ist nur der Anfang. Komm mit nach oben, und dein Junge bekommt alles, was er benötigt.«

Widerwillig nickte sie und verabschiedete sich von ihrem Sohn.

In meinen Gemächern angekommen, betrachtete ich sie. Ich wusste, dass ich Leetha zu nichts zwingen könnte. Sie sah mich an, als wäre ich ihr Todfeind. Und vielleicht war ich das auch. »Leg dich auf das Bett!«, befahl ich.

Sie setzte sich nur und starrte mich kopfschüttelnd an.

»Leg dich hin!«, befahl ich lauter und langsamer. Es war spät, da ich den ganzen Tag auf sie gewartet hatte.

Ich schloss die Tür hinter mir ab, was ohnehin nichts brachte, da sie eine Vollwertige war und ins Licht treten konnte. Dann zog ich meine Schuhe und meine Uniform aus und legte mich neben sie auf die Matratze. »Ich bin müde, gute Nacht«, sagte ich und zog die Decke bis zu meinem Kinn. Verwundert sah sie mich an, bevor ich meine Augen schloss. Doch irgendwann bemerkte ich, wie die Matratze sich bewegte und Leetha sich hinlegte.

Ich konnte lange nicht einschlafen. Sie auch nicht. Doch keiner von uns sagte auch nur ein Wort. Ich konnte ihr nicht wehtun. Und wollte es auch nicht. Hinter ihren bösen Blicken, die sie mir zuwarf, sah ich noch immer das liebe Mädchen, mit dem ich fast zwanzig Jahre auf der Erde gelebt hatte. *Lia*. Sie war in mich verliebt gewesen und drei Jahre lang waren wir ein Paar. Ich mochte dieses Mädchen, das noch tief in ihr verborgen lag. Ich hatte Lia nie geliebt. Nicht so, wie sie mich. Doch das hieß nicht, dass ich nichts für sie empfand. Und ich konnte sie nicht verletzen. Nicht schon wieder.

Leetha

Nacht für Nacht schlief ich neben Caidan und nicht ein einziges Mal drängte er mich zu etwas. Zu meiner eigenen Verwunderung. Er verhielt sich wie ein Mistkerl. Arrogant und eiskalt. Doch er fasste mich nie an. Was spielte er für ein Spiel? Egal wie oft ich darüber nachdachte, ich fand keine Antwort.

Tagsüber war er beschäftigt. Meist mit Onkel Vestas und dem neuen Zirkel, den die beiden aus Niedergeborenen gegründet hatten. Das ließ mir eine Menge Zeit, Caidans Gemach zu durchsuchen. Doch ich fand nichts, was mir helfen könnte. Keinen Schlüssel. Auch ansonsten fand ich keinerlei Unterlagen oder Schriften in seinem Schreibtisch. Nichts zu Schlachtplänen, den Hinrichtungen oder irgendetwas, das all meine Fragen beantworten würde. Ich fühlte mich wie eine Spionin und das war ich wohl auch. Eine Spionin aus Tenebris.

Als ich gerade erneut seine Sachen durchsuchte, stand er unerwartet hinter mir. »Was suchst du?« Er klang wütend. Sehr wütend. Doch als ich mich umdrehte, kniff er nur die Augen zusammen und schlich langsam um mich herum.

»Nichts«, log ich schnell.

»Du suchst den Schlüssel für das Verlies«, stellte er fest.

Was sollte ich jetzt noch sagen? Ich könnte es verneinen, doch er würde mir nicht glauben.

»Den habe ich nicht«, sagte er und ich wusste, dass er log. Er musste ihn haben. Doch er war sicher nicht so unklug, ihn hier aufzubewahren.

»Lüg nicht«, entfuhr es mir. »So dumm bist du nicht, ihn jemand anderem zu geben.«

Er lächelte. »Ich habe ihn nicht, Lee.«

»Nenn mich nicht so«, fauchte ich.

Er grinste mich frech an. »Du könntest den Schlüssel finden, wenn du deine Augen öffnen würdest.«

Auf diese Spielchen hatte ich keine Lust. Ich ging auf ihn zu und knallte meine Handfläche auf seine Wange. Es klatschte laut. Er verzog keine Miene und starrte mich an. »Du hast meinen Sohn in deiner Gewalt und willst ihn töten. Denkst du, ich sitze dabei nur tatenlos herum?«

»Ich bin nicht der Feind, für den du mich hältst«, sagte er leise.

»Oh doch, das bist du, Caidan!« Ich schnaubte. »Und wahrscheinlich warst du es schon immer.«

»Was meinst du damit?«

»Das weißt du genau!«

Ich trat wütend ins Licht und kam auf meinem ehemaligen Lieblingsbalkon zum Stehen. Als ich so die Erde betrachtete, sehnte ich mich nach ihr. Nach dem Leben dort. Es war alles so leicht gewesen. Gut, vielleicht nicht, als ich in der Schule gemobbt wurde und auch nicht, als Caleb mir das Herz brach. Aber es war unkomplizierter als das hier. Es war endlich. Es hatte einen Anfang und ein Ende. Doch hier schien das Ende so weit entfernt. Und wenn Lucjan etwas geschehen würde, wüsste ich nicht, ob ich Tausende von Jahren weitermachen konnte. Vermutlich nicht. Ich griff in mein Täschchen, dass ich stets bei mir trug und kramte die Flasche mit dem roten Deckel heraus. Hatte sie es mir deshalb gegeben? Ich war der Ansicht, dass ich das Gift gegen Caidan einsetzen sollte. Doch mit einem Mal war ich mir nicht sicher. Sie war immerhin ebenfalls Mutter und verstand meine Gefühle besser als jeder andere.

Ich dachte an Xay. Was er wohl gerade tat? Ob er in einen kräftezehrenden Kampf verwickelt war? Oder gar verletzt wurde? Mir wurde unwohl bei diesem Gedanken.

»Leetha!« Caidans Stimme ertönte hinter mir. Er wusste genau, wo er mich fand.

»Geh!«, forderte ich ihn auf.

Doch er ging nicht. Er stellte sich neben mich und schwieg eine Weile. Dann sagte er: »Ich will deinen Sohn nicht töten.«

Ich lachte gespielt auf. »Ach ja?«

»Nein. Aber ...«

»Aber du musst ... Lass mich in Ruhe, Caidan.«

Er flüsterte: »Mach die Augen auf, Lee.«

Finster blickte ich ihn an. »Ich habe sie bereits offen. Ich sehe mehr als jemals zuvor.«

»Das glaube ich nicht.«

»Ich habe dich durchschaut. Das gehörte von Anfang an zu deinem Plan. Ich habe dir vertraut und dachte, du willst das Gleiche wie ich: eine bessere Welt. Ein besseres Leben. Stattdessen tötest du all die Vollwertigen.«

»Nein!«, widersprach er, doch dann platzte alles aus mir heraus und ich schrie ihn an: »Darunter waren Freunde von mir, Caidan. Aya und Kira und all die anderen!« Tränen liefen über mein Gesicht und ich schrie lauter: »Sie waren meine besten Freundinnen. Und du hast sie getötet für das, was sie waren, und für das, was du nicht bist und niemals sein wirst. Aus reinem Neid!«

»Ich habe sie nicht getötet!«, rechtfertigte er sich.

»Aber du gabst den Befehl dazu!«

»Nein!« Er packte mich an den Schultern und zwang mich, ihn anzusehen. »Ich war zwanzig Jahre lang weg, Lee. Mit dir auf der Erde. Und als ich zurückkam, war das alles schon so. Ich war das nicht.«

»Ach, dann hast du dich einfach ins gemachte Nest gesetzt und ein bisschen König gespielt?«

»So war das nicht!«

Er hielt mich fest und mit meinen Händen prügelte ich auf seine Brust ein. Erst langsam, dann mit aller Kraft, die ich aufbrachte. Ich wollte ihn verletzen, ihm weh tun, doch er stand wie ein Soldat sicher da und rührte sich nicht: »Aber du hast meinen Sohn zu dir gerufen unter falschen Tatsachen. Du sagtest ihm, er sei dein Sohn! Und du hast ihn in diese Falle gelockt!«

»Wärst du lieber da unten gewesen?« Er zeigte auf die Erde. »Mit *ihm*?« Er ergriff mit dem Daumen und dem Zeigefinger mein Kinn und kam näher an mein Gesicht. »Im Unwissen?«

»Ja!«, schrie ich. »Lieber als das hier!«

»Aber hier ist dein Zuhause!« Verständnislos sah er mich an.

»Das …«, ich zeigte zur Erde, »ist auch mein Zuhause.«

»Ist es wegen *ihm*?«, fragte Caidan und ließ mein Kinn los.

»Nein.«

»Liebst du *ihn* etwa? Nach allem, was er dir angetan hat? Was er *uns* angetan hat?«

Ja, ich liebe ihn. Ich liebe ihn so sehr! Aber das spielte gerade keine Rolle und ging Caidan nichts an. »Es geht um meinen Sohn, Caidan! Ich liebe meinen Sohn. Ich liebe ihn so abgöttisch, dass es keine Worte dafür gibt. Ich würde für ihn sterben, wenn es sein müsste!«

Caidan trat einen Schritt zurück und betrachtete mich. Eine Weile lang schwiegen wir. Etwas in ihm, machte ihm zu schaffen. War es, weil er wusste, dass ich Xay liebte? Oder etwas anderes? Ich suchte in seinen Augen nach Antworten, aber fand keine. Wenn etwas in seinen Augen stand, dann Mitgefühl. Aber das konnte ich kaum glauben.

»Angenommen du sagst die Wahrheit: Wer hat all das getan, während wir auf der Erde waren?«, fragte ich. Leiser, fast flüsternd.

Er schloss kurz die Augen und antwortete. Eine Antwort, die mein Herz nicht verkraftete: »Dein Onkel und deine Mutter.«

Ich spürte einen scharfen Stich in meiner Brust. »Nein.«

»Doch, Leetha.«

»Das glaube ich nicht.«

Caidan sah mich mitfühlend an. »Sie planten das von Anfang an. Und ich …« Er stockte. »Ich glaube …« Dann schüttelte er den Kopf. »Ist nicht so wichtig.«

»Sag es! Erzähl mir deine Märchen! Ich höre sie nur allzu gern!«

»Ich glaube …, dass sie deinen Vater ermordet haben.«

Mein Herzschlag setzte aus. *Nein*. Das konnte nicht sein. Er log. *Dieser verlogene Mistkerl*. »Du lügst!« Erneut rannte ich auf ihn zu und schlug mit geballten Fäusten auf ihn ein. »Du lügst!« Kräftig nahm er meine Handgelenke und hielt sie fest, sodass ich nicht mehr zuschlagen konnte. »Sie waren beide auf unserer heimlichen Hochzeit, als es geschah«, nahm ich sie in Schutz. Doch Caidan war ebenfalls dort gewesen. Er konnte ebenso wenig die Schuld dafür tragen.

»Denk nach, Lee. Deine Mutter kam sehr spät zum verabredeten Treffpunkt.« Langsam ließ er meine Hände los.

»Du lügst!« Ich ging auf ihn zu und schlug erneut auf ihn ein. »Das hätte Mutter niemals getan!«

Caidan blieb gemächlich stehen. Meine Hand schmerzte und blutete etwas, als ich mit beiden Fäusten auf die Rüstung einschlug, die er jeden Tag trug, als könnte es jede Sekunde zum Krieg kommen. »Er wollte sie und alle Niedergeborenen aus der Stadt jagen! Vielleicht dachte sie, sie hätte keine andere Wahl!«

»Du lügst! Hau ab! Verschwinde!« Ich schrie und er packte mich, hielt mich in seinen Armen und ich schlug weiter um mich. Ich schrie. »Lass mich los!« So laut, dass die Tür zum Saal aufging und zwei Wachen herausrannten, die mich von Caidan wegzerrten.

»Ist schon gut«, beruhigte Caidan sie. »Meine Gemahlin ist etwas emotional.« Dann trat er etwas näher an mich heran und flüsterte mir ins Ohr: »Vestas hat den Schlüssel.«

Am Abend betrat ich Caidans Gemach. Er schlief in einem der Sessel, nicht im Bett. Er wusste, dass ich wütend war. Ich hatte kein eigenes Zimmer, da meine Mutter das alte räumen ließ. »Du bist nun verheiratet«, hatte sie gesagt. Doch ich hätte in ein freies Gästezimmer gehen können. Aber ich glaubte langsam, zu verstehen, warum wir den Schein wahren mussten. Ich glaubte nicht, dass meine Mutter etwas mit Vaters Tod zu tun hatte. Doch wir wurden beobachtet. Und mit ziemlicher Sicherheit wussten Mutter und Vestas längst von unserem Streit auf dem Balkon. Deshalb musste ich in Caidans Zimmer schlafen. Um den Schein zu wahren, den er für uns aufgebaut hatte. Ich stupste ihn leicht an. Dann noch mal. So lange, bis er aufwachte. Dann setzte ich mich auf die Lehne seines Sessels. »Warum hast du mir all das erzählt?«, fragte ich ihn und wusste nicht, ob ich ihm vertrauen konnte. Doch ich wollte ihn in dem Glauben lassen.

Verschlafen richtete er sich auf: »Weil du und ich viel durchgestanden haben und du mir wichtig bist.«

»Wir kannten uns kaum. Ich habe dich aus reinem Eigennutz geheiratet und das weißt du.«

Er grinste: »Das meinte ich nicht. Ich meinte die Zeit, als wir auf der Erde waren.« Liebevoll sah er mich an. »Fast zwanzig Jahre lang hielten wir zusammen. Du, Lia, warst die einzige Konstante in meinem Leben.«

Lia, er hatte Lia gesagt. »Das warst du auch für mich. Aber du wolltest mich nicht mehr.«

»Und das hat dich in die Arme von diesem Kerl getrieben. Das verzeihe ich mir nie.« Er machte eine Pause, ehe er weitersprach: »Du bist mir wichtig.«

»Ist das der einzige Grund?«, fragte ich.

»Nein.« Er überlegte und sagte: »Wir beide wurden zusammengeführt, um uns zu vermählen. Und dann, auf der Erde, kamen wir uns erneut näher. Das muss doch etwas zu bedeuten haben ...«

»Ich glaube nicht an so etwas wie Vorbestimmung«, sagte ich. Nicht mehr. Das Leben war zu kompliziert, um irgendeinem Plan zu folgen.

»Ich schon«, flüsterte er. Er? Caidan? Gläubig? Nein. Das passte nicht. Meine Augen musterten ihn aufmerksam. Schließlich biss er sich leicht auf die Lippen: »Ich muss dir etwas sagen, Leetha.«

»Was?«

»Morgen werde ich an die Grenze gehen und von dort aus mit meiner Armee weitermarschieren.«

Mein Herz pochte.

»Ich bin ein Krieger. Ich gehöre zu meinen Soldaten. Was wäre ich für ein König, wenn ich mich hier in Sicherheit verschanze?«

An der Stelle in meinem Herzen, wo sich Zufriedenheit einstellen sollte, bohrte sich ein tiefes Loch hinein bei dem Gedanken, dass er gehen musste.

Xay

Es war abscheulicher, als ich gedacht hatte. Drei meiner größten Grenzstädte wurden im Nu niedergebrannt. Den ganzen Tag lang flog ich auf meinem Greifwesen namens Sternensang über die Grenzgebiete meines Reichs. Überall roch es nach Blut, Verwesung und Zerstörung. Nach Feuer und kaltem Rauch, nach Angst und Leid. Zum Glück flog ich so weit oben, dass niemand meine Augen sehen konnte, die sich mit Tränen füllten. Ich schrie und fluchte in den Sternenhimmel hinein. Doch am meisten verfluchte ich mich selbst. Es war meine Schuld. Alles, war meine Schuld. Ich hatte mein Volk im Stich gelassen. Doch was hatte ich für eine Wahl gehabt? Ein Teil von mir wollte immer zurückkommen. Doch der andere Teil musste meinen Sohn beschützen. Als ich erfuhr, dass Lia schwanger war, wusste ich, dass wir beide nicht zurückkonnten. Zumindest nicht, ohne zuvor Frieden zu schließen. Doch Leetha war nicht bereit gewesen, sich mit mir zu versöhnen. Und ich konnte es sogar nachvollziehen.

Alles, was ich getan hatte, tat ich für unser Kind. Und ich glaubte erkannt zu haben, dass auch sie das langsam verstand. Dennoch musste ich mit den Konsequenzen leben. Es war alles meine Schuld. Tausende, unschuldige Zivilisten waren ums Leben gekommen. Mein Herz blutete, und meine Sinne vernebelten in der herumflatternden Asche und dem Sternenstaub am Horizont. Hier oben in der Stille wurden die Gedanken lauter. Und das Bild vor meinen Augen klarer: *Lia*. Ich sah sie neben mir. Nur sie. Eine Erinnerung daran, wie sie mich anlächelte und neben mir unter dem Sternenhimmel im grünen, weichen Gras der Erde lag. *»Erzähle mir etwas, was niemand über dich weiß«*, hatte sie gebeten und ich sah in ihren Augen das Vertrauen, das ich niemals zuvor erkannt hatte. Und ich erzählte es ihr: *»Ich konnte für eine sehr lange Zeit nicht frei sein, nicht frei* *atmen, nicht mehr spontan sein. Ich wurde gefangen gehalten innerhalb dieser Mauern, die ich selbst erschuf. Konnte nichts tun oder sagen, ohne es vorher abzuwägen. Ich benötigte für jede einzelne Tat, so klein sie auch war, einen Plan. So, als ob die ganze Welt eine Bedrohung wäre.«*

Ihr Blick lag fest auf mir und all meine Erinnerungen an die letzten siebzig Jahre verblassten in ihren Augen. *»Wie hast du es aus diesen Mauern geschafft?«*, hatte sie gefragt.

»Durch dich!«

Ich konnte diesen Abend vor mir im Nachthimmel sehen, der wunderschön über Tenebris lag. Die Bilder und Erinnerungen flogen an mir vorbei, als wäre es gestern gewesen.

Dann dachte ich daran, dass sie in Meridem war und ich hier. Sie mit ihm, Caidan Orchon, dem Schattenjäger. Meine Hände ballten sich automatisch zu Fäusten bei dem Gedanken, dass er sie berühren könnte. Dass er sie berühren wollte, dass er sie auch nur ansah. Er durfte sie sehen und ich nicht. Doch ich durfte nicht daran denken, nicht jetzt. Ich musste mich konzentrieren, auf mich, auf mein Reich, auf den Krieg und die Mission. Doch diese Einsamkeit hier oben in der Luft brachte mich fast um den Verstand. Keine Ablenkung von diesen Gedanken, von dieser Eifersucht, von dieser Angst. Angst um mein Reich, um Lia und um Lucjan.

Schließlich sah ich meinen Vater vor mir, wie er mich kopfschüttelnd betrachtete, als wollte er mir sagen, dass ich versagt hatte, dass ich nicht gut genug war, nicht so gut wie er.

»Manchmal bricht die Wahrheit aus einem heraus, obwohl man sie selbst nicht kannte. Meistens dann, wenn sie schon zu lange auf unserer Seele liegt, ohne beachtet zu werden.« Das hatte mein Vater zu mir gesagt, als ich ein Kind war. Damals wusste ich nicht, was er meinte. *»Lügen sind einfach, mein Sohn. Lügen kann jeder.«* Ich dachte an seine Worte. Sie klangen so real, als würde er von den Sternen herab mit mir sprechen. *»Vor allem ist es leicht, sich selbst zu belügen. Wahre Stärke besteht nicht darin, sich ein Netz aus Lügen zu spinnen, sondern darin, sich mit der Wahrheit auseinanderzusetzen, auch wenn sie weh tut.«*

Meinem Vater wäre das alles nie passiert. Er hatte nicht nur Tenebris, sondern auch Meridem zu einem besseren Ort machen wollen, indem er seine diplomatischen Beziehungen gründlich pflegte. »Es tut mir leid, Vater«, flüsterte ich in der Hoffnung, er könnte mich hören, und biss die Zähne aufeinander. »Ich habe alles zerstört, was du aufgebaut hattest.« Für einen Moment glaubte ich, einen weit entfernten Stern hell aufblitzen zu sehen.

Die nächsten Tage verbrachte ich damit, mit den Offizieren und Soldaten Strategien auszuarbeiten, wie wir Umbra und die anderen Städte schützen würden. Ich dankte für diese Ablenkung. Nicht dauernd an Lia und Caidan zu denken, oder an Luc, der im Verlies saß, war schwer. Doch meine Offiziere hielten mich zumeist davon ab. Sie diskutierten und stachelten sich gegenseitig an. Wir erarbeiteten einen Plan, der Umbra und die Bevölkerung beschützen sollte.

Die kleineren Ortschaften würde ich evakuieren lassen. Diese lagen auf dem Weg nach Umbra und Caidans Armee musste an ihnen vorbei, um in die Hauptstadt zu gelangen. Mit Sicherheit würde es ihm Steine aus dem Weg räumen, wenn wir diese Städte nicht verteidigten. Jedoch hatte Umbra Vorrang. Ich wusste, dass er die Hauptstadt einnehmen wollte. Caidan war ein Soldat, ein Krieger, genau wie ich. Er gab sich nicht zufrieden damit, ein paar wertlose Dörfer einzunehmen. Er wollte alles. Und alles konnte er nur dann haben, wenn er Umbra besaß. Ich war mir sicher, dass ich ihm auf dem Schlachtfeld begegnen würde. Caidan war nicht die Art von Mann, der sich verstecken würde. Er würde sich mir zeigen und das von Mann zu Mann ausfechten. Möglicherweise waren wir uns ähnlicher, als ich zugeben wollte. In jeder freien Sekunde, von denen es nur wenige gab, dachte ich an Lia und Lucjan. Und der Gedanke, dass Caidan bei seinen Soldaten sein würde und nicht bei Lia, beruhigte mich.

Eines Tages nahm ich mir ein paar Stunden Zeit und besuchte einige der Krankenstationen. Eigentlich hatte ich meine Mutter damit beauftragt, sich den verletzten Soldaten und den Zivilisten zu widmen und ihnen für ihren Einsatz danken. Doch dieses lag nicht weit von meinem Stützpunkt entfernt und ich wollte den Verletzten persönlich danken.

Viele von ihnen kannte ich. Wir waren zusammen ausgebildet worden oder hatten vor vielen Jahrzehnten an den Grenzen gekämpft. Einige sprachen nicht mit mir und ich wusste, warum. Andere freuten sich, mich zu sehen. Niemand, kein Einziger von den beinahe zweihundert Mann, machte den Versuch, sich vor mir zu verneigen. Jeder andere Monarch wäre enttäuscht und wütend. Doch nicht ich. Das war der größte Respekt, den sie mir entgegenbrachten. Sie kannten mich. Sie alle. Und sie wussten, dass ich als Soldat vor ihnen stand, nicht als König. Es hatte beinahe ein ganzes Jahrhundert gedauert, bis mich meine Kollegen als genau das sahen: als einer von ihnen. Einen Kollegen. Nicht ihr Prinz, oder später ihr König. Doch ich hatte es geschafft. In unserer Kampfausrüstung waren wir alle gleich. Egal von welchem Stand, aus welcher Familie, egal ob mit oder ohne Reichtümer. Egal ob von altem oder neuem Blut. Jeder hier war ein Soldat. Nur das.

Ich hatte noch nie ein Gesicht vergessen, wenn ich es sah. Und ich kannte beinahe jedes Gesicht in diesem Krankenlager. Selbst dann, wenn es nur noch aus Haut und Knochen bestand. Es dauerte eine Ewigkeit, mit jedem persönlich ein paar Sätze zu sprechen. Doch an Schlaf hatte ich seit meiner Ankunft hier nicht mehr gedacht. Es war mir wichtig. Das hier war mir wichtig. Diese Männer. Sie hatten gekämpft, als ich nicht konnte, als ich nicht hier war. Ich durfte sie nicht noch einmal im Stich lassen.

»Was machst du denn hier, mein Sohn?«, hörte ich die Stimme meiner Mutter hinter mir.

Ich drehte mich nicht um, sondern saß am Bett eines alten Freundes, der im Sterben lag. Er war bewusstlos und seine Haut war kreideweiß. Gerret hieß er. Wir beide waren zusammen in der Ausbildung gewesen. Schweißperlen lagen auf seiner Stirn und ab und an keuchte er, bevor er erneut in einen tiefen Schlaf fiel. »Meine Soldaten besuchen«, flüsterte ich.

»Du solltest nicht hier sein.« Ich drehte mich zu ihr herum. Sie hielt ein Tuch vor ihren Mund. Zwei Wachen standen rechts und links neben ihr. »Sie sind alle krank und haben Infektionen. Geh zurück zu deinem Stützpunkt«, befahl sie mir.

»Nein.«

»Du gehst zurück!«, wurde sie lauter.

Ich legte Gerrets Hand vorsichtig neben ihn und stand auf: »Nein!«

Ihre Augen funkelten, doch sie sah sich vorsichtig um und erkannte dann, dass es sich nicht lohnte, einen Aufstand deshalb zu machen: »Gut. Wenn du hier bist, kann ich ja ein anderes Lazarett besuchen.« Ohne sich zu verabschieden, trat sie in den Schatten und verschwand.

»Xaver!«, rief ein junger Offizier, der außer Atem hereingerannt kam. »Späher haben Meridemer nahe Heraldes gesehen, eine der Städte, die evakuiert wurden.« Er keuchte. Er besaß kein altes Blut und konnte nicht in den Schatten treten. Mit Sicherheit war er den ganzen Weg vom Stützpunkt hierher gerannt. »Sie lassen sich dort nieder. Es ist nicht weit von dort nach Umbra. Sag den anderen Offizieren, sie sollen sich bereit machen!«

Er nickte eifrig. »Offizier Zoran hat es bereits angekündigt. Es werden in diesem Augenblick alle Soldaten und Waffen in Stellung gebracht! Das Volk in Umbra wurde aufgefordert, sich von jetzt an nicht mehr außerhalb der Häuser aufzuhalten. Alle Vorräte und Evakuierten, die kein Zuhause haben, wurden bereits in die Katakomben gebracht.«

Ich nickte. Dieser Offizier Zoran gefiel mir nicht. Doch er wusste, was er tat, das musste ich zugeben. In all den vielen Jahren bei der Armee hatte ich diesen Mann noch nie gesehen. Meine Mutter sagte, er käme aus einem kleinen Dorf. Doch warum sie ihn zum Offizier ernannt hatte, während ich weg war, hatte sie mir nicht gesagt.

Auf einem der Felsbrocken, die um Umbra herumschwebten, lag der größte Stützpunkt der Stadt. Eine Brücke führte genau ins Herz der Hauptstadt, von wo aus man schnell alle anderen Bezirke erreichen konnte. Falls die Brücke zerstört würde, lebten hier genügend Flugwesen aller Art, um die Soldaten mit neuem Blut von einem Ort zum anderen zu bringen. »Was sind das für Soldaten, die du gesehen hast?«, befragte ich den jungen Späher, während er mir hinterherrannte wie ein Hund. »Offizier Jerald! Bringt Eure Männer an die Südgrenze!«, rief ich einem anderen zu. »Sie sollen dort die Stellung halten.«

»Ich … ich denke, es waren keine vom neuen Blut.«

»Du denkst?« Ich erkannte ein paar junge Soldaten, die ihre Greifen falsch sattelten: »Ihr da! Lasst Euch zeigen, wie es richtig geht!«

»Ja, Eure Hoheit …« Ich warf ihm einen wütenden Blick zu. »Verzeihung …«, murmelte er.

»Xay, meine Männer stehen an der Ostseite!«, rief Offizier Lamar, der schnell auf mich zumarschierte. Es war das reinste Chaos in diesem Stützpunkt und ich bemühte mich, den Überblick zu behalten.

»Keine vom neuen Blut?«, wandte ich mich erneut dem Späher zu. Er nickte. »Alles Vollblüter.«

»Es scheint so, als hätten sie ihre niedergeborenen Soldaten verheizt«, grübelte Lamar laut.

Ich schüttelte den Kopf: »Nein. Das muss einen anderen Grund haben.« Mein Bauchgefühl sagte mir das.

»Warum sollten sie ihre Vollwertigen an vorderste Front stellen, wenn sie ihnen so wichtig sind?«, fragte Lamar.

»Weil sie ihnen nicht mehr wichtig sind.« Lia hatte mir erzählt, was sie in Meridem gesehen hatte. Claritas bestand fast ausschließlich aus Niedergeborenen. Und ganz Meridem sollte diesem Beispiel folgen. Doch Lia hatte auch gesagt, dass alle Vollwertigen getötet wurden. Ich hatte nicht damit gerechnet, dass sich noch welche in Caidans Armee befanden.

»Wir haben ein Problem, wenn sie nun mehr Vollwertige zum Kämpfen einsetzen, als wir dachten«, erinnerte mich Lamar.

Ich nickte und grübelte. Vollwertige wie ich und Lamar es waren, wären schwieriger zu besiegen. Sie konnten nicht nur ins Licht oder in den Schatten treten. Sie waren stark und mächtig und manche von ihnen hatten andere Kräfte, die in einem langen Ast ihres Stammbaumes weitervererbt wurden. Dieses Feuer, das ich brennen sah, als ich über die Grenze geflogen war, war kein gewöhnliches Feuer gewesen. Es war ein Flammenchaos, wie es nur ein mächtiger Vollwertiger heraufbeschwören konnte. »Sie zwingen die Vollwertigen, für sie zu kämpfen«, sagte ich. »Wahrscheinlich haben sie ihnen versprochen, dafür ihre Familien am Leben zu lassen.«

Lamar nickte.

»Mit Sicherheit haben sie die Mächtigsten von ihnen herausgepickt, um an der Front für Chaos zu sorgen.«

»Was ist dein Plan?«, fragte Lamar.

»Wir werden alle mit neuem Blut erst einmal zurückhalten. Sie sollen die Stadt und die Katakomben beschützen. Sie können gegen die Vollwertigen nichts ausrichten. Wir müssen das selbst machen!«, ich klopfte Lamar auf die Schulter, der wie ich vom alten Blut und somit ein Vollwertiger war. »Vollwertige gegen Vollwertige und andersrum.«

Lamar nickte. »Der meridemische Bastard wusste, dass wir nicht mit Vollwertigen rechnen. Er dachte wohl, wir schicken unsere Niedergeborenen mit Absicht in den Tod, so, wie Meridem es schon immer getan hat.«

»Das lasse ich nicht zu«, sagte ich. »Sie hätten keine Chance. Caidan hat sich die stärksten Vollwertigen ausgesucht und am Leben gelassen, weil er wusste, er würde ohne sie nicht gegen unsere Armee ankommen.«

»Ich war nicht dabei gewesen, doch einer von ihnen muss das Feuer gelegt haben«, sagte Lamar besorgt.

»Ein Feuerbringer. Sie haben die Fähigkeit, Feuer allein mit der Kraft der Gedanken zu erzeugen und zu kontrollieren. Das sind die gefährlichsten. Haben wir auch einen?«, wollte ich wissen.

Er schüttelte den Kopf. »Schon lange nicht mehr. Und wenn es jemanden gibt, mit diesen Fähigkeiten, dann handelt es nicht um einen Soldaten.«

»Was haben wir?«, fragte ich und überlegte selbst.

»Einen Blitzbringer. Doch er ist noch sehr jung. Sein Vater starb bei den Kämpfen um die Grenze.«

Blitzbringer nannten wir diejenigen, die aus dem Raum des Universums Energie bündeln, und sie gezielt einsetzen konnten. Wie ein Blitz schoss diese Energie auf ihr Ziel und tötete in Sekundenschnelle. »Wie alt?«, wollte ich wissen.

»Siebzig Jahre«, murmelte Lamar.

Siebzig. Ich hatte zu lange auf der Erde gelebt und musste mir erst einmal ins Gedächtnis rufen, wie jung das hier auf dem Mond war. Es war sehr jung. Ozara war kaum älter. Und um ehrlich zu sein, hatte ich kein Interesse daran, Kinder in den Krieg zu schicken, wie mächtig sie auch sein mochten. Wahrscheinlich war er nicht einmal in der Lage, seine Fähigkeit richtig zu kontrollieren.

Offizier Zoran trat zu uns und grinste: »Wir machen diese Bastarde fertig!«

»Sie haben einen Feuerbringer, wusstet Ihr das?«, fragte ich ihn.

Er nickte.

»Und Ihr hieltet es nicht für nötig, mir das zu sagen?«

»Wir haben eine andere Waffe«, erwiderte Zoran.

»Den Blitzbringer?«, fragte Lamar.

»Besser.« Zoran grinste breit. »Mich.«

Ich kniff die Augen zusammen und legte den Kopf schräg. An Selbstbewusstsein mangelte es meinem neuen Offizier jedenfalls nicht.

»Eure Mutter hat mich nicht umsonst zum Offizier ernannt, mein König.« Er zwinkerte uns zu und fuhr fort: »Ich komme aus einer hochgeborenen Familie, die ihren Sitz in Meridem hatte.«

Lamar keuchte auf, sagte aber nichts.

»Ich floh vor zwanzig Jahren hierher, als meine gesamte Familie getötet wurde. Eure Offiziere nahmen mich auf und nahmen mir mein Gedächtnis, wie sie es mit allen Flüchtlingen machen. Und ich tat, als hätte es funktioniert. Doch ich erinnere mich. An alles.«

»Ihr, Ihr dürftet nicht hier sein«, protestierte Lamar. »Es ist ehemaligen Meridemern verboten, in die Armee einzutreten.«

»Wirklich?«, fragte Offizier Zoran. »Ihr könnt es Euch leisten, wählerisch zu sein?«

»Können wir nicht. Aber wir dürfen auch kein Risiko eingehen, vor allem, wenn Ihr Euch erinnert, wo Ihr herkommt!«, ging ich dazwischen.

»Denkt Ihr etwa, ich bin ein Spion? Denkt Ihr, ich helfe denjenigen, die meine gesamte Familie getötet haben?« Zoran blickte mich finster an. Ich hatte mich schon öfter gefragt, warum er nicht wie ein typischer Tenebrer aussah. Doch er wirkte auch nicht wie ein Meridemer. Er besaß hellbraunes, langes Haar, das er zusammenband, und von dem einige Strähnchen über die braunen Augen fielen. Weder schwarz noch silbern. Ein unauffälliger Kerl, den man nirgends zuordnen konnte.

»Habt Ihr Fähigkeiten?«, fragte Lamar und ich bemerkte sein Misstrauen.

Zoran nickte.

Ich betrachtete den Meridemer intensiv. »Er ist ein Wandler«, sagte ich schließlich, als ich Zoran zum ersten Mal so richtig ansah.

Er nickte erneut. »Genau.«

»Er kann seine Gestalt zwar nicht verwandeln, aber im Geist kann er zwischen allen möglichen Wesen wandeln.«, erklärte ich. »Ist es nicht so, Offizier?«

Lamar kniff die Augen zusammen. »Er kann in die Köpfe anderer hineingelangen?«

»Ja. Das kann ich!«, sagte Zoran. »Nur für einen kurzen Moment, für wenige Sekunden. Doch es reicht, um einen Greifen abstürzen zu lassen oder einen Feuerbringer seine Flammen auf ein anderes Objekt lenken zu lassen.«

»Ihr könnt also andere manipulieren?«, wollte Lamar wissen.

Zoran schüttelte leicht den Kopf. »Nein, nicht wirklich. Ich kann für wenige Sekunden ihre Wahrnehmung beeinflussen«, erklärte er. »Was ist Eure Fähigkeit, König Xaver?«, grinste Zoran. »Als Erbe einer so mächtigen Familie wie Eure habt Ihr sicherlich auch welche?« Er sah mich an, als wollte er mich demütigen.

»Das werdet Ihr schon noch herausfinden«, grinste ich zurück. Noch nie hatte ich jemandem von meinen Fähigkeiten erzählt. Nicht einmal meinem Vater, der sich sicher war, dass ich keine besaß. Denn auch er besaß keine, oder zumindest hatte er sich nicht genug angestrengt, um sie jemals zum Vorschein zu bringen. Im Gegensatz zu mir. Seit meiner Kindheit übte ich heimlich jeden Tag, um sie zu verbessern. Es war schwer. Sehr schwer. Vor allem, wenn man keinen Lehrer besaß, der einem etwas beibringen konnte. Doch ich gab nicht auf. Niemals.

Leetha

Irgendwo musste dieser Schlüssel doch sein. Ich durchsuchte Onkel Vestas Arbeitszimmer, als er gerade in einer Besprechung mit seinem neu erstellten Zirkel war. Es war nicht leicht gewesen, hineinzugelangen, doch ich kannte den Palast besser als jeder andere. Wenn ich nicht hineinkam, dann niemand. Sein Arbeitszimmer war mit vielen Saphiren ausgestattet, die es jedem unmöglich machten, das Zimmer zu betreten, ohne die Tür zu benutzen. Doch ich wusste etwas, das nur Vater und ich gewusst hatten. Die Schlösser, die vor einigen Jahrzehnten ausgewechselt worden waren, besaßen nicht alle unterschiedliche Schlüssel, auch wenn es die Palastbewohner dachten. Es gab ein paar Zimmer, die dasselbe Schloss besaßen, und ich musste nur herausfinden, welche zu Vestas Arbeitsbereich passten. Und ich wurde fündig. Doch leider fand ich den einen Schlüssel, den ich so dringend benötigte, nicht. Den zu den Zellen im Kerker. Hatte Caidan mich möglicherweise doch angelogen?

Ich hörte Schritte und erschrak. Dann nahm ich Stimmen wahr. Die meiner Mutter und die meines Onkels. Beide mussten genau auf der anderen Seite der Tür stehen. Schnell lief ich zum Wandschrank und versteckte mich darin. Mein Herz klopfte und mein Atem ging so schnell und laut, dass ich Angst bekam, man könnte mich hören.

»... ich glaube ...«, hörte ich meine Mutter sagen. »... Sie und Caidan sind sich tatsächlich nähergekommen.« Sie klang hoffnungsvoll.

»Ach ja? Leetha ist eigensinnig. Sie verzeiht ihm nicht von heute auf morgen einfach so. Das war zu einfach. Viel zu einfach!«, sagte Vestas. »Die beiden machen uns etwas vor, sei nicht so dumm, Hyra.«

»Aber er ist ihr Ehemann. Vielleicht hat sie es eingesehen!«, sagte meine Mutter in einem flehenden Ton. »Möglicherweise haben sie sich doch noch verliebt.«

»Sei nicht so naiv.« Vestas Stimme klang hart. »Sie machen uns etwas vor. Die beiden sind eine Gefahr. Caidan ist zu gutherzig, als dass er ihr das antun könnte. Und sie ist zu schlau, um auf einen wie ihn hereinzufallen.«

»Was willst du damit sagen?«, wurde die Stimme meiner Mutter lauter. »Dass meine Tochter eine Gefahr für uns darstellt?« Langes Schweigen. Ich bemühte mich, nicht zu atmen, doch mein Puls raste, und ich drohte nach Luft zu schnappen. Endlich sagte Mutter etwas und ich atmete, so leise ich konnte weiter. »Sie ist mein Kind! Ich kann sie nicht in diesen Kerker sperren!« Fast hätte ich aufgeschrien. »Ich kann ihr das nicht antun. Ich weiß ...«

»Aber unsere Pläne, Hyra.«

»Diese Pläne schlossen Leetha mit ein. Sie sollte Königin werden. Und zwar eine gute. Keine Frau, die in einem Kerker verrottet!« Ich hörte an ihrer Stimme, dass sie zitterte. Und ich hörte sie einen Kloß herunterschlucken. »Sie ist mein kleines Mädchen ...« Mutter begann zu weinen.

»Denk an alles, was sie und dein Mann dir angetan haben. Sie haben dich unterdrückt und dich nicht einmal an ihrem Tisch essen lassen. Du durftest ihr keine Mutter sein. Du durftest nicht einmal mit ihr schimpfen, wenn sie ungezogen war. Weißt du nicht mehr, wie schlecht es dir ging?«

Auch ich war nun den Tränen nah.

»Und doch ist sie mein Kind«, beharrte meine Mutter. »Und ich liebe sie. Egal was sie getan hat.«

»Hättest du ihr eine richtige Mutter sein dürfen, wäre sie heute nicht dieses selbstsüchtige, hochnäsige Weib, das aus ihr geworden ist.« So dachte mein Onkel also über mich. Caidan hatte recht. Er hatte mich nicht angelogen. Ich hörte meine Mutter so laut weinen, dass ich am liebsten aus dem Schrank gerannt und ihr in die Arme gefallen wäre. Doch ich durfte nicht. Vestas durfte nicht wissen, dass ich ihn durchschaut hatte. Die Stimme meines Onkels wurde lauter:

»Und der Junge muss weg. Sie besucht ihn jeden Tag. Sie wird alles tun, um ihn zu befreien. Das dürfen wir nicht geschehen lassen.«

Lucjan! Mein Herz setzte für einen kurzen Moment aus. Ich wartete, dass meine Mutter etwas erwiderte, doch sie sagte nichts. Zu gern hätte ich ihren Gesichtsausdruck gesehen, oder auch nur ihre Augen. Sie hätten mir verraten, auf welcher Seite sie stand. Auf meiner, oder auf seiner.

»Er muss woanders hin«, sprach mein Onkel weiter. »So weit weg wie möglich.«

Ich musste diesen Schlüssel finden, und zwar bevor man Lucjan irgendwohin brachte, wo ich ihn niemals finden würde.

»Wenn er auch nur ansatzweise die Fähigkeiten besitzt, die Leetha und Xaver haben könnten, dann sind wir alle in größter Gefahr«, sprach er weiter.

Fähigkeiten? Ich hatte sie nicht, diese Fähigkeiten. Selbst mein Vater hatte keine. Diese Fähigkeiten, die man großen Familien zusprach, waren lange Zeit ausgestorben. Es gab ein paar einzelne Fälle, von denen ich wusste, doch ich hatte keine. Als Kind hatte ich es mir gewünscht, und oft versucht sie zu heraufzubeschwören. Doch es war mir nicht gelungen.

Noch immer hörte ich Mutters Schluchzen und die Stimme meines Onkels wurde sanfter: »Seit Leethas Geburt haben wir auf diesen Moment gewartet, Hyra. Auf den Moment, da sie Königin sein würde und wir das ungerechte System zerstören könnten.« Vestas vertraute Stimme, die Stimme, die mich als Kind immer aufgeheitert hatte, schmerzte in meinen Ohren. »Wegen dieses tenebrischen Königs kam alles anders. Doch endlich sind wir fast am Ziel.« Seine Stimme wurde noch sanfter. »Wir haben es fast geschafft.« *Sie hatten das von Anfang an geplant. Und ich war Teil ihrer Idee gewesen*. »Weißt du nicht mehr, wie traurig und wütend du warst, als sie dir nach der Entbindung dein kleines Mädchen weggenommen haben? Als du Leetha tagelang nicht sehen durftest? Als andere Frauen sie gestillt haben, anstatt dass sie bei dir im Arm lag?« Diese Worte taten mir mehr weh, als die Erkenntnis, dass die beiden mich getäuscht hatten. Ich spürte, wie Tränen meine Wangen hinabflossen und Bilder von Lucjans Geburt schossen durch meine

Gedanken. Ich erinnerte mich daran, wie ich ihn an mich gedrückt und wie ich ihn keine einzige Sekunde aus den Armen gelegt hatte. Nachts wollte ich ihn nicht in sein Bettchen legen. Er hatte neben mir geschlafen, nächtelang, in meinen Armen. Ich war nachts aufgewacht, um zu sehen, ob er noch atmete. Hatte ihn gestreichelt und geküsst und ihm ins Ohr geflüstert, dass er süße Träume haben solle. Das alles wurde meiner Mutter verwehrt. Ich stellte mir vor, wie sie allein in ihrem Zimmer lag und an ihr Baby dachte, das man ihr weggenommen hatte. »Weißt du nicht mehr, wie sehr du tagelang geweint hast?«, fragte er sie.

Meine Mutter schluchzte so laut, dass mein Herz in tausend Stücke sprang.

»Hätte ich es nicht so weit gebracht, hätte ich es nicht in diese Position geschafft. Wer weiß, ob du Leetha nicht noch seltener gesehen hättest! Du verdankst mir so viel, Hyra. Vergiss das nicht!«

»Ich weiß, Vestas, das weiß ich doch«, schluchzte sie.

»Und es war schwer für mich, Ary, deinen Ehemann, davon zu überzeugen, dich nach Lees Geburt nicht wegzuschicken, erinnerst du dich? Weißt du nicht mehr, wer als Einziger an deiner Seite stand?«

So vieles davon hatte ich nicht gewusst. So viele dieser Worte hörte ich zum ersten Mal. Und es brach mir das Herz. Ich verstand ihre Wut, ihren Hass. Ich konnte sie beide so gut verstehen. Doch nun lag das Leben meines Sohnes in ihren Händen und das ängstigte mich. Es lag in den Händen derer, die mich und alle Vollwertigen so sehr hassten. Und Lucjans Leben hatte oberste Priorität. Er war alles, an was ich dachte. Alles, was ich beschützen musste. Selbst wenn ich dafür meine Mutter verlieren könnte.

Vestas sprach weiter und seine Worte schnürten alles in mir zusammen: »Weißt du eigentlich, wie viel Mühe es mich kostete, Leethas Kräfte zu verbergen? Oft hatte ich sie ertappt, wie sie ihre Fähigkeiten herausfinden wollte. Ich tat alles, damit es ihr nicht gelingt. Ich habe sie beschäftigen lassen, ihr neue Freunde an den Hof geholt, ihre Lehrer gezwungen, sie so lange zu unterrichten, bis sie müde ins Bett fiel. Alles nur, damit sie nicht auf die Idee kommt, ihre Fähigkeiten zu ersuchen ...«

Er sagte noch mehr, doch ich hörte kaum hin. Alles drehte sich. Meine Gedanken, meine Gefühle. Was für Fähigkeiten meinte er? Er und Mutter wussten, dass ich welche besitzen könnte? Und ich wusste es nicht? Sie hatten mich von klein auf manipuliert. Für einen Krieg, der Tausende unschuldige Seelen zerstört hatte. Der so vielen Vollwertigen das Leben gekostet hatte. Und noch immer dachten sie, das Richtige getan zu haben.

Ich hörte die Schritte meiner Mutter, wie sie aus dem Zimmer ging. Doch Vestas blieb dort. Wie lange ich auf dem Boden des Wandschranks kauerte, wusste ich nicht, doch es kam mir vor wie eine Ewigkeit. Schließlich verließ Vestas sein Zimmer, und ich schlich mich ebenfalls hinaus.

»Mutter?« Ich klopfte an ihr Gemach, es war schon spät und Schlafenszeit, doch sie öffnete mir. Sie trug ein langes, weißes, Nachtgewand und ihre Augen waren rot und dick vom Weinen. Ich sah sie nur an, sagte nichts und fiel ihr in die Arme. Dann weinten wir beide, ohne auch nur ein einziges Wort zu sagen. Nach einer Weile setzten wir uns. Ich hielt ihre Hand fest umklammert: »Mutter, ich weiß, du verstehst mich. Vielleicht bist du die Einzige hier, die mich versteht. Also bitte hilf mir.«

Sie sah mich fragend an. Doch ich wusste, dass sie mich genau verstanden hatte. »Ich kann nicht, Liebes«, flüsterte sie mit feuchten Augen.

»Er ist mein Sohn. Bitte, Mutter ...«, flehte ich. »Du bist auch Mutter. Wenn ich dort unten im Kerker säße ...«

Sie wandte den Blick von mir ab.

»Er ist ein lieber Junge. Wenn du ihn kennen würdest, könntest du ihn genauso lieben wie ich. Lucjan ist doch dein Enkel ...« Sie versuchte, ihre Hand aus meiner zu lösen, doch ich hielt sie fest und drückte sie an mich. »Wenn Luc irgendwas geschieht, dann will ich nicht weiterleben.«

Erschrocken beugte Mutter sich vor: »Sag das nicht, Leetha.«

»Aber es ist die Wahrheit.« Neue Tränen liefen meine Wangen herab.

Mutter schüttelte leicht den Kopf und flüsterte: »Ich kann dir nicht helfen, Liebes.«

»Doch!« Meine Stimme wurde leiser. »Du kannst den Schlüssel besorgen. Du weißt, wo er ist, stimmt's?«

Mutter stand urplötzlich auf, sodass ihre Hand aus meiner glitt: »Bitte, Leetha. Geh!« Sie zeigte zur Tür.

»Mutter ...«, flehte ich.

»Geh bitte!«

Ich stand auf und ging zur Tür. Als ich sie öffnete, drehte ich mich noch einmal um: »Wenn ich dir etwas bedeute, dann hilf mir und nicht ihm.«

Bevor sie etwas sagen konnte, war ich aus dem Zimmer gegangen und schloss die Tür hinter mir.

Caidan

Es war das erste Mal, dass ich die Grenzen überquerte. Noch nie hatte ich Tenebris hautnah gesehen. Ein Sternenhimmel, der unbeschreiblich schön war, lag über mir, rechts von mir, links von mir.

Weder kalt noch dunkel. Einfach anders. Und doch hasste ich diesen Ort, diese Wesen. Alles hier war mein Feind. Wir hatten Vollwertige an die Front geschickt, unter der Bedingung, dass sie für uns kämpften. Im Gegenzug verschonten wir ihre Leben. Sie hatten keine andere Wahl gehabt. Das wusste ich. Doch wir brauchten sie. Nach den vielen Vollwertigen, die Vestas hingerichtet hatte, blieben nur wenige übrig. Zumindest auf unserer Seite. Und genau das war das Gefährliche. Tenebris strotzte nur so vor Vollwertigen. Und ich wusste nicht, ob manche von ihnen besondere Kräfte besaßen. Wir hatten einen Feuerbringer, der uns bereits gute Dienste erteilt hatte. Das war auch schon alles. Den einzigen Vorteil, den meine anderen vollwertigen Soldaten hatten, war das Reisen durch den Raum. Im Kampf war es eine Gabe, die wichtig sein konnte. Vor allem bei Soldaten, die jeden Schritt genau vorher planten.

Ich ärgerte mich darüber, dass Vestas während meiner Zeit auf der Erde die Vollwertigen hingerichtet hatte. Ich selbst hasste sie wie die Pest und hatte kein Mitleid mit ihnen, doch strategisch gesehen, war es ein Nachteil, den ich nun ausbügeln musste. Vestas hatte sich von seinen Gefühlen, der Wut und Euphorie treiben lassen. Das wäre einem Soldaten wie mir nie passiert. Doch dieser Krieg konnte durchaus noch gewonnen werden. Wenn ich es schaffte, Xaver zu töten. Ich musste ihm das Leben nehmen, denn ohne ihn, hatte ich das einzige Druckmittel in der Hand, das Tenebris in die Knie zwingen würde: den letzten Erben seines Hauses, seinen Sohn.

Hyra hatte vorgeschlagen Xaver unter einem Vorwand in unseren Palast zu locken und ihn hinterrücks zu ermorden. Doch Vestas und ich hielten das für zu gefährlich. Wir hatten lange gebraucht, um Mondsaphire so anfertigen zu lassen, dass niemand aus Tenebris hineinkommen würde, ohne die normalen Wege zu benutzen. Warum also sollten wir den Feind einladen? Das Risiko war zu hoch. Lieber hier auf dem Schlachtfeld. Und ich wollte es sein, der ihn tötete.

Das Gefühl beschlich mich, dass Vestas mich aus einem bestimmten Grund in die Schlacht geschickt hatte. Er wollte mich beseitigen. Ich war ersetzbar, das hatte er mir allzu oft gesagt. Und ich glaubte, dass er mir nicht mehr vertraute. Er war zu schlau, um nicht zu erkennen, dass ich Leetha nichts anhaben könnte.

Ich flog auf meinem Greifen über die Grenzstädte von Tenebris. Asche flog umher und die Glut unter mir funkelte in orangefarbenen Tönen. Es roch nach Krieg. Und es fühlte sich auch so an. Es stachelte mich an und Adrenalin schoss durch meinen Körper. »Schneller!«, rief ich und riss an den Zügeln des Flugwesens. »Los!«, rief ich den anderen zu, die hinter mir auf ihren Greifen flogen.

Ich konnte es riechen, fühlen, schmecken. Krieg! Und meine Lust darauf, Xaver endlich den Todesstoß zu verpassen, wuchs. Ich dachte daran, wie er Lia aufgehalten hatte, mit mir zu kommen. Wie er sie manipuliert und eiskalt hinters Licht geführt hatte. Ich wollte es tun. Ich wollte ihn töten.

Xay

Der Feuerbringer wurde auf einer Anhöhe einer verlassenen Stadt gesichtet. Ich wusste, dass es ein Risiko war, dort allein hinzugelangen. Lamar war an meiner Seite, doch ansonsten niemand. Ich musste es versuchen. Nicht für mich, sondern für Umbra. Ein kleiner Fehler, und die Stadt würde brennen und Tausende würden ihr Leben verlieren.

Tausende Soldaten nisteten sich in den verlassenen Häusern ein, als Lamar und ich aus dem Schatten traten und hinter einem Felsen erschienen, wo uns niemand sah.

»Die meisten sind vom neuen Blut«, flüsterte Lamar.

Ich zeigte wortlos auf einen hohen Felsen, in dem das ehemalige Rathaus der Stadt eingebaut war. Sie hatten ihre wichtigste Waffe mit Sicherheit gut versteckt. Ein Nicken mit dem Kopf reichte aus, und Lamar und ich verschwanden in unseren Schatten.

In einem dunklen Flur, der nur von wenigen Fackeln an den Wänden erhellt wurde, kamen wir zum Stehen. Uns machte das nichts, wir konnten gut in der Dunkelheit sehen. Doch die Meridemer hätten mit Sicherheit Probleme damit, sich im schwachen Licht zurechtzufinden. Deshalb folgten wir der Stelle, an der das Licht immer heller wurde. Mehr und mehr Fackeln und Kerzen erhellten das Innere des Rathauses. Sobald uns ein Soldat entgegenkam, verschwanden wir und tauchten kurz darauf wieder auf.

»Bist du sicher, dass du das Risiko eingehen willst?«, fragte Lamar besorgt.

Ich grinste. Er wusste nichts von meinen Fähigkeiten. Niemand wusste es. »Wir müssen nur den Feuerbringer finden!«, sagte ich scharf. »Alles andere erledige ich. Ich bringe dich nicht in Gefahr, Offizier, versprochen.«

»Ich habe keine Angst um mich, sondern um meinen König, den das Reich schon so lange vermisst hat.« Seine Worte trafen mich, doch ich durfte mich nicht darauf konzentrieren.

»Hier entlang!«, befahl ich.

Ich konnte ihn riechen, den meridemischen Vollwertigen, den sie unter Beobachtung hielten. Sieben Wachen standen vor einer großen Holztür, und ich war mir sicher, dass er sich dahinter befand. Es roch nach Rauch und Feuer.

Lamar und ich tauschten Blicke aus. Zwei von diesen Wachen waren Vollwertige, die anderen nicht. Auf ein leichtes Nicken hin stürmten wir mit gezückten Waffen auf sie zu. Erst jetzt bemerkten sie uns und griffen zu ihren Schwertern. Ich kümmerte mich um die Vollwertigen, während Lamar die anderen gekonnt niederstreckte. Sie hatten nicht mit uns gerechnet und es war für einen Vollwertigen wie Lamar einfach, gegen sie zu kämpfen. Innerhalb von Sekunden trat er in den Schatten, bevor ihn eines der scharfen Schwerter berühren konnte, und trat hinter den Feinden erneut auf.

Mir wurde es schwerer gemacht. Zwei Vollwertige gegen einen. Gegen mich. Doch ich lockte sie so weit von Lamar weg, dass er ungehindert die anderen vernichten konnte. Meine Gegner erkannten mich. Sie wollten mich töten, das würde ihr Ansehen vergrößern. Das Ansehen, das in Meridem ohnehin schon am Boden war. Doch ich floh von einem Flur zum anderen, indem ich durch den Raum reiste, und sie folgten mir. In einem dunklen Teil des Rathauses, wo es kein Licht gab, wartete ich darauf, dass sie erschienen. Und sie erschienen, beide. Doch sie sahen nichts und waren bereits im Begriff, zu verschwinden, als Lamar neben mir auftauchte und einem der beiden mit nur einem Hieb den Kopf abtrennte. Den anderen übernahm ich, kurz bevor er ins Licht treten konnte.

Wir grinsten uns an und erschienen im Inneren des Raumes, den die sieben Wachen eben noch bewacht hatten. Der Feuerbringer saß gelassen auf einem Stuhl und starrte uns wortlos an. Er roch nach kaltem Rauch und der ganze Raum flackerte von den vielen Kerzen, die um ihn herumstanden.

»Ich bin König Xaver Noblis«, stellte ich mich vor.

»Ich weiß, wer Ihr seid«, sagte der Feuerbringer und betrachtete mich von oben bis unten. »Und ich hörte die Wachen draußen schreien. Ich ahnte bereits, dass Ihr mich aufsuchen würdet.« Er wusste, dass wir kamen. Dass ich kam. Und doch blieb er ruhig und gelassen auf seinem Stuhl sitzen. »Ihr mögt ein Soldat sein, vielleicht ein guter. Aber Ihr wisst nicht, wie stark ich bin«, sagte er langsam.

Er war ein richtiger Meridemer mit hellblauen Augen und blondem Haar. Leichte Sommersprossen verliefen von einem Ohr zum anderen über seine Nase. Er trug eine Lederrüstung, in einem hellen Braunton, doch er besaß keine Waffe an seinem Gürtel. Langsam schlich ich um ihn herum und musterte ihn: »Doch. Ich weiß, wie mächtig Ihr seid. Ihr seid der Feuerbringer, der meine Grenzstädte in Schutt und Asche gelegt hat.«

Zufrieden und stolz grinste er.

»Was geben sie Euch dafür, dass Ihr für Euren Feind kämpft?«, fragte ich und legte den Kopf schief.

»Meridem ist nicht mein Feind«, erwiderte er.

Ich hob eine Augenbraue: »Ist es nicht?«

Der Feuerbringer kniff die Augen zusammen.

»Dann ist es nicht wahr, dass in Meridem die meisten Vollwertigen hingerichtet wurden?« Ich schlenderte von einer Wand des kleinen Raums zur anderen und betrachtete die Gegenstände und Bilder an der Wand, während ich sprach. »Dann ist es nicht wahr, dass man Eure Familie bedroht?«

Der Feuerbringer machte keinen Mucks.

»Und wenn ich Euch sage, dass in diesem Moment einer meiner Offiziere in Meridem, nein, in Eurem Haus auftaucht und Eurer Familie einen Besuch abstattet?«

Für einen kurzen Moment regten sich seine Mundwinkel.

Lamar stand still da und beobachtete uns. Doch das Grinsen auf seinen Lippen konnte er sich nicht verkneifen.

Langsam ging ich auf den Feuerbringer zu und beugte mich zu ihm herab: »Es ist wahr. Mein Offizier holt Eure Familie zu uns nach Tenebris. Einen Sohn, kaum älter als ein paar Jahrzehnte, eine Tochter und eine alte Frau. Vielleicht Eure Mutter …«

Ich hörte ihn mit den Zähnen knirschen.

»Was ist mit Eurer Frau geschehen? Wurde sie hingerichtet, weil sie sich nicht beugen wollte?«, fragte ich weiter und der Feuerbringer schnaubte. Ich hatte einen Nerv getroffen.

»Ein Gedanke, und ich könnte Euch und diese Stadt im Feuer begraben.«

Ich kam noch etwas näher an ihn heran: »Tut es!«

Er riss seine Augen weit auf, doch nichts geschah.

»War es das schon?«, fragte ich mit einem belustigten Schmunzeln. Ich drehte mich zu Lamar um und zuckte mit den Schultern. »Wollte er uns nicht verbrennen?«

Lamar hob fragend die Handflächen nach oben: »Ich weiß es nicht, mein König, vielleicht hat er seine Kräfte verloren?«

Der Feuerbringer sprang auf und fuchtelte mit den Händen umher. Doch nichts geschah. Ich wusste, weshalb und Lamar wusste es nun auch. Meine Fähigkeit, andere Fähigkeiten zu neutralisieren, würde sich in diesem Krieg als beste Waffe entpuppen.

»Was habt Ihr getan?«, schrie der Feuerbringer und betrachtete seine Hände.

Ich steckte die Hände in die Hosentaschen und sah ihm gelassen und belustigt zu, wie er versuchte, seine Kraft zu bändigen. »Also, Neil, so heißt Ihr doch, oder?«, fragte ich gelassen. Ja, ich hatte meine Arbeit getan. Recherchiert. Über diesen Feuerbringer und seine Familie. »... Ihr könnt weiterhin für diejenigen kämpfen, die Eurer Familie nach dem Leben trachten und die Eure Frau ermordet haben, oder Ihr seid schlau genug, die Seiten zu wechseln.«

»Ihr erpresst mich genauso. Ihr habt meine Familie ebenso in der Hand«, knurrte er und ballte die Fäuste.

Ich schüttelte den Kopf: »Nein. Ich würde niemals Kinder ermorden. Und auch keine alten Leute. Mein Offizier ist bei Eurer Familie für den Fall, dass Ihr Euch entschließt, die Seite zu wechseln. Wenn Ihr für mich kämpft, bringen wir Eure Familie in Sicherheit.«

»Und wenn nicht?«, fragte er leise.

»Dann bringen wir nur Euch um und lassen Eure Familie dort, wo sie ist.«

»Das wäre genauso ein Todesurteil!«, schrie er. »In Meridem wird man sie genauso töten, wenn ich nicht meinen Zweck erfülle!«

Ich zuckte mit den Schultern. »Ihr habt die Wahl. Ich werde Eurer Familie Sicherheit in Tenebris versprechen. Ihr müsst nur die Seiten wechseln.«

»Ihr braucht mich«, grinste er.

»Ja. Das gebe ich zu. Ihr seid eine gute Waffe. Und vor allem eine, mit denen der Feind nicht rechnet.«

»Aber meine Kräfte ...«, stammelte er.

»Die kommen wieder.« Ich zwinkerte ihm zu.

»Was muss ich tun? Mit Euch mitkommen?«, fragte er.

»Nein. Sie müssen glauben, dass sie Euch in der Hand haben. Ihr bleibt hier und sobald die meridemischen Offiziere Euch einsetzen wollen, verbrennt Ihr die gegnerische Armee anstatt meine.«

Er grübelte. »Und meine Familie?«

»Sie ist in Sicherheit. Mein Offizier bleibt bei ihnen, bis Ihr Eure Arbeit getan habt. Dann bringt er sie hierher, wo Ihr sie sehen könnt«, versprach ich.

»Woher weiß ich, dass ich Euch vertrauen kann?«

Ich zuckte mit den Schultern. »Das wisst Ihr nicht. Doch wenn Ihr die Augen aufmacht, werdet Ihr sehen, dass in meiner Armee jeder gleich behandelt wird. Egal ob vollwertig oder nicht. Die Nichtvollwertigen werden sogar von den anderen beschützt. In Tenebris wird Eure Familie sicher sein.«

Er sah mich musternd an. Er wusste es. Er lauschte meinen Worten. Ich sagte, *seine Familie* würde sicher sein. Und dieses Versprechen würde ich auch einhalten. Doch von ihm sagte ich kein Wort. Er würde sterben, so oder so. Ob durch Caidan oder durch mein Todesurteil, wenn dieser Krieg zu Ende war. Ich ließ niemanden am Leben, der Tausende Unschuldige aus meinem Volk bei lebendigem Leib verbrannt hatte.

»Und ... Ihr dürft nicht vergessen, dass ich Eure Fähigkeit neutralisieren kann. Ich werde Euch beobachten, wenn es zur Schlacht kommt und wenn Ihr das Feuer gegen meine Leute richtet, werdet Ihr das nicht können!«

»Und wenn Ihr das nicht könnt, seid nicht nur Ihr ein toter Mann, sondern auch Eure Familie«, setzte Lamar nach, obwohl ich sicher war, dass der Feuerbringer es verstanden hatte.

Nach diesen Worten nickte ich Lamar zu und wir verschwanden.

Caidan

Da war es: Umbra. Ich sah die Stadt vor mir, während ich darauf zuflog. Auf dem Weg dorthin hatten wir unsere Soldaten von den Stützpunkten abgeholt, die sie in verlassenen Städten errichtet hatten. Mehrere Tausend Mann flogen hinter mir und darunter ein Feuerbringer, meine größte und wichtigste Waffe. Von Weitem erkannte ich die Felsen, die um Umbra schwebten und die alle von Soldaten nur so wimmelten. Meine Späher hatten mir bereits alles erzählt, was ich wissen musste: Wie viele Soldaten auf welchem Felsen eingesetzt wurden, wie viele von ihnen in Umbra direkt umherstreiften und die Bevölkerung beschützten und wie viele von ihnen womöglich vollwertig oder niedergeboren waren. Ich wusste alles.

Wir kamen der Hauptstadt näher und es begann. Voll mit Adrenalin, das durch mein Blut schoss, entfachte sich meine Leidenschaft. Kämpfen. Gewinnen. Siegen. Der Krieg war nichts weiter als ein Spiel. Zugegebenermaßen ein Grausames. Ein Spiel, in dem es nur wenige Gewinner, jedoch Tausende Verlierer gab. Doch es war *mein* Spiel. Es gab nichts, das ich besser beherrschte als das, und ich wusste, dass ich als Sieger daraus hervorgehen würde. Nicht der Mond war der Einsatz. Es ging um so viel mehr als das. Die Herrschaft über die beiden Reiche war nur ein Bonus. Es ging um Rache. Um Rache und Gerechtigkeit.

Ich spürte meinen Herzschlag, wie ich ihn nie zuvor gespürt hatte. Heißes Blut schoss in mein Gesicht, in meine Arme, in meine Beine und wieder zurück zum Ursprung. In mir läuteten alle Alarmglocken. Ein Gefühlserlebnis, das ich aus anderen Kämpfen bereits kannte, doch nie stand so viel auf dem Spiel, wie in diesem Moment. Ein überwältigendes Glücksgefühl überkam mich. Ein Nervenkitzel. Ein

Kick. Ein Rausch. Ein Hochgefühl, dessen Intensität keine Grenzen kannte und mich voll und ganz einnahm. Es war besser als alles, was ich kannte. Eine Lust überkam mich, die Lust zu töten. *Ihn zu töten*!

Die feindlichen Truppen flogen bereits auf uns zu. Greifen sowie andere Flugwesen. Auf ihnen saßen Soldaten, die zielstrebig und furchtlos auf uns blickten. Schattenkrieger, gekleidet in schwarzer Lederkluft und bewaffnet bis auf die Zähne. Meist Vollwertige. Damit hatte ich gerechnet. Ich war zwar der Meinung, dass sie Niedergeborene vorausschickten, wie Meridem es immer getan hatte, doch ich hatte ebenfalls gewusst, dass Xaver stets für eine Überraschung gut war und genau das Gegenteil von dem tun würde, was ich gedacht hatte. Und es gefiel mir. Es gefiel mir, einen Gegner zu haben, der es mir nicht leicht machte. Nichts machte ein Spiel interessanter. Und nichts machte den Sieg süßer.

Auch ich würde ein ebenbürtiger Gegner für ihn sein. Nicht umsonst, nannte man mich den *Schattenjäger*. Ich jagte sie alle. Nichts, was ich geplant hatte, würde genau so geschehen, das hatte ich gewusst. Xaver würde alles tun, um mir in die Quere zu kommen. Doch genau das war es, was mich ausmachte. Ich wusste genau, dass ich immer mit dem Gegenteil rechnen musste. Immer darauf bedacht, dass er mich zu kennen glaubte.

Der erste Schwarm gegnerischer Greifen flog direkt auf uns zu und ihre Kampfwesen griffen die unseren an. Gekonnt wich ich ihnen aus. Meine Flugkünste waren denen der Vollwertigen weit überlegen. Jeder Niedergeborene ritt besser, da die Vollwertigen meist durch den Raum reisten, anstatt sich mit anderen Dingen zu beschäftigen. Außerdem kannte ich meinen Greif Moondance. Ich hatte ihn aufgezogen und wir hatten zusammen schon viele Kämpfe überstanden.

Im Ausweichmanöver stieß Moondance mit seinem scharfen Schnabel gegen einen gegnerischen Greif. Er rammte das Tier genau zwischen die Rippen. Es schrie auf und flog in kreisenden Bewegungen abwärts.

Ein geflügeltes Pferd schoss von links auf mich zu. Der Reiter verfehlte mich mit seiner Lanze nur haarscharf. Das Blut rauschte in meinen Ohren so laut, dass die Schreie und Rufe meiner Kollegen in den Weiten des Universums verschwanden. Ich wich aus und drehte eine Runde, um den Angreifer von hinten zu erwischen. *Ein Pferd, dass ich nicht lache. Das frisst Moondance zum Frühstück.*

Ich schmunzelte zufrieden. Moondance öffnete den Schnabel, um das Flugpferd von hinten in Stücke zu reißen. Doch kurz bevor wir es erreichten, umnebelten den Soldaten graue Schattenschleier. Der vollwertige Angreifer verschwand vom Rücken des Pferdes. Ehe ich mich versah, erschien er hinter mir auf meinem Greif. Mit seinem Unterarm drückte er mir die Kehle zu. Ich riss an den Zügeln hin und her. Moondance drehte sich, sodass er mit dem Rücken zum Boden flog. Kopfüber. Eine Leichtigkeit, wenn man wusste wie. Und ich wusste es!

Mein Gegner schrie und krallte sich an mir fest. Ich stemmte die Füße in die Steigbügel, um nicht herabzufallen. Doch das Gewicht des Angreifers zog mich nach unten. Er ließ mich nicht los, und wir beide fielen gemeinsam hinab in die Tiefe. An meinem Gürtel war ein Dolch befestigt, den ich im Fallen herauszog und mit der Spitze, dicht an meinem Gesicht vorbei, nach hinten stieß. Erst dann löste sich der Griff des Tenebrers, der mit einem Schreien in die Tiefe stürzte. Meinen Dolch nahm er mit sich. Ich dagegen schwebte in der Luft und sah zu, bis ich ihn nicht mehr sehen konnte. Die Mondoberfläche war zu weit unten und ich sah nur ein schwarzes Nichts unter mir. An meinem Rücken spürte ich die Stelle schmerzen, an der Moondance mich erwischt hatte. Im Sturzflug hatte er mich gefangen. Seine Krallen schlug er in meine Uniform und hielten mich in der Luft. Wie immer. *Braver Moondance*!

Mein Greif, der über mir in der Luft schwebte, stieß ein erleichtertes Schnauben aus. Ich hätte einen Moment durchatmen können. Ein paar Sekunden in Moondances Fängen über dem schwarzen Nichts schweben können, doch ich kletterte an ihm herauf, bis ich erneut auf seinem Rücken saß. Zeit zum Durchatmen gab es nicht. Nicht jetzt. Nicht, solange ich diesem Rausch verfallen war.

Der nächste Greif flog auf uns zu. Mit dem Schnabel voraus stieß er Moondance in die Seite. Mein Greif schrie auf, doch flog tapfer und beinahe ohne zu schwanken weiter. Ich war erleichtert, dass dieser Angreifer kein Vollwertiger war und nicht unerwartet hinter mir erscheinen würde. Doch sein Greif war aggressiv und griff Moondance erneut an. Diesmal krallte er sich in Moondances Fleisch und die beiden hackten mit ihren Schnäbeln aufeinander ein. Ich hatte es schwer, mich festzuhalten. Ich packte Moondances Gefieder, und trat so fest in die Steigbügel des Sattels, dass ich mich sicher fühlte, während er und der andere Greif sich gegenseitig zerfleischten.

Mit einem kläglichen Schrei fiel der gegnerische Greif letztendlich hinab in die Tiefe. »Gut gemacht Moondance«, sagte ich und atmete durch. Ich roch das Blut, das von seinem Rücken in die Tiefe tropfte. »Halte durch.« Ich streichelte ihm durch sein Gefieder, als bereits ein weiterer Angreifer auf uns zukam. Von überallher hörte man Schreie von Männern, die in die Tiefe flogen, von Greifen und Pferden, die ihr Leben verloren, von anderen Männern, die aufbrüllten, weil ihnen ein Speer durch die Rippen geschoben wurde.

Der nächste Angreifer war bereits verletzt, genau wie Moondance. Doch bevor er uns ergriff, kam ein anderer aus meiner Armee dazwischen und wimmelte ihn ab. Ich atmete durch. Wir waren in der Überzahl. Die meisten tenebrischen Soldaten bewachten die Stützpunkte und die Stadt. Sie hatten nur einige Hundert vorausgeschickt, um uns zu schwächen. Ich musste nur der Stadt näher kommen. Dann würde ich den Feuerbringer einsetzen und die Mauern niederbrennen. Und ich sah Umbra längst vor mir.

Den Feuerbringer hatten wir dicht in der Menge meiner Tausenden Soldaten positioniert, damit er nicht angegriffen werden konnte. Er war unsere stärkste Waffe. Nur noch ein paar Flügelschläge, und ich erreichte die Stadt. Hinter mir kämpften meine Soldaten, die mir den Weg frei hielten und für mich ihr Leben aufs Spiel setzten. Sobald ich nah genug wäre, würde der Feuerbringer ins Licht treten, und neben mir auftauchen, um die Stadt in Asche zu verwandeln. Ich würde den Anblick genießen.

Plötzlich flimmerte der Raum vor mir und Schatten hüllten mich ein, sodass ich die Stadt vor mir kaum noch erkennen konnte. Der

Raum teilte sich vor mir und heraus kam ein riesiger, dunkler Greif mit schwarzem Gefieder. »Hallo, Schattenjäger«, hörte ich seine Stimme, noch ehe ich ihn auf dem Rücken des Flugwesens erkennen konnte. *Xaver!* Ich biss die Zähne aufeinander, doch ein neuer Rausch entflammte in mir. Es wäre auch zu schade gewesen, ihn einfach in den Flammen des Feuerbringers zu verlieren. Zu einfach. Zu leicht. Es hätte mich deprimiert. Das, was zwischen Xaver und mir stand, konnte nur auf eine Art geklärt werden: von Angesicht zu Angesicht, von Mann zu Mann, von König zu König.

Moondance bremste ab, um nicht gegen Xavers Greif zu knallen. Die beiden Flügelwesen flatterten heftig, um auf der Stelle zu bleiben. Xaver grinste mich unverschämt an. Sein riesiges, fast monströses Flugtier kreischte in einem schrillen, nahezu todbringenden Ton, sodass jedes andere Wesen auf der Stelle davongeflogen wäre. Nicht mein Moondance. Er blieb, wo er war, und flatterte heftig mit den blutigen Flügeln. Xavers Greif war fast doppelt so groß wie Moondance und seine Augen sahen meinen geflügelten Gefährten an, als würde er ihn gleich in der Luft zerreißen. Xavers Augen funkelten mich auf dieselbe Weise an.

Mit den Steigbügeln stieß ich Moondance leicht in die Rippen, sodass er wusste, was er zu tun hatte. Er drehte sich blitzartig und flog für einen kurzen Moment in die entgegengesetzte Richtung, um dann urplötzlich umzudrehen und den gegnerischen Greifen in die Seite zu rammen. Es geschah so schnell, dass Xaver keine Zeit hatte, darüber nachzudenken. *Typisch Vollwertige. Sie reiten wie Amateure.*

Xavers Greif rührte sich kaum, als Moondance ihn erwischte. Ich hörte Xavers Lachen. Noch mehr Wut schäumte in mir auf. Noch mehr Lust, ihn zu töten. Ich lenkte Moondance nach oben, sodass wir nur einige Meter über Xaver flogen, der nun die Zügel in die Hand nahm und seinem Greif einen Befehl gab. Doch ehe dieser sich vom Fleck wegbewegte, flog mein wendiger Vogel dicht über Xavers Kopf vorbei und ich ließ mich auf den Rücken seines Raubtieres fallen. Ich landete hinter Xaver und hielt mich an ihm fest. Mein Schwert drückte ich von hinten an seinen Hals: »Na, wie fühlt sich das an?«, fragte ich und erinnerte mich an die Situation, als er mir ein Schwert an den Hals gehalten hatte.

Moondance zog in sicherer Entfernung seine Kreise um uns herum und beobachtete mich. Xaver dachte an seine Schatten, das konnte ich spüren, er wollte in den Schatten treten. Womit er nicht gerechnet hatte, war, dass ich auf solch eine Situation vorbereitet war. An meinem Schwert und an meiner Rüstung befanden sich viele kleine Mondsaphire, die ihn einhüllten. Er saß in der Falle und nur einen Schnitt durch die Kehle weiter, hätte ich ihn getötet. Doch sein Flugwesen drehte sich und Xaver hielt sich an den Zügeln fest, während er die Füße in den Steigbügeln verankerte. Ich musste mich an ihm festklammern, hörte jedoch schon Moondances Schwingen näher kommen. *Er würde mich fangen, egal wie tief ich fallen würde*. Seine Anwesenheit gab mir die Sicherheit, das Schwert nicht von Xavers Hals zu entfernen.

Mit den Füßen stieß ich gegen Xavers Beine, sodass sein linkes aus den Steigbügeln rutschte. Sein Greif drehte sich auf den Rücken und Xaver stürzte in die Tiefe. Mit mir. Noch immer klammerte ich mich an ihm fest. Von oben hörte ich, wie Moondance herabglitt und mich an der Rüstung packte. Doch das Leder der Rüstung riss langsam und Moondance ließ sich weiter in die Tiefe sinken, da der andere Vogel ihn von oben bedrohte. Kurz vor der rauen Mondoberfläche ließ Moondance mich los.

Im Fallen ließ ich Xaver ebenfalls los und wir beide stürzten ein paar Meter in die Tiefe. Sicherlich hatte ich ein paar blaue Flecken davongetragen, und einen angeknacksten Knöchel. Doch ich dachte nicht darüber nach. Ich spürte es kaum. Purer Nervenkitzel betäubte mich. Mit den Händen tastete ich nach meinem Schwert, ohne Xaver aus den Augen zu lassen und rannte schließlich auf ihn los.

Über uns kreischten Moondance und der andere, die gegeneinander kämpften. Und um uns herum hörte man das Klirren unserer Schwerter. Xaver war ein guter Kämpfer, doch nicht so gut wie ich. Was er allerdings damit wettmachte, dass er jedes Mal, wenn ich ihn erledigen konnte, in den Schatten verschwand und hinter mir wieder auftauchte. Mein Schwert und meine Rüstung, die mit Mondsaphiren ausgestattet waren, brachten mir nichts, wenn ich ihn nicht vollkommen einhüllte. Aber das machte nichts. Ich hatte schon oft gegen Vollwertige gekämpft. Es war niemals leicht. Aber auch nichts Neues. Sie wollten uns mit ihren Spielchen müde machen. Der Trick war, sie glauben zu lassen, sie hätten es geschafft. Ich wusste, dass durch den Raum zu reisen auch eine gewisse Anstrengung mit sich brachte. Vor allem, wenn man wie er, einen ganzen Greif mit sich genommen hatte. Er müsste ebenfalls bald am Ende sein. Doch sein Vorteil bestand darin, einfach zu verschwinden. Das musste ich verhindern. *Jetzt oder nie,* rauschte es in meinen Ohren. Ich musste ihn töten. Für Meridem, für Leetha, für mich.

Xaver keuchte, doch seine Augen blitzen auf. Er genoss diesen Kampf genauso sehr wie ich.

»Komm her, du Schattenköter! Ich bring dich um!«, stachelte ich ihn an.

Er atmete schwer, genau wie ich. Aber dieses beschissene Grinsen, bekam ich mit keinem Hieb aus seinem Gesicht.

»Soll ich *meiner Ehefrau* noch etwas ausrichten, wenn ich dich getötet habe?«, fragte ich mit einem höhnischen Lachen.

Xaver presste die Kiefer aufeinander und schwang den nächsten Hieb mit einem Brüllen.

»Die letzten Nächte mit Leetha waren echt der Hammer!«, keuchte ich nach einer Weile, als ich mich erneut auf ihn stürzte. »*Meine Frau* weiß, wie sie einen Mann glücklich macht.« Ich hatte kaum noch die Kraft zu sprechen, doch mein Plan funktionierte einfach zu gut: Sein Grinsen verschwand. Seine Miene veränderte sich. Sie wurde hart. Ich erkannte puren Zorn in seinen Augen. Wut, Eifersucht, Hass. Er hob das Schwert, um meines abzuwehren, und brüllte dabei wie ein wildes Tier. Die Vorstellung, dass seine Lia mit mir im Bett war, musste unerträglich für ihn sein. Es gefiel mir. Ich konnte nicht aufhören, ihn zu provozieren: »Sie ist echt der Hammer im Bett, stimmt's?« Ich hatte einen Nerv getroffen. Leetha, Lia, sie war schon immer seine Schwäche gewesen. Selbst an jenem Tag, als er unsere Hochzeitsnacht unterbrochen hatte und mich töten wollte. Ich hatte etwas in seinen Blicken gesehen, das Leetha nicht sah. Das sie vielleicht nie sehen wollte. Etwas, das mich an seinem Hass auf sie zweifeln ließ.

Voller Wut schwang er sein Schwert und schlug damit auf meines ein. Jetzt würde *ich* ihn müde machen.

»Und …«, keuchte ich. »Oh Mann … Ihr Körper ist einfach der Wahnsinn!«

Xavers Miene wurde finster und er schlug immer heftiger auf mich ein, ohne seine eigentliche Strategie einzuhalten.

Jeden Hieb wehrte ich gekonnt ab und grinste breiter. Ich hatte seine Schwachstelle gefunden. Lia. Einfache Worte, einfache Lügen. Ich war fast schon etwas enttäuscht darüber, dass ich ihn so leicht aus der Reserve locken konnte. »Ich überlege schon, wie wir unsere Kinder nennen …«, keuchte ich weiter.

Xaver hob das Schwert und ich erkannte, dass ich ihn etwas aus der Balance gebracht hatte.

»Vielleicht Lucjan. Ich meine, der Name bedeutet Licht in unserer Sprache.« Obwohl ich keuchte, verstand er mich genau. Der letzte Satz von mir nahm ihm den Rest. Den Rest an Würde. Zorn von unbändigem Ausmaß wütete in seinen Augen, die sich in meinen anfühlten, als zerrisse er meine Seele von innen heraus.

Ich bemerkte, wie er in den Schatten trat und ich wusste, dass er hinter mir erscheinen würde. Blitzschnell drehte ich mich um, ehe er auftauchte. Als er vor mir stand, stach ich ihm mein Schwert zwischen die Rippen. Er schrie auf. Er ließ seine Waffe fallen und als ich meine aus ihm herauszog, drückte er beide Hände auf seine Wunde und starrte mich wortlos an. Ich lachte auf: »Das war irgendwie zu leicht. Ich hätte mehr von dir erwartet.« Er knurrte etwas, das ich nicht verstand, und ich trat einmal nach. »Sag deinem Vater schöne Grüße von mir, wenn du ihn im Jenseits triffst«, flüsterte ich ihm ins Ohr.

Bevor ich nochmals zustechen konnte, sank er zu Boden und ein ohrenbetörendes Tosen breitete sich am Himmel aus. Ich sah hinauf und trat vor Schreck einen Schritt zurück. Der Himmel brannte. Ein riesiger Feuerball fegte über den Nachthimmel hinweg und Tausende meiner Soldaten verbrannten in der Luft wie kleine Sternschnuppen, die rechts und links von mir zu Boden fielen.

Ein kurzes Auflachen von Xaver ließ mich auf ihn blicken. Er rappelte sich auf die Beine und zwang sich zu grinsen. Aus seinem Mund strömte Blut, ebenso wie aus seiner Wunde. Dann verschwand er vor meinen Augen im Schatten.

Xay

Mutter drehte sich um, als sie mich bemerkte. Alles drehte sich und wurde langsam dunkel vor den Augen. Mit meiner letzten Kraft war ich in den Palast gekommen. Ich blutete nicht nur aus meiner Wunde, die zwischen den Rippen direkt an meinem Herzen liegen musste, auch in meinem Mund sammelte sich Blut, das ich ständig ausspuckte.

Sie schrie auf vor Schreck und rannte zu mir. Nachdem ich aus dem Schatten getreten war, ließ ich mich nur noch auf die Knie fallen. Um mich herum nahm ich nichts als Mutters Kreischen wahr. Sie hörte überhaupt nicht auf zu schreien. Sie rief nach Hilfe, nach Wachen und nach einem Heiler. Mehr wusste ich nicht mehr. Auf mehr konnte ich mich auch nicht konzentrieren. Wenn dies meine letzten Gedankengänge sein sollten, so sagte ich mir, dann mochte ich sie mit Erinnerungen an Lia und Lucjan ausschmücken.

Als ich erwachte und aus dem Fenster sah, brannte der Himmel weiterhin. Mutter saß an meinem Bett und neben ihr standen ein Heiler und Offizier Zoran. Meine Mutter weinte, und Zoran hielt ihre Hand. Als sie bemerkte, dass ich erwachte, löste sie diese von ihm. »Wie ...« Ich stöhnte. »Wie ...« Es war zu anstrengend.

»Sag nichts, Xaver. Du musst dich schonen«, sprach Mutter wie mit einem kleinen Kind.

Ich erinnerte mich langsam daran, was geschehen war. Caidan hatte es geschafft, mich zu besiegen. Enttäuschung und Scham sollten mich überkommen, doch es war Wut. Wut, die durch mich hindurchfegte wie ein Feuer. Nicht auf ihn, sondern auf mich. Ich hatte mich von Zorn und Eifersucht leiten lassen und nicht genügend achtgegeben. Dieses kleine Arschloch hatte mich besiegt. Und das nur, weil er genau wusste, was er sagen musste, um mich aus dem Konzept zu bringen. Und das Allerschlimmste war, dass ich nicht nur mich in Gefahr gebracht hatte. Wenn ich gestorben wäre, gäbe es niemanden mehr, der Lia und Luc beschützen konnte. Ich richtete mich auf und wusste, dass ich Mutter und Zoran unmöglich sagen konnte, was tatsächlich geschehen war. Nie zuvor hatte ich mich vor Mutter geschämt.

»Was machst du?«, fuhr meine Mutter entsetzt auf. »Der Heiler sagt, du musst dich schonen.«

»Sie brauchen mich«, stöhnte ich und ein unbeschreiblicher Schmerz fuhr durch meine Brust.

»Wir haben gewonnen«, erklärte Mutter sanft und legte ihre Hand auf meine.

»Der Feuerbringer hat seine eigene Armee verbrannt, wie Ihr es vorhergesehen hattet«, sagte Zoran und nickte mir anerkennend zu. »Die Stadt ist sicher.«

Mutter drückte meinen Oberkörper zurück aufs Bett, doch ich wehrte mich. »Ich muss ihnen helfen«, stöhnte ich. Meine Brust brannte und mein Kopf hämmerte, doch ich konnte nur an Lia und Luc denken.

»Du musst niemandem helfen, die Stadt ist in Sicherheit«, versicherte Mutter.

»Nicht die Stadt«, sagte ich und drehte meinen Kopf, um Blut aus meinem Mund auszuspucken. »Lia und Lucjan.«

Mutter keuchte auf. »Nein!«

Ich sah sie verwundert an.

»Nein.« Sie schüttelte heftig den Kopf. »Ich lasse nicht zu, dass du in diesem Zustand nach Meridem gehst.«

»Ich muss!« Ich setzte mich erneut auf.

»Nein!«, schrie sie mich an.

»Mutter ...«

»Hör auf damit! Du wärst fast gestorben. Du könntest noch immer sterben, wenn die Wunde erneut aufgeht. Du kannst kaum laufen. Und deine Kräfte sind ausgezehrt! Du bleibst hier!«

Ich sah sie einfach nur an.

»Was bringt es ihnen, wenn Ihr sterbt?«, mischte sich Zoran ein.

Wütend wanderten meine Blicke zu ihm: »Ich bin Euer König. Ihr habt nicht das Recht, meine Entscheidungen anzuzweifeln.«

»In diesem Moment seid Ihr mein Soldat. Mein verletzter Soldat. Und ich sorge mich um meine Männer!«, widersprach er. Obwohl ich zugeben musste, dass ich ihn bewunderte, ärgerte es mich.

Ich biss mir auf die Zähne und sah Mutter an. Dann setzte ich vorsichtig ein Bein auf den Boden.

»Du bleibst da!«, schrie Mutter und wandte sich an Zoran: »Tu etwas!«, forderte sie ihn auf und ich begriff, dass die beiden mehr verband, als sie mir vormachten. Die Art, wie sie ihn ansah. Die Art, wie sie mit ihm sprach. »Dring in seinen Kopf ein!«, befahl sie Zoran voller Sorge.

»Ich kann nicht«, sagte er.

»Doch, du kannst, er ist geschwächt«, weinte sie.

»Er ist mein König!«, beharrte Zoran.

»Dann besorg eines dieser Armbänder!«, schrie sie, als ginge es um Leben und Tod. Möglicherweise ging es das auch. Um meines. Ich spürte, dass ich nicht gehen sollte, dass es mich umbringen könnte. Mein Leben würde Mutter schützen wie eine Löwin ihre Kinder. »Schnell!«

Ich lächelte sie an: »Willst du mich wirklich auf diese Weise aufhalten?«

»Wenn es sein muss«, sagte sie und ihre Augen blitzten auf. Zoran rannte aus dem Raum und gehorchte ihrem Befehl. Ich schob das andere Bein langsam auf den Boden und stand auf. Dann trat ich in den Schatten, doch Mutter packte mich am Arm, ehe ich verschwinden konnte und warf mich zurück. Ich war so schwach, dass selbst diese zierliche Frau mich aufs Bett werfen konnte.

»Ich lass es nicht zu, dass du dein Leben für diese Frau aufs Spiel setzt!«, schrie sie mich an und ohrfeigte mich. Ich starrte sie für einen Moment sprachlos an. Es war nicht das erste Mal, dass Mutter so mit mir sprach und auch nicht das erste Mal, dass sie mich ohrfeigte. Sie war meine Mutter und ich war ein verzogener Bengel gewesen. Doch seit ich König war, hatte sie mich anders behandelt. »Nicht für sie«, knurrte sie.

»Was meinst du damit?«, fragte ich und musterte ihre Gesichtszüge und ihre Augen, die sich verdunkelten.

»Weißt du nicht mehr, wie sie dich behandelte?«, fragte sie und sah sich erneut um, um zu sehen, ob Zoran endlich zurückkam.

Ich nahm all meine Kraft zusammen und stand auf, um zu gehen. Doch sie packte mich erneut am Arm und krallte ihre Finger in meine Haut. »Ich habe das alles nicht getan, damit du für sie dein Leben riskierst!«, rief sie verzweifelt. Ich nahm ihre Hände und drückte sie von mir. Gerade als ich in den Schatten treten wollte, was mich all meine Kraft kostete, schrie sie: »Ich bin nicht zur Mörderin geworden, um dich nun zu verlieren!« Sie weinte, wie ich es nie zuvor gesehen hatte. Mutter setzte sich aufs Bett, schlug die Hände vor die Augen und weinte bitterlich. Es hatte den Anschein, als fiele etwas von ihr ab, das sie seit langer Zeit mit sich herumschleppte.

Manchmal bricht die Wahrheit aus einem heraus. Meistens dann, wenn sie schon zu lange auf unserer Seele liegt.

»Was meinst du?« Meine Worte klangen hart und kalt. Mein Mund, der blutig schmeckte, wurde trocken.

Sie verstummte und schüttelte schnell den Kopf.

Ich packte sie an den Schultern: »Was meinst du?« Ich rüttelte sie und ein abscheulicher Gedanke kam auf. »Hast du Leethas Vater töten lassen?«, fragte ich und kannte bereits die Antwort.

Erschrocken sah sie auf und ihr entsetzter Blick veränderte sich zu einem Lächeln: »Ja ...«, zögerte sie. »Ja, das habe ich.«

Es kam mir seltsam vor, wie sie sich benahm. Sie hatte es zu leicht zugegeben. »König Ary und Vater wurden mit demselben Gift getötet«, sagte ich langsam und leise und bemerkte, dass sie kreideweiß wurde. »Hast du Vater getötet?«, entfuhr es mir erschrocken, dennoch leise.

»Was? Nein!«, rief sie, doch sie begann zu zittern.

Ich wich einen Schritt vor ihr zurück. Auch meine Hände zitterten. »Du hast ihn getötet!« Die Worte kamen beinahe lautlos aus mir heraus.

»Nein, Xay, nein«, flehte sie. Sie hatte mich noch nie zuvor *Xay* genannt.

»Ich glaube es nicht. Warum?« Irgendwie fand meine Stimme wieder ihre normale Lautstärke, doch sie brach bei meiner letzten Frage: »Warum nur?«

Verzweifelt sah sie mich an, stand auf und kam näher. Sie legte ihre Hände auf meinen Unterarm, den ich vor meiner Wunde hielt, weil sie schmerzte. Doch ich stieß ihre Hand fort. »Er war ein Egoist!«, begann sie. Ihre Augen wurden feucht. »Er wollte dich mit diesem Mädchen verloben ...« Tränen flossen ihre Wangen hinab.

»Welches Mädchen?«, fragte ich leise.

Laute, schnelle Schritte kamen der Tür näher und Zoran trat ein. »Verschwinde!«, schrie meine Mutter ihn an und er drehte sich erschrocken um und schloss die Tür hinter sich.

»Welches Mädchen? Wovon sprichst du?«, schrie ich sie an.

»Leetha Aeterna.« Mutter sah mir fest in die Augen. Ihre Tränen flossen schwarz von der Schminke wie ein Wasserfall ihre Wangen hinab und ihren Hals hinunter, wo sie ihr feines Kleid beschmutzten.

Meine Hände wurden feucht und ich ballte sie zu Fäusten. »Vater wollte mich und Leetha verloben?« Die Worte kamen kaum aus meiner Kehle heraus.

Mutter nickte. »Er und dieser Zirkel in Meridem wollten euch beide vor einigen Jahrhunderten verloben, damit der Frieden zwischen den beiden Reichen gewahrt wird«, erklärte sie mit zitternder Stimme. Dann sah sie mich voller Liebe an: »Aber du warst doch noch ein Kind!«

Sprachlos stand mir der Mund offen. Das hatte ich nicht gewusst.

»Er wollte dich dorthin bringen. An deren Hof. An diesen verlogenen Palast in Meridem. Er hoffte, dass du dort zivilisierter und erwachsener wirst«, sagte sie und ich spürte den Schmerz in ihren Worten. »Doch du warst mein Junge. Meiner! Er wollte dich mir wegnehmen.«

»Deshalb hast du ihn gehasst?« Ich erinnerte mich, dass die beiden sich oft stritten, als ich klein war. Aber ich wusste nie weshalb. Es hatte mich auch wenig interessiert. Damals.

Sie schluckte und sie brach in leises Weinen aus: »Nicht nur deshalb. Ich wusste, dass du in sie verliebt warst …« Sie machte eine Pause und wollte ihre Hand auf meine Wange legen. Doch ich wich aus. Ich setzte mich zurück aufs Bett, alles an mir und in mir schmerzte. Ich wusste nicht, was mehr wehtat. Meine Verletzung oder diese neue Erkenntnis. Wahrscheinlich Letzteres. Meine Mutter hatte meinen Vater getötet. *Meine Mutter*, kreisten die Gedanken in meinem Kopf, *hatte meinen Vater getötet* … Sie erzählte weiter: »Du wolltest es ihr sagen. Du wolltest ihr sagen, dass du sie magst. Du hast dich so sehr gefreut, sie wiederzusehen, und hast ihr die schönsten Blumen in ganz Tenebris gepflückt und wolltest sie hierher einladen. Doch sie hat dir das Herz gebrochen. Sie hat dich und uns alle beleidigt. Du warst am Boden zerstört, als du nach Hause kamst.«

Ich sah sie nicht mehr an, sondern starrte auf den Boden. Ich konnte sie nicht mehr ansehen. Und mir fehlten die Worte. Ich dachte an diesen Tag zurück. Und an den Streit, den meine Eltern danach hatten. Doch das alles lag einige Jahrhunderte zurück.

»Und als ich es deinem Vater erzählte, lachte er und sagte, ihr wärt nur Kinder, die sich zanken. Er nahm es nicht ernst, dass sie uns beleidigte und dass sie dir dein Herz brach.«

»Das ist kein Grund, Mutter«, flüsterte ich leise.

Sie schüttelte den Kopf. »Die Gespräche über eine Verlobung verliefen schließlich im Sand, aber selbst nach langer Zeit, als du schon erwachsen warst, dachte dein Vater an diese Möglichkeit. Lord Vestas kam zu Besuch und dein Vater wollte die Diskussion darüber neu entfachen«, erzählte sie weiter. »Dein Vater sagte, du seist verzogen und kein würdiger König, wenn du dich nicht bald ändern würdest. Und er bestand darauf, dass du für eine Weile in Meridem mit Leetha leben müsstest, um dich zu ändern.« Ihre Worte klangen, als wäre sie angeekelt von dieser Vorstellung. »Andauernd sprach er über *sie*, schon als ihr noch Kinder wart. Er erzählte mir, was für ein süßes Kind sie sei, das ihrem Vater niemals Sorgen bereitete und was für eine große Königin aus ihr werden könnte.« Sie schniefte. »Einmal hatte er gesagt, er wünschte sich, eine Tochter wie sie zu haben.«

Ich schluckte. Hätte ich diese Worte ein paar Jahrzehnte eher gehört, wäre ich vor Wut ausgerastet. Doch ich blieb ruhig. Die

Tatsache, dass mein Vater nie stolz auf mich war, war eben das - eine Tatsache. Es erschreckte mich nicht, weil ich es gewusst hatte. »Und dann ergriffst du diese Chance ihn zu töten, und schobst es Vestas in die Schuhe?«, fragte ich leise. Es sollte keine Frage sein, denn ich kannte die Antwort bereits.

»Ich wollte dich nur beschützen«, flehte sie und kniete sich vor mich, sodass sie mir in die Augen sehen konnte.

Ich stand auf, ging an ihr vorbei und schleppte mich zur Tür. Draußen vor meinem Gemach rief ich nach Wachen, die nie weit weg blieben. Sie eilten herbei. »Nehmt meine Mutter fest«, befahl ich. Die beiden Männer sahen mich zögernd an. »Nehmt sie fest!«, schrie ich und sie eilten auf meine Mutter zu, die weinend am Boden saß.

Als sie Mutter fortbrachten, konnte ich keinen klaren Gedanken fassen. Die Wunde schmerzte, doch ich ignorierte es. Ich stand auf und schlug auf alles ein, was in diesem Zimmer stand: Schränke, Kommoden, Fenster.

Als mein Gemach in Trümmern lag, überkam mich die unbändige Müdigkeit, die meine Verletzung mit sich brachte. Ich sah an mir herab, die Naht an meiner Brust war aufgegangen. Erschrocken sah ich das Zimmer an, durch das ich eben noch gewütet hatte. Alles voller Blut. Meinem Blut.

Ich war so müde, dass ich nicht einmal mehr in der Lage war, in den Schatten zu treten, und legte mich zurück aufs Bett. Vestas, Lias Onkel war Erwin Greer, das wusste ich schon lange. Er wäre mit dieser Verbindung, von der meine Mutter sprach, niemals einverstanden gewesen. Oder doch? Immerhin kannte er Tenebris besser als jeder andere Meridemer und wusste, dass Niedergeborene wie er es in Tenebris leichter hatten.

Mit meinen letzten Worten rief ich einen Wachmann zu mir. Danach wurde alles um mich herum mulmig warm.

Leetha

Etwas Schlimmes musste geschehen sein. Ich spürte es. Doch ich hatte keine Ahnung, was. Ich dachte an den Krieg, der sich in diesem Moment in Tenebris abspielen musste. Wollte ich, dass die Meridemer gegen Tenebris gewannen, oder war es mein Wunsch, dass Tenebris Caidans Truppen erfolgreich niederschlug? Ich wusste es nicht. Nicht, was ich wollte, und auch nicht, was ich mir wünschte. Solange Xay gesund aus dem Krieg zurückkommen würde, wäre mir alles egal.

Caidan hatte ich seit Tagen nicht gesehen. Seitdem er in den Krieg gezogen war, hatte ich nichts von ihm gehört. Sorgte ich mich um ihn? Nein. Oder doch? Ich wusste es nicht. Sollte er zurückkommen? Ich sollte ihn hassen. Und das hatte ich auch eine ganze Weile lang getan. Doch er hielt sein Versprechen gegenüber Lucjan und ich konnte nicht sagen, ob mein Onkel das weiterhin würde, wenn Caidan etwas zustieße.

Lucjan ging es gut. Er hatte Spielsachen, Decken, Kerzen, Bücher und vieles mehr bekommen, was ich auf die Wunschliste gesetzt hatte. Ein großes Bett, Papier zum Schreiben und Zeichnen, ein Holzschwert, welches er sich gewünscht hatte und viele andere Dinge. Jeden Tag verbrachte ich stundenlang unten in den Verliesen. Ich brachte ihm unsere Schrift bei und las ihm Bücher vor. Erzählte ihm Geschichten, die mir als Kind erzählt wurden, und sang ihm Lieder vor. Nur zum Essen und Baden, sowie zum Schlafen betrat ich meine Gemächer. Und jedes Mal, wenn ich zurück zu Luc kam, hatte er etwas Neues bekommen.

Jemand hier musste den Schlüssel haben. Und Vestas war es sicher nicht. Er hatte nie einen Fuß in die Kerker gesetzt. Jemand anderes musste Luc diese Dinge gebracht haben, doch wenn ich ihn fragte, beschrieb er einen Mann in Rüstung, dessen Gesicht unter einem Helm versteckt blieb. Das brachte mich nicht weiter und ich versuchte, diesem mysteriösen Kerl aufzuspüren. Ohne Erfolg. Solange ich mich in Lucjans Nähe befand, bekam er weder Nahrung noch Wasser. Nichts. Nur wenn ich ging, bekam er alles, was er sich wünschte. Alles, außer Freiheit.

Cyrian erzählte dasselbe: ein Kerl in Rüstung und Helm. Cyrian und ich hatten uns einige Nächte, sehr lange unterhalten, als Lucjan längst eingeschlafen war. Ich hatte ihm von Ozara erzählt, und obwohl ich sein Gesicht nicht sehen konnte, wusste ich, dass er meinen Worten voller Stolz lauschte. Warum auch nicht? Ich war ebenso stolz auf meinen Sohn, der seine Situation stark und sicher meisterte. Und auf Ozara konnte Cyrian mehr als stolz sein.

Egal wie oft ich Luc sagte, dass alles gut werden würde, schmerzte mein Herz bei diesen Worten. Ich hatte so große Angst, dass ich ihm nicht die Wahrheit sagte. So große Furcht vor dem, was vor uns lag. Zum ersten Mal in meinem Leben verstand ich, wie es war, fast durchzudrehen. »Ich werde immer für dich da sein. Immer«, versprach ich ihm.

»Mir geht's gut Mama«, erklärte mein zehnjähriger Sohn beinahe jeden Tag und es trieb mir Tränen in die Augen. *Mir geht's gut.*

»Liebst du Xay?«, fragte Cyrian eines Abends, als Lucjan eingeschlafen war und ich mich auf eine heiße Wanne und ein warmes Bett freute.

Ich zögerte. *Ja, ich liebte ihn.* Ich liebte ihn so abgöttisch. »Wieso fragst du?«, lenkte ich ab.

Langes Schweigen erfüllte den Raum. Cyrian war es, der das Schweigen brach: »Ich war wütend auf ihn, weißt du? Wütend, als ich vor Kurzem erfuhr, dass er die ganze Zeit auf der Erde war. Mit dir.«

»Das verstehe ich«, sagte ich leise.

»Ich wusste dreißig Jahre nicht, was plötzlich geschehen war. Was da draußen in der Welt vor sich ging. Und dann kamen du und dein

Junge zurück und ich wurde so wütend.« Seine Stimme klang sanft, trotz der harten Worte.

Ich schwieg.

»Aber so langsam verstehe ich es«, sagte er.

»Was verstehst du?« Was meinte er?

»Ich verstehe es einfach«, flüsterte er leise. Mehr zu sich selbst als zu mir.

Daraufhin sagte ich nichts und verabschiedete mich von ihm. Lucjan schlief tief und fest und ich hörte ihn leise dabei atmen.

Lord Lectran starb einige Tage zuvor. Genauso, wie er es sich gewünscht hatte: im Schlaf. Ich hatte geweint und Lucjan auch, doch ich sagte ihm, dass Lectran nun an einem besseren Ort sei. Und ich hoffte, dass es die Wahrheit war. Soldaten hatten seinen Leichnam mitgenommen und ich wusste nicht, wohin. Es gab keine Beerdigung oder Ähnliches. Wahrscheinlich hatten sie ihn irgendwo auf die Mondoberfläche geworfen oder in die Weiten des Alls. Er hätte mehr verdient. Doch ich konnte nichts ausrichten.

Zurück in meinem Zimmer ließ ich ein Bad ein. Bedienstete hatte ich keine und wollte keine. Jeder hier überwachte mich, beobachtete jeden meiner Schritte, lauschte jedem Wort, das ich sprach. Ich fühlte mich wie eine Verbrecherin. Das war ich sicher auch, wenn man bedachte, dass ich sie ebenso beobachtete. Jeden hier am Palast beäugte ich aufmerksam. Sie waren alle fremd. Jene Vollwertige, die einst hier mit mir lebten, waren alle tot oder verschleppt worden. Jeder hier, kam mir vor, wie ein Feind. Selbst meine eigene Mutter.

Es klopfte, als ich mich eben ausziehen wollte, um zu baden. »Ich bin es, Liebes«, hörte ich die Stimme meiner Mutter. »Lässt du mich herein?«

Ich öffnete ihr und sie sah mich ernst an: »Tenebris hat den Kampf um Umbra gewonnen«, erzählte sie und unwillkürlich hüpfte mein Herz auf und ab. *Xay hat es geschafft.* Ein Lächeln konnte ich nicht verbergen und meine Mutter sah es. »Tenebris ist der Feind, Leetha«, sagte sie scharf.

Ich entkleidete mich vor ihr und stieg in die große Wanne. *Nicht mein Feind*, dachte ich und schmunzelte. *Nicht mehr.* »Was ist geschehen?«, fragte ich beiläufig. Doch das war es nicht. Es war nicht beiläufig oder bedeutungslos. Es war wichtig. Ich wollte alles wissen. Jedes noch so kleines Detail.

Sie zuckte mit den Schultern. »Wir hatten einen Feuerbringer, der sich gegen uns wendete und Tausende unserer Soldaten verbrannte«, sagte sie finster.

»Und du fragst dich, warum?« Ich schüttelte den Kopf. »Ein Feuerbringer? Ein Vollwertiger? Er sollte für Meridem kämpfen?«

»Wir hatten seine Familie als Druckmittel«, sagte sie, als wäre es völlig normal.

Ich grinste und verbarg es nicht vor ihr. Irgendwie hatte Xay es geschafft, den Feuerbringer für sich zu gewinnen. Mutter sah es mir an. Sie sollte es mir ansehen. Ich stand nicht länger auf ihrer Seite. Das war nicht meine Seite. Es war nicht mehr mein Zuhause. »Caidan?«, fragte ich und bemühte mich, es so unwichtig wie möglich klingen zu lassen.

Sie zuckte mit den Schultern. »Wahrscheinlich leckt er seine Wunden.« Ich erkannte eine Gleichgültigkeit in ihr. Caidan war ihr egal. Ich kniff die Augen zusammen und musterte sie. Dann sprach sie weiter: »Caidan wird langsam gefährlich für die Pläne deines Onkels. Er traut ihm nicht mehr.« Sie flüsterte so leise, dass ich sie kaum verstand.

Für die Pläne deines Onkels. Nicht *unsere* Pläne. Nicht Meridems. *Für die Pläne deines Onkels.*

Sie wollte mir etwas mitteilen. Ich verstand sie und sah sie lange und schweigend an. Ich wurde beobachtet und sie wusste das. Alles, was in diesem Moment geschah, konnte beobachtet werden, wie auch immer, von wem auch immer.

»Für unsere Pläne …«, begann ich zu sprechen. *Unsere* Pläne. Nicht *eure* oder die meines Onkels. Sie würde es verstehen. »… benötigen wir den Schattenjäger nicht, stimmt's?«

Sie nickte und kniff die Augen leicht zusammen, während sie sich ein Lächeln verkniff. »Es gibt andere, die Meridem gewaltsamer beschützen würden.« Sie sah mich intensiv an. »Meridem wurde zu lange zu gut behütet.«

Es war ein Code. Es ging nicht um Meridem. Es ging um mich. Sie sagte mir, dass Vestas vorhatte, Caidan zu eliminieren. Und ihn gegen jemanden eintauschen, der mich nicht wie ein rohes Ei behandelte. Jemanden, der sich nehmen würde, was er wollte. Jemanden, der mir mit allen Mitteln ein Kind zeugen würde.

Sie packte meine Hand und drückte sie. »Auch Frauen können eine Rüstung tragen.« Diesen Satz verstand ich nicht. Was wollte sie mir damit sagen? Ich wusste nur eines: Caidan war nicht länger von Bedeutung für Vestas. Und wie es aussah, war ich meinem Onkel völlig egal. Das versuchte Mutter mir zu sagen.

»Meridem wird sich nicht alles gefallen lassen.« Ich würde mir nicht alles gefallen lassen, ich würde mich wehren. »Tenebris wird Meridem beschützen.« Sie verstand, was ich meinte, das sah ich ihr an. Meridem war das Codewort für mich und Tenebris stand für Xay. »Tenebris wird kommen und sich holen, was ihm gehört.« Und ich gehörte zu Xay.

»Meridem gehört niemandem.«

»Doch«, hauchte ich.

Sie nickte leicht und sah besorgt aus. »Tenebris und Meridem sind schon sehr lange voneinander getrennt. Es sind zwei verschiedene Reiche. Sie sollten nicht zusammengehören«, sagte Mutter.

»Das tun sie bereits«, hauchte ich. »Sie lieben sich.«

Es klopfte an der Tür und wir beide fuhren erschrocken hoch. Mutter stand auf und ging zur Tür, die sie nur einen Spalt weit öffnete, da ich nackt in der Wanne saß. »Verzeihung«, hörte ich eine fremde, weibliche Stimme. »Ich wollte zu Königin Leetha.«

»Sie ist beschäftigt«, hörte ich Mutter sagen. »Soll ich ihr etwas ausrichten?«

»Nein.«

»Wer war das?«, fragte ich, als Mutter zurückkam.

Sie zuckte mit den Schultern. »Eine Bedienstete, die ich nie zuvor gesehen habe«, sagte sie leise und schien zu überlegen. Dann drehte sie sich um. »Ich verstärke die Wachen vor deinem Gemach.«

»Nein!« Ich stand auf und legte einen Mantel um mich, den ich nach dem Besuch bei Lucjan einfach auf den Boden geworfen hatte. »Finde sie und schick sie zu mir. Ich will wissen, wer das war.« Mein Gefühl sagte mir, dass es etwas Wichtiges sein musste.

Mutter betrachtete mich, umarmte mich sanft und nickte.

Spät am Abend, ich lag schon im Bett, klopfte es erneut. Ich ging zur Tür und signalisierte den beiden Männern, die mich stets bewachten, dass sie die junge Dame hereinlassen sollten. Es handelte sich um eine Meridemerin mit langem, blondem Haar, das ihr fast bis zu den Knöcheln reichte. Eine Niedergeborene, jedoch wunderschön. Sie griff nach meiner Hand und ich erschrak, doch dann spürte ich, wie etwas Weiches, etwas, das sich nach Pergament anfühlte, von ihrer Faust in meine Handfläche gedrückt wurde. Sie drückte meine Finger, sodass sie sich um das Papier schlossen, und neigte ihren Kopf vor mir. »Es war schön, Euch kennenzulernen«, sagte sie und ging so schnell den Flur entlang, dass ich nichts darauf erwidern konnte.

»*Triff mich dort, wo Träume geträumt werden wollen, wo Lieder komponiert werden und Worte niemals ausgesprochen werden.*« Ich hauchte. *Xay*! Die Nachricht war von ihm. Ich sah aus dem Fenster. Viele Meridemer schliefen bereits. Dann zog ich mir den langen Mantel über, der mein Schlafkleid verdeckte, und steckte einen Dolch, der Caidan gehörte, in die Seitentasche, bevor ich ins Licht trat.

Das Säuseln des Wasserfalls ließ Erinnerungen in mir erwachen. Erinnerungen an meine Kindheit, an Vater und Mutter, an Kira und Aya, an Caidan und an Xay. Mein Herz klopfte wie wild, doch weit und breit konnte ich niemanden sehen. Wo war er nur? Im Gebüsch raschelte etwas und ich zuckte zusammen. War es eine Falle? Das konnte nicht sein. Kein Meridemer kannte diese Legende, die man sich nur auf tenebrischer Seite erzählte. Oder doch? Und woher sollte diese Person wissen, dass auch ich darüber Kenntnis hatte. Wo war er? Ich wurde nervös.

Plötzlich taten sich vor mir Schatten auf, doch enttäuscht trat ich einen Schritt zurück. Noch ehe ich ein Gesicht ausmachen konnte, wusste ich, dass es nicht Xay sein konnte. Ich spürte es. Ich spürte seine Anwesenheit jedes Mal, kurz bevor er auftauchte, doch dieses Mal nicht. »Wer seid Ihr?«, rief ich und hielt den Dolch schützend vor mich.

Der Mann, der aus den Schatten trat, lächelte mich an und hob beide Arme vor sich, um zu signalisieren, dass er in Frieden und unbewaffnet kam.

»Sagt schon!«, schrie ich und musterte den Tenebrer vor mir. Sein Haar war kurzgeschoren und ein stoppeliger Bart wuchs um seine Mundpartie herum. Lange Narben, die alle längst nicht verheilt schienen, bedeckten sein Gesicht und seinen Hals. Der Rest von ihm wurde mit schwarzer Lederkleidung verdeckt.

»Mein Name ist Lamar«, sagte er langsam und trat einen Schritt vor mir zurück. »Ich komme im Auftrag meines Königs.«

»*Xay*«, hauchte ich und er nickte. Meine Brust zog sich zusammen. Etwas war geschehen. Etwas Schlimmes, ich konnte es fühlen.

»Er wurde sehr schwer verletzt«, erzählte Lamar langsam und ich keuchte für einen kurzen Moment auf.

»Seine letzten Worte an mich waren: Bring Leetha Aeterna zu mir. Er gab mir diesen Brief.« Ich schrie kurz auf, doch Lamar ging auf mich zu und hielt mich fest, bevor ich zu Boden sinken konnte. »Er ist nicht tot«, versicherte er schnell. »Noch nicht jedenfalls, doch es steht schlimm um ihn.«

»Nein!« Ich legte die Handflächen um meinen Mund und spürte die Tränen, die darauf flossen.

»Kommt mit mir. Nur für eine Stunde. Er will Euch sehen«, flehte Lamar und ich sah Angst in seinen Augen. Angst, die mir sagte, dass es fürchterlich um Xay stand.

Es war keine Falle. Ich spürte es. Ich wusste es. Tief in mir tat sich ein Wissen auf, das ich nie zuvor gespürt hatte. Xay brauchte mich. Jetzt. Mein Herz wurde taub vor Sorge. Also nickte ich und wollte ins Licht treten, doch Lamar schüttelte den Kopf und streckte mir seine Hand entgegen. »Ihr könnt den Palast nicht ohne mich betreten.«

Ich reiste mit ihm durch den Raum, durch die Schatten, durch die Sterne. Und diese paar Sekunden fühlten sich an wie Stunden, Tage, Jahre.

In Xays Gemach kamen wir zum Stehen. Er lag auf dem Bett, die Augen geschlossen, und ein Heiler stand neben ihm. Ich schrie auf, als ich das ganze Blut sah, das in diesem demolierten Zimmer überall verschmiert war. Die ganze Welt drehte sich, doch ich blieb wie angewurzelt stehen. Ich rührte mich kaum. Mein Herz schrie danach, einen Schritt auf ihn zuzugehen, doch meine Angst ließ mich stocksteif werden.

Dann erst, ganz langsam, begriff ich. Er würde sterben. Er würde wahrscheinlich sterben. Ich atmete hastig und als ich daran dachte, dass er mich allein lassen würde, erwachte mein Körper aus dieser Starre. *Mein Herz. Mein Leben. Meine Liebe*. Er war alles für mich, und ich hatte es ihm nicht gesagt.

Ich ging auf ihn zu, streichelte über sein Gesicht, über seine Hände, drückte meine Lippen auf seine und umarmte ihn während meine Tränen seine Kleidung nass werden ließen. Doch seine Augen blieben geschlossen. »Xay!« Ich rüttelte an ihm. »Xay!«

Ich hatte ihm nicht gesagt, dass ich ihn liebte, nicht, dass ich ihm vergeben wollte. Ich hatte so vieles gesagt, doch nichts davon war wichtig. Er musste es hören, jetzt, auf der Stelle, bevor ich niemals die Chance dazu haben würde. Er hatte mir ein Zuhause gegeben. Er hatte an mich geglaubt und war immer da gewesen für mich. Ohne ihn würde ich vielleicht nicht mehr leben. Und jetzt brauchte er mich. Vielleicht waren dies seine letzten Stunden und die durfte er nicht allein verbringen. Ich rüttelte fester. Und noch fester. »Ich liebe dich«, weinte ich über ihn gebeugt. »Ich liebe dich so sehr.«

»Wirklich?«, hörte ich ihn an meinem Ohr raunen und spürte, wie er seine Hand auf meinen Rücken legte.

Ich fuhr hoch und sah ihm in die offenen Augen, die jeden Glanz verloren hatten. Trüb und müde schaute er mich schmerzverzerrt an. »Ja! Ja, das tue ich!« Ich weinte und weinte und weinte.

Überall an mir spürte ich das nasse Blut, das sich durch meinen Mantel drückte. Ich musste voll damit sein, zog ihn aus und legte mich in meinem weißen Schlafkleid neben ihn, das sich ebenfalls mit Blut vollsog. Ich spürte es nass und warm an meinem Körper, auf meiner Haut. Es war mir egal. Alles war egal. Nichts war wichtig. Nichts als dieser eine Moment.

Lamar verschwand im Schatten und auch der Heiler ging still aus dem Raum. Es gab nur noch uns. Wir beide. Allein. Und ich würde jeden Augenblick auskosten, genießen. *Wir beide. Er und ich.*

»Ich liebe dich auch«, hauchte er. Ich spürte die Kraft, die ihn jedes Wort kostete und ich konnte kaum sprechen, so sehr weinte ich. »Du siehst so schön aus, Lia.«

»Sei still, schone dich!«, warnte ich ihn und sah ihn streng an. Doch die Strenge fiel aus meinem Gesicht, als er mich angrinste. Dieses freche, schiefe Grinsen, das ich so sehr liebte. Mit nur einem Blick gab er mir das Gefühl, die Einzige zu sein. Das Einzige, was zählte. Das Wichtigste, was er besaß. »Du schaffst das, hörst du? Du überlebst das«, sagte ich und drückte meine Finger auf seine Lippen, als er etwas erwidern wollte.

Mit der Hand streifte ich die blutdurchtränkte Decke etwas von ihm ab, bis zu der Stelle, wo ich einen großen, roten Fleck sah. An der Stelle, wo sich sein Herz befand, lag eine lange Narbe. Sein Oberkörper war nackt und ich erkannte, dass Blut zwischen den Nähten herausquoll. Ich schrie auf.

Xay grinste weiter: »Damit muss man rechnen.« Seine Stimme klang verzerrt, anders, fremd. Und doch ließ sie mich erschaudern und mein Herz zusammenziehen. Eine tiefe Wunde, vielleicht ein Schwert, das sich genau zwischen seine Rippen neben seinem Herzen gebohrt hatte. Ich legte mein Ohr an sein Herz und hörte es leise und schwach schlagen. Es war alles, was ich hören musste. Alles, was mich weiteratmen ließ. Sein Herzschlag. Sein Herz. Solange es schlug, hatte ich jemanden, der mein eigenes Herz verstand. Jemand, der alle Ängste und Befürchtungen von meiner Seele nahm. Jemand, in dessen Armen ich immer ein Zuhause finden würde.

Ich schniefte: »Ist das in der Schlacht geschehen?« Dabei sah ich mich im Raum um und fragte mich, ob ihn hier jemand überrascht haben könnte.

»Ja«, sagte er.

»Nicken reicht, du musst dich schonen«, schimpfte ich und er lächelte.

Er bewegte sich und ich spürte, dass er sich aufsetzen wollte.

»Bleib liegen«, befahl ich und drückte ihn herab. »Wo ist deine Mutter?«, fragte ich, als mir einfiel, dass sie eigentlich hier sein sollte.

»Im Kerker«, stöhnte er.

»Im Kerker?«, entfuhr es mir, als mir seine Worte bewusst wurden.

Er nickte. »Sie hat unsere Väter getötet, Lia. Sie war es.«

Das konnte ich nicht glauben. *Er fantasiert*. Wahrscheinlich wegen des Blutverlustes oder der Schmerzen. Möglicherweise auch wegen der Tränke des Heilers.

»Es ist wahr.« Er sah mir in die Augen. »Sie hatte schon immer Spione in Meridem. Auch in eurem Palast.«

Ich schluckte. »Aber warum sollte sie *deinen* Vater töten?« Er verstummte und schloss die Augen. Zärtlich fuhr ich über sein Haar, über seine Haut, küsste seine Lippen und seinen Hals. Ich wollte alles an ihm küssen und alles auskosten. Ich betrachtete ihn, so, als ob ich mir jeden Zentimeter von ihm einprägen musste. »Ich liebe dich so sehr«, sagte ich schniefend, während ich wieder zu weinen begann.

Ein leises Lachen ertönte aus seiner Kehle. »Mein Vater wollte, dass wir beide eines Tages heiraten.«

Ich starte ihm fassungslos in die Augen.

Erneut lachte er leise in sich hinein. »Er wollte das. Das hier. Wir beide ...«

Ich schluckte einen Kloß hinab. *Wir beide*.

»... das hätte alles verändert, Lia.«

Lia. Noch immer nannte er mich Lia.

»Wären wir beide nicht so stur und dumm gewesen«, sprach er mit gequälter Stimme weiter.

Ich drückte mich an ihn und weinte.

»Mein Vater wusste, was gut für mich war, was gut für mich ist.«

»Sei still«, sagte ich. »Sei einfach still.« Ich wollte das nicht hören. Nicht wissen, dass alles hätte anders kommen können. Mit Sicherheit hätte mein Vater mich nicht hergegeben und ich hätte auch nicht zugestimmt. Aber wenn doch ... Wenn alles anders gekommen wäre ... ich weinte noch mehr.

»Denkst du, wir wären glücklich gewesen, wenn wir ...«, begann er.

»Ja!«, rief ich laut dazwischen.

»Wir haben uns gehasst«, lachte er leise.

»Weil wir beide unsicher waren. Blind. Voreingenommen. Aber wir hätten uns geliebt, eines Tages. Das weiß ich«, sagte ich und beugte mich über ihn. Ich drückte meine Stirn an seine. »Ich weiß es«, flüsterte ich erneut. »Du und ich. Du hast mich gefunden. Du hast mich gerettet. Dank dir kann ich die Sterne am Himmel sehen«, weinte ich. »Egal ob Leetha oder Lia. Egal wer ich war oder zu sein glaubte, du hast mich geliebt. Und irgendwann hätte ich das erkannt. Ich hätte erkannt, dass du mich so liebst, wie ich bin. Einfach mich.«

»Versprich mir, dass du Lucjan beschützt, wenn ich ... sollte ich ...« Ich weinte so laut, dass ich seine Worte kaum verstand. Und ich wollte es auch nicht hören. Allein die Vorstellung, dass er nicht mehr da sein könnte, tat verdammt weh. Es brachte mich fast um, so sehr schmerzte es.

»Sei still!«, weinte ich. »Sag es nicht.«

»Verzeihst du mir?«, fragte er schließlich.

»Ja, alles.«

»Was ich getan habe, tat ich nur, um euch beide zu schützen.«

»Ich weiß!«

Er lächelte. Zwar schmerzverzerrt, doch er lachte mich an und seine Augen funkelten endlich wieder etwas auf. Sie sahen wieder lebendig aus, freudig, glücklich. *Liebe*. Ich erkannte eine Liebe in seinen Augen, die schon immer da war, und die ich doch nie gesehen hatte. Diese Liebe, die ich verlieren könnte, die ich viel zu kurz besaß. »Du hättest mich einfach töten können«, sagte ich leise.

Er schwieg.

»Nach Lucjans Geburt hättest du mich töten und mit ihm zurückgehen können. Durch ihn wären die Grenzen geöffnet und du hättest Meridem in die Knie zwingen können. Du hättest ihn als König einsetzen und dich als Regenten ernennen können ...«

Liebevoll sah er mich an. »Aber das habe ich nicht«, flüsterte er.

»Aber du hast es nicht«, flüsterte ich zurück.

Seine Hände glitten zu meiner Wange und strichen die Tränen fort. Ich legte den Kopf auf seine Schulter und bemerkte, wie er einschlief. Tief und fest und zufrieden. Jede Minute hielt ich die Luft an, um seine leisen Herzschläge zu hören. Ständig überprüfte ich, ob er noch atmete. Seine Haut glühte und ich befürchtete, dass es schlimmer werden würde. Ich überwachte seinen Herzschlag und wenn ich ihn nicht wahrnahm, bekam ich Panik.

Als er ruhig und tief schlief, stand ich auf, um den Heiler zu suchen. Ich musste wissen, ob Xay gesund werden würde. Also zog ich den Mantel an, dabei fiel etwas aus der Tasche. Es klimperte und fiel zu Boden. Ich betrachtete es, beugte mich, um es aufzuheben, und hielt einen Schlüssel in der Hand.

Auch Frauen können eine Rüstung tragen, schossen mir Mutters Worte durch den Kopf. Wie Schuppen fiel es mir von den Augen. *Sie war es!* Sie war der Mann in der Rüstung, der Lucjan täglich besuchte und ihm diese Sachen brachte. Und dann hatte sie heimlich den Schlüssel in meine Manteltasche gesteckt. Für einen Moment hielt ich inne.

Xay drehte sich und stöhnte leise. »Lia«, säuselte er im Schlaf.

»Ich bin hier«, sagte ich zärtlich, beugte mich über ihn und küsste ihn auf die Stirn. »Ich bin noch hier.«

Er öffnete leicht die Augen. »Willst du gehen?«

»Ich suche den Heiler. Und dann befreie ich Lucjan.«

»Hast du den Schlüssel?«, flüsterte er gequält.

Ich spürte das Metall des kleinen Schlüssels in meiner Faust. »Nein.«

»Sobald du ihn hast, komm zurück. Wir befreien ihn gemeinsam«, stöhnte er.

»Ja, das mache ich«, sagte ich. »Aber du musst jetzt gesund werden, hörst du? Du darfst nicht sterben.«

»Ich sterbe nicht«, lachte er leise. »Nicht jetzt.« Neue Tränen, von denen ich nicht geglaubt hatte, dass es sie noch gab, rannen meine Wangen hinab. »Versprochen, Lia. Ich sterbe nicht.«

Ich schniefte und küsste ihn sanft.

»Ich habe bisher all meine Versprechen gehalten.«

»Nicht alle«, flüsterte ich in sein Ohr. »Du versprachst, mich zu töten.«

Er grinste, als ich in seine Augen sah. »Ich werde noch viele Tausend Jahre Zeit dafür haben.«

»Ja, das wirst du. Aber wenn du diese Zeit nicht mit mir verbringst, verspreche ich, *dich* zu töten.«

Er gluckste leise. Das liebte ich an ihm. Diesen Optimismus, den ich längst nicht mehr besaß. »Ich wäre dumm, nicht jede Minute mit dir auszukosten.« Langsam schloss er die Augen. Dann atmete er wieder leise und schlief ein.

»Ich liebe dich, Xay«, flüsterte ich, bevor ich den Raum verließ und den Heiler aufsuchte, um ihn zu Xay zu schicken. »Ich liebe dich so sehr.« Diesmal wollte ich nicht gehen, ohne diese Worte gesagt zu haben.

»Ich brauche dich«, sagte ich, als ich das erste Mal in Ozaras Zimmer stand. Es war groß und unordentlich. An den Wänden hingen Waffen und Bilder von Kriegern, die sie, wie ich annahm, selbst gezeichnet hatte.

Der Heiler konnte mir keine genauen Angaben zu Xays Gesundheitszustand geben. Ich hätte ihn sofort entlassen, wenn dieser Quacksalber in meinem Palast arbeiten würde. Doch er hatte mir versprochen, alles zu tun, um Xays Heilung zu garantieren. Nicht zuletzt, weil ich ihm gedroht hatte.

Ozara trat zur Seite, um mich ganz in ihr Zimmer hineinzulassen. Sie sah verschlafen aus, ihr Haar war verwuschelt und sie rieb sich die Müdigkeit aus den Augen. Als sie die Hände von ihrem Gesicht löste, erkannte ich ihre aufgequollenen Augen. Sie hatte geweint. Wegen Xay, ohne Frage. Niemals würde sie zugeben, was er ihr bedeutete. Stets tat sie so, als wäre sie wütend und sauer auf ihn, was sie vielleicht auch wirklich war. Doch er hatte sie aufgenommen, ihr ein Zuhause gegeben, sie zu seiner Familie gemacht.

»Willst du deinen Vater befreien?«, fragte ich und das Gefühl, einen Fehler zu machen, indem ich ein kleines Mädchen mitnahm, wuchs. Doch was hatte ich für eine Wahl? Araya saß im Verlies und Lamar würde sofort Xay von meinem Plan erzählen.

»Ob ich will? Natürlich!«, kam es aus ihr herausgesprudelt.

»Ich weiß, du hast gute Beziehungen zu den Wachen und Soldaten«, sagte ich.

Sie nickte.

»Ich benötige ein paar. Ein paar gute, aber unauffällige.«

»Altes oder neues Blut?«, fragte sie.

»Das spielt keine Rolle. Sie können ohnehin nicht ohne mich die Mauern des Palastes durchqueren.«

»Hast du vor, den Palast zu stürmen?« Sie grinste breit.

»Nein. Ich muss nur Lucjan befreien und ihn hierherbringen.«

»Und meinen Vater!«

»Genau!«

»Kannst du sie ohne Weiteres in den Kerker befördern?«, fragte Ozara.

Ich schüttelte den Kopf. »Claritas ist mittlerweile so gut abgeschottet, dass Tenebrer es schwer haben. Ich kann sie zu den Toren bringen, jedoch kann selbst ich sie nicht durch die Wände meines Hauses bringen. Wir müssen das meiste zu Fuß gehen. Dafür benötige ich gute Krieger.«

»Wie viele?«, fragte sie.

Ich zuckte mit den Schultern. »Zwei oder drei, mehr kann ich nicht mitnehmen, dafür reichen meine Kräfte nicht aus. Ich muss mit ihnen allen ins Licht treten.«

»Und mit mir«, sagte sie.

Ich nickte.

»Du nimmst mich doch mit?« Sie schöpfte Verdacht.

»Um ehrlich zu sein, ungern«, gab ich zu.

Ein finsterer Blick traf mich.

»Sieh mal, Ozara, du bist ein kl...« *Ein kleines Mädchen,* das durfte ich nicht sagen. Mit geraden Schultern stand sie aufrecht vor mir. »Ich brauche dich bei ihm, bei Xay. Du musst ihn beschützen«, sagte ich streng.

»Du hast mir nichts zu sagen, du bist nicht meine Königin«, presste sie durch die Zähne. »Und du brauchst mich. Um diese Männer zu finden. Vergiss das nicht.«

Ich nickte. »Aber dein König und diese Stadt brauchen dich auch. Ich möchte, dass du den Palast sicherst. Ich hätte gerne, dass du ihn beschützt. Du bist die einzige Kriegerin, der ich vertrauen kann. Und ich weiß, dass der König in deinen Händen am besten aufgehoben ist.«

Sie straffte die Schultern noch mehr. In ihren Augen stand unbändiger Stolz. Aber dann nickte sie.

Ein kleiner, unscheinbarer Kerl, von dem Ozara behauptete, er sei wendig und gewitzt, wenn es um den Schwertkampf ginge, trat als Erstes auf den Platz in Umbra, auf dem ich wartete. Ehe Vestas von meiner Abwesenheit erfuhr, musste ich zuschlagen. Ehe er die Wachen im Kerker verstärken konnte, musste ich dort erscheinen. Ozara hatte mir eine weite Lederweste gegeben und eine Hose. Darum legte ich einen Gürtel, den ich heimlich aus Xays Schrank genommen hatte, an dem eine Scheide für meinen Dolch hing. Ein dunkles Hemd, das ebenfalls in Xays Schrank hing, hatte ich unter die

Weste gezogen. Das Haar band ich zu einem Pferdeschwanz, der mir über die Schultern floss. Ich fühlte mich in diesem Aufzug wie eine tenebrische Kriegerin, obwohl ich nie eine Waffe benutzt hatte. Doch es gab mir Mut.

Der zweite war ein breiter Muskelprotz, ein Vollwertiger, der nur so von Narben und Schrammen übersät war. »Das ist Kimoni. Ein ehemaliger Soldat in Xays Armee, der sich Ruhm und Anerkennung im Nahkampf in der Unterstadt erkämpft hat«, erklärte Ozara und schlug mit der Faust gegen Kimonis Unterarm. »Stimmt's?« Sie lachte, was man selten an ihr sah.

»Ich bin Trevols«, stellte sich der erste Mann vor und verneigte sich tief vor mir. »Es ist mir eine Freude, Euch kennenzulernen, Königin Leetha.«

»Ich bin nicht eure Königin, also nenn mich einfach Lia«, sagte ich und die beiden Männer sahen mich verwundert an. Insgeheim fragte ich mich, ob sie auch schon diese Geschichten über die hochnäsige Königin aus dem anderen Reich gehört hatten, die anderen Wesen keinerlei Wertschätzung entgegenbrachte. *Die Königin der Blinden*.

»Aber Ihr seid die Mutter unseres zukünftigen Königs«, rief er erschrocken.

Ich spürte, wie Hitze in mir entfachte. Ja, das war ich wohl. So hatte ich das bisher nie gesehen. Und Ozara, wie es mir schien, ebenfalls nicht. Ich sah, dass all die Farbe aus ihrem hübschen Gesicht fiel und ihre Hand sich um den Knauf ihres Schwertes schloss. Sie fauchte Trevols an: »Euer derzeitiger König, wird noch lange regieren!«

»Das hoffe ich«, sagte eine laute Stimme hinter uns und ein Schwarm aus Schatten legte sich um uns alle, wie eine warme Decke. Lamar stand hinter uns. »Wolltet ihr ohne mich gehen?«

»Eigentlich schon«, murmelte ich und er musterte mich von oben bis unten, als er mein Outfit sah. Er betrachtete mich auf eine Weise, die ich nicht erklären konnte. War es Belustigung oder Respekt, was in seinen Augen lag?

»Ihr könnt nicht ohne mich gehen, Leetha«, schmunzelte er auf die tenebrische Weise, wie es auch Xay stets machte.

»Ach ja?« Ich hob eine Augenbraue.

Er zuckte mit den Schultern und steckte die Hände in seine Hosentasche. »Ich schaffte es, nach Claritas zu reisen, indem ich durch den Schatten ging. Vergessen? Die Stadt ist gut abgeschirmt, doch es gibt ein paar Stellen, an denen dieser Schirm Lücken aufweist. Ich kenne sie alle.«

Das stimmte. Ich hatte mich überhaupt nicht gefragt, wie er nach Claritas gekommen war. »Xay darf davon nichts erfahren«, sprudelte es aus mir heraus.

»Wollt Ihr, dass ich ihn umbringe?«, entfuhr es ihm. »Selbstverständlich sage ich ihm nichts, er würde darauf bestehen mitzukommen, und das in seinem Zustand. Er wäre uns nur eine Last.«

»Du bist ein guter Freund, Lamar«, hörte ich Ozara hinter mir.

Freund? Xay hatte keine Untertanen, auch wenn er das dachte. Er hatte wirkliche Freunde! Mir fiel niemand ein, der dasselbe für mich getan hätte. Aya vielleicht noch. Aber sie war tot. Der Gedanke schnitt wie Scherben in mein Herz und eine Träne lief meine Wange hinab. So viele, die ich verloren hatte. So viele, die mir wichtiger waren, als ich es wusste. *Blind, du bist so blind, Leetha*. Ja. Ich war blind gewesen. Doch nun nicht mehr.

»Also los!« Lamar reichte Ozara und Kimono die Hand. »Ihr nehmt den anderen.« Er zeigte auf Trevols.

»Wartet«, sagte ich leise zu Lamar. »Bitte nenn mich Lia, bitte.« Ich wollte das, was Xay hatte. Keine Untertanen, Freunde.

Lamar neigte den Kopf und lächelte mich an. Er war ein schöner Mann, mit zu vielen Narben auf seiner jungen Haut. Schwarze, volle Wimpern klimperten, als er blinzelte.

»Ich komme nicht mit«, sagte Ozara und einen Moment lang schien sie zu überlegen. Dann wandte sie sich mir zu. »Ich werde meinen König beschützen, wie du es wolltest, Lia.«

Ohne zu zögern, schlang ich meine Arme um sie und zog sie an mich. Ich drückte sie ganz fest und küsste sie auf ihr schwarzes, strubbeliges Haar. Sie wehrte sich, doch ich ließ nicht los. »Pass so gut auf ihn auf, wie du nur kannst«, flüsterte ich, ehe sie sich aus meinen Umarmungen reißen konnte. Ich nahm ihr Gesicht in meine

Hände und sah ihr in die Augen: »Lass ihn nicht sterben, ja? Er darf nicht sterben. Er und Lucjan müssen sich aussprechen, sie sind im Streit auseinandergegangen, verstehst du?«

Sie nickte und ich wusste, dass sie es verstand. Auch sie hatte geglaubt, ihr Vater sei tot. Auch sie hätte sicherlich noch so viele Worte zu ihm sagen wollen. Noch einmal drückte ich ihr einen Kuss auf die Stirn. »Schon gut, lass das«, fauchte sie. »Ich pass auf ihn auf. Auf den ganzen Palast, auf diese ganze, verdammte Stadt! Bring du nur meinen Vater zurück.« Sie funkelte mich mit ihren dunklen, mandelförmigen Augen an.

»Versprochen«, flüsterte ich.

»Und, Lia!«, sagte sie leise, sodass es niemand anderes hörte. Ich kam näher und sie flüsterte: »Egal was geschieht, sag meinem Vater, dass …« Es machte ihr Mühe, diese Worte auszusprechen und ich nickte. »Ja, ich sage es ihm. Aber glaub mir, er weiß es bereits.«

»Sag es ihm dennoch. Sag ihm …, dass …, dass ich ihn lieb habe.« Sie flüsterte so leise, dass ich nur ihre Lippen bewegen sah, doch ich verstand sie.

»Ich sage es ihm, aber du sagst es ihm auch, wenn er zurückkommt, in Ordnung?«

Sie nickte und zum ersten Mal erkannte ich Tränen in ihren Augen. Es brach mir das Herz, sie so zu sehen. Sie war mir trotz ihrer biestigen Art ans Herz gewachsen.

»Seid ihr fertig mit eurem Mädchenkram?«, fragte Lamar ungeduldig.

»Ja!«, fauchte Ozara ihn an. »Ich mache nie Mädchenkram!«

Ich musste lächeln. Doch. Hinter ihren Schwertern und hinter der steinharten Maske, steckte ein kleines Mädchen. Ein Kind, das seinen Vater vermisste.

Lamar brachte uns an einen der Ställe, die den Dienstboteneingang umgaben.

»Er weiß es, stimmt's?«, fragte ich ihn leise, während ich die meridemische Sonne auf meiner Haut genoss.

»Er weiß was?«, fragte Lamar mit einem verräterischen Gesichtsausdruck.

»Was ich vorhabe?« Es war keine Frage, doch in seinen braunen Augen suchte ich nach Antworten.

»Ich bin hier, um dich zu beschützen, Lia. Er wollte es so.«

Oh mein Liebster. »Und er weiß, dass er uns eine Last wäre?« Wieder nur eine Feststellung, doch ich wartete auf seine Antwort. Sie kam in Form eines Nickens.

Natürlich wusste er es. Xay wusste genau, dass ich den Schlüssel hatte und was ich vorhatte. Ohne ihn. Es musste ihm wirklich schlecht gehen, wenn er Lamar an meine Seite schickte, anstatt selbst auf mich zu achten. Doch daran durfte ich nicht denken. Nicht jetzt. Nicht, wenn all meine Aufmerksamkeit darauf liegen musste, Lucjan zu befreien. Ich wusste, dass es Xay nicht leichtgefallen sein musste, mich mit Lamar und den anderen gehen zu lassen, ich wusste, dass er mich am liebsten bei sich behalten hätte. Doch er wusste auch, dass sie ohne mich den Weg nicht rechtzeitig finden würden, nicht bevor Vestas Verdacht schöpfte. Er schickte mich in diesen Krieg, wie ich ihn in den Krieg geschickt hatte. Und das alles für Lucjan. Für seine Befreiung. Xays Vertrauen in Lamar beruhigte mich etwas. Er hätte keinen unerfahrenen Kämpfer an meine Seite gestellt. Und das Vertrauen in mich machte mich stolz. Er glaubte an mich. Er hielt mich für stark und klug. Er wusste, dass ich es schaffen würde.

»Hier entlang«, befahl ich und brachte die anderen näher zum Eingang, an dem zwei Wachen postiert waren. Einer links, einer rechts. Und innerhalb des Palastes wimmelte es nur so von weiteren, so viel wusste ich.

An den Scheunen entlang schien sich etwas zu regen. Meridem erwachte soeben und bald würde ein neuer Tag beginnen. Die Helligkeit, die niemals wich, legte sich um mich wie eine Erinnerung. Eine an meine Vergangenheit. Eine, die sich anfühlte, als würde ich nicht in diesem Moment vor einem Kampf stehen. Musste ich jemanden töten? Würde ich getötet werden?

»Alles in Ordnung?«, fragte Lamar und sah mich intensiv an. Seine Blicke brannten auf mir. Ein Soldat stand vor mir, ein tenebrischer.

Einer, der an meiner Seite gegen mein eigenes Volk kämpfen würde. Was dies zu bedeuten hatte, wurde mir erst jetzt bewusst. Ich war keine Meridemerin mehr, keine Tenebrerin, kein Mensch. Wo gehörte ich hin? Auf welcher Seite sollte ich stehen? Auf welcher *wollte* ich stehen? »Auf Lucjans Seite«, flüsterte ich leise vor mir her.

»Was?« Lamar betrachtete mich. »Geht es dir gut?«

Ich nickte.

Wir standen hinter einem Schuppen und die Kerle flüsterten sich ihre nächsten Züge zu. »Dann los.« Lamars Worte klangen wie Peitschenhiebe in meinen Ohren. Nun gab es kein Zurück. *Jetzt oder nie.*

Die drei stürmten voran, auf die beiden Wachen zu, und überrumpelten sie. Der Linke hob sein Schwert, doch Kimoni griff mit bloßen Händen danach. Es schnitt in sein Fleisch, doch er stöhnte nicht einmal auf. Wie ein Berg stand er vor dem Meridemer und hielt sein Schwert. Blut lief über seinen Arm. Dann durchtrennte Lamar den Kopf des linken Wachmanns mit nur einem Hieb, während Trevols gekonnt und mit zwei Schwertern den anderen niederstreckte. Ozara hatte mir genau die richtigen Männer zur Seite gestellt.

Im Palast war es still. Zu still. Das hatte ich nicht erwartet. Die Wege waren frei und ich überlegte, was Xay tun würde. Er würde einen Hinterhalt vermuten. Wusste Vestas, dass wir kamen? Und was war mit Caidan? Wir gingen die langen Flure entlang, die zu den Treppen führten. Ab und an kamen uns ein paar Wachen entgegen. Aber immer nur eine Handvoll. Es schien fast so, als ob man sie in den Tod schicken wollte, um uns in Sicherheit zu wiegen. Doch langsam wurde es blutiger. Anfangs schlichen wir durch die Flure. Dann mussten wir schneller werden.

Den ganzen Weg zu den Verliesen kämpften sich die drei Männer durch und der Palast schien von den Schreien und dem Gebrüll zu erwachen. Es hörte sich an wie damals, als Xay meine Hochzeitsnacht mit Caidan gestört hatte. Aber diesmal stand ich auf der anderen Seite. Diesmal war ich es, die den Befehl dazu gab, die meridemischen Wachmänner zu töten. Ich, Lia, die Königin, die Frau in tenebrischer Kleidung. Ich sah zu, wie sie starben, diese meridemischen Wachen. Meine Wachen.

Aus den Gemächern traten bewaffnete Männer heraus, die kurzerhand zur Strecke gebracht wurden. Schlimmer war jedoch, wenn es sich um Bedienstete handelte. Zivilisten. Wenn sie herausspickten, um zu sehen, was auf den Fluren vor sich ging, stemmte Lamar seinen Fuß in die Tür und köpfte sie im Handumdrehen. Mein Herz blutete mit ihnen. Unschuldige. Doch der Gedanke, dass sie um Hilfe schreien würden und noch mehr Wachen und Soldaten herbeirufen könnten, war schlimmer als das. *Alles für Lucjan*, sagte ich mir wieder und wieder, während sich mir der Magen umdrehte, wenn einer nach dem anderen abgeschlachtet wurde. *Alles nur für Luc*.

Noch einen Stock tiefer und wir würden uns im neunten Sektor befinden. Die drei Tenebrer sahen alles vor sich, neben sich, hinter sich. Sie nahmen einfach alles wahr. Aber ich stolperte nur so vor mir her, während ich ihnen mit einer Fackel in der Hand nacheilte. Ich hatte sie aus der Halterung an den Wänden genommen und hielt sie vor mich. Doch es nützte nichts. Die langen Treppen mit den engen Stufen verschwammen vor meinen Augen. Seit dem siebten Sektor gab es keine Fackeln mehr an den Wänden, diese hier war das einzige Licht, das mir blieb.

Lamar ging dicht hinter mir und die beiden anderen eilten voran. Als ich in der Eile zu stürzen drohte, hielt mich Lamar am Arm fest. »Vorsichtig, Lia.« Er klang nervös und diese Nervosität ließ mich schaudern. Er war der Fels, der mir Kraft gab. Wenn er gelassen schien, fühlte ich mich sicher. Wenn er unsicher war, bedeutete es Gefahr.

Als wir in den Flur einbogen, der zu den Verliesen führte, ertönten Stimmen. Hinter uns und vor uns. Mein Herz raste, als fünf meridemische Soldaten uns entgegenkamen. Trevols und Kimoni kämpften, obwohl beide schon erschöpft sein mussten. Ich sah sie kaum, doch ich hörte meine Beschützer stöhnen.

Von hinten hörte ich ein Klirren und als ich mich umdrehte, kämpfte Lamar gegen zwei Wachen, die uns gefolgt waren. Ein

Dritter stand hinter ihnen und hielt eine Fackel in der Hand. Schwert auf Schwert, Stahl auf Stahl. Jedes Geräusch hallte von den Steinwänden zurück. Ich beruhigte mich mit dem Gedanken, dass sie alle keine Vollwertigen waren. Denn Lamar konnte genauso wenig in den Schatten treten wie die Angreifer ins Licht. Doch er sah besser. *Er konnte im Dunkeln sehen*, schoss es wie ein Blitz durch meinen Kopf. Und ich konnte ins Licht treten! Also tat ich es. Ich trat ins Licht und kam hinter dem Mann mit der Fackel zum Vorschein, dem ich meinen Dolch in den Rücken rammte. Er schrie auf. Dann riss ich meine Waffe in kreisenden Bewegungen aus ihm heraus, während er nach seinem Schwert griff und die Fackel fallen ließ. Sie ging sofort aus. Ich warf auch meine fort und rannte. Ich rannte einfach davon, damit er mich nicht erwischen konnte, doch ich sah nicht einmal, wohin ich rannte. An einer Wand blieb ich stehen. Meine Hände zitterten. Noch nie hatte ich jemanden verletzt. Noch nie. Ich keuchte, zitterte, mein Herz raste. *Alles für Luc. Nur für dich, mein Schatz.*

Wo befand ich mich? Meine Hände tasteten sich an der kalten Wand entlang. *Sackgasse*! Ich bemühte mich, die Bilder, die ich gezeichnet hatte, in Erinnerung zu rufen. Jeden Grundriss hatte ich in meinem Gedächtnis gespeichert. Jeden Gang, jede Ecke. Doch hier unten kannte ich mich kaum aus. Hinter mir hörte ich das Stöhnen der sterbenden Wachen und Soldaten. Dann umfassten mich von hinten zwei starke Männerarme und zogen mich an sich. »Hier entlang, Lia«, flüsterte Lamar in mein Ohr.

»Ich kann nichts sehen«, wimmerte ich leise, ängstlich.

»Trag sie«, hörte ich Lamars Stimme und zwei andere Arme umfassten mich und hoben mich hoch. Ich tastete seine Schultern ab und vermutete, dass Kimoni mich trug. Er roch nach Schweiß und nach Blut. An meiner Haut spürte ich, wie es feucht wurde. Er musste stark bluten, doch ich sah rein gar nichts und musste mich auf all die anderen Sinne verlassen. »Ihr darf nichts geschehen, das hat höchste Priorität«, schnaubte Lamar, der sich dicht neben mir befinden musste. *Sie hat höchste Priorität*, hörte ich Xay in Gedanken zu Lamar sagen. *Lia darf nichts geschehen. Beschütze sie, mit allem, was du hast*. Mein Herz zog sich zusammen. Zu der Angst um mein Kind kam noch die Angst um ihn dazu. Davor, er könnte seinen Verletzungen erliegen. Tränen flossen in absoluter Dunkelheit über meine Wangen.

Irgendwo in der Ferne, zwischen absoluter Dunkelheit und unsagbarer Kälte, flackerte das gelbe Licht von Kerzen und je näher wir kamen, desto heller wurde es. »Mama!« Lucjans Stimme klang in meinen Ohren wie eine Symphonie. Wie ein Lied, das nicht aufhören durfte, gesungen zu werden. Wie ein Traum, der in Erfüllung ging.

»Lucjan«, hauchte ich, noch immer in Kimonis Armen. Er keuchte und stöhnte bei jedem Schritt. Ich wusste nicht, wie stark er verletzt sein musste, doch ich spürte, dass er mich nicht loslassen würde. Ich wusste, wie sicher ich in seinen Armen war.

Ich sah Lucjan nicht, seine Zelle war wenige Meter von uns entfernt. Doch ich konnte schon die Lichter der Kerzen erkennen, die durch die Gitterstäbe hindurchleuchteten. Dieses Kerzenlicht leuchtete auf eine Weise, die mich beunruhigte. Der Raum begann zu flackern und plötzlich standen zwei Männer vor uns. Ein vollwertiger Offizier der meridemischen Armee und Caidan.

Caidan! Er hatte sich durchs Licht bringen lassen. Weitere Vollwertige erschienen, die mit gezückten Waffen auf meine Beschützer zuliefen. Kimoni ließ mich herabfallen, während er sich gegen die Angriffe wehrte. Ich stand auf und konnte im schwachen Licht die Kämpfe verfolgen.

»Ich kann das nicht zulassen, Lee«, hörte ich Caidan sagen und starrte ihn an. Lamar, Kimoni und Trevols standen zwischen uns, dazu ein ganzer Haufen vollwertige, meridemische Soldaten. Möglicherweise sechs oder sieben. Ich zählte sie nicht. Dazu war keine Zeit.

»Hört auf!«, schrie ich. »Aufhören! Ich bin Leetha Aeterna, Eure Königin und ich befehle euch, aufzuhören!« Meine Rufe verdampften in der Kälte und der Dunkelheit, und das Klirren und Stöhnen des Kampfes überschattete alles. »Wollt ihr das?«, schrie ich, so laut ich konnte. »Wollt ihr für diesen Kerl sterben? Der, der uns Vollwertige unterdrückt und uns die Rechte verweigert?«

Zwei der Meridemer schienen meinen Worten zu lauschen, und traten einen Schritt vom Kampf zurück. Es erleichterte Lamar und den anderen, die Restlichen zu vernichten. Ein lautes Stöhnen ertönte, als Lamar seine Waffe in einen der Männer bohrte und es in Windeseile wieder herauszog.

»Hört nicht auf sie. Der Junge ist ein halber Tenebrer und wird Meridem in den Untergang stürzen!«, rief Caidan. »Seht sie euch doch an, eure Königin, wie sie hier in tenebrischer Kleidung herumspaziert.«

»Du bist es, der Meridem in den Untergang stürzt, Caidan!«, schrie ich laut.

Die beiden zögerlichen Vollwertigen warfen sich Blicke zu, dann kämpften sie weiter. Für Caidan, nicht für mich. Ich wusste, dass man sie erpresste, dass man ihre Familien bedrohte. Dafür taten sie es. Nicht für ihn. Sondern für die, die sie liebten. So wie ich. Das war alles, was in diesen Momenten zählte. Liebe.

»Mach die Kerzen aus, alle!«, hörte ich Cyrian rufen. Lucjan tat, was man ihm sagte und es wurde dunkel. Ich hörte lediglich das Schreien und das Stöhnen der sterbenden Vollwertigen und presste mich so fest ich konnte an eine Wand. Den Dolch hielt ich schützend vor mich gerichtet.

Das Geräusch der Sterbenden hallte nach. Vor allem in meinem Herzen. Die, die nur ihre Familien beschützen wollten. Die, die ihr eigenes Leben nur aus einem Zweck gegeben hatten, starben. Ich wusste es, ich hörte es. Und ich schmeckte ihr Blut in der Luft.

Dann hörte ich etwas anderes. Schritte. Ich drehte mich um und ein Haufen Soldaten stürmte den Flur entlang. Fackeln erhellten ihre Gesichter und sie rannten auf uns zu. Es kam mir vor, als wären es Hunderte von ihnen. Doch vielleicht waren es auch nur zehn oder zwölf.

»Nein«, hauchte ich und Lamar schob sich vor mich, Kimoni und Trevols taten es ihm gleich. Ein Gemetzel begann. Die Gegner, die eigentlich meine Leute waren, drängten meine drei Begleiter zurück, bis ich jemanden an meinem Rücken spürte. Ich drehte mich um und sah im schwachen Licht in Caidans silberne Augen. Schnell zückte ich meinen Dolch, doch ich zögerte. Ich konnte nicht. Niemals. Ehe ich die Waffe überhaupt benutzen konnte, packte Caidan mich am

Handgelenk. Einerseits war ich froh darüber, auch wenn es mir eine Heidenangst einflößte. Andererseits konnte ich ihn nicht töten.

Caidan schluckte. »Sind wir schon so weit?«, fragte er leise, sodass ich ihn wegen des Raunens hinter mir kaum verstand. Meine Augen brannten. Da stand er vor mir. Caidan. Caleb. Mein Freund. Mein Feind. In nur einem Bruchteil einer Sekunde überkamen mich Emotionen, die ich nicht verstand. Enttäuschung. Hoffnung. Angst. Wir sahen uns tief in die Augen. Er hielt mein Handgelenk fest umklammert. *Warum, Caidan? Warum nur*? Würde er mich töten? Könnte er das?

»Alle aufhören!«, schrie eine wütende und bekannte Stimme von weit hinten. So weit weg, dass diese Stimme sich hinter all den Soldaten befinden musste. Dann klirrte es. Und klirrte. Und klirrte erneut.

Caidan schien genauso überrascht zu sein wie ich. In seinen Augen stand dieselbe Panik, die ich in mir spürte. Die meisten Soldaten gingen zur Seite, außer die, gegen die Kimoni und Trevols noch immer kämpften. Lamar drückte sich zwischen mich und Caidan, dann packte er Caidan am Kragen. Mein Dolch fiel zu Boden. Lamar drückte Caidan rücklings gegen die Wand. Er besaß keine Waffe mehr, sonst hätte er ihn erstochen. Auch Caidan schien seine Waffe in der Dunkelheit verloren zu haben, als ich nichts sehen konnte.

Mein Dolch lag auf dem Boden. »Gib ihn mir«, sagte Lamar. Ich betrachtete die Waffe. Ich konnte nicht. »Gib ihn mir!«, forderte Lamar mich noch mal auf. Erneut zögerte ich. »Lia!«

Mein Herz raste, mein Atem ging schneller. Ich bückte mich schließlich, um ihn aufzuheben. Als ich aufsah, blickte ich auf Vestas, der langsam und genüsslich an den leeren Zellen vorbeischlenderte und mit einem Schwert gegen die Eisenstäbe klopfte. *Klirr, klirr, klirr.*

Es hörte sich an, wie in einem schlechten Horrorfilm. Und das war es. Horror. Ihn zu sehen, ließ alle Emotionen in mir aufkochen. Bilder, wie er mich als kleines Mädchen tröstete, wenn ich weinte. Bilder, wie er mich hochhob und auf eines seiner Einhörner setzte. Bilder, wie er mich anlächelte und wie er mich zum Altar und zu Caidan geführt hatte. Ich hatte ihm vertraut, ihn geliebt, ihn verehrt.

Bis auf ein Stöhnen, das von Trevols und Kimoni kam, die nicht aufhörten, unerbittlich zu kämpfen, war nur dieses Klirren zu hören. Hinter Vestas tauchten noch mehr Fackeln, mehr Soldaten und noch mehr Waffen auf.

Ich konnte kaum atmen.

»Leetha, Leetha, Leetha«, sagte er, schnalzte mit der Zunge und betrachtete mich. Dann sah er zu Kimoni und Trevols, die umzingelt von Meridemern in der Falle saßen. Ich stand blitzschnell auf. Den Dolch schon vergessen, holte ich mit zittrigen Händen den Schlüssel hervor, den ich gut behütet in die Tasche meiner Weste gesteckt hatte.

Meine Hand vibrierte so sehr, dass er mir aus der Hand und zu Boden fiel. Als ich mich bückte, um ihn aufzuheben, traten schwarze Stiefel neben mich. Er stand genau neben mir. Ein Blick nach oben und ich sah in Vestas Gesicht, das mich finster ansah. In seinen Augen stand unbändiger Zorn und Enttäuschung. »Na, na, Leetha«, schnalzte er mit der Zunge. Dann blickte ich nach rechts und sah, wie Trevols und Kimoni ihr Leben verloren. Ein Stich in meinem Herzen schnürte mir für einen Moment lang die Luft ab. Vestas lachte auf. Ich sammelte all meine Kraft. Wut war alles, was mich in diesem Moment trieb. Ich griff nach dem Schlüssel und Vestas hinderte mich nicht einmal daran. Er blieb ruhig stehen und grinste amüsiert. Zittrig versuchte ich, das Schloss zu öffnen und Lucjan freizulassen, doch der Schlüssel passte nicht.

Er passt nicht. Er passt nicht. Ich konnte an nichts anderes denken. Er musste passen. Das durfte nicht sein. *Nein. Nein.* »Nein!«, schrie ich. »Nein!«

Vestas stand gelassen neben mir und lachte. Dann hob er sein Schwert. Ich sah es auf mich zukommen und schloss die Augen. Es war vorbei.

Neben mir, kaum merklich, ließ Lamar Caidan los, packte mich an den Schultern und warf mich zur Seite. Das Schwert meines Onkels traf seine Schulter. Es schlitzte Lamar vom Schlüsselbein bis zu seiner rechten Achsel auf, sodass Blut in alle Richtungen spritzte. Insbesondere auf mich. Ein Schwall aus Blut klatschte mir ins Gesicht.

»Nein!« Ich schrie und in drehender Bewegung fiel Lamar zu mir nach hinten. Ich versuchte, ihn aufzufangen, und stürzte mit ihm zu Boden.

Dann hörte ich Caidan etwas rufen: »Du sagtest, dass Leetha nichts geschieht.«

Ich sah zu Vestas Grinsen, der von oben bis unten mit Blut verschmiert war.

»Sag ...«, hörte ich ein Flüstern an meinem Ohr. Lamar versuchte, mit letzter Kraft etwas zu sagen. »Sag meinem König, dass ich alles gegeben habe, um dich zu beschützen.«

Tränen schossen mir in die Augen. Wie kam er darauf, dass ich überleben würde? Wie kam er darauf, dass ich Xay jemals wiedersah? Sein Körper wurde schwer und ich wusste, dass er tot war. Ich drückte ihn von mir runter und sah, wie Caidan wütend auf Vestas einbrüllte, der gelassen an Lucjans Zelle gelehnt dastand.

Ich saß auf meinen Knien in einer Lache aus Blut. Lamars Blut. Doch ich konnte kaum einen klaren Gedanken fassen. Soldaten gingen mit erhobenen Waffen auf Caidan zu und er kramte schnell etwas aus seiner Hosentasche, das er mir zuwarf. Es fiel klirrend auf den Boden. Ein Schlüssel. Ein anderer Schlüssel. *Der Schlüssel.* Der, der passte. Der, der es immer war. Nicht meine Mutter war der Mann in der Rüstung. Er war es. Caidan. Er musste sich durch Vollwertige hierhergebracht haben, die ihm halfen. Meine Mutter hatte mir lediglich eine Falle gestellt. Sie wollte, dass ich Xay hierherbringe, damit man ihn tötete.

Ich keuchte und griff nach dem Schlüssel. *Lucjan, Lucjan, Luc,* ich konnte keinen klaren Gedanken fassen. Er und der Schlüssel waren alles, was ich sah, wie in einem Tunnel. Plötzlich löste sich dieser Tunnel auf und da sah ich, wie ein Soldat sein Schwert hob und Caidan gleich den Kopf abschlagen würde.

»Nein!«, schrie ich. Doch es war kein schnelles Nein. Diese vier Buchstaben zogen sich wie eine Ewigkeit durch den Raum. »Neeeeiiiiiinnnnnn!«

Und die Welt stand still.

Ein paar Zentimeter von Caidans Hals entfernt, kam das Schwert des Soldaten zum Stehen. Auch Caidan stand nur so da. Vestas. Alle. Alle außer mir. Ich stand auf und traute mich kaum, mich zu bewegen. Das Brüllen des Soldaten lag noch in seinem Gesicht und hallte ganz langsam gegen die Wände. Er starrte angestrengt auf sein Ziel. Auf Caidan.

Die Zeit blieb stehen. War das ich? Ich traute mich kaum zu atmen, geschweige denn, mich zu rühren.

»Mama«, hörte ich einen leisen Hilferuf und ich fuhr herum. Mit beiden Händen um die Gitterstäbe stand er da. »Mama.«

Alles stand still, der ganze Flur, vielleicht der ganze Mond. Möglicherweise das ganze Universum. Doch nicht wir. Lucjan und ich sahen uns an und als ich einen klaren Gedanken fasste, drückte ich mich an dem stillstehenden Vestas vorbei und schloss zitternd Lucjans Zelle auf. Ich fiel ihm um den Hals und drückte ihn, so fest ich konnte. Wie oft hatte ich mir diesen Moment vorgestellt. Wie lange wollte ich meinen Sohn in meinen Armen halten, ihn küssen, ihn drücken, ihn festhalten. Ich genoss jede Sekunde, jede Berührung. »Ich lass dich nie wieder allein, mein Schatz. Ich werde immer für dich da sein. Immer«, flüsterte ich. »Lass uns gehen.«

Ich wollte ins Licht treten, uns wegbringen, doch Luc hielt mich zurück: »Mama, warte.« Ich keuchte, ich zitterte, ich klammerte mich an ihn. Wollte ihn nie wieder loslassen, ihn küssen, ihn halten. »Cyrian!«, rief Lucjan und sah mich mit großen, erwartungsvollen Augen an.

»Wir haben keine Zeit«, schrie ich, wollte ich schreien, doch es kam nur ein leises Flüstern heraus. *Ozara. Ich hatte es ihr versprochen*.

»Ich gehe nicht ohne ihn«, beharrte Lucjan. »Er ist mein Freund.«

Mein Sohn dachte nach all den Strapazen noch immer an andere. Von wem er das wohl hatte? Von mir jedenfalls nicht. Doch es erfüllte mich mit Stolz. Stolz auf meinen Jungen. Auf meinen Sohn. Der, der eines Tages König beider Reiche sein würde. Es gab keinen Zweifel daran, dass er eines Tages ein guter König sein würde.

Ich nickte, obwohl ich mich unwohl dabei fühlte. Leider wusste ich nicht, wie lang dieser Stillstand anhalten würde. Jede Sekunde könnte die Welt sich weiterdrehen. Wir rannten zu Cyrians Zelle, in der er wie erstarrt ebenfalls vor den Gitterstäben stand und auf das Geschehen blickte. Dunkle Schatten lagen unter seinen Augen. Seine Haut schimmerte hell in der düsteren Umgebung. Er nahm uns nicht wahr. Niemand nahm uns wahr. Er war eingefroren, eingefroren in der Zeit. Genau wie alle anderen. Genau wie Caidan.

Caidan!

»Hier«, sagte ich zu Lucjan und drückte ihm den Schlüssel in die Hand. Dann ging ich zurück.

Ich beobachtete, wie Lucjan die Zelle aufschloss. Der Schlüssel passte also in jede Zelle. Gut. Lucjans Hände legten sich um Cyrian. Dann nickte ich ihm zu und Lucjan schloss die Augen. Er trat einen Schritt nach vorn und verschwand mit dem erstarrten Cyrian in einer Wolke aus Sternenstaub. Kein Schatten, kein Licht. Eine Unendlichkeit aus Galaxien funkelte um meinen Sohn herum und wirbelte tausend Gefühle in mir auf. Die, der starken Mutter, die ihr Kind liebte. Die, der Ehefrau, die ihren Mann brauchte. Die, des unschuldigen Mädchens, das sich nach einer Zukunft sehnte, und die Gefühle einer Königin, die bereit war, zwei Völker zu vereinen, die sich schon viel zu lange bekämpften.

Lucjan verschwand. Und mit ihm, der Krieger, der Soldat, der Freund, der ihm wochenlang zur Seite gestanden hatte.

Ich ballte die Fäuste. Innerlich führte ich einen Kampf. Das, was ich tun wollte, und das, was ich nicht tun wollte. Ich betrachtete meinen Onkel, dann die Waffen, die die Soldaten in den Händen hielten. Ich müsste nur ein Schwert nehmen und es meinem Onkel zwischen die Rippen rammen. Doch ich konnte nicht. An diesem Tag hatte ich schon ein Leben genommen. Doch meinen eigenen Onkel zu töten? Wäre ich dazu in der Lage? Vorsichtig riss ich an dem Schwert, doch ich spürte, wie die Welt langsam aus ihrem Schlaf erwachte. Ganz langsam regten sich die Soldaten und auch Vestas. Genauso Caidan. Ich drückte mich an Caidan, schlang meine Arme um seinen Hals und atmete einmal tief ein. Dann verschwanden wir in einem Tunnel aus Licht.

Am Wasserfall kam ich auf die Füße. Die Zeit war für wenige Minuten stehen geblieben, doch nun drehte sich die Welt weiter. Das Wasser rauschte so laut, dass ich nichts anderes wahrnahm. Caidan keuchte und fiel auf die Knie. »Was ist geschehen?«, fragte er und sah mich verdutzt an.

Wie er so dasaß, auf dem Boden, kniend vor mir. Ich hätte am liebsten zugetreten. Und doch auch am liebsten nicht. »Verschwinde!«, rief ich. »Verschwinde, so weit weg, wie du nur kannst!« Meine Stimme wurde lauter, wütender. »Wenn ich dich noch einmal sehe, töte ich dich!«

Mit offenem Mund starrte er mich an. Dann trat ich ins Licht. *Nach Hause*.

Ich kam zum Stehen, unter einem Himmel aus Milliarden von funkelnden Sternen. »Mama!«, hörte ich Lucjan rufen und ich sah ihn, wie er mich anstrahlte. Tränen füllten meine Augen, doch ich lächelte ihm zu. Dann sah ich Cyrian auf mich zugehen. Er packte mich, zog mich und Lucjan an sich und drückte uns, so fest er konnte in seine Arme. Ich bekam kaum Luft, mein Herz raste, doch mein Lächeln und meine Tränen wurden stärker.

Lia

Wir treffen uns dort, wo Träume gelebt werden, wo Lieder gesungen und Worte gehört werden.

Ich lächelte und faltete den Brief, den ich dann an mein Herz legte. Auf mein Herz, dort, wo er hingehörte. Es war ein Date, nein, ein Rendezvous. Ich musste kurz auflachen. Unser Gemach war voll von seinen Sachen, doch so langsam füllten sich die Schränke auch mit meinen eigenen. Dinge, die ich nach und nach kaufte oder geschenkt bekam. Ich öffnete meinen Schrank, in dem ein langes, blaues Seidenkleid hing, das ich in einem Geschäft in Umbra gekauft hatte.

Ozaras Wiedersehen mit Cyrian war einfach herzzerreißend gewesen. Sie hatte geweint. Und gelacht. Geflucht. Und wieder geweint.

Ich streifte mit den Fingern über den feinen, samtweichen Stoff des Kleides. Doch dann entschied ich mich für ein anderes. Ein schwarzes Seidenkleid, das mit blau-silbernen Diamanten bestickt war, die aussahen wie Sternenstaub.

Vor dem Spiegel drehte ich mich. Das Kleid hatte einen tiefen Rückenausschnitt, den ich auch zeigen wollte, indem ich das Haar zu einem langen, geflochtenen Zopf auf die Seite legte. Es war hauteng und reichte nur bis kurz über die Knie, doch ab der Taille flatterte ein leichter, durchsichtiger Stoff darüber, der bis zum Boden ging. Ich musterte mich intensiv, dann trat ich ins Licht.

Und da stand er. Vor dem Wasserfall, auf der dunklen Seite des Mondes, die überhaupt nicht dunkel war. Die Sterne ließen seine

Augen aufblitzen, als er mich sah und er hauchte ein »Wow!« heraus. Er strahlte wie ein Meer aus Sternen.

Langsam, ganz langsam, ging ich auf ihn zu und je näher ich kam, desto deutlicher konnte ich die kleinen Schatten in seinen Augen sehen, die sich vor Sehnsucht kaum zurückhalten konnten. Dazwischen mischten sich kleine Sterne, die wie wild aufleuchteten und in seinen Augen umhertanzten. Sie signalisierten mir, was ich längst wusste: dass ich genau dort war, wo ich sein musste. Wo ich hingehörte.

Ich spürte ihn, obwohl ich noch viel zu viele Schritte von ihm entfernt war. Ich roch ihn. Einen süß-bitteren Geruch, den ich niemals missen wollte. Ich wollte ihn immer riechen, spüren, schmecken. In seinen Augen dieses Verlangen erkennen, das mir zeigte, dass ich zu ihm gehörte. Das mir sagte, ich sei alles. Alles, was er wollte. Alles, was er brauchte.

Seine Haut schimmerte heller, mit jedem Schritt, den ich auf ihn zukam und ich spürte sein Verlangen nach mir. Sein Bedürfnis, die Arme auszustrecken und mich zu sich zu ziehen. Und genau das tat er, als ich nah genug bei ihm war. Dann drehte er mich um und schlang von hinten seine Arme um meine Hüften. Ich spürte seine Brust an meinem Rücken, die er an mich drückte. Die Brust, in der sein Herz schlug. Kräftig und wild. Gesund. »Schau hinauf!«, flüsterte er in mein Ohr, sodass ich seinen Atem auf meiner Haut spürte.

Der Wasserfall war nicht gleich wie der in Meridem. Das Wasser funkelte nicht golden im Sonnenlicht, sondern violett im Sternenstaub. Jeder einzelne Wassertropfen funkelte auf seine eigene, einzigartige Art und Weise.

In seinen Armen fühlte ich mich zu Hause, egal wo. Ich hatte ihn gefunden. *Ihn*, einen Mann, der mich wahnsinnig machen konnte, der mich Dinge tun ließ, an die ich niemals gedacht hätte, einen, der mich um den Verstand brachte, genau wie Vater es sich für mich gewünscht hatte.

Mir fielen all die Momente ein, die wir erlebt hatten, und dachte sehnsüchtig an die, die noch vor uns lagen. Die schönen, die kommen würden, und die, die mich ängstigten. Es gab noch so vieles, was zu tun war. Meridem lag noch immer in Vestas Händen, die Grenzen brannten noch immer. Treue Soldaten, *unsere tenebrischen Soldaten*, kämpften noch immer um die Grenzstädte und Xay und Lucjan mussten sich noch aussprechen. So vieles, was noch vor uns lag. Doch dieser eine Moment gehörte nur uns. Dieser Moment durfte nicht durch solche Gedanken zerstört werden. Nur wir beide, *er und ich. Für immer*.

»Es ist wunderschön hier«, raunte ich. Und das war es wirklich. Tenebris war wundervoll.

»*Du* bist wunderschön, Lia«, flüsterte er und hob seinen Arm, bis seine Hand vor meinem Gesicht auftauchte. Zwischen den Fingern hielt er einen Ring. Einen goldenen, mit einem silberblauen Mondstein, der im Sternenlicht glitzerte.

Ich wagte es kaum zu atmen und keuchte: »Ja.«

Er lachte und ich spürte seinen Herzschlag noch kräftiger. Genau wie meinen.

»Ja, ja, ja!«, rief ich und drehte mich zu ihm herum.

Er sah mir fest und ernst in die Augen. »Willst du mich noch einmal heiraten?«, fragte er.

»Ja. Das will ich«, sagte ich leise.

Dann nahm er meine Hand und steckte den Ring an meinen Finger, der wie angegossen passte.

»Für immer«, hauchte ich.

»Für immer«, flüsterte er.

Danke

Danke an alle Leser, Blogger und Autoren. Hört nie auf, Geschichten zu lesen, zu schreiben und zu träumen.

Danke an meine lieben Testleserinnen, die mich unterstützt haben.

Danke an meine Korrektorin, auf die ich mich immer verlassen kann.

Danke an meinen Bruder, der immer an mich glaubt.

Impressum

Herausgeberin

M.B. Reese
c/o Bianca Kronsteiner
impressumservice.net
Robert-Preußler-Straße 13/ TOP 1
5020 Salzburg
AT-Österreich
reese.marlen@gmail.com

Korrektorat
Kathrin Gönnewig

Cover
www.istockphoto.com
Bildnachweis: DKosig
Bildnachweis: Kharchenko_irina7

Sämtliche Personen in diesem Roman sind frei erfunden.

Printed in Poland
by Amazon Fulfillment
Poland Sp. z o.o., Wrocław

62116898R00273